MW00528260

DESDE EL CORAZÓN

Amor y Aventura

Desde el corazón

Corín Tellado

VERGARA
GRUPO ZETA

Barcelona • Bogotá • Buenos Aires • Caracas • Madrid • México D.F. • Montevideo • Quito • Santiago de Chile

1.ª edición: septiembre 2011

© Tellado Egusquizaga, C.B., 2011
  Prólogo © Rosa Villacastín, 2011
© Ediciones B, S. A., 2011
  para el sello Vergara
  Consell de Cent 425-427 - 08009 Barcelona (España)
  www.edicionesb.com

Printed in Spain
ISBN: 978-84-666-4872-1
Depósito legal: B. 21.230-2011

Impreso por NOVAGRÀFIK, S.L.

Todos los derechos reservados. Bajo las sanciones establecidas
en el ordenamiento jurídico, queda rigurosamente prohibida,
sin autorización escrita de los titulares del *copyright*, la reproducción
total o parcial de esta obra por cualquier medio o procedimiento,
comprendidos la reprografía y el tratamiento informático, así como
la distribución de ejemplares mediante alquiler o préstamo públicos.

Prólogo

Libertad sin ira

Conocí a María del Socorro Tellado (nombre real de Corín Tellado) allá por el año 1996. Me recibió en su casa de las afueras de Gijón, e inmediatamente surgió entre nosotras una corriente de simpatía, de complicidad, de respeto, que con el tiempo fructificó en una sólida y sincera amistad.

Mujer de una personalidad apabullante, era la antítesis de la mayoría de los personajes femeninos de sus novelas: fuerte, sincera, directa en el trato, amante de la libertad. Fue la única escritora de novelas románticas capaz de romper barreras infranqueables en una España que si por algo se caracterizó en esos años —la posguerra— fue por su encorsetamiento y represión extrema, fruto de una religión y una política opresora que relegó a la mujer a un segundo plano, a la invisibilidad, sin apenas derechos, sólo apta para el matrimonio y la maternidad.

De ahí el éxito de sus historias, que nada tenían que ver con su vida privada pero que hacían soñar a millones de mujeres con un mundo diferente, más amable y llevadero que aquel en que les había tocado vivir. Historias que la escritora asturiana fue tejiendo, con primor, a lo largo de cincuenta y ocho años, hasta conseguir que lo real y lo ficticio se mezclaran tan estrechamente que fueron muchos los que pensaron que Corín era como sus heroínas y sus heroínas como Corín.

Pero nada más lejos de la realidad, ya que si por algo se caracterizó esta pequeña gran mujer fue por sus enormes ganas de vivir, por su constancia y valentía a la hora de tomar decisiones difíciles, arriesgadas, entre otras su ruptura matrimonial en una época en la que el divorcio estaba prohibido y la separación se cobraba un alto precio. Un precio, el de la soledad sentimental, que en el caso de Corín la catapultaría a la fama.

Separarse de su marido cuatro años después de la boda fue una decisión que, aunque difícil y traumática, le permitió tomar las riendas de su propia vida, de su propio destino sin tener que dar cuentas a nadie, y menos a un hombre que, si bien es cierto que le dio dos hijos —Begoña y Domingo, que fueron los dos grandes amores de su vida—, también lo es que fue un motivo de amargura, quizá porque, como ella misma me comentó en una ocasión: «Él habría sido muy feliz con otro tipo de mujer, y yo con otro tipo de hombre." Sea como fuere, lo cierto es que la razón última de la ruptura de la pareja quizás haya que buscarla en la incapacidad de Domingo Egusquizaga —un hombre alto y rubio como la cerveza— para asumir sin complejos la valía de su mujer, quien a sus treinta y dos años ya estaba considerada una de las novelistas españolas más famosas de su época. Una fama que se vio compensada en lo económico con la firma de un contrato con la revista *Vanidades* —de gran difusión en Hispanoamérica— que le dio la estabilidad económica que no tenía a nivel sentimental, así como la posibilidad de conectar con lectores de otros países y otras mentalidades. Lectores que la han seguido a lo largo de su carrera hasta convertirla en el autor más leído en lengua castellana, después, claro está, de Miguel de Cervantes.

Prueba de que sus novelas interesaban a todo tipo de público fueron los elogios que de ella hizo el gran escritor Guillermo Cabrera Infante, al que conoció cuando era corrector de pruebas en *Vanidades*, quien la definió con una frase que estoy segura sonrojaría a Corín: «La inocente pornógrafa», por la facilidad que tenía a la hora de hurgar en los sentimientos del alma femenina y su capacidad para potenciarlos hasta conseguir que las lectoras los hicieran suyos.

«Yo iba a misa todos los días cuando era niña, hasta que me

enfrenté con un cura que cuando me confesaba me preguntaba cosas que me parecían inmorales. Volví a la iglesia cuando mis hijos se hicieron mayores y tuve que predicarles con el ejemplo. Siempre pensé que el sexo no era pecado, pero no se lo dije a mis hijos. A ellos los eduqué de otra manera. Tuve que ser severa y a veces me lo reprochaban, pero creo que fui como tenía que ser.»

Son muchas las confidencias de este tipo que me hizo Corín Tellado a lo largo de los años, lo que me permitió tener un conocimiento más certero de su personalidad, no sólo como mujer sino también como madre, como amiga, pero sobre todo como psicóloga, porque la novelista fue una gran psicóloga, carrera que no terminó por falta material de tiempo pero que le sirvió para llevar al papel experiencias propias y ajenas.

Porque quienes han seguido las andanzas de las protagonistas femeninas de Corín Tellado saben que éstas han ido evolucionando al mismo tiempo que lo hacía la sociedad española. «Las mujeres aprendieron conmigo, a veces leyéndome a la luz de las velas, ya que la vida en mis novelas era muy diferente de como se reflejaban en la vida real: sin libertad, aferradas a unos conceptos que no existían. Prueba de ello es que después de cincuenta y siete años me sigo encontrando con personas que me dicen: "Gracias a sus novelas he aprendido a amar.» A amar y a caminar, diría yo, por un mundo que, como el de la propia novelista, fue más ingrato de lo que cabría esperar. Y es que nadie —nadie— se lo puso fácil a esta mujer, sólo por el hecho de serlo, lo que la obligó a romper algunos de los moldes sobre los que se asentaba la sociedad de la época.

Pero no sólo de amor escribía Corín Tellado: también lo hizo sobre aspectos menos amables de la actualidad, como el aborto, o la soledad que siente Sandra, la protagonista de *El regreso*, cuando toma la decisión de sacar adelante a su hijo con la sola ayuda de una amiga a la que conoce en una casa de maternidad. Tampoco es casual que las protagonistas de algunas de las novelas seleccionadas para este volumen titulado *Desde el corazón* sean profesionales de la medicina, mujeres independientes en lo económico, que no en lo sentimental, que se ven abocadas a una lucha para la que nadie las había preparado —como le ocurrió a la propia escritora— y en la que se dejaron alma, corazón y vida.

Es curioso que siendo una persona que apenas salió de su Gijón natal tuviera el conocimiento que tenía de otras culturas, de otros países, de otras mentalidades y costumbres, especialmente de la anglosajona, a la que conocía y admiraba.

Hay un aspecto que no quisiera dejar de abordar en este prólogo, porque creo fue el que más feliz la hizo y el que con tanto acierto llevó al papel la escritora asturiana: el de madre. Al respecto dijo en una ocasión: «La maternidad me aportó ternura, un gran amor maternal, si bien eso no me influyó en modo alguno para negar la situación de la pareja, que son cosas bien distintas. El amor de madre y el amor de mujer sólo se juzgan por la palabra.»

Considerada por el *Libro Guinness de los récords* como la autora más vendida en lengua castellana, a Corín le quedó por hacer realidad un gran sueño: publicar una «novela grande», pero a cambio nos dejó, eso sí, cinco mil títulos que han hecho las delicias de millones de lectoras de todo el mundo y contribuyeron a sacar de la ignorancia a una juventud que hizo de Corín Tellado su heroína particular.

ROSA VILLACASTÍN

El regreso

Es más fácil perdonar a un enemigo que a un amigo.

W. Blaque

1

Realmente, no sé cómo empezar esta historia o, digamos, vivencias; el caso es que mi vida está ya encauzada, que no tengo en ella vacilaciones, que está consolidada y que cuanto más se consolida, más deseos tengo de escribir por qué estoy aquí, por qué pierdo el tiempo en recordar y por qué, en fin, se me ocurre volver a vivir, aunque sólo sea con el pensamiento, aquellos momentos duros que me produjeron hasta un acercamiento al suicidio.

Pero, si vamos a contar la historia, vale más ir por orden cronológico y adaptarme día a día, con soltura y fluidez, sin causar tedio, a cuanto aconteció en su momento y me ha convertido a mí en una resentida. Digamos en una resentida con razón, ya que, a la sazón, ya, no tengo resentimiento ni odio. Pero supongo que eso se debe a que soy feliz. Porque lo soy.

En este momento, tengo veintisiete años, pero cuando empezó todo tenía dieciséis. Había terminado el bachillerato en el instituto, había sacado una puntuación de nueve en la selectividad y mi deseo, mi vocación y mi afán, era ser médico.

Pero el destino, esa cadena llena de eslabones que nunca sabes cómo ni por dónde va a discurrir, vino, me dio el mazazo y torció todo el sendero que yo confiaba en recorrer.

Veamos cómo se desvió mi vida en aquel momento crucial. Todas las chicas, o casi todas, tienen novio a los dieciséis años y más si son monas, simpáticas y alegres.

David Perol era hijo del teniente de alcalde de la villa. No he dicho aún que vivía en una villa, o que vivía en aquel entonces. Una villa costera, preciosa, del litoral del norte. Allí todos nos conocíamos, y yo era aún más conocida, porque mis padres tenían una tienda que hacía las veces de bisutería y mercería en la plaza mayor y una casa de dos plantas, donde vivíamos bien. Éramos, se diría, una de las familias mejor acomodadas de la villa, y a los padres de David, por ser el padre teniente de alcalde, pues tampoco se les consideraba una familia vulgar. Ya sabemos que en una villa de ésas, además de conocerse todo el mundo, hay mucho prejuicio, mucha hipocresía y son muy estrechos, lo que hoy se dice retrógrados.

Pero, como no voy a contar la historia de ellos, sino la mía, me dirijo al objetivo sin más.

Mis relaciones con David estaban bien vistas por sus padres y por los míos. Ellos, las dos parejas, eran amigos, de modo que, por lo visto, todo quedaba en casa.

Pero ocurrió que, si bien nuestros padres tenían muchos prejuicios y retraso mental, David y yo lo que teníamos era una locura amorosa y... pues eso. Hacíamos el amor. No lo hicimos demasiado tiempo, ésa es la verdad, porque, como pardillos, caímos en la equivocación de carecer de información sexual y... no nos protegimos.

Yo creo que nos quisimos con locura. ¡El primer amor! Sería lógico que mi madre me previniera y que el padre de David lo hiciera con su hijo. Pues no. Ellos debieron de pensar que un amor de adolescentes era como una brisa que no deja huella. ¡Ya, ya!

Yo tenía, como he dicho, dieciséis años, David diecinueve. Era mal estudiante y había elegido Derecho para acabar antes y ser al menos teniente de alcalde o secretario, como era su padre. Porque ahora que recuerdo, su padre era de ideas fijas y, además, de empleo fijo. No era teniente de alcalde. Era secretario de ayuntamiento, que, en aquella época, vestía mucho.

Cuando me di cuenta de que estaba embarazada, corrí a decírselo a David, pensando que se pondría contento. Yo no lo estaba.

Pero sí estaba asustada. Pero, puesto que nos amábamos tanto, lo lógico hubiese sido que los dos aprovecháramos la situación delicada para casarnos y seguir estudiando, hacer ambos la carrera y criar a nuestro hijo. Yo me conté a mí misma el cuento de la lechera, vamos.

Cuando David me oyó decir:

—Estoy embarazada.

Ya noté que no le gustaba nada, que me miraba con ojos de perplejidad y que se ponía lívido.

—¿Qué sucede? —le pregunté.

—Nos hemos hundido.

—Pero ¿por qué?

—¿Qué piensas que dirán nuestros padres? Hay que abortar sin que ellos se enteren, Sandra.

Yo lo miré alucinada. ¿Abortar? ¿Estaba loco?

—Tengo un dinero en una cartilla del banco y lo sacaré —dijo convencido de que yo estaba de acuerdo—. Decimos que nos vamos a un campamento, como otros fines de semana, y a donde vamos es a Londres. Allí lo quitas de en medio en una hora y, al día siguiente, estamos aquí.

Yo me asusté muchísimo, pero más que susto sentí dolor.

¡Yo no abortaría jamás! Así de sencillo.

—Eso nunca. —Y se lo debí de decir con tanta energía, que él me miró espantado.

—¿Tú piensas que tus padres van a consentir que los cubras de vergüenza?

—No lo sé, pero yo me sentiría sucia si deshiciera algo tan mío. Lo siento, David, hemos terminado.

—Escucha...

—No. Hemos terminado y, además, se lo diré a mis padres y no les voy a ocultar quién es el padre.

David me replicó muy convencido:

—Mira, ni tus padres ni los míos van a reaccionar bien. Yo no me caso sin terminar la carrera y lo mejor es quitar de en medio a la criatura.

No hablé más con él.

Me fui a casa y, cuando mis padres subieron de la tienda, los abordé.

Mis padres eran una pareja muy unida. Cómoda. No tuvieron más hijos con el fin de vivir mejor. Nadie soy para juzgar esa postura. Pero sí que estaba dispuesta a defender la mía con uñas y dientes.

—Mamá —le espeté nada más verlos entrar en el salón—, estoy embarazada.

Papá, que se iba a servir una copa, se quedó envarado, erguido, y volvió la cabeza muy despacio. Mamá, que se iba a sentar, se puso en pie de nuevo y se quedó mirándome como si yo fuera un animalito de rara especie y le estuviera picando en los ojos.

—¿Qué dices?

—Eso.

—Pero... ¿cómo te atreves?

—Lo tengo que decir, mamá. No soy un pendón. Tengo novio y... hay cosas que suceden sin que te des cuenta.

Paf, me dio dos bofetadas en plena cara.

¿Si papá acudió a defenderme? Ni pensarlo.

Se sentó al fin y dijo con voz sentenciosa:

—Mañana mismo nos vamos a Londres y el cuento se acabó.

Son dos personas de misa todos los domingos y fiestas de guardar. No faltan jamás. Hacen obras de caridad y en la villa los consideran dos cristianos de pro.

Pues su hipocresía llegaba al extremo de ponerme a mí y ponerse ellos en pecado mortal, ponerse la ley por montera y asesinar a una criatura.

—No abortaré, y lo digo de una sola vez para que se me entienda.

No quiero relatar el dramón. ¡Para qué! Llamaron a sus amigos, los padres de David, y éstos, por lo visto, ya lo sabían, así que llegaron con las uñas afiladas. De boda, fueron sus primeras palabras, nada de nada. Su hijo no se casaba a los diecinueve años, iniciando la carrera y con un porvenir inseguro.

Por lo tanto, aborto.

Algo que no trascendiera. Algo que quedara sepultado en la misma familia. Algo que no pasaría de costar unas pesetas.

Yo no lloré. Estaba destrozada por dentro, pero, por fuera, sabía muy bien que o hacía frente al evento o me crucificaban por evitar vergüenzas y lo demás.

Total que, cuando se fueron los Perol, mi padre empezó a gritar improperios sobre ellos y pienso que la amistad se resquebrajó, pero eso a mí no me importaba en absoluto. Es más, hasta David pasaba al baúl de los malos recuerdos. De repente, dejé de estar enamorada de él y me olvidé de su pasión y la mía.

Una sola cosa tenía clara. No abortaría y, ya visto lo visto, tampoco cometería la torpeza de casarme con un tipo sin entrañas, insensible y, para mí, malvado.

Pero estaban mis padres y mi afán de ser médico y, sin ellos, lo de médico se quedaría en el aire.

—Sandra —dijo papá, y yo, que lo conocía bien, supe que nadie torcería su idea, ni el cariño que me pudiera tener—, tienes dos opciones. O abortar o tomar el tren esta misma noche para donde gustes. Te damos algún dinero y te las compones con tu criatura.

Miré a mamá espantada. Me di cuenta de que pensaba igual que mi padre.

—O sea, que me echáis de casa.

—Ni más ni menos —dijo papá con acento cortante y totalmente deshumanizado—. Tú nos cubres de vergüenza. Nosotros tenemos en esta villa un buen cartel y no vas a ir tú, con tu fechoría, a destruirlo. David no se quiere casar, y los padres, por supuesto, no lo obligarán, porque tampoco desean una boda semejante. Pagan la mitad de los gastos a Londres, eso sí, y aquí como si no hubiera sucedido nada.

—Yo pensé —dije— que estabais en contra del aborto.

Esta vez saltó mamá.

¡Cuántas cosas entendí yo en unas pocas horas!

—Y es detestable. Por supuesto que somos antiabortistas, pero no toleramos que una mocosa como tú nos llene de barro y vergüenza. De modo que, cuando no hay más remedio, se echa mano de lo que sea.

—Es decir, que la hipocresía os cubre de tal modo que...

—Sandra —era papá—, o te callas o te echo de casa ahora mismo sin más contemplaciones. Y que conste, ¿eh?, no te vamos a enviar ni un solo duro. No nos tienes que decir dónde andas. Eso ya es cosa tuya desde hoy.

—Pero si soy menor de edad.

—Por eso mismo. Tu obligación es obedecer e irte a Londres con tu madre mañana mismo.

—¡Nunca!

—De acuerdo. —Nunca vi tanta frialdad en sus voces como aquella noche—. Tu madre subirá contigo y hará tu maleta. Dicen que en Madrid ayudan a las adolescentes y a sus bastardos a cambio de trabajo.

—¡Papá!

—No —dijo fríamente, caminando hacia el balcón—. Voy a respirar donde tú no estés. Berta —se refería a mamá—, sube con ella y ayúdala a hacer el equipaje. Lo puede pensar aún. Los Perol no dirán nunca nada por la cuenta que les tiene. Y nosotros, tampoco. De modo que, si vas a Londres, ya sabes, te pagaremos la carrera de médico y aquí no ha sucedido nada. De lo contrario, has de dejar esta casa esta misma noche, y el tren cruza la estación a las once.

Eso fue todo en principio.

Mamá subió conmigo y yo saqué la maleta. No lo podía evitar. Lloraba. Me caían las lágrimas sin ruido. Estaba destrozada.

—Piénsalo aún —decía mamá con una frialdad que me escalofriaba—. Estás a tiempo. Si te vas, piensa que aquí jamás podrás volver.

Yo, dentro de mi dolor, pensé: «Volveré, claro que volveré.» Y no sabía aún qué cosa haría.

Pero sí sabía que nadie, ¡nadie!, me obligaría a abortar.

Casarme con David había quedado claro que no ocurriría. Ni los padres estaban por esa labor, ni David cambiaría de estado de un día para otro, asumiendo semejante responsabilidad.

Pero lo de casarme ya no me interesaba.

El «no» de David había obrado sobre mí como si de un solo tirón me despojaran de todos los sentimientos que sentía hacia él.

Eso al menos, pensaba yo, era tranquilizante. Podría sufrir por muchas cosas, pero no por el desamor de mi novio.

—Estás a tiempo —repetía la voz helada de mamá—. De lo contrario, aquí tienes la maleta, un dinero y un tren que no debes perder.

—O sea, que me echáis de casa.

—Te decimos que debes quitarte de encima esa vergüenza; y eso se puede hacer con dinero. Nosotros estamos dispuestos a pagarlo.

—Y vais a misa...

—Sandra, tus opiniones sobre el particular no nos interesan.

—¿Y de qué voy a vivir?

—Es tu problema. Has sido mayor para quedarte embarazada, y también lo debes ser para salir del problema.

Eso fue todo.

Me dejó sola, diciendo las últimas palabras que crucé con ella en muchos años.

—Lo que sí puedes hacer es llevarte la ropa que gustes. Todo lo que sea tuyo, por supuesto, nada que no te hayan dado.

Y me fui.

Nadie me retuvo.

Me vieron salir con la maleta, una bolsa de viaje y el dinero que me habían tirado a la cara.

Ni me retuvieron, ni lloraron, ni dijeron una palabra más.

Ésa fue la iniciación de mi vida.

Me metí en un compartimiento de lo más barato y varias veces salí de él cuando alguien entraba. Necesitaba llorar y no me daba la gana de que me vieran. Así que, hacia las dos de la madrugada, conseguí quedarme sola en el compartimiento y lloré desesperadamente.

No sabía adónde iba, llevaba poco dinero y no tenía ni un solo amigo en Madrid, mi vida se había truncado por completo, pero yo, pese a todo, no abortaría.

Dejé de pensar en mis padres nada más llegar a Madrid al día siguiente.

Tenía que pensar en mí misma. Con ellos no podría contar nunca más y no digamos con David. Mi rencor era tal, que hasta me daba energía para salir adelante o, al menos, intentarlo.

Mi embarazo era de dos meses, de modo que quedaban siete para dar a luz y, además, pensaba matricularme aquellos días para empezar Medicina.

Ni corta ni perezosa, dejé la maleta en el mismo bar de Chamartín; un camarero muy amable me dijo que no me preocupara, que allí la tendría para cuando volviera a recogerla.

Diré que mi estatura era ya la que tendría toda mi vida, es decir, que no crecí más, pero ya medía un metro sesenta y seis centímetros. No era muy alta, pero tampoco era baja. Así que parecía mayor.

Lo había pensado mucho en el tren y me dije que no me iba a tirar a la calle para trabajar de prostituta. No me satisfacía el sexo. Y menos con el resultado que me había dado.

Decidí irme a la facultad. No soy tonta y eso ya lo iría demostrando en el transcurso de mi vida. Y pensé lo suficiente para buscar soluciones.

No iba a gastar aquel dinero sin aprovecharlo y ya, después, buscaría dónde trabajar. Así que decidí matricularme en la facultad. Tenía una magnífica puntuación y me había cuidado de llevar todos mis papeles. Me entrevisté con el secretario de la facultad en vez de sacar la matrícula como cualquier estudiante.

El señor era mayor y me miró muy sorprendido.

—Me dicen —exclamó— que deseas hablarme.

—Sí, señor. Es que, si no hablo con alguien, terminaré matándome.

—¡Caramba, no será para tanto!

—¿Me permite que le cuente lo que me sucede?

—No dispongo de mucho tiempo, pero hay cosas insólitas que suceden cuando menos lo esperas.

—Ésta es una seguramente.

—Es atípica, sí. Dime.

Le conté todo lo que me sucedía, añadí mi afán por ser médico, el dinero que tenía, justo para la matrícula, ningún sitio adonde ir y que no me daba la gana de abortar.

Debí tropezar con un religioso de verdad o una buena persona, al margen de su religión.

—Tendrás que ir a una casa de maternidad —me dijo—. Si todo lo que dices es verdad y quieres realmente ser médico, es mejor que te ampares ya, para que, cuando llegue el bebé, no extorsione demasiado tu vida. No sé por qué te creo, pero también te diré que tus padres no merecen ser padres tuyos.

—De ahora en adelante, no tengo padres. Tengo dos malos recuerdos.

—Está bien. Mira, yo conozco a una directora de una de esas casas de maternidad. Llamaré para que te reciban. Les cuentas tu caso. Si te pueden ayudar, seguramente lo harán.

Y me fui a la dirección que me daba don Mariano. Pero, eso sí, ya matriculada en la facultad.

Me di cuenta enseguida de qué tipo de casa era. Había críos recién nacidos y mayores, también mujeres jóvenes, vestidas de blanco, yendo de un lado para otro. Algunas, incluso, fregaban el suelo con unos aparatos que escurrían en un cubo.

Me recibió la directora, le conté mi caso y me dijo que me podía quedar en la enfermería, pero sólo por la comida. No me podían pagar un sueldo, pero aprendería y, de paso, tendría allí al hijo y dispondría de las horas convenidas para asistir a las clases en la facultad.

—Eres menor de edad —me dijo doña Sonsoles, que era la directora—, por tanto, deberás tener mucho cuidado. Y, si te gusta la medicina y la vas a estudiar, en la enfermería necesitamos personal.

Así me instalé en aquella casa de maternidad, donde muchas jóvenes daban a luz, dejaban a sus hijos allí y salían a trabajar. Otras se quedaban trabajando en el mismo centro y, aunque no recibían un sueldo, criaban a sus hijos y comían ellas.

Yo era de estas últimas. Pero puse todo el empeño que pude, y puedo mucho, en aprender en la enfermería.

Allí conocí a María Setién. Una chica cuyo caso era parecido al mío. La habían echado sus padres de casa. Hacía dos años que había llegado a la casa de maternidad, había estudiado informática y, a la sazón, trabajaba en una oficina, ganaba un buen sueldo y pensaba alquilar un piso.

—Cuando nazca tu hijo —me dijo—, lo podemos alquilar entre las dos, si tú dejas el centro y te pones a trabajar fuera.

—¿Y en qué?

—Estás estudiando Medicina —me dijo, abriendo un poco más mis ojos a la vida—. Después de que tengas el hijo, si has aprendido lo suficiente en la enfermería, te puedes colocar cuidando enfermos. Se gana mucho dinero, porque lo lógico es que te llamen para cuidarlos por las noches. De paso, estudias y, como yo trabajo durante el día, te cuido al crío por las noches, pero durante el día lo cuidas tú.

Y así hice.

Aprendí como una loca.

No me conformaba con las madres jóvenes y los críos que había en la enfermería. A solas, pensaba constantemente en lo que me había dicho María y, por esa razón, me dedicaba a estudiar libros que hablaban de la vejez, de enfermedades raras y de primeros auxilios.

No voy a entrar en más retórica, porque no merece la pena.

Empecé a engordar y, a los siete meses, era la persona que más se necesitaba en la enfermería y allí cuidaba de todo. Por eso, cuando nació Kike (le puse Enrique de nombre, pero le llamaba Kike), todos se volcaron en ayudarme.

Era un niño sano y largo. Se parecía a mí.

¡Menos mal!

A todo esto, no he dicho que en la facultad iba como sobre ruedas. No me costaba casi nada estudiar y las notas trimestrales eran altas. Ni un fallo.

Sólo una semana estuve sin ir a la facultad. Tenía las horas de la tarde y así podía trabajar en la enfermería. Y cuidar de mi hijo, por supuesto.

Le di el pecho intercalándolo con biberón, porque cuando estaba en la facultad no podía dejar la clase para ir a darle de mamar.

A los tres meses le dejé de dar el pecho, porque me tomaba muy bien el biberón y, además, yo tenía los exámenes de fin de curso.

2

Fue el momento de encaminar mi vida con más tranquilidad.

No ganaba un duro. Es cierto que no me faltaba para comer y podía criar bien a mi hijo, pero los libros, el dinero para el metro, mil detalles... En fin, cuando decidí dejar la casa de maternidad, le debía a María Setién más de veinte mil pesetas.

—Sandra, sé de dos enfermos que necesitan ayuda por las noches. Por horas. Pagan mucho. Y, a la vez, sé de un piso por el Retiro que no cuesta demasiado dinero. Entre las dos lo pagamos fácil.

Lo hablé con la madre Sonsoles. No he dicho aún que eran monjas. Pues queda dicho ya. Le conté lo que me sucedía.

—Y deseo su consejo.

—Bien quisiéramos que te quedaras, Sandra, pero lo peor de todo es que no te podemos pagar y tú necesitas dinero. Vete con María. Es una gran persona y, además, hay muy poca diferencia de edad entre las dos, salvo que ella tuvo el hijo antes que tú.

Así fue cómo, esa misma tarde, fuimos a ver el piso. Nos gustó. Era ni más ni menos lo que necesitábamos y no excesivamente caro.

Si trabajábamos las dos, lo pagaríamos sin esfuerzo.

Y, dos días después, ambas nos trasladábamos al piso. Lo decoramos y, cuando estuvo decente, nos miramos ambas.

—El inicio lo tenemos y el trabajo tú lo tendrás pronto. Acude a esas dos llamadas.

El verano era sofocante.

No teníamos aire acondicionado, pero compramos dos grandes ventiladores y los instalamos. Así que esa misma tarde, con el piso listo, me fui a las direcciones donde pedían una persona para cuidar ancianos.

Era una residencia enorme. Se notaba que era de ricos, muy ricos.

Me recibió una dama joven, muy elegante, y me hizo pasar a una salita.

—Es la madre de mi marido y su abuela. Madre e hija —me dijo—. Pagamos tanto por cuidarlas desde las once de la noche a las once de la mañana.

—¿Y podré estudiar por la noche?

—Por supuesto. Siempre que no abandone a las dos damas ancianas.

Lo que pagaban era un buen sueldo, pero si algún día, durante la semana, no tenía que cuidarlas, podría cuidar a otras y sería otro sueldo más.

Bueno, pues el sábado y el domingo no tenía que quedarme con ellas, porque las visitaba una hija monja, ya mayorcita.

Y yo busqué a otra persona anciana para cuidar el sábado y el domingo, que, por cierto, encontré enseguida.

Pasé a ganar el doble y mi hijo crecía contento y feliz, atendido por mí, junto a Betino, el hijo de María. Los dos se entretenían mucho, aunque eran de distinta edad.

Me matriculé para el segundo curso en septiembre.

Y, para entonces, ya tenía tres noches fijas para cuidar diferentes enfermos, con lo cual, mi sueldo se había triplicado.

No he dicho aún, o no recuerdo haberlo dicho, que mis notas fueron espléndidas. Ni un suspenso y, en cambio, tenía notables y sobresalientes. Pienso que, cuando amas una cosa, no fallas nunca en el camino para llegar a ella. Yo no dormía mucho y estudiaba entretanto cuidaba a mis enfermos y no perdía el tiempo. Eso sí, dormía poquísimo. Pero, como era joven, ni se me notaba.

Las familias con quienes trabajaba sabían lo que estudiaba y que tenía un hijo. Eran muy amables y generosas conmigo.

Aquel curso lo saqué limpiamente, como el primero. Mi cartel en la facultad era muy bueno, de los mejores, pero allí, salvo don Mariano, el secretario, no conocía nadie mi vida ni el hijo que tenía.

En verano, cogí otro enfermo nocturno y, como ya tenía en mi poder los libros de tercero, iba preparando aquel tercer curso sin sentir. Además, hacía menos horas en cada casa y, en cambio, ganaba más dinero.

Ligues, nada de nada.

Pretendientes, alguno, pero yo no quise volverme a meter en líos.

Eso sí, tenía una obsesión. Regresar con plaza a la villa una vez terminada la carrera y llevar a mi hijo de la mano con todo orgullo.

El regreso, como digo, era para mí obsesionante. No sabía si mis padres vivían o no, pero no tenían por qué haber muerto, ya que eran muy jóvenes cuando me echaron de su lado y nunca se preocuparon de averiguar algo de mí.

No los odiaba. Porque a unos padres nunca los odias. Pero... no los quería en absoluto ni me importaba que muriesen o estuviesen vivos. Ellos ya nunca recuperarían mi cariño perdido. Dado lo que ya he contado, se darán cuenta de que motivos para amarlos o añorarlos no tenía. Pero lo que sí tenía seguro, como obsesivo en mi cerebro, era el regreso. De cómo me las compondría para conseguirlo en la forma que yo deseaba era otra cosa. No lo sabía. Pero que mi lucha diaria era pensando en el objetivo a alcanzar era obvio.

Un día llegó María muy pensativa.

Yo sabía que tenía un novio. Hacía tiempo que su hijito iba al parvulario. Lo tuvo a los catorce años, aunque parezca extraño, y resultó que su problema había imbuido en ella una gran responsabilidad. Como en mí, sin duda (nos parecíamos), el embarazo y el posterior parto nos habían dado una madurez prematura.

Una madre, en nuestras circunstancias, suele decir, cuando

llega a la prostitución, que no tuvo otro camino para mantener a su hijo. Yo digo que eso no es cierto. Hay mil caminos para cubrir una falta y no volverla a repetir y, encima, ganar dinero para sobrevivir sin vender tu cuerpo al mejor postor, que en estos casos ni siquiera es así, porque los hombres a la prostituta la tratan como a un desecho, que les conviene para su sexualidad, pero carecen de humanidad para considerar el caso de aquella mujer.

En fin, yo sabía que María, pese a su corta edad, no se había prostituido y había trabajado de firme para ayudar a su hijo, que ya tenía tres años, y, a la vez, aprender informática, de modo que se ganaba un sueldo en una oficina de recambios de automóviles sólo manejando ordenadores y fax.

Esa noche, como digo, la vi pensativa. Qué duda cabe que conocía a Esteban, el contable de la fábrica de recambios. Es decir, que Esteban y María trabajaban en la misma empresa y eran novios. Y Esteban conocía perfectamente a Betino, el hijo de María.

Yo consideraba que Esteban era un ser humano inconmensurable y, encima, atractivo, de una edad apropiada para María, aunque la verdad es que María no había cumplido ni con mucho los veinte años.

—Sandra, tengo que decirte algo.

Yo ya lo sabía.

En su rostro se reflejaba la inquietud.

—Dime, María.

—Verás, es que Esteban se quiere casar.

—¿Sí? —Y aquel «sí» mío, interrogante, estaba lleno de gozo. Ella dijo con pesar:

—Yo estoy enamorada y, además, sé que Esteban me quiere mucho y adoptará a mi hijo y le dará su nombre. Pero lo peor es que Esteban tiene piso propio y quiere que vivamos en él.

—¿Y bueno?

—Es que, si yo me voy, ¿cómo pagarás tú sola la renta y, encima, cuidarás de tu hijo, estudiarás y trabajarás por la noche?

—Todo en la vida se arregla cuando hay voluntad para ello.

—No, no, Sandra. No todo es tan fácil.

—Mira, con que me cuides al niño por las noches, lo demás

pasa, porque gano lo bastante para pagar el piso y, encima, puedo estudiar, que es lo que más deseo.

—Hecho. Yo al niño te lo cuido por la noche.

—Pero, ya casada, ¿estará de acuerdo Esteban?

—Estará, porque te admira mucho y dice que es inconcebible hacer lo que tú haces.

—Yo lo hago por necesidad y por orgullo.

—¿Orgullo, tú?

—Mucho, María. Mucho, por mi maternidad y mi decisión de llegar a ser médico y, encima, ganar la titular de la villa donde he nacido.

—Ése es tu afán —dijo María asombrada.

—Es mi obsesión. Y nunca deseé algo que no consiguiera. ¿Por suerte? Pues no. Ya ves. Yo no creo en la suerte, pero sí creo en la voluntad personal.

—Nosotros seguiremos trabajando los dos, pero por la noche, igual que cuido a mi hijo de tres años, cuido al tuyo de uno.

Y así se hizo.

Fui una de las testigos de la boda de María y me quedé sola en el piso, y afronté pagar sola la renta, que no era nada baja.

A las ocho de la noche, llevaba a Kike a casa de María, que, por suerte, no vivía lejos. Me cuidaban al niño por la noche. Pero por el día, lo llevaba a la misma guardería que Betino, si bien no estaban juntos por la edad. Pero, aun así, yo podía trabajar más, ganar más dinero y conseguir el que necesitaba para la matrícula del tercer curso.

¿Para qué ir contando año por año?

Lo esencial es que cursaba el quinto año cuando María tuvo su primer hijo con Esteban. Eran una pareja feliz y, además, Esteban había reconocido como suyo a Betino, lo que llenaba de orgullo a María.

A mí se me complicó un poco la vida. Las prácticas me ocupaban tiempo, si bien seguía teniendo las noches ocupadas, pero eran las que dedicaba al estudio y a cuidar ancianos. Tenía cuatro fijos durante la semana. Y ganaba más que suficiente para vivir, pero vivía sola y sin amigos.

Los amigos los tenía en la facultad, pero fuera de ella ya sabían esos amigos que yo no estaba dispuesta a jugar al amor y al sexo.

En las noches de verano, aprovechaba para estudiar el curso siguiente, de modo que, cuando empezaba, ya llevaba meses adelantada y sacando enseguida notas brillantes. Se me consideraba una empollona. No sabían que tenía un hijo de cuatro años, ni que mi vida discurría de trabajo en trabajo.

Siempre tuve el afecto de las personas con las cuales trabajé y, si bien unas sabían que estaba terminando la carrera de médico, otras no lo sabían, pero, de igual modo, consideraban que responsable en mi trabajo. Y es que yo responsable lo fui desde que no quise abortar.

A los veintidós años terminé la carrera y me presenté para el MIR.

Ya me pagaban un sueldo, más pequeño, por supuesto, pero no lo podía atender todo, y el MIR y los estudios me ocupaban mucho tiempo.

Me quedé con un enfermo y, con el sueldo de MIR, fui tirando.

Mi hijo tenía seis años.

Era despabilado y cariñoso. Pasaba los días con el hijo de María, y con él iba al colegio, porque ya había dejado el parvulario.

Si me quieren preguntar si se me había ido la obsesión, les diré que no.

Tenía el MIR por delante y lo estaba haciendo precisamente en la especialidad de familia, algo que volvía al mundo de la medicina, y lo hacía así con el solo fin de presentarme después a oposiciones y ganar la plaza titular de la villa de mis orígenes.

María me solía decir:

—¿Por qué? Organiza tu vida lejos. Olvídate ya.

—He de ser médico titular de allí, pese a quien pese.

—Y allí verás al padre de tu hijo.

—¿Y bueno?

—Y a tus padres.

—También.

—Se pueden crear líos. Problemas de los cuales has escapado bien. Has terminado la carrera. Has sido tan brillante que ganarás MIR del hospital si te presentas.

—Es que no me voy a presentar.

—¿Es que amas al padre de tu hijo?

—¿Qué dices?

—Te pregunto. Porque si es el recuerdo, o la añoranza de un amor lo que te empuja...

—Nada de eso. Me empuja el orgullo, y es que, además, no quiero que nadie en la villa ignore que tengo un hijo y que me siento muy orgullosa de él.

—Sandra, también sabes que les harás daño a tus padres.

—Por supuesto.

—Y sigues pensando en ir.

—Sigo pensando en conseguirlo.

—Ganarás más dinero aquí. ¿Por qué no olvidas?

—¿Que me abandonaron a los dieciséis años, embarazada?

—Peor ha sido lo mío, que a los catorce años me pusieron la maleta en la calle. Y, a la sazón, tenemos una cierta comunicación.

—En eso no nos parecemos, María.

—Esteban tuvo que ir un día a Valencia y se presentó en su casa a saludarlos. Cuando supieron que me había casado...

—Lo perdonaron todo.

—Pues sí.

—¿Y si te hubieras muerto?

—En eso no debo pensar.

—Mejor para ti, María. Yo pienso. No lo puedo evitar. No les voy a dañar en nada, pero sí que voy a volver. Mi regreso es inevitable. Lo llevo preparando más de siete años. Y me falta aún terminar el MIR y luego presentarme a oposiciones.

—¿Y si no las hay?

—Las habrá. Hay dos médicos titulares en la villa. Hice averiguaciones y sé que los dos son muy mayores y están enfermos.

Por mucho que aguanten, no será tres años, que son los que yo necesito para terminar el MIR y pedir plaza.

—Y procurarás que ésa te toque, además de disponer aún de tres años para preparar las oposiciones. Con tu puntuación, sí que la sacarás, Sandra, pero yo me temo que te pese. Las cosas, a ninguna de las dos, nos han ido tan mal. Hay muchas otras como nosotras que están erguidas en la noche, haciendo la carrera en Capitán Haya.

—Nunca entenderé esas situaciones, María. Tú te has casado y diste con un tipo estupendo. No me asombra nada que lo ames. Pero yo... no quiero saber nada de sexo ni de situaciones de ese tipo. El día que dejé la villa, aquella noche, nací y me juré a mí misma no amar nunca más. Por la pinta, voy camino de conseguirlo.

—Tus pretendientes...

Los ojos de María brillaban, los míos pienso que seguían impávidos.

—Ya saben que conmigo no hay plan de nada. Es como si llevara una espinita fija, clavada en la sien, y no la pudiera arrancar o no tuviera necesidad de hacerlo.

—Dice el poeta que la mancha de la mora otra la quita.

—¡Oh, sí! —reí yo—. También dice el mismo poeta que la tierra está cansada de dar flores, que necesita unos años de reposo.

—Es decir, que tú no has tenido nunca otra relación.

—Nunca.

—Tampoco se puede una cerrar a esa eventualidad, Sandra.

—Yo me cerré.

—Y no te piensas abrir. Te diré, por si te sirve de algo, que yo, cuando Esteban me empezó a cortejar, pensé que buscaba plan. No lo conocía lo bastante. Era el contable de la oficina, y yo su ayudante. Pensé que iba buscando guerra. Pero Esteban lo que buscaba era una convivencia.

—Y te casaste.

—Y no me pesó.

—¿Lo amas mucho, María? —le pregunté yo, llena de curiosidad.

María no lo pensó demasiado.

Pero sí dijo con firmeza:

—Me costó. Estaba escamada. Cuando te sucede lo que nos sucedió a nosotras, dejas de creer en las personas y decides que no hay una sola buena. Pero, luego, vas observando y viviendo y, al final, entiendes que quedan aún seres humanos dignos de ser amados, y eso va desatando en ti un sentimiento.

—Que es lo que te ocurrió.

—Sí, confieso que sí. Tardé en corresponder a los sentimientos de Esteban, pero hoy, Dios mío, que no me falte.

—¿De qué hombre es tu hijo, María? ¿Fue una relación pasajera o fue un gran amor?

—Fue un amor de catorce años.

—¿Y él?

—No sé. Tendría veinticinco.

—Si no fue una violación, fue una falsedad, ¿verdad?

—Más bien falsedad. Cuando le dije que estaba embarazada, escapó y no le volví a ver. Ése ni siquiera me pagaba el aborto.

—¿Hubieras abortado, María?

—Sí, sí, ¿qué remedio me quedaba? Pero no tuve ni el dinero para eso, y mis padres tampoco lo tenían, pero es cierto, además, que ni siquiera me lo sugirieron, si bien sí que mi padre, mientras mi madre lloraba, me puso la maleta en la puerta.

—Y ahora has olvidado.

—No, no, pero dejo que el recuerdo ingrato se disipe. No los voy a querer nunca más, pero los trato. Fue Esteban a verles y... al saberme casada y en buen camino...

Me asqueó todo lo que decía la pobrecita e infeliz María Setién. Una gran persona. Menos mal que había ido a dar con un hombre muy parecido a ella.

Recuerdo que no me ablandó nada de lo dicho por María. Éramos muy amigas, pero teníamos pocas afinidades. Además, yo ya era médico y me sentía casi poderosa.

Sin embargo, con ayuda de María y su marido, terminé el MIR. Tres años que me parecieron siglos. Me había especializado en médico de familia, como digo, algo que durante años se marginó y, de súbito, volvía.

Tenía entonces Kike ocho años. Ya iba solo al colegio y, si yo tenía que ir por la noche a cuidar enfermos, él se quedaba en la cama solo. No tenía necesidad de irse. Era listo, estudioso y travieso. Tenía de todo, la verdad, pero era el vivo retrato mío, lo que, en cierto modo, me llenaba de orgullo.

Dada su inteligencia, poco a poco le iba contando mi vida, la de sus abuelos, la de su padre. Enseguida supe que era tan listo que, salvo yo, no le interesaba ninguna otra persona.

—Seré médico como tú —solía decir— y, si tengo que luchar tanto para conseguirlo, lucharé.

—Si yo vivo, y no tengo por qué no vivir, no necesitarás luchar, que para eso estoy yo, para ayudarte.

Como no me presenté a los exámenes para obtener plaza en el hospital, ya que mi destino era otro y lo tenía muy claro, me volví a enganchar a los trabajos de la noche, pero ya a otro nivel, porque era médico, cobraba más y tenía menos trabajo.

Y fue un día cuando don Mariano me llamó.

Yo había hecho mucha amistad con don Mariano durante aquel montón de años y él siempre me admiró en silencio. Un señor mayor, a punto de jubilarse, que era como un amigo para todos los alumnos, pero mío en especial.

Digo que me llamó y acudí a secretaría.

—Siéntate.

Lo hice.

—Vamos a ver si yo te he entendido bien a lo largo de todos estos años. Quieres una titular en un lugar concreto.

—Sí.

Él movía unos documentos que tenía delante.

—Oye, si has terminado el MIR, con tu puntuación, te podías haber quedado en el hospital. Los hospitales dan más oportunidades. En un pueblo, te entierras, ganas dinero, pero... nunca dejarás de ser un médico titular.

—Lo sé.

—Y aun así...

—Aun así...

—Todo por lo que te sucedió cuando hace nueve años me viniste a ver sin ninguna orientación.

—Todo por eso.

—Eres terca o...

—Tal vez obsesiva.

—Y te vas a enfrentar a tu pasado.

—Sí, pero desde una altura distinta, desde otro nivel.

—¿No saben tus padres que eres médico?

—No he sabido nada de mis padres desde que me echaron de casa.

Recuerdo que don Mariano se repantigó en la butaca.

—Oye, Sandra, dime, ¿es todo por amor al padre de tu hijo?

No soy muy reidora, pero en aquel momento emití una carcajada.

Y aun dije, sin dejar de reír:

—Claro que no. Sería lo último que me ocuparía la mente.

—Pero, sin embargo, quieres volver.

—Tengo derecho a demostrar...

—Es el orgullo —me cortó él.

—Puede.

—Bueno, bueno. Pues aquí tienes el listado de las oposiciones de este mes. Están todas en el B. O. E. Los dos médicos titulares de esa villa han muerto. Hace cosa de un año allí hay un médico... Déjame ver cómo se llama. Aquí está. José Lorear. Tiene treinta y tres años y está de titular porque le tocó. Es una villa donde se gana dinero. Bastante dinero, pero es una villa al fin y al cabo. No tiene hospitales y sí un ambulatorio, donde trabajan los dos médicos titulares. Los hospitales están en la capital, distante de la villa unos treinta kilómetros. Allí, en esa villa, se sigue una situación más bien rutinaria, porque cuando un enfermo tiene algo más que un catarro se le envía al hospital de la capital. ¿Sabes lo que eso supone?

—No.

—Pues no salirse nunca de la triste rutina. Parece ser, además, que ese médico titular está allí porque su oposición no le dio para más. No es un lugar que prefieran los médicos, salvo que tengan allí algo que les ate, como los dos últimos, que estuvieron décadas, porque allí tenían a sus familias. Este José Lorear se irá tan pronto tenga a punto otra oposición y lo asciendan.

Yo notaba que me quería decir algo más, pero también sabía que pretendía disuadirme para que renunciara.

Nada más lejos de mi mente. Es más, pensé al ver el Boletín del Estado sobre su mesa, que, sobre el particular, me refiero a la villa y sus titulares, sabía más que nadie.

—Bueno —dijo, mirándome con un cierto afecto—, de modo que sigues en las mismas, es decir, pensando que quieres esa titular.

—Sí.

—¿Sabes que tu destino puede cambiar por ese hecho?

—No me importa.

—Siempre tendrás tiempo para renunciar —dijo—. Así que te advierto que se abre una oposición para varias titulares. Pero una es ésa. Hay un médico ya, pero se necesita otro. Yo tengo aquí toda la documentación. No necesitas ser una lumbrera ni luchar por el número uno, aunque si te da la gana ya sé que lo consigues. Pero esa plaza no la quiere nadie. Se gana dinero por las cartillas de la Seguridad Social, pero no deja de ser un frenazo en una carrera. Las capitales son más sugestivas, porque dan más oportunidades.

—Yo quiero esa plaza.

—Pues aquí tienes todos los documentos. Están convocadas las oposiciones para dentro de tres meses. Es decir, en junio justamente.

—Me presentaré.

—Y sacarás el número uno, no vaya a ser que haya otro médico interesado en esa plaza.

—Pues, sí, don Mariano.

—Eres terca y lista, allá tú. Oye, si te vas, ven a despedirte. Recuerda que vivo en San Francisco de Sales. —Añadió el número y el piso—. Vivo con mi mujer, porque nuestros hijos ya están casados y viven en sus hogares.

Me despedí de él de momento y estudié bien los documentos

que me había dado y, por supuesto, me fui a apuntar para esas oposiciones y me recluí en casa para estudiar.

Tenía algún dinero ahorrado y ya no cuidaba ancianos por las noches. No, porque había cerca de casa un ambulatorio privado y me daban trabajo allí.

Es más, me pude haber hecho con el ambulatorio, porque los dos dueños habían prosperado tanto que se iban a instalar en medio de una calle céntrica, por todo lo alto.

No me quedé con el ambulatorio, pero sí que trabajé más en él a la par que preparaba las oposiciones. Trabajé más en él porque se lo vendieron a un médico joven que tenía menos experiencia que yo. Yo lo ayudaba. Íbamos a medias.

Me asombré del dinero que ganaba en aquel centro privado. Todo el entorno acudía a diario y, como el asunto de la Seguridad Social estaba tan cargado, acudían allí a reconocerse y, de paso, pagaban la visita particular.

La Seguridad Social estaba muy sobrecargada, y te daban citas para dos meses después, por lo que la gente se curaba a base de pagar visitas privadas, porque las enfermedades no esperan.

Kike iba y venía solo al colegio. Iba a un colegio privado, ubicado no lejos de donde vivíamos y, a veces, por las tardes, pasaba por el ambulatorio y volvíamos juntos a casa. Es más, al cabo de dos meses compré un auto.

Había sacado el carnet en ratos libres, y Madrid no es la villa de mis orígenes, de modo que necesitas auto aunque no quieras.

Yo lo compré de segunda mano. Un Alfa Romeo con dos años encima, pero bien conservado. Así daba viajes por Madrid y sus cercanías con Kike, y así decidí que, si tenía que irme a la villa como titular, me iría en el auto.

No lo pagué de una vez, porque no tenía suficiente dinero, pero sí que, cuando me presenté a las oposiciones para médicos de familia en villas y pueblos, ya no debía un duro. Las oposiciones no fueron nada duras. Con mi expediente universitario me fue sumamente fácil sacar el número uno. Es más, cuando solicité la plaza de la villa, la persona que llevaba esa gestión me miró desconcertada.

—¿Con el número uno solicita una villa de una categoría tan recortada? Podía pedir Madrid.

—Sí, pero pido esa villa.

—La tiene concedida por su puntuación. Pero la hubiese conseguido igual, porque estoy seguro de que nadie la solicitará.

Nunca supe si la solicitarían o no.

Sé, únicamente, que esa noche le dije a Kike, que estaba a punto de cumplir nueve años:

—Nos vamos a vivir a una villa que parece un pueblo grande.

—Donde tú naciste, ¿no, mamá?

—Sí.

—Y allí están mis abuelos.

—Eso es.

—¿Por qué vuelves?

—No lo sé. Llevo nueve años deseándolo.

—¿Por amor a la villa?

—No. Seguro que no le tengo ningún amor. Para ti, en cambio, será magnífica, porque aquí no sales solo a la calle, no juegas si no vas conmigo. Allí, en cambio, irás a un colegio privado, que los hay muy buenos, y podrás jugar cuanto gustes y, además, pronto tendrás amigos.

—¿Y si mi padre me reclama?

—No lo podrá hacer. Eres sólo hijo mío.

—Pues me basta, mamá.

—Ya veremos.

—¿Qué temes?

No sabía qué temía.

Pero me imaginaba que ni los abuelos de Kike por parte de padre me iban a agradecer verlo, ni los abuelos por parte de madre.

Yo me había ido del pueblo sin que se supiera que iba a ser madre.

No sabía qué dirían mis padres de mi paradero. Pues igual habían dicho que me encontraba estudiando en Nueva York. Eran capaces de eso, si lo fueron de ponerme en la calle con dieciséis años.

Como tenía un mes por delante antes de hacerme cargo de la

plaza, por medio de una agencia, pedí un piso amueblado para vivir.

No tenía dinero para comprar muebles.

Algún día lo tendría y, seguramente, incluso para comprar casa. De momento, me interesaba un piso pequeño, especie de dúplex y, a ser posible, cerca del muelle deportivo.

Me lo consiguieron en una semana.

Ellos mismos mandaron limpiarlo y no preguntaron para quién era.

Cuando tuve el piso listo, y aprovechando que era verano y el calor en Madrid asfixiaba, metí las maletas en el auto, desalquilé el piso situado junto al Retiro y me despedí de don Mariano y de Arturo Pelayo.

Arturo Pelayo era el médico que había comprado el pequeño ambulatorio privado. Digo, o lo debo decir, que, si hubiera querido, me habría casado con él. Me llevaba dos años. Ni me pensaba casar nunca ni me interesaba una relación amorosa, ni mucho menos un niñato por marido.

Así, con Kike al lado, más contento que unas castañuelas, emprendí el viaje con la credencial en mi poder, demostrativa de mi derecho a la plaza de titular que faltaba en la villa.

Mi regreso al fin, pero en circunstancias muy diferentes.

3

Si soy sincera, y casi siempre lo soy, tendré que decir que el viaje hasta la villa (de cuyo nombre no quiero acordarme) resultó delicioso. Y resultó así, porque lo hice sin prisas, conduciendo yo, y la distancia que separaba Madrid de dicha villa era aproximadamente de cuatrocientos kilómetros.

Ya no estábamos en la época en que llama la atención que una mujer sea médico, pero, de todos modos, conociendo al personal de la villa, no cabía duda que pronto correría la voz de que la segunda titular era mujer, y yo sabía que eso llamaría la atención en cierto modo, no para recelar de su profesionalidad, eso ya no, pero sí por el hecho de ser mujer.

Además, era un lugar de veraneo, donde el turista de medio pelo acude todos los años o tiene allí su casita de verano y, después de tanto tiempo, termina por ser en la época estival un vecino más. En invierno, la villa se queda más sola, pero igualmente es centro de reuniones por sus mariscos, sus bares, el sabor a pueblo pesquero que suele atraer a los curiosos los fines de semana.

No creía que esas costumbres hubiesen cambiado. No era lógico que se cambiasen, porque puede estar de moda un bar o una sala de fiestas, pero siempre hay algo que te atrae y lo sueles frecuentar.

Yo conducía mi Alfa Romeo, que parecía flamante, aunque

ya tuviera de vida dos años rodando. Le iba contando a Kike muchas cosas de lo que iba a conocer en la villa y sabía ya, por el lugar donde almorzamos (había salido a primera hora de la mañana) que llegaríamos sin apuros hacia las siete de la tarde. Llevaba la dirección del piso y tenía la llave en mi mano, lo que indicaba que podía llegar y hacerme cargo de él sin ver a nadie específico, porque, después de diez años o a punto de cumplirlos, no creía que nadie me reconociese, y es que yo estaba muy cambiada.

Ya no era una adolescente plana, ni mi mirada era inmadura. Ni mi pelo rubio, algo gracioso, lo peinaba a lo chico. Llevaba una melena semicorta, con un corte desigual, sin horquillas ni nada. Movía la cabeza, y mi rubio cabello iba a su sitio, con una gracia muy especial. Nunca fui una belleza, pero sí una joven con un poderoso atractivo. Ahora era una mujer distinguida, con modales pausados, de esas mujeres con clase que son serias y tienen como un cierto halo, como un misterio o algo de hérmético. Imponía un poco mi seriedad y, a la vez, ese sabor a sexy.

Yo sabía todo eso de mí, pero nunca hice uso de ello. Pensaba únicamente que Arturo Pelayo se había enamorado de mí y no lo había ocultado. Un hombre joven y moderno que trataba a la mujer de igual a igual.

Hacia las seis de la tarde, conduciendo con un Kike dormido, apoyado en mi hombro, como escurrido en sí mismo, y luciendo aún un maravilloso sol, evoqué la despedida de Arturo Pelayo.

«No te olvides que siempre estaré esperando por ti. Te vas a cansar en la villa. Terminarás por preguntar a qué has ido. Puede que lo necesite tu carácter, tu ira contenida, o tu orgullo vejado. Pero terminarás cansándote. Has nacido médico para algo más importante. Yo un día dejaré esto y me instalaré por todo lo alto como hacen los demás. Este ambulatorio de barrio da mucho dinero, pero no te da ninguna categoría. Yo busco ambas cosas, dinero y categoría, que para eso sacrifiqué catorce años de mi vida. Puedo conseguir plaza en la Seguridad Social, porque eso me daría la seguridad de un sueldo, pero, evidentemente, me estableceré en privados y cuento siempre contigo. No me consideres un niñato. Pronto cumpliré treinta años y tengo la experiencia suficiente para hacer feliz a una mujer como tú. A mí, lo de tu hijo me tiene sin cuidado. Es más, lo adoptaría con mucho gusto.»

Es consolador tener un amigo que siempre te espera, pero yo no había tenido contactos sexuales con Arturo ni con nadie. Del sexo, estaba más que harta. Mi relación con David me había marcado, porque el resultado había sido altamente negativo.

De todos modos, volvía a mi lugar de origen, pero en condición de triunfalista, se quisiera o no. Sabemos lo que es el mundo, la hipocresía que encierra y, se diga lo que se diga, es aún diferente ser una pobre mujer, madre soltera, a ser médico con la misma condición.

En cerca de diez años, no había tenido líos o historias amorosas o sexuales. Nada de nada. Había vivido para estudiar y para mantener a Kike, y ambas cosas las había logrado, por eso, mi regreso significaba tanto para mí.

Empecé a divisar la villa a las siete de la tarde y, en el auto, di una vuelta por ella. Estaba como siempre, casi, con la diferencia de que había casas nuevas, y cerca de la playa, donde sólo había prados, a la sazón, estaba aquello lleno de bungalows como si fueran de veraneantes.

Formaban filas paralelas y tenían cada uno un jardincito. Eran esas casas tipo americano, unas adosadas y otras no, que abundan ya en todos los pueblos grandes y pequeños de los lugares costeros.

Vi la mercería de mis padres. Estaba aún abierta y, como el sol no se había metido, pasando despacio, los pude ver a ellos. No habían cambiado demasiado. Mi madre se mantenía lozana y guapa, y mi padre, con los cabellos algo blancos, seguía siendo un señor serio, que también mantenía viva su lozanía.

También crucé por el ayuntamiento.

Sentí pena por no experimentar ninguna emoción. Era como si el día anterior hubiera estado allí y viera a mis padres. Sin lugar a dudas, aquel comportamiento me había hecho mucho daño.

El ayuntamiento estaba como siempre, únicamente lo habían encalado, y alguna calle antes llena de autos ahora era peatonal, lo que favorecía la circulación.

Allí estaría, sin lugar a dudas, el secretario, padre de David, y me preguntaba si David habría terminado la carrera de abogado.

Nunca fue listo David, de modo que, si la había terminado, estaría en cualquier empleo, menos ejerciendo la carrera, si es que había llegado a ella, pues, dado lo que yo sabía actualmente, me daba cuenta de que David nunca fue una lumbrera.

Dejé aquella parte de la villa y me dirigí a la dirección de mi casa, que era justamente en la mejor zona, porque daba al puerto deportivo y por allí discurría la mejor playa del litoral y estaba pegada a un muelle, porque, en la villa, había más playas y más muelles.

No se vivía de la pesca literalmente, porque se vivía más de la agricultura, ya que campo adentro se veían infinidad de caseríos, de donde procedían el ganado, el grano y la leche.

Entre el muelle y mi casa había una carretera, especie de calle, que subía hasta la cumbre de un monte por un lado, porque, por el otro, estaba la villa en sí misma.

Detuve el auto y Kike se despertó.

—¿Ya hemos llegado?

—Es todo tuyo, Kike. Mira en tu entorno.

Kike saltó al suelo y, restregándose aún los ojos, miró aquí y allí exclamando:

—¡Esto es precioso! Aquí podré andar solo, mamá. No vas a tener miedo de que me pierda, porque no es la enormidad de Madrid.

Sí, asentí, porque Kike iba a ser feliz en aquel lugar, donde podría recorrer todo y tener montones de amigos.

Yo viví allí mi niñez y sabía lo que se disfrutaba y lo poco atada que estaba, porque todos los niños iban a dos colegios privados, o a una escuela nacional, o a un instituto. Pero todos se conocían, y los colegios se hallaban ubicados unos junto a otros en las afueras de la villa, es decir, en la periferia, camino ya de las autopistas que conducían a la capital.

—Ayúdame a subir las maletas.

—¿Qué piso es?

—El segundo.

Entre los dos subimos todo de una sola vez en el ascensor. Sólo llevábamos maletas y bolsas. Íbamos a emprender una vida nueva y, dentro de la casa, esperaba que todo estuviera en orden y no faltara nada, porque así se estipulaba en el contrato.

En efecto. Era un piso pequeño, de dos habitaciones, salón comedor y cocina, más un garaje, al cual tenía derecho porque el bajo de la casa, el sótano, era una especie de estacionamiento.

La decoración era funcional. Kike andaba dando vueltas por el piso, diciendo que le gustaba, sobre todo, la vista al muelle y al mar, que era la playa cuando bajaba la marea. En aquel momento estaba alta y aquello lleno de lanchas de recreo.

—Me gustaría tener una, mamá.

—¿Una qué?

—Una lancha de recreo.

—Con el tiempo, todo se andará.

Y, después, le pedí que me ayudase a poner las ropas en los armarios, porque era lo único que portaban las maletas.

Recuerdo que, después que todo estuvo en su sitio, salimos a comer por una de aquellas tascas ubicadas todas en los bajos de los edificios.

Olía a sardinas asadas, a salitre, a marisco. Siempre tuve la sensación de que llevaba aquel olor impregnado en mi piel.

Pedimos gambas a la plancha y después un chuletón.

Ambas cosas estaban riquísimas. No vi a nadie conocido, pero tampoco consideraba que, después de casi diez años, reconocieran en mí a aquella adolescente que una noche desapareció de la villa sin dejar rastro.

Cuando regresaba a casa, de la mano de Kike, que ya me llegaba casi al hombro, iba pensando si David estaría casado, si tendría hijos. Por la edad, podía, desde luego. Pero, dado su egoísmo, dudé que supiera compartir su vida con nadie.

Dormimos bien esa noche. A la mañana siguiente, tenía que

hacer dos cosas. Personarme en la alcaldía para hacerme cargo de mi trabajo y buscar colegio para Kike, para cuando empezara el curso.

Lo enviaría al que iba yo de pequeña, antes de entrar en el instituto. Dada la edad de Kike, no podía ir aún a un instituto y menos como estaban las cosas a la sazón.

Por la mañana, dejé el desayuno hecho a Kike y un papel escrito: «Si sales, mira bien por dónde vas, para poder regresar.»

El alcalde no me reconoció, ni yo a él. Cuando me marché era un señor de UCD y, a la sazón, gobernaba el socialismo y ya se empezaba a tambalear su credibilidad, lo que hacía pensar que el cambio se imponía y que esta vez quizá ganara la derecha, con José María Aznar a la cabeza. Yo, digo la pura verdad, no tenía una idea política demasiado marcada, por tanto, me importaba un rábano que mandara quien mandara, pero sí me interesaba que mantuvieran viva y sana la democracia.

El alcalde me pareció algo borde, pero fue amable y firmó mi documentación, deseándome suerte.

—Puede empezar cuando guste. En realidad, el doctor Lorear está muy necesitado de ayuda. Hay demasiada gente, y todos recalan en el mismo ambulatorio.

Me fui.

Sabía en qué calle estaba. En realidad, era una plaza y, en los bajos de un enorme edificio, estaba instalado el ambulatorio.

Conocía el caserón, porque, cuando yo tenía dieciséis años, era la escuela nacional y, ahora, dicha escuela, según me explicó el alcalde, era nueva y estaba en la zona donde se ubicaba el instituto.

Entré en el ambulatorio hacia las doce. A pie, por supuesto. Usar el auto para andar por la villa era una tontería, porque no había distancias largas, o sería que en Madrid lo eran mucho, aunque no lo dijéramos así.

Enseguida vi al médico.

Recordé el nombre que me había dado don Mariano. José Lorear. Dentro de la bata blanca parecía mayor, pero sin duda, no lo era. Creía recordar que don Mariano me había mencionado que tenía treinta y tres años. Los aparentaba. Era algo calvo, sin serlo demasiado, pero en los aladares le faltaba pelo. Alto y moreno, de negros ojos, tenía como una gran prestancia. Me gustó. No era atractivo, pero sí muy varonil, y con un estilazo enorme.

Sin duda me hallaba ante una persona madura y lista.

—¿Deseaba...? —preguntó al verme mirando aquí y allí.

—Soy la nueva médico.

—¡Ohhh!

Y noté que lanzaba la exclamación con agrado y alivio, como diciendo: «Era hora, y qué gusto que seas una mujer.» Es que para entonces los hombres no tenían ya prejuicios en cuanto al sexo de sus compañeros.

Avanzó hacia mí con la mano extendida.

—Me llamo José Lorear y llevo aquí un año.

Y lo decía como si llevara siglos.

—Soy Sandra Villar.

—¿Te inicias aquí como médico?

—¡Oh, no! Llevo ya mucho en la brecha.

—Pero si eres una cría.

—Gracias... pero no lo soy. —Y como no tenía complejo de años, añadí—: Tengo veintisiete años y llevo casi cinco con la carrera terminada.

Pareció asombrarle mucho. Médico a los veintidós años, no es corriente.

—Te enseñaré cómo funciona esto. Pero después. Ahora, busca una bata y un fono y a trabajar, porque tenemos en la antesala unos cuantos clientes.

—¿Se trabaja por la tarde?

—Particular y en otro sitio. Abrí clínica, porque, por la tarde, la Seguridad Social no funciona. Es decir, no se abre el ambulatorio, aunque se hagan visitas si te llaman.

—Es decir, que trabajar por tu cuenta es natural.

—Por supuesto. Si no quieres de momento montar clínica, te ofrezco trabajo conmigo. Hay muchos clientes privados, aunque creas que no.

—Ya sé, ya sé. Vengo de trabajar en un ambulatorio privado.

Después, sin concretar nada, empezamos a trabajar.

Para mí no era ninguna sorpresa, ya que llevaba en aquel oficio más de tres años. Después de terminar el MIR. Por eso no me asustó la rápida incorporación al trabajo.

Al finalizar la jornada, hacia las dos de la tarde, José me dijo con toda naturalidad:

—Oye, si quieres celebrar tu debut aquí, almorzando conmigo, nos acercamos a los muelles, que es donde se come de rechupete en las tascas.

Acepté, pero añadí:

—Primero, tengo que ir a casa a ver a mi hijo.

Me miró sorprendido.

Pero no hizo comentarios, y ya, sin bata y sin fono, nos lanzamos caminando hacia los muelles, que no quedaban lejos. Realmente, allí no quedaba nada lejos. Todo estaba como apiñado.

Yo me preguntaba cuándo se enterarían mis padres de que el nuevo médico era su hija. Y David y el secretario del ayuntamiento, padre de David, y doña Eloína, madre de mi ex.

En fin, todos.

Pronto, sin duda, porque las noticias en una villa de ésas corren como la espuma.

—Si acepto tu almuerzo —le dije con sinceridad—, no tengo más remedio que ir a buscar a Kike, y tú no tendrás más remedio que invitarlo, porque no lo voy a dejar solo.

Él dijo riendo, algo nervioso:

—¿Es que no tiene padre?

Yo me separé de él diciendo:

—No. Soy soltera.

Y me fui.

—Te espero en la tasca. Mira, aquí mismo.

Yo miré y seguí caminando, si bien asentí con un movimiento de cabeza.

Como mi casa estaba allí cerca, al rato, retorné con Kike.

—Estuve en el muelle —me contaba Kike— y conocí a unos

niños. Me fui a jugar con ellos a la playa. —Hablaba entusiasmado, mientras caminaba a mi lado—. Nunca había visto el mar,
mamá, y me parece grandioso.

Así llegamos a la tasca, y José nos esperaba, sentado ante una
mesa, al fondo del local. Se levantó galante para recibirme. Vestía
pantalón blanco y suéter azul oscuro de manga corta. Hacía calor. Me gustó José, me parecía muy varonil. Me gustó mucho.

—De modo que este hombrecito es tu hijo.

—Hola —dijo Kike con su soltura habitual—. Me llamo
Kike.

—Yo, José.

—Pues mucho gusto, señor.

—Llámame José y tutéame, Kike, es mejor.

Después comimos a base de marisco y pescado. Kike se marchó feliz de poder corretear solo, sin que yo le fuera detrás.

Casi enseguida, noté que alguien me miraba desde atrás.
Dudé en volver la cara, pero, en la duda, la persona que me miraba, preguntándose si sería yo o no, ya estaba allí, al lado.

Era David Perol.

—Sandra Villar... —siseaba—. No es posible.

—Ah —dije yo sin moverme—, de modo que andas por
aquí, David.

—Siéntate —dijo José—, pareces un tonto. Se diría que, si
bien conoces a Sandra, no esperabas verla. Es la nueva médico.

David cayó sentado de golpe sin dejar de mirarme.

—¿Médico? ¿Médico dices?

—Sí. Ya sabes que siempre deseé serlo.

Kike apareció de súbito, diciéndome al oído:

—Dame dos duros, mamá. Me quiero comprar una pelota.

David se quedó mirando a Kike con expresión de tonto. En
cambio, José nos miraba a ambos, ora a uno, ora a otro.

—Este crío... —tartamudeó David— es... tuyo.

—Sí.

—Me llamo Kike —dijo mi hijo y miró a David como si fuera un gusanito.

Pero, de repente, David dijo, ahogándose:

—Soy tu padre, Kike.

—Ah, ¿sí?

David enrojeció.

—Kike, es cierto. Sé más respetuoso.

Kike miró a David sin ninguna curiosidad.

—Perdona. No lo sabía. Es decir, sabía que mi padre vivía en este pueblo.

—No es un pueblo.

—Bueno —dijo Kike, con cierta suficiencia muy suya—, comparado con Madrid... Pero se me antoja que a mí me va a gustar esto, que es más pequeño y te permite andar solo por ahí... Me voy, me están esperando unos chicos.

Y se fue.

Noté la desolación y la perplejidad de David.

Yo dije, ante el asombro de los dos hombres, un asombro sin duda obvio, pero por causas diferentes:

—Nunca le negué que tenía un padre en esta villa. Los niños no nacen solos, y mi hijo está preparado para saber eso y más.

—Pero... —más asombro aún—, ¿saben tus padres...?

—Yo no me he puesto en contacto con ellos.

—Pero... ser médico.

—Siempre lo deseé ser, David.

—Sí, pero sola... con un hijo... —Se levantaba—. Me tengo que ir. Dime dónde vives, porque quisiera... En fin, yo sigo soltero.

—Pues ya tienes edad para casarte, David —dije.

Él se fue casi corriendo, como menguado, muy raro o muy como yo esperaba, inconscientemente, que reaccionase cuando me viese.

José dijo igualmente perplejo:

—Conocía la historia de David. Es amigo mío. Pero me imaginaba que... En fin, tengo la sensación de que te viste con él ayer.

—Hace casi diez años que no lo veo.

—Y has vuelto por él.

—No. Por supuesto que no. He vuelto porque me fui para regresar. Y he regresado como he querido.

—Como médico.

—Por supuesto.

—Me maravillas. ¿Te puedo preguntar cómo has vivido, te has hecho médico y has criado a tu hijo?

No tuve reparos en contestar.

Además, estimaba que, diciéndoselo a él, no tendría que gastar más saliva explicándolo, porque él se encargaría de contárselo a David, y lo demás estaba cantado.

Cuando terminé, y gasté las menos palabras posibles, él, cuerdamente, comentó:

—Parece mentira lo fácil que uno cuenta tragedias y lo difícil que debe ser vivirlas.

—Es mucha la diferencia, sí.

—Fue admirable tu labor. Y todo eso sola.

—Sí.

—Es decir...

—No he tenido amantes ni ayudas, si es eso lo que no te atreves a preguntar.

Lo vi aturdido y, enseguida, dijo atropelladamente:

—Oye... no...

—¡Qué más da!

Y mi gesto era de sincera y total indiferencia.

4

Me enseñó esa misma tarde su casa, en la cual, una parte era vivienda (enseguida supe que era soltero) y otra, la clínica, que le ocupaba medio piso.

Quedamos en que probaría a trabajar con él. Es decir, en el relato de mi vida, aunque breve, le hablé de mis experiencias profesionales. Y la razón por la cual regresé como una masoquista, para que supieran que, sin ayuda de nadie, se puede cubrir un sendero y llegar a un objetivo.

Después, me despedí de él.

Eran las siete cuando pensé que tenía que buscar colegio para el niño antes de que se quedara sin plaza.

Y pensé en el colegio donde yo había estudiado cuando tenía la edad de Kike.

Me fui a pie, porque estaba en el centro de una plaza, pero con mucho terreno para jugar hacia dentro. Es decir, a la vista, sólo parecía un palacio antiguo, pero, dentro, porque estaba vallado muy alto, había campos para deportes. Cuando yo estudiaba allí, los alumnos se iban mañanas y tardes enteras a jugar.

Era un colegio privado caro, lo recuerdo bien, porque mamá siempre se quejaba, clamando por mi edad para pasar al instituto.

Para entonces, ya sabía, porque me lo había comentado José, que el colegio había sido adquirido por un señor, catedrático de lengua, que se quiso establecer por su cuenta y contrató profesores. Era, según José, un enamorado de la docencia, pero también aficionado a la pesca, pues salía a pescar todas las tardes en su fueraborda, pero, para las siete, ya estaba de regreso, siendo, por tanto, una buena hora para visitarlo.

En fin, allí estaba yo ante el portón.

Me abrió un hombre de cabellos blancos mayor y con el rostro curtido por el aire y el sol. Ya nada más entrar, consideré que todo aquello era diferente a cuando yo estudiaba allí. Se veía un vasto campo con mucha hierba muy verde cortada al ras, como si fuera una alfombra. Había, además, piscina y cancha de tenis. Esto me indicaba que, si antes era caro, a la sazón, sería casi inalcanzable para mis emolumentos. Entendí, porque José me advirtió, que era de élite y que incluso acudían autocares con niños de la capital, pero también que tenía profesores de idiomas nativos y todos eran licenciados con años de experiencia.

—Deseo ver a don Carlos Vega —dije al señor anciano.

—¿De parte de quién?

—De la madre de un niño al que desea educar aquí.

—¿La espera?

—No me cité, no.

—Pues, entonces, será mejor que yo se lo vaya a decir. Pase y siéntese en ese banco de la glorieta. Él está haciendo deporte en el campo de fútbol.

Y me senté allí a esperar.

Enseguida vi a un hombre alto, de cabello castaño claro y ojos canela que se acercaba apresurado. Vestía pantalón blanco y una camisa tipo polo también blanca, en torno al cuello llevaba una toalla y parecía sudoroso. Calzaba zapatillas de tenis con calcetines de deporte.

Me era familiar.

Cuando estuvo ante mí, él también me miró con asombro, pero dijo con toda nitidez:

—¿Qué tal, Sandra?

Y me alargó la mano.

Yo di un brinco.

Era el director del instituto donde yo había cursado el bachillerato y lo tuve de profesor en casi todos los cursos. Era catedrático de lengua y se llamaba, ¿cómo no me había percatado?, Carlos Vega. A la sazón, tendría treinta y siete años. Un tipo siempre desenfadado, atractivo y muy solitario.

—Pero...

—Sí, sí —rio él, apretando mi mano, causándome un... ¿escalofrío? Pues sí, sí. Aquel hombre me estaba impresionando como no me impresionó ningún otro, ni siquiera David cuando empecé a cortejar con él—, estás en lo cierto. Soy el catedrático que te dio algún dolor de cabeza. Perdona mi indumentaria. No sabía que anduvieses por la villa.

Me senté y dije:

—Soy médico titular, con José, de la Seguridad Social.

Lanzó una carcajada.

—De modo que médico. Lo que siempre quisiste ser. ¿Por qué desapareciste tan pronto?

—¿No has sabido por qué?

—No —rotundo y sincero.

—Me quedé embarazada de David.

—¡No me digas...!

—Te digo. Mis padres me pusieron la maleta en la calle.

—Y tú, con ese temperamento fortísimo que tienes, dijiste que el niño nacería.

—Y para él vengo a buscar plaza para el próximo curso.

—Eso está hecho. Pero, ven, vamos dentro de casa. Aquí está aún cayendo el sol como si fuera mediodía. —Se puso en pie y los dos caminamos hacia el palacio—. Yo creo que esto está bien encauzado. Un día me di cuenta de que había un buen instituto, pero para niños más pequeños no había casi nada. Una escuela pública embarullada por la burocracia y un colegio barato con profesores sin titulación. Me salió bien el negocio y dejé el instituto. Ahora, esto es mío y aquí tengo lo mejor de la villa y la capital y aun de mucho más lejos, porque, en invierno, tengo internado. Ven, siéntate a la sombra, en la salita.

Me conducía serenamente.

Yo lo miraba vestido así y no me parecía que tuviese treinta y siete años. ¿Soltero o casado?

Ya de profesor catedrático en el instituto, me impresionó, cuánto más ahora, que tenía unos cuantos años más.

—Lo que no entiendo es cómo te pudiste hacer médico, ganar esta plaza y, encima, criar a tu hijo.

—Pues ya ves, sin ayuda de nadie.

Pero no me metí en prolijas explicaciones de mi vida. Que pensara lo que le diera la gana.

Me enseñó las aulas y todo el colegio. Su casa, o sea, su vivienda, no era aquélla. No estaba dentro de lo que suponía el colegio, sino en el campo, al final del mismo y bordeada por una valla de madera. Un tipo de bungalow muy bonito. Tenía poco jardín y se notaba que era muy íntimo. Me extrañó que estuviese casado, porque en aquella casita, muy linda, sí, no cabía una familia.

Él, como adivinando mis pensamientos, dijo:

—Es mi casa. Vivo solo con Luzón. No te acuerdas de él porque se le blanqueó el cabello, pero era el conserje cuando tú estudiabas en el instituto. Después, se jubiló y, como no tenía familia, lo invité a vivir conmigo de jardinero. Hay más, pero sólo por épocas. Él está siempre. Es un buen cocinero y sabe limpiar divinamente la casa.

—O sea, que no te has casado.

—No, no —rio divertido—. Soy demasiado egoísta para mantener a una mujer y a unos hijos y, encima, que me den la lata, que me resten intimidad.

Después que me enseñó el colegio y su casa, añadió:

—Oye, me gustaría ir contigo. Pensaba salir. Si me das cinco minutos para cambiarme...

—No faltaba más.

—Saluda a Luzón.

Y me fui a saludar al ex conserje, que dijo haberme reconocido nada más llegar. Por lo visto, había madurado más por dentro que por fuera.

Recordé también cómo solía vestir el director del instituto.

Era un bohemio despreocupado. Todos tan atildados y él siempre vestido con un pantalón más bien viejo y una camisola parda. Nunca lo vi con traje ni con ropa de buena calidad. Seguro que compraba en los grandes almacenes para acabar enseguida. No me imaginaba aquel cacho de virilidad perdiendo el tiempo con un sastre y buscando marcas registradas. En fin, que no esperaba yo toparme con semejante individuo en el colegio de élite.

Lo vi aparecer enseguida, con pantalón blanco largo, camisa tipo polo de color rojo. Calzaba zapatos de fina piel, deportivos, pero sin calcetines.

En fin, que me gustó más si cabe.

—¿Ya has visto a David? —me preguntó nada más dejar el colegio.

—Sí.

—¿Y?

—¿Tú tienes trato con él?

—En una villa de éstas no tienes más remedio que tener trato con la gente. Es inevitable. De todos modos, no somos amigos. Conocidos nada más. Nunca fue un buen estudiante.

—¿Y qué hace ahora?

—Terminó Derecho tarde, mal y nunca, y ahora es empleado del ayuntamiento, del que su padre, lógicamente, sigue siendo secretario. David es un funcionario a secas. Y no sé qué habrá dicho de su hijo. Porque yo nunca supe que lo esperara.

—Es que no creo que esperara verme a mí en el resto de su vida.

—Pero tú has decidido regresar.

—Por el tiempo que sea. Mientras Kike, mi hijo, no ingrese en la universidad, después, me iré. Siempre tendré dónde trabajar en Madrid. Dejé allí amigos entrañables en la profesión.

—No me asombra —dijo mirándome de soslayo. Luego añadió intrigado—: Qué callado lo tenían tus padres. Nunca supe nada de tu paradero. Pensé siempre que estarías estudiando fuera.

—¿Sin venir por vacaciones?

—Oye, cada cual sabe su vida.

Fue una charla bastante amable y, sobre todo, muy cálida. Nos despedimos ante mi casa y me citó para el día siguiente con el fin de hablar de Kike y conocerlo.

Todo se precipitó, y yo lo presentí. Qué digo lo presentí. Lo tenía ya calculado, incluso lo que yo diría como réplica.

A las diez, llegaba Kike todo sofocado. Venía sucio y arrugado, pero feliz.

—Mamá —me gritaba—, esto es vivir. El mar, los amigos, los juegos... ¡Dios! Pensar lo pesado que es Madrid.

Se sentía pletórico.

—Ve a darte una ducha —dije— y luego me cuentas cuántos amigos hiciste.

Se fue e inmediatamente oí el timbre de la puerta.

Me dije: «Ya empieza el sainete.»

Y, en efecto, empezó el sainete humano, falto de ternura, de amor, de afectos. Allí sólo imperaba el qué dirán, los prejuicios. «El campanazo» y el convencionalismo. Es decir, la hipocresía en la cual vivieron toda su vida mis padres y los padres de David.

Porque, cuando vi a mis padres en la puerta de mi piso, no sentí ninguna emoción. Era, para mí, como si los hubiera visto el día anterior y me estuvieran echando aún de casa. Para ellos no creo que fuera diferente.

Mamá dijo nada más verme:

—Hay que tener cara.

Yo dije por toda respuesta:

—Pasáis o...

Pasaron los dos como dos meteoros. Me dio pena pensar que me habían engendrado, pero también me consoló el pensar, asimismo, que quizá nunca sintieron gran cosa el uno por el otro y cargaban tranquilamente con su absurda monotonía.

—¿Por qué —gritó papá cuando yo cerré la puerta— has vuelto? ¿Qué nos pretendes demostrar?

—Sentaos si os place —repliqué yo serenamente—. No pretendo nada, o pretendo, simplemente, demostrar que, sin vues-

tra ayuda, he llegado a ser lo que siempre quise y, además, tengo
el hijo que vosotros pretendisteis destruir.

—O sea, que nos vienes a llamar mentirosos.

—No lo creo. Ni creo que mi presencia sea una ofensa para
nadie. Tengo un hijo del cual me responsabilizo y es mío nada
más. No me interesa David, ni sus padres, ni vosotros. Pero soy
médico y estoy destinada aquí. De modo que, si habéis mentido
diciendo que me encontraba en Nueva York o Londres o donde
se os antojara, yo no soy responsable. Cuando me echasteis de
casa era menor de edad y no tenía un duro. Hoy no sólo soy más
que mayor de edad, sino que tengo al hijo que pretendisteis destruir y, encima, soy médico, no tengo ninguna necesidad económica, y mi hijo me adora.

Precisamente, todo esto lo oyó Kike, porque apareció en el
umbral, vistiendo el pijama y con el agua chorreando por su
cuello.

—Éste es Kike, mamá. Kike, éstos son mis padres.

—Tus abuelos.

Kike no hizo ni caso, pero sí que les saludó con suma educación.

—Buenas noches.

—¿Es eso todo lo que tienes que decir a tu abuelo? —gritó
mi padre.

Kike no se inmutó.

Parece mentira lo que intuye un niño de nueve años ante una
injusticia.

—Perdone, señor. No tengo interés alguno en tener abuelo.
Pero sí que no me perdonaría no tener madre. —Y, volviéndose
hacia mí, añadió—: Mamá, te quería preguntar si puedo poner la
televisión.

—Desde luego —dije yo.

Kike miró a mis padres como si fueran dos extraños, para él
lo eran, y dijo:

—Buenas noches.

Los vi otro día, pero, para entonces, ya sabía algo que me molestaba en extremo.

Me lo había dicho José.

Ya saben, mi compañero de ambulatorio.

—Oye, creo que en la tienda de tus padres entra menos clientela.

—¿Y eso?

—Tu historia...

—¿Mi qué?

—Que se va sabiendo poco a poco. Culpan a tus padres, entiende. Dicen que cómo te pudieron echar de casa. Los padres de David, por lo visto, están también arrinconados.

—Pero si a mí nadie me preguntó nada salvo tú.

—Yo no hablo de tus cosas, Sandra —dijo serio, y yo lo creí—. Tú has sido sincera conmigo y a mí no me gustaría tener la categoría del cuenta cuentos o historias ajenas. Tampoco cuento las mías.

—David... ¿Supones que David?

—Cuando se emborracha, y lo hace todos los fines de semana, sin que sea un alcohólico, habla demasiado. Yo, estando sobrio, se lo tengo advertido. Y si él contó, como víctima, que no le dejaron casarse contigo..., el resto te lo puedes suponer.

Decidí verme con David.

Y lo cité en casa.

Para todo esto, añadiré que me veía con Carlos casi todas las tardes, porque congeniamos y nos solíamos ver en un club de mar que había al final del malecón. Me gustaba Carlos, pero ya hablaré de él en otro momento.

Lo que me interesaba entonces era aclarar lo de mis padres, que, si bien me eran indiferentes, me fastidiaba que se supiera que me habían echado de casa con dieciséis años y embarazada. Eso, lógicamente, no agrada a nadie. Ni siquiera a mí, que era la víctima.

Yo había vuelto a la villa con el título de médico para sentirme orgullosa y para que ellos sintieran el golpetazo de su conciencia, si es que la tenían. Pero no para vengarme de nada ni para odiar a nadie.

Tenía mi trabajo, y a mis padres ya les había golpeado, había golpeado también a los que pudieron ser mis suegros y, sin duda, a David.

Pero, a David, lo quise ver a solas.

Lo cité para las once. Lo que pudieran decir de mis visitas me importaba un rábano ni la hora en que las recibía, porque ya en varias ocasiones había venido Carlos a buscarme y subió hasta la segunda planta.

Diré que lo cité a una hora en que Kike ya estaba en la cama. Y, a propósito de Kike, no había comenzado aún el curso ni mucho menos, pero se llevaba divinamente con Carlos. Kike estaba aprendiendo a jugar al tenis y, a veces, se citaba con Carlos y se iban los dos a jugar a la cancha del colegio.

Pero ahora estoy hablando de David.

Llegó a las once en punto. Ni que estuviera esperando tras la puerta a que el reloj las diera.

—Pasa y toma asiento. Termino enseguida.

—Yo no tengo ninguna prisa.

Lo corté:

—Yo, sí. Me levanté muy pronto y no me quiero acostar tarde. Veamos, ¿qué cosas has contado por ahí de mi ausencia de casi diez años?

—Pues...

—La verdad, si es que la recuerdas, David, porque me he enterado que los fines de semana, el viernes concretamente, sales y no te acuerdas de volver a casa y, encima, coges una borrachera bochornosa, durante la cual cuentas toda tu vida.

—Oye...

—Mira, si la cuentas, peor para ti. De mí nada vas a conseguir. Pero estás consiguiendo, en cambio, que tus padres y los míos resulten odiosos al personal. Y eso de que tú te quisiste casar conmigo para evitar la vergüenza es falso. De modo que, si tú sigues hablando, yo diré que lo que dices, al menos lo de que te querías casar, no es cierto y que me empujasteis al aborto los cuatro y, contigo, cinco.

—Sandra, tienes que ser realista. En aquel momento no tenía ni para mantenerte y no era abogado.

—Pues te costó mucho serlo, y no creo que con tu sueldo de funcionario del ayuntamiento me pudieras mantener ahora.

—Es que haría lo que fuese.

—¿Vender droga? Porque sólo ésos son los que prosperan rápidamente.

—No, no. Pero hay mil cosas que hacer.

—Mira —y lo apunté con el dedo enhiesto—, ni colgado del faro que señala la entrada del puerto, sería capaz de salvarte yo. Pero tampoco lo sería de casarme contigo. Y te quiero decir una cosa para que la tengas muy en cuenta. No me interesa en absoluto que mis padres no tengan clientes. Para nada, ¿eh? Ni que tus padres no salgan los fines de semana a comer asidos del brazo, como dos señores respetables y, encima, para más cachondeo, vayan a misa todos los domingos y fiestas de precepto como dos santos. Allá ellos con su hipocresía. Pero que no me culpen a mí de no hacer la vida de siempre. Y todo por tu bocaza. Yo no vine aquí a contar mi historia. Vine porque nací aquí y os quise demostrar que se podía llegar lejos y dignamente con un hijo, sin prostituirse ni abortar. ¿Quedó todo bien claro?

—Sí, sí. Pero si nos casáramos... Kike no tiene nombre, es decir, tiene el tuyo, y yo soy su padre.

—No seas memo, David. A Kike le importa un pito. Ni él necesita más nombre que el mío, porque sabe mejor que nadie lo digno que es. ¿Por qué no dejas incluso de perseguirle? El chico es feliz en una villa como ésta, en la que puede salir a la hora que le da la gana y tiene amigos. Eso llena mucho a un niño. Pero que le persiga un padre que nunca conoció y sabiendo, además, que está en el mundo porque yo me empeñé, porque tú, su padre, lo habrías matado siendo un feto, ya me dirás. Deja al crío en su vida y sus cosas y tú, piensa en las tuyas y enfócalas hacia otro lado. Ah, y si te emborrachas, aprende a contar un cuento, pero no me menciones.

Eso fue todo. Después lo despedí.

Sentía asco y pena y, a la vez, una hartura tremenda de una villa tan mezquina. Pero ya sabía yo que todas eran así, sobre poco más o menos.

No me interesaba ni ser la víctima en aquella estúpida historia.

Cuando sonó de nuevo el timbre de la puerta fruncí el ceño. ¿Él otra vez?

Abrí.

Allí lo tenía.

—Sandra, podríamos hablar un poco más...

—No me interesa.

—Verás, es que yo nunca podré decir nada malo de ti ni con una borrachera.

—Me tiene sin cuidado. Tanto que digas bien como que digas mal. Estás al margen de mi vida, pero, por favor, hombre, que yo vea al menos que has madurado.

—Nos queríamos mucho, Sandra.

¡Oh, no! Soportar a David en plan amoroso o tierno me sacaba de quicio.

Siempre supe que volvería por mi orgullo o por mi dignidad, pero no por aquel capullo, que, si no me equivocaba demasiado, era un subnormal al que le faltaba por lo menos un mes en el vientre de su madre para haber dignificado las neuronas o los genes.

—Yo nunca perdoné a mis padres que te dijeran aquellas cosas.

—Si me es igual. Si no las hubierais dicho no os habría conocido y, de esa manera, os conocí.

—Oye...

—No, David. Olvídame. No creo que me pudieras mantener. Ya no soy la chica de dieciséis años. Ahora necesito más cosas y hasta más pasiones. No tus sucedáneos.

—Eres dura.

—Ni más ni menos que como soy en realidad.

—Es que tus padres están muy arrepentidos, pero no lo quieren admitir.

—¿No te digo que me es igual?

—Y los míos no salen de casa.

—Peor para ellos. Yo voy a vivir en esta villa de mi trabajo y mi situación de soledad. Y ya tengo a mi hijo ingresado en un colegio de élite para cuando empiece el curso.

—Lo pago yo.

—No tienes sueldo para pagarlo —reí a mi pesar—. Pero, como no eres su padre ante la ley, tampoco tienes nada que pagar.

—Lo soy ante la ley si pido su paternidad.

—¿Sí? ¿Podrás después de haber estado sin verlo cerca de diez años?

—Pero puedo exigir que me analicen la sangre.

—Y yo me puedo negar a que analicen la de Kike. Esta situación entre padres y madres es muy distinta. ¿No lo sabías?

Lo debía saber porque frunció el ceño.

Yo abrí la puerta y lo empujé blandamente.

—Buenas noches, David.

—Es que...

—Olvídate. Buenas noches.

Y por fin lo despedí.

Oí sus pesados pasos descender por la escalera.

A la vez oí sonar el teléfono.

Era Carlos.

—Oye, mañana es sábado y no tengo nada que hacer salvo salir de pesca. Hay unas calas preciosas por esas playas. Dime si te apetece venir.

—¿En qué?

—En mi fueraborda. Es casi como un yate pequeño. Incluso puedes dormir, si quieres, pues tiene camarote.

—Es que pensaba hacer cosas.

—Déjalas para otro día. Acabo de oír un telediario con la nota del tiempo y lo pronosticó precioso para mañana. ¿Te mareas?

—No lo sé.

—Pues lo sabrás mañana. Si no te mareas, te encantará el mar y navegar a toda velocidad. ¿No te contó Kike su emoción de hoy?

—No, ¿qué pasó?

—Salimos en el fuera borda a alta mar. No sabes lo que disfrutó. Se salvó, porque no se marea. Lo raro es que no te lo haya dicho.

—Es que yo no estaba en casa cuando llegó. Se duchó, se preparó su bocadillo y se acostó. Me lo contará mañana.

—Bueno, dime, ¿qué harás tú?

—Déjame pensarlo. Llámame mañana, porque, si vamos de paseo, no creo que quieras amanecer en el mar. Yo, guardia, no tengo. Porque mañana la tiene José. Le toca a él.

—Dicho. Mañana a las diez te llamo.

Y en eso quedé con Carlos. Me fui a la cama y pensé en José como último recuerdo de ese día. Yo sabía que José me amaba. Una mujer tiene un instinto especial para observar esas cosas.

5

No pude ir con Carlos de pesca o de recreo, se llame como se llame el viaje por mar. El caso es que, de súbito, ocurrió un accidente a la entrada de la villa y hube de ayudar a José a hacer las primeras curas en el ambulatorio antes de que llegara la ambulancia y nos fuéramos los dos con los heridos al hospital de la capital.

—Oye —me dijo José, mientras conducía su auto detrás de la ambulancia—, no sé si llegarán vivos. Pero nuestro deber es llevarlos a un hospital. Seguro que te fastidié un plan.

—Me lo fastidiaron los dos heridos —dije yo riendo—. Me había invitado Carlos Vega a ir en su pequeño yate.

—Ah... Te diré —añadió después de la exclamación— que yo tengo una lancha de recreo muy cómoda. Si te apetece, al regreso del hospital, después que hayamos entregado a los heridos, te invito a dar un paseo por mar.

—No me parece propio hacerle un feo así a Carlos.

José se calló un rato. Después, sin dejar de conducir serenamente por la autopista que nos llevaba al hospital, preguntó con cierta dulzura:

—¿Tienes algún plan con el catedrático? Bueno, dirás que qué me importa, pero el caso es que sí me importa.

—Yo no digo nada, José.

—Por lo menos, permíteme que te diga que... me gustaría... en fin, que fuésemos más amigos.

—Somos amigos y compañeros —dije yo mansamente.
Intentaba evitar que José me declarara su amor.

Yo no estaba segura de que fuese amor lo que José sentía por mí. Pero sí sabía que le gustaba una barbaridad. Y presentí que Kike, en la vida amorosa de José conmigo, no era ningún obstáculo.

—De todos modos —insistió él—, es sábado y, una vez entreguemos a los heridos, no sé qué podemos hacer los dos.

—Yo, un montón de cosas personales.

—Yo, nada. Tengo una asistenta que se ocupa de mis cosas por las mañanas. Soy soltero. Nunca me apeteció casarme. Nunca me he enamorado. No creo que tú hayas venido aquí por David. Eres demasiado sensata y realista para que te acapare aún el pensamiento por un pasado desagradable. Porque si, como me has contado y por ahí se dice, te echaron de casa y David no te supo defender...

—David era como es ahora, sólo que con menos años. Imagínate, por tanto, su inmadurez. Si sigue siendo inmaduro ahora... No he venido por David, desde luego. No tengo que dar explicaciones a nadie. He luchado mucho para llegar a esta situación. Pero, cuando vas dejando por la vida, el sendero de tu vida, girones de penas doblegadas a fuerza de valentía y tesón, llega un momento en que pocas cosas te conmueven. A mí, todo lo que se diga por aquí me tiene sin cuidado.

—No se dice nada malo, Sandra. Hay que tener en cuenta que tú eres médico y que lo has llegado a ser por tu fuerza. Eso es admirable y la gente te admira asimismo.

Yo ni siquiera respondí.

Me tenía totalmente sin cuidado lo que se pensase de mí. Yo no buscaba honores, sino seguridades, y mi trabajo me daba esa seguridad.

José no se atrevió a proseguir. Llegamos al hospital. Uno de los heridos había muerto. Ya lo esperábamos José y yo. El otro ingresó en la UCI sin ninguna esperanza. A la sazón, ya entraba en el asunto la ley, y nosotros, como médicos, no teníamos nada que hacer allí.

—Si te apetece, vamos a comer a la ciudad.

Era la capital de provincia y estaba allí mismo.

Era una capital de provincias como tantas otras y, encima, no tenía mar. El mar, en cambio, estaba a treinta kilómetros, en la villa del puerto donde vivíamos los dos.

Me invitó a comer en un restaurante de lujo, y allí, frente a frente, él muy bien vestido con traje de alpaca azul azafata y yo con pantalones y blazer blanco y camisa negra, pienso que nos sentimos muy a gusto, porque nos conocimos más y nos caímos bien.

Noté que me quería decir algo. Algo trascendental. Yo no sabía si era sobre sus sentimientos o sobre algo concretamente mío. Pero, por fin, a los postres, cuando fumábamos un cigarrillo y tomábamos café, José me lo espetó:

—Te tengo que decir algo, Sandra.

—¿Sí?

—Por lo visto, ya lo sabías.

—¿Que tenías que decirme algo? Pues sí. En tu actitud, lo parece.

—Tu padre fue a verme ayer noche.

Eso sí que no me lo esperaba. Por eso me erguí un poco expectante.

—¿Y qué deseaba decirte mi padre?

—Pedirme ayuda. Pedirme, realmente, que te dijera que... ellos lo han olvidado todo, que quisieran que las cosas entre vosotros fueran mejor e, incluso, que ellos tienen una casa grande y es tonto que pagues el alquiler.

No me reí.

Ya dije en una ocasión que no soy muy propensa a la risa, pero, en aquel momento, tuve ganas de carcajearme.

—¿Qué pretende ocultar mi padre? ¿Otra vez la hipocresía? Por favor, José, diles que me dejen en paz. Yo he venido aquí a vivir mi vida, no a depender de nadie, no a molestarme por lo que digan. Tengo un hijo, y mi vida se reduce a eso, a mi hijo y a mi trabajo.

—Yo te comprendo.

—¡Si supieras que te estimo mucho como compañero de profesión, pero no me interesa nada que me comprendas! Son cosas que suceden y suceden así, porque todos los que comparten el drama han decidido que sucediera de ese modo. El día que, a los dieciséis años, dejé esta villa y tomé aquel tren para Madrid, mi parentesco con mis padres se murió. Y que nadie me diga que no es lógico que así lo pensase yo.

—Es lógico. Pero tú estás demasiado sola.

—¿Qué dices? Yo estuve sola, pero desde que Kike nació no lo he vuelto a estar. Me enfrenté a todo lo que fue apareciendo en mi destino y he salido airosa. ¿Que tuve momentos de desolación y de amargura y soledad? Claro. Pero seguro que también los has tenido tú sin haber vivido mi drama.

—Yo soy hijo de hacendados del campo. De agricultores que viven no lejos de la villa, en esta comarca. Un día, si gustas, te invito. Viven en un lugar paradisíaco, pero trabajan aún el campo. Soy su único hijo, y ellos prefirieron sacrificarse y enviarme a estudiar antes de que me quedara con ellos casi analfabeto y agricultor.

—Entonces, tú tienes motivos para admirar a tus padres.

—Por eso no puedo juzgar tan severamente a los tuyos.

No me importaba.

Recuerdo que soslayamos la conversación. Después, dimos un paseo por la capital y, hacia las seis, subimos al auto y retornamos.

—Tal vez —me dijo José de pronto—, para tus padres, les bastaría que Kike viviera con ellos en tu ausencia.

—¿Kike? —sonreí yo—. Está habituado a estar solo y sabe cocinar lo suficiente para hacerse la comida. Y en la villa es muy amigo de Carlos, que pronto será su profesor.

—O sea, que se han hecho muy amigos...

—Se han caído bien. Kike está harto de oírme contar mi vida. Nunca le oculté nada desde que comenzó a tener uso de razón. Ese tipo de cosas que unen o desunen no se deben callar.

—Se le nota muy maduro.

—Es que lo es. La vida y las situaciones vividas lo obligaron a serlo.

—Oye, Sandra, ¿también tú eres muy amiga de Carlos?

—Sí. Nos hemos caído bien.

Noté su inquietud y que me iba a decir algo concreto. Y no me equivoqué.

Casi llegaba el auto a la villa cuando me espetó:

—Me gustaría hablarte de mí.

—Habla —lo animé yo—. Cuanto antes se sepan las cosas, mejor. Y presiento que entre tú y yo hay interrogantes, además de camaradería.

—Yo... bueno, yo soy soltero por casualidad. Ando siempre entre mujeres, pero nunca me he interesado por una en particular. En cambio, desde que tú llegaste, me interesas tú. No lo voy a callar más tiempo.

Hubo un silencio.

Yo no quería ofender a José, pero tampoco animarlo. En mi pensamiento no entraba el matrimonio y estaba segura de que José no me ofendía ofreciéndome una relación extramatrimonial.

—Reconocería a tu hijo como hijo mío, Sandra. Ya sé que eso es lo que menos te interesa, pero...

—Aun sabiendo todo lo que sabes, me ofreces... ¿qué, José?

—Matrimonio, por supuesto. Es duro, no creas, a estas alturas de mi vida pensar en cambiar de estado, pero merece la pena. Lo siento así en mí. Debió de ser desde el primer día que te vi. El matrimonio contigo me seduce, me obsesiona.

Era interesante, guapo, nada rebuscado, nada engreído.

Pero yo no lo amaba.

—Me gusta la relación de amigos que tenemos —le dije—, pero no para ir más allá. Al menos de momento.

Y suspiré.

Él deslizó una de sus manos del volante y buscó a tientas la mía. Me la apretó con mucha fuerza.

Por un lado, pensé que estaría bien detenerse. Los dos médicos, además, y destinados en el mismo sitio, podíamos tener un sinfín de afinidades y el amor necesita más que nada comprensión y tolerancia.

Pero no era el caso.

No me atraía físicamente.

Me gustaba para amigo y me sentía desconcertada.

—Puedo esperar —dijo él con mucho afecto—. No te doy ninguna prisa. Pero tampoco quiero que, por callármelo, pierda el tren. La ocasión, quiero decir.

—Gracias, José.

—¿Ahora no?

—No —le dije con la misma suavidad con que él me lo proponía. No soportaba herirlo—. Estoy empezando una vida nueva y me está gustando. Prefiero vivir así una temporada y tener un día la certidumbre de que quiero cambiar.

—¿Conmigo?

—O con quien sea, José. No sé si amo a alguien. Pienso que no. He pasado mucho y luchado más. Estaba bien en Madrid, tenía un socio que era una excelente persona. Me ofreció que me quedase a su lado, es decir, lo mismo que tú. Casarnos y reconocer a Kike. Pero es que mi estilo no es ése. Yo no voy por la vida buscando algo concreto que no sea vivir en paz y con Kike, mi hijo. No tengo interés por otra cosa, salvo Kike y mi profesión. Y, en mi interior, no siento que desee cambiar.

—Me parece normal, pero yo quiero que sepas que estoy aquí para esperarte. Y te repito que esperaré lo que sea, mientras tú no me quites toda esperanza. Yo estoy enamorado. Pero no quiero perturbar tu tranquilidad, si bien deseo que sepas eso. Que no me he enamorado nunca y, en cambio, tengo la certidumbre de que te quiero con amor.

Se lo agradecí una vez más, pero le repliqué casi lo mismo.

Cuando nos despedimos, dejándome él ante mi casa, me sentí un poco liberada.

Me daba rabia decirle que no y no podía, sin duda, decirle que sí.

De momento, sentía hacia él una media atracción, pero no tan fuerte como para decidir mi futuro en un viaje por la autopista.

—Tú, piénsalo —dijo suplicante.

Me gustó el gesto. El tono de su voz. Incluso su paciencia.

Ya en casa sola, vi el papel que había pegado al espejo de la consola.

«Mamá, me fui de pesca con Carlos. Es seguro que volveré al anochecer, porque vamos al calamar.»

Cosas de Kike.

Y de Carlos, la verdad, que tan bien se habían caído.

Había una especie de conexión especial entre ambos.

Me quité el blazer y, sobre mi camisa negra de seda, me puse un suéter de fina lana blanca. También me cambié de zapatos. Me puse unos mocasines negros, cómodos, y con el bolso de verano colgado al hombro, me lancé a la calle.

Caminaba por el muelle deportivo esperando ver el fuera-borda de Carlos, cuando, de repente, me detuvo una sombra ante mí.

Alcé la cara.

Era mi padre.

Es muy doloroso ver a un padre y no sentir emoción alguna. Era como si lo viera todos los días y no fuera siquiera mi padre.

—Sandra —dijo—, me gustaría hablar contigo.

—Acércate —dije yo— y da el paseo conmigo.

Estaba mayor.

Pienso que había envejecido más en los dos meses que yo llevaba viviendo en la villa que en casi diez años de lejanía.

—Te habrá hablado el doctor Lorear...

—Ah, sí, me pasó tu recado José. Me parece absurdo que a estas alturas quieras que yo viva con vosotros. No es el caso, no me interesa en absoluto. Yo no vine aquí para humillaros, pero sí para que supierais que, sin vuestra ayuda, estoy viva, tengo el hijo y, además, soy médico.

—Nos hemos portado muy mal.

—Pero si no merece la pena que ahora te hagas cargo de eso.

—Tu madre sufre mucho.

—Lo siento.

—No lo sientes, porque si lo sintieras...

Yo lo corté.

Acababa de ver entrar por la boca del puerto el pequeño yate de Carlos.

—Es igual. Mira, estaba esperando a Kike y llega en ese yate. Me voy al muelle a buscarlo. Dile a tu mujer que no sufra por mí. Yo vivo como quiero vivir. Es demasiado tarde para arrepentimientos.

Y me fui.

Había dicho la pura verdad, lo que sentía.

Ni siquiera volví la cara para ver dónde se quedaba mi padre. No me había salido de los labios llamarle papá. Mis sentimientos hacia ellos, que Dios me perdone, estaban muertos.

Kike saltaba de gozo en cubierta, enseñándome el cesto lleno de calamares, con esa piel brillante y cambiante que tienen esos moluscos recién pescados.

—Mira, mamá, mira. No creas que todos los ha pescado Carlos. Yo he pescado algunos. —Se volvía hacia el profesor—. ¿No es verdad, Carlos?

—La pura verdad —reía Carlos, entretanto saltaba al muelle con el cabo y ataba aquél al mojón—. Ha pescado seis, Sandra. De modo que ya tienes comida para dos días.

Yo lo miraba algo alucinada, y es que su facha no era para menos.

En la villa, era un tipo de importancia relevante, pero, aun así, se le permitía tranquilamente su forma de comportarse y de ser. Vestía unos viejos pantalones remendados, unas chinelas de goma y una camisola parda por fuera del pantalón. Es decir, que si no fuera por su estilo personal, señorial, con una clase especial, parecería un pordiosero. Los cabellos de un castaño claro, algo ondulados, los llevaba convertidos en un caracol, y es que, cuando se le humedecían, de tan rizados, le hacían la cabeza redonda. Tenía treinta y siete años, pero no los aparentaba por su morenura, por la tersura de su piel y por los blancos dientes que le relucían en la cara, debido a la piel tan tostada por el sol.

Amarró el barco y por fin asió el cesto y la mano de Kike.

—A tierra, chico.

Y los dos saltaron hacia donde yo estaba.

—Mira, mira —decía Kike, quitándole el cesto de mimbre de la mano—. Mira, mamá. A este paso, me convierto en un buen pescador.

—Y no te mareas —dije yo maravillada.

—Nada, nada. Soy un experto, ¿verdad, profe?

Carlos asentía dando cabezaditas y riendo malicioso.

Unos chicos de la edad de Kike lo llamaban, y él nos dio el cesto y se fue a toda prisa. No tenía necesidad de advertirle del regreso a casa, ya sabía mi hijo que a las diez debía estar bañado y con pijama. Nunca me faltó.

—Para él —me decía Carlos caminando a mi paso—, esto es una juerga. No me asombra. Seguro que en Madrid vivía casi enceldado.

—Madrid es peligroso para un crío. Por supuesto que se pasaba más horas ante la Nintendo que en la calle. Pero a él le gusta la calle.

—¿Tomamos una cerveza, Sandra?

Yo lo miré, y él dijo riendo:

—Si te parezco raro por la pinta... aquí están hartos de verme así.

Me empujaba con una mano mientras, con la otra, sujetaba la cesta con los calamares.

En la tasca se le acercaron para mirar la cesta y todos lanzaron exclamaciones.

—Tú siempre pescas algo, Carlos —decía el dueño de la tasca—. No sé cómo te las arreglas.

—Porque desde niño me gustó el mar y todo lo que oculta —decía Carlos, tomando asiento ante una mesa—. Yo equivoqué la carrera. Cuando terminé Filología, debería haber estado navegando de piloto. Pero mis padres dijeron que de eso nada. Ahora, puedo disfrutar de ambas cosas.

Y, mirándome a mí, entretanto un mozo nos servía dos cañas:

—Mi padre fue capitán y, cuando yo llevaba el segundo curso de carrera, ya no tuvo que volver a insistir. Yo no quería ya el mar. Verlo, sí, pero navegar constantemente, no.

—¿Eres de aquí?

—Sí. Aquí nacieron mis padres y aquí vivieron. Yo estudié en Madrid y, cuando regresé, preparé cátedra. Me costó sacarla y di clases en la universidad del pueblo. Antes, había sido profesor de instituto. Fue cuando te conocí a ti. Pero te pasé casi inadvertido.

—Tampoco te extrañará.

—Nada, nada. Yo era un profesor, y tú una cría estudiante de bachillerato.

—Pero no conociste mi historia hasta que yo te la conté.

—Claro que no. ¿A qué fin? Una estudiante que saca una calificación de nueve en la selectividad es lógico que emigre a estudiar fuera y haga una carrera brillante. Eso fue todo lo que supe de ti, como supe de otros alumnos.

Se llevaba el vaso a la boca.

Bebía con placer la cerveza fría.

Después, sin que yo dijera nada, añadió:

—Si te apetece y no tienes guardia...

Yo le miré diciendo:

—No tengo guardia. ¿No ves que no llevo busca? La guardia la tiene hoy José.

—Tú le gustas mucho a José —dijo riendo.

Tenía una risa nerviosa, como si todo se le crispara en la cara.

En cambio, por el tono de voz, se notaba que no estaba nada nervioso. Era así, porque Carlos era así.

Yo puse expresión de perplejidad.

Pero me encontré diciendo:

—Y tus padres, por lo visto, han muerto, porque si vives solo...

—Ah, sí. Mi padre hace ya muchos años. Mi madre, en cambio, sólo hace dos. Y no veas lo que la he sentido. La echo aún de menos. Si no fuera por Luzón, no sé si habría soportado la soledad y la amargura. Pero estaba Luzón ya conmigo. En realidad, Luzón está desde que dejé el instituto y, más tarde, la universidad. Yo deseaba vivir en mi casa, y mi casa era el colegio. Es decir, un edificio alquilado, porque yo vivía en un piso y estaba deseando que me dejaran el caserón para hacer yo allí un colegio privado como el que había, pero más cuidado, más... ¿cómo diría? Exquisito.

—Y lo conseguiste.

—Imagínate. —Volvía a sonreír—. No tengo plazas libres. Dentro de dos meses empiezan las clases y no hay una sola plaza. Para aceptar a Kike tuve que hacer casi filigranas. Y no es nada barato, como sabes, pero intento que tengan una educación completa y no creo que a ningún chico o chica de mis clases se le haya ocurrido jamás fumar un porro.

—¿Hasta qué edad tienes estudiantes?

—La edad es lo de menos. El caso es que tengan puntuación para entrar en la universidad. De mi colegio pasan directamente a estudios superiores. Yo tengo un buen cuadro de profesores. Todos elegidos a dedo, pero por mi dedo.

—Y tienes hasta internado.

—Poco, pero algo tengo. Una veintena de chicos varones. No tengo más, porque me sale muy caro el personal que los cuida. Si quisiera, habría tenido cientos. —Y, de súbito, sin transición—: Oye, no me has contestado a lo que te dije de José.

6

—¿Es amigo tuyo?

—Bueno, nos conocemos de siempre. Claro que aquí se conoce todo el mundo. Además, todos somos de la misma edad aproximadamente. Yo, un poco mayor, pero poco. Pero hay que tener en cuenta que la edad, los más o menos años, se notan de adolescentes. Cuando eres adulto, ya no hay diferencia de años.

—Por otra parte, las facultades no son las mismas.

—Yo a quien menos conocí fue a David. Ese novio que tú tenías.

—Pero que tú, en aquella época, no sabías que lo era.

—La verdad es que no —dijo serio—. Ni idea. También a ti te conocía como una estudiante más de bachillerato. Es decir, me llamabas la atención por las notas. Eran las más altas. Digo yo que debiste de ser siempre una superdotada.

—No tanto. Pero no me costó mucho estudiar. Me costó más vivir.

—No me digas eso que me emocionas —dijo algo sarcástico. Yo me puse muy seria.

—No digo las cosas para que se tomen a mofa.

—Perdón. —Se puso muy serio—. Habré puesto cara sardónica, pero lo decía bastante en serio. A mí, hay cierta gente que me emociona, que me causa impacto. Y tú me lo has causado.

—No me hables de afectos, ¿quieres?

Él siguió muy serio.

—Pues te diré que a ti, precisamente a ti, me gusta decirte la pura verdad y ese afecto existe y ese impacto de admiración, de modo que no te asombre si un día te salgo diciendo que te amo. Gustarme, me gustas una barbaridad. Y supongo que, a tu edad y con tu madurez, podrás escuchar sin inmutarte demasiado que un hombre te diga que eres peligrosa.

—¿Por mi actitud?

—No, no. Ni siquiera eres coqueta. Pero eres sexy.

—¿Yo? —muy asombrada.

Él dio tres cabezaditas y bebió el contenido de la copa. Por encima del borde de aquélla me miraba.

—Sí, sí, tú. Eres una mujer que, sin proponértelo... En fin, eres por eso doblemente peligrosa, porque, encima, uno sabe que no andas por la vida buscando amante o marido.

—En efecto, no busco nada de eso.

—¿No has tenido más relaciones que... con David?

—Te parece raro, ¿no?

—¿Es así? Porque el que me digas que sí, si no es cierto, no me convence. Yo puedo leer en tus ojos. Son preciosos, de un verde diáfano.

—No he tenido otra relación sexual, no.

—Con nadie salvo con David.

—Exactamente así.

—¿Y desde tu condición femenina nunca necesitaste... digamos, una compañía?

—Puede que en ocasiones, pero no tuve un afán desmedido.

—Es decir, que pretendientes no te faltaron.

—No.

—¿Y no te has vuelto a enamorar?

Yo, entonces, me reí a mi pesar.

Y, encima, dije desdeñosa:

—Pero ¿es que tú crees que yo realmente amé a David?

—Si tuviste un hijo suyo...

—No sigas. Esas cosas suceden precisamente en la adolescencia sin que las pasiones sean enormes. Hay pasiones y nacen hijos de ellas. Yo, cuando escuché a David hablar de aborto...

—¿De aborto?

Cierto.

Yo aquello se lo había contado a José, pero no a Carlos.

—¿Dices aborto, Sandra?

Le conté cómo fue todo.

Lo que mis padres opinaron, cómo me echaron de casa y la indiferencia que yo sentía a la sazón.

Me miraba tan perplejo que yo le tuve que decir:

—Pero ¿qué pensabas?

—Ni idea. Me gustó verte de nuevo y, además, convertida en médico, pero no pensé en todo lo que se había cocido en medio, entre el día que sacaste un nueve en la selectividad y el día que fuiste a pedirme plaza para Kike en el colegio. Yo pensé que... En fin...

—Pensaste que volvía por el padre de mi hijo.

—Pues sí. Me extrañaba un poco, después de conocerte algo. Un botarate como David no era digno de ti, pero otras historias así han existido y existirán, y como dicen que el amor es ciego, pues ya sabes.

—Y no consideras al amor ciego, ¿verdad, Carlos?

—He terminado la caña, ¿tomamos otra y nos vamos?

Anochecía.

Nos fuimos caminando. Él tenía su auto estacionado en mi calle, porque había ido a recoger a Kike cuando yo estaba en la capital con los heridos y José.

Era un Land Rover de color gris oscuro. Un auto fuerte y potente. Yo sabía que tenía moto y otro auto.

Sin duda, era un tipo rico, o al menos el colegio daba para mucho.

Presentía que era rico. No lo recordaba mucho, pero sí lo suficiente para asociarlo a la élite de la villa, aunque pareciera un pordiosero. Porque la manía de vestir como un pobre la debió de tener siempre. Yo no recordaba haberlo visto de otra manera, con traje entero o ropa elegante.

—No me has contestado —indiqué ya en plena calle.

Era mucho más alto que yo, y eso que yo, de baja, no tengo nada.

—¿Sobre eso del amor? —dijo riendo.

—Sí, sobre eso.

—Pues, mira, empiezo ahora a tener miedo.

—¿Miedo?

—De enamorarme. Que me has causado impacto, ya lo sabes, pero yo digo que hacer el amor es facilísimo. Lo necesitas fisiológicamente y vas por ello. Pero sentir el amor y hacerlo debe ser una delicia.

—¿A ti nunca te ha sucedido?

—¿Es que te ha ocurrido a ti?

—Hombre —reí—, por lo menos, cuando lo hacía con David, creía que existía.

—El día que hagas el amor con un tipo habilidoso y denso, de esos que no dejan resquicio sin tocar, te darás cuenta de que lo tuyo con David fue un juego de niños. Un juego del que nació Kike, pero el hecho de que lo hayáis engendrado no tiene ninguna importancia. Dime una cosa...

Y, como ya llegábamos al Land Rover, me miró y posó el cesto en el suelo.

—Dime —dije yo.

—¿Recuerdas aún, después de tantos años, si con David sentiste placer?

—¿Placer?

—Gozo sexual, señorita médico.

—Ah, no. Claro que no.

—¿Lo ves? Muchos niños nacen así y, después, a lamentarlo. —Asió el cesto—. ¿Qué hago con ellos? Te tengo que dejar seis calamares.

—¿Tantos?

—Los pescó Kike y, lógicamente, le pertenecen.

—Pero, sin tu ayuda, Kike no hubiera pescado nada.

—Yo sólo le presté el aparejo, pero el que lo movió fue él. De modo que ya me dirás dónde los dejo o si subo con el cesto a tu casa para dejarlos allí.

—Sube —dije.

Y empujé la puerta del portal, que ya tenía la luz encendida.

No usamos el ascensor. Subimos a pie hasta la segunda planta, hablando de pesca y del brillo tan bonito de los calamares recién salidos del mar. Cuando llegamos al rellano abrí yo.

Kike, lógicamente, no había llegado. Eran las nueve y media. Había aún luz.

Pero los días ya no eran tan largos. No he entendido nunca por qué la gente considera agosto el mejor mes del verano, y es el peor, porque los días son más cortos, y el sol, se diga lo que se diga, ya calienta menos. E íbamos cruzando la primera quincena de agosto. A las nueve y media es casi noche, mientras en junio, a las diez, casi luce aún el sol. Pero esto es según la filosofía de cada cual y lo que a cada uno le agrade más.

—Pasa —lo invité.

Pasó, mirando aquí y allí. Parecía un pescador auténtico, incluso su olor a salitre, mezclado con el olor a loción de afeitar, sabía o se sentía amargo. Agridulce.

Posó el cesto en la mesa de la cocina y fue poniendo los calamares en un plato.

—¿Qué hago yo con tantos sólo para Kike y para mí?

—Dale alguno a José.

Después, con sonrisa cuajada, aquella sonrisa suya que nunca se acababa de saber qué indicaba, si cansancio, disgusto o complacencia, añadió:

—Si me ofreces un café, lo acepto.

—No faltaba más. Y enchufé la cafetera entretanto llevaba el plato de los calamares al frigorífico.

Nos sentamos frente a frente, con las dos tacitas delante y dos chupitos de licor de manzana. Fumábamos sendos cigarrillos. De vez en cuando, como algo nervioso, Carlos se llevaba la mano a la pelambrera.

—Cuando voy a la mar, siempre salgo con la permanente —decía riendo—. Mi cabeza se parece a un caracol o un puercoespín.

—Y sin transición—: ¿Comemos juntos esta noche, Sandra?

—¿Dónde?

—En la villa. Hay buenos restaurantes o tascas de lujo en los muelles. Pero también en la capital, y hasta salas de fiestas.

—Que tú frecuentas.

—Alguna vez, sí, alguna vez.

—Yo no sé bailar.

Me miró con tal perplejidad que yo hube de sonreír.

—O sea, que lo tuyo fueron la medicina y el hijo.

—Eso únicamente. Y cuidar enfermos de la tercera edad para ganar y poder vivir mejor.

—Es un gran mérito —ponderó—, pero yo no te admiro por eso. Si algo me saca de quicio es la gente tan perfecta.

—Yo no soy nada perfecta.

—Si lo sé. Basta verte. ¿Estás al menos liberada?

—¿Qué entiendes tú por liberada?

—De prejuicios. Si has pasado todos estos años sin volver a vivir el sexo, me parece muy triste. Si vives así, porque te da la gana, pues bueno. Pero, si es por estrechez, por falta de libertad personal, me produce pena, y es lo que no soporto.

—Vivo así porque me da la gana, no por convicciones trasnochadas.

—¿Harías el amor conmigo?

Y me miró fijamente.

—Lo tendría que sentir.

—Sin sentirlo, ¿consideras que es equivocado, que no te va a producir goce?

—No me lo he planteado.

—Pues ve pensándolo. No cabe duda que, sintiéndolo, es como algo inefable, pero, sin sentirlo, te aseguro que sabe muy bien. Es decir, que causa el mismo goce, aunque el sentimiento esté alejado.

Me levanté algo nerviosa.

Prefería otro tipo de conversación.

Pero él me asió la mano y se fue poniendo también en pie. Me puso una mano en la nuca. Una mano quieta, de modo que me sujetaba el cogote.

Así, se inclinó hacia mí. Me quedé como paralizada. Sabía que me iba a besar y pensé si escapar del contacto. Era de carne y hueso y tenía mis naturales instintos. Pero no deseaba complicarme la vida, y casarme, menos.

Él me besó. No me preguntó.

Me besó en plena boca y acarició la mía con la suya, es decir, que no me besó quietamente. Un beso entre erótico y tierno. No lo supe juzgar bien, pero me gustó. Me gustó y me produjo una sensación densa, rara, enervante.

Me besó mucho, además. Y, encima, acercó su cuerpo al mío. Noté toda su virilidad erecta. Si no escapaba me veía en el lecho.

Y tampoco era así.

Si él era un liberado, pues bueno, pero yo me di cuenta a qué tipo de libertad se refería Carlos.

Me quise separar, pero él luchó por abrirme los labios y, además, sus manos habían bajado de mi nuca y me acariciaban la espalda oprimiéndome contra él. Pasé un rato nerviosa. Como si todo saltara por los aires. No sabía si deseaba tirarme al suelo con él o acariciarlo yo. Lo que sí recuerdo es que sus caricias eran lentas, sugerentes y enervantes. Sabía. Era un tipo habilidoso y, además, muy adulto.

Su beso se hizo más largo y sinuoso y, al fin, logró lo que se proponía. Que yo abriera mi boca, y él deslizó su lengua en ella.

Me asusté.

A aquel paso, llegaba sin duda a acostarme con él esa misma noche. Tenía carisma, atracción. Era algo que yo no recordaba ya, pero, besándome, sí que recordaba otros momentos, menos densos y menos cuajantes, pero parecidos.

Yo sabía que un hombre, cuando se lo propone, y sólo con tocar, convence. Pensé también que Carlos me estaba manipulando para llevarme a su terreno.

Y temblé.

No me quería complicar la vida y, si iniciaba una relación con Carlos, me la complicaría, porque terminaría de dos maneras, y ninguna de las dos maneras me gustaba. O ser su amante o ser su esposa.

Y de una escalera, con facilidad, se salta a otra, y no me daba la gana de tocar una, para no verme abocada a la otra.

—Deja.

Y lo empujé.

No me sirvió de nada.

Había sujetado mi cintura con una mano, me besaba en la garganta de una forma morbosa y, encima, deslizaba sus dedos por el interior de mi blusa.

Lo empujé de verdad.

Y me miró algo guasón.

—Te da miedo.

—Pues sí.

—Pero también te da gusto.

—Carlos, ¿quieres que dejemos de ser amigos?

—No, no. —Muy serio—. Pero sé sincera.

—¿Y cómo lo debo ser?

—Admitiendo que... te gusta.

—Mira —yo también me puse seria—, soy de carne y hueso y tengo mi parte emocional, como todo el mundo. Y, encima, médico. ¡Qué no sabré yo! Pero una cosa es que llegue a donde quiera llegar, y otra que llegue porque tú me obligues manipulándome.

—Y que después te pese.

—A eso no tengo miedo, Carlos, y te lo digo de verdad. No se trata de hacer el amor. Lo haría ahora mismo. Pero no quiero ataduras, y se me antoja que tener una relación de ese tipo contigo me ataría de alguna manera.

—¿Y qué? No pensarás que yo no me expongo.

—Prefiero reflexionar.

—Como gustes. —Se dirigió a donde tenía el cesto y lo asió con una mano—. Te quiero decir una cosa antes de irme. Me gustas mucho y me atraes una barbaridad. ¿Que me estoy enamorando de ti? Verás, no lo sé. Pero sí te puedo asegurar que nunca sentí eso por una chica. Además, es muy corriente que hoy toques a una chica y no se inmute, y termines rodando con ella en el lecho.

—Cada cual...

—Es a lo que yo llamo estar liberada.

—Pues prefiero ser menos liberada.

—¿Por escrúpulo?

—Por supuesto que no —dije casi indignada—. Por convicción propia, ante el peligro de enamorarme.

—O sea, que en este terreno los dos estamos temerosos. No nos queremos enamorar.

—Yo prefiero no enamorarme. Si me garantizaran que mi relación sexual contigo no me enamoraba, ahora y ya.

Soltó el cesto.

—No —le grité—. No vuelvas a tomarme. Tampoco soy una heroína.

—Está bien, Sandra, está bien, doctora. Pero dime si puedo venir a buscarte luego para comer juntos por ahí.

—Y Kike...

—No, ¿eh? No me saques el cuento de tu hijo. Ya sé que sabe cocinar, que se ducha solo, que no es miedoso y que cuando tú sales por razones de tu profesión, él no se preocupa. Sigue durmiendo tranquilamente.

—Ya veo que es muy amigo tuyo.

—Un chico magnífico. Me gusta y no me importaría adoptarlo, ya ves. Él se siente bien conmigo. Y sabrás que hemos hablado de su padre y me ha dicho que, para él, eso no cuenta. Que sólo tiene madre y que se siente muy feliz de ser hijo tuyo. Te admira un montón.

Yo ya lo sabía.

Como también sabía que no tenía miedo y que se las apañaba solo, porque, últimamente, ya desde que yo trabajaba tanto en Madrid, se arreglaba solo la mayoría de las veces. Era muy maduro. Como hobby, pintaba, y pintaba muy bien. La psicóloga me había advertido que era un signo de muchísima madurez. Kike era un hombrecito de nueve años.

—Ven a buscarme para comer.

—¿A qué hora?

—A las diez y media. Kike estará al llegar —lo empujaba—, pero ven en plan menos conquistador.

—De acuerdo.

Y se fue.

Casi enseguida, llegó Kike.

—Me he encontrado con Carlos en el portal —dijo sofocado por la carrera, ya suponía que había subido corriendo, como siempre, por carecer de paciencia para subir en ascensor si no lo tenía a mano—. ¿Me ha dejado algún calamar?

—Seis, y no sé para qué.

—No digas eso, mami. Los pesqué y son muy míos. Si no los quieres todos, dale alguno a José.

Noté que, además de conocerlos a todos, por lo visto, a todos los apreciaba, menos a su padre, a quien nunca mencionaba ni para bien ni para mal. Y tampoco a sus abuelos. Yo, en aquel momento, recordé el dolor de mi padre y le dije:

—No vas nunca a ver a tus abuelos.

—¿Cuáles? ¿Los tuyos o los de David?

—No sabía que conocieras a los padres de David.

—Claro que sí. Un señor que se llama Luis, que es secretario del ayuntamiento, ya me ha cortado el paso más de una vez. Yo no lo puedo querer, mamá. No lo conozco de nada. Él dice que es mi abuelo, pero como tú comprenderás...

—Yo te comprendo, Kike.

—Pues es lo único importante. Esta tarde, no hace ni media hora, ese Luis vino con una dama y me dijo: «Mira, Kike, ésta es tu abuela paterna.» Oye, yo me porté educadamente. Le di un beso y eso, pero no me voy a pasar la vida con ellos. Y, mucho menos, ir por la tienda de bisutería. Todas son mujeres y me cargan. Además, tú misma me has dicho que no me preocupara en absoluto y es lo que hago.

—De acuerdo, Kike. Pero, por lo visto, eres muy amigo del profesor.

—¿De Carlos? Es un pillín de mucho cuidado. Un cachondo. Con él lo paso divinamente. Después, cuando empiecen las clases, le tendré que llamar señor y eso, pero ahora es amigo mío y es genial.

Diciendo eso, se fue al baño y regresó vistiendo ya el pijama y, con el pelo chorreando, se fue con la fregona.

—He puesto el baño perdido —dijo.

Yo lo había habituado a limpiar y a dejar todo en su sitio. Por eso, en la villa, no tenía más que una asistenta que iba por horas, limpiaba la casa y nos hacía algo de comida si yo se lo dejaba dicho.

Pero Kike se cuidaba de no alborotar las cosas. Era un niño muy maduro para su edad.

—Si me das algo de comer, o...

—Te freiré huevos y carne, ¿qué dices?

—Para ti, ¿no?

—Es que salgo a comer con Carlos.

—¡Ah, estupendo!

Y me puse un delantal para prepararle la comida. Él, entretanto, ponía una bandeja y en ella los cubiertos, la servilleta y un vaso de agua.

Cuando yo le di el plato hecho, lo colocó en la misma bandeja y cargó con ella hacia el comedor. Yo lo seguí.

—Kike.

—Dime, mamá.

—¿Qué dirías si yo me casara?

—¿Lo vas a hacer? —preguntó muy sorprendido.

—Te pregunto qué dirías tú.

—Yo estoy de acuerdo con todo lo que tú hagas y cómo lo hagas. Lo que no me gustaría es que se te ocurriera casarte con mi padre.

No pude por menos de reír.

—Estaría loca si hiciera eso.

—Pues él dice que te va a convencer.

—No —dije rotunda—. Aquello tuvo lugar cuando lo tuvo y se acabó rápidamente. De modo que, si lo hiciera, ignoro aún con quién. Me tendría que gustar mucho y amarlo más. Tengo veintisiete años y soy médico, pero ni la profesión ni los años ni mi desengaño de adolescente me han marcado tanto como para no desear enamorarme. De repente, lo que no he sentido en casi diez años, lo empiezo a sentir ahora. Deseo compañía, comunicación.

—Los dos hombres que tienes a tiro —dijo Kike muy serio— son José y Carlos. Los dos hacen números por ti.

—Pero, Kike...

—Mira, soy muy crío, pero ya tengo yo admiradoras. Da gusto en una villa así, con mar, con amigos, poder salir a la calle y correr por ella. Si me obligas a volver a Madrid o a una capital tan conflictiva y grandota, no podría vivir allí. Me moriría de pena. En Madrid nunca tuve un amigo. Iba al colegio, y tú me recogías como si yo fuera un parvulito. No niego que lo fuese, pero... Bueno, qué quieres que te diga, me gusta más esta villa. No había visto nunca el mar y, encima de poderlo ver todo el día, no me mareo surcándolo a toda velocidad.

Qué sé yo lo que habló mientras se comía los huevos y la carne.

Ya nunca más me podría considerar sola, porque Kike era como un hombrecito en miniatura y, encima, como era alto para su edad, me parecía conversar con un amigo. Estaba haciendo de mi hijo mi mejor amigo.

Me cambié de ropa.

Él se fue a la cama, rendido, y se debió de dormir enseguida, porque, a los cinco minutos, ya no tenía la luz encendida.

Para mí lo duro fue cuando nació y tenía que compartir su cariño con otras personas, así como cuando lo tenía que dejar con María y temía que María se cansara del hijo de otra, que ella no había parido.

Nunca tuve quejas, pero siempre fui recelosa.

Me di una ducha.

Hacía calor y no tenía los ventiladores puestos. Así que me duché con agua fría y, después, procedí a vestirme.

Me puse un traje de lino entero, tipo camisero, muy natural, pero muy bien confeccionado. Es decir, yo tenía poca ropa, pero con clase y de mucha calidad.

Ya sabía que iba a desdecir con Carlos, dado como se solía vestir él, pero no me daba la gana de ir incorrecta.

El vestido era de color mostaza, y lo compaginaba con un pañuelo marrón con motivos beiges. Me vi bien ante el espejo. Me gusté.

Realmente, nunca dejé de gustarme, ni de adolescente. Mi

pelo rubio natural, mis ojos verdes, la figura esbelta de mi cuerpo, mis senos macizos... Mis piernas firmes.

No era una belleza, pero tenía razón Carlos, era sexy. Tenía un cierto halo misterioso y, en los ojos de José, veía la misma admiración que en los de Carlos.

Dos hombres en mi vida, a cual mejor, y no sabía si al final de la cuestión elegiría a alguno de ellos o a ninguno.

Me sentía yo recelosa en cuanto a la vida cotidiana, a esa cotidianeidad siempre sometida a la monotonía.

Casarme para no ser feliz, en modo alguno. Muy segura tenía que estar yo de la pasión, el amor y el afecto para cambiar de vida.

Para convertirme en una señora casada.

Me peiné el pelo, cortado en desigual, que me daba, si cabe, más juventud. No me daba dolores de cabeza la peluquería, sólo la visitaba cuando tenía que cortarme el pelo. Lo demás, lo hacía yo sola.

Me gusté.

Y, a la par, me sonreí con sarcasmo, porque me imaginé a Carlos, con su facha de pescador, junto a mí, que no iba deslumbrante, pero sí muy bien vestida. Por eso, me eché con bríos el enorme pañuelo por los hombros e hice con él como una filigrana, y así estaba cuando sonó el timbre.

Fui al portero automático.

—Soy yo —dijo Carlos—. ¿Subo o bajas?

—Bajo. Ya estoy lista.

Colgué el auricular automático y me miré de nuevo. Me encontré bien. Y así salí de casa y me perdí en el ascensor.

Debo reconocer que me llevé un buen susto. Había un hombre al pie del ascensor y, de pronto, no lo reconocí. Pero, al oír su voz, me quedé envarada.

Era Carlos.

Pero un Carlos muy diferente.

Ni pantalones tiesos por el salitre, ni camisola por fuera del pantalón.

Vestía un traje beige, oscuro, camisa blanca y corbata marrón. Calzaba zapatos marrón oscuro.

Impecable.

Peinado hacia atrás y, además, con gomina, lo cual le daba aspecto de yupi de la última hornada.

Entendí, sin hablar, que era lógico que Carlos alguna vez se vistiese así y que había sido una torpeza por mi parte pensar que siempre iría desenfadado, dada su categoría.

—Tan desconocido estoy que ni siquiera me dices palabra —dijo sin interrogante.

—Nunca te había visto así.

—¿Ni cuando era profesor en el instituto?

—Entonces, no me fijé en ti, Carlos. Me parecías un señor caduco.

—¿Qué?

—La realidad, Carlos, la realidad. A una chica de quince o dieciséis años, un hombre de tu edad le parece muy mayor, aunque no lo sea.

—¡Vaya con las chicas!

Me alcé de hombros.

No me parecía normal estar conversando sobre aquel tema en el portal.

Yo pensaba, además, que, en aquella época de mis dieciséis años, Carlos Vega era un profesor a secas, y nunca ves a un profesor como un hombre para cortejar. Yo, al menos, no lo vi nunca.

Me asió del codo y dijo:

—Es igual. De todos modos, esto te demuestra que también me sé vestir para honrar a mis amigos.

—A mí, esta noche.

—Por supuesto... —Abría la portezuela de su auto—. No nos vamos a quedar en la villa. Nos vamos a la capital.

Sostuvimos una conversación bonita sobre vivencias y emociones sentimentales con una gran naturalidad y cierto intimismo. Era un tipo culto, sensible, muy ameno. Tenía un lenguaje fluido.

Cuando aparcó el auto ante un lujoso restaurante, pensé que éramos un poco más amigos, porque también era cierto que nos conocíamos un poco más.

7

Hacía una noche espléndida y, además, comimos en una terraza donde había mucha más gente, para mí desconocida, para él no, porque aprecié que lo saludaban muchos al pasar o al entrar, y también es cierto que, de refilón, me miraban a mí como preguntándose de dónde habría sacado el profesor una joven como yo.

En la terraza había luces muy tenues y, en cada mesa, dos velas. Muy intimista. La comida, exquisita, aunque muy de cocina técnica, y el champán, Carlos lo pidió francés.

Nos hallábamos en la mesa con las dos copas delante, la botella en un recipiente, envuelta en un paño, y fumando ambos sendos cigarrillos.

—Cásate conmigo —dijo Carlos de sopetón, sin dejar de sonreír de aquella manera sardónica, mezcla de guasa y de interés—. Es la primera vez que pido semejante cosa a una mujer, pero es bien cierto que lo hago de corazón. Es decir, con deseos de detenerme al fin, de poseer un hogar con compañía. Además...

—¿Por qué no te callas? Cambia de tema.

No le dio la gana.

—Escucha, mientras vivió mi madre no noté para nada mi soledad. Muerta ella y cuando el dolor se fue apaciguando, pensé que necesitaba compañía. Pero no quería una compañía cualquiera. No fuera a ser que, por cubrir un hueco, tapara el mío propio o me topara con una lagarta. Yo soy desconfiado. Me daba miedo encontrar pareja y que ésa no correspondiera a mis gustos más profundos. Eso de fracasar en el matrimonio tiene que resultar desolador.

—Yo no me caso, Carlos. No es mi tema. No me lo he planteado nunca. El mismo día que a los dieciséis años salí de aquí, supe ya que me costaría horrores casarme, aun teniendo con quién.

—¿Has tenido muchos después de dejar la villa?

—Pienso que ya hablamos de eso, ¿no?

—Es decir, no has tenido más relación sexual.

—Ninguna más.

—¿Y por qué? Yo siempre consideré que, cuando se empiezan a conocer ciertos aspectos de la vida, no se renuncia a ellos.

—Si son placenteros, seguramente que no.

—Y lo tuyo de novia no lo fue.

—No.

—Pero hiciste el amor con ese botarate de David y, encima, te engendró un hijo que no se merece, es la pura verdad.

—Cuando tienes dieciséis años, lo único que te interesa son dos cosas, muy diferentes la una de la otra. Estudiar y tener novio, la tercera suele venir por sí sola. Que luego te guste o no, ya es otra cosa.

—Según oigo rumorear, el asunto, el verdadero asunto que se supo en la villa cuando regresaste con el crío, no gustó a la gente en general. Pocos amigos les han quedado a los Perol y, lo que es más curioso, se dice por ahí que tus padres tendrán que cerrar la tienda, que tiene más de dos siglos, ya que ha ido pasando de padres a hijos, porque no tienen casi clientes.

—Hay situaciones humanas que se juzgan severamente. Es muy duro que unos padres echen de casa a su única hija por ocultar una leve vergüenza y, encima, estén dispuestos a pagarle el viaje a Londres para que aborte. El mundo, Carlos, está lleno de hipocresía, porque, si alguien hace obras de caridad en este pueblo, es mi madre.

—Era, era, porque parece ser que ahora sus amigas no la acompañan y han hecho otro grupo para esos menesteres.

Me alcé de hombros.

No me conmovía en absoluto lo que les sucediera a los Perol, padres de David, o a los míos.

No soy rencorosa, pero, con respecto a mi vida y todo lo que yo sufrí en solitario, tiene una repercusión eterna. Incluso puedo hablar con ellos tranquilamente, pero amarlos o ser afectuosa con ellos dudaba que lo llegara a ser. Y si había vuelto, había sido por demostrar que, aun sin su ayuda, estaba allí, con el hijo sano y fuerte y convertida en una médico.

Carlos me miraba fijamente. Tenía una mano sobre la mía y, de súbito, asió mis dedos y me los apretó.

—Oye, piénsalo. Estoy deseando formar una familia. Pienso que la estoy necesitando mucho, y Kike, para mí, es ya como un amigo, como un hijo. Me ha caído bien.

Yo hice un gesto vago sin responder.

—Oye, Sandra, debo añadir que me has gustado desde el primer día que te vi. Te deseé enseguida. Ya sabes, de esas manifestaciones se pasa rápidamente a los sentimientos. No estoy hablando sólo de atracciones físicas, que confieso existen en mí al menos, hablo, además, de sentimientos, de afectos profundos, de necesidades espirituales.

—Es la novedad, Carlos.

Me apretó más la mano.

—No me digas eso, porque me ofendes. Yo no digo que te cases mañana, pero sí que tengamos una relación amistosa o pasional. Sexual...

—No me tientes, Carlos. No me gusta salirme de mi equilibrio. No me quiero complicar la vida. No quiero problemas.

—Fíjate cómo son las cosas. No te pido ni siquiera correspondencia. Pero sí que me permitas cortejarte. Oye, que no soy un crío. He tenido muchos líos amorosos y hasta alguna amante. No se saben cosas así de mí, porque soy discreto y porque mi profesión me prohíbe una vida libidinosa, pero soy un tipo que necesita mujer.

—Y has tardado treinta y siete años en buscarla.

—En eso te equivocas. —Me hablaba quedamente, inclinado sobre la mesa—. La vengo buscando desde que falleció mi madre. Cuando compré el derecho de un tío al caserón y él, gustoso, me cedió su parte familiar, y monté el colegio en mi vieja casa, como ya has visto, lo hice pensando en el futuro. He nacido aquí y aquí quiero morir. Pienso que hubo en este pueblo grande más de seis generaciones de mis gentes. Yo seré uno más y quiero tener hijos propios, aunque está claro que me encantará adoptar a Kike.

Rescaté mis dedos.

Yo vivía feliz con Kike. Ganaba mucho dinero, porque tenía muchas cartillas y trabajo particular, liarme ahora con problemas, aunque fueran placenteros, no entraba en mis cálculos. Me costaba mucho y se lo dije así:

—No tengo deseo alguno de marido, de cambiar de estado, de la pesadilla de depender de un hombre, cuando yo sola he conseguido el mayor equilibrio.

—Pero como mujer...

—Es distinto.

—¿Distinto en qué sentido?

—A veces, yo también me encuentro sola.

—Oye, podemos hacer un pacto.

Y como callaba, yo pregunté:

—¿Como cuál?

—Empezar una relación sin compromiso. Si nos gustamos tanto, si nos deseamos tanto, si al fin necesitamos vivir juntos, compartirlo todo, nos casamos. Pero si no sucede nada de eso y la relación nos parece aceptable y nos encanta...

—No nos casamos y nos hacemos amantes.

—Lo consideras así.

—¿Lo de amantes?

—Sí.

—No.

—Pues no te entiendo.

—Verás —dije yo, muy en mi sitio y sin ofenderme, porque

sabía que era una conversación normal entre un hombre y una mujer—, yo no me consideraré nunca amante de nadie. Y tú, lógicamente, tampoco serás amante o, si lo somos, lo somos por igual. Quiero decir que, en mi relación con un hombre, si llega a existir, no me consideraré ni más vejada ni menos poderosa. Compartimos algo que nos gusta y en paz. A mí, eso de amante me parece una ridiculez. En cambio, amantes me parece natural.

—Eres una feminista de cuidado.

—No sé lo que eres tú.

—Igual. Pienso exactamente como tú piensas. Hay amantes, pero no amante a secas. Esa postura es la que te propongo.

Regresábamos en auto y no habíamos llegado a un consenso.

Estaba claro que yo no me deseaba complicar la vida, y estaba claro, asimismo, que Carlos intentaba complicar la suya hasta el mismo pelo, que, por cierto, al ir desapareciendo la gomina con el rocío de la noche, se le alborotaba y estaba más atractivo.

Lo era mucho.

Cuando llegamos a la villa, había que pasar por su palacete antes de llegar a mi casa. Aminoró la marcha.

—Podemos entrar a tomar una copa en el porche.

—Carlos —dije yo con mucha paciencia—, tengo que pensar en todo lo que me has propuesto. No ha sido nada descabellado, pero yo formo parte de ese dúo. Y no me entrego así como así.

Noté que él estaba muy excitado.

Recordé también aquel beso que saboreé con él.

Temía que detuviera el auto y me tocara. Porque, si no te tocan, puedes ir pasando. Pero si, de repente, sientes, en una noche así, donde el champán, además, había hecho de las suyas, no sabes ya qué hacer.

—No —dije, adivinando su intención.

Pero Carlos no dijo palabra, aunque, lógicamente, era de suponer que detendría el auto ante su casa y, además, no sé dónde tocó, porque el portón se empezó a levantar y el coche pasó por debajo. Oí después el chirrido del portón al caer y cerrarse herméticamente.

Detuvo el auto allí mismo y se volvió hacia mí. Tenía los ojos muy brillantes y los labios entreabiertos.

Supe que no me iba a pedir descender del auto, pero sí que me iba a besar como aquella otra vez, que me puso muy excitada. Prefería volverme a casa así, serena o sosegada. Y es que, además, a tales alturas, ya sabía que, cuando Carlos me tocaba, yo me estremecía de pies a cabeza, como si me poseyera.

Así me atraía.

Porque yo podía negar muchas cosas, pero, evidentemente, no aquella de la atracción que Carlos, virilmente, ejercía sobre mí. Tampoco me consideraba débil y, por supuesto, huía de parecerlo.

Pero Carlos, como aquella otra vez, no me pidió permiso. Puso su mano abierta en mi nuca y me atrajo hacia él. Tomó mi boca en la suya. Obviamente, lo hacía con un cuidado insinuante, morboso, villano para mi serenidad. Lo hacía con un erotismo tierno, que es el más cruel de los erotismos, porque es el que más cala y el que más te quita el sentido.

Me besó despacio, muy despacio y, a la vez, mientras una mano seguía asiendo mi nuca con un cuidado enervante, con la otra deslizaba sus dedos por mi escote.

Fue ya el fuego abrasador.

No lo pude evitar.

Me apreté contra él.

Por unos momentos le dejé hacer lo que quiso y lo peor de todo fue que lo compartí. Se diría que me había convencido. Y pienso que si Carlos hubiese querido, sí, pero cuando me separó un poco para mirarme y me preguntó:

—¿Vamos a casa?

Yo dije con desesperación:

—No.

—Y, si te convenzo, mañana me lo reprocharás.

—Sí.

—Pero no te ha bastado lo que acaba de ocurrir.

—No quiero que me baste.

Carlos había recobrado la calma malamente, lo confieso, pero estaba, si cabe, más sereno que yo.

Puso el auto en marcha y buscó el dispositivo y lo apretó. El portón se levantó, él miró hacia atrás y, cuando el auto salió del recinto, el portón volvió a caer.

Eran las cuatro de la madrugada.

—Que conste —dijo—, que si insistiera...

Yo lo corté con fiereza.

—Ya lo sabemos los dos.

—Y entonces, ¿qué temes? ¿No eres libre, no eres adulta, no eres, encima, médico? ¿Quién te toma a ti cuentas de lo que hagas? ¿Tu hijo? Si los chicos ahora a los nueve años saben más de lo que sabíamos nosotros a los quince.

Todo eso lo reconocía.

Pero quería ser yo, que nadie me obligara a hacer lo que no tenía claro aún que quisiera hacer.

Sentí de súbito una rara ternura. Carlos asía mis dedos mientras el auto avanzaba, y me los apretaba con una suavidad casi infantil.

—Yo no te quiero hostigar, ¿eh? Pero ve pensando que, si hasta ahora pasaste sin amor y sin sexo, se acabó. Dentro de ti está ese anhelo tan natural y tan realista. No puede uno vivir de demagogias.

Lo comprendía.

El auto se detuvo ante el edificio de mi casa, y dobló los brazos en el volante a la par que volvía la cara hacia mí.

—¿Feliz y pesarosa?

—Feliz.

—¿Reconoces que soy tu pareja?

—No.

—Pero, Sandra...

—Cuando yo acepte una pareja, será porque no lo pueda evitar. Y, entonces, buscaré en ella un compendio de todo. Amor, deseo, camaradería, amistad, sexo... pasiones.

—Espero ser yo esa persona que necesitas. —Me asió una mano—. Y, además, lo espero fervientemente.

Y se llevó con suma delicadeza mi mano a sus labios abiertos. Me besó la palma y el dorso y, después, la soltó diciendo:

—Nunca olvidaré ni la suavidad de tu boca ni tu perfume sutil. Vamos.

Y descendió para luego ayudarme a mí.

Me llevó de la mano hacia el portal. Allí, me soltó y me miró mucho. Después, inclinó su alta talla y me besó en la mejilla.

—Buenas noches, doctor.

Yo abrí el portal con cierto nerviosismo y me deslicé por él sin volver la cabeza.

Cuando me hallaba junto al ascensor, oí el motor de su auto y, después, cómo el ruido se alejaba.

Me desvestí a toda prisa. Jamás me sentí ni más nerviosa ni más excitada.

Me lo dijo José en el ambulatorio:

—Oye, tienes en la consulta a Eloína Perol.

Al pronto, no caía, pero, de repente, hasta el fono se me agitó en el pecho de la sacudida que di.

—La madre de...

—Sí.

—¿Enferma?

—No lo sé. Pero te digo que me ha dicho la enfermera que está en el recibidor con los demás enfermos esperando turno.

—Recíbela tú, José.

—El hecho de que yo la reciba no evitará que ella me pida que te llame a ti, si es que está decidida a verte. ¿Ha ido alguna vez a tu casa a hablar contigo?

—No.

—Pues le parecerá lo más natural venir aquí. Tú dirás a qué consulta la pasa la enfermera.

—Que se lo pregunte.

Casi enseguida, entró de nuevo José en mi consultorio, donde yo despedía a un enfermo.

—Pide pasar al tuyo.

—Ya.

—¿Qué le digo a Sofía?

—Que la haga pasar.

—De acuerdo.

Esperé allí, dentro de mi bata y con las gomas colgando al cuello.

Nada más llegar aquella mañana, pensé en el refrán que dice: «El que va a la romería se arrepiente al otro día.» Creo que era así el refrán. Yo estaba cansada. Inquieta, nerviosa. Y eso que soy tranquila por naturaleza. Pero todo lo ocurrido con Carlos me había apabullado, cansado y enervado.

Además, nada más llegar al ambulatorio, José me invitó a tomar café en la cafetería de al lado y también me invitó a almorzar.

Acepté.

Mejor con él, que era más sereno y se parecía más a mí, que con Carlos.

José era un tipo suave, viril, pero cuidadoso. Me había declarado su amor y su deseo de casarse conmigo. Tampoco era un crío, pero no se había desmelenado como Carlos. Yo tenía que medir mucho mi futuro, lo que hiciera en el futuro. Equivocarme, no, por favor.

—Buenos días.

No la había visto más que de lejos el día que había llegado de regreso a la villa después de casi diez años. De modo que, verla de frente y allí mismo, me produjo una sensación de hastío, de mayor cansancio aún, físico y moral.

—Usted dirá.

—No vengo por asuntos de enfermedad —dijo altanera.

¡Lo que faltaba!

—Pues los asuntos privados no los trato en una consulta de la Seguridad Social.

—Intenté varias veces verte y te dejé recados por teléfono.

—Los he recibido, pero carezco de tiempo para perderlo.

—Mira, te vengo a decir que mi hijo tiene derecho a ver a su propio hijo.

—Suponga que hubiese abortado, como ustedes querían, y hubiera engendrado otro hijo. ¿Quiénes son ustedes para exigirme nada?

—También yo he intentado ver a mi nieto, y se diría que has venido aquí para pasárnoslo por las narices a nosotros y a tus padres.

—Mire, señora, todo lo que me diga no me interesa. Ni verla ni citarme con usted. No conseguirán nunca convencerme de nada. Y, si me siguen molestando, daré parte a un juez.

—A un juez iremos nosotros a reclamar al chico.

—¿Y cómo harán?

—Pediremos que se hagan análisis de sangre.

—No sea usted estúpida. Su hijo es abogado, y su marido, aunque se haya quedado de secretario en el ayuntamiento, también lo es, y saben que ese papel no lo acepto yo y que no hay juez que, por la ley, me obligue. Mi hijo es mío. Exclusivamente mío. Tómenlo como gusten, pero es así.

—Eso se verá.

—Por favor —dije, pulsando el timbre para que acudiera Sofía—, no vuelvan más por aquí. No me molesten, ni ustedes ni mis padres. Tienen lo que se han buscado. —Apareció la enfermera—. Por favor, acompaña a la señora.

Y la señora se fue al fin hecha un basilisco.

Por supuesto, a mí no me llamó ningún juez ni ningún abogado.

Y, si me llamasen, no prosperaría ninguna demanda. Yo tenía un hijo, pero nadie me podía obligar a someterlo a ningún reconocimiento.

Cuando terminamos la consulta, José y yo nos despojamos de las batas en el despacho, y José me dijo:

—Aunque no hubiese querido, tuve que oírlo todo, porque estaba en mi consulta y, como sabes, tiene un tragaluz siempre abierto.

—Me gusta vivir en esta villa —dije—, y me encanta ver cómo Kike disfruta libremente. Me encanta mi trabajo aquí y noto que la gente me quiere, pero, si ellos me siguen molestando, tanto los padres de David como los míos, como el mismo David, los denuncio.

—Parece imposible —se lamentó José—, a qué extremo de indiferencia se llega.

—¿No te parece lógico?

—Por supuesto. —Y sin transición—: ¿Vamos a pie? —Y, ante mi asentimiento, añadía—: Lo peor de todo es que toda la villa sabe lo que sucedió hace casi diez años. Y no están de acuerdo. Han condenado a los Perol y a tus padres. Ese botarate de David, en una de sus borracheras semanales, lo debió de contar, porque no se ignora ni un solo detalle. Hasta saben que las dos familias te querían enviar a Londres a abortar, pagando entre ambos los gastos.

—Me tiene sin cuidado lo que se diga. A mí acuden como médico y nadie me dice nada.

—Pero acuden más a ti que a mí porque te tienen simpatía, o lástima, o lo que sea.

Caminábamos los dos calle abajo.

Le había dejado comida a Kike, pero tampoco me extrañaría que pasara Carlos a buscarlo, bien para llevarlo a su casa a jugar una partida de tenis o para ir a navegar.

Y, cuando nos sentábamos en la terraza del restaurante, que quedaba justamente encima del muelle deportivo, los vimos.

Iban juntos con el cesto de aparejos.

Kike, con taparrabos, el busto al descubierto y chinelas.

Carlos, estrafalario, como siempre, sin parecerse un ápice al señor de la noche pasada. Llevaba bermudas y calzaba chinelas, sujetas por dos tiritas, y una camisa de algodón blanca, de esas que parecen de minero, pegada al tórax.

—Mira a tu hijo —dijo José.

Hacía rato que yo lo estaba contemplando, cerca del muelle, donde estaba atracado el pequeño yate, porque ya pasaba de fueraborda.

—Es muy amigo de Carlos.

—También lo es tuyo.

—Eso es verdad. Ha caído en el pueblo como un nativo.

—Por mi origen, lo es. Además, le gusta esto. Le gusta como no te puedes imaginar. Como primera medida, no había visto nunca el mar y, como segunda, aquí sale y tiene amigos. En Madrid sólo podía salir conmigo. Nunca será Kike hombre de capital.

—¿Por qué no le permites ver a sus abuelos?

—¿Quién te ha dicho eso?

—Lo dicen ellos.

—¿Los cuatro abuelos?

—Pues sí. Eso tengo entendido.

—Mira, José, conociéndome, no sé cómo haces caso de esos comentarios. Yo, a Kike, lo eduqué libremente, advirtiéndole los límites. Desde aquí y hasta aquí, y todo lo demás es un mundo que le pertenece como a todo prójimo. Le demostré lo que son la comprensión, el perdón, la decencia, la verdad, el ser uno mismo, el obrar con prudencia. Así como también la falsedad. En fin, que le hablé del bien y del mal y tuve buen cuidado de señalar ambos. Pero jamás le he prohibido ver a sus abuelos. Es más, ni le pregunto.

—Pero le podías indicar que fuese.

—¿Yo? No, no. Hará él lo que guste. Sabe muy bien que es libre de hacerlo. Pero que, por favor, evite la hipocresía.

—Y la hipocresía, en tu concepto, sería ir a verlos.

—Ni más ni menos. Cuando haces por la fuerza o el deber algo que no te gusta, estás fingiendo. Yo deseo que mi hijo crezca en la verdad.

—Así de humano.

—Así de verdadero y sencillo.

—Si yo sé que tienes razón, Sandra.

—¿Y por qué, entonces, haces esos comentarios?

A todo esto, ya Carlos nos había visto y alzaba la mano y, tanto José como yo, alzábamos la nuestra. También Kike nos saludaba de lejos y saltaba al barco.

—Pues por evitar que se fijen demasiado en ti. Es mejor pasar inadvertida y, además, que tus padres y los padres de David ya son algo mayores y...

—No son nada mayores, José. Yo no le voy a decir nunca a Kike haz esto o haz aquello. Lo estoy educando para que haga lo que guste, siempre dentro de las reglas reales y sinceras. Nunca engañándose a sí mismo. Siendo así... me extrañaría mucho que se le ocurriera ir a ver a sus abuelos.

—Pero ¿él sabe quiénes son?

—¿Y cómo no? ¿No te estoy diciendo que nunca le he ocultado nada? Nunca, también es cierto, le dije bruscamente lo que había, pero, poco a poco, sí se lo fui diciendo. Es un chico maduro. Se da cuenta de todo.

—Y sabe que tus padres y los de David deseaban que no naciera.

—Por supuesto.

—Has sido muy dura. Ellos más, pero tú no te has quedado corta. —Y, seguramente, por ver mi gesto desdeñoso, añadió—: Claro que, después de ver cómo te trataron... Tú eras una adolescente, y ellos, todos adultos. Es terrible que te echen de casa y no se vuelvan a ocupar de ti jamás. —Me oprimía la mano—. Sandra, yo quisiera... Bueno, tú sabes de sobra lo que yo quisiera.

Estaba viendo el yate, que se separaba del muelle y ponía los motores en marcha hacia la boca del puerto.

Agitaban los dos las manos diciendo adiós. José y yo dejamos de hablar para seguirlos con los ojos.

El yate dejaba tras de sí una estela de espuma y navegaba ya a toda velocidad.

—Yo, Sandra, cuando tú me digas, reconozco a tu hijo como mío. Me gustaría hacerlo, al margen incluso de mi amor por ti.

—Eso no puede ser. Yo te lo agradezco, pero es imposible, porque un día me puedo casar, y será más lógico que Kike lleve el nombre de mi marido.

—No seré yo ese hombre, ¿verdad?

Lo decía como lamentándose.

Casi sin interrogante.

Yo no sabía.

Y no, porque si tanto me emocionaba Carlos, tanto José. Eran dos hombres dignos de tenerse en cuenta. Y yo sabía, además, que mi destino estaba entre uno de los dos.

No sabía aún cuál.

—No lo sé, José —dije al fin.

Nos sirvieron mariscos de primer plato y carne de segundo, con un buen Rioja de una cosecha muy vieja.

Hablamos de sobremesa. Tomamos café, copa y fumamos cigarrillos.

A las cuatro y media dejamos la terraza.

Nos fuimos a la clínica privada, donde seguíamos trabajando juntos. Cada cual tenía su consulta.

Era el hombre que me convenía. Hablábamos el mismo lenguaje, teníamos un montón de afinidades. Los dos éramos discretos y más bien callados.

Pero él me amaba, y yo estaba aún dura para aceptar esa cuestión sentimental.

Mientras nos poníamos las batas (yo vestía pantalones vaqueros y una camisa a cuadros de tonos entre rojos y negros), José decía:

—¿Estás enamorada de Carlos? Sales mucho con él.

—No estoy enamorada de nadie.

—Pero sales con él más que con nadie.

—Dada la época, es el más desocupado. Tú, si no estás de guardia, estás haciendo visitas y, además, contigo también salgo.

—De todos modos, Sandra —dijo con un pesar que me dolió—, yo soy el segundo.

—No pensarás que tengo relaciones sexuales con Carlos.

Me ataba la bata; él, también.

La conversación era fluida, pero sin apresuramiento.

—Mira, si las tienes... pues las tienes. Eso no evitaría que, si te dieras cuenta de que yo te podría hacer feliz y me eligieras, yo fuese el hombre más dichoso del mundo.

—¿Aun sabiendo que había ese tipo de relaciones con Carlos?

—Por supuesto. Todos tenemos derecho a averiguar qué cosa nos interesa más, y si no se hacen pruebas..., nunca se puede saber. Ya sé que no soy nada machista y que mi feminismo a veces es ofensivo, pero me educaron para ser así. Tengo treinta y tres años, pero no pertenezco, como se diría, a la generación de esos padres que, desfasados, educan a sus hijos en sus propias creencias. Jamás en la realidad son iguales, porque, en cada generación, las cosas avanzan y se han de mirar como son, sin aditamentos falsos.

Llegaba Sofía.

Era la misma en la consulta particular que en el ambulatorio.

En el ambulatorio, trabajaba para la Seguridad Social como nosotros. Allí, en cambio, todo era privado, y se podía asegurar que ganábamos dinero.

Oímos la llegada de clientes y nos retiramos los dos al despacho. Ése sí lo ocupábamos los dos. Lo compartíamos, se podía decir.

—Así, como tú hablas, quiero que un día hable Kike. Así lo quiero educar.

Me senté tras la mesa y removí papeles con nerviosismo. Veía a José de pie, junto al ventanal, mirando hacia la calle.

Se volvió y se quedó apoyado en el alféizar, con las dos manos bajo las posaderas.

—¿Comemos juntos esta noche, Sandra?

Yo no tenía compromiso.

No había quedado en nada con Carlos.

—De acuerdo.

—Pues a trabajar.

Y nos pasamos sin vernos más de cinco horas, porque a las nueve teníamos aún un cliente.

José se fue primero, dejándome en la mesa del despacho un papelito escrito.

«Te recogeré a las diez y media.»

Me apresuré con el último cliente, a quien le recetaba, y por eso había visto el papel. Después, Sofía lo despidió, y yo me despojé de la bata.

No esperaba que Carlos estuviera con Kike en casa, pero el caso es que estaba, y yo me quedé envarada en la puerta de la cocina, viéndolos enfrascados a los dos, disponiendo una langosta a la catalana.

Me quedé cortada.

¿Qué hacer?

Estaba citada con José para tres cuartos de hora después. Me tenía que duchar, vestir y aún decirles a aquellos dos que no podía saborear la langosta que estaban preparando.

—Es que tenemos una nasa, mamá, y allí topamos este ejemplar de langosta. Nos vinimos a casa a prepararla.

Carlos, con un delantal en torno a la cintura, parecía un cocinero auténtico.

—Lo siento, amigos. Lo siento infinitamente, pero el caso es que estoy citada con José.

La vuelta de Carlos fue casi violenta.

Me miró fijamente, enfadado.

Yo me mantuve firme.

—La comeremos mañana si os parece, o la tendréis que comer los dos solos.

Carlos ya se estaba despojando del delantal.

—Oye, Carlos —decía Kike, todo un lamento—, no me irás a dejar solo con el condimento.

Carlos se volvió a poner el delantal.

—Invita a José a comer la langosta aquí, en vez de salir —dijo Carlos.

Yo no sabía qué hacer.

Por lo pronto, salí sin responder y me fui al baño.

Casi enseguida, llamó Kike a la puerta.

—Oye, mamá, tengo el teléfono de José aquí. ¿Lo llamo?

—No, no. Si hay que llamar, seré yo quien lo haga, pero ahora déjame bañarme.

—Te esperamos. Dice Carlos que si quieres que te preparemos una copa.

Se metía de rondón en mi vida quisiera yo o no.

Estaba claro que José no luchaba por mí con tanta sutileza.

Carlos, aprovechándose de Kike, estaba en mi casa como si fuera la suya.

No sé si eso me sentaba bien o mal.

No deseaba ser coartada, ante eso me negaba categóricamente, pero Carlos era obsesivo, acaparador, incluso un poco dictatorial.

Pero también se sabía dominar.

Me duché y, después, me vestí en la alcoba. Me puse un traje de hilo, deportivo, de un tono fucsia, con muchos pespuntes. Y así salí de nuevo hacia la cocina.

—Llamaré a José —dije y no esperé la respuesta de ninguno de los dos.

—Estaba al salir —me dijo José, sin saber aún qué le quería decir.

En pocas palabras se lo espeté.

—¿En tu casa y con Carlos?

—Han pescado una langosta y la están preparando.

—Y la cena es de cuatro...

—Si no quieres mandar a Kike a la cama.

Se rio.

Menos mal.

—Está bien. Ya voy.

Y, cuando volví a la cocina, dije:

—José aceptó la cena aquí.

Kike empezó a dar saltos.

—Estupendo, estupendo —decía.

Yo me fui al comedor a poner la mesa.

Enseguida, entró sigiloso Carlos y cerró la puerta.

—Oye, yo no quise hacerte una encerrona.

—No sé cómo te las arreglas, pero siempre te sales con la tuya.

—La langosta era grande, y nos alegramos mucho al verla en la nasa. Es la primera que capturo en todo el verano.

—Si no digo nada, Carlos.

—Estás enfadada.

—Por supuesto que no.

Se acercó a mí y me asió por los hombros, quedando de espaldas a él. Inclinó su alta talla y me habló en el oído.

—Oye, es que a José ahora lo detesto.

—Seguramente que José siente lo mismo hacia ti.

—Te estamos ganando o intentando ganarte.

—Me tendré que ir para verme libre de vosotros.

Me besó en el cuello y se rio sin separarse.

Yo lo aparté con cuidado, con una sola mano.

Me miró desde su altura.

—No sé lo que harás, Sandra. No tengo ni idea, pero, hagas lo que hagas, yo te seguiré. Dicen que las pasiones en la adolescencia son muy fuertes. Es posible que sea así, pero yo digo que lo son muchísimo más en los adultos, casi a punto de rozar la tercera edad. Es decir, a mis años, las pasiones que se sienten por primera vez son fortísimas, y se deja todo atrás por ganarlas. No sé si a ti te da igual.

No me daba.

Yo sentía una atracción fortísima hacia él, por supuesto.

Pero José... era mi compañero, un tipo dulce, delicado, realista.

Me sentí confundida.

Por eso giré sin responderle.

Diré que fue una cena agradable pese a todo. Los dos, tanto José como Carlos, eran dos tipos muy educados y esperar de ellos un desplante o una grosería sería esperar imposibles.

Debo confesar que la langosta estaba exquisita y el vino de Rioja que trajo José, magnífico.

La conversación versó sobre varios temas. Política, literatura, humanismo, situaciones conflictivas.

En fin, eran dos tipos cultos, enterados de todo cuanto acontecía en España, como, por ejemplo, el desastre democrático de los socialistas.

Carlos decía riendo:

—Es que, para más recochineo, estaba entonces en la universidad dando clases en la capital y no sólo voté al PSOE, sino que incité a mis alumnos a que lo hicieran. Nunca, en toda la historia de España ida, y creo que en la venidera, tuvo un partido mayor protagonismo, mayor autoridad para hacer de una España muerta, una España viva. Pero no, al cabo de diez años, nos topamos con una España partida en dos, con un montón de pobres de solemnidad, un montón de ricos y otros de media tijera. Pero es que los ricos son ricos de verdad.

—Nunca voté al socialismo —dijo José desdeñoso—. Nunca creí en él después de muerto Pablo Iglesias. Es más, cuando lo mencionan los guerristas o los felipistas, me ofenden, porque ni se le parecen. Y ellos presumen de seguir sus doctrinas. A ese Alfonso Guerra, yo lo destruiría, por la sencilla razón de que, además de mentir en el Congreso, cuando se sube para erigirse en mitinero, parece que considera al pueblo tonto, y lo más lamentable es que el pueblo lo escucha y se convierte en tonto de baba.

—Yo no diría que eso es lo peor, porque yo también soy un desengañado del socialismo. Yo digo que, por culpa de todos ellos, que han sangrado a este país, están echando sin cesar basura sobre todos los políticos. Y no todos son corruptos.

Así estuvimos hablando más de cuatro horas.

Kike se fue a dormir a las dos, porque ya no podía más y, a las cuatro, seguíamos aún tomando copas y chupitos de manzana.

Yo me sentía mareada.

Pero también me sentía a gusto con ellos.

Y, por fin, a las cinco, logré que se fueran. Al día siguiente aparecí en el ambulatorio casi dormida. José no estaba más lúcido que yo.

—Ha sido muy gorda —siseó José en mi oído—. Pero me agradó.

—¿Lo ves?

—¿Qué he de ver?

—Que tres personas, sanamente, lo pueden pasar bien.

—De modo muy especial y sólo en ocasiones —dijo tajante—. Yo soñaba con estar contigo ayer. De modo que prefiero ir a comer por ahí. Si es que aceptas.

Acepté.

La primera que deseaba saber qué sentía en realidad, y por cuál de los dos, era yo.

Terminamos a las dos menos cuarto y, a las dos, nos íbamos en el auto de José.

—Si te apetece comer en casa... Yo tengo una buena cocinera.

—Prefiero fuera.

—De acuerdo, pues vamos a un sitio que conozco cerca de una playa, a unos diez kilómetros de aquí.

Y fuimos. Allí vi a David con un grupo de amigos.

Lo saludamos al pasar.

—Si está borracho —dijo José—, dirá todo lo que le apetezca.

No sé si lo dijo o no.

Sé que dejé de verlo cuando me senté a la mesa. El lugar era paradisíaco y muy acogedor. No me bañé en la playa, porque no llevaba traje de baño y, además, teníamos que volver para la consulta de la tarde.

Iba inquieta y a pie.

Me había sentido un tanto turbada al despedirme de José esa noche. Me invitó a comer y le dije que no podía, y es que, realmente, estaba rendida, falta de sueño y con deseos de no pensar.

Los dos pretendientes eran igualmente interesantes, tenían casi la misma edad, años arriba o abajo, pero yo tenía en mente a los dos y no sabía aún a cuál elegir o si elegiría a alguno.

Por primera vez, al hablar con José, él me asió por los hombros y me besó en plena boca. No opuse resistencia ni me enfadé. Es más, casi lo estaba pidiendo yo. Deseaba hacer comparaciones.

Tal vez era mi falta de experiencia masculina, no sé. El caso es que me emocionó el suave beso de José. Presentía que era un tipo muy humano, muy espiritual, muy sensible. ¿Más que Carlos? Pues sí, mucho más.

Carlos no era un bruto, pero más sensible era José. Yo también eso lo entendía. Era médico y, cuando trataba a una mujer, lo hacía con una delicadeza insuperable. Eso llamaba mucho mi atención.

Por eso, esa noche de principios de septiembre (cómo corría el tiempo) yo iba nerviosa y apresurada.

No me di cuenta de que alguien me perseguía hasta que, de repente, ante un farol callejero, se me puso delante David.

¡Lo que me faltaba!

—Soy yo.

—Ya te veo.

—¿Te puedo acompañar?

—¿Y qué quieres?

—No lo sé, pero... lo estoy pasando muy mal. Yo nunca fui responsable de todo aquello.

—Todo aquello —dije yo recalcándolo— lo deseo olvidar. Es más, yo vivo en otro mundo y no me interesa volver la cara hacia atrás.

—Porque atrás estoy yo.

Ni lo miré.

Recuerdo que yo vestía los vaqueros que usaba mucho para

ir a la consulta y la camisa de cuadros negros y rojos de una especie de viyela. Calzaba mocasines.

Debía de parecer una cría.

—Ni atrás ni delante estás tú, David.

Había amoldado su paso al mío y caminábamos ambos apresurados.

—Oye, por lo menos, déjame ver a mi hijo.

—¿Y por qué sabes tú que es tu hijo?

—Es igual que yo.

No pude contener la risa.

Nunca fui cruel ni vengativa ni estaba de nuevo en la villa para negar nada.

Estaba para satisfacerme a mí misma.

Esa noche rompí a reír.

—No se parece a ti ni en la voz, David. ¿No me enviaste a abortar? Suponte que lo haya hecho. Ya se lo dije a tu madre el otro día. Diles que me dejen en paz y déjame tú. Mi hijo será reconocido por otro hombre, aquel con el cual me case. Y tú no figuras para nada en mi vida. Además —aquí me detuve porque llegué a mi portal—, si tanto quieres ver a tu hijo, búscalo. Lo tienes todo el día por la villa corriendo.

—No es irrespetuoso conmigo —confesó David contrito—, pero tampoco afectuoso.

—Tampoco tú le puedes pedir más al chico. Buenas noches, David.

—Oye...

—Buenas noches.

—No quieres tomar conmigo un café en la cafetería.

—Ni eso.

—Tampoco se puede ser tan inhumano.

—No me hagas reír.

Y entré en el portal, dejándolo plantado. Afortunadamente para él, no intentó seguirme.

Entre estas y otras cosas terminó el verano y Kike empezó las clases.

Más veces se quedaba a comer con Carlos que regresaba. Recuerdo que, a la semana, Carlos me llamó por teléfono para invitarme a comer por la noche, pero, como no podía, porque estaba citada con mi colega, él me contó lo de Kike.

—Es un chico despabilado. Muy listo, Sandra. Podrá hacer lo que guste cuando sea mayor. Además, es muy cariñoso.

Yo ya sabía que era listo.

—Lo que pasa es que tus padres le dan un poco la lata. Él es muy respetuoso, pero tanto no aguanta.

—¿Y qué aguanta Kike?

—¿No te lo ha dicho?

—¿Y qué me tenía que decir?

—Que tu padre o tu madre aparecen por aquí a la hora del recreo.

—Y llaman a Kike.

—Eso mismo.

—Kike acude a la llamada, ellos le suplican y el chico se queda sin recreo.

—Algo parecido a eso, Sandra.

Decidí ir a verlos.

No había ido nunca. Jamás, desde que me fui a los dieciséis años, había vuelto por la tienda. Por supuesto, a la casa no iría, pero, a la tienda, a la hora de cerrar, sí.

Por eso, se lo dije a José cuando despedimos al último cliente.

—Tus padres no deben perturbar la vida de Kike —dijo cuando se lo conté—. Salgo contigo.

Los dos salimos a la calle, algo confundidos, porque era la primera vez que yo sabía que mis padres perseguían a Kike. Pensé que eso sólo había sucedido al principio, pero ya no, desde que yo les había dicho que lo dejaran en paz.

Yo no sentía nada por mis padres. Y eso me dolía. Ni cariño ni repulsión. Nada, que era peor casi que el asco. Por lo menos, el asco es algo. La indiferencia no es nada.

—Mucho te ha tenido que doler lo que has vivido a solas —me dijo José.

—Me marcó. Piensa en todo lo que puede suceder cuando no se tiene un duro y se está sola.

—Hasta que apareció María. ¿Has vuelto a saber de ella?

—Claro. Se fue a vivir lejos. De vez en cuando, recibo una postal. Sé que está bien y es madre de dos críos.

—Pero no en Madrid.

—No. Hace tiempo que ya no anda ella por Madrid.

—Ayer vi, en tu correspondencia, una carta procedente de Madrid con remite de un tal Arturo.

—Ah, sí, fue mi compañero en mi último trabajo en la capital antes de ganar la oposición.

Y no añadí nada más.

Pero sí pensé en lo que Arturo me decía en su carta.

Había dejado el ambulatorio de barrio y se había establecido en la calle Serrano, con un compañero más veterano que él. Les iba muy bien y añadía que, si yo me decidía a volver, me estaría esperando con su afecto y un trabajo.

Me emocionó su carta. Llevaba tres meses en la villa y, cada día, estaba más convencida de que me quedaría en ella para toda la vida.

José era oriundo de allí, pero no vivió siempre en aquella villa, de modo que era casi como un extraño y estaba esperando que pasase el tiempo reglamentario para pedir otra plaza mayor. Es decir, una capital.

—Es aquí —dije.

Y veía la tienda de mis padres ya cerrada, pero con alguien dentro, porque había luz.

—¿Voy contigo?

—Oh, no.

—Pero te espero aquí.

Miré en torno.

Recordé enseguida que allí, justo detrás de nosotros, había una cafetería, que antes era una burda tasca y ahora la habían remozado.

—Si te sientes mal sola, me llamas.

—Gracias, José. Saldré en menos de media hora.

Crucé la calle por el paso de peatones y me dirigí a la tienda. Pulsé el timbre, y debían de estar ambos en la trastienda, porque no salieron a la primera llamada. Por eso insistí más fuerte. Es decir, que retuve el dedo en el timbre un buen rato.

Vi a mi madre salir de la trastienda y ponerse la mano en la frente para poder ver en la oscuridad de la tienda quién estaba en la puerta.

No me reconoció a la primera, y toqué con los nudillos en el cristal.

Entonces, se dio cuenta de que era yo y atravesó la tienda para abrirme rápidamente.

—Pasa, pasa —dijo sofocada—. Oh, gracias por haber venido al fin.

Yo pasé, pero no del centro de la tienda.

Asomó papá en la puerta de la trastienda y, al verme, se asió al marco.

—Os vengo a decir algo muy importante para mi hijo. Él está muy al margen de todo el pasado. Lo sabe, pero no le apetece recordarlo todos los días. No sé las veces que os habrá venido a ver. Yo no le rogué que viniera y él nunca dice que haya venido.

—No viene —dijo mi padre roncamente.

—Pero vais vosotros a fastidiarle el recreo en el colegio.

—Pues...

—Mira, papá, las cosas sucedieron de aquella manera. Hay personas que se ven todos los días y no son ni parientes. Y se aprecian de verdad. Y hay hermanos que se criaron juntos y, de adultos, ni se ven ni saben dónde viven y no les inquieta saberlo. Y hay padres que no te parieron y los amas. Como los hay que te parieron y te engendraron y no significan nada en tu vida.

—Pero tú has vuelto aquí.

—Para daros una lección de responsabilidad. Sólo por eso. Lo siento mucho, pero sólo eso me animó a volver.

—O sea, que nunca nos perdonarás.

—No se trata de eso, madre. Yo no siento rencor por nadie. Pero una cosa es eso y otra, el olvido. Olvidas con facilidad cuando posteriormente no sucede nada. Pero, cuando día a día vas viviendo penurias y horribles soledades, se te hace una úlcera en el cerebro que nunca cura. Eso es lo que yo tengo en mi cerebro, pero no para dañar a nadie, ni para amarlo de nuevo. La tengo para que no se me olviden sucesos que endurecieron mi forma de ser hasta el punto de no saber qué cosa quiero ahora mismo.

—Sandra, nosotros...

—Padre, te pido por lo que más quieras, si es que tienes capacidad para querer, que dejes a mi hijo en paz y le digas a madre que te imite.

—Tú nunca le pedirás que nos ame.

—Esas cosas no hace falta pedirlas. Salen de dentro cuando los que están cerca merecen tu cariño. No es éste el caso, madre.

Me dirigí a la puerta.

Los dos me miraban suplicantes, pero a mí aquello no me conmovía, y salí de allí, lamentando que nada me ablandara.

Cuando José salió a mi encuentro, estallé en sollozos.

9

Silenciosos, atravesamos el paso de cebra hacia la cafetería. Tal vez, José no entendiese mi postura indiferente. Lo sentía, pero no podía cambiar el estado de las cosas, y no podía, porque un día, teniendo dieciséis años, mis padres se convirtieron en unos extraños y jamás los volví a relacionar conmigo ni para bien ni para mal.

—Me gustaría sentir pena —dije de repente.

José, que me asía por el codo y me conducía a la cafetería, me preguntó:

—¿Ni odio?

—Nada. Una indiferencia total. Fue como si hablara con unos desconocidos y, cuando te sucede eso, es inútil buscar las causas, porque han pasado demasiados años. Y todo eso va dejando un vacío absoluto en tu alma. Yo no me considero responsable. Es más, me hace gracia que ahora se sientan ofendidos y también cariñosos, cuando, en los diez años que llevaba ausente, no se habían preocupado de buscarme. Imagínate que, en vez de ser tan orgullosa y estar tan convencida de que mi hijo nacería, porque me daba la gana, se me ocurriera, por falta de recursos o imaginación, convertirme en una prostituta. Entonces, sí sería grave. Pudo suceder. Tenía una gran vocación de médico y sabía que llevaba en el vientre la responsabilidad del hijo y tomé el mejor camino. Pero imagínate que no hubiese sido así.

—Sí, Sandra. Más de una vez me lo he imaginado y hasta me parece imposible que, durante esos años y siendo ya médico, no te apeteciera una vida sexual sana.

Entramos los dos en la cafetería y nos encaramamos a dos banquetas. Pedimos dos cervezas y encendimos sendos cigarrillos.

—Pues, pese a lo que te parezca, ha sido así. No estaba yo, en aquellos momentos de crispación ni siendo ya médico, dispuesta para el placer sexual. No me apetecía. Es más, pienso que mi relación con David, además de infantil, fue la que marcó mi odio hacia la cobardía de los hombres.

—Pero no todos somos iguales y ahora lo sabes.

—Relación sexual plena no la he tenido, José.

—¿Ni con Carlos?

Lo miré enfadada.

—No tengo prejuicios que me aten a nada. No tengo complejos. Lo que no tengo son deseos de falsear las cosas ni los sucesos. No he tenido relación íntima con Carlos.

—Ni con nadie.

—¿No quedó claro?

—Yo te amo y te necesito.

Yo lo miré pensativa.

No deseaba a José. Eso lo empezaba a tener claro. Cuando sucedía, y mi pensamiento se iba en goces y elucubraciones, no era el rostro de José el que veía cerca.

Era otro rostro. Y, además, muy nítido.

El rostro de Carlos.

—Me has oído, ¿verdad, Sandra?

—Por supuesto. Pero yo no he vivido jamás una situación más indecisa.

—Tal vez lo que te ocurre es que sientes fobia al matrimonio. Yo tampoco tengo prejuicios y estaría dispuesto a formar pareja contigo. Una pareja sentimental, sin ataduras de ningún tipo. Es más, tú en tu casa, y yo en la mía.

No me veía.

Por más que lo intentase, no me veía formando pareja sentimental con José y, en cambio, reconocía sus cualidades, sus virtudes y su atractivo. Era un tipo atractivo.

Había terminado de tomar la cerveza y de fumarme el cigarrillo, así que salté súbitamente de la banqueta.

—Me tengo que ir, José.

—No me respondes nada.

—Es que nunca he estado más confusa. Tal vez, en cualquier momento, se me despeje la mente y sepa qué responderte. Si me haces un favor, y me estimas como dices, llévame a casa.

Entre unas cosas y otras se había hecho noche cerrada. Los dos llevábamos el busca. Yo, porque tenía clientes y José, porque esa noche estaba de guardia.

Dejamos la cafetería y regresamos a pie. José vivía en una casa solitaria en la periferia, no lejos del colegio de Carlos. Yo, en cambio, vivía en el centro, en el puerto; las calles del pueblo discurrían entre sí y todas iban a dar al puerto deportivo.

Caminamos hacia allí pensativos.

—¿Por qué no saco el auto del estacionamiento —dijo de repente— y te vienes a casa a comer conmigo?

—Mira —dije yo reflexiva—, si mis sentimientos estuvieran seguros, no dudaría, e incluso me habría acostado contigo. Pero no es ése el caso. He descubierto, además, que necesito sentimientos. Yo no podría hacer el amor porque sí. Tengo que tener un aliciente, una motivación. Contigo no la tengo.

—La tienes con Carlos. Te pasas los ratos con él cuando no estás trabajando. Se murmura de vuestra relación en la villa. Carlos es un tipo muy conocido aquí. A ti, por tu condición de médico, es lógico que todos te conozcan y, en cuanto a tu hijo, nadie ignora que se pasa la vida en el colegio o en el bungalow del director.

—Simpatizan, José, y no me digas que no simpatiza contigo.

—También, también, pero a otro nivel. Yo soy amigo de su madre y, cuando lo invito a cazar, por ejemplo, no me desdeña por dos causas fundamentales: porque le encanta cazar e ir detrás del perro a buscar su presa, y porque soy amigo tuyo. Pero, con Carlos, es diferente. Él no caza.

—Pero pesca.

José asintió con dos cabezaditas.

—Es lamentable que nos sintamos tan afines en el ambulatorio y que, fuera, no seamos ni muy amigos, porque yo siempre te estoy fastidiando con lo mismo y tú nunca respondes positivamente.

—¿Te gustaría el engaño?

—¡No!

—Pues, entonces, no me pidas que sea diferente.

—Tengo treinta y tres años y, en toda mi vida, nunca le he pedido a una mujer que se casara conmigo. A ti te lo estoy pidiendo casi desde que te conocí.

—Y yo lamento no poderte decir que sí.

—¿Conoces las causas, Sandra?

—¿Qué causas?

—Las que te obligan a no aceptarme.

—No las conozco claras. Están confusas en mi mente. Pero...

—Pero casi se perfilan en tu mente.

—No lo suficiente para decidirme.

Llegábamos a mi portal y nos quedamos los dos pegados a la pared.

Los veraneantes se empezaban a ir. Quedaban muy pocos y, esos pocos, mayores y jubilados, ya que no les importaba vivir en un sitio u otro.

Un invierno en la villa no iba a ser muy entretenido, pero yo le tenía cariño, me estaba sintiendo mucho más feliz allí que en un Madrid tan lleno de gente, tan deshumanizado.

Hacía aún buen tiempo. Al día siguiente, sábado, no trabajaba y estaba citada con Carlos. Kike se iría en una excursión del colegio, con dos profesores, pero Carlos a esas excursiones nunca iba.

Me había invitado a salir a alta mar, llevar la comida y pasar el día navegando. Yo no me mareaba. Lo había sabido al salir con él en su fueraborda, que era como un yate pequeño, aunque no lo dijera.

—Oye —me dijo José, asiéndome la mano y apretándola—, podríamos salir esta noche como acordamos o, si esta noche estás cansada, mañana.

—Estoy comprometida para mañana —dije y, como no era mi intención gastar bromas ni dejarlo intrigado, añadí categórica—: Me invitó Carlos a navegar. Kike estará de excursión, porque su clase se va con dos profesores al monte.

Me besó la mano por el dorso y después la soltó.

—No te quiero forzar —dijo—. Ni demostrarte mi envidia. Pero es algo que supongo tú conoces. Los celos son visibles.

Me despedí de él con un gesto y lo vi alejarse hacia el estacionamiento próximo, donde siempre teníamos los autos. Él, el suyo, y yo, el mío, y había muchos más porque era público.

Estaba muy cansada, de modo que me di una ducha y me acosté, después de tomarme un vaso de leche y dos tostadas. En la mesa de la cocina había un papel que decía: «Saldremos a las siete de la mañana y regresaremos el lunes. No te preocupes por mi comida, porque la llevan del colegio. Te quiero mucho, mami. Kike.»

No sé por qué me emocionó más que otras veces, sería que yo andaba hipersensible con todo lo que me estaba sucediendo.

Mis padres, por los cuales no sentía ningún odio ni cariño, ni un pequeño afecto y, en cambio, sí una absoluta indiferencia, como si fueran dos extraños.

El amor entrañable de José, la pasión de Carlos.

No es que José no sintiera pasión, seguro que sí, pero la manifestaba menos que Carlos. Carlos era como un volcán. No se guardaba nada. Además, era constante y reiterativo, como si decidiera ganar aquella batalla y, en ello, le fuera todo su apacible destino.

Yo me metía en un mar de confusiones y de dudas, pero, en cambio, me sentía saltar de gozo, porque el día siguiente lo pasaría todo con Carlos.

¿Cómo podía yo diferenciar eso?

Ni pensar en sentir alegría por estar con José.

Pero, en cambio, con Carlos... Me perturbaba, me enardecía y era como si despertara todas mis neuronas, dormidas hasta entonces.

Eso era lo que más me inquietaba. Que sentía, y parecía que me negaba a admitir que estaba sintiendo.

Lo de mis padres no me perturbaba nada. Era lógico. Consideraba normal mi reacción. Y cualquiera que lea esto lo entenderá perfectamente. Yo era una mujer decente y excelente madre gracias a mí misma, a mis sentimientos, a mi tesón, a lo mucho que acepté sufrir a costa de mi propia soledad.

Diferente sería que la soledad la hubiese buscado yo, pero el caso es que me habían obligado a ella, me habían empujado y, de igual modo que fui a dar a un lugar decente, me pude quedar en el arroyo, buscando un pedazo de pan por métodos más fáciles, pero menos honestos. Yo no sé si buscaba una respuesta aceptable en mis reflexiones y si mis reflexiones se sucedían por no hallar esas situaciones aceptables.

Recuerdo que me acosté y, nada más posar la cabeza en la almohada, oí el timbre del teléfono que había sobre la mesita de noche.

Podía ser un cliente y levanté rápidamente el auricular.

—Soy yo. ¿Cómo fue tu paseo con José?

Era Carlos.

Tenía una voz grave y él le daba una entonación tierna, como si me entendiera y le encantara provocarme.

—No sabía que tuvieras espías.

—¿Piensas que te seguí?

—¿No me has seguido?

—Pues no. Tú no me has visto, pero atravesaba la plaza con mi auto cuando te vi caminar por el paso de cebra con José. Yo estaba dentro de mi auto, detenido en el semáforo.

—Hay casualidades tontas, ¿verdad?

—¿Adónde ibas?

Se lo conté.

A Carlos le ocultaba pocas cosas. Es más, sabía incluso mis dudas con José.

—Hablé con Kike sobre eso —dijo, cobrando esa gravedad de profesor que solía sacar cuando procedía—. Pero tu chico no sabe qué hacer. Para él, son dos extraños. Dos perturbadores de su tranquilidad. Pero tampoco entiende su forma de actuar, si durante tantos años no se preocuparon de ti ni de si tenían nieto o no. No entiende ciertas posturas. No obstante, es ridículo que vengan durante los recreos. ¿Qué buscan? Kike es un crío muy maduro y no los ama. Le estorban, le quitan tiempo de juego. Es muy educado y aguanta. Pero cuesta aguantar una postura así.

—Nunca se queja conmigo.

—No. Son tus padres, y Kike te adora. Si tú le dijeras que les diera de lado si quiere, él es bastante inteligente para enfrentarse solo al problema. Pero, como tú no dices nada, está pensando que, en cierto modo, igual te agrada.

—No es posible que piense eso.

—Sí, y te diré por qué. ¿Hace mucho que no hablas con tu hijo del pasado? Se lo has contado y, en contraste, lo has traído a la boca del lobo, donde precisamente están los lobos.

—En cambio, tú lo sabes todo y no le has advertido.

—Claro que le he advertido, pero la que, en estos casos, debe insistir eres tú. Él no sabe aún el lazo que nos une, o que nos puede unir.

—El lunes, cuando regrese de la excursión, hablo con él. De todos modos, mis padres no volverán a perturbarlo.

—Entonces, si eso lo has solucionado, hablemos de nosotros. ¿A qué hora te voy a buscar?

—¿A qué hora sales tú a la mar si hace bueno?

—Mañana hará bueno, tenemos un anticiclón en las Azores y da buen tiempo para toda la semana. Siendo así, nos pasaremos el día en alta mar. ¿Las diez?

—¿No es muy pronto?

—Las once, entonces, y no te preocupes por la comida. Lo llevo yo todo. Lo encargué en el restaurante de Oliva, y lo recogeré de paso, cuando nos encaminemos al puerto. Lleva traje de baño y ropa cómoda. Nada de faldas.

—De acuerdo con todas las recomendaciones.

—Oye, Sandra, y lleva buen ánimo, buen carisma. Yo me lo voy a jugar todo a una sola carta.

—No te entiendo.

—Ya verás cómo sí me entiendes.

—Pero...

—Buenas noches. Descansa bien.

Y colgó.

Yo miré pensativa el auricular antes de colocarlo en el receptor.

Carlos tenía un lenguaje especial. Como muy intimista.

Nunca decía las cosas claras, pero se le adivinaban con suma facilidad.

Ya tenía todo en la bolsa de baño y un pantalón, tipo bermuda, sobre una silla, y una camiseta de algodón holgada, de esas que tienen un letrero delante del pecho, que son de manga corta y nunca molestan nada.

Había salido con Carlos a la mar en otras ocasiones, pero nunca tuve la certeza de que fuese a ocurrir nada entre ambos. Aquella noche, sí tenía la certidumbre de que al día siguiente algo se consagraría en mi vida.

Dormí bien y me levanté a las nueve. Corrí a la alcoba de Kike. No estaba, era natural. Ya lo sabía.

Kike era un chico muy curioso. Dejaba todo en su sitio, la cama hecha y el baño limpio. Le había enseñado así desde chiquitín, con el fin de que no sufriera cuando la vida lo obligara a hacerlo, y es que, además, dadas mis ocupaciones y el poco dinero, la vida nos obligaba a sacrificarnos a los dos.

Me dio tiempo a recoger toda la casa y, a las diez, ya vestía mis bermudas, mi camisola blanca con letras negras en el pecho y mis chinelas de alpargata. Cuando oí el claxon de su auto, me colgué la bolsa al hombro y salí.

No llevaba cosmética en la cara y sí una crema de sol sin grasa. También el cabello lo había atado tras la nuca y me colgaba como eso que se suele llamar cola de caballo.

Me miré al espejo con cierta coquetería. ¡Yo coqueta, Dios santo!

Me gusto, es la verdad. Me gustan mi tono rosado de piel, mis dientes simétricos, mis labios bien pronunciados y mis ojos verdes.

Además, soy esbelta, tengo largas piernas, y lo curioso es que no denoto la edad que tengo. No es que sea una vieja, pero ya tengo veintisiete años, y no son pocos para tener una madurez sólida.

Yo la tenía por muchas razones.

Pero no las vamos a enumerar ahora, porque ya se conocen de sobra.

Cuando asomé en el portal, Carlos estaba estacionando el auto en un hueco de la calle.

Nada más encontrarnos en plena calle, me pasó un brazo por los hombros y, así, caminamos hacia la taberna de Oliva, la que, según él, nos tenía hecha la comida para todo el día.

—No parece que estemos en octubre —decía Carlos, caminando a mi lado y sin soltarme, pues me llevaba asida contra su costado—. Si la semana que viene estalla el mal tiempo, es capaz de adelantarse el invierno quince días. Después, suele venir un corto veranillo y, luego, no esperes demasiado sol. Los días son taciturnos, llenos de niebla. ¿Seguro que no te cansarás en esta villa?

—Pienso que me voy a quedar en ella el resto de mi vida.

—¿José?

—No.

—¿Yo?

—No lo sé.

—Bueno, me conformo con que no lo sepas.

Vestía unos pantalones cortos, bermudas como yo, de color caqui, que le llegaban a las rodillas, y una camiseta parecida a la mía, pero de hombre y sin letrero en el pecho. Calzaba zapatillas. Ver así a Carlos era muy natural. Pero yo no había olvidado aún aquel día en que lo vi por la noche, vistiendo impecable un traje de alpaca.

—Si te conformas así...

—Cuando uno no sabe, es que lo tiene dentro.

—¿El qué?

—El sentimiento.

—Ah...

—¿Te ríes?

—No, pero si no te importa, deja quieta tu mano.

Y es que, al pasarme el brazo por los hombros, la mano le caía justamente sobre mi seno y me lo tocaba suavemente. Me estaba poniendo muy excitada y me temía lo peor. Si Carlos se empeñaba en romper amarras, no quedaría una sola unida. Me temía, pues, que aquel día a solas en su barco, Carlos iba a intentar atajar todo el camino que parecía teníamos delante.

Me oyó, pero no dejó la mano quieta. Así que, cuando llegamos ante el restaurante de Oliva, me solté de su brazo, y él dijo riendo:

—¡Si serás tonta!

Y se fue a buscar el cesto.

Salió un chico alto y flaco con dos cestos, y Carlos, portando una especie de nevera. Así, nos dirigimos al muelle deportivo, ubicado a pocos metros, y saltamos a la barca.

El chico se fue, y Carlos se puso ante el motor, y él mismo, desde allí, dirigía el timón. Yo me senté a su lado.

—Llevo hielo en la nevera y la bebida dentro. Cerveza y bebida espirituosa, por si tienes sed. El día está muy bueno y es muy posible que no retornemos hasta el anochecer. Kike no te espera, porque no está.

—Kike no me espera nunca, Carlos. No digas tonterías. Kike es un chico que se las apaña solo, esté yo o no. Lo he educado para eso. Deseo, además, que sea un chico libre y sé que lo será. Considerado, sensible e inteligente.

—Parece que me lo intentas decir a mí.

—Y es así.

Soltó su risa de gato y, a la vez, empuñó el timón. Dejamos el puerto a una velocidad moderada, hasta dejar lejos la bahía, y entonces, aquel fueraborda, o yate, o lo que fuese, se lanzó a toda velocidad a mar abierto.

Ya estaba la bahía llena de barcos que salían del puerto, pero el que conducía Carlos se alejaba en alta mar a una velocidad tal, que yo me tuve que asir a los brazos del asiento que ocupaba cerca del timonel.

—Pues no me lo digas —murmuró sarcástico—. Yo conozco a Kike tanto como tú. ¿Sabes lo que le dije ayer antes de despedirnos? Tengo una carnada de conejos en varias conejeras y los fue a ver. Él los estuvo seleccionando y cambiando de jaulas. Entre tanto, yo le dije que te había invitado para salir hoy a la mar y, de paso, te confesaría mi amor. Tu hijo me dijo tranquilamente: «Mamá ya lo sabe.» «¿Y qué opinas tú?», le pregunté. Me dijo sencillamente, sereno: «Yo deseo que mamá sea feliz, pero también que lo seas tú. No tengo nada contra José, es más, también soy amigo suyo. Pero, dado el carisma de José y el tuyo, me parece que el hombre para mi madre eres tú.»

—¿Y no le preguntaste por qué?

—Por supuesto.

—¿Y qué te dijo?

—Que José, quizás, era más sensible que yo, pero menos sólido. Y que tú, su madre, necesitabas un hombre que fuera superior a ti en decisiones y fortaleza, porque la soledad te había marcado y necesitabas llenar huecos.

—Y, a su modo de pensar, nadie como tú.

—Es que tú también piensas lo mismo.

Y la mirada lenta, recreativa que lanzó sobre mí me estremeció de pies a cabeza, como si me tocara, y la verdad es que, en aquel instante, tenía suficiente con empuñar la rueda del timón.

10

Enseguida frenó el barco, porque entramos en una cala, especie de playita solitaria, bordeada de acantilados, donde el sol pegaba de plano. El fueraborda entró allí despacio. Y yo no había dicho nada aún, porque no sabía qué decir.

Tenía razón Carlos, y también la intuición de mi hijo era cierta. Carlos era mi hombre, ese que el destino te tiene señalado, quizá desde que naces.

Me atraía una barbaridad, pero lo que era más importante, sentía que, a su lado, estaba protegida, sumamente amparada.

Lanzó el ancla al agua y aferró a ella el barco. Después se volvió hacia mí.

—¿Qué tal? ¿Te gusta el panorama?

—Precioso.

—Pues te aseguro que aquí no nos perturba nadie. Ve a ponerte el traje de baño y yo haré otro tanto con mi taparrabos.

—Oye...

—Sin comentarios, Sandra.

—Es que...

Me asió por los hombros y me levantó con sus dos manos. Me asió por la cintura.

Sentí todos sus músculos erectos.

Me perturbaba aquella situación y me consideraba una tímida absurda, cuando yo jamás fui tímida.

Pero lo era por la situación. Soledad, deseo, pasión, ¿sentimientos?

Sí, sí.

Yo no había sentido nunca aquello con nadie y, según Carlos me decía al oído, tampoco él.

Yo no estaba, ni mucho menos, cerrada a la comprensión.

Sabía ya que aquel día podía suceder todo entre los dos.

En ese sentido, sí tenía miedo.

¿No estaba yo, o había estado, agarrotada sexualmente por todo lo que sucedió en mi vida?

Lo estaba y, si Carlos sabía desatar todos los cordeles morales de mi agarrotamiento, seguro que, en el futuro, no cabría en mí una sola duda.

Su mano me sujetaba la cintura, pero la otra bajaba y subía por mi espalda y hasta me asía la nuca. Es decir, que me tenía sujeta por dos sitios, y sus caricias eran tan lentas que por esa razón me estaba incitando más.

No supe en qué momento me llevó a cubierta y me empujó blandamente hasta unas toallas, especie de colchones, que había extendidas en cubierta.

Me quedé tendida, y él sobre mí. Fue todo tan suave y cálido que, cuando me quise dar cuenta, tal me parecía que navegaba por los aires, envuelta en nubes celestiales y a la vez turbadoras. No pude por menos de enredar mis brazos en su cuello, y mis dedos le acariciaron lentamente la nuca.

Carlos siempre llevaba el pelo mal cortado y es que se lo cortaba de tarde en tarde. Nunca le vi la nuca despejada, siempre le caía la pelusa de su abundante pelo.

No sé el tiempo que estuvimos al sol uno sobre otro, en las toallas. Fue todo sin aspavientos, como si tuviera que suceder a la fuerza e inconscientemente. Es sabido que ninguno de los dos era inconsciente. Demasiado maduros ambos, aunque yo más moralmente que de otro modo. En cambio, Carlos era un tipo que conocía a las mujeres, sabía cómo usarlas, cómo convencerlas y cómo, sin palabras, incitarlas.

Estaba claro también que no lo hacía exclusivamente por el

morboso deseo. Había en todos los movimientos de Carlos una tremenda humanidad y una sabiduría indescriptible. Cuando nos quedamos ambos quietos y silenciosos, pegados por el costado, Carlos tenía aún un brazo pasado por mi espalda y me atraía hacia sí con sumo cuidado.

—¿Te ha molestado? —preguntó.

—No.

—¿Nada?

—No.

—¿Te agradó?

—Sí.

Y aquel «sí» se perdía de una forma rara entre mis labios. Se volvió de lado y me dijo, mirándome a los ojos largamente:

—Estamos hechos el uno para el otro, Sandra.

—Es posible.

—¿No me dices nada más?

No pude.

Recuerdo que metí mi cara en su garganta y estuve así un buen rato, entretanto él me pasaba los dedos por el pelo una y otra vez, una y otra vez.

—Es hora de comer —me dijo al oído.

Y, a la vez, me ayudaba a ponerme las bermudas y la camisola.

Él también se vistió, pero sólo el taparrabos.

Y así nos fuimos a buscar el cesto de la comida y la nevera.

Yo tenía sed.

Era como si, de súbito, se me secara la garganta.

—Nos casamos cuando tú digas, Sandra.

—Ya.

—Pero ¿cuándo?

—No lo he decidido aún.

—¿Es que te pesa... lo que hemos hecho?

—No.

—Te diré que eres de una sensibilidad muy profunda.

—Y tú.

—Pero ambos diferentes.

—Será eso lo que evita que me lance al matrimonio tan deprisa.

—Hace tres meses que nos conocemos.

—Faltan aún dos semanas, Carlos.

—¿Y qué? Yo jamás le he pedido a una mujer que se casara conmigo. Es más, tenía el convencimiento de que me quedaría soltero.

—Pero tú me has dicho en otras ocasiones que al morir tu madre te apeteció casarte.

—Y lo repito. Pero una cosa era pensar eso, y otra, hallar a esa persona que va ni más ni menos a tu carácter, a tu temperamento, a tus afinidades.

—Y yo... voy.

—Exactamente, sí. He tenido relaciones de meses. Y no superficiales. Profundas. Sexuales a tope, y hasta consideraba que eran sentimentales, que mis sentimientos emocionales me indicaban que tenía delante a la mujer de mi vida. Pues no, por una causa o por otra, terminaba rompiendo la relación.

—También te puede suceder conmigo.

—Por supuesto que no. Eso ya es de todo punto imposible. Yo te vi y te amé. Así de simple. Sentí la necesidad de tenerte en mis brazos desde el mismo día que llegaste a mi colegio, pidiendo plaza para tu hijo. Había oído tu historia a medias y sospechaba que no era de la clase que decían.

—¿Y qué decían, Carlos? Nunca me lo has comentado.

—Yo pienso que sí lo comenté entre palabras, aunque me haya callado la auténtica verdad de lo que sabía por los rumores. Tus padres decían que estudiabas fuera. David andaba siempre como perdido en sus dudas. Le costó un triunfo terminar la carrera, y luego lo colocó su padre en el ayuntamiento, aprovechando la coyuntura socialista. El alcalde era socialista y había dos concejales del PP y uno de Izquierda Unida. El alcalde era amigo suyo y papá colocó al nene en el ayuntamiento. Y allí sigue, pero es que, además, David tiene una malísima costumbre. Bebe una vez a la semana, pero, cuando lo hace, dice demasiadas cosas. Así que contaba su vida con su ex novia a cuantos lo querían escuchar.

—No me digas que estaba arrepentido.

Carlos abría la cesta y la nevera. Yo me apresuré a ayudarlo a extender el mantel de plástico en una mesa, y sacamos del cesto todo lo que nos habían puesto.

Tortilla y carne empanada. Melón y frutas de varias clases. Uvas, plátanos y una enorme sandía. Carlos sacó cerveza y Coca-Cola de la nevera. Todo estaba frío y, en particular, la cerveza que Carlos me ofrecía después de quitarle el tapón. Yo me llevé el gollete a la boca. Me moría de sed. No sé si de ansiedad y de pesar por haber hecho el amor con Carlos, porque me encantó haberlo hecho, pero me daba como un cierto miedo pensar en desearlo todos los días.

Recuerdo que comimos bajo la sombra de un toldo que Carlos colocó, y nos bebimos toda la cerveza y casi toda la Coca-Cola.

Después, me llevó al camarote y me lo enseñó.

Chiquito y con una cama no demasiado ancha. Un armario empotrado y una especie de mesita de noche.

No salimos de allí en dos horas. Imagínense de qué modo conocí a Carlos en la mayor intimidad. Me di cuenta de su sensibilidad. Era más de la que yo suponía. Lo que sucedía es que él no la dejaba ver así como así. Me di cuenta también de su temperamento fortísimo y de su cálida ternura.

Era un tipo que se sabía hacer indispensable.

Que callaba, que intuía y que convencía.

Más tarde, anclados aún en la misma cala y sin nadie en el entorno, volvimos a cubierta. El sol se metía ya.

Yo me sentía como algo avergonzada, porque, cuando me tocaba Carlos, estaba perdida. Ya no era yo. Era una continuación de él.

—Te preguntaba si pensabas que David, en sus borracheras, denotaba arrepentimiento.

—Yo no te he contestado —decía Carlos a la vez que mantenía firme el timón entre sus manos, dado que regresábamos al puerto—. Verás, Sandra, él nunca se explicaba con claridad, pero no cabe duda de que su conciencia tocaba las entretelas del corazón. Se dijera lo que se dijera, yo sólo entendí lo que quería decir en sus descomunales borracheras cuando te conocí a ti. Entonces entendí lo que David quería decir y cómo nadie le creía lo del hijo que decía tener por esos mundos. Evidentemente, entiendo tu postura ante David. No te interesa, nada puede hacer a estas alturas para que te fijes en él y lo perdones. No. Pero es peor aún lo de tus padres. No entiendo cómo has vuelto. Es decir, no lo entendía. Ahora, sí lo entiendo. Has querido demostrar que, pese a todo, aquí estás tú, convertida en médico, ejerciendo y considerada por todos. Y la sociedad de esta villa condena su postura de padres desnaturalizados. Todo eso engendró en mí un afán loco por compartir tus penas y tus alegrías. Sé que en adelante será así.

Y, como yo callaba, insistió:

—¿O no, Sandra querida?

Yo asentí.

Recuerdo que llegamos al puerto, donde no entramos con mucha facilidad precisamente. La entrada era mala y la marejada, a medida que la tarde avanzó, se hizo más pronunciada. Las olas eran bajas, pero muchas y balanceaban el barco. Yo me sujetaba con las dos manos al sillón que ocupaba, que estaba sujeto por madera a los bancos que había en todo el entorno del puente.

—No temas, ya pasó el peligro.

Lo ayudé a amarrar. Para mí, Carlos era diferente al hombre que había salido conmigo en la mañana. También era lógico que sucediera así, si en aquella cala, anclados bajo el sol, fuimos el uno del otro hasta cansarnos.

Y la verdad, en mi interior algo había cambiado, digamos, toda mi vida para el futuro. Me sería de todo punto imposible separarme ya de Carlos.

Una cosa tenía clara, aunque no se la hubiera dicho a él. Aclarar mi situación con José.

Entre ambos había un beso o dos, pero había, además, un

compromiso implícito en nuestro trabajo, y yo jamás le había dicho a José que no. Que no, categóricamente, nunca se lo había dicho, y yo no era una mujer que jugara con dos atracciones o dos amores a la vez.

No lo hice en la soledad de un Madrid enorme, cuanto más ahora, que empezaba a entender que mi hombre, el hombre de mi vida, era Carlos Vega sin más.

No obstante, cuando pisé tierra de la mano de Carlos y éste me dijo:

—Vente a casa a comer algo.

No le pude decir que no.

Estaba deseando sentirme libre y a solas con él.

Pero no cabía duda de que al día siguiente se lo diría a José. Le doliera o no, y yo sabía que le dolería, me tenía que sincerar con él. Era hombre modoso, progresista y, además, era mi compañero. Sabe Dios cuánto tiempo lo sería aún. Es más, yo estaba segura de que, si yo quisiera o me casara con él, José se quedaría para siempre en la villa, convertido en un médico de familia. Y sabía, también, que era especialista en pulmón y corazón. No estaba en la villa por gusto, sino porque quiso trabajar por necesidad y sacó aquella plaza.

Pero si yo me hubiese casado con él, se quedaría.

—¿Aceptas o no?

—Es que me tendré que cambiar. Darme una ducha.

—Sube a tu casa a buscar ropa, pero la ducha te la puedes dar en mi casa.

Era noche cerrada.

No sé quién pasó a nuestro lado y le gritó a Carlos:

—¿Mucha pesca, profesor?

—La marejada impidió pescar.

Yo no pude evitar reír.

—Pero si ni siquiera tiraste el aparejo.

—Eso no —rio Carlos guasón—, pero sí tiré otra cosa.

—Bajo enseguida —dije aturdida.

—¿Puedo subir yo?

¡Oh, no!

Conociéndole, como le iba conociendo, sabía que, si subía, no bajaría y, al final del amanecer, se tomaría dos huevos fritos y un trozo de jamón.

—Bajo rápido.

—Pues te espero sentado en el auto.

Y allí se quedó.

Atravesé el portal a toda prisa y me miré en el pequeño espejo que tenía el cuadrilátero. Me vi diferente.

Bueno, debo confesar que me sentía distinta, y es que, además, lo era. Muy diferente a la mujer que volvía de la mar de la que había salido.

Entré en casa como una exhalación.

Dijera lo que dijera Carlos y esperara lo que esperara, yo no me ponía otra ropa sin duchar, ni me iría con ella en una bolsa.

No nos habíamos bañado en el mar y había estado en traje de baño e incluso en cueros horas y horas.

Me toqué delante del espejo con las dos manos, cruzando los brazos en el pecho. Era la de siempre, pero, por dentro, me sentía distinta.

No podía olvidar aquella sensación.

Además, sabía que conocía a Carlos, pero no tanto para considerarme ya su compañera. No era el caso.

Algún día tenía que romper mis cordeles y los había roto ya y no me pesaba nada haberlo hecho. Lo de casarme era distinto.

No creía conocer tanto a Carlos como para asegurarme a mí misma que, a su lado, sería feliz toda la vida, y lo que yo tenía en mente era ser feliz o, al menos, lo bastante feliz como para no arrepentirme de haberme casado.

El hecho de que se supiera mi vida con Carlos tampoco era importante. Allá cada cual. Yo siempre sería libre para hacer lo que me diera la gana y lo tenía claro. Por delante o por atrás, seguiría haciendo el amor con Carlos porque, bajo ese prisma, sí me gustaba y era, además, el hombre que yo andaba buscando.

Me di la ducha a toda prisa y me vestí con un pantalón blanco largo, muy estrecho, y una camisa negra de seda natural, tipo camisero encima de mi cuerpo, porque nunca uso sujetador.

Calcé mocasines y me miré de nuevo al espejo.

Era la misma. Pero me veía distinta.

Era como si todo lo ocurrido ese día se me escurriera por dentro y aflorara a mi cara y a todo mi cuerpo.

Hacía diez años que no me tocaba un hombre, pero, en realidad, de súbito, sentía que nada era igual y que era como si el hombre en sí me tocara por primera vez.

Al aparecer en el portal, corriendo, para subir al auto, Carlos me dijo:

—Si lo que deseaba era bañarte yo.

—Pero, Carlos...

—Es la pura verdad.

—Pues esta vez...

—Te equivocas.

—¿Qué dices?

—Que de cualquier forma, nos bañaremos juntos esta noche.

Yo entendí que tenía razón.

Que las cosas eran así, porque ya, para siempre, casados o no, estaban conducidas por el propio destino.

Nada se mueve, dicen, sin que lo empuje la mano de Dios. ¿O la del destino? Pues yo no sabía quién, allá arriba, movía los peones, pero que los míos y los de Carlos, incluso los de David, se movieron día a día para llegar a este final... estaba claro.

Llegamos a casa y comimos lo que quedaba en la cesta. Nada era para calentar, de modo que comimos sin más. Después de comernos la tortilla y carne que quedaba, llegó Luzón, el criado de Carlos, y, al vernos, exclamó:

—Pero si yo tenía unos calamares en su tinta, como para chuparse los dedos.

Carlos, ni corto ni perezoso, los buscó y me los puso delante.

Efectivamente, estaban exquisitos. Después de engullirlos, pasamos al saloncito. Él no tenía una gran casa, aunque tuviera un gran colegio y todo tipo de elementos deportivos en el terreno que rodeaba el edificio. Piscina, cancha de tenis... Era un colegio caro, pero ofrecía todo tipo de elementos recreativos.

Recuerdo que oímos a Luzón subir las escaleras y la puerta de su cuarto al cerrarse. Después, Carlos, malicioso, me asió de la mano y debo confesar que salí de la casa del profesor bien entrada la mañana.

Tuve tiempo de ver a Kike antes de que se tuviera que ir al colegio.

Lo había pasado divinamente.

Yo tenía una pesadilla.

¡José!

Se lo tenía que decir.

Le iba a doler. Pero, si no se lo decía, pensaría que lo traicionaba, y no era así. Yo no tenía claro aún lo que haría en el futuro, pero sí sabía que no me casaría con José. O me casaba con Carlos o vivía con él sin casarme. Porque el casarme o no era totalmente indiferente para mí.

Tuve la paciencia de trabajar con José toda la mañana.

Después, al marcharse el último cliente, José me dijo:

—Si te parece, te invito a almorzar.

—Yo prefiero quedarme aquí y hablar.

—¿Hablar tú y yo?

—Sí.

—Me dolerá lo que me vas a decir —comentó con desgana.

Me compadecí. Pero yo sabía muy bien que la compasión y el amor son incompatibles.

—No lo sé —dije—. Pero te lo tengo que decir.

—¿Me permites adivinar?

—Pues...

—Te has convencido de que tu futuro es el profesor.

No repliqué.

Él añadió, sentándose con pereza en el brazo de una butaca y separando los muslos:

—El sábado por la mañana te vi salir a la mar con el profesor. No regresaste hasta las nueve. Y yo, que soy un ser humano normal, me pregunté qué podían estar haciendo un hombre y una mujer en alta mar, en un cómodo barco, si encima parecía que se gustaban.

—Tendrás un pésimo concepto de mí.

Él sonrió con tristeza.

Era una gran persona José.

Pero le faltaba energía, tesón, terquedad para cortejar y conseguir a la mujer que quería, o quizá su cariño fuese más pasivo que el de Carlos.

—En modo alguno, Sandra, en modo alguno. La pena que siento es porque el hombre del barco no era yo. ¿Te vas a casar?

—No lo sé. Quizá no.

—Pero tu relación es íntima, firme.

—Sí.

—Sexual...

—Sí. Lo siento, José. No quisiera perder tu amistad.

—Yo me iré de aquí tan pronto pueda. No vine por gusto. Es cierto que nací aquí, pero no es menos cierto que no tenía ningún interés en volver. Si me hubieras hecho caso, si te hubieses casado conmigo, me quedaría. Pero así, no. Tan pronto se cumpla el tiempo reglamentario, pediré plaza en otra provincia o en Madrid, si es posible.

—Espero que sepas que yo no hice nada adrede. Las cosas salieron así.

—Te gustó Carlos desde el primer día.

—Me atrajo, José. Me atrajo, que es diferente. En realidad, no lo conozco aún bien. Dicen que, por su forma de actuar haciendo el amor, un hombre se delata, pero eso no es cierto siempre. De ser así, yo estaría casada con David desde los dieciséis años, mis hijos serían más de uno y todos andarían correteando por la tienda de mis padres. Yo, en realidad, conocí a David cuando me quedé embarazada. Y supe cómo eran mi madre y mi padre a raíz de ese suceso. Y no pienses que es grato conocer de repente los fondos morales y humanos de la gente.

—¿Esperas que junto al profesor todo eso se libere?

—Es que, si no es así, daré marcha atrás.

—Te quiero decir una cosa. —Y me apuntaba con el dedo

enhiesto—. Yo estaré aquí aún un tiempo y, si ya me he ido, te diré dónde ando para que me llames si me necesitas.

—Me parece, José, que no te voy a llamar, porque si fracaso con Carlos... mi vida de mujer se habrá ido al garete. Si entras en un segundo hombre con recelos, y ésos son justificados, no creo que apetezca, al menos a mí, buscar otro.

—Yo no te puedo convencer —dijo dolido—. Pero me parece, aunque me duela, que no vas a fracasar. El profesor no es ningún botarate. Nunca lo fue. Lo considerábamos todos un solterón empecinado en vivir solo con su criado Luzón. Pero, por lo visto, tiene sensibilidad en las entretelas de su corazón, y eso indica lo que os ha pasado. Y, además, tu hijo lo quiere. Y el cariño de un crío de ocho o nueve años no es una bagatela. Es siempre sincero.

—De todos modos, una cosa es profesar afecto a una persona, y otra, que tengas que compartir su cariño con la madre.

—Cuando se ama de verdad, todos los cariños son uno solo, o así se ven y así se consideran.

Nos dimos la mano.

Nos despedimos hasta la tarde.

Cuando yo caminaba hacia mi casa, pensaba que poco o nada me quedaba por decir. Tal vez, conocer más a Carlos. Hacía tiempo que nos veíamos a diario, ahora existía un lazo de unión material, lo que significaba muchas cosas.

De momento, cierro aquí mi diario.

Tal vez, cuando decida mi futuro en firme lo vuelva a tomar.

De todos modos, un día se acabará.

Casada, soltera, viuda o sola, un día dejaré de escribir mis cosas. Ahora, las estoy leyendo aún, las escribía según iban sucediendo y me falta el final, por eso lo voy a leer.

Epílogo

Mi vida, desde ese mismo momento, fue muy concreta.

Una persona se pegó a mí como si se dijera. Fue Carlos Vega.

No me recaté. Supe, por supuesto, que José lo estaba pasando mal. Por él, hubiese sido mi marido a los dos meses de estar allí establecida. Por supuesto que David me persiguió y logró conectar con Kike, y Kike le trató con gran respeto, pero nada más. Ni consiguió de mí una sola cita ni una comida, y a sus padres, en las distintas ocasiones en que los vi, fue casi como si no los viera. Cuando Kike me dijo que su padre le pedía que fuese a ver a sus abuelos, yo le dije, sencillamente, que hiciera lo que quisiese.

No fue, por supuesto.

De quien se hizo muy amigo fue de Carlos.

Ciertamente, Carlos no me dejó un solo día sola, hasta el punto de que pasaba muchas tardes en su fueraborda, o bien, él en mi piso, o yo, en su casa. ¿En qué derivó todo esto? Se lo pueden suponer. Somos los dos humanos. Y yo, a los tres meses, estaba tan liada con Carlos que sólo nos faltaba pasar por la vicaría. Yo, tan reacia a hacer el amor, con él lo hice a los tres meses de conocerlo. Y despertó toda mi sexualidad. De tal modo, que no podíamos ya pasar el uno sin el otro y eso se vio en la villa casi enseguida.

Mi padre intentó un día llamarme la atención.

Lo detuve en seco. Y fui tan clara que no volvió ni a mirarme.

Pero nadie les tenía ya la simpatía que antes se merecían.

Era lógico. Las cosas se iban sabiendo poco a poco, y en la vida todo se paga. Yo digo siempre que no me hablen de la otra vida con purgatorios y ángeles del infierno. Yo digo que el infierno, el purgatorio y hasta el limbo están aquí y se sufre en vida. Y los muertos... Ya lo dice bien claro la Iglesia: «Polvo eres y en polvo te convertirás.» Lo del ama es otra historia, y en esa historia no me quiero meter.

Disfruto, como digo, de tal modo mi sexualidad, que del atractivo y la atracción que sobre mí ejercía Carlos, nacieron el erotismo y el sentimiento. Me enamoré de él como una loca y, en más de una ocasión, pensé que retornaba a la dulce edad de la adolescencia.

Para qué voy a continuar... Fui un buen médico y me adapté de nuevo a la villa, pero es que, en ella, además de ejercer de médico, ejercía de amante. Y un día me cansé de mantener una farsa, de ser yo otra hipócrita como mis padres, y pasé a vivir con Carlos en su bungalow. Kike era feliz.

Pero también era verdad que, si no nos criticaban en voz alta, lo hacían en voz baja, y no cabía duda de que no hacíamos un buen papel, si él era lo que era en su colegio de élite y yo era lo que era en mi consulta. Por eso decidimos casarnos por lo civil. Y lo hicimos un día, a las nueve de la mañana, con Kike y José.

Para acabar con una historia que yo viví con dureza, pero también con idílica ilusión, diré que tuve dos hijos más. Carlos adoptó a Kike y aquí no ha pasado nada. Kike ya no ha vuelto a verse con su padre desde que se apellida Vega, y Carlos Vega es mi marido. Y tiene dos hermanos, chico y chica, que nacieron del amor de su padre adoptivo y de mí. ¿Hablar de mi amor por Carlos? No es posible.

No terminaría nunca. Además, somos dos viciosos enamorados y nos encanta. Pero tenemos, en medio de todo eso, una ternura tal, que sólo puede salir de una mujer humana como yo y de un tipo superhumano como Carlos, con sus años, su sabiduría y, diré también, su habilidad amorosa.

Y, como yo siempre digo, los pueblos felices no tienen historia, porque es lo que se dice, yo soy feliz y se me acabó la historia.

Espero verte después

1

—Os he reunido aquí para hablaros de un asunto muy delicado.

Camelia Saint Mur miró en torno como si sintiera hondo placer en oírse a sí misma, pero se olvidó de sí al encontrarse con los rostros impasibles de sus hijos.

—Supongo —añadió, carraspeando— que habréis oído hablar de Mirta Lomax.

Joanna, indiferente, comentó:

—Es nuestro segundo apellido, ¿no?

—Mirta Lomax es pariente nuestra.

—Hay mucho Lomax en Londres —comentó parsimonioso Hugo Saint Mur Lomax.

La anciana miss Lora miró a uno y a otro con vaguedad. Tenía un gato de angora entre las rodillas, y de vez en cuando, con acusada monotonía, lo acariciaba. Camelia se fijó en aquel ademán y gruñó:

—Deja ese asqueroso animal, tía Lora.

La anciana lo dejó deslizarse hacia el suelo. Continuó mirando a su pariente con expresión vacía.

Estaba en aquella sala por casualidad. Ella no fue convocada para asistir a la reunión familiar. Entraron todos allí por requerimiento de su madre, y ella, puesto que no la despidieron, continuó en la gran butaca con los piececillos extendidos hacia la pequeña chimenea.

—Bien —decidió Camelia—, he recibido una carta de Mirta Lomax. Ha muerto.

Sus tres hijos no se inmutaron. Se diría que la muerte no les asustaba, o que desconocían totalmente a la pariente fallecida.

—Esta carta —y la blandió en la mano— fue escrita para serme entregada una vez muriera su autora. Puesto que ha llegado a mis manos, es de suponer que haya muerto.

—¿Y qué te pide? —preguntó Hugo con la misma parsimonia indiferente.

Era un muchacho no muy alto, de estatura más bien corriente. Moreno, de ojos oscuros de penetrante expresión. Hugo Saint Mur jamás llamaba la atención por su belleza masculina, pero las mujeres que le conocían aseguraban que la llamaba por su marcada masculinidad.

En aquel momento fumaba un cigarrillo, repantigado en la butaca. Tenía las piernas cruzadas una sobre la otra. Se diría que el asunto que trataba su madre le tenía muy sin cuidado. Dio prueba de ello diciendo en aquel instante:

—He ganado una buena beca y me iré a Estados Unidos dentro de unos meses. Durante dos años haré prácticas en un hospital muy importante.

Todos parecieron olvidarse de Mirta Lomax. Joanna se inclinó hacia su hermano. Era una joven de unos dieciocho años, bien parecida, de alegre semblante. Aimée, de diecisiete, se puso en pie y fue a sentarse junto a su hermano.

En cuanto a Camelia, sólo dio muestras de enterarse por el brillo breve, pero bien manifiesto, de sus dos pequeños ojos. Miss Lora volvió a recoger el gato en su regazo y lo acarició con la misma monotonía.

—Eso es bueno, Hugo. Cuando seas todo un doctor y tengas piso propio en Londres, me invitarás a pasar temporadas contigo —dijo Joanna entusiasmada.

—Será maravilloso poder decir —adujo Aimée— que soy hermana de un doctor famoso.

—No aspiro a tanto —dijo Hugo con su habitual calma—.

Me basta con doctorarme en Estados Unidos y sentir en mí esta vocación.

—Nos desviamos de lo que estaba diciendo, motivo por el cual me he tomado la libertad de llamarte al hospital, Hugo.

—Es cierto, mamá —admitió éste—. ¿De qué se trata?

—Como os decía, Mirta Lomax ha muerto, y deja una hija. Una muchacha, según dice aquí, llamada Bundle Lomax. No dice la edad, pero sí que ha terminado el bachillerato este año, por lo que hay que deducir que es ya una mujer.

Hubo un parpadeo en los ojos de miss Lora. Un total desconcierto en Joanna y una absoluta indiferencia en Aimée, pues esta última continuó revolviendo el fuego de la chimenea. En cuanto a Hugo, chupó fuerte el pitillo y descruzó las piernas, para cruzarlas de nuevo.

Nadie hizo preguntas, pero Camelia Saint Mur añadió:

—No somos ricos. Vivimos de una renta y ya tenemos recogida en casa a una pariente pobre.

Miss Lora parpadeó, pero no miró a Camelia. Ésta gritó indignada:

—¡Tira ese gato al suelo, tía Lora!

—¿Puedo salir? —preguntó humildemente la anciana—. Estás tratando temas muy familiares.

—Vete.

Los jóvenes no miraron siquiera a miss Lora. Ésta, sin soltar al gato, se dirigió a la puerta y, apoyada en su bastón de ébano, se dirigió al salón y cruzó lentamente el pasillo hacia su humilde alcoba.

—¡Qué pelma! —protestó Joanna—. ¿Por qué la has recogido, mamá? Es una vieja repulsiva.

Nadie respondió. Hugo siguió fumando indiferente. Aimée aún removía los leños de la chimenea. En cuanto a Camelia, adujo:

—Ocurrió como ahora. Recibí una carta de Lora escrita desde París. ¿Qué podía hacer? Era una pariente que me pedía compañía. La verdad es que no pedía dinero, pero compañía gratis... no se da con frecuencia. Bien —añadió, alzando los hombros—, no vamos a detenernos ahora en lo que ocurrió hace tres meses.

Hemos de pensar en lo que se hará con respecto a esa otra pariente. Mirta, a quien conocí hace muchos años, vivió siempre con su hija en un suburbio de Londres. —Desplegó la carta—. Deja que mire. Walhamstow, exactamente. Allí se encuentra aún su hija. ¿Qué debo hacer, Hugo? ¿Dar la callada por respuesta, o ir a buscar a esa huérfana?

El hijo mayor se alzó de hombros.

—¿Me lo preguntas a mí? Quienes tendrán que vérselas con ella seréis tú y mis hermanas, mamá. Ya sabes que mis ocupaciones en el hospital no me permiten inmiscuirme mucho en los asuntos familiares.

—No somos ricos, Hugo. Vivimos de unas rentas, bien exiguas, por cierto. Para mantener en alto nuestro prestigio, hemos de hacer casi volatines. La existencia de Lora en casa es un perjuicio más. Te haces cargo, ¿verdad? —El hijo asintió—. Quisiera que tus hermanas hicieran buenas bodas. Estamos considerados como gente importante, si bien la fortuna, eso lo sabemos nosotros, está muy mal parada. Lora es una boca más, pero si la echamos a la calle, ello redundaría en nuestro perjuicio.

—De igual modo ocurrirá si dejas abandonada a la hija de una pariente que lleva nuestro apellido —dijo Hugo.

—¿Qué parentesco te unió a Mirta Lomax, mamá? —preguntó Joanna.

La dama hizo un gesto vago.

—¡Qué sé yo! Prima segunda o tercera. —Se puso en pie—. Puesto que vosotros no me ayudáis, tendré que decidirlo yo sola.

—¿Y qué vas a hacer? —preguntó por séptima vez Anne Spaak.

Bundle Lomax dejó de mirar ante sí con aquella fijeza extraña. Y desvió un poco los ojos de la ventanilla y los fijó en su amiga.

—Ya te lo dije. No lo sé.

—¿No piensas estudiar? ¿Continuar tus estudios?

Bundle emitió una risita ahogada. Había más angustia que desdén en aquella mueca.

—Ya has visto que no tuve dinero ni para pagar el entierro de mi madre. ¿Qué quieres que haga? ¿Matar a alguien?

Era una muchacha de estatura corriente, pero de una esbeltez extremada. Rubia, con unos ojos verdes inmensos. No era bella. Vista así, de pronto, resultaba vulgar. Había que mirarla un rato y se observaba en ella un profundo atractivo. Frágil y jovencísima, resultaba de una espiritualidad conmovedora.

Anne la conocía tanto como a sí misma. O mejor aún, creía conocerla, porque ya no estaba tan segura de ello después de verla reaccionar ante su madre, enferma primera y muerta después. Ni una sola lágrima asomó a los bonitos ojos de Bun, como todas las amigas la llamaban. Ni una sola lágrima. En todo momento se mostró enérgica, segura de sí misma, decidida. ¿Lo que había debajo de toda aquella energía? Eso sólo lo sabía Bun. Y era demasiado intenso el dolor para manifestarlo.

—Mamá —dijo Bun de pronto— me dijo antes de morir que tenía una pariente. Que ésta vendría a ofrecerme su casa y su cariño, una vez ella hubiese muerto... —Reflexionó un segundo—. La estoy esperando.

—¿Tan segura estás de que vendrá?

—Aunque no sea para hacerse cargo de mí ni para ofrecerme su cariño, vendrá. Es lo lógico en un caso así. La curiosidad hay que saciarla.

—Tienes una idea muy pobre del parentesco.

—He sufrido —dijo cortante—. Mucho. Tal vez tú no lo sepas. Dentro de estas paredes he visto a mi madre planchar, noche tras noche, hasta el amanecer. —Su voz se enronqueció—. Tal vez ella haya muerto ignorando que yo la veía. Pues la veía, Anne. La vi durante muchos años de mi vida encorvada ahí. —Señaló la mesa de la cocina—. Cerrándosele los ojos, yendo al grifo a lavarlos para mantenerse en pie. La he visto pasar los dedos por la frente perlada de sudor, sentarse vencida y levantarse nuevamente para proseguir su faena. Cuando fui creciendo y me obligó a estudiar, me negué. Mamá deseaba que yo no me viera jamás en su lugar. Ella sólo supo planchar y lavar... Deseaba para mí algo mejor. —Apretó los labios—. ¿Cómo voy a creer en el género humano? ¿Qué nos dio a mi madre y a mí ese género humano? Cuando enfermó, tú lo viste, ni siquiera un vecino se acercó a preguntar si lo necesitaba. Tú, sólo tú has estado a mi lado. Sólo en ti puedo creer, Anne.

Ésta casi lloraba. Fue hacia su amiga y le asió las manos.

—Bun, yo no tengo nada que ofrecerte. Si lo tuviera...

—Lo sé, Anne.

—Si yo pudiera llegar a mi casa... pero ¿qué tengo? Un tío avaro que apenas si me daba para los estudios. Tú sabes lo mucho que tengo que luchar día y noche, dando clases, para llegar a la meta deseada.

—Eres poco ambiciosa —dijo Bun quedamente, con un extraño brillo en los ojos—. Yo no me conformo con un título de enfermera. Lucharé, Anne. No sé cómo ni en qué circunstancias. No espero tampoco que mis parientes, aun en el supuesto de que vengan, quieran ayudarme. Mamá me habló de ellos alguna vez. Parece ser que seguía su vida aun de lejos, con bastante exactitud. Camelia Saint Mur Lomax es una mujer estirada, pegada a sus prejuicios. No permitió que sus hijas trabajaran. Las educó en el mejor colegio londinense, sólo para proporcionarles una sociedad que por sus escasos medios de fortuna no les pertenecía. Su hijo mayor, creo que se llama Hugo, estudió para médico. Viven de una renta. El esposo de Camelia fue general, y con su pensión y la renta de una pequeña fortuna viven, en apariencia, como potentados. Pero no hay dinero. Hay prejuicios, deseos sobrehumanos de figurar. Sacrificios absurdos. Cosas éstas que no van con nuestro modo de pensar. ¿Cómo pretendes que encaje yo en una familia así?

—Pero no puedes emanciparte. Aparte de tu juventud... ¿qué puedes hacer para terminar tus estudios y vivir?

—Ése es el gran problema.

No era fácil, no. Su anhelo..., su gran anhelo de ser médico se confirmó aun más delante del cadáver de su madre. «Si yo fuera médico —pensó entonces—, te salvaría, mamá.» Tal vez Anne pensara que no tenía corazón. ¡Qué más daba! No había llorado. ¿Para qué? ¿Acaso se conseguía algo con llorar?

Alguien llamó a la puerta en aquel instante. Las dos jóvenes se pusieron en pie.

—¿Quién puede ser? —preguntó Anne.

Bun lo presintió. «Es Camelia, la pariente de mamá. No sé por qué tengo esa seguridad.» Miró en torno. La casa pobre y casi mísera, pero limpia, ofrecía un total desorden. Allí, sobre dos cajones de madera haciendo de pilares, estuvo el féretro de su madre, hasta que dos hombres vinieron a buscarla. Ella y Anne la siguieron a paso largo hasta el cementerio. Tenía los pies desollados de caminar.

Fatiga en los ojos. Hambre de amor en los labios.

—¿Bundle Lomax?

Era elegante la dama. Se cubría con un abrigo de piel, y lucía en la cabeza un casquete. Llevaba las manos enguantadas, y fuera la esperaba un taxi.

—Yo soy.

Camelia la miró de arriba abajo con total indiferencia.

—Me llamo Camelia Saint Mur.

—Pase usted.

—He recibido carta de tu madre, que en paz descanse.

—Pase —fue la única respuesta.

Hacía frío. El suelo era de mosaico. Camelia odiaba la muerte y la miseria. Procuró que sus ropas no rozaran ni uno solo de aquellos muebles. Sin entrar en detalles, sin fijarse apenas en la otra joven, que se apoyaba en el quicio de la puerta de una alcoba, dijo:

—Será mejor que vengas conmigo. Tu madre me pide que me haga cargo de ti. No me nombra tu tutora, dice que tienes sentido común, que conoces la vida y tus deberes.

Bun asintió con un breve movimiento de cabeza.

—Dice también que no te retenga a la fuerza.

Bun tampoco dijo nada. Se diría que la escuchaba por deber.

—Espero que no tengas inconveniente en vivir con nosotros, mientras no encuentres un empleo.

—No lo tengo.

Anne pensó que para el orgullo de Bun aquello era mucho.

Pero también supo, como lo sabía Bun, que así, de pronto, era difícil hallar un modo de vivir.

—Entonces, no esperemos más, ¿esto es tuyo?

—No, señora.

—¿Alquilado?

Asintió.

—¿Es tu amiga? —preguntó, señalando a Anne.

—Sí..

—Pues que se haga cargo de la llave y se la entregue al casero. Cuanto antes olvides todo esto, tanto mejor para ti.

Anne miró a su amiga, esperando hallar rebeldía en sus ojos. Una vez más, comprendió que desconocía totalmente a Bun. Subconscientemente pensó en los años de estudio, en los días uno tras otro durante aquellos años, que fueron juntas al instituto. Y se daba cuenta de que jamás pudo saber con certeza lo que realmente pensaba Bun de las cosas que la rodeaban. Sabía escuchar, rara vez daba su parecer. Pero obraba. Y la forma de reaccionar de Bun era tanto o más desconcertante cuanto más silenciosas eran sus reacciones.

Aquella dama no era simpática, ni tenía expresión bondadosa en los ojos, y, no obstante, Bun parecía dispuesta a seguirla. Dado el orgullo de Bun... ¿por qué? ¿Qué propósitos eran los suyos?

—¿Estás de acuerdo, Bundle?

—Sí, señora.

—Entonces, recoge tus cosas. Un taxi nos espera.

Bun miró por primera vez a Anne.

—Me comunicaré contigo —dijo únicamente—. Adiós, Anne.

—Pero...

—Si vas a la facultad —dijo aún, deteniendo la frase de su amiga—, posiblemente te vea allí.

Los ojos de Anne se animaron.

—Bun... si tú no me buscas —susurró con voz temblona—, yo... no podré hallarte jamás.

—Te buscaré —replicó Bun, sin emoción aparente.

Los vio a todos de una sola ojeada. No hizo conjeturas. No era fácil. Pero sí lo era conocer a las personas que la rodeaban. Joanna, altiva y simple, bella..., vacía. Aimée, una seguidora de su hermana. Tía Lora, la pariente pobre recogida por caridad, pero sin pensar precisamente en esta caridad, sino en evitación de que una Lomax desprestigiara a los Saint Mur... Hugo, un hombre vulgar, con expresión inteligente en los ojos. Un hombre interesante, pese a su vulgaridad aparente. Y además, era médico. Eso significaba mucho para Bundle Lomax.

—Aquí tienes a toda la familia —dijo Camelia con orgullo—. Espero que te encuentres bien entre nosotros.

No se fijó en todos. Acaparó su atención la mirada viva, extraña de tía Lora. Tenía un cierto parecido con su madre. Se encorvaba así como Mirta, cuando planchaba hasta el amanecer. Tenía, además, su misma mirada. Un poco vacía. Fue la única persona de las reunidas en el salón que, sin saber por qué, la impresionó. Sintió hacia ella una extraña ternura. Una ternura que Bun jamás permitía salir al exterior, aunque se retorciera exigente dentro de su pecho...

—Tu cuarto —dijo Camelia— está junto al de Lora... —Alzó los ojos—. En la buhardilla. Siento no poder ofrecerte un cuarto en este piso. En la planta baja están los recibidores —se creyó en el deber de explicar. Bun observó una chispa de malicia en los ojillos de tía Lora—. Mis hijas —añadió Camelia, sin observar la mirada de su anciana pariente— reciben muchas visitas. En el primer piso, el comedor y los salones. En el tercero, los dormitorios. En el cuarto, la servidumbre. En la buhardilla, vosotras dos... Espero que no hagas objeciones.

—Por supuesto que no —replicó sin matiz en la voz.

—De acuerdo. ¿Quieres llevarla tú, tía Lora?

—Claro. Vamos, Bundle.

La joven siguió a la anciana. La familia quedó en el salón, indiferente ya a lo que pudieran hacer las dos parientes pobres.

Hugo comentó con su habitual parsimonia:

—Menudo lío te has buscado, mamá. ¿Qué vas a hacer con ella?

—Educarla para la casa.

—Tiene sus estudios —adujo Hugo con sequedad—. Tendrás que preguntarle qué desea.

Camelia hizo un gesto vago.

—No posee dinero para continuar sus estudios. Sería absurdo que nosotros se lo proporcionáramos.

—Al hacerte cargo de ella —dijo Hugo, que era más justo que su madre—, te ves obligada, ¿no?

—En modo alguno, Hugo —saltó Joanna—. Además, lo normal es que una mujer se prepare para el hogar. Los estudios quedan para los hombres.

Hugo no era hombre que discutiese con su familia. Cómodo por naturaleza, solía anular su modo natural de ser siempre que éste le conturbaba. Se alzó de hombros y comentó tan sólo:

—Como quieras, mamá.

Y a renglón seguido, yendo hacia la puerta y consultando el reloj:

—No pienso inmiscuirme en lo que hagas en casa. Tengo mucho que hacer fuera de ella.

Por las escaleras subía tía Lora, apoyada en su bastón, jadeante, muy lentamente.

—¿No hay ascensor? —preguntó Bun asombrada.

Tía Lora la miró un tanto burlona.

—No para las parientes pobres, hijita.

Bun sintió en sí una brutal rebeldía.

—Pero tú eres una anciana.

—Tengo un buen bastón.

—Es inhumano —jadeó Bun, conteniendo a duras penas la indignación—. Hay que ser desalmada para obligarte a ti a subir a pie hasta el ático.

Los ojillos de la anciana brillaron.

—Eres una buena chica —dijo tan sólo—. ¿Por qué siendo tan joven te amoldas a vivir aquí?

—No lo sé. Aún no lo sé. La curiosidad tal vez. Es una experiencia que me atrae. Tal vez desaparezca un día cualquiera. ¿Por qué estás tú aquí? —preguntó seguidamente.

Llegaban al ático. Tía Lora emitió una risita, al tiempo de respirar profundamente.

—En los pisos hay habitaciones vacías —rio—. Muchas, ¿no lo has imaginado?

Otra vez se tiñó de rojo el atractivo rostro de la joven.

—Que a mí me envíen a dormir aquí, no me importa, pero tú...

Tía Lora la miró un segundo con atención.

—¿Qué puedo importarte yo? —preguntó—. Soy vieja. ¿Es que tienes corazón?

Bun parpadeó. ¿Lo tenía? Era curioso, nunca lo dejó al descubierto más que con su madre. Entre los compañeros del instituto tenía fama de indiferente y dura. Con tía Lora le estaba ocurriendo lo mismo que con su madre. No podía doblegar su verdadero modo de ser y sentir.

—No sé si lo tengo —dijo entre dientes, asiendo impulsiva el hombro de la anciana—. Lo que sí sé es que ciertas cosas me indignan. ¿Sabes lo que estoy pensando, tía Lora?

—No, criatura. ¿Cómo voy a saberlo?

—Un día encontraré un empleo y vendré a buscarte. Me da la sensación de que he hallado a mi madre, con algunos años más.

¿Por qué la anciana se enterneció? Era lógico que lo hiciera, pero no era lógico que una chispa humana, sensitiva, brillara en la hondura desconcertante de sus pequeños ojillos.

—Es la Providencia —dijo.

Bun la miró.

—¿Qué dices?

—Nada. Sigue caminando. Tenemos las alcobas, una a la par de la otra. Es una ventura.

—¿Por qué has venido a dar aquí?

—Le escribí a Camelia. Murió mi hermana, con la que vivía. No vayas a pensar que vivíamos en Londres. Vivíamos en París. Sabía que tenía familia en Londres... Cuando me quedé sola, sentí la necesidad de cariño, de compañía. Ya debes saber lo que significa la soledad para una persona. Sobre todo cuando es anciana como yo. Ellos no sabían si tenía dinero o no. Pero me contestaron. Me dijeron que me reuniera con ellos. Fue una carta muy expresiva. Algún día te la leeré. La conservo, ¿sabes? Es digna de ser leída de vez en cuando.

—Ya.

Llegaban las dos a la alcoba de la anciana.

Una cama, una silla. Una ventana por la que entraba un frío espantoso.

Bun se detuvo en seco y miró en torno a sí con espanto.

—¿Duermes aquí? —preguntó con un hilo de voz.

—Naturalmente.

—Y subes todos los días las escaleras.

—Sí.

—Tía Lora... —La ahogaba la indignación—. ¿Sabe Camelia en qué condiciones está este cuarto?

—Supongo que sí. Es su casa. No tienen dinero para repararla. Vive aquí con grandes sacrificios, esperando que la casa palacio case a sus dos hijas.

—Es inconcebible que permitan que una anciana duerma en esta alcoba.

—Vamos, querida, cálmate. —Y de pronto—: ¿Cómo es que ignoré siempre vuestra existencia? Hubiera sido para mí consolador ir a tu casa en vez de caer en ésta. Pensaba marcharme un día de éstos —añadió enigmática—, pero ahora me quedo. He de presenciar cómo te desuellan viva.

Se oyeron pasos en el pasillo, e inmediatamente una doncella uniformada se presentó en el umbral de la alcoba.

—Dice la señora que baje usted, señorita Bundle.

—Empieza tu cometido —rio la anciana regocijada—. Ve, hija.

2

Bajó, en efecto. Se dirigió al salón. Camelia la recibió con la sonrisa en los labios.

—Bundle —dijo—, esta tarde mis hijas reciben a sus amigas. —Emitió una sonrisa mundana—. Me interesa que todo esté en orden en el salón. Como mi deber es enseñarte a organizar un hogar, estimo que debes servir las mesas.

Bun sintió que aquella rebeldía íntima la agitaba. Pero pensó en la tía Lora. Ella no debía marcharse de allí, dejando sola a aquella pobre anciana.

—Está bien —dijo.

—Ve a descansar un rato. Luego bajarás al salón de recibo y una doncella te dirá lo que tienes que hacer.

Bun giró en redondo.

—No uses el ascensor para subir —objetó—. El servicio lo necesita continuamente.

Ya sabía a qué atenerse. Ya sabía lo que podía esperar de aquella familia. Ya sabía cuál era su papel en la casa. Subió corriendo y llegó jadeante junto a la alcoba de tía Lora. Ésta descansaba, hundida en una poltrona deshilachada. Bun se sentó en el borde del lecho.

—Tengo que servir la mesa de las señoritas esta tarde.

—Me lo imaginaba.

Se inclinó hacia delante. Con aquella intensidad interior que rara vez salía a la superficie, preguntó:

—¿No te atreves a huir conmigo? Cierto que no tenemos dinero, pero... yo trabajaré para las dos.

Otra vez los ojillos brillaron de modo inusitado.

—Soy muy vieja para estos trotes, Bundle —dijo.

—Llámame Bun.

—¿Te lo llamaba tu madre?

Asintió con un breve movimiento de cabeza.

—Bien, Bun. Aguanta. Es tu deber.

—¿Mi deber?

—Humano, sí. Hay que sufrirlo todo. Nos vamos a quedar aquí las dos. Nos conviene. Yo bajaré y subiré las escaleras.

—No. Yo te subiré la comida. Te haré compañía siempre que pueda. No debo permitir que te agotes así. A ellas no les duele. A mí, sí.

—¿Por... por qué?

—Ha muerto mi madre. Y me quedas tú.

—No tengo dinero, querida.

—¿Dinero? ¿Para qué sirve el dinero? Ya lo ves en ellas. Por el dinero nos sacrifican a nosotras. Es absurdo que la gente se pelee por dinero.

—Nunca he conocido a una muchacha como tú.

—Quiero ser médico —dijo con ardor—. Y lo seré, aunque tarde miles de años en conseguirlo. Trabajaré aquí, pero saldré en mis días libres y buscaré un empleo. Cuando lo haya encontrado, vendré a buscarte y nos iremos a vivir juntas las dos.

La anciana respiró hondo. Hacía mucho tiempo, desde que murió su hermana, que no oía semejantes frases. Era consolador hallar en la vida alguien que se comprometiera a luchar por ella.

No fue fácil salir, como Bun deseaba. Los días se sucedieron unos a otros de forma interminable. Siempre tenía ocupación. Siempre estaba liada con un trabajo. Primero sirvió la mesa a los invitados. Más tarde, planchó y arregló ropas de sus parientes. Luego dio cera a los suelos. Comía con la anciana en una mesa aparte. Las noches eran largas e interminables, pensando siempre.

No estaba amarrada a una tutela, podía marchar cuando quisiera, pero... ¿Y tía Lora? Cada día le tomaba más afecto. A veces, cuando se retiraba rendida, iba un rato a la alcoba de la anciana. Hubo días en que, sentada sobre el borde del lecho, cayó hacia atrás y se durmió. Tía Lora la arropaba con ternura. Se le hinchaba el corazón cada vez que la sentía cerca de sí. Entre sueños, Bun decía: «No quiero que me cuides. Soy yo quien debe cuidar de ti...»

Tía Lora reía. Era su risa como una caricia. Nadie en las plantas bajas conocía aquella unión, aquella inmensa ternura que las atraía. Que era en sus pobres vidas como un consuelo.

Una noche, tía Lora dijo:

—Voy a leerte la carta que me escribió Camelia cuando le pedí asilo.

—Si te va a causar dolor...

—Ahora que te tengo a ti, el dolor no existe, querida. Escucha. —Desplegó un papel arrugado que tenía oculto en el fondo del bolsillo de su falda de vuelo, larga hasta el tobillo, y leyó a media voz—: «Querida tía Lora. He recibido tu carta y me asombró. Siempre creí que tu padre os había dejado una pequeña fortuna. No me extraña nada que entre las dos os la hayáis gastado.»

Tía Lora hizo un alto y miró a la joven, que escuchaba atentamente.

—No sé de dónde sacó Camelia que yo estaba pobre. Es así, pero yo no se lo dije cuando le pedí asilo.

—Sigue, tía Lora.

—«Naturalmente que puedes venir. La verdad es que en mi casa jamás se abandona a una pariente pobre. Es molesto en extremo que nos desprestigies por ahí. Así, pues, reúnete con nosotros cuando desees. No puedo enviarte dinero para el viaje. Supongo que aún conservarás alguna alhaja de la que puedas desprenderte para pagar tu pasaje. Saludo. Camelia.»

Tía Lora guardó la carta y se quedó mirando a Bun con expresión interrogante.

—No me explico cómo has podido venir —adujo la joven.

—Curiosidad..., falta de dinero. Vejez, soledad... No obstante —movió la cabeza por dos veces—, me hubiera ido uno de aquellos días, a los tres meses justos de llegar aquí. Si no fuera porque volví a sentir curiosidad cuando se trató de ti... —Suspiró y sonrió a la vez—. Eras una pariente pobre como yo, pero joven, una persona cuya existencia ignoraba. ¿Sabes que me molestó saber que existías? Hubiera sido consolador para mí hallarte antes de escribir a Camelia.

—Olvida eso.

Así fueron transcurriendo los días. Una mañana vio a Hugo cuando sacudía el polvo del vestíbulo. Salía de casa, o se disponía a salir enfundado en un rico gabán y cubierta la cabeza por un flexible fieltro. Al ver a la joven, se la quedó mirando de forma particular.

Bun lo miró a su vez. No era tranquilizadora la mirada de Bun. Era una mirada humana, por supuesto, pero más desdeñosa que amistosa.

—¡Vaya! —dijo él, deteniéndose—. No imaginaba a la intelectual sacudiendo el polvo.

Bun no respondió. Pero lo miraba aún. Aquellos verdes ojos suyos de expresión quieta, indefinible, desconcertaron un tanto a Hugo. Tenía veintiséis años y conocía la vida lo suficiente para considerar que aquella joven, por lo que fuera, lo desafiaba. Él era médico y tenía muchos escrúpulos aparte de su profesión. En su vida particular era un hombre como todos; si acaso, algo más sensual.

—Me ha dicho mamá que quieres ser médico —dijo, dando un paso hacia ella.

Al tiempo de hablar, la miró. Tenía un breve talle, un atractivo nada común. Los verdes ojos parecían lucecitas. Sonrió a su pesar.

—¿Es cierto?

—Lo es —replicó Bun fríamente—. ¿Tiene algo que objetar?

Hugo se volvió a reír. Esta vez un sí no es más desconcertante por aquel desafío que leía en los ojos femeninos.

—Por supuesto que no. Pero eres demasiado —se inclinó hacia ella y bajó la voz—, demasiado femenina para conocer ciertas cosas de la medicina demasiado duras.

—Además, seré un buen médico —dijo Bun sin arrogancia, con absoluta seguridad.

—¡No me digas!

—Me molesta ese tonillo burlón.

A Hugo le interesó la joven de repente. Era distinta. Carecía de coquetería y, no obstante, llegaba al sentido de los hombres. Tal vez fuera el color de sus ojos. El dibujo de su boca, el color de su pelo y su olor a mujer.

Impulsivo, extendió la mano y apretó el brazo femenino. Bun se desasió como si la pinchara un animal venenoso.

—¡Qué arisca eres!

Bun empuñó el plumero y lo sacudió con fiereza.

—No admito familiaridades en los hombres.

—¡Hum! —rio de modo provocador. La miró un segundo más y echó a andar. Se dirigió a la puerta sin volver la cabeza, pensando aun sin proponérselo en aquella joven que estaba recogida en su casa por caridad. Era orgullosa y arrogante. Sonrió sardónico. Le faltaban unos meses para marcharse a Estados Unidos. Un día, a espaldas de su madre, la invitaría a salir. Sería grato oír la charla original y ver el brillo inusitado de su mirada. Sí, muy grato.

En otra ocasión, cuando entró en la biblioteca, la encontró allí, colgada de una escalera, limpiando el polvo de los lomos de los libros. Se quedó plantado en el umbral. Cerró la puerta con el pie.

—Buenos días, Bundle.

Ella, al verlo, descendió despacio. Sentía los ojos de Hugo en sus piernas. Hacía muchos días que sentía sus ojos en todo el cuerpo. No era un presentimiento. Era una realidad. Y le molestaba en extremo aquella realidad. No ya por su calidad de mujer, sino por ser una recogida de Camelia Saint Mur, motivo más que suficiente para que su hijo la respetara.

Descendió, pues, y se dispuso a salir. Hugo la miraba burlón. Al pasar a su altura, la asió por el brazo.

—¿Por qué te vas?

—Suélteme.

—Puedes tutearme, querida.

Bun miró aquellos dedos con odio.

—He dicho que me sueltes.

—Ven aquí, tonta.

Aquel acento meloso, íntimo, lascivo, envenenó la sangre de Bun. Sacudió el brazo. Jadeante, se arrancó de su lado. Hugo no la retuvo. Él era un hombre cómodo. Los placeres a la fuerza no eran su fuerte. Quedó riendo. Aquella risa fue para Bun más ofensiva que una bofetada. Se lo refirió a tía Lora. Cosa extraña, la anciana apenas si la escuchó. Se hallaba tendida en el lecho. Hacía dos días que no se levantaba. Ella se lo dijo a Camelia: «Tía Lora está enferma.» Camelia replicó despreocupada: «¡Oh, no te preocupes! ¡A tía Lora le agrada quejarse!» «Es que no se queja.» «Bueno, si se ha quedado en cama sin quejarse, mejor para todos.»

Era inhumano aquel proceder.

—Bun —le dijo tía Lora aquella tarde—, ¿quieres hacerme un favor?

—Todos los que sean, tía Lora. Estoy aquí por ti. No me agrada esta familia. Siento asco.

Tía Lora puso su mano temblorosa sobre la cabeza de la joven.

—Tengo unas alhajas, Bun... Lo suficiente para que tú puedas iniciar tus estudios cuando yo me haya muerto. Me siento mal, de verdad. Necesito hacer algo. ¿Quieres llamar por teléfono a un notario? Necesito legarte mis alhajas. No son muchas, pero sí lo suficiente para ayudarte a encontrar algo positivo en la vida. A la hora de mi vejez, he sentido tu cariño... ¡Tú nunca podrás imaginarte lo bien que me hizo tu cariño, Bun!

La hija de Mirta no era joven que llorara fácilmente. Pero, en aquel instante, sí que sintió un nudo en la garganta, como si su madre le dijera: «Voy a morir, Bun, te dejo muy sola.»

—Cállate, tía Lora —susurró, hundiendo el rostro en el pecho de la anciana.

—He vivido, Bun. No me muero vacía de afectos, de satisfacciones. Tú, en cambio, eres joven, no has vivido aún, ignoras los placeres, las miserias, las venturas de la vida. Hay de todo, Bun.

—Por favor...

—Hoy no hay nadie en casa. Te ruego que busques en la guía telefónica un notario. No te importe el que sea. Háblale. Dile que traiga dos testigos.

—Pero...

—Te lo suplico.

Nadie se enteró de aquel incidente... Los criados tenían el día libre de la semana. Bun se quedaba al cuidado de la casa. Fue fácil, pues, introducir a aquel señor en la buhardilla. Por orden expresa de la enferma, Bun se quedó abajo, en el vestíbulo. Cuando bajaron aquellos señores, Bun se apresuró a abrirles la puerta. El más anciano la miró con simpatía.

—Cuídala, Bun —dijo afectuoso—. Y toma mi tarjeta. No te olvides de mí.

Bun ocultó aquella tarjeta en el fondo de su bolsillo y corrió escaleras arriba a reunirse con tía Lora.

Parecía otra. Sonreía feliz.

—¿Sabes una cosa, Bun? —le dijo al verla—. Ya estoy tranquila. Me regocija pensar en lo que ocurrirá cuando yo muera.

Bun pensó que Camelia y sus hijos respirarían. La muerte de tía Lora les libraría de un buen problema, y a la par de ella, pues, tan pronto falleciera la anciana, huiría de aquella casa. Al amanecer del día siguiente, tía Lora parecía peor.

—¡No puedo tolerar que estés en este cuarto! —gritó Bun, indignada—. Entra el frío por todas las rendijas. Se lo diré a Camelia.

—Pierdes el tiempo —susurró tía Lora con un hilo de voz.

No obstante, Bun se precipitó al salón. Camelia se hallaba de sobremesa con sus hijas. No estaba Hugo.

—¿Qué ocurre, Bundle —exclamó Camelia airada— para que irrumpas así en el salón sin previo aviso?

—Tía Lora está enferma —susurró jadeante—. Muy enferma.

—No es una novedad —rio Camelia despiadada—. Precisamente tía Lora enferma con frecuencia. Ya se le pasará.

—¡Hace frío allí! —gritó Bun—. No se le puede pasar.

—Para un anciano, el frío es conveniente.

—No tiene usted corazón, Camelia Saint Mur.

La dama se puso en pie, y miró a su pariente con los ojos airados. Sus hijas parecían regocijadas. Les hacía gracia que la pariente pobre, la criadita, se atreviera a desafiar a su madre.

—¡Largo de aquí! —gritó Camelia perdiendo la compostura de gran dama—. ¡Largo!

—Óigame usted...

—Te digo que salgas, si no quieres ser arrojada a la calle por un criado. Ya, ya observé tus humos. Si crees que en mi casa te van a servir de algo, pierdes el tiempo, muchacha. Puedes darte por contenta si te doy de comer.

Bun tenía mucha paciencia. Precisamente su personalidad se agudizaba en aquel sentido. Rara vez perdía los estribos. En aquel instante, no los perdió tampoco, pero no pudo evitar que, muy serena, enfrentada con la dama, le dijera:

—Si no fuera por tía Lora, hace tiempo que me habría marchado, señora.

Dicho lo cual, sin esperar respuesta, giró en redondo y regresó a la buhardilla. Allí, sobre el lecho, pálida y temblorosa, se hallaba tía Lora. Parecía más menudita, pero en sus vivos ojillos brillaba como una lucecita de triunfo.

—¿Te encuentras mejor, tía Lora?

—Ven aquí, querida mía.

—Tía Lora, déjame decirte que te quiero. Que me parece que de nuevo esté enferma mamá.

Fue una noche muy larga. Sentada a la cabecera de la cama, sintiendo el frío despiadado por todas las rendijas, arropando a la anciana, oyendo que su voz muy quedamente le daba consejos.

—Serás médico, Bun —le decía—. Serás médico como deseas y recordarás a tu madre y a mí. Te ruego que, si puedes, me entierres junto a ella. ¡Cuántas cosas se habrían evitado si yo hubiera conocido vuestra existencia...!

—Tía Lora...

—Nunca pensé que, a la hora de mi muerte, alguien velara a mi cabecera.

—Cállate, tía Lora. No vas a morir.

Pero al amanecer, sintió que tía Lora se moría. Empezaron a darle unos estertores y le pareció que estaba en estado de coma. Enloquecida, dejó el cuarto y bajó corriendo las escaleras. Ni siquiera cuando murió su madre sintió aquella angustia, puesto que su madre tuvo un médico a su lado, no sintió frío, y murió de agotamiento. Tía Lora moría por falta de cuidados médicos, por el frío que Camelia podía evitar y no quería. Eran unas lágrimas nacidas de pena, de impotencia y de rabia.

En la casa todo era silencio. Miró el reloj del vestíbulo. Las siete en punto. Como enloquecida, regresó al lado de la enferma. Tía Lora parecía respirar con más amplitud.

La anciana abrió los ojos. Abrió los labios.

—No te aflijas, Bun... No llores, hijita. Tú... tú... vas a ser feliz. Deja que los viejos mueran.

Un nudo en la garganta le apretaba. Estuvo abrazada a la anciana hasta que oyó ruidos por la casa. Arropó a la enferma y salió de nuevo corriendo. Bajó las escaleras de dos en dos.

Hugo se ponía el gabán en aquel momento y parecía dispuesto a salir.

—Mister Saint Mur —llamó ella.

Hugo se volvió en redondo. La niña bonita parecía necesitarle.

—¿Qué ocurre, Bundle?

—Tía Lora está muy mal.

Hugo se aproximó. La miró de modo indefinido.

—Dices que quieres ser médico. ¿Por qué no vienes conmigo al hospital? Tal vez pierdas la gana de llegar un día a poseer el título.

Bun apretó los labios.

—Le digo —insistió sordamente— que tía Lora está muy mal. Se está muriendo.

—Ponte el abrigo. Te llevo conmigo.

—Si tía Lora se muere sin que ustedes hayan subido a su cuarto... no lo perdonaré jamás.

Hugo reaccionó.

—No se trata de eso —dijo indiferente—, de que tú puedas o no perdonarme. Se trata de una enferma. Sea ésta mi tía o mi enemiga. Vamos allá.

El hecho de que tía Lora estuviera, en efecto, muriendo, no pareció afectar mucho a Hugo. Habituado a casos parecidos, se limitó a auscultarla, y mirar después a la joven.

—Sí —admitió—, le queda poca vida. —Y sonriente añadió—: Ya no es una niña. Sería conmovedor que tú te murieras, pero ella... ya dio lo suyo.

—¿Y es usted médico? —reprochó la joven—. Ustedes, los hombres sin corazón, no tienen derecho a ostentar este título.

—¿No te agrada que yo sea médico? —rio divertido—. No me dirás que vas a llorar por la vieja.

—Pienso que me da usted pena.

—Caramba, Bundle. Me conmueves. —Sin transición—: Vístete y ven conmigo...

—Márchese de aquí. Si algún día volvemos a vernos, quiera Dios que no tenga armas para dañarle, porque lo haré sin piedad.

A Hugo le hizo mucha gracia el ímpetu juvenil. La asió de la mano inesperadamente y tiró de ella hacia el pasillo. Bun se debatió como una leona. Pero visto que él la dominaba con su fuerza, ésta quedo inmóvil, desafiante. Hugo no sintió piedad. Sintió, por el contrario, la personalidad indomable de aquella joven que pretendía llegar a ser médico. Era muy divertido. Hugo la dobló contra sí y súbitamente la besó en plena boca. Ya sabía que era un pecado mortal abusar de aquella joven. Pero él no tuvo grandes problemas en la vida, y desconocía la piedad, porque jamás le enseñaron a sentirla.

La besó, sí, con ardor, despiadadamente, enseñando a la joven algo que aún ignoraba. Cuando la soltó, la miró y se echó a reír. Bun alzó la mano, restregó su boca y de pronto, ¡paf!, su fina mano, ajada por los rudos trabajos de la casa, cayó por dos veces sobre la mejilla rasurada de Hugo Saint Mur. Luego, como si mil demonios la agitaran, giró en redondo, se encerró en su

alcoba con la anciana y oyó los pasos de Hugo perderse precipitadamente pasillo adelante hasta detenerse junto al ascensor.

Fue la última vez que vio a Hugo Saint Mur Lomax en ocho
años. Aquella misma mañana falleció tía Lora, e inmediatamente sin bajar a anunciar la muerte de la anciana, hizo su maleta y
salió de aquella casa sin despedirse de nadie. Al anochecer de
aquel mismo día, llamaba por teléfono al notario para partici-
parle la muerte de su tía.

—Déjeme su dirección —pidió él, interesado—. Necesito
verla.

Le dio la de Anne Spaak.

—De acuerdo. La buscaré dentro de tres días.

A la mañana siguiente, Camelia hizo llamar a Bundle por
una doncella, y ésta bajó despavorida.

—Se ha muerto —gritaba—. ¡Se ha muerto...!

—¿Quién? —preguntó Camelia—. ¿Quién?

—La vieja.

—¿Cómo?

—Suba usted y compruébelo.

Hugo, que se hallaba en el salón, hundido en una butaca con
su madre al lado, dijo parsimonioso:

—Ayer estaba muy mal. No me extraña que se haya muerto.
¿Dónde está Bundle?

—Se ha ido, señor.

—Vaya, vaya... Será mejor que demos sepultura a la anciana
sin más publicidad.

—Creo que será lo más conveniente. Dispóngalo todo,
June.

—Sí, señora.

Al atardecer de aquel día, la pobre tía Lora salió de la casa en
un ataúd y fue conducida a la fosa común. Nadie la siguió, pero
al llegar al cementerio, una joven se aproximó al enterrador.

—¿Qué desea? —preguntó extrañado.

Tras aquella joven, apareció otra y después un señor muy
elegante.

—Tenemos un nicho preparado para este cadáver, amigo mío

—dijo el caballero elegante—. Allí, en el paseo central, junto a Mirta Lomax.

—Pero es que yo...

El hombre extrajo un billete del bolsillo y lo puso en la mano temblona del enterrador.

—¡Hum! Creo... creo que...

Allí quedó tía Lora, enterrada junto a Mirta Lomax. Anne fue la primera que vio llorar a su amiga. Ésta debió de comprender que Anne se extrañara, porque la miró y dijo entrecortadamente:

—Fue peor, Anne. Mamá me tuvo a mí. En todo momento pude atenderla y cuidarla; tía Lora, la pobre, murió sola. Quise hacer mucho por ella, y sólo pude darle una migaja de cariño. Tú no sabes... no sabes... —Y apretó los labios como si la humillara llorar—. No sabes lo que he sufrido durante estos cortos meses. Dios los perdone. Yo... —le brillaron los ojos— no los perdonaré jamás.

—Vamos, Bun, vamos —dijo el notario suavemente—. Tranquilízate. Cada uno llevará lo que merece. No te olvides de esto. —Miró a Anne—. Llévala a casa. Ya hablé con tu tío. —Miró a Bun—. No te muevas de casa de Anne. Tendré que verte una vez visite a mistress Saint Mur. Por nada del mundo me perdería un espectáculo semejante.

Las llevó en su coche hasta el barrio de Walhamstow y regresó a su casa dispuesto a prepararlo todo para presentarse en casa de Camelia Saint Mur a la mañana siguiente.

3

Hugo se marchaba a Estados Unidos al día siguiente, y tenía permiso todo el día para disfrutarlo con su familia. Todos se hallaban en el salón dando fin al almuerzo, cuando una doncella les anunció la visita de mister Bley.

Se miraron unos a otros.

—¿Le conoces, Hugo?

—Ni idea.

—Bien —dijo Camelia, volviéndose hacia la doncella—. Hágalo pasar al salón. Iremos enseguida.

Los cuatro esperaban ya en el salón contiguo, cuando mister Gerald Bley penetró en él con una abultada cartera de lujosa piel bajo el brazo.

—¿Mistress Saint Mur Lomax? —interrogó amablemente.

—Pase, mister Bley, éstos son mis hijos Hugo, Joanna y Aimée.

El notario se inclinó levemente y dijo:

—Soy el notario de miss Loraine Lomax.

Hubo un conato de estupor en todos los rostros. ¿Notario de Lora? ¿A qué fin? ¿Qué ridiculez era aquélla? ¿Qué tenía tía Lora para molestar a un señor semejante?

—Usted dirá —exclamó Camelia con estudiada diplomacia.

—A decir verdad, no es ante usted ante quien debo leer este testamento. Busco a una señorita llamada Bundle Lomax, pero, puesto que aquí vivió Loraine Lomax, y por ser gusto expreso de la finada, me voy a tomar la libertad de leer sus últimas voluntades. ¿Conocían ustedes el estado de cuentas de la difunta?

Hugo fumaba despacio. Repantigado en una butaca, escuchaba sin perder detalle, aunque aparentemente no lo demostrara. Joanna se mordía las uñas impacientemente, y en cuanto a
Aimée, inclinada hacia delante, escuchaba anhelante. La más serena era Camelia. No porque lo estuviera en realidad, sino porque le interesaba parecerlo.

El notario prosiguió:

—Observo que no conocían ustedes el estado de cuentas de
mi cliente.

—No, por cierto. Tía Lora —aquí Camelia dio una entonación dolorida que provocó una sonrisa apenas perceptible en el
notario— nunca nos habló de ello. A decir verdad, ignorábamos
que tuviera cuentas.

—Las tiene. Ascienden... permítame que mire —desplegó
una carpeta y añadió, al cabo de un rato, mirándolos a todos de
frente—, a veinte millones de dólares.

Por muy serena que fuera Camelia Saint Mur y por muy ecuánimes que fueran Hugo y sus hermanas, aquella noticia no les permitió permanecer sentados. Los cuatro, como si se pusieran de
acuerdo, se alzaron de sus asientos. Fue un segundo, un solo segundo, pero lo bastante largo como para que mister Bley se hiciera
cargo del gran estupor que ninguno de los cuatro podía disimular.

Sin decir palabra, los cuatro volvieron a sentarse. Hugo pensó en su sanatorio. Veinte millones, repartidos con su madre y
sus hermanas... le correspondían cinco, cantidad suficiente para
hacer realidad el sueño de toda su vida. Camelia pensó en la dote
de sus hijas. Era sorprendente, maravilloso. Joanna podría casarse con el millonario Walter, Aimée perfeccionaría el idioma
en Francia y ella... aún podría alternar. ¡Veinte millones!

Cuando mister Bley consideró que ya habían saboreado bastante la noticia, carraspeó y dijo:

—Si me lo permiten, les leeré la carta que me fue dictada
para serles leída en voz alta.

—Por supuesto, mister Bley. No faltaba más. La pobre tía

Lora... —Tuvo tan poco tacto, que preguntó a su hija mayor—: ¿Le has llevado las flores que te dije, Joanna?

Y ésta, que era menos inteligente que su madre, respondió:

—No me has mandado llevar ninguna flor, mamá.

—Oh, estas chicas tan olvidadizas... Continúe, mister Bley.

—Empiezo —dijo éste, rectificando con suave acento—. «Querida familia. Esto de "querida" es un formulismo. Algo había que poner. ¿No te parece, Camelia? Bien, hija, a estas horas ya sabrás que nunca fui la pariente pobre. Me creo en el deber de daros una explicación. No porque vosotros la merezcáis —aquí todos se ruborizaron. Mister Bley, impertérrito, continuó—: Os la doy porque desde el primer momento me di cuenta del gran error que sufríais con respecto a mi estado financiero. Primero me divirtió seguiros la corriente. Después... ya fue cuestión de amor propio, pues, aunque anciana, no puedo olvidar que soy hija de un general.

»Bien, no voy a entrar en detalles que vosotros conocéis tan bien como yo. Pero sí voy a deciros por qué os escribí cuando falleció mi hermana, dejándome la pobre muy sola. A una persona que, como yo, vivió toda la vida espléndidamente, no le basta el dinero para ser feliz. Me asustó la soledad de mi gran palacio de París. La verdad, Camelia, nunca imaginé que tú ignorabas mi posición económica. Cuando te escribí lo hice, bien sabe Dios, anhelando hallar una compañía, la compañía que perdía con mi hermana. Estaba ansiosa de ternura. Hay que tener en cuenta que soy vieja maniática, y los viejos somos como los niños. Sabía que tenías tres hijos, y tonta de mí, me hice a la idea de que serían como tres nietos queridos. Así, pues, te escribí. Recuerdo muy bien que nada te dije de mi pobreza u opulencia. Pero tú, no sé a qué fin, te hiciste a la idea de que era una pariente pobre. En principio, pensé en... Me puse en camino y comprobé contrariada que nadie me esperaba en la inmensa estación de Londres. Esto me extrañó. No obstante, aún no pensé en las causas. Llegué a tu casa un atardecer...»

—¿Es preciso que nos lea esa carta? —preguntó Camelia, perdiendo un poco la paciencia.

Mister Bley levantó los ojos e inocentemente dijo:

—Está dirigida a ustedes, señora, pero si lo prefiere...

—Siga —ordenó Hugo fríamente.

—Gracias —y continuó—: «... me abrió la puerta una criada. No me pareció muy educada precisamente. De pronto, pensé si merecería la pena seguir adelante. Recuerdo a mis doncellas de París, tan finas, tan delicadas... En fin, dije quién era, y la descarada me preguntó si era la pariente pobre. En aquel instante pude decir que no lo era, pero me callé. Aún ignoro las causas. Me pasaron al salón y allí te vi a ti, Camelia. Tan estirada, tan llena de prejuicios y soberbia...»

—Yo creo... —empezó a decir Camelia.

Su hija la frenó.

—Es muy divertido —dijo—. Continúe, mister Bley.

—Gracias. Con su permiso: «... me miraste. Nunca olvidaré tu mirada, Camelia. Era de desprecio absoluto. De nuevo me asombré, aunque ya iba dándome cuenta de que recibías a la pariente pobre. Esto me divirtió. Pensé qué cara pondrías si te dijera que poseía una fortuna en dinero de veinte millones de dólares, aparte de una casa palacio, una finca en las afueras de Londres y dos autos... Bien. Nada te dije. Ni siquiera me besaste. Enseguida aparecieron tus hijos... Hugo, un buen chico, pero tan malcriado el pobre...»

Hugo emitió una risita. Todos lo miraron.

—Continúe, continúe —dijo, dejando de reír.

—«... me pareciste a mi padre, Hugo, con la diferencia de que no eras humanitario. Mi padre lo fue hasta la hora de su muerte. También me fijé en Joanna. Una muñeca de escaparate, maleducada. Ni siquiera se inclinó ante mi vieja persona. También conocí a Aimée, una infeliz. Camelia me pareció un jefe. El jefe de una tribu. Es curioso, no sentí regocijo ante aquella familia egoísta. Sentí una honda pena. Erais mis herederos forzosos... y lo sentía. Tú, Camelia, me dijiste que podía subir a descansar. Me acompañaste hasta la escalera. Nunca olvidaré tus palabras. Tienes tu alcoba en el ático, tía Lora. No se puede subir en el ascensor, hemos de hacer economías. En aquel mismo instante, pensé en dar la vuelta, irme a un hotel y mandaros al diablo. No lo hice. ¿Quieres conocer las causas? Aún esperaba que, con la convivencia diaria, me tomaríais afecto. La verdad, era lo único que necesitaba.

Transcurrieron los días. Pasé frío en mi alcoba. Me cansé subiendo escaleras, jadeé en medio de ellas y descansé e inicié un nuevo ascenso durante tres meses. Justamente me disponía a marchar sin despedirme, cuando ocurrió lo de Bun... Y aquí cambiaron mi vida y mis planes. Recibí la ternura verdadera de una joven desinteresada y buena. Sé que voy a morir y sé que habrá alguien que cierre mis ojos. Sé que llevará flores a mi tumba y sentirá dolor junto a la fosa fría de mi sepultura. Eso es algo. Para vosotros, muy poco. Para mí, mucho. Supe también que Bun bajó a decirte que me moría. Que pasaba frío; sólo subió Hugo. Ni siquiera tuvo una mirada de piedad para la pobre pariente. Sé aún más... Pero esto no pienso decirlo, Hugo. Si es que tienes conciencia, que lo dudo, busca en ella y arrepiéntete de los atropellos que cometes. Nada más, queridos. Como supondréis, ya dejo mi fortuna. Absolutamente toda mi fortuna a mi pariente Bundle Lomax. Adiós.»

Hubo un silencio. Hugo se puso en pie, puede que tía Lora dudara de su conciencia, pero la tenía. De espaldas al notario, preguntó:

—¿Conoce usted el paradero de Bundle? Nosotros, no.

—La buscaré. —Se puso en pie—. No creo que sea preciso leerles el testamento, señora. Si desea la carta...

—Guárdesela.

—De acuerdo. Buenas tardes.

Cuando la puerta se cerró tras mister Bley, Camelia saltó en improperios. Joanna lloraba, y Aimée parecía una cosita acurrucada en su butaca.

—Ni una palabra, mamá —ordenó Hugo secamente—. Hemos recibido la siembra duplicada.

—Ésa lo sabía. Sabía que la loca de Lora tenía dinero.

—No seas injusta —adujo Hugo fríamente—. El cariño con que rodeó a tía Lora lo vi por mí mismo. Lo mejor es olvidar este asunto. Posiblemente no volvamos a verla en toda la vida, lo que será un gran consuelo para todos. Os pido que este asunto se olvide aquí mismo.

—¡Veinte millones de dólares! ¿Crees que es fácil de olvidar?

—Hay que olvidar, si aún nos queda dignidad.

—¡Dignidad, dignidad! —gruñó la dama desesperadamente—. ¿Sabéis lo que pienso hacer? Impugnar ese testamento.

Hugo dio la vuelta y la miró. Toda la fiereza de la dama se contuvo.

—Que no sepa yo —dijo cortante— que cometes semejante cochinada. No voy a negar que cinco millones de dólares son el sueño de toda mi vida. Pero no los he merecido y renuncio por tanto a ellos.

—Eres un filántropo —adujo Joanna adusta.

—Soy un hombre digno. Pierdo la dignidad muchas veces, pero no por estos asuntos. La pierdo como la pierden todos o casi todos los hombres. Pero esto es muy distinto. Tan distinto es que si me entero de que has hecho algo para recuperar esa fortuna, que por ley humana no te pertenece, jamás, jamás volveré a esta casa.

—Pero...

—Lo dicho, mamá. ¿Qué hicimos en realidad nosotros por esa pobre anciana? Nunca pensé que tuviera sentido hasta el extremo de mendigar de nosotros un poco de ternura. Siempre la consideré una anciana ridícula asida a sus manías. Tiene razón ella. No tengo conciencia. De haberse conocido este episodio en el campo profesional de mi carrera, estoy seguro de que quedaría desprestigiado.

—Me parece, Hugo, que tomas las cosas muy a pecho.

—«Un buen chico, pero tan malcriado el pobre...» —Miró a su madre fijamente—. Son sus palabras. Una definición exacta de mi persona. Pues me humilla que las haya dicho. Sobre todo viniendo de una persona a quien consideré poca cosa. —Y sin transición añadió—: Como me marcho mañana, aún tengo que hacer la maleta. Voy a aprender mucho, mamá. Tengo demasiados pocos años y carezco de experiencia médica. Un médico debe ser un ser noble, entregarse totalmente a su profesión, como un sacerdocio. ¿Qué hice yo hasta ahora? Francamente, te digo que he recibido la gran lección...

—Hugo...

—Me humilla, ¿entiendes? Me humilla que una anciana haya visto en nosotros tanta mezquindad.

—No hemos sido mezquinos —adujo la dama—. Le hemos dado comida y cobijo.

—¡Como si fuera el gato! —gritó exasperado—. ¿No es así, mamá? Has cuidado más a tu gato que a ella. A la hora de su muerte, no ha tenido junto a sí ni siquiera el consuelo de una sonrisa familiar, excepto Bun... ¡Bun! Un nombre muy original —adujo despechado—. Bien, yo me voy.

—No quiero que te vayas así, Hugo.

—Tengo mucho que aprender —dijo inflexible—. Y acabo de empezar... —Las miró a las tres quietamente—. No tenemos nada que reprocharnos unos a otros. Tampoco hablo ahora por el capital perdido. Hablo así porque acabo de ver claro. Bien poco pedía de nosotros. Un poco de ternura. ¡Qué absurda situación, cielos! Yo... yo, que soy médico, ni siquiera me preocupé cuando sentí que los latidos de su pecho apenas eran perceptibles. Y en cambio... —apretó los labios— me ocupé de algo tan vil y tan ridículo...

—¿Qué dices, Hugo?

Éste pasó los dedos por la frente.

—Nada. No merece la pena recordarlo. Hemos sido todos iguales. Nada tenemos que echarnos en cara unos a otros.

Salió sin esperar respuesta.

Bun escuchaba al notario como si oyera un cuento. No podía creerlo. Anne le apretaba la mano como si pretendiera darle vida. Ella la tenía. Pero no concebía que tía Lora, la pobre tía Lora...

—¿Qué piensas hacer, Bun?

¿Cómo? ¿Qué decía? ¿Se refería a ella?

Anne la sacudió.

—Bun, te hace una pregunta mister Bley.

—¡Oh, perdone! Ha sido tan sorprendente...

—¿Qué piensas hacer?

—Estudiar —fue la inmediata respuesta—. Vamos a estudiar las dos. Es el sueño de toda nuestra vida. Iremos a la facultad. No serás enfermera, Anne, serás médico como yo.

—¿Dónde vivirás? Posees una finca en las afueras de Londres...
Bun sacudió la mano en el aire.

—¡Oh, no! Prefiero un piso. Pondremos un piso para las
dos. ¿Verdad, Anne? Tu tío no siente ningún interés por ti. Dice
que tú cuestas demasiado. En adelante, no le costarás nada.

—¡Oh, Bun!

—Bien —dijo el notario, poniéndose en pie—. Ya sabes dónde me tienes, Bun. Si deseas un piso en Londres, lo tendrás
cuando quieras. Mañana mismo.

—Lo deseo fervientemente. Un piso pequeño, bonito, acogedor.

—Mañana será tuyo.

—Gracias, señor.

—Y además de un abogado para vigilar de cerca tus intereses, tienes aquí un amigo, Bun.

—Gracias.

Era un hombre entrado en años, de aspecto respetable y expresión bondadosa. Le llamó la atención aquella jovencita desde
el principio. Nunca olvidaría su voz angustiada cuando le llamó,
la mirada entristecida de sus ojos, casi desesperada, que le dirigió cuando él salió de la alcoba. Hubo un verdadero cariño en
aquella joven para la original millonaria, que murió por falta de
asistencia médica y por el frío cuando poseía un capital suficiente para comprar un sanatorio.

Se despidió de ellas con un afectuoso apretón de manos. Estaba
seguro de que aquellas dos jóvenes llegarían lejos. Al día siguiente,
Bun y Anne pasaron a ocupar el bonito y coquetón piso que les
proporcionó mister Bley. Días después, ambas se matriculaban en
la facultad. No volvió a saber nada de su lejana familia. El nombre
del doctor Saint Mur apenas si sonó en Londres. Es decir, no sonó
en absoluto. Lo que hizo suponer a Bun que Hugo Saint Mur había
quedado anónimo como cientos y miles de médicos londinenses.

Fue sumamente fácil para una mujer como Bun Lomax, más
conocida en la facultad por Udle Muller, pasar año tras año con
brillantes notas. No fue tan fácil para Anne. Creyó que podría
lograr el título con su amiga, pero hubo de quedarse en enfer-

mera, porque su capacidad de estudio le aconsejó detenerse a medio camino.

Al cabo de cinco años, Udle, como la llamaban sus amigos, ya con el título de médico en su poder, se trasladó a Estados Unidos y de allí recorrió muchos hospitales de todo el mundo. Estuvo interna en Alemania en un sanatorio para enfermos cancerosos, como ayudante de un cirujano famoso, siempre teniendo junto a ella a su inseparable amiga Anne, especializada ésta en anestesias. Más tarde, se trasladó a Rusia. Su ansia de saber era tanta y tan intensa, que consagró los mejores años de su vida al estudio y a la ciencia. Al año justo de salir de Londres para doctorarse en el extranjero, mister Bley recibió una orden terminante. Convertir la casa de recreo heredada de tía Lora en un moderno sanatorio equipado con los mayores adelantos en la especialidad. Mister Bley no dudó un segundo. Al año siguiente, siete ya desde la muerte de tía Lora, el sanatorio se hallaba por la mitad y empezó a oírse el nombre de la doctora Muller. Era el apellido de su madre, que ella eligió como nombre de lucha. Tal vez en la facultad lo consideraron más fácil. Cuando empezaron a llamarla Udle Muller, no se rebeló. Prefería dejar a un lado a Bun Lomax. Y desde entonces, así la llamaban. Especializada en cirugía, con mucho dinero y trabajando con los más famosos cirujanos del mundo, la experiencia recopilada en aquellos tres años, desde la terminación de su carrera, hasta el instante de regresar a Londres, fue extraordinaria.

Alguna vez, Anne la miraba y le decía:

—Me parece imposible.

Bun reía. Ya no era la niña ingenua, cerrada en sí misma de antes. Era una mujer espléndida, segura de sí misma, hermosa. Elegante y mundana.

—Soy yo —solía decir—. ¿Por qué te parece extraño?

—¿Has llegado a donde te has propuesto?

—Tengo veintiséis años, Anne. Soy demasiado joven para saber tanto como tú supones que sé. Me falta aún mucho para llegar a la meta propuesta.

Se trasladaron a Londres a finales de aquel verano. Lo primero que hicieron ambas fue visitar el sanatorio recién construido. Quizá fuera el más moderno y adelantado del país. Durante seis meses estuvieron llegando de Alemania los aparatos más modernos, cuando una mañana empezó a trabajar en el sanatorio. Había muchos médicos, enfermeras y practicantes dispuestos a recibir a los enfermos.

Los primeros triunfos los obtuvo a base de salvar la vida de un personaje importante. Fue un trasplante pulmonar, que ningún otro cirujano se atrevía a hacer, y que ella realizó sin temor alguno, con absoluta seguridad, como si estuviera completamente convencida del triunfo. Triunfó. Fue fácil. Empezó a hablarse de la doctora Muller como algo casi sobrenatural. Llovieron los enfermos. Se multiplicaron las operaciones. Llegó a ser como un dios vivo en aquel centro sanitario, absolutamente particular, en el que era preciso una recomendación para entrar. Se cobraron sumas fabulosas por una operación. Pero Udle Muller no se conformaba con todo esto. Tenía una sala aparte, al otro extremo del extenso parque, en la cual operaba durante las mañanas, dedicada exclusivamente a enfermos pobres.

Vivía en un pequeño chalet alzado dentro de la misma finca, servida por tres criados tan adeptos como Anne. Ésta le decía algunas noches, cuando ambas se hallaban en el saloncito, descansando de la dura jornada:

—Ya has logrado tu anhelo, Bun. Eres famosa, rica. Tienes en la vida cuanto se puede apetecer.

—Tú tienes más —sonreía ella melancólica—. Amor.

—Lo dices por Fred Hunter.

—¿No sois novios?

—Por supuesto. Pero Fred no está contento de sí mismo. Yo no he llegado a donde quería.

—Has llegado. Tienes amor. Luego tendrás un hogar. Debemos conformarnos con lo que somos.

Un día, Anne mencionó por vez primera a los Saint Mur.

—¿No sabías nada de ellos?

—No. Ni me interesa.

—Hugo Saint Mur era médico.

—Y sigue siéndolo —replicó indiferente.

—¿Sabes algo de él?

—Un médico siempre sabe de otro cuando lo desea —sonrió sarcástica—. Me interesó conocer su paradero. No era médico aquel hombre que dejó morir de frío a una mujer. Hay muchos que ostentan títulos pero no les sirven de nada. Hugo Saint Mur era uno de ellos.

—¿Qué hace?

—Trabaja en un hospital provincial como médico anestesista.

—¿Nada más?

Una mañana, su ayudante más inmediato llamó a su despacho.

—Pase.

Allí, vestida de blanco, era sólo un objeto mecánico. En su vida particular, era un ser humano. Jeff Quayle lo sabía.

—Oye, Udle, tenemos un caso importante. —Se inclinó sobre la mesa—. ¿No te interesa?

—Todos los casos clínicos me interesan.

Jeff la miró largamente.

—Daría algo por conocer en ti a la mujer.

Siempre igual. Jeff era incorregible.

—La conoces —rio—. Bien sabes que sí.

—Claro que no. ¿Por qué no salimos juntos esta noche?

—Tienes novia.

—Y me condena el ansia de salir contigo. ¿Entiendes eso?

—El caso clínico, amiguito. ¿De qué se trata?

—Vengo a buscarte. Nos esperan en el quirófano. Todo el equipo está dispuesto.

Bun se puso en pie un tanto precipitadamente.

—Te he dicho muchas veces, Jeff, que no eres nadie para disponer las cosas así. Eres mi ayudante, eres inteligente y un buen operador... Eres, además, mi mejor amigo —añadió anérgica—, pero no me agrada, y tú lo sabes, que dispongas las cosas sin contar conmigo.

—Ya salió la doctora. ¿Es que no puedo tomarme la libertad de evitarte un trabajo?

—Con respecto a mi profesión, no.

Jeff se puso a reír.

Era un hombre alto y distinguido.

Empezaba a blanquearle el cabello por los aladares.

Tendría por lo menos treinta y cinco años. Sus ojos, de un azul rabioso, guardaban una pasión intensa.

Ella lo conoció allí.

Era pariente de mister Bley, y fue éste quien le pidió que organizara el sanatorio mientras la dueña no llegara.

Jeff se quedó allí y era, a no dudar, un cirujano importante.

Los dos operaban por igual, si bien existían pacientes que deseaban ser operados por la doctora Muller.

Esto humillaba a Jeff, y varias veces estuvo dispuesto a dejar el sanatorio.

Pero admiraba a aquella mujer y no sabía por qué causa continuaba allí.

—Esta noche —dijo sin responder, con cierto sarcasmo— te invitaré a salir. ¿Sabes una cosa, Udle? Tú sabes mucho de medicina y cirujía, pero de la vida... estás a cero.

—En la vida se aprende pronto.

—¿Para cuándo lo dejas?

Se vestían ambos para pasar al quirófano.

Udle, con las manos en alto, entró en el quirófano, empujando la puerta giratoria con la espalda.

—¿Saldrás? —preguntó él, quedando en mitad de la puerta abierta.

—Claro que no.

—Apuesto a que no sabes bailar.

—No, no me interesa.

—Permíteme que esta noche vaya a tu casa a enseñarte.

—Jeff, no seas pesado. Tienes novia. Ya eres mayorcito. ¿Por qué no te casas de una vez?

—Te diré las causas. Tú.

—Vamos...

Fue lo único que pudo decir. Jeff la turbaba, pero era mejor que él no lo supiese.

4

Se hallaban reunidos en el salón, parecía que el tiempo no había transcurrido. Allí no había sólo tres personas. Ahora estaban el marido de Joanna, un funcionario público, con un sueldo exiguo, y el marido de Aimée, un panzudo comerciante sin encanto masculino alguno. También estaba Hugo.

—Tú eres médico, Hugo. Tienes que saber lo que le pasa a mamá.

—Ya lo dije —gruñó—. Cáncer.

El médico de cabecera entró en aquel instante. Llevaba el maletín en la mano y parecía impaciente.

—Hugo —dijo—, ¿puedes venir un momento?

Hugo le siguió sin entusiasmo. Se encerraron ambos en una salita y se miraron interrogantes.

—Hay que operar. Te lo dije la semana pasada. ¿Has pedido la entrevista con el doctor Muller?

—Es una mujer —dijo despechado.

—Seamos justos, Hugo. Es una mujer, ciertamente, pero una gran mujer. Una gran médico. Sólo ella o su compañero, Jeff Quayle, pueden hacer algo por tu madre. Pide una tarjeta a tu jefe y te recibirán enseguida. Si esperas a que te toque el turno, tendrás que llevar a tu madre al cementerio.

Hugo era orgulloso. Decir que carecía de medios para pagar la operación le era tan difícil como arrancarse la lengua. Sabía muy bien que la doctora Muller, a la que no conocía personalmente, pero de quien hablaba todo el mundo, cobraba una fortuna por una operación de tal índole. Ponerla en manos de otro cirujano era arriesgado. Su madre aún era joven. Podía vivir muchos años si la operación tenía éxito, y la verdad, debía reconocer que todas las operaciones de la doctora Muller eran éxitos, pues sus fracasos, muy contados, eran casos totalmente desesperados, mortales ya antes de llevarlos a mesa del quirófano.

—Te lo aconsejo, Hugo. No puedes dejar morir a tu madre.

—Lo haré esta tarde.

Obtuvo la tarjeta y con ella se presentó en el sanatorio. ¡Él, que tanto había soñado para sí mismo y su carrera, y se había quedado en nada! ¡Un médico anestesista! Había cientos de ellos. Los practicantes especializados podían cubrir su plaza algún día.

En recepción le pidieron la tarjeta.

—Nosotros la haremos llegar a manos de la doctora Muller —decía la encargada de recepción—. Puede volver mañana por la respuesta.

A Hugo le fastidiaba tanto protocolo. Le humillaba ser médico y no poder pregonarlo a los cuatro vientos. Un médico cuyo nombre no reconocía nadie. Apretó los labios.

—Oígame —dijo, aplacando su orgullo—, me envía aquí el doctor Parker.

—Lo conozco.

—Espero una respuesta inmediata.

La encargada de recepción tuvo miedo de que aquel doctor Parker fuera amigo de la doctora Muller. No era conveniente cogerse los dedos. Se recibían recomendados a centenares todas las semanas. Las órdenes que tenía eran terminantes. Ninguno debe pasar de recepción. Pero aquel hombre que portaba la tarjeta del doctor Parker parecía muy seguro de sí mismo. Era cosa de hacerle caso.

Le entregó de nuevo la tarjeta y le dio paso.

—Siga el pasillo hasta el fondo. Allí está la secretaria. Le dará una respuesta más concreta.

Hugo no se hizo repetir la indicación. Estaba muy viejo.

Había hebras de plata en sus cabellos, arruguitas delatoras del tiempo en torno a los ojos y la boca. Se sentía un fracasado. Muchas veces recordaba a Bundle, la niña recogida. A su tía Lora, muerta por abandono. ¿Qué sería de Bun?

Llegó ante la puerta y tocó con los nudillos. Un breve «adelante» y se vio ante una pieza blanca, donde las tres mujeres que había en ella, tras una enorme mesa que tomaba toda la fachada, vestían batas de una blancura inmaculada.

—¿Qué desea? —preguntó una de ellas.

—Ver a la doctora Muller.

Las tres se miraron con cierta sorna. La que parecía con más autoridad dijo tan sólo:

—No es nada fácil.

—Traigo una tarjeta del doctor Parker.

—¿Parker? —repitió—. No lo conozco.

—Usted tal vez no —dijo Hugo malhumorado—, pero la doctora Muller sí.

—Déjela aquí. Se le pasará cuando corresponda el turno.

—Oiga, señorita... —frenó su rabia ante la fría mirada de ellas—, la persona por quien me intereso está en peligro de muerte.

La secretaria hundió la mano en un montón de tarjetas seleccionadas sobre la mesa y replicó:

—Todos están en peligro de muerte. No tenemos dónde alojar a los enfermos, lo siento, señor. ¿Puede decirme su nombre? He de anotarlo aquí, con la tarjeta que me entrega.

—Hugo Saint Mur.

—Hugo Saint Mur —repitió la secretaria, mirando a una de las compañeras, quien pluma en ristre tomaba nota—. ¿Podría darme su dirección? —Era una precaución para evitar regañinas de la doctora Muller. Si el paciente le interesaba en especial, no había más que llamarlo—. Es un simple formulismo, señor —dijo.

Dio su dirección y aún esperó.

—Le llamaremos cuando le corresponda el turno.

—Oígame, señorita... soy médico —costaba decirlo—. Quisiera ver a la doctora Muller.

Hubo cierta confusión entre las mujeres encargadas de secretaría. Conocían la reacción de Udle Muller con respecto a los hombres de su profesión. Las tres se retrajeron.

—¿Tan difícil es? —atajó Hugo, observando la indecisión.

—Pues... Tenga la bondad de sentarse. —Soltó la palanca del dictáfono. Al otro lado se oyó una voz suave, muy personal, que no dijo nada a Hugo.

—¿Qué pasa, Greta?

—Hay aquí un señor que trae una tarjeta del doctor Parker. Él es médico también, doctora Muller. Se llama Hugo Saint Mur.

Ni una respuesta al otro lado. Se oyó un murmullo como de haber sido movida una silla.

—Doctora Muller...

—Lo recibiré esta tarde a las siete en punto en mi casa.

Era la primera vez que ocurría semejante cosa. Pero las secretarias no hicieron comentarios.

—Gracias, doctora.

Se oyó un chasquido y la comunicación en el despacho particular de la doctora Muller quedó cortada.

—No te preocupes tanto por mí, Hugo, hijo mío. Puede que sea éste el castigo merecido por haber sido tan mezquina para quien tanto necesitaba mi ternura.

Hugo venía oyendo estas mismas palabras desde que su madre enfermó. Impulsivo, acarició su mano.

—No se trata de eso, mamá. Ten un poco de calma, y olvida todo lo que ocurrió en tu vida. Si algo hicimos malo, todos lo hemos pagado bastante.

—Yo fui quien os indujo a ser poco considerados, hijo mío.

Hugo no pensó en el pasado de aquellos familiares abandonados por carecer de fortuna. Pensó en sí mismo. No podía decir que no luchó para lograr algo más que aquella mediocridad. Tampoco estudió por deporte. Ganó la beca por sus méritos, y pese a ellos, a los dos años de interno en un hospital americano, no consiguió nada. Durante años luchó para abrirse camino. No fue posible. Era como si una mano enemiga se interpusiera entre él y su triunfo.

Consultó su reloj.

—Creo que te operarán uno de estos días, mamá. La doctora Muller me recibe hoy a las siete.

—Es una mujer —dijo la dama un tanto asustada.

—Una de los mejores cirujanos de Londres, mamá. Su condición de mujer poco importa en este caso. Hay muchos otros cirujanos en cuyas manos estarías bien, pero nadie como ella para una operación así.

Consultó de nuevo su reloj.

—Aimée quedará contigo. —Miró a su hermana—. No te muevas de aquí mientras yo vuelva, Aimée. Trataré de hacerlo lo antes posible.

A las siete menos cinco se hallaba ante el bonito chalet levantado a pocos metros del sanatorio, dentro de la misma cerca. Algunos enfermos paseaban por los anchos corredores, otros aún se hallaban sentados bajo los toldos, en los bancos del jardín. Las enfermeras iban de un lado a otro diligentes y animosas.

Hugo sintió envidia. Una envidia roedora, que no era pecado. Toda la vida anhelando la superación. Y se había quedado a mitad de camino. Estudió porque le gustaba. Tal vez la falta de recursos para instalarse como médico le detuviera. No le faltó osadía ni voluntad ni orgullo profesional.

Vestía un traje decente, pero carente de elegancia. Su aspecto parecía aún más vulgar dentro de aquel traje demasiado usado. Todos los días, Aimée lo planchaba. El esposo panzudo tenía dinero, pero no era fácil sacárselo de entre las uñas. Claro que él jamás lo hubiese hecho. Fue siempre demasiado orgulloso, y tal vez el orgullo le privó de pedir ayuda a sus compañeros. Quiso valerse por sí mismo y fue como en cualquier caso parecido al suyo, un fracaso total.

Pulsó el timbre; inmediatamente, como si alguien esperara tras la puerta, ésta fue franqueada.

—¿Doctor Saint Mur? —preguntó la doncella.

¡Doctor Saint Mur!

Así deseó ser siempre llamado. ¡Doctor Saint Mur...! En cambio, en el hospital donde trabajaba le llamaban Hugo a secas, o mister Saint Mur. A veces hasta le tuteaban las enfermeras; nunca se rebeló. ¿Para qué?

—Sí —admitió.

—Pase. La doctora Muller le espera en el salón.

Fue conducido a través de un vestíbulo precioso, lleno de plantas de rara especie y de un pasillo largo y ancho, totalmente alfombrado. La doncella tocó en una puerta. La misma voz cálida, suave, femenina, dijo «sí» y la puerta corrediza fue franqueada. Hugo la vio enseguida. Al pronto, no la reconoció, o, al menos, aunque el rostro le fue familiar, no la asoció a Bundle Lomax. Sólo los ojos verdes, fijos en él, le indicaron que no era aquélla la primera vez que veía aquellas pupilas. Vestía un modelo de tarde de fina lana azul oscuro. Sin mangas, con un escote particular, formando una tira abombada, marcando el busto bien definido, de una belleza femenina incomparable. Esbelta, dintiguida, «inalcanzable», pensó Hugo a su pesar. Era rubia, y la melena corta la llevaba suelta, sin horquillas, cayendo un poco por las mejillas. Tenía la boca más bien grande, de labios perfilados, muy bellos, bajo los cuales asomaban dos hileras de blancos dientes, un poco desiguales, dando a su rostro mayor atractivo.

—Siéntate, Hugo —dijo aquella preciosidad de mujer—. ¿Cómo está tu familia?

Así, como si lo conociera de toda la vida. Hugo avanzó un paso y se quedó erguido ante ella. De súbito, sus labios se abrieron lentamente.

—¡Bundle Lomax...!

—Sí. Creí que lo sabías.

—¡Tú...! —Parecía espantado—. Tú...

—Vamos, ¿de qué te asombras? Nunca ignoraste que el anhelo de mi vida era ser médico. Conociéndome y sabiendo que tenía dinero, debiste suponer que alcanzaría mi anhelo.

Hugo se sentó. Cayó en la silla como un fardo. Pudo decir miles de cosas en aquel momento. Que el mundo era muy pequeño, que la justicia divina no olvidaba nunca, que lo tenía bien merecido... Pero no dijo nada de eso. Con voz ronca, ahogada, extraña, sólo supo repetir obstinado:

—Tú... tú... Bun, la muchacha de los ojos verdes; el mundo —no pudo por menos que añadir con amargura— es un puñado de miseria.

—Te has convertido en un buen filósofo. —Y después, con indulgencia, que humilló a Hugo más que una bofetada, preguntó—: ¿Qué es lo que te ocurre? ¿Acaso necesitas una plaza en el sanatorio?

—¡No! —dijo con rabia.

—No creí que fueras tan susceptible.

La miró cegador. Ella pensó que seguía siendo el mismo hombre que la besó aquella vez. Nunca pudo olvidar aquel instante. Aún ahora, después de tantos triunfos, a veces, cuando se acostaba, veía o creía ver a tía Lora agonizando en su camastro, y a Hugo riendo, tirando de ella hacia el pasillo.

Hugo se puso en pie como impelido por un resorte.

—¡No consiento que me humilles! —gritó—. He venido aquí a... —Apretó los puños y dio la vuelta.

—Hugo...

—Voy a prescindir de tus servicios.

—Y de nuevo una víctima más por vuestro maldito orgullo.

Se volvió de nuevo hacia ella. La taladró con los ojos.

—¿Acaso no gozas con mi humillación? ¿Acaso no esperabas este nuevo triunfo, para añadir a los que ya has tenido?

—Cuando se es médico y se siente la profesión —apuntó ella sin alterarse—, el orgullo, Hugo Saint Mur, se cierra en un puño. Ya veo que no has triunfado. Ya veo que sigues siendo el joven, ahora con más años, pegado a tus egoísmos. Para ser un buen médico, amigo mío, el egoísmo es un grave obstáculo, es como un lastre o una enfermedad. Si me necesitas como pariente, no, no me tendrás. Si me necesitas como amiga, tampoco. Pero si me necesitas como médico, aquí estoy. De ese modo siento yo la profesión.

—¿Debo admirarte?

Ella emitió una risita sardónica.

—Tu admiración, Hugo Saint Mur, no me elevaría en ningún sentido. —Hizo una rápida transición y añadió—: ¿Quién está enfermo en tu casa?

Estuvo a punto de salir en aquel instante e ignorar para siempre la existencia de la doctora Muller, pero pensó en su madre. En su pobre madre, postrada en el lecho. Retorcida por los dolores, víctima de su egoísmo como lo fue un día la misma Bun y la desvalida tía Lora. Aquella tía Lora que buscaba ternura, pudiendo comprarla, y prefirió morir en la miseria que pagarla con su dinero.

—Mi madre —dijo entre dientes, dominando su amargura—. Es mi madre la que padece una grave enfermedad y la que necesita tus auxilios.

—Tráela aquí.

Así, como si todo estuviera solucionado.

—No tengo con qué pagarte —dijo él con fiereza.

Bun emitió una sonrisa muy breve. Lo miró. Hubo en sus ojos como un destello.

—Tengo una sala destinada a los pobres, Hugo —comentó suavemente—. Te daré una tarjeta para que ingrese hoy mismo.

Era peor que darle una bofetada. Dio un paso atrás. Su madre en una sala común, con los pordioseros.

—Te pagaré —dijo—. Aunque me pidas una fortuna, te pagaré.

—De nuevo salen a relucir tus principios deficientes. Tu orgullo mal entendido, amigo mío. ¿Quieres saber por qué no has triunfado? Estoy bien informada. Sé que eres un buen médico, si no te cegara ese orgullo desmedido de querer debértelo todo a ti mismo. Nadie triunfa sin ayuda. Tú no has sabido prescindir de algo que te inculcaron desde muy niño.

—No consiento que me ofendas.

—No te ofendo. Pero casi siempre ocurre eso. Las verdades suelen parecernos ofensivas.

—Te pagaré —dijo—. Aunque me pidas una fortuna, incluso aunque tenga que salir por las calles a robarlo. Te pagaré. No consiento que mi madre se mezcle con la miseria que tú admites a diario en tu sala de caridad.

—¡Qué pobre eres, Hugo! —dijo ella dolida—. ¡Qué pobre de espíritu eres! —Y con sequedad—: Te advierto asimismo que, cuando me dispongo a cobrar, no lo perdono, aunque luego lo emplee en mi sala de caridad.

Pulsó un timbre, inmediatamente se presentó una doncella.

—Acompañe al señor Saint Mur. —Lo miró. Él miraba a su vez con intensidad—. Te espero mañana con tu madre; si es que está tan grave, avisa al equipo de urgencia y una ambulancia irá a buscarla.

—La traeré yo —replicó con frialdad, dando la vuelta y saliendo sin volver la cabeza. Al instante, se abrió otra puerta y Anne apareció en el umbral.

—Has sido demasiado dura.

Bun miraba todavía la puerta por la que Hugo había desaparecido.

—Tenía razón tía Lora. Si no fuera por la mala crianza, habría sido un gran hombre. Orgullo lo tenemos todos, pero no siempre suele emplearse bien. Ese hombre lo ha equivocado.

—¿De veras vas a cobrarle?

Los labios de Bun apenas si se abrieron, pero Anne la oyó decir:

—Si no paga con dinero, lo tendré a mis pies como médico hasta que pague el último chelín. No puedo olvidar que fue el primer hombre que me besó. Yo también tengo orgullo. Fuera de mi profesión y como mujer... aún no me conoce nadie.

Camelia Saint Mur ingresó en el sanatorio en una sala de pago, al otro día por la tarde. Cuando estuvo instalada, le dijo su hijo:

—La mujer que va a operarte es Bun Lomax.

Camelia estaba agotada por los sufrimientos, pero aun así abrió mucho los ojos y exclamó asustada:

—¿Qué dices? Pero ¿qué dices?

—Según tengo entendido, no tardará en pasar por aquí. Suele hacer visita general, seguida de su equipo quirúrgico, todos los días a las seis de la tarde. Falta media hora.

—Hugo. —Asió la mano de su hijo con ansiedad—. Hugo... ella no.

La boca de Hugo se distendió en una amarga sonrisa.

—Es médico, mamá. Siente la profesión de tal modo que en la mesa de quirófano tú serás una enferma más. Sólo eso. No te preocupes.

—¡Oh, Hugo...! ¿Qué le digo cuando venga?

—Nada. Estoy seguro que simulará que no te conoce.

—Es mejor así para las dos. Pero... ¿con qué le vas a pagar, Hugo?

Sí, ¿con qué iba a pagarle? No lo sabía aún. Tendría que hallar un medio. Vendería la casa, la hipotecaría, robaría, asaltaría... Todo menos deberle aquella operación. Todo menos ver a su madre como una mujer desamparada, en una sala de caridad.

Joanna, al lado de su madre, les escuchaba en silencio.

—Yo no puedo ayudarte, Hugo —dijo quedamente, cuando ambos salieron al pasillo y se vieron lejos de la enferma—. Tú sabes que me veo y me deseo para vivir. Mi marido gana un sueldo muy pequeño.

Le puso una mano en el hombro.

—Lo sé, querida.

—Tal vez Max, el marido de Aimée.

—Es demasiado usurero, pero echaré mano de él. Voy a hacerlo ahora mismo. Tú no te muevas de aquí. Cuando venga ella, no la saludes. Espera. No querrá reconocerte.

—Me lo imagino.

Se equivocaron. Bun entró en la sala seguida de su equipo. Vio a Joanna al lado de la cama y la saludó con naturalidad.

—Hola, Joanna.

—Hola —replicó ésta tímidamente.

Bun, vestida de blanco, se destacó del grupo y se inclinó hacia la enferma.

—¿Cómo te encuentras, Camelia?

La madre de Hugo parpadeó.

—Tú...

—Diré como tu hijo: «El mundo es a veces demasiado pequeño.» Tranquilízate, todo saldrá bien. —Y añadió sin transición—: Espero que mañana a estas horas estés ya operada.

—Vas a hacerlo tú —susurró la enferma sin preguntar.

—Sí. Esta tarde vendrán a buscarte para hacerte una exploración a fondo. Llegaremos al objetivo sin tropiezos, ya lo verás.

Si hubieran encontrado a aquella mujer en la calle o en un salón social, no la habría saludado, no la reconocería. Pero allí era su paciente, y los pacientes, para Udle Muller, tenían un interés particular.

Al despedirse, miró a Joanna. La encontró ajada, parecía mayor de lo que era en realidad.

—Que no se agite la enferma —recomendó—. La enfermera estará siempre cerca. No tienes más que llamar, pulsando el timbre, y acudirá.

—Gracias.

—No veo a tu hermano.

—Acaba de salir.

—Cuando vuelva, dile que pase por mi despacho.

—Lo haré.

La comitiva se alejó. Camelia llamó a su hija:

—Me ha reconocido, Joanna.

—Ya lo he visto, mamá.

—Habrá olvidado.

—No te acuerdes de eso, mamá.

—Nunca puedo olvidarlo totalmente, Joanna. He sido demasiado orgullosa, y todo en la vida me salió diferente a como yo lo esperaba.

—Siempre suele ocurrir así.

—Sí. A ella, en cambio, todo le salió bien. Lo merece. La pobre tía Lora...

—Cállate, mamá.

—Sí, hijita. Pero tengo miedo. A la hora de la muerte, una se arrepiente de muchas cosas. Tendrás que buscar al capellán.

Aimée entró en aquel instante. Venía sofocada. Corrió al lado de su madre y la besó repetidas veces.

—Mamá, mamá. Acabó de enterarme de que... has ingresado. He venido corriendo. En recepción no me dejaban pasar, pero en aquel instante pasaba un grupo de médicos y una mujer, al verme, me ha dicho: «Pasa, Aimée. Tu madre está en el segundo piso, en el número 10...»

—¿No la has reconocido?

Aimée abrió mucho los ojos. Denegó con la cabeza.

—Es Bun Lomax...

—¿Cómo?

—Operará a mamá mañana.

—¡Oh! Es cierto que decía que deseaba ser médico...

—Pues lo es —dijo Camelia con tristeza—, y parece que ha olvidado todo el daño que le hicimos.

—¿Has visto a Hugo? —preguntó Joanna—. Me parece que iba a tu casa.

Aimée se ruborizó.

—Allí lo dejé... con Max. —Calló ante la seña que le hizo Joanna.

Más tarde, al salir ambas al pasillo, Aimée añadió con amargura:

—No creo que le dé el dinero, Joanna... Max no es hombre caritativo.

—Tampoco nosotras lo fuimos.

5

—Comprende, Max.

El marido de Aimée cargaba un saco de legumbres de un carro al interior de la tienda. Ordinario, en mangas de camisa, apenas se detenía en su faena para responder a su cuñado.

—Ya te he dicho que no puedo, Hugo, ¿no comprendes?

—Tienes. Te sobra el dinero.

—Mira, muchacho. Yo no tengo carrera alguna. Sé las primeras letras, los primeros números. No tuve tiempo para dedicarlo al estudio y me hice un porvenir. ¿Qué diablos hiciste tú, que posees el título de médico?

—¡No me irrites! —gritó Hugo—. Te pido dinero para operar a mi madre. No he venido a oírte disertar sobre mí.

—Y yo te digo que no lo tengo.

—Dámelo sobre la casa.

Max le miró burlón.

—¿Sobre qué casa? Hace más de dos años que vengo dándole dinero a tu madre sobre la casa. Ya es mía.

—¿Cómo?

—¿No lo sabías? Pues entérate, chico.

—Si tú no me das el dinero para pagar esa operación, venderé la casa.

Max volvió a reír.

—Y yo te enviaré a mi abogado para impedirlo. Tu madre es

mi suegra, pero tiene dos hijas más. Y yo no soy de los que doy el dinero y espero sentado a que me lo paguen. ¿Me entiendes? Tu madre recibió dinero y, al mismo tiempo, firmó papelitos. Puedo asegurarte que, con unos cientos de libras más, la casa es mía. Y esos cientos de libras no te bastan para pagar a la doctora Muller. No hace mucho tiempo operó a un amigo mío. ¿Sabes cuánto cobró? No te lo digo porque te estremecerías de pánico. En cambio, la semana pasada operó al pinche de la tienda. ¿Y qué? No le cobró ni un penique. ¿Por qué diablos no enviaste a tu madre a la sala de caridad?

—Oye... no permito que te inmiscuyas en mis asuntos.

—Pues no me hagas inmiscuirme. Tengo dos hijos y una esposa. Ésta es tu hermana. ¿Le falta algo? Nada. Ya tengo bastante. Tú arréglatelas como puedas. Eres soltero y tienes título. Espabila, amigo. Os han criado muy mal —añadió sin rencor, con la mayor realidad—. Os hicieron creer que erais potentados y sólo fuisteis vulgares hijos de familia. Cuando me casé con tu hermana, hube de reeducarla. Quería una doncella, una cocinera y una criada. Ya. No, chico, no. Mientras tú presumías en la facultad, yo cargaba carbón en los muelles. Mientras tú estrenabas trajes, yo vestía un buzo manchado de mugre. Hice el dinero chelín a chelín. Tú fumas buenos cigarros, yo no fumo. Tú bebes whisky, y yo no bebo ni tinto. Tú tienes una doncella que te hace la cama. A mí me la hace mi mujer, porque me planté a los pocos días de casados. Y si bien le dije que ella significaba toda mi vida, como aún significa, yo no podía desollarme para darle una vida que no le pertenecía. Aimée me amaba y me comprendió. Aprendió a vivir. ¡Vaya si aprendió! Tengo dos hijos que van a la escuela pública, que no gastan un chelín, porque yo tampoco lo gasté. Si despuntan, me sacrificaré para una carrera. Pero no a tontas y a locas, como hicieron contigo. Una carrera que les agrade y en la que puedan brillar algún día por sus propios medios. ¿Qué hicieron contigo? Te dieron una carrera y todo solucionado. Lo bueno que hiciste en la vida fue ganar una beca, y no te sirvió para nada, porque cuando regresaste, la renta, por carestía de vida, ya no era suficiente para tu familia, y tú te encontraste con la noche y el día y un título. Pero no has sabido utilizarlo. No quisiste ser un médico de barrio. Picabas alto. Pues ya ves, ahora ni alto ni bajo.

Hugo no tuvo fuerzas para responder. Max, con su rudeza, sus burdos modales, su falta de escuela, acababa de retratarle su vida, como jamás se atrevió a retratársela a sí mismo. Giró en redondo. Cuando llegó de nuevo al sanatorio, y penetró en la sala donde su madre yacía, Joanna le preguntó ansiosamente:

—¿Qué?

Negó por dos veces.

—¡El muy...!

La frenó con un ademán.

—No lo censures. Él lo ha ganado a pulso. Cuando se gana así, cuesta prestarlo. Además... yo nunca podría devolvérselo.

—Hugo...

La voz de Aimée era apagada y suave. Hugo no la miró, pero su mano tomó la de Aimée y la oprimió con ternura.

—Tienes un gran hombre, Aimée. Ésa es la verdad.

—La doctora Muller dijo que te esperaba en su despacho —dijo al rato Joanna.

Hugo parpadeó.

—¿A... mí?

—Sí, eso dijo.

Se dirigió a la puerta. No buscó el ascensor. Descendió despacio hacia el primer piso. «Me espera otro trallazo —pensó—, y lo peor de todo es que éste me duele como ningún otro...»

Jeff se sentó en el brazo de un sillón y balanceó un pie.

—Todo está preparado para reconocer a tu pariente —dijo al tiempo de encender un cigarrillo—. Se me antoja, Udle, que la enfermedad está muy avanzada.

En el bello semblante de la doctora Muller no se apreció impresión alguna. Tenía los codos apoyados en el tablero de la mesa y la barbilla en las palmas abiertas. En la boca mantenía firme un cigarrillo, del que fumaba a pequeños intervalos, expeliendo el humo sin sacarlo de la boca. Parecía absorta. Jeff la contemplaba con admiración. Bajó del brazo del sillón donde estaba sentado y se inclinó hacia ella.

—A veces —susurró—, cuando te veo así, tan lejana, me pareces más mujer que cuando empuñas el bisturí.

Udle sacudió la cabeza cual si despertara.

—Vete, Jeff, voy a recibir una visita. Es... el nuevo anestesista.

—¿Cómo? ¿No te agrada el doctor James?

—Ha fallado en dos ocasiones. No admito descuidos de tal índole —dijo con duro acento—. Recuerda lo que ocurrió la semana pasada. Estuvimos trabajando sobre el cuerpo de un enfermo, sin anestesia. Ha sido la experiencia más desagradable de mi vida profesional. Quiero en mi equipo un anestesista en quien depositar mi confianza. Un hombre competente, que sólo con mirarme a los ojos sepa lo que deseo.

—No puedo poner objeciones. Sé lo que es un buen anestesista y lo que significa para un cirujano.

En aquel instante sonaron unos golpes en la puerta. Jeff se incorporó, dirigiéndose a la que comunicaba con su despacho.

—Adelante —dijo Bun.

En el umbral se recortó la figura de Hugo Saint Mur.

—Pasa y cierra, Hugo.

No había en su voz rencor o reminiscencia de un pasado que no fue feliz.

—¿Qué deseas?

De pie ante la mesa, esperaba con la cabeza ladeada. No parecía dispuesto a sentarse.

—Cuando los médicos de mi equipo desean algo de mí, esperan a que yo hable —sonrió burlona—. Tendrás que ir conociendo las reglas que imperan en este sanatorio.

—Soy hijo de una de tus pacientes, no médico adosado a tu equipo quirúrgico.

—Es lo que pretendo, Hugo, que lo seas. Te ofrezco una plaza de anestesista en mi equipo.

Hugo frunció el ceño.

—¿También por compasión?

—No seas susceptible. Sé que el doctor Parker no te suelta así como así. Sé que eres uno de los más seguros anestesistas de Londres y pretendo, como es lógico, tenerte a mi lado.

—¡No!

—Por orgullo.

—Porque no quiero deberte nada. Porque no quiero trabajar a tu lado. Porque me humillaría verte con el bisturí en la mano, mientras nosotros los hombres contemplamos impasibles tu trabajo. No, no me conoces.

—Estoy aprendiendo a conocerte. Ahora me explico por qué te has quedado a medio camino. No es así como se triunfa.

—¿Qué pretendes? —preguntó retador—. ¿Humillarme más? ¿Crees que admito que has olvidado lo de tía Lora?

Bundle se puso en pie. Aun sin ser muy alto, ella era más baja. Hubo de alzar los ojos para mirarlo a la cara. Lo hizo sin rencor, pero fríamente.

—No me consideres tan mezquina como tú, Hugo. Cierto que no me ha sido fácil olvidar lo de tía Lora. Más aún, por todo cuanto me dejó al morir. Pero quiero que sepas una cosa, y ten presente que me molesta tener que reconocer así lo que voy a decirte. Me interesas para mi equipo. Tendrás un sueldo como no lo has soñado jamás, y adquirirás una fama que nunca has tenido.

Ya lo sabía. Sería como salir bruscamente del anonimato para brillar en el mundo profesional. Sabía también que James no era ni la mitad de competente que él, y, sin embargo, se lo rifaban en los equipos quirúrgicos. Pero no. A base de caridad de una mujer como aquélla, no. Sería tanto como postrarse a sus pies.

—De todos modos —dijo con arrogancia—, agradezco mucho tu interés, pero te digo que no quiero. Prefiero mi mediocridad a adquirir mi fama a la sombra de la tuya.

—Eres muy soberbio.

—Lo siento por el daño que pueda causarte. ¿Algo más?

—Puedes marcharte.

A la mañana siguiente, hallándose Hugo en su casa desayunando, alguien le llamó por teléfono.

—Diga.

—Ven inmediatamente. —Era la voz suave, pero enérgica, de Bundle—. Es algo relacionado con tu madre. Debo hablar contigo antes de operar.

—Iré inmediatamente.

Nadie le retuvo en recepción. Las enfermeras iban conociendo a aquel hombre taciturno, de inteligente mirada, que había sido recibido por la doctora Muller de modo especial.

Empujó la puerta sin llamar. Era la única persona que lo hacía desde que el sanatorio fue inaugurado. Jeff, que charlaba con Udle, como él la llamaba, se volvió con extrañeza, dipuesto a increpar al osado. La joven también se volvió con cierta presteza. Al ver a Hugo emitió una risita.

—Pasa —dijo. Miró a Jeff—. Hasta luego, amigo mío. Este señor es el hijo de Camelia Saint Mur.

Jeff salió, y Hugo quedó envarado en mitad de la pieza. La joven dio la vuelta a la mesa y se sentó, jugó con un pisapapeles.

—Toma asiento, Hugo. Te advierto que en mi despacho nadie entra sin llamar previamente.

—¿Qué ocurre? —preguntó por toda respuesta, dejándose caer como un fardo en la silla que ella le mostró momentos antes—. No creo que me hayas llamado para darme los buenos días.

—Eres un impertinente. En efecto, no te llamé para eso. —Mostró unos papeles que tenía sobre la mesa—. Tú sabes lo que esto significa. Puedes mirarlo.

Hugo los asió con mano temblorosa. Lanzó sobre ellos una mirada penetrante y luego se quedó mirando a Bun, como si ésta pudiera aliviar su dolor.

—Los tentáculos se esparcen por todo el vientre, llegando al páncreas. No creo que una operación pueda hacer algo por tu madre, Hugo. Lo siento mucho.

—¿No vas a exponerte?

—Sólo si vosotros, los tres, me lo pedís. Hay una probabilidad contra noventa. ¿Sabes lo que eso significa? Por nada del mundo quisiera que Camelia muriera en mis manos. En cualquier otro caso, desecharía la operación sólo con ver todo esto. Los análisis hechos ayer son francamente desoladores.

—Esperé demasiado —dijo con desaliento, olvidándose de que ella lo escuchaba y lo veía.

—No, no se trata de eso. Nadie podía saber lo que en realidad guardaba tu pobre madre. Porque esto —y golpeó con amargura los papeles— es tan traidor como un ladrón de joyas.

Hugo se inclinó para delante.

—Si operas y la salvas, trabajaré contigo el resto de mi vida.

Impulsiva, Bun extendió la mano encima de la mesa y palmeó los dedos nerviosos de Hugo.

—No se trata de eso, amigo mío. Puedo salvarla, en efecto, pero no tardará ni un par de meses en volver aquí.

—Aun así.

—Habla con tus hermanas. Diles lo que ocurre.

Hugo se puso en pie. Cuando ya se dirigía a la puerta y asía el pomo de ésta, Bun dijo:

—Recuerda... trabajarás conmigo.

—Si la salvas —dijo él como juramento—. Sí.

—De acuerdo.

La salvó por el momento. Fue una operación de las más difíciles practicadas por Udle Muller. Claro que tenía a Hugo de anestesista, y todos quedaron admirados de su precisión y seguridad. Sólo con sentir el pulso del enfermo, sabía cuándo necesitaba anestesia. Aplicaba el tubo y vigilaba la respiración, como si en ello se le fuera la vida. Mantenía bajo su vigilancia el gota a gota, y todo era precisión, seguridad y tacto.

Todos en el quirófano se dieron cuenta de que jamás había pasado por allí otro anestesista como él.

Cuando todo terminó, y pasaron al lavabo con las manos en alto, Bun miró a Hugo, que junto a ella la miraba anhelante a su vez.

—Por ahora, todo fue bien —dijo ella, al tiempo que una enfermera le quitaba la mascarilla—. No sé lo que ocurrirá dentro de un par de meses, eso ya no podré evitarlo yo. —Y con sencillez, añadió—: Te felicito. Estoy satisfecha de tenerte en mi equipo.

Hugo no respondió. Se quitó los guantes y la mascarilla y salió de allí siguiendo la camilla que conducía a su madre.

—Vayamos juntos a cenar —invitó Jeff por tercera vez.

Se sentía cansada. Sólo deseaba llegar a su casa, tenderse en el lecho y cerrar los ojos. ¿Por qué tendría que ser Jeff tan mundano? Era un gran cirujano. Tenía plena seguridad en él. Confianza absoluta. Como hombre era una calamidad. Tenía una novia a la que apenas veía, y de la que, al parecer, no estaba enamorado.

—Por favor, Udle...

—Te he dicho que no, Jeff. Estoy rendida. Además, ya sabes de sobra que no doy un paso por una comida fuera de casa.

—Eres demasiado rutinaria.

Lo miró burlona.

—¿Ves como tú y yo no seríamos felices?

—Te digo...

—Anda, anda, Jeff. Ve tú solito o invita a tu prometida.

—Lo empujó hacia la puerta y al quedar sola permaneció en pie ante el ventanal. Vio el movimiento en el parque. Vio salir a Joanna y a Aimée, y vio llegar a Hugo momentos después. Lo tenía ya inscrito en su equipo. No lo hizo, aunque él pensara lo contrario, por hacer un bien, sino por favorecerse a sí misma. Hugo era un elemento importante. Sumamente importante en un equipo quirúrgico. Consultó su reloj. Las siete en punto. Empezaba a anochecer. Anne se fue con su novio y tal vez no regresara a casa hasta la noche, ya bien entrada ésta. Era la costumbre. A veces, ella, al quedar sola, miraba ante sí y pensaba en sí misma. No siempre se detenía a pensar en sí misma. Sólo alguna vez. «Tengo dinero, fama, soy joven. ¿Me siento por todo ello satisfecha?» Se quitó la bata y se puso el abrigo por los hombros. Resultaba de un extraño atractivo vestida de calle. Llevaba un traje de chaqueta de color gris y negro a cuadros, y por los hombros, un abrigo gris. Calzaba zapatos altos. Cruzó el pasillo y penetró en el ascensor. Minutos después penetraba en la alcoba de Camelia. Todos los días, antes de regresar a su casa, le hacía una visita. Tal vez Camelia olvidó una vez que era su pariente. Ella, pese a todo, no podía olvidarlo. No le guardaba rencor, no podía haber rencor en su corazón para una persona, que, como quiera que fuera, y ocurriera más tarde o más temprano, tenía contados meses de vida.

Allí estaba Hugo, inclinado sobre su madre. Vestía un traje oscuro de severo corte. Peinaba el cabello algo emblanquecido hacia atrás, con sencillez, y sus vivos ojos oscuros, al sentirla cerca, la miraron como si la desnudaran. Ella ya sabía la forma de mirar de Hugo. Era algo innato en él, la miró así cuando era un crío y seguiría mirándola del mismo modo hasta envejecer.

—Hola —saludó.

—Hola —dijo él—. ¿Cómo la encuentras?

—Bien, ¿cómo te sientes, Camelia?

—Mejor, hijita. ¿Cuándo puedo volver a casa? Tengo todo abandonado. Hugo está solo con la criada.

—No te preocupes por mí, mamá. Me encuentro a las mil maravillas.

Al hablar la miraba a ella. ¿Cuántas semanas llevaba con ella en el quirófano? Tres... Hasta embutidos ambos en la mascarilla, sentía aquellos ojos en su rostro. A veces, cuando se tendía en la cama y dormitaba, sentía la sensación de aquellos ojos. ¿Por qué la miraba así?

—Ya me retiro —dijo, un tanto nerviosa—. Tú no puedes quedarte aquí, Hugo. Llama a la enfermera de guardia.

—Invítame a comer —dijo él, burlón.

¿Por qué no? Anne había salido. Jeff no era un amigo lo bastante sereno con quien departir tranquilamente. ¿Por qué no?

—De acuerdo. Vamos. Hasta mañana, Camelia.

—Volveré bien temprano, mamá.

—Sí, hijo, sí.

Avanzaron juntos hacia el ascensor. Al penetrar en él y cerrar Hugo la puerta, dijo volviéndose hacia ella:

—Es lo que no acabo de comprender. ¿Quién te purificó? ¿La medicina?

—Déjate de preguntas intrincadas. Cuando visto de calle, me olvido totalmente de que soy médico.

Los ojos de Hugo brillaron.

—A mí me encanta considerarte tan sólo una mujer. Te reirás si te digo que la cirujana me impresiona. La mujer me gusta tan sólo.

—No te invité para que me piropearas.

—No llamo piropo a las realidades.

Llegaron al vestíbulo. Pasaron ante recepción, dejando tras ellos un comentario.

Se hallaban los dos hundidos en el diván, de cara a la chimenea. La media luz ofrecía al saloncito una tibia intimidad. Él fumaba con una pierna cabalgando sobre otra. Bun fumaba a su vez un poco inclinada hacia el fuego, del que saltaban chispas que iluminaban sus cabellos.

La comida fue casi silenciosa. Hugo decía de vez en cuando una agudeza, que ella no se molestaba en responder. Se limitaba a mirarle y sonreír.

—Si no te enfadas, Bun, te diré una cosa.

—¿De qué me serviría enfadarme? Estoy segura de que la dirás igual.

—No eres mujer feliz.

Bun se puso en guardia. No lo era. Totalmente feliz, por supuesto que no. Pero no estaba dispuesta a admitirlo ante un hombre tan particular como Hugo Saint Mur.

—¿Y en qué te fundas para creerlo así?

—Vamos a ver. Hagamos los dos un análisis de tu vida. ¿Qué has hecho durante ella? No, no hables tú. Yo te lo diré. Cierto que yo hice bien poco —rio—. Tan poco, que hasta me veo sometido a las órdenes de una mujer. Pero aun con haber hecho yo tan poco, tú has hecho menos. Apunta. —Y señaló los dedos—. Primero, heredaste una fortuna. Para una mujer corriente, eso sería como alcanzar un paraíso.

—Yo no soy corriente.

—Querida Bun. Tú eres de lo más corrientito en tus gustos y aficiones. Has dedicado tu vida a la ciencia. Eso ocurre con frecuencia. Se dejan pasar los mejores años de la vida, y cuando se pretende rectificar, es demasiado tarde. Tienes, por lo menos, veintisiete años...

—Eres un descortés.

—Aparentas muchos menos. —Y quedamente—: Eres muy bella, Bun. No pasará para ti la belleza tan pronto. —La miró cegador—. Yo tengo treinta y seis... Me siento viejo. Y desde mi caducidad te voy a juzgar. ¿Has amado alguna vez?

—Querido Hugo...

—¿Has amado?

—No.

—¿Y crees que una mujer como tú, tan femenina, puede vivir sin amor? ¿Sólo de triunfos profesionales?

Ya sabía que no. Lo supo cuando le vio a él de nuevo. ¿Por qué? ¿Por qué?

—¿Por qué no cambias de conversación?

—¿Lo ves? Duele.

—No digas tonterías.

Se inclinó profundamente hacia ella.

—Bun —dijo bajísimo con ronco acento—, mientras seas una cirujana famosa, no tendrás amor. No existe hombre alguno que se preste a compartir su mujer con la ciencia.

—Entonces, me quedaré sola.

—¿Sin hombre?

—¡Hugo!

—Perdona por mi crudeza, los dos somos humanos. Los dos nos hemos conocido en otra época. Puede que haya sido el único hombre que te besó...

—¡Cállate!

—¿Lo ves?

—¿Qué he de ver?

—Lo que llevas dentro de tu corazón. Es como un loco anhelo que no has saciado jamás. Yo te amo —dijo inesperadamente—. Cada vez que te veo junto a ese...

Por primera vez se sintió verdaderamente turbada... ¿Qué deseaba Hugo? ¿Qué decía? ¿Por qué ella allí, sentada junto al fuego, era una mujer distinta? Allí no había batas blancas ni bisturís ni vientres abiertos ni rostros inexpresivos. Allí sólo había un hombre que decía amarla, y eso era extraño.

Sintió la mano de Hugo. Una mano acariciante, sinuosa, en su muslo.

—¡Hugo! —gritó.

—Cállate. Por una vez en la vida... siéntete mujer.

Le dio un manotazo. Él se echó a reír.

—Eres como una mojigata. ¿Te das cuenta? La mujer experimentada, que no ignora nada del cuerpo humano, temerosa ante la simple caricia sensual.

—Estás jugando con palabras, Hugo —adujo molesta—, y eso me ofende. Una cosa es ser mujer como tú dices, sin amor, y otra admitir una caricia que no va a darme amor.

—¿Y qué es el amor?

—Supongo que algo más sublime.

—Voy a besarte, Bun. Como aquella vez, ¿lo recuerdas?

La joven se puso en pie y consultó el reloj.

—Márchate ya, Hugo. Es muy tarde. Mañana hemos de madrugar.

Él también se puso en pie. Estaba tras ella y le fue fácil inclinarse y besarla en la nuca. Bun dio un salto y se apartó de él. Jadeante, indignada, murmuró:

—No vuelvas a hacer eso. No lo hagas nunca más.

Hugo reía. Era su risa. La risa íntima del hombre que domina a una mujer y no lo ignora.

—No te das cuenta de que, si bien eres el ama con el bisturí en la mano, ante los labios de un hombre eres una chiquilla. —La apuntó con el dedo—. Hasta mañana, bonita. No olvides que, si bien te amo..., nunca te pediré que seas mi mujer.

—No lo sería aunque me lo pidieras, Hugo.

—Puede que te equivoques.

6

Camelia fue conducida a su domicilio. Se le recomendó reposo. Sus hijos sabían la verdad. Sólo habían logrado retenerle la vida una temporada. El desenlace, de cualquier forma que fuera, era mortal, fulminante y a corto plazo.

Bun conducía el coche aquella mañana, pensando en Camelia, precisamente. Hugo trabajaba a su lado, pero un día cualquiera, dado su orgullo y rebeldía, se iría sin dar explicaciones.

Se detuvo ante un semáforo. Lo vio en pie, dispuesto a cruzar la calzada. Rápida, asomó la cabeza por la ventanilla.

—Hugo...

Él volvió la cabeza enseguida. La miró de aquel modo. Era el mayor poder de Hugo. El mirar penetrante, ardiente, de sus ojos oscuros. Emitió una risita y, cruzando la calle, abrió la portezuela y saltó a su lado.

—Hola, cirujana.

—¿Cómo está tu madre?

—Mal. A propósito de ella. ¿Cuánto debo?

Bun detuvo el auto ante otro semáforo. Cruzó un brazo sobre el volante. Vestía un rico abrigo de visón y despedía un perfume suave y fresco. El perfume de Bun... Hugo pensó que aquel perfume suave era la culpa de su turbación emocional... Llegó a su olfato el primer día que volvió a verla convertida en una mujer famosa. En el quirófano, en los pasillos, en su despacho... A veces en sus manos, cuando regresaba a casa... era como una maldición.

—Te pasaré la cuenta uno de estos días.

—Tú supones que no podré pagarte.

Lo miró. Puso el auto en marcha en aquel momento.

—No tendrás, Hugo. No podrás tener dinero para pagarme jamás.

—Y me sometes.

—Te necesito.

—¿Para tu vida particular o para el quirófano?

—Para lo último.

—Un día —dijo inesperadamente él—, tu perfume me hará perder los estribos. Ya te dije que te amo.

—Crees amarme.

—Para un hombre como yo, que nunca creyó estar enamorado, es más que suficiente. Quisiera encontrarte en la vida. Simplemente eso. Lejos del sanatorio. De los aduladores, de ese compañero tuyo que te hace el amor.

Bun rio. Era su risa como una caricia.

—No rías así —pidió él con fiereza—. Me... me...

—No lo digas.

—Ya lo sabes.

Hubo un silencio.

—Permíteme que por una vez te lleve a donde quiera yo.

—¿Que sería..?

—Merendar como dos simples amigos, puesto que no quieres como dos enamorados.

Ella no estaba enamorada. No podía estarlo. No obstante, debía reconocer que desde que apareció él en su vida, todo era distinto. Había inquietud, una inquietud que nunca existió. Deseos de algo indefinible... A veces, reconociendo su locura, pero sin poderla expresar, pensaba por las noches. Pensaba en sí misma, en su simple calidad de mujer. Pensaba que, si no fuera una famosa cirujana, sería grato ser mujer tan sólo...

—No estoy enamorada de ti, Hugo —dijo molesta.

—¿Te gustaría estarlo?

—Claro que no.

—Mírame para decirlo, Bun.

Hablaba quedamente. Era grato sentir aquella voz de Hugo, tan diferente, un poco ronca. Muy cálida.

—No puedo mirarte.

—Vamos a merendar por ahí, hoy no trabajo en el sanatorio. ¿Sabes adónde iba yo? A buscar a una chica.

—¡A una chica!

—Sí. Una cualquiera. Siento hoy como si..., como si tuviera hambre de cariño.

—Y te disponías a comprarlo.

—Todo se compra. Es fácil comprarlo y luego olvidar que lo has comprado. Los hombres no somos tan escrupulosos como las mujeres. Vosotras tenéis que sentirlo para darlo. Nosotros lo damos para sentirlo.

—Eres crudo hasta para hablar de algo tan bello.

—Lo calificas de bello y no lo conoces.

Era un juego de palabras que producía más pesar que entretenimiento. Ella no entendía las cosas del amor así. Tenía razón él. Era una mujer hermosa y no obstante, en la vida particular, era una inocente mujer.

—Dime dónde te dejo.

—Te niegas a salir conmigo. ¿Por temor o por cansancio?

—Eres un vanidoso.

Por toda respuesta, Hugo deslizó la mano hacia la cintura femenina.

—Estate quieto —pidió ella ahogadamente—. No puedo detener el auto. No puedo acelerar, podemos estrellarnos.

Era su voz como un gemido. Hugo abarcó aquella cintura y la acarició. Bun sintió como fuego en la cara. Le dio rabia pensar que en aquel momento ni era famosa ni cirujana, sino simple y vulgarmente una mujer.

—Te pido...

La mano de Hugo subió lentamente cintura arriba. Bun cerró los ojos.

—Si no me dejas —susurró—, estrello el auto.

Éste se detuvo en aquel instante en un semáforo. Hugo se

echó a reír. Le hizo daño aquella risa. Mucho más daño que la caricia pecadora. Lo miró.

—Sal ahora mismo, Hugo. Sal...

Hugo no se hizo repetir la orden. De todos modos, pensaba hacerlo. Pero antes de bajar, dijo:

—Pensarás en mí toda la noche, Bun. Quieras o no, como una condena pensarás en mí.

Se perdió calle abajo. Tuvo razón él. Pensó hasta que le dolió el cerebro. Era algo más fuerte que ella misma. Ella, que tanta voluntad tenía para su profesión, para pasar noches en vela ante un quirófano, para estudiar días enteros, para luchar contra la muerte estando cayéndose de sueño, no tuvo voluntad para dejar de pensar como mujer en unas simples y turbadoras caricias masculinas.

Sí, tuvo razón él. Ella conocía su profesión. Pero no había tenido tiempo de ser mujer. Él, en cambio, siempre tuvo tiempo para hacerse sentir hombre.

Todos notaron nerviosa y enojada a Bun. Aquella mañana riñó con todos. Nada estaba bien hecho. Nadie tenía razón. Todo el mundo hacía las cosas al revés, y lo curioso era que todo el sanatorio funcionaba con el mismo perfecto mecanismo de siempre.

Jeff se lo dijo.

—Estás irascible

—¡Bah!

—¿Qué te pasa?

—¿Por qué supones que tiene que pasarme algo?

—No lo sé. Tú eres serena por naturaleza. Eres mujer ecuánime. Por eso has triunfado en la medicina. De un tiempo a esta parte, te noto soliviantada. Sobre todo esta mañana.

—Todos los días —adujo enojada— no se puede tener el mismo estado de ánimo.

—No estás cansada. Ayer no operaste. Lo poco que hubo que hacer lo hice yo.

Se cansó de aquellas preguntas. Cortante dijo:

—No me pasa nada, Jeff. Déjame en paz.

Era la primera vez que se mostraba desabrida. A las doce tenía una operación delicada. Mandó llamar a todos. Les sermoneó. Exigió puntualidad y precisión. Cosa que era necesario, pues todos los componentes del equipo quirúrgico conocían y cumplían siempre su cometido. Faltó él. Tal vez los llamó para que él sintiera el peso de su autoridad. Hugo no estaba.

—¿Qué pasa con el anestesista? —preguntó malhumorada.

—Ha llamado hace un instante —comunicó Anne, que era la encargada del gota a gota junto a Hugo en el quirófano—. Dice que su madre se ha puesto peor.

—Me lo figuraba.

Pero aun así, cuando se quedó sola, pensó que era un pretexto. Le irritó tal suposición. Con fiereza, porque le dolía, le humillaba que él, a pesar de todo, la dominara, marcó un número. Enseguida contestaron.

—El doctor Saint Mur —pidió—. Necesito hablar con él inmediatamente.

La criada debió de pensar que era una de las muchas amiguitas que llamaban a Hugo, porque replicó desabrida:

—No moleste, joven, no puede ponerse.

Se agudizó la irritación de Bun.

—¡Llámele usted! —gritó—. Soy la cirujana del sanatorio.

La mujer, al otro lado, debió de dar un salto acrobático, porque se oyó el ruido seco de una silla al ser derribada.

—Ahora mismo. Per... perdone usted. Hugo.

Casi inmediatamente se oyó al otro lado la voz de Hugo.

—¿Qué ocurre con tanta prisa?

—Oye, eso te pregunto yo a ti. Tu obligación está en el quirófano. Tenemos una operación a las doce.

—Tú eres médico antes que mujer, y yo soy hijo antes que médico. ¿Está claro, Bun?

—¡Quedas despedido!

—De acuerdo. Pero ten presente que no tengo por qué soportar tu irritación. Si no has dormido, ve a la cama. ¡Estaría bueno!

El hecho de que él la conociera como nadie, la irritó aún más. Al incorporarse, vio a Anne ante ella.

—Bueno —gruñó, como si le molestara que su amiga observase su irritación—. ¿Qué pasa?

—Eso te pregunto yo a ti, Bun.

—¡Bah!

—Lo presentí ya cuando me dijiste que te había besado, siendo tú una cría...

—¡Cállate!

—¿Por qué no lo admites? No tienes ni idea de lo bonito que es amar y ser amada. Una caricia de hombre...

—¡He dicho que te calles!

¡Una caricia de hombre...! Por una caricia, una mirada, por una frase, ella estaba así. No. Nunca dejaría de ser quien era para convertirse en una vulgar mujer en brazos de un hombre. Su personalidad no estaba en el amor, en el hogar, en la convivencia diaria, ni en los besos y las caricias. Su personalidad estaba allí, en su despacho blanco, en el quirófano.

—Bun...

—Asunto concluido, Anne. Di que lo dispongan todo. Operaremos dentro de cinco minutos.

—No estás para eso.

—Mi pulso no vacila cuando tengo el bisturí en la mano. Te ordeno que salgas.

Era la primera vez que Bun ordenaba algo de aquella manera a su mejor amiga, a su confidente, a su gran compañera.

Anne asió el pomo de la puerta. Cuando ya iba a salir, Bun, inesperadamente, murmuró:

—Perdóname. En efecto, no sé lo que me pasa.

Anne sonrió, pero salió sin responder.

Se lo dijo Aimée por teléfono.

—Ve allá, Bun. Mamá se muere. Yo voy ahora mismo a casa.

Volver a la casa donde vivió como acorralada. Recordar las injusticias de Camelia. Las exigencias de sus hijas, el atropello de Hugo y no sentir odio. Era lo que más la irritaba. No sentir odio o rencor hacia ellos.

Fue. Negarse hubiera sido negarse a sí misma una razón de humanidad. Lo vio en el vestíbulo. No miró en torno. Prefería ignorar los detalles de una casa donde fue muy desgraciada. Iba sola. Envuelta en un abrigo de visón. Hacía frío. Llovía. Hugo, que se hallaba de pie ante un ventanal, al verla se acercó despacio. Con las manos en los bolsillos, la mirada fija en ella, parecía aún más masculino. Era lo que tenía él. Lo único que tenía, su aplastante masculinidad.

—Ha muerto —dijo— hace un instante. Están vistiéndola.

—Lo siento.

Ya no había rencor, ni odio ni recuerdo de caricias pecadoras. Olvidarlo todo cuando lo tenía delante.

—Gracias.

—Espero que no tengas en cuenta lo que te dije esta mañana. Tu puesto en el quirófano espera.

—¿Es una concesión?

—Es una necesidad para el equipo.

—Y tú no olvidas nunca tu equipo.

—No. —Giró en redondo—. Voy a verla.

Estuvo junto a las dos hijas hasta que oscureció. Al cruzar de nuevo el vestíbulo, había ya mucha gente. Hugo se destacó de su grupo y la asió del brazo. Caminó junto a ella hacia la puerta.

—¿Volverás?

—No.

—No me digas que te impresiona la muerte —reprochó.

—No me impresiona. Pero sí me impresiona el dolor de tus hermanas.

—Puedo ir a buscarte a las diez. Me gustaría tenerte cerca esta noche.

—Prefiero pensar en vosotros desde mi casa.

Hablaba sin mirarle. Hugo inclinó la cabeza y buscó sus ojos.

—Teniéndote aquí, tendría la sensación de que, de algún modo, me perteneces.

—Tú te consuelas fácilmente.

—Y lo dices hurtándome los ojos. No eres valiente, Bun. Sólo lo eres con el bisturí en la mano.

—Adiós. —Él no soltó su brazo. Dejó resbalar la mano hacia arriba, suave y sinuosa. Bun, mujer al fin y al cabo, abatió los párpados. Cuando la mano de Hugo llegó a su garganta, se agitó cual si la apalearan. Se apartó de él.

Ahogadamente, pidió:

—No lo hagas más.

Le faltaba voz. Él se inclinó hacia ella.

—Es más fuerte que nosotros, Bun. Es inútil que luche yo. Hay algo, como un halo emocional que nos une, que nos arrastra el uno hacia el otro.

Cruzó la puerta sin decir palabra. Sentía rabia y humillación y a la vez un placer extraño y morboso. Era algo más fuerte que ella, tenía él razón. Subió al auto, lo puso en marcha y apretó el acelerador con fiereza. Hugo quedó allí recostado en el umbral con los labios juntos, la mirada perdida en la carretera, por donde el auto se deslizaba envuelto en la bruma.

Nunca vio un entierro tan concurrido. Tal vez por ella, tal vez por Hugo. Vio a éste cuando la comitiva marchaba. Le llamó.

—¿Vienes? —preguntó él quedamente.

—No. Me gustaría que la enterraras junto a tía Lora, y mamá.

La miró cegador. Apretó su mano. La apretó hasta hacerle daño. Ella susurró:

—Torturas mis dedos.

—¿Por qué? ¿Por qué eres así? He visto tu panteón por la mañana. He visto la tumba de tu madre y la de tía Lora...

—Quiero que tu madre esté junto a ellas.

—¿Lo haces por mí o por ellas?

—Por ellas.

—No sientes rencor ni odio.

—No. —Desvió la mirada. Él asió su barbilla con el dedo.

—Qué lástima —dijo bajísimo— que seas una cirujana famosa. Qué lástima que seas tan rica, quisiera que fueras aún aquella muchacha tímida que se colgaba de los estantes de la biblioteca para limpiar los lomos de los libros. Quisiera poder encontrarte a mi regreso del cementerio, y llevarte conmigo a un piso. Un piso humilde, donde pudiéramos ser felices los dos.

—Vete, Hugo.

—Quisiera...

—Vete —suplicó ella.

—A mi regreso iré a tu casa.

No, aquella intimidad, no. Ya lo conocía. Ya se conocía ella. Nunca se conoció hasta tenerlo junto a sí. «Soy —pensó— una mujer corriente, con deseos corrientes, gustos corrientes, anhelos corrientes...»

—Vete, anda —dijo con un hilo de voz.

Regresó con Anne a casa. Conducía silenciosamente. De vez en cuando tomaba el cigarrillo del cenicero y fumaba.

—¿Qué hará ahora?

Miró a Anne, como si hasta aquel momento no se percatara de que iba a su lado.

—¿Quién? —preguntó por rutina.

—Él. Sus hermanas están casadas. Cada uno tiene su hogar. Se queda demasiado solo.

Apretó los labios. No respondió.

—Bun...

—No.

—¿Sabes acaso lo que iba a decirte?

—Sí.

—Te equivocas.

—Dilo.

Era un diálogo breve, seco, por parte de ella. Humano, por parte de Anne.

—Tal vez deje Londres.

Se estremeció.

—Si lo hace, lo sentirás.

—Cállate.

—Te lo advierto. Estoy enamorada. Sé lo que es eso.

—Yo no lo estoy.

Anne hizo un gesto vago, como de incredulidad reprimida. Llegaron a su casa sin que volvieran a intercambiar una sola frase.

Anne subió a su alcoba y bajó al rato. Encontró a Bun ya sin abrigo, enfundada en un vestido oscuro y sin mangas, con el cuello vuelto, abierto hasta el principio del seno, hundida en un diván junto a la chimenea encendida.

—¿No sales? —le preguntó.

—No.

—Creí que irías al sanatorio.

—Tal vez lo haga luego. No tengo más que atravesar el parque.

—Ya.

—Quisiera —dijo de pronto— poder ser como tú.

Anne alzó una ceja.

—Sí —musitó Bun como si hablara para sí misma, pero en voz alta—. Como tú, poder salir todas las tardes, encontrarme con mi novio en la avenida. Pasear bajo la lluvia. —Hizo una pausa, torciendo el gesto, y emitió una risita ahogada, como si se burlara de sí misma—. Es ridículo que de pronto piense así.

—Es humano. —La miró interrogante.

—¿Acaso no lo soy?

—Por serlo y saberlo te doblegas. La fama como cirujana te priva de sentirte mujer. Es algo que no podrás evitar fácilmente. Tendrás que amar mucho, y no te creo capaz, no de amar, sino de admitir que amas.

—Soy —dijo Bun quedamente, fija la mirada en las chispas de la chimenea— una mujer apasionada. Nunca creí que lo fuera. Lo soy. No entenderé de términos medios en el amor, amaré o no amaré. Nunca me quedaré a medio camino.

—Pero antes de llegar al extremo, te doblegarás y lucharás fieramente.

—Vete, Anne —rio ya con filosofía—. Ve a divertirte.

Por la noche, cuando regresó Anne, Bun estaba allí junto al fuego, con un cigarrillo entre los labios, perdida la mirada en los leños de la chimenea.

—No has salido —dijo, al tiempo de quitarse el abrigo y acercarse a ella—. Te encuentro en la misma postura que te dejé.

—Sí.

Se miraron. Ambas esbozaron una sonrisa tímida. Anne

pensó que ahora aún conocía menos a Bun. Era una mujer completa y, sin embargo, luchaba por escapar de los naturales sentimientos y anhelos de toda mujer normal.

—He visto a Jeff —dijo Anne al rato, desplomándose junto a ella. Suspiró—. Está enamorado de ti.

—Hace dos años estaba locamente enamorado de su novia. No me convence un hombre que olvida tan fácilmente.

—Hugo Saint Mur es distinto...

Lo dijo tal vez para ver su reacción. No existió. Sólo parpadeo. Fue un leve parpadeo, como de la persona que se coge por sorpresa y sabe dominarse y disimular.

No respondió. Anne volvió a decir:

—Estás enamorada de Hugo.

—No lo sé.

—¿Qué ocurrirá si descubres que lo estás?

—Nada.

—Cuando me referiste que él te besó..., hace de ello muchos años, llorabas. ¿Lo has olvidado? Nunca te vi llorar así. Ni siquiera cuando murió tu madre... ni tía Lora.

—De humillación.

—No eres tú mujer que llore por eso.

Se puso en pie. Miró a su amiga de modo indefinible.

—¿Por qué te empeñas en ahondar en mi otro «yo»? Será inútil, querida Anne. Todavía no lo encontré yo misma. —Hizo una rápida transición y, asiendo la mano de su amiga, tiró de ella—. Vamos a comer. Estaba esperando por ti.

Cuando a la mañana siguiente se presentó en el sanatorio, no pudo evitar el lanzar una mirada sobre el fichero. Vio su nombre allí. Estaba en el sanatorio ya. Y eran las nueve en punto de la mañana.

La jornada empezaba en aquel instante. No sabía cómo iba a terminar. Al penetrar en su despacho, lo vio allí, de pie, mirándola de aquel modo...

—¿Quién te abrió?

—Anne. Entraba yo cuando salía ella.

No dijo nada. Colgó el abrigo en el perchero y dio la vuelta hacia él, con la bata en la mano. Él la ayudó a ponérsela.

7

Sintió los dedos de Hugo en su espalda. Y la voz ronca que decía:

—No sé por qué he vuelto, pero estoy aquí.

Los dedos masculinos le rozaban la garganta. Se apartó de él blandamente. Evitaría en lo posible dar la sensación de temor.

—Tienes un contrato firmado —replicó ella, yendo a sentarse tras la ancha mesa—. No es posible que lo olvides.

Hugo sonrió. Era su sonrisa como una mueca indefinible. Físicamente parecía más vulgar que nunca, y no lo era. Ella sabía bien que no era un hombre vulgar. Conocía su poder oculto. Un poder que quizá nunca supo explotar, y por eso no triunfó en su profesión. Pero para ella sí sabía, y tal vez Hugo no lo ignoraba. Por eso se hizo la fuerte y la indiferente. No era ella mujer que admitiera debilidades humanas de índole moral. Y aunque conocía su existencia, procuraba con su aparente frialdad recubrir las apariencias.

—No soy un hombre que me ligue a contratos, Bun —dijo al rato Hugo, sentándose a medias en el brazo de una butaca—. Si me quedo aquí, en tu sanatorio, será por ti.

Ella ya lo sabía. Pero, como minutos antes, se hizo la desentendida. En aquel instante penetró Jeff en el despacho. Al ver a Hugo, le saludó brevemente.

—Buenos días, doctor Saint Mur.

—Hola —dijo éste, enderezándose. Miró a Bun de un modo especial, como si la taladrara con la mirada, y se encaminó a la puerta—. Creo que tenemos trabajo en el quirófano toda la mañana. Os espero allí.

Salió sin volver la cabeza.

—Este pariente tuyo —comentó Jeff— es un tipo especial. Ayer noche estuve comiendo con unos compañeros entre los que se encontraba Parker. Al parecer, Saint Mur estuvo con ellos antes de venir aquí.

—Le he llamado yo —rectificó Bun sin inmutarse.

—Sí, eso creo. Dice Parker que es un médico excelente, pero da la sensación de que no quiere avanzar. —Se alzó de hombros y sin transición añadió—: ¿Empezamos luego?

Bun se puso en pie.

—Ahora mismo.

Fue una mañana agitada. Durante más de seis horas operó en el quirófano. Había, como siempre que operaba Bun, un silencio sepulcral. Sólo se oía su voz pidiendo bisturí, pinzas, demandando que se limpiara el campo, ordenando a Jeff las suturas y el clásico ruido tenue de los instrumentos hurgando en la carne enferma. Al salir con las manos en alto, empujó la puerta con el hombro. Se lavó, secó las manos en la toalla que le tendía Anne, y rápidamente desapareció de allí. Antes se quedaba en la galería a hacer comentarios con Jeff. Desde hacía algún tiempo se encerraba en su despacho y no veía a nadie hasta que operaba al día siguiente, o hacía recorridos por las salas seguida de su equipo.

A la tarde salió de compras. Había algunas operaciones, pero se las encomendó a Jeff. Necesitaba aire, un poco de fresco, incluso sentir el frío en su rostro.

Cuando regresó al anochecer, Anne salía.

—¿Dónde has estado toda la tarde? —le preguntó, extrañada.

Bun, sonriente, le mostró todos los paquetes que un criado sacaba del auto.

—Haciendo compras. Nunca creí que me agradara tanto.

—Te llamó Hugo por teléfono.

Ya iniciaba el paso hacia el interior. Se detuvo en seco. No abrió los labios. Antes morirse que hacer preguntas. ¿Qué le pasaba? ¿Es que de pronto se había convertido al infantilismo?

—Dijo que vendría a verte a las ocho.

Instintivamente consultó el reloj. Las siete menos diez.

—Hasta luego, Anne —saludó rápidamente, perdiéndose en el interior de la casa.

Todo era absurdo. Ella, Hugo, Anne...

Subió a su alcoba y se cambió de ropa en un segundo. No bajaría. Sería ridículo que ella se inquietara por una visita. Se sentó ante el espejo tocador y se miró atentamente.

—¿Qué me pasa? —se atrevió a preguntar a su propia imagen—. ¿Qué es lo que ocurre? ¿Por qué me siento menguada, pequeña, indefensa, cuando siempre fui tan valiente, dura para la lucha, tenaz para el triunfo?

Se alzó de hombros. Pero no fue un ademán profundo, algo automático, exterior, que no decía ni significaba nada. Casi inmediatamente una doncella tocó con los nudillos a la puerta.

—El doctor Saint Mur está abajo, doctora Muller.

—Voy.

No pensaba decirlo. Una excusa, un dolor de cabeza vulgar, una ocupación... Todo sería una disculpa aceptable, y, sin embargo, no lo dijo.

Se puso en pie, calzaba unos zapatos aún, y apretaba el busto túrgido bajo una blusa sencilla, abierta hasta el principio del seno, seguida de un cuello camisero. Pero nada en ella resultaba vulgar. Era Bundle una mujer demasiado atractiva para que las ropas que vestía resultaran faltas de color personal.

Se encaminó al salón. Bajó despacio la escalinata alfombrada. Hugo estaba allí, de pie, en el vestíbulo, vistiendo un traje gris oscuro, fumando un cigarrillo con los ojos fijos en ella.

—No me esperabas —dijo con la mayor sencillez, cual si fuera normal encontrarse.

—No.

—Me lo imaginaba. ¿Salías?

Ya estaba junto a ella.

—Prefiero quedarme —dijo ella, también con sencillez.

Le ocurría siempre. Se hacía el propósito de mostrarse seca y distante, y tan pronto lo tenía junto a ella, se convertía en una mujer. Sólo en una mujer, jamás junto a él recordaba el bisturí, ni sus triunfos profesionales ni el quirófano, y la verdad es que odiaba esos olvidos.

Hugo hablaba por los codos. Pasaban las horas sin sentir junto a él. De su profesión en contraste con ella, de su modo de pensar, que era difícil a juicio de Bun, de su vida diaria, que era una total monotonía. Paseaba delante de ella con las manos en los bolsillos y un cigarrillo entre los dientes. De vez en cuando se detenía, se echaba a reír de modo indefinible, e iniciaba de nuevo el paseo.

Ella estaba sentada en el diván, frente a la chimenea. Tan pronto miraba a Hugo, como fijaba sus ojos en los leños que restallaban. De súbito, él calló, se sentó junto a ella y asió sus manos. Inesperadamente, las llevó a los labios. Las volvió con las palmas hacia arriba y las besó largamente. Bun sintió que todo ardía en su interior. Aquel hombre tenía la virtud de despertar cuantas fibras sensibles había en su ser, y ella era toda sensibilidad.

—Estate quieto —pidió bajísimo.

Hugo rio. Era aquélla su risa íntima e inquietante.

—Te gusta.

Las rescató con fuerza. Hugo la miró a los ojos. Fue algo inesperado. O tal vez no. Tal vez ella esperaba aquel instante. Quizás estuviese esperándolo desde que, asiéndola de la mano, la sacó de la alcoba de su tía Lora y la acorraló en la esquina del pasillo.

—Es un poco raro todo esto —dijo él con extrañas entonaciones—. Muy raro.

Pero halló sus labios. La besó sin que Bun tuviera fuerzas para huir de aquel contacto. Fue un beso hábil, hondo, interminable. Sintió que todo se agitaba en su ser. Que los pulsos aceleraban sus latidos, que las sienes le palpitaban, que el pecho le golpeaba sin piedad. Hugo sabía dominarla. Se diría que sólo vivió para amar. Que tal vez por eso olvidó su profesión o, por lo menos, la detuvo en un punto inalterable.

—Suelta.

No había rencor ni odio. Ni siquiera fuerza. Había en la voz femenina como un desfallecimiento. Sabía que luego rememoraría aquel minuto con odio mortal. No por él. Por ella. Por perder su personalidad en los brazos de un hombre, bajo los besos de un hombre. No era ella mujer para el amor. O por lo menos, no quería serlo. Hugo no la besaba ardientemente. No perdía los estribos. Hugo sabía bien lo que hacía, y lo curioso era que, pese a lo que pudiera suponerse, no premeditaba nada. Él había ido allí porque lo necesitaba. No le interesaba en modo alguno humillar a Bun, ni siquiera conseguir de ella una caricia pecadora. Él iba allí porque lo necesitaba imperiosamente. Era algo más fuerte que su ser, que su orgullo y su dignidad. Iba allí, simple y llanamente, porque no podía resistir la llamada de su cuerpo y de su alma.

La empujó blandamente hacia el respaldo. Ella quedó allí como desfallecida.

—Quita —le dijo bajísimo—. Quita, Hugo...

Era una voz débil. Era más imperativa el ansia de sentirlo junto a sí.

—No sabes besar —sonrió íntimamente sobre su boca—. Eres una chiquilla maravillosa, Bun.

—Déjame.

La besó en la comisura de los labios. Jugaba con ellos. Ella batió los párpados y quedó inmóvil. Cierto que ni por un momento pensó en rebelarse.

—Has besado a muchas mujeres —dijo ella con un hilo de voz. Nadie reconocería en aquella mujer a la doctora Muller, a la estirada y autoritaria doctora Muller.

—Sí —susurró Hugo—. Sí. A muchas.

—Déjame.

La besaba en la garganta. Era grato tener en sus brazos, palpitantes de vida, a una muchacha como aquélla. Sin bata blanca, sin bisturí, sin autoridad.

—Daría algo porque fueras mía, Bun.

Lo apartó de sí con violencia. Se arregló el cabello y, aturdida, se inclinó hacia la chimenea.

Hugo se deslizó del diván, y fue a sentarse en el suelo, sobre la alfombra, a sus pies. Dobló los brazos en las rodillas femeninas, y ella, impulsiva, le acarició la frente.

—Eres como un crío —dijo bajísimo.

—Pero te hago sentir como un hombre.

Se cubrió de rubor. Era una escena enternecedora. No había pasión maligna en todo aquello. Había, por el contrario, una necesidad perentoria de ternura. De una ternura espiritual que ambos sentían y que se transmitían por medio de las caricias y los besos.

—He rodado mucho por el mundo —dijo él—. Pero nunca tropecé con una mujer como tú.

Bun sólo emitió una sonrisa. Una débil sonrisa. Sabía que tan pronto desapareciera Hugo por aquella puerta, se odiaría a sí misma, odiaría su debilidad de mujer, sabía también que al día siguiente no habría quien la aguantara en el sanatorio. Y nadie tenía la culpa. Ni siquiera Hugo. Al fin y al cabo, él sólo intentaba un acercamiento. Era ella la que le salía al encuentro. La que, al menos, no se escurría.

—Es muy tarde —dijo ella—. Tienes que irte.

—A vagar por ahí.

—Vuelve a casa.

La postura seguía siendo la misma. Ella hundía sus dedos en el cabello masculino. Él la miraba cegador.

—¿Y qué encuentro en casa? El vacío de mi madre. Una criada gruñona que me dejará la comida dentro del horno.

Se oyeron pasos en el jardín. Ambos se pusieron en pie.

—Es Anne —dijo Bun—. Ya... regresa.

Tenía fuego en el rostro. El solo pensamiento de que Anne pudiera saber que ella era una mujer débil, dominada por Hugo, la desquiciaba. Empezaba a despertar.

—Vete —ordenó.

Hugo sonrió tan sólo. Apretó su mano y se despidió cuando Anne aparecía en el umbral del salón.

—Buenas noches —saludó.

Ella no replicó. Hugo pasó ante Anne, diciendo:

—Hola, querida. Hasta mañana, pues.

Anne no hizo comentarios cuando se sentaron a la mesa. Ni luego, cuando la breve tertulia. Notó, eso sí, el mal humor de Bun. La conocía un poco en aquel aspecto. Algo había hecho que le pesaba. ¿Hugo?

Aquello se convirtió en una rutina. También las reacciones bruscas de Bun al día siguiente lo fueron. Dura, inflexible con los que cometían una falta. Nadie diría que aquella mujer, convertida en doctora Muller, era la misma que Hugo besaba el día anterior. Él mismo sentía su autoridad y su despego.

—Más —solía pedir con autoridad.

Él obedecía. Cuando no lo hacía rápidamente, ella alzaba los ojos, que era lo único que veía de su rostro, y murmuraba con los dientes apretados:

—¿No me oyes?

Otras veces, al encontrarlo en el pasillo charlando con otros médicos, pasaba como una reina, ordenando:

—Circulen. No quiero ver a nadie en los pasillos.

Ella miraba largamente. Ya iba conociéndola. Y se iba dando cuenta de que detestaba sus debilidades amorosas. Pero eso no era obstáculo para que, al atardecer, volviera a su casa. Para que la encontrara allí y la sintiera pequeñísima en sus brazos. Pero un día, la desconsideración de Bun en público fue excesiva. Para un hombre orgulloso como Hugo, resultó insoportable aquel exabrupto inmerecido.

El enfermo a quien iban a operar fue depositado en la mesa de operaciones, bajo los potentes focos. No estaba del todo dormido. Lo tenía exigido. «Cuando me disponga a operar, quiero ver al enfermo totalmente inconsciente.» Aquel día bien sabía ella que Hugo no tenía la culpa, puesto que el enfermo, por lo que fuera, era rebelde a la anestesia. Pero ella no quiso considerarlo así. Ella había sentido a Hugo la noche anterior en sus brazos y había pasado el resto de la misma en blanco, renegando de sus malditas debilidades. La reacción, pues, en ella, era lógica, pero para quien la oyera, no.

—¡Te he dicho —gritó, enfrentándose a él— que quiero ver a los enfermos inconscientes cuando me los traigan aquí! Parece ser que olvidas hasta lo que te ordenan. Aquí no se viene a soñar, doctor Saint Mur, se viene a operar. ¿Entendido? Téngalo presente para la próxima vez.

Él estuvo a punto de lanzarle enfermo y todo, pero se dominó. Allí, por mucho que ella pensara, él tenía más serenidad. Después se enfrentó con Anne. Más tarde, con un auxiliar.

Pero al fin operó. Y no hizo sutura. Ordenó que la hiciera un médico de su equipo y salió con los brazos en alto. Jeff la siguió al rato.

—Estuviste dura. Demasiado despiadada.

—Déjame en paz.

—No te das cuenta de que somos hombres. El día menos pensado te mandan al diablo y tendrás que emplear más de un año para lograr un equipo quirúrgico como el que tienes ahora.

—No me será difícil —exclamó soberbia.

—Eso lo crees tú.

Jeff salió furioso. Ella quedó sentada tras la mesa, con las sienes oprimidas en las manos. No podía remediarlo. Era algo más fuerte que ella misma. Nadie podía lograr comprender. Ni siquiera Hugo, que la sintió mujer la noche anterior. Era esto, precisamente, lo que la sacaba de quicio. Ser quien era, y perder la personalidad junto a un hombre tan corriente y vulgar como era Hugo.

No oyó la puerta al abrirse, pero sí oyó su voz...

—Bundle...

Alzó la cabeza muy despacio. Aquella voz íntima tenía la virtud de remover todas las cuerdas sensibles de su ser. Él estaba allí, sentado en el brazo de un sillón. Aún vestía la bata blanca, y la mascarilla la llevaba medio colgada del cuello. Tenía un cigarrillo entre los labios, y éstos, al cerrarse sobre él, se apretaban sin piedad.

—Una cosa es que seas mi jefa, y otra que me insultes injustamente en el quirófano delante de todos. Quiero que sepas que no estoy dispuesto a soportarlo. Si vuelve a ocurrir... tendrás que buscar otro anestesista.

—Tienes un contrato conmigo.

Lo dijo con fiereza. Cual si en aquel instante lo odiara. Hugo, muy sereno, manifestó:

—Ya te lo dije una vez. No soy hombre que se detenga por un contrato. No soy hombre, asimismo, que se deje avasallar por una mujer... Por mucho que la ame. —Ella se quedó sentada, aplastada en el sillón. Lo miraba fijamente—. Puede que haya algo que tú ignoras de ti misma. Tienes más soberbia que yo. Un día me dijiste que para ser un buen médico sobraban el orgullo y los prejuicios. Tú los tienes. No quieres admitir que eres una débil mujer, pese a la aureola de fama que te rodea. A la hora de ser mujer, lo eres, ¡por mil demonios que lo eres! Y es lo que tu condición de doctora famosa no puede soportar. Pues te diré una cosa, Bundle. Tú has nacido para triunfar tal vez, pero el triunfo no llena todos los rincones de tu alma. No eres bastante médico para echar a un lado tu condición de mujer.

—¡Te prohíbo...!

—Después. Ahora —añadió con mesurado acento— voy a decirte algo más. Puede que no lo admitas, pero para ti nada hay mejor que las caricias de un hombre, el amor de ese hombre y la ternura de ese hombre. Ése soy yo, como puede ser otro cualquiera. Cuando se dice mujer, se añade hombre. Eso, al menos, es lo natural. No hace falta determinar quién será éste. Uno. —Se alzó de hombros—. Es lo que puede llenar tu vida. Destripar a tus enfermos no llena esa vida tuya emocional, Bundle. Y mientras no elijas una, me parece que jamás serás feliz.

—Te ordeno que salgas de aquí.

Hugo la miró de modo especial, entre despreciativo y conmiserativo.

—¿Crees que tras de mí sale tu inquietud?

—Te ordeno...

—No.

Ella se puso en pie temblorosamente.

—Es ridículo —dijo él sin alterarse— que ayer...

—¡Cállate!

—¿Lo ves? ¿Ves como no quieres ni siquiera admitir que te sentiste sólo mujer?

—Si no sales de aquí, pulso un timbre y acudirá quien te eche.

—Mira bien lo que haces, Bundle. No soy hombre con quien se puede jugar. —En aquel instante, inexplicablemente, odiaba todo cuanto pudiera venir de él.

—Ya.

—Sería maravilloso —dijo Hugo al tiempo de ponerse en pie— tener un hogar... Has tenido sólo un palacio y un sanatorio. Te has rodeado de fama... Sólo a ratos puedes ser sólo una simple, sensitiva y vulgar mujer. Pero eso no es suficiente, Bundle. No te has dado cuenta aún de que no es suficiente.

Se dirigió a la puerta. Asió el pomo y salió sin volver la cabeza. Bun se hundió de nuevo en el sillón y miró ante sí con fijeza. ¿Quién de los dos tenía razón? ¿Por qué era ella así, si no quería serlo? ¿Por qué?

Entró Anne.

—¿También tú vienes a hacerme reproches? —preguntó retadora.

Anne la miró con ternura. Suavemente dijo:

—Ya te reprochas tú misma, Bun. Es bastante castigo para ti.

—¿Qué dices, pero qué dices?

—¿Acaso no es cierto? ¿Acaso sientes placer de haber sido injusta?

No respondió. No supo qué responder.

No podía quedarse en casa a aquella hora. Sabía que no iría. Pero aun así, al regresar a las diez, preguntó a la doncella:

—¿No vino nadie?

—Nadie.

Anne llegó casi tras ella, estacionó el auto a la par del de su amiga, y corrió hacia el vestíbulo, donde vio su esbelta silueta.

—Buenas noches, Bun.

Se volvió apenas.

—Hola.

Comieron casi en silencio.

—Hugo no ha venido —dijo Anne sin preguntar, cuando ambas se dirigían a su aposento.

—No.

—Ya. —La miró escrutadora. Anne sonrió tibiamente—. Tenía que ser muy poco Hugo..., y es mucho. Ya nadie desconoce su personalidad en el sanatorio.

No respondió. Se despidió de Anne, penetró en su cuarto y se derrumbó en el lecho. Quedó con los ojos fijos en el techo. «Tenía que ser muy poco Hugo... y es mucho.» Ella ya lo sabía. Tal vez por saberlo se comportaba así. Le molestaba en extremo que él la venciera, la dominara...

A la mañana siguiente lo vio en el quirófano. Se miraron como dos enemigos. No hubo reprimendas, pero sí celeridad. Dejó las suturas para los auxiliares y se retiró a su despacho una vez terminó. Por la tarde también hubo operaciones. Pero él no estaba. Interrogó con los ojos a Anne, que era la que se ocupaba de la anestesia.

Al terminar, llamó a Anne a un aparte.

—¿Qué le pasó?

—Dijo que tenía ocupación.

Esto la sulfuró.

—¿Ocupación de un miembro de mi equipo, cuando sabe que habrá operación?

—No lo sé.

—¡Tienes que saberlo! —gritó excitada. Ella misma se vio absurda—. Bueno —añadió al rato—, di a mis secretarias que me pongan en comunicación con el doctor Saint Mur.

—No será fácil, Bun. Tiene su consulta particular.

—¿Consulta particular? ¿Desde cuándo? ¿A qué fin?

—Eso no lo sé. Abrió consulta ayer en la barriada donde vive su cuñado. Dijo que sólo podría venir por las mañanas.

—Eso es ridículo.

—Díselo tú.

—Pienso ir a su consulta ahora mismo. No soy mujer que...

—Anne la miró de un modo especial y ella se contuvo. Iba a decir una estupidez.

Giró en redondo. No fue, por supuesto. Pero dio orden en recepción de que cuando llegara a la mañana siguiente el doctor Saint Mur se presentara inmediatamente en su despacho. Aún tuvo la esperanza, subconscientemente, de que él, al anochecer, la visitara. No fue así. Se pasó la tarde sentada ante la chimenea, con un libro en las manos, cuyas páginas no pasaba. Sus nervios no le permitían aquella inmovilidad. De súbito, se puso en pie, pidió el abrigo, salió y subió al auto, poniéndolo en marcha. No sabía adónde iba. ¿Qué importaba? Necesitaba salir, tomar el aire... Despejar la cabeza, que parecía la tenía embotada. Recorrió medio Londres bajo la bruma. A las nueve de la noche se vio ante una tienda de comestibles. Se asustó, pero aun así, valiente como era para todos los asuntos particulares, menos para su vida sentimental, descendió, atravesó la calle y se presentó en la tienda, donde Max apilaba, junto al mostrador, unos sacos de vulgares patatas.

—Buenas noches —saludó.

Max se volvió en redondo. En mangas de camisa, desgreñado, polvoriento, sólo supo exclamar:

—¡Doctora Muller! Qué sorpresa verla por aquí... Si quiere ver a mi mujer, pase usted... La encontrará preparando la comida.

8

En efecto, Aimée hacía la comida. Se movía diligente y lucía en torno a su breve cintura un delantal de alegres colores.

Sus dos hijos comían silenciosamente muy bien educados en torno a la mesa blanca de la cocina. Aimée, al ver a su pariente tan elegante, se ruborizó.

—Bun —susurró—, ¿qué milagro por aquí? —Y sinceramente obsequiosa—: No te quedes ahí. Pasa a la salita. —La empujaba blandamente—. Aquí mancharás tus ropas.

Bun miraba en torno con expresión vaga. Todo era vulgar allí. Desde los dos niños hasta la comida y el fogón. Pero el rostro de Aimée resplandecía de felicidad. Era algo que ella desconocía totalmente.

—Por favor, Bun. No me obligues a recibirte en la cocina.

—Me gusta tu cocina. Me quedo aquí, Aimée. No he venido a verte para causarte trastornos.

—Pero te mancharás...

Lo miró todo.

—¿Con esta blancura? —Sonrió—. No, querida. Tienes un hogar muy bonito.

—Vulgar.

—Pero verdadero.

—Eso sí. Max trabaja mucho. Hemos pasado nuestras fatigas, ¿sabes? Ahora ya podemos vivir más desahogadamente. Supongo que ya sabrás lo de Hugo.

No sabía nada. Descubrió en aquel momento que estaba allí para saber.

—Algo —dijo evasiva.

—Hemos vendido la casa. —Sonrió tímida—. Aunque Max ya le había prestado a mamá casi la totalidad de su valor, Hugo nos reunió a todos y nos pidió que le dejáramos lo suficiente para montar una consulta. Dijo que no podía ser toda su vida un vulgar anestesista... —Se detuvo.

Bun notó que algo más había dicho Hugo.

Suavemente apremió:

—Continúa.

—Bueno. Ya sabes cómo es Hugo. Muy orgulloso...

—Sí.

—Dijo que no podía estar el resto de su vida bajo las órdenes de...

—De una mujer —terminó ella.

—¿También te lo dijo a ti?

—Algo parecido.

—Bueno, pues Max le dijo que, si abría la clínica en el barrio, le dejaba el dinero que le faltaba. Hugo, al principio, no estuvo muy conforme. Max y él discutieron, y al fin se pusieron de acuerdo. Hugo abrió la clínica aquí, a dos pasos de nuestra casa, y, según nos dijo ayer, ha trabajado sin descanso toda la tarde y parte de la noche, haciendo visitas. Max conoce a mucha gente. Como está todo el día detrás del mostrador... En fin, ya sabes. Todos los clientes de Max se han convertido en clientes de Hugo.

—Pero tu hermano tiene un contrato conmigo. No puede dejarnos.

Una figura masculina que no era la de Max se cuadró en aquel instante en el umbral de la cocina.

—Supongo que no me demandarás —dijo, entrando.

Los dos críos se levantaron como flechas.

—¡Tío Hugo, tío Hugo...!

Hugo, sin dejar de mirar a Bun, que se había puesto en pie y lo miraba a su vez, abarcó a los dos niños y los apretó contra sí.

—Hola, muchachos —dijo. Pero seguía mirando a Bun. Ésta aspiró hondo. Aimée revolvía la sartén que tenía en el fogón.

—No puedes dejarnos —dijo Bun con voz diferente.

—Bueno, no es cosa de discutirlo aquí. ¿Quieres conocer mi clínica? No vayas a pensar que es un recinto infeccioso. Es una clínica muy bonita. Tengo una enfermera deliciosa, que no presume de nada. —Era como darle bofetadas.

«Tengo que serenarme —pensó ardientemente—, tengo que doblegar mi dolor y mi rabia.»

Hugo acarició a los niños y les ordenó con voz hueca:

—A la mesa otra vez, niños. Y luego a la cama. Vuestro padre está terminando de apilar sacos de patatas para la venta de mañana. Mirad cómo tengo las manos. Vengo de ayudarle.

Era cierto. Desde el día que Max le dijo tantas verdades, era su mejor amigo. Por eso le prestó el dinero, y por eso comía y dormía en su casa. Ella, Bun, pensó que la armonía de esa familia era perfecta. Se dio cuenta asimismo de que Hugo ya no se sentía solo. Emancipado y amigo de su cuñado, vulgarizado tal vez, pero dueño absoluto de su persona. Ya no era el hombre ansioso de ternura. Supuso que ésta, en caso de necesitarla, se la daría la enfermera... Max se presentó en aquel instante, rezongando:

—¿Es que estos niños no se han ido todavía a la cama? —Miró a Bun—. Perdone, doctora Muller, estoy impresentable.

Le gustó Max. Le gustó Aimée. Envidió su tranquilidad, su dicha. Su hogar vulgar, pero lleno de ternura. Hugo se había sentado en el brazo de una silla y fumaba apaciblemente. Había polvo en sus zapatos y en su ropa, y un mechón de pelo le caía por la frente. Tuvo ansias de alargar la mano y retirar aquel pelo. No lo hizo. Apretó los dedos sobre el bolso.

—Si quieres comer con nosotros, Bun —dijo Aimée tímidamente.

Lo dijo sin pensar.

—Tengo una cita con unos amigos. Me esperan en el restaurante. —Notó que Hugo sonreía burlón. ¿Ya se había olvidado de las tardes que pasaron juntos? ¿De los... besos que se dieron?

Le temblaban un poco las piernas. Hugo debió notar su indecisión, porque sin bajarse de la silla dijo:

—Me gustaría que visitaras mi clínica.

—Otro día —dijo presurosa—, supongo que mañana irás por la mañana.

—No volveré. Abro la clínica a las diez. Helen lo hacía antes. Yo no puedo servirte para nada. No hago más que cometer faltas.

¿Era un reproche? Sabía que sería inútil cuanto dijera. Sólo si lo llevaba a los tribunales y le obligaba a cumplir el contrato. No era eso lo que ella haría, nunca podría hacer eso con Hugo Saint Mur...

—Debiste advertirlo antes.

Todas estas palabras eran cambiadas ante Max, los niños y Aimée. Se sintió cohibida, fuera de lugar.

—Hasta otro día —añadió, mirando a los esposos.

—Vuelve cuando gustes, Bun —musitó Aimée tímida—, ya sabes dónde tienes tu casa. Me alegro mucho de verte aquí. Siento no poder ofrecerte algo digno de ti.

Hugo rio. Era su risa como una ofensa. Pero Bun prefirió no darse por aludida.

—Adiós. Buenas noches —salió. Sintió los pasos de Hugo tras ella. No miró. Subió al auto y abrió la llave.

Hugo estaba allí, apoyado en la portezuela con un pitillo entre los labios.

—De modo que vas a comer con unos amigos —dijo bajísimo.

—Quita de ahí. Voy a arrancar.

—¿Jeff?

—¿Te importa?

—No, en absoluto. ¿No sabes? Encontré mi otro «yo». Lo busqué, como hiciste tú. También lo encontraste, ¿verdad?

—Puede.

—No creo que otro hombre pueda hacerte sentir el placer como yo.

Ella ya lo sabía. Pero no quiso reconocerlo. Furiosa, se fue a poner el auto en marcha. Él, mesurado, introdujo la mano y le quitó las llaves.

—Permite que te lleve a casa —dijo, abriendo la portezuela y empujándola.

—¡No!

—Vamos, Bun. No seas tímida.

—¿Tímida? Pero... ¿qué te has creído?

Hugo tiró el cigarrillo a medio consumir. Puso el auto en marcha y comentó indiferente:

—Voy a hacerme popular en el barrio. Empecé con suerte. —La miró breve. En la oscuridad de la noche, le parecieron a Bun claros sus ojos—. Tiene razón Max, lo que importa a un médico es ganar dinero. Yo siempre soñé con la fama que tienes tú. ¡Un gran especialista! Tonterías. Yo soy un fracasado. Tal vez nunca pasaré de la mediocridad, pero lucharé. Es la primera vez en mi vida que decido una cosa así. Se lo debo a Max. Mi orgullo me impedía ser médico de masas. Pretendí ser médico de ricos, tan sólo... Para eso hay que tener dinero y montar una clínica como tú la has montado. Visitar todos los hospitales del mundo como tú has hecho y recopilar una experiencia de cada día. Yo no tuve tanta suerte.

—Nunca creí que tú tuvieras complejos.

Volvió a mirarla. Esta vez sus ojos sonreían sardónicos.

—No los tengo. Deseos que nunca pude ver cumplidos, sí. Complejos, no. Ni siquiera siento envidia de los que triunfan. He centrado mi vida en mi persona. Cuando traté de añadirte, pensando que eras una mujer, ya sabes el resultado.

—Soy una mujer —dijo ahogadamente—. Tú lo sabes mejor que nadie.

La miró de nuevo, esta vez de modo indefinible.

—La mujer que sólo responde a su condición en un momento de placer sensual no es totalmente mujer. Para serlo debidamente ha de demostrarlo en todo.

—No creo que seas tú quien pueda darme lecciones.

—No pienso hacerlo. Lo intenté, mas es evidente mi fracaso con respecto a ti. ¿Qué tal Jeff? ¿Sigue tan simple? ¿Es con él con quien vas? —Y ofensivo—: ¿No te besó? Como yo, por ejemplo...

—¡Cállate!

El auto entraba en el parque del sanatorio. Fue a detenerse ante el chalecito.

—Baja —ordenó ella.

Hugo la miró; la miró de aquel modo. Ella supo que iba a ocurrir algo. Cuando Hugo la apresó por la cintura y le hizo sentir la caricia de sus manos, se estremeció de pies a cabeza. No, no podía permitirlo. No lo permitiría de nuevo. No se dio cuenta de que lo buscaba desde hacía días. Que si fue a casa de Aimée perdiendo un poco su estirada dignidad, fue por él. Porque no podía soportar por más tiempo aquella agonía. Hugo debió de adivinar sus pensamientos. La amaba más que a su vida. Sabía que era una plaza inalcanzable, pero, sabía también que, cuando posaba sus labios sobre los labios femeninos, ya no había nadie capaz de separarlos en unos minutos. Lo que él necesitaba para aplacar sus ansiedades. Ella luchó.

—Suelta, suéltame. Te pido... —¡Pedir! ¿Pedir qué?

Los labios de Hugo cayeron sobre los suyos. Abrió los de la mujer con su boca. Sin esfuerzos. Era hábil. Y ella lo reconocía. Eran dos bocas que con hambre se buscaban y se necesitaban. Las manos de él rodaron por su cuerpo con ternura. Fue un momento que estranguló el corazón de Bun... Si en aquel instante él le pidiera la vida, la vida le habría dado. «¿Qué clase de mujer soy yo? ¿A quién me parezco? ¿Era así mi madre con mi padre...?» No hubo frases... Ni promesas. Hugo bebió de aquella boca hasta que la dejó inerte en sus brazos. Después la miró a los ojos. Sonrió tibiamente.

—¡Qué lástima! —susurró, perdiendo su boca en el cuello femenino—. ¡Qué lástima, Bun! Que te domine así la ciencia. No hay mujer en el mundo entero capaz de sentir el amor y la pasión como tú. —La soltó. Bajó del auto. Se perdió en la noche como una sombra desfigurada.

Bun quedó allí, con la boca apretada bajo sus dos manos.

«Soy una mala mujer —pensó—, una mala mujer...» Tambaleante, aún creyendo sentir a Hugo junto a sí, con las manos ardientes perdidas en su cuerpo, bajó del auto y caminó hacia la casa. Cuando llegó al salón, Anne la miró.

—Has estado con él —dijo sin preguntar. Ocurrió algo inaudito en Bun. Se derrumbó en una butaca y se echó a llorar. Eran sus sollozos roncos, ahogados, fieros. Anne sólo supo acercarse a ella, pasarle una mano por el cabello y decirle bajito—: Mañana serás de nuevo la doctora Muller. Eso es lo lamentable, Bun. Pero es algo que ni tú misma puedes evitar. Tranquilízate.

Quiso probarse a sí misma. No era ella mujer que se conformara con una incógnita. Ahogó todos los recuerdos y durante una semana salió con Jeff. Una noche, él, al llegar a su casa, la besó en los labios. Era lo que Bun esperaba. «Si soy una mala mujer, si me domina la sensualidad, Jeff me bastará.» Era una prueba dolorosa. Pero eficaz para conocerse a sí misma. Nada más sentir los labios de Jeff en los suyos, retrocedió como si la pinchara un animal venenoso.

—¿Qué te pasa?

Sintió rabia, vergüenza, asco...

—Nada. No... —La ahogaba la desesperación—. No vuelvas a hacerlo. —Era cierto. Ya se conocía. Ya sabía que ningún otro hombre del mundo sería capaz de despertar sus sentidos y su pasión, ni siquiera su ternura.

«No soy una mala mujer —pensó ya en su lecho—, soy una mujer enamorada de un hombre. Ciegamente enamorada.» Pero tampoco eso era suficiente para renunciar a su vida profesional. Claro que Hugo tampoco se lo pidió formalmente jamás. Era ella quien no entendía los términos medios. O médico o mujer. ¿Y por qué no las dos cosas a la vez? Decidió conocer la clínica de Hugo. Anne se hallaba aún en el salón cuando apareció ella en la escalera. Vestía un modelo de tarde de firma cara. De un tono pardo, llevaba sobre los hombros un abrigo deportivo. Se lo ponía en aquel instante y lo ataba a la cintura. Tan rubia, con aquellos ojos tan verdes, tan sensible en apariencia, tenía que serlo en extremo en la intimidad. Y no obstante, se mostraba indoblegable.

—¿Vas a salir?

—Sí.

—Yo no salgo hoy. Me duele la cabeza. ¿Te importa que venga Fred a visitarme?

—Claro que no. Qué cosas tienes.

—Pensamos casarnos dentro de dos meses.

—Muy bien. —Ya estaba a su lado.

—Dejaré la profesión —dijo Anne quedamente—. Tendrás que buscar otro anestesista.

—Ya van dos... todos me dejáis.

—Es ley de vida, Bun.

—Sí.

—Tú no concibes que por amor se olvide todo lo demás.

—Ya.

—Fred dice que se basta y se sobra para mantenerme. Es un buen médico.

—Lo sé.

Se ponía los guantes. Anne preguntó:

—¿Sales... con Jeff?

—No —lo dijo con brusquedad. Anne arqueó una ceja. Pero no hizo más preguntas.

—Hasta luego.

—¿Te espero para comer?

—Sí, por supuesto.

Al subir al auto, Jeff, que se hallaba en la puerta principal del sanatorio, corrió hacia ella.

—Bun...

Lo miró apenas. Metía las llaves en el contacto.

—Oye, Bun.

—¿Qué quieres?

—Creí que saldríamos juntos.

—No, Jeff. ¿Para qué? La experiencia ha sido dolorosa.

—No serás capaz de amarme jamás —dijo él sin preguntar.

—Jamás... Me gustaría amarte. Tenemos la misma profesión, nada podemos envidiarnos uno a otro. Seríamos un matrimonio perfecto —ironizó—, pero sin emoción.

—Mi vida emocional es completa.

—Por supuesto —admitió despiadada—, pero la mía no encaja en la tuya.

—Nunca has probado.

—No seas absurdo, Jeff. —Sonrió afectuosa—. Sabes que probé. Sabes que estuve sometida a esa prueba una semana entera. ¿De qué me sirvió?

—Sé que te haría feliz —dijo él, dolido—. Somos como formados uno para el otro.

—Físicamente, tal vez. Casi soy tan alta como tú. —Rio, pues no lo era.

—No me parece un chiste apropiado.

—Sabes a lo que me refiero, Jeff, amigo mío. Tiene que haber algo más que conveniencia en una unión. Ni a ti ni a mí nos bastarían los triunfos profesionales. A la hora de amarnos, seríamos un hombre y una mujer, y éstos no encajarían jamás uno en otro. Se necesita algo más que dinero, profesión y gustos. Se necesita amor.

—Yo lo siento.

—Puede que sí, pero yo no.

Puso el auto en marcha.

—Así —dijo él con amargura— sólo habla una mujer enamorada... de otro.

—Puede que lo esté. Pero no me será nada fácil reconocerlo. He metido la ciencia demasiado dentro de mí. Tengo un bisturí en la mano hasta en sueños. Es difícil que aprenda un día a prescindir de todo esto para sentirme mujer, una mujer anhelosa de ternura.

—Tus inquietudes no te conducirán a la felicidad.

—Eso es lo lamentable. Adiós, Jeff. Y gracias por tu interés. Sé que te hago daño. Pero no puedo remediarlo. ¿No te has dado cuenta de que también me lo hago a mí misma?

Entró como un cliente más. Nadie la conocía. No era fácil que allí pudiera ser identificada como la doctora Muller. Por eso se había vestido así, humildemente, aunque su sello innato, sin ella pretenderlo, causó curiosidad, al menos momentáneamente, en los clientes que en la sala esperaban ser recibidos. Enseguida se olvidaron de ella para pensar en sus cosas, para hablar de sus asuntos. Ella desconocía las fatigas de aquel otro mundo en el que no vivió desde los dieciséis años. Todo lo ocurrido antes era en su mente como una nube desvanecida. Aquella tarde vio la miseria de cerca, las necesidades físicas de aquellas gentes, los males que les aquejaban, la mayoría de los cuales no podrían pagar por su consulta. Empezaron a desfilar uno tras otro con lentitud. Vio a la enfermera que abría la puerta de la antesala, pidiendo al cliente de turno. Era joven y bonita. Sintió hacia ella un odio mortal, del que se avergonzó inmediatamente. El solo pensamiento de que Hugo pudiera acariciarla, y besarla como la besaba y acariciaba a ella, la llenaba de amargura y rabia. Quedaban dos tras ella. Un matrimonio. Él, con aspecto de tuberculoso, daba pena. La enfermera le preguntó el nombre. No lo dijo.

Pasó de largo.

—Oiga. —Se alteró la joven enfermera.

Bun se detuvo. La miró. Pero aquella mirada que paralizaba a su equipo no pareció conmover a la enfermera.

—Su nombre —preguntó de nuevo.

Iba a decirlo con los dientes casi juntos cuando la figura masculina, envuelta en la bata blanca, se cuadró en el umbral. Hubo como un destello súbito en los ojos de Hugo Saint Mur. Un destello que se apagó con una sutil sonrisa indefinible.

—No se moleste, Helen —dijo sin dejar de mirar a la mujer que a su vez la miraba—. Ya conozco el nombre de la señorita...

—Y con un breve ademán, la invitó a pasar. Sus dedos en el brazo parecían caricias. La empujó blandamente hacia el exterior. La enfermera fue a pasar después. Hugo, con una sonrisa y una breve frase, la contuvo—. La llamaré si la necesito.

Cerró la puerta. Fue entonces, al volverse hacia ella, cuando Bun pensó: «¿A qué he venido? ¿Por qué estoy aquí? ¿Qué dignidad es la mía? Hace una semana que no me ve, y nada hace por ello. ¿Por qué? ¿Por qué he venido yo?»

—Siéntate, Bun. —La empujó él mismo—. Así. ¿No quieres quitarte el abrigo?

¿Qué había en el acento de su voz? ¿Ironía o sólo sorpresa? «No volveré jamás, nunca más. Le diré... le diré...»

—Qué milagro por aquí, Bun. —Y con ternura—. ¿Has venido a comprobar si te engañaba?

—He venido —con estudiada indiferencia— a saber si no estás dispuesto a volver al sanatorio. Anne se casa... No me fío de nadie más. Tú o ella.

—Y los dos te fallamos.

Se había sentado en el brazo de una butaca, y un pie hacía de apoyo en el suelo. El otro le quedaba colgando. Apoyaba las dos manos abiertas en la rodilla. Y se inclinaba un poco hacia delante.

—No, Bun —dijo sin esperar respuesta—. Ya ves que es imposible. Poco a poco tomo cariño a estas gentes. A decir verdad —añadió sarcástico—, la mayor parte de ellos no tiene ni siquiera con qué comprar el pan, cuanto menos para pagar al médico; a veces, cuando me tiendo en la cama rendido por el trabajo, agobiado por las preocupaciones, hago recuento de mis ingresos —emitió una risita sardónica— y apenas si cuento lo suficiente para comer.

—Es una obra apostólica meritoria —comentó ella inexpresiva—, pero poco práctica en nuestra profesión.

—Posiblemente. Pero... ¿te das cuenta de lo mucho que se me necesita aquí? ¿De que estas gentes confían en mí y empiezan ya a quererme? No sé a lo que has venido en realidad —añadió, dándole la espalda. Golpeó con un lápiz que tenía en las manos el cristal de una ventana—. De todos modos, Bun, te diré que tu venida es para mí una ventura. Siempre serás la única mujer que quise. Sin rencor por las humillaciones que me hiciste pasar. Ya ves, ni siquiera pude pagarte la operación de mi madre y, como un estúpido presumido, no quise que la operaras donde tú operas a los pobres... —De pronto, se volvió hacia ella. Emitió de nuevo una risita sardónica que parecía una burla hacia sí mismo—. Bun, no me creas un virtuoso o un orgulloso. Te tomaría tal como eres.

Tú, allí, y yo, aquí. Sólo sabiendo que podría comer en tu mesa. Dormir en tu lecho, besar tu boca a la salida y a la llegada de mi trabajo. Pero eso... no es posible.

De pronto, ella se puso en pie. Dijo con acento ahogado:

—Recibes de las cinco en adelante, según vi en la placa de la puerta. Dime... ¿tendrías inconveniente que trabajara a tu lado después de las seis hasta las ocho?

La miró cegado.

—¿Harías eso por mis enfermos? Yo puedo diagnosticar. Ya sé que puedo hacerlo. Nunca creí que yo podría volver a mis tiempos del doctorado, pero, desgraciadamente, no puedo hacer desaparecer sus males con el bisturí. Los envío a especialistas, que la mayoría de las veces no tienen consideración alguna.

—Estaré a tu lado en tu vida profesional, si es que me lo permites.

—En mi vida íntima...

—Ahí no.

—He de admitir tu apostolado... ¿Y la mujer? ¿Qué dejas de la mujer? ¿Para otro hombre?

—Sin ofensa.

—Así no —cortó—. Así no, Bun.

—Exiges demasiado.

—Lo que sé que, como hombre, merezco y necesito.

Miró el reloj con acento cansado. Suavemente añadió:

—No puedo hacer esperar más a mis últimos pacientes. Ven otro día y discutiremos eso.

No pensaba volver. Que fuera él. Si él no iba, todo terminaría en aquel mismo instante.

9

Empezó a recibir enfermos portadores de una tarjeta del doctor Saint Mur. La sala de caridad se llenó de dolientes. Siempre tuvo una tasa para aquellos enfermos, y de súbito ésta hubo de romperse o devolver a Hugo sus tarjetas de recomendación. Anne se lo dijo aquella mañana.

—No nos queda ni una cama libre, Bun.

—Me lo imagino.

—¿Qué vamos a hacer? ¿De dónde salen? Hay muchos comentarios en el sanatorio. Te dedicas más a la sala de caridad que a la particular. Aparte de eso, trabajas demasiado. Te agotas sin necesidad. Fred, Jeff y muchos otros pueden operar en el quirófano de caridad, y, no obstante, lo haces tú. ¿Por qué, Bun?

Era una clara noche de primavera. Los ventanales del salón estaban abiertos de par en par. Entraba la brisa nocturna, y la luna ponía extraños reflejos en el alféizar. Sólo una luz portátil, encendida junto al diván donde Bun se hallaba hundida, produciendo en su rostro una sombra tenue e indecisa. Hacía más de dos meses que no veía a Hugo. Dos largos meses, interminables meses. Ya era cuestión de amor propio. No volvería a su clínica. Tenía que ser él... Pero no quería, o no podía. Y sin embargo, le enviaba todos los días un recuerdo de su persona, por medio de un nuevo enfermo. Una simple tarjeta y unas líneas trazadas con su mano nerviosa. «Atiéndele. Haz lo que puedas.»

—Son clientes de Hugo —dijo al rato—. Él no es cirujano. Me los envía a mí.

—Pero tú no eres médico de masas, Bun. Estás perdiendo los mejores clientes. Te dedicas a esas pobres gentes. ¿No existen hospitales provinciales, clínicas de caridad?

Sí, claro que existían. Pero ¿quién era ella para despreciar a los pobres clientes de Hugo? ¿No hacía Hugo más de lo que podía en su clínica de barrio?

—Puede que sí, Anne —admitió con acento cansado—, pero tengo un deber que cumplir y jamás lo he cumplido hasta ahora. Tenemos una sala de caridad donde para entrar se necesitan más requisitos que para casarse. La verdadera caridad, Anne, no es eso. —Sonrió tibiamente. Con cierto sarcasmo oculto—: Ya ves, fui a darme cuenta de eso junto a Hugo. El hombre orgulloso y egoísta que montó una clínica para ganar dinero y apenas si gana para comer... He pensado en esto muchos días seguidos. He pasado noches en blanco, reflexionando sobre el caso. Si yo, que lo tengo todo, que ya no necesito ganar para vivir, que mi fortuna supera lo imaginable, no puedo operar gratis, ¿qué puede hacer Hugo, que carece de lo más indispensable?

—Hija, pero tú no vas a convertirte en un médico apostólico, sólo porque Hugo lo haga. —Y con energía añadió—: No te comprendo, Bun. No hay otra cosa de qué hablar en el sanatorio. La semana pasada no operaste en el quirófano particular, y nos llevaste a todos a la sala de caridad. Un día entero, agotador, por cierto, operando andrajosos.

—¿Te das cuenta de la gran necesidad que hay en el mundo, Anne?

—Pero Bun... eso es absurdo. Estás perdiendo la fama. En cambio, es Jeff quien la adquiere a tu costa. Es un buen cirujano, y hace verdaderas filigranas con el bisturí. La gente se da cuenta. Les costó creer en la eficacia de una mujer. Tú lo has logrado. Y ahora... dejas paso a un hombre.

—Pierdo la fama entre los ricos —rio Bun quedamente— y la gano entre los pobres. Dime, Anne, ¿no son todos personas?

Anne se alzó de hombros.

—Ya veo que Hugo te ha envenenado. Me pregunto, Bun, por qué, si tanto os amáis, no os casáis de una vez y termináis con esta pesadilla.

Bun no respondió. No era fácil que Anne comprendiera lo que ocurría. A decir verdad, ni ella misma lo sabía. Eran las diez de la noche y tenía necesidad de descansar. Se despidió de Anne con una sonrisa. Al iniciar la subida hacia su alcoba, sonó el teléfono. Anne, que se disponía a seguirla, dio la vuelta y asió el auricular.

—Es para ti —dijo—. Parece una voz angustiada. —Y con sarcasmo—: Tal vez un enfermo de Hugo.

Bun ya estaba a su lado, asiendo el auricular.

—Dígame.

—Bun, Bun... Soy Aimée.

Se estremeció.

—¿Qué ocurre? ¿Qué es lo que pasa?

—Hugo...

La mano que sostenía el auricular se estremeció como su cuerpo. Con voz apenas audible, preguntó:

—¡Qué...! ¿Qué... le pasa?

—No lo sé. Está aquí... muy mal. ¿No puedes venir, Bun? Estamos desolados. Ha llegado muerto de frío y hemos llamado a un médico. No le encuentra nada anormal, pero Hugo parece un cadáver.

—Estaré ahí en treinta minutos. Los justos para atravesar Londres.

Colgó. Muy pálida, miró a su amiga.

—Hugo —dijo—. Se ha puesto mal.

Su semblante contrariado asustó a Anne.

—Te acompaño —se ofreció ésta.

Bun le puso una mano temblorosa en el brazo.

—En modo alguno, Anne. Vete a la cama. Mañana tienes que madrugar. Nos espera una dura jornada.

—Y tú... tú también tienes que trabajar.

—Vete a la cama. Te lo ruego.

La enfermedad de Hugo se prolongó dos semanas. Había sido grave, en efecto, pero el mal fue rápidamente localizado y atajado enérgicamente. Durante aquellas dos semanas, en las cuales Hugo estuvo inconsciente, apenas si apareció por el sanatorio, excepto para cerciorarse de cómo iba todo. Era Jeff quien se ocupaba en el quirófano y quien, desbancándola a ella, adquiría fama. No se preocupó de evitar aquella latente caída. ¿Para qué? ¿Quién era ella, en realidad, para torcer el destino de los demás?

Cuando Hugo reaccionó, y se vio en el lecho, estuvo a punto de tirarse de él. Como si no se diera cuenta de lo que ocurría.

—¿Qué he tenido? —preguntó exaltado.

—Calma, muchacho. Has tenido un ataque de hígado, estuviste a punto de fenecer. —Rio Max cachazudo—. Gracias a esa joven... ¿Cómo la llamáis? Sí, Bun. Eso es. Gracias a ella estás vivo.

—¿Ha venido?

—¿Que si ha venido? Ayer te dejó en manos del médico de cabecera. Se despidió ya, pero luchó. ¡Cielos, cómo luchó esa joven! —Se inclinó hacia su cuñado—. ¿Sabes lo que te digo, Hugo? Ya creo un poco más en la fama de las mujeres como galenos.

Hugo echó la cabeza hacia atrás y entrecerró los ojos.

—De modo —dijo bajísimo— que ella... vino.

—Tan pronto como la llamó Aimée. ¿Sabes una cosa? Ayer noche, mientras velábamos tu sueño, Joanna y Aimée me contaron alguna cosa relacionada con una tal tía Lora y esa joven.

Asintió sin palabras. Había como una crispación en su pálido semblante.

—Francamente, es meritorio por parte de esa joven reaccionar así. Otra, en su lugar, no lo hubiera hecho.

—Pese a su orgullo.

—¿Cómo? ¿Orgullo, dices? No me pareció que lo tuviera. La he visto llorar junto a tu cama.

—¿Llorar? ¿Fue Bun capaz de llorar?

—Sí. Estuvo sentada a la cabecera de tu lecho, justamente cuatro días. Te aseguro que no durmió ni un minuto. Por las mañanas iba al sanatorio... ¿y sabes adónde iba por las tardes? A tu clínica.

Hugo se incorporó de un golpe.

—¿Qué dices? ¿A mi clínica?

—Sí, sí. No me mires con esa expresión renegada. No te estoy mintiendo. Ahora mismo —consultó el reloj— son las seis. Puede que esté allí.

Hugo volvió a caer desfallecido contra la almohada. No estaba dispuesto a admitir tanta generosidad. ¿Lo hacía por amor, o por demostrarle que jamás podría valerse sin ella? Apretó los labios y quedó inmóvil. Estuvo en aquella cama tres días más, como si lo amarraran. Aquel domingo por la mañana se levantó y paseó por toda la casa de Aimée como una fiera enjaulada. Si se había preocupado tanto por él, e incluso le atendió la clínica, ¿por qué no volvía a verlo? ¿Por qué? Pese a la muda e intensa interrogante, nadie pudo darle respuesta, porque, además, a nadie preguntó y se guardó sus inquietudes.

El lunes, contra la oposición del médico y la de sus hermanas y cuñado, a las cuatro de la tarde se dirigió a la clínica. No quería verla allí. No estaba él preparado para darle las gracias. Marcó el número particular de su casa y esperó.

—Diga.

—¿La doctora Muller?

—¿De parte de quién? No creo que pueda ponerse.

Colgó sin esperar respuesta. Ya sabía que no era fácil hablar con una celebridad como ella. Consultó el reloj. Aún tenía hora y media. Casi dos horas para encontrarla en casa. Pidió un taxi y se hizo conducir al sanatorio. Nada más abocar en la terraza, la vio allí, en el salón, hundida en un sillón junto al ventanal abierto. Avanzó sin llamar. Cuando se recortó en el umbral, pálido y flaco, Bun ya había levantado la cabeza buscando al dueño de los recios pasos. Al verlo, se puso en pie, como impelida por un resorte.

—¡Tú...! —dijo tan sólo, casi sin abrir los labios—. Tú...

Hugo avanzó despacio, con las manos en los bolsillos del pantalón y una fina sonrisa irónica en sus labios.

—Hola —saludó—. ¿Qué debo hacer? ¿Postrarme a tus pies o mandarte al diablo?

Se serenó inmediatamente.

—Toma asiento —invitó.

—¿Qué debo hacer, Bun?

—No lo sé.

—No me gusta que me cuides como si fuera uno más de tus deberes.

—Sigues siendo tan orgulloso.

—¿Por qué te ocupaste de mi clínica? Bien que hayas ido a verme, e incluso que me hayas atendido como médico. Pero cuidarte de mi clínica... ¿Qué debo entender con ello?

—Toma asiento, te digo. La verdad, no esperaba verte tan pronto, y menos en esa actitud desafiante. Hice lo que me dictó mi conciencia. Estoy segura de que lo hubiese hecho por cualquiera de mis compañeros.

—Eso es lo que me descompone. Que siga siendo para ti un compañero.

—Eres mucho más, Hugo —dijo ella quedamente, con desaliento—. Pero tú no quieres o no sabes comprenderlo.

Se desarmó. En realidad, era ridícula su actitud. ¿Por qué le molestaba tanto que ella hubiera presenciado su debilidad? Se derrumbó en una butaca frente a ella. El sol entraba a raudales. Sus zapatos, brillantes en extremo, bajo aquellos rayos parecían espejos. Se miró en ellos con obstinación. Bun, impulsiva, extendió la mano y se la puso en el hombro. Fue una brusca reacción de Hugo. Asió aquella mano, tiró de ella, la cerró en sus brazos y se inclinó sobre su rostro.

—Hugo... —bajísimo—. ¿Qué haces?

—Te miro. No quiero deberte un favor.

—Y me lo pides todos los días.

—No para mí. Para ellos. Para mis pobres enfermos desvalidos. Nunca pensé... —Tenía la boca casi rozando la de ella—. Nunca pensé que me calaran tan hondo unos pobres seres condenados a morir. Tú no sabes, Bun, lo que es sentir el sufrimiento junto a ti. Un sufrimiento despiadado que nadie comprende o no quiere comprender. Siento la medicina como mi propia sangre. Por eso no quiero que vayas a mi clínica. No eres humana. Operas a mis enfermos para demostrarme que eres más que yo.

—Hugo, estoy perdiendo mi fama por tu culpa y aún te atreves a decir...

—Quisiera que fueras mi mujer tan sólo —dijo él ardientemente, apretando sus labios en la comisura izquierda de los de ella—. Quisiera sentirte desvalida y pobre, y poderte consolar. ¡Eres tan hermosa! ¡Eres tan diferente a las demás! Hay en ti...

La besaba una, dos, tres, mil veces. Despacio, abriendo los labios, bebiendo en ellos con ansiedad. El sol que iluminaba las dos figuras parecía burlarse de aquella escena emotiva que ambos ignoraban. Él creía saciar su sed de pasión en los labios femeninos. Y ella su sed de amor. Pero la verdad es que ambos se sentían unidos aun sin saberlo por una corriente espiritual que era ternura viva. No era hambre de amor ni de pasión. Era hambre de estar juntos. De sentirse unidos, de olvidarse de que sus orgullos chocaban. La mantenía apretada en su pecho. Bun tenía la cara cayendo hacia atrás, y él se la sostenía con una mano, mientras con la otra le retiraba el pelo de la frente. La miraba con intensidad. Ella abatió los párpados.

—Bun... cásate conmigo. Olvida todo esto. Trabaja junto a mí. Lucha junto a mí, pero que al final de la jornada podamos encontrarnos así, sentirnos así...

—Volvía a besarla sin esperar respuesta. Sabía que sería negativa. Sabía que, si un día ella se casaba con él, tendría que sentirla siempre superior, excepto cuando la tuviera en sus brazos, como en aquel momento, en que ella era una poca cosa, débil y doblegable. Pero no era así como la deseaba. No podía tolerar eso en su vida emocional y sólo un instante, sino todos los instantes de su existencia. No había ido allí a reprocharle. No había ido a censurar, había ido a verla y lo comprendió así cuando sintió los labios femeninos besar dentro de los suyos. Nadie besaba como Bun. Nadie sabía conmover su vida emocional como ella. La besó de nuevo en la boca larga e intesamente, estuvo así mucho rato, hasta que notó que ella perdía fuerzas. La apartó un poco. La miró. Bun era una débil muchacha. Sólo una débil muchacha.

—Si siempre fueras así... —musitó—. ¡Si siempre lo fueras...!

—Suéltame.

—Te gusta que te tenga así, Bun...

—Le gustaba, pero era demasiado acaparamiento, demasiada sujeción; vivir junto a Hugo sería inefable por momentos, pero la lucha callada y sostenida no sería fácil de superar.

—Di —exigió él imperativo—. Di que te gusta.

—Sin responder, fue separándose, quedó ante él. Bellísima. Vestía una falda estrecha de lana, moldeando sus caderas. Un jersey de punto sin mangas, con cuello en pico, por donde asomaba el principio del seno. Gentilísima, hizo un ademán muy femenino de retirar el pelo. Él la miró cegador. Se puso también en pie y trató de abrazarla nuevamente.

—No, Hugo —pidió quedamente—. No adelantaríamos con ello más que agitarnos los dos, perder los estribos, desearnos más y más. Tú sabes lo que es eso. Yo también lo sé. Y después, apagada nuestra llama, surgiría la lucha espiritual que no sabemos o no podemos superar ninguno de los dos.

—Cásate conmigo.

—Sería —dijo ahogadamente— la mayor ventura de mi vida. Pero no eres tú hombre capaz de admitir que tu mujer, en tu misma profesión, sea más que tú. Yo aún lo soy. Tal vez deje de serlo muy pronto, pero ahora aún lo soy.

—Nunca podrás renunciar a la fama por mí.

—No es eso, Hugo. Es algo que yo no pido ni lucho por ello. Es que es así y no podemos evitarlo ninguno de los dos.

—No volveré, Bun. Y tú me amas.

Ella asintió con un breve movimiento de cabeza.

—Me necesitas.

—Y sin embargo...

—¿Acaso soy yo? No, eres tú el que impone condiciones. Tómame como soy, exponte a lo que sea...

—¡No! —gritó, alejándose—. No. Sería una tortura. Prefiero vivir torturado así, que sintiéndote mía sólo a ratos.

—Eres injusto.

—Soy como soy...

No esperaba encontrarlo allí con la enfermera. La reconoció inmediatamente. Ella, en cambio, estaba sola. Penetró en la elegante cafetería. Eran las ocho de la noche. Embutida en un traje de chaqueta gris y negro sobre los altos tacones, con el bolso en el brazo y las llaves del auto en la mano, se acodó en la barra y pidió una taza de té. Él la vio también. Sintió como si todo girara en torno. Hacía más de un mes que no la veía. Más de un mes que no le enviaba un solo enfermo. Ella volvía a ser la mujer famosa, que hacía filigranas con el bisturí. Era una suerte la suya inhumana. Sólo con proponérselo, subía los peldaños que quería en su profesión. De nuevo quedaba desbancado Jeff. De nuevo los clientes creían en ella. Se le acercaron unos amigos. Hugo vio que aquellos hombres elegantes, de aspecto distinguido, la miraban con admiración. «Yo soy un pelele —pensó—, y sin embargo, estoy seguro de ser el único hombre que la besó. El único que la conoce de verdad. El único que oyó sus suspiros y sintió sus besos.» Se inclinó hacia la enfermera. Necesitaba distraerse. Olvidarse de que ella estaba allí, de que veía su bello rostro a través del espejo. Serena, mayestática, elegantísima. Bun tomó el té, estrechó las manos de aquellos hombres que se inclinaban hacia ella y se marchó. Hugo estuvo a punto de correr tras ella. De saltar sobre el auto, de empujarla, de conducir y llevarla lejos, donde sólo pudiera verla él. Pero no hizo nada de esto. No obstante, supo que la pasión disparatada que sentía por aquella muchacha le privaría un día de su orgullo y dignidad. «Soy un ente —pensó de nuevo—, un asqueroso ente.» Supo que aquella noche iría a verla. Pronto, dentro de una hora. De menos quizá. Y supo asimismo que la besaría y ella volvería a suspirar bajo sus besos. Y fue, pero la doncella le dijo que la doctora Muller no había llegado aún. Eran las diez de la noche. Sintió celos. Feroces y locos celos, y la derrota, que era lo más duro para él. Había claudicado una vez, y, sin embargo, ella no había llegado aún. Había salido de la cafetería dos horas antes. ¿Dónde estaría? ¿Con qué hombre estaba? Decidido, se dirigió al sanatorio. La puerta ya estaba cerrada, pero la celadora, al ver quién era, le abrió.

—¿Estará por aquí la doctora Muller?

—Salió a las siete, doctor Saint Mur, y no vendrá hasta mañana. Excepto si hay novedad. Si quiere usted ver al médico de guardia...

—No, gracias, buenas noches. —Y regresó de nuevo al chalecito.

La doncella estaba aún en la puerta.

—No ha venido.

—¿Sabe usted dónde puedo encontrarla?

—No, señor. Nunca dice adónde va, ni cuándo piensa volver.

—La espero aquí, si no le molesta.

—En modo alguno, señor. —Le conocía de sobra—. Pase y siéntese en el salón.

—Gracias.

Esperó una, dos, tres horas. Mayor agonía era imposible que aquellas horas interminables. A las ocho de la mañana se puso en pie. El cenicero estaba lleno de colillas. La ceniza había caído sobre la alfombra. Se disponía a marcharse tambaleante. Las criadas se levantaban ya. Una doncella, al verlo en el salón, se agitó.

—¡Doctor Saint Mur, no me diga usted que durmió ahí...!

—No dormí —fue la seca respuesta.

Se alejó lentamente, como si le pesaran los pies. Su amor, su ansiedad para el futuro, todo acababa aquella noche. Ella, la pura, la mujer que él creyó sólo para sí..., había pasado la noche fuera de casa.

Fresca y lozana estacionó el auto en una esquina del parque y se dirigió directamente al sanatorio. Fred ya estaba allí. Se miraron sonrientes.

—¿A qué hora has venido? —le preguntó ella—. Anne quedaba en la cama.

—No quise llamarte. —Rio Fred—. Anne se está desquiciando. Desde que nos casamos, nada, se levanta a las tantas. Fue una velada divertida —añadió, caminando junto a ella hasta el despacho—. Vuelves a ser tú, Bun. Anne y yo lo comentábamos cuando te retirabas.

—Y ni uno ni otro os percatasteis de que todo era ficción.

—No puedo creerlo.

—Tenlo por seguro. Fui a vuestra casa, casi se puede decir que desesperada. —Había una patética sonrisa en sus labios—. Vi a Hugo con su enfermera en una cafetería. Regresar a mi casa a las ocho de la noche hubiera sido condenarme. Necesitaba despejar la cabeza.

—Tienes que olvidar eso.

—¿Puedes tú olvidar a Anne?

—Por supuesto que no.

—Pues imagínate...

Alzó la mano y lo saludó.

—Hasta luego —dijo él—. Te veré en el quirófano.

Operó durante toda la mañana. En apariencia, sí era la de antes, la muchacha serena, decidida, segura de siempre. La que regresó después de recorrer todos los hospitales del mundo. Pero no era ella misma la que volvía al camino perdido. Era Hugo quien la conducía sin darse cuenta. Si él hubiera continuado enviándole a sus enfermos a aquellas alturas, ya habría abandonado totalmente el quirófano particular. Al mediodía, entró en su casa. La doncella se lo dijo.

—Estuvo aquí toda la santa noche el doctor Saint Mur, esperando por usted.

Si le dan un mazazo, no habría sentido mayor dolor. Parpadeó...

—Dices...

—Sí.

—¿A qué hora vino?

—A las diez aproximadamente. Preguntó por usted. Le dije que aún no había llegado, se dirigió al sanatorio y regresó enseguida. Me pidió si podía esperarla.

La garganta se le secaba de repente.

—¿A qué hora se marchó?

—Cuando yo me levantaba. A las ocho de la mañana.

—¡Oh! —Y con desesperación—: ¿No sabía usted que me hallaba en casa de la señora Anne?

—Caray, pues es verdad, no lo sabía, pero podía suponerlo. No, no se me ocurrió, doctora.

—Está bien.

—¿Se marcha usted?

—Tengo algo que hacer. No me espere a comer.

—Pero...

Se alejó. Necesitaba verlo inmediatamente. Era sábado, eran las dos. Lo encontraría aún en la clínica. Subió al auto y lo puso en marcha. La doncella continuaba en la terraza, diciéndose que nunca comprendería bien a su ama. ¿Qué diablos le pasaba? ¿Por qué estaba tan agitada y tan pálida?

10

La enfermera le abrió la puerta. Era la hora de cierre. Aún vestía el traje de chaqueta gris y negro de la tarde anterior. No llevaba bolso, si bien las llaves del auto tintineaban entre sus dedos nerviosos.

—¿Quién es, Helen? —preguntó la voz de Hugo desde el interior de la clínica.

—Le...

—Yo pasaré —fue la seca advertencia de Bun. Pasó y cerró tras de sí en las mismas narices de la enfermera.

Hugo giró en redondo al sentir el golpe de la puerta. Y tras una corta, muy corta, vacilación, exclamó sardónico, ofensivo:

—Vaya, la mujer mundana acude al pobrecito galeno. ¿Has tenido algún contratiempo anoche en tu juerguecita, Bundle?

Ella lo miró fijamente.

—Si vuelves a decir otro insulto más —estalló—, me marcho sin darte una explicación.

Hugo metió las manos en los bolsillos del pantalón.

—¡De modo que aún con humos! —comentó burlón—. Me parece, Bundle, que ya no serás capaz de convencerme. He pasado la noche en el salón de tu casa. He espiado los rumores del parque. ¿Sabes a lo que iba?

—Sí.

—Vaya... lo sabes.

—Ibas, como siempre, a buscar el consuelo de mi ternura. ¿Por qué sigues engañándote? Ya no eres un crío, Hugo. Y conoces a las mujeres. Sabes que te habría dado la vida si me la pidieras, y sabes también que tú, si yo te la pidiera, me darías la tuya.

—Pero todo ha terminado.

—Sin permitirme... una explicación.

—Sin nada. Ya sé bastante. —Llevó la mano a la frente y retiró el pelo con gesto maquinal—. Si no quieres humillarte demasiado, lárgate, Bun. Es lo mejor para los dos.

—No tienes derecho a condenarme sin oírme.

—Te condeno, Bun. Y no sabes de qué modo.

Ella fue a decir algo, pero su orgullo de mujer la contuvo. Inesperadamente, giró en redondo.

—Bun...

—¡Ya no te daré esa explicación! —gritó ella.

—Es que no pensaba pedírtela.

Salió sin esperar un segundo más. Aquello terminaba allí definitivamente, y quizá fuera mejor así. La enfermera la vio salir y se asombró ante la dureza de aquel bello rostro. Se dirigió seguidamente a la clínica y vio a Hugo, de pie ante el ventanal, mirando hacia la calle.

—¿Me necesita, doctor?

Él se volvió despacio.

—¿Cómo? ¿Qué dice?

—Si me necesita aún.

—No, no. Puede marcharse ya.

La vida siguió su curso como si nada ocurriera. Hugo trabajó sin descanso, y ella en el sanatorio volvió a ser la de siempre. Con la única diferencia de que en sus ojos se apreciaba, allí, muy en el fondo de las pupilas, una lucecita de melancolía.

Los vio sentados en torno a una mesa y, correcto, pasó a saludarles. Él estaba solo. Hacía más de un mes que entraba todas las tardes en aquella cafetería. Tal vez esperaba verla de nuevo allí.

Por eso, cuando vio a Anne y a Fred aquella tarde, se acercó a ellos. Era una forma como otra cualquiera de saber de ella.

—¡Hugo! —exclamaron ellos a un tiempo—. Chico, cuánto tiempo sin verte. Siéntate, hombre —ofreció Fred—. Ya sabrás que nos hemos casado.

—Lo ignoraba.

—Hace más de tres meses. —Sonrió feliz—. Anne ya espera un bebé.

—¿No te lo dijo Bun? —preguntó Anne con cierta oculta ansiedad.

—No.

—¿No la ves ahora?

—No.

—No sé por qué no termináis de una vez —gruñó Fred—. Bun es un genio con el bisturí en la mano, pero en cuanto a localizar una enfermedad... ya no es tanto. Tú, en cambio, no haces nada con el bisturí, pero localizas una enfermedad con sólo mirar al enfermo. Eso es lo que nos hace falta a nosotros en el sanatorio. Un buen especialista. ¿Por qué no te asocias a Bun?

—Sería tanto como entregarle mi personalidad —dijo ofendido.

Anne se impacientó.

—Así nunca terminaréis de entenderos. Tenéis demasiado orgullo los dos. Bun se pasa la vida en nuestra casa y en el sanatorio. Un día pienso que terminará por cansarse y lo dejará todo. Se irá por el mundo y no volverá más.

—Va mucho por vuestra casa —dijo sin preguntar.

—Claro. Hasta se pasa noches enteras allí. —Rio Fred.

¡Noches enteras! ¿Acaso aquella noche...? Le palpitaron las sienes de modo alarmante. Un esfuerzo de voluntad le privó de preguntar abiertamente. Pero aun así, comentó:

—Una tarde la vi en esta cafetería.

—Sí —saltó Anne—. Ya lo sabemos. Nos lo dijo ella. Dijo que de irse a casa se moriría de desesperación. Al parecer, estabas con tu enfermera.

—Sí. —Y suavemente, aunque le ardía la lengua y la ansiedad

lo agitaba, añadió—: Aquella noche —dijo sin preguntar— también la pasó con vosotros.

—Sí, como muchas otras. Empezamos a jugar al póquer, y como tanto Fred como yo tratamos de entretenerla, pues cuando mira el reloj ya es tarde. Y se queda a dormir en nuestra casa.

—Bueno, ya no os molesto más —dijo Hugo con el semblante inmóvil—. Hasta otro día.

—Toma algo con nosotros, hombre.

—Tal vez me ofrezca de especialista para el sanatorio.

—Si haces eso —se alteró Anne—, eres un gran compañero.

—No, Anne, no. Sólo un hombre enamorado. —Se despidió.

—¡Qué lástima! —comentó Fred, siguiéndole con los ojos—. Son ni más ni menos que hechos el uno para el otro. Tienen dos personalidades muy parecidas.

—Chocarán.

—¿No chocamos tú y yo, mi vida? —Sonrió con una burlona ternura—. Y sin embargo, somos intensamente felices.

La doncella le anunció la visita. Se puso en pie como impulsada por un resorte.

—Hágalo pasar aquí —ordenó, dominándose. E inmediatamente se sentó de nuevo.

Hugo apareció en el umbral y se detuvo un segundo. Avanzó de nuevo.

—Hola —dijo.

«No pienso reprocharle nada —pensó ella—. No pienso hacerlo. Sería tanto como pedirle perdón. Y de nada tengo que arrepentirme.»

—Hola —replicó ella.

Y como permaneciera callada después, él preguntó:

—¿Puedo sentarme?

—Por supuesto.

—Gracias. —Silencio. Él extrajo la pitillera del bolsillo. Se la ofreció abierta—. ¿Fumas?

—No, gracias.

—Estás muy sola.

—¡Bah!

—Te preguntarás a qué he venido.

—No.

—¿No te interesa saberlo?

Se alzó de hombros. Evitaba mirarle.

—No.

—Ya no te intereso en ningún sentido.

Lo miró ahora. Retadora, casi impertinente.

—Me interesas todo lo que tú has querido que me interesaras. ¿A qué fin viene tanta blandura? ¿Tanto interés?

—Si me prestaras un poco de atención, me atrevería a hacerte una proposición.

—Te escucho.

—¿Con interés?

—Todo el que mereces.

—Es que no sé el que me merezco en tu concepto.

No respondió.

—Bun...

—Te escucho.

Se levantó. Fue a sentarse junto a ella. Súbitamente, trató de asirle la mano. Fue como si mil demonios apresaran sus dedos. Los rescató con violencia y se puso en pie.

—¡No! —gritó excitada—. No. Yo no soy tu entretenimiento. Eso se acabó.

—Bun, escúchame...

—No. Fui a tu casa a disculparme. Ninguna otra mujer del mundo lo habría hecho. Yo lo hice. Sabía el daño que te había causado y quise evitártelo.

—No me dijiste dónde habías estado.

—Y ahora lo sabes, ¿no es cierto? Ya sabes que estuve en casa de Anne. No, Hugo. No es eso lo que yo pretendía de ti. Una mujer puede amar mucho, pero llega un momento en que se cansa cuando halla en su camino tanta incomprensión.

—No vengo a pedirte que me perdones aquello —atajó él

con la misma violencia—. Vengo a pedirte que me admitas como especialista en tu sanatorio.

La violencia de Bun, toda su rabia, se doblegó como por encanto. Lo miró fija y extrañamente. Se sentó de nuevo y aún siguió mirándolo.

—De modo que...

—Sí. Con una condición.

—En este caso, seré yo quien imponga condiciones, Hugo.

—Sólo hasta cierto punto. Firmaré un contrato para el resto de mi vida. Pero... tú vendrás todos los días a mi consulta del barrio.

Era más de lo que podía esperar.

—Hugo..., ¿por qué?

—Porque no puedo más —confesó vencido—. Porque si yo hago concesiones, tú has de imitarme. Serás mi jefa en el sanatorio, pero yo seré tu jefe en mi pobre consulta.

—Y en mi vida...

Hugo la acercó a sí muy despacio. Era dócil el cuerpo de Bun. Dócil y suave... La apretó en sus brazos. Ella alzó los ojos. Abatió los párpados de aquel modo. Él sintió una extraña cosa que parecía fuego en su sangre.

—Bun...

—Hugo... No sé si seré feliz o desgraciada junto a ti, pero tengo que estar a tu lado. Tengo que sentirte, tengo que... —La besaba. Otra vez el momento inefable de la entrega. Otra vez reconociéndose. Otra vez empezando de nuevo aquella ventura que no iba a terminar jamás.

—Nos casaremos —dijo él sobre su boca, jugando con sus labios como si fueran la única razón de su existencia—. Nos casamos enseguida, Bun.

—Y me atormentarás.

—Para adorarte.

—Pero...

—¿No quieres? —Le mantenía el mentón bajo sus dedos.

Bun perdió un poco su estirada compostura de cirujana. En aquel instante, sólo era una mujer. Una mujer maravillosa que levantaba el dogal de sus brazos y con ellos rodeaba el cuello de Hugo y buscaba su boca con loca ansiedad. Así era Bun, y él lo sabía...

La ceremonia fue sencilla. Asistieron muchos médicos y enfermeras. Anne y Fred hacían ahora los honores de la fiesta. También estaban Max y su esposa, Joanna y su marido, y los críos, que todo lo revolvían. Ellos se iban en aquel instante.

—Sólo tres días —dijo Fred—. Recuerda cómo nos dejas, Bun.

La doctora Muller quedaba allí, junto a ellos, aunque no era visible. La mujer que sonreía desde el auto era otra. Muy distinta.

—Hasta pronto.

—¿Adónde vais? —preguntó Anne. Hugo rio, asiendo la cintura de su mujer.

—Eso es un secreto.

Max apareció ante ellos. Todos rodeaban el auto. Hugo se hallaba sentado ante el volante y, a su lado, Bun. Una Bun radiante, feliz, juvenil y sonriente.

—Oye, Hugo, ¿ya sabes que puse un cartel en tu clínica? «Ausente por tres días.»

—No te preocupes, Max. Pon otro que diga: «Sólo se recibirá por la tarde.»

—Eso ya lo hice.

—Adiós. —El auto arrancaba. Se perdió a lo lejos.

Joanna y Aimée se miraron.

—Si tía Lora y mamá levantaran la cabeza... —susurró Joanna.

—Desde el cielo, en colaboración con la madre de Bun, seguro que lo han organizado ellas.

Anne decía a Fred:

—No sé si, al finalizar el corto viaje, chocarán.

Fred le apretó el brazo íntimamente.

—¿No recuerdas que chocamos tú y yo el mismo día? Yo roncaba, y el descubrimiento te desagradó.

—¡Qué tonto eres!

—¿No te gusta ahora que ronque?

—Fred, no seas majadero.

—¿Te gusta o no te gusta? —apremió él apasionadamente.

Ella, disimuladamente, para que los demás no la vieran, le besó la nariz.

—Me gusta todo lo que tú hagas, digas o pienses.

—¡Mi vida...!

—¿Sabes lo que me parece, Hugo?

—Sí.

—Escúchame. —La besaba en la garganta largamente—. Hugo, estate quieto.

—Querida.

—Me parece que estoy en el barrio de Walhamstow, en aquella casita...

Hugo no la escuchaba. La sensibilidad de Bun se agitó.

—Eres como una gatita —le dijo él.

—Te amo, Hugo.

—¿No te gusta eso?

—¿Tu amor o tu clínica?

Él reía. Era su risa íntima, suave. La risa de Hugo que empezó a oír muchos años antes, en el corredor de la buhardilla. Por unos instantes, se olvidó de todo. De su casa de Walhamstow, de la muerte de su madre, de tía Lora, de la buhardilla, de todo, para pensar sólo en el Hugo que estaba a su lado, que era su marido, que le hacía intensamente feliz.

—Nadie debe saber que estamos aquí.

—Nadie.

—Pero, cariño..., deja de besarme y escúchame. ¿Sabes cuántas horas llevamos en tu clínica?

—¿Qué importa, qué importa?

—Escucha... —La besaba otra vez en plena boca, con habilidad, de aquella forma que sólo él sabía hacerlo. Bun se olvidó de nuevo de lo que iba a decir. Más horas, más besos—. Eres de una sensibilidad conmovedora, amor mío —le dijo al oído.

Se puso en pie. La miró desde su altura. Volvió a inclinarse sobre ella. Bun extendió los brazos y lo atrajo hacia sí.

—¿Ves cómo eres tú la que no me dejas?

—Hugo... ¡si supieras cómo te amo...!

—Y me necesitas.

—Intensamente.

—Como yo a ti, mi vida. ¿Sabes que vamos a pasar tres días aquí sin que lo sepa nadie? ¿O prefieres los grandes hoteles a esta soledad?

—Te prefiero a ti —dijo ardientemente—, dondequiera y comoquiera. Tú bien lo sabes. —Era maravilloso tener a Bun así. Una Bun sin bata, sin bisturí... Una Bun mujer verdadera, apasionada, sensible.

Lo sentía tras ella.

—Hugo, que tengo que hacer la comida. —Le desató el delantal.

—No sirves para cocinera, Bun. Déjame que lo haga yo.

—Tengo que demostrarte que soy una mujer de mi casa.

Él reía, con el cuerpo femenino apretado por la espalda. Perdía su boca en la garganta suave de Bun.

—Me haces cosquillas.

—Y te gusta. —La envolvió en sus brazos. Se oprimió contra él—. La comida —musitó Hugo apasionadamente burlón.

—No necesito comer, Hugo. Te necesito a ti. No sé qué me pasa cuando me besas. No lo sé, Hugo. Él sí lo sabía. Por eso la llevó en sus brazos y dejó la comida en el fogón.

Tres días. Nunca olvidarían aquellos tres días. Pero la vida se organizó de nuevo. Regresaron al chalecito después de un mentido viaje. Empezó un trabajo. Todo fue bien en principio. Pero un día, Bun, debido a un enfermo que murió en la mesa de operaciones, se sintió enfadada, o más bien desesperada. Se encontró con Hugo al regresar al despacho.

—Oye, tú has diagnosticado mal. Ese hombre tenía una lesión de aorta.

—Te lo dije.

—¿Cómo? ¿Aún te atreves? —Frenó en seco. Hugo la miraba quietamente. Fijamente. Ella hubo de emitir una risita—. Perdona.

—No, sigue, ¿qué ibas a decir?

—Hugo...

—Busca la ficha. Pregunta a los demás. Tú te has aturdido. Has cambiado los enfermos. El que acabas de operar tenía...

—Cáncer. Pero también lesión.

Hugo se dirigió al fichero y rabioso lanzó sobre la mesa dos fichas.

—Aquí las tienes. Míralas bien.

—Hugo..., estoy nerviosa. Eso es lo que me ocurre.

Ya el hombre se desarmó. La amaba demasiado. Chocarían muchas veces allí, pero, tan pronto ella se quejaba, Hugo ya estaba a su lado. Aquella mañana la envolvió en sus brazos.

—Querida, ya sé lo que te pasa.

—¿Lo sabes?

—Claro. Te siento hace dos mañanas. Tienes náuseas.

Se oprimió contra él.

—Perdóname, no te lo dije antes...

—¿No ves que no tenías necesidad de decírmelo? En estas cuestiones, querida Bun, mi adorada impetuosa, soy tan médico como tú, o quizá más.

—Estás cansada.

—Un poco, nada más.

Desfilaba el último enfermo de la clínica de barrio, donde trabajaban sin cobrar un chelín. Hugo tomó en brazos a su mujer y la condujo al cuartito donde pasaron la luna de miel.

—¿Sabes qué hora es? —le dijo al oído.

Ella abatió los párpados.

—Las diez de la noche.

—Dormiremos aquí... Te voy a desnudar.

—Hugo...

—Sí, mi vida, dime.

—No quiero que nuestro hijo sea médico.

—Será lo que él quiera ser. Como tú fuiste lo que quisiste y yo lo fui también. Sólo siendo lo que uno quiere y desea se consigue algo en la vida.

—Hugo.

La desvestía.

—Hugo...

—Dime, amor mío...

—Te adoro. Tú lo sabes, ¿verdad?

Se inclinó hacia ella. Empezó a besarla. Bun estaba cansada, pero no para recibir el amor de su marido.

—Cuando me enfade —dijo bajísimo—, fréname, Hugo. No me hagas caso.

—Voy conociéndote...

—Me amas.

—Más que a mi vida.

—Quiero quedarme aquí, Hugo. Amor mío. Y pensar que es mi noche de bodas.

—Pasaremos aquí, en esta humilde alcoba, muchas noches como ésta, Bun, pequeña sensitiva.

—Te gusta que sea así.

No respondió. La besaba.

El caso de Sandra

¡Feliz el mortal que, alejado del trato ajeno, al modo de los primitivos hombres, cuida de los paternos campos con sus propios bueyes, libre de todo afán de lucro!

HORACIO

1

Sandra ese día hizo lo que hacía todos los demás. No era automática, ni ceñida a ningún esquema, pero había cosas que se hacían todos los días por simple razonamiento, por coordinación, tal vez un poco por necesidad.

Colgó el abrigo en el perchero, se quitó la bufanda que le colgaba al cuello, se deslizó hacia el living y puso el contestador automático en marcha. Después se acercó a la cocina, y buscó en el horno algo que la alimentara.

Pero cuando se disponía a preparar la bandeja para sacar del horno una carne asada, el contestador automático detuvo sus ademanes.

—Es preciso que nos veamos hoy mismo. ¿A qué hora dejas la consulta? Nada más termines, me llamas. Estaré esperando tu llamada. Es urgente. Espero que a las ocho estés libre y nos veamos en Fragata.

Inmediatamente Sandra colocó la bandeja sobre la mesa y procedió a servirse la ensalada que guardaba en el frigorífico. Pero otra voz detuvo sus movimientos.

—Espero que el sábado, mañana, me bajes a Borja. De paso me gustaría cambiar impresiones contigo.

Sandra sacudió la cabeza.

La voz de su ex marido no la asombraba nada, ni tampoco lo que le decía, pero lo de Elena... ¿Qué podía tener de urgente Ele-

na con ella, después de todo lo ocurrido? No lo comprendía.
Las cosas en su momento quedaron muy claras. Y no quedaron
para un día ni para dos, para ella, al menos, quedaron muy defi-
nidas para toda la vida.

Y si algún día dudó por necesidad, a la sazón, esa necesidad
no existía. Las cosas poco a poco se fueron acomodando, aco-
plando y arreglando.

Era una mujer esbelta, joven, ¿cuántos años? Parecía tener veintidós, pero realmente había cumplido en aquellos días los veintisiete.
Morena, de abundante cabello negro, ojos, en cambio, tremenda-
mente azules, rasgados, pensativos. Unos ojos poco corrientes. Boca
delicada, de labios bien pronunciados, sensuales, dientes blancos, pero algo montados los incisivos, lo cual, si cabe, le daba
mayor gracia femenina. Sus modales cuidados, su aire distraído,
su sensibilidad, que se apreciaba en cualquier movimiento.

Colocó sobre la bandeja un pañito, una servilleta, el servicio
para la ensalada, la carne en una bandeja pequeña y un vaso de
agua. Con todo ello, y enfundada aún en el pantalón de pana
rojo y la camisa blanca, con un suéter encima, se dirigió al living
y se sentó ante la mesa de centro.

Enseguida oyó el llavín en la cerradura y los conocidos pasos de Ciril.

—Buenos días, doctora —dijo el recién llegado—. He tenido
que salir. Venía muy apurado para servirle la comida. Lo siento.
Me he entretenido.

Sandra siempre pensaba un montón de cosas al ver a su criado.

Pero terminaba sacudiendo la cabeza y desviaba la mente
hacia cualquier otro lugar.

—He salido demasiado temprano —dijo Sandra amable—.
¿Qué tal se ha portado Borja?

—Como siempre magníficamente. Lo recogeré a las cinco. Le
he prometido llevarlo a ver una película de dibujos animados.

Hablando, se despojaba del zamarrón y se iba a colgarlo al
perchero para regresar con unos paquetes.

—No teníamos nada y he ido al supermercado. La despensa
se estaba quedando vacía. Aquí tiene la cuenta.

—¿Ha comido?

—No, pero lo haré después. Ahora debo planchar unas ropas.

Se dirigía a la cocina y Sandra le veía desde el living sin dejar de comer.

Buen resultado estaba dando el chico. Tanto como dudó para admitirlo y era mejor que cualquier sirvienta.

Tenía la casa brillante, todo en su sitio, la comida a punto. Y Borja, que era lo más esencial, le había tomado cariño.

—Mañana a las dos tendrá que bajar a Borja al portal. Su padre lo recogerá. Se pasará con él el fin de semana.

Ciril parecía que iba a decir algo, pero sólo volvió la cabeza y después de sacudirla un poco se dirigió a la cocina.

Sandra comió con apetito. Salía de casa muy de mañana, antes de las ocho, y se iba al hospital de la Seguridad Social donde tenía plaza fija. A las once bajaba a la cafetería a tomar un café y después ya no dejaba las salas o los despachos hasta las dos de la tarde. Su jornada era cómoda y le ofrecía margen para trabajar con Patricia por las tardes.

Llevó la bandeja a la cocina y Ciril le preguntó si iba a tomar café.

—No, gracias. Lo tomo en la consulta. Recuerde recoger a Borja a las cinco en el bus, y si va al cine con él espero que no regresen muy tarde.

—A las nueve escasas estaremos de vuelta, le daré la cena, lo bañaré...

—Dígale que mañana se irá con su padre.

—No faltaba más.

—Buenas tardes, Ciril.

—Buenas, doctora.

Sandra se dirigió a la salita, se puso el abrigo y la bufanda y se colgó el bolso al hombro. Minutos después descendió en el ascensor hacia la calle. Tenía el pequeño auto estacionado delante de la puerta y en él se iba a la consulta, que no estaba precisamente cerca de su vivienda, porque ella vivía en la zona de la playa y la consulta se hallaba ubicada en el centro.

Ella y Patricia hicieron el bachillerato juntas, en un colegio de lujo. Después se separaron. Patricia estudió la carrera en Madrid y ella en la capital de la provincia. Al cabo de los años volvieron a encontrarse. Patricia no había sacado plaza en la Seguridad Social y decidió establecerse por su cuenta. Cuando estalló la crisis familiar Patricia le ofreció ayuda.

«Me faltan elementos de juicio. Pero tú eres una persona más solvente económicamente que yo. Tal vez con tu firma, una financiera nos dé facilidades para montar la clínica en su totalidad.»

Fue curioso porque, después de tantos años, ella no tenía solidez económica ninguna, salvo su sueldo, que no era muy alto, un piso que montar, un hijo al que mantener y una familia en contra.

No se anduvo con tapujos. A Patricia de poco servía engañarla y más hallándose establecida en una ciudad de provincias donde se sabe todo enseguida.

Pero en vez de responderle, le preguntó:

«¿Por qué has venido a establecerte en esta ciudad, habiendo estudiado en Madrid? Siempre hay más posibilidades en las grandes capitales...»

«En Madrid hay muchos médicos magníficos —le había replicado Pat—, y en cambio en las ciudades como ésta, cuando te conocen y se dan cuenta de que manejas bien tu profesión, tienes oportunidad de ganar más dinero. Yo estoy ya establecida. Tengo algún cliente. Gano para ir viviendo. Con tu ayuda y en sociedad, podríamos hacer grandes cosas.»

Sandra se lo dijo de sopetón:

—Supongo que sabrás que me he casado.

—Claro... Con tu novio de toda la vida, Ramón. ¿No?

—Y que me he divorciado.

Patricia lo ignoraba. La miró asombrada...

—¿Divorciada?

—Hace tres años.

—¿Y eso?

Nunca entró en detalles. ¿Para qué? Conocía la discreción de su antigua compañera. Así que en ese momento no dijo nada, y lo curioso es que jamás le había preguntado nada al respecto.

Detuvo el auto y abandonó sus reflexiones retrospectivas. Se perdió en el portal, en cuya entrada había una placa negra con letras doradas, donde figuraban su nombre y el de Patricia: «Doctores Maldonado y Sanjulián. Ginecólogos.» Justo lo que eran Patricia y ella. Sonrió un tanto divertida.

¡Las cosas que habían pasado antes de llegar a tener consulta! De todos modos, con la financiera consiguieron los aparatos modernos que precisaban. La financiera confió más en ellas y su trabajo que en sus posibles clientes.

Eso fue el comienzo. Después todo vino rodado. Un año ya y se desenvolvían divinamente. Tenían varios seguros particulares, clientes privados, y ella, particularmente, la Seguridad Social en la mañana, que le ofrecía la oportunidad de un sueldo fijo y una experiencia que adquiría casi sin darse cuenta.

Abrió con su llavín y enseguida vio a Patricia, que dentro de su bata blanca andaba por la consulta. La enfermera se hallaba limpiando un poco la sala de visitas.

Ella sólo ayudaba a Patricia en las tardes, pero su amiga tenía consulta en la mañana porque en principio no sacó plaza en la Seguridad Social, y en aquel momento no la quería aunque se la diesen. Es más, ella misma andaba pensando en pedir la excedencia. Pero... tal vez lo reflexionase mucho antes de hacerlo. El sueldo fijo era una garantía y, si bien Patricia era soltera y libre, ella tenía un hijo que estaba a su cuidado, una casa que mantener y un criado a quien pagar. Por tanto, tendría que pensarlo mucho antes de dejar el hospital.

—Te estaba esperando para tomar el café —dijo Pat al verla—. Vente para acá.

Sandra se despojó del abrigo y la bufanda y procedió a ponerse la bata blanca allí mismo, en la entrada. Patricia vivía en aquel amplio y moderno piso y la enfermera era su muchacha, recadera, limpiadora y enfermera, naturalmente.

—Buenas tardes, Ina —saludó Sandra atravesando el ancho pasillo y adentrándose en la vivienda particular de su socia—. Hace un día desapacible —comentó—. ¿Qué tal la mañana, Pat?

—He tenido un parto, así que me la pasé en el hospital priva-do. Por la tarde tenemos dos. Así que...

—La cosa se dilatará...

—Son dos cesáreas programadas —dijo Pat a la vez que en-chufaba el hornillo eléctrico—. No me digas que lo has olvidado.

—Pues sí. Y, además, si mal no recuerdo, son para las siete y las ocho.

—Justamente.

—Hum...

—¿Qué pasa?

—Será mejor que me sirvas el café. —Se sentó ante la mesita de centro y Pat puso el servicio sobre la bandeja—. He recibido un recado de mi hermana Elena...

—Pensé... —apuntó Patricia.

—Sí, que no tenía relación con ella. Y no la tenemos. Pero me cita. He encontrado el aviso en el contestador automático. Hace tres años que no sé nada de ella, lo que puedas saber tú. En una ciudad como ésta se sabe todo; de todos modos, no creo que nadie ignore lo ocurrido entre mi hermana, mi cuñado y yo. Tú has sido tan discreta...

—Toma el café —la cortó Pat—. Yo he sido discreta porque tal vez sé tanto como tú del asunto. Tú lo acabas de decir, en una ciudad como ésta, y en cierto círculo social, se sabe todo lo que se quiere saber.

—Ya.

—¿Irás?

—Iré. Pero antes tengo que hacer una llamada.

Y se levantó, volvió la cara para ver mejor a su amiga.

—Todo fue por mi divorcio.

—Claro.

—Por lo visto, para Elena y su marido una mujer que se casa debe soportar todo aquello que le ocurra, aunque sea negativo.

—Ya.

—Vuelvo enseguida.

Y, en efecto, regresó al instante.

—Ahora mismo sale para la cafetería de abajo. Yo también.

—Miró su reloj de pulsera—. Si no regreso para las cuatro, empieza tú sola. Le he dicho que a las ocho tengo una cesárea.

—Son dos.

—Eso no le importa a Elena. Ella me citó a las ocho y yo no puedo ir ni a las siete ni a las ocho. De la única hora que dispongo es ésta.

—¿Qué supones que querrá?

—No creo que pretenda casarme de nuevo con mi marido. Yo no sé si Elena es feliz con Paulino. Tampoco se lo pienso preguntar. Pero sea o no sea feliz, para ella el divorcio no cuaja, no entra. Y menos teniendo un nombre como el mío, perteneciente a un estatus social relevante... Y un marido de una de las familias más distinguidas de la ciudad.

—Nunca me has dicho por qué, Sandra.

—No. —Sacudió la cabeza—. Un día te lo explicaré. Pero tampoco creo que lo desconozcas.

—Sé la versión... ¿Es la misma que tú has vivido?

—Seguramente no. Pero no importa. Si se presenta algo urgente llámame a la cafetería, me harás un favor. Cualquier cosa que Elena tenga que decirme a estas alturas me tiene totalmente sin cuidado. Ya no soy una cría y, además, tampoco estoy desarbolada. Si cuando me divorcié se me caía el mundo encima, ahora lo tengo todo muy seguro, muy sólido. Y nunca me pesó, en tres años, haberme divorciado.

Salió y Pat se tomó el café. Lo recogió todo y miró la hora.

Empezaba a las cuatro. Faltaban algunos minutos.

Tenía horas para las citas. Nada de aglomeraciones. Les costó hacerse con un número más o menos fijo de pacientes, pero en aquel momento tenían suficientes. Claro que los inicios siempre son difíciles.

Se imaginó lo que la estirada Elena deseaba de su hermana. Pero prefirió no tocar el tema con Sandra. La conocía. A Sandra, cuando decidía algo, no había forma de desviarla. Tardaba en decidirse, pero cuando llegaba a ese punto crucial, estaba fija con su idea y no había razonamiento alguno que la hiciera desistir.

De todos modos se imaginaba a la estirada Elena, la recorda-

ba de cuando ella y Sandra eran compañeras de bachillerato; tenía a Sandra más atosigada que los mismos padres, y cuando
aquéllos fallecieron Sandra se convirtió en una ficha de dómi-
no que sólo movía Elena. Tal vez por eso su amiga se casó rápidamente.

2

No había recibido aún al primer cliente cuando vio entrar a Sandra y ponerse la bata blanca.

—¿Y eso?

—No he querido oírla. No soporto que se inmiscuya en mi vida. Cuando era estudiante, porque estudiaba demasiado, cuando decidí casarme, porque Ramón aún no había terminado la carrera, y ahora...

—Lo adivino, ¿verdad?

Pat tragó saliva.

—Dado que has cortado con Elena en su momento, no entiendo por qué ha de inmiscuirse en lo que tú hagas.

—La dejé con la palabra en la boca. Yo he cortado de verdad. ¿No han hecho todo lo posible para que yo llegara a este grado de indiferencia? Pues ya he llegado y me tiene sin cuidado lo que digan, lo que piensen, lo que se comente o lo que se crea. Totalmente sin cuidado. —Y sin transición—: ¿Empezamos? Tenemos al cliente de las cuatro esperando.

—Elena se iría hecha un basilisco.

—Espero que no vuelva a llamar. Que me olvide. Mira, yo me casé con Ramón enamorada. Tú sabes bien que lo estaba. Ramón era un tipo estupendo. Mal estudiante, de acuerdo, pero comenzamos nuestras relaciones siendo adolescentes. Por aquel entonces Elena y Paulino le criticaban que no hubiese terminado la carrera, pero era de buena familia, muy conocida por ellos. Un partido excelente, pero yo no me casaba con un partido, sino con un hombre que me amaba y al cual yo quería muchísimo. Nada más terminar la carrera, que la terminé en un tiempo récord, porque me gustaba, y nunca fui mala estudiante, decidí casarme, y Elena y Paulino cedieron. Me hacía ilusión. ¿Para qué voy a negarlo? Tenía veintiún años y mi novio otros tantos. No pensé, de ninguna manera, que después de conocernos durante tanto tiempo pudieran surgir problemas... Pues surgieron. —Sacudió la cabeza—. Será mejor empezar, y luego, en el sanatorio, entretanto esperamos para realizar la cesárea, te lo cuento, o quizá durante la cena. Llamaré a Ciril para decirle que llegaré tarde. Ve empezando tú, Pat.

Al rato se reunió con ella.

—¿Ya has advertido a Ciril?

—Claro. Él bañará a Borja y le dará la cena. No tengo preocupación alguna con él en casa. Es un perfecto criado.

—Y es el motivo de la visita de Elena.

—Pues claro. ¿Quién le iría con el cuento? Ciril lleva en casa un mes escaso y fue por el anuncio en el periódico. Un anuncio que yo había puesto. Estaba harta de que me recomendaran una muchacha interna. De modo que cuando vi a un hombre no lo dudé. ¿A qué fin? Yo no tengo prejuicios de nada.

Se pusieron a trabajar y a las seis y media se fueron al sanatorio, donde tenían pendientes dos cesáreas.

—¿Te acuerdas de cuando empezamos, Sandy?

—¡Huy, de eso ha transcurrido mucho tiempo! Estamos abriendo unos caminos insospechados. Si te digo la verdad, nunca pensé montar clínica privada, y si no te encuentro a ti... Pero ahora estoy muy contenta. Es más, en un año he hecho más dinero que en todos los que llevo en la Seguridad Social. Y eso que no cobramos demasiado.

A las nueve y media las dos dejaban el sanatorio, dos niños preciosos en el mundo y dos madres bajo los efectos de la anestesia, pero en perfecto estado.

—Ahora, tranquilamente nos vamos a comer por ahí —dijo Sandra—. Estoy segura de que Ciril se habrá ocupado de Borja. Lo peor es que este fin de semana lo reclama Ramón. Se conoce que está en la ciudad.

—De todos modos, vuestra relación es cordial.

—¿Y qué remedio? Después de tanta lucha, uno se habitúa.

Sentadas frente a frente en un lujoso restaurante, Sandra comentó:

—No entiendo por qué las noticias llegan siempre tan pronto y tan directas. Claro que, cuando elegí a Ciril entre muchas personas femeninas, estaba hasta la coronilla de chicas internas que me duraban un mes o una semana.

—Y supones que este chico...

—Durará más y es mucho más diligente. Tiene todo bajo control. Borja le ha tomado afecto. No se mete en nada. Es discreto, fino y delicado.

—¿Y... por qué se dedica a servir?

—No se lo he preguntado. Sólo le pedí que pasara por la Seguridad Social y se sometiera a un reconocimiento, y lo ha hecho. El equipo me presentó un certificado de su excelente salud. No es drogadicto, no es borracho ni tiene enfermedades contagiosas. Su vida privada me tiene sin cuidado.

—Pero me imagino a Elena escandalizada con la noticia de que tienes un sirviente interno varón.

—¡Bah! Por muchas cosas tendría que escandalizarse Elena. Lo dejé claro. Espero que no vuelva a inmiscuirse en mi vida bajo ningún concepto. Yo no la considero nada mío. Realmente, en el momento en que más apoyo necesité, me vi sola. Espantosamente sola. No entiendo aún cómo salí adelante, pero lo hice. Tal vez mi tesón, tal vez mi fuerza oculta... ¡Yo qué sé! A ellos dos fue a quienes primero acudí. Con mis suegros no podía contar. Lo que ellos hacían exclusivamente era pagar unos estudios que su hijo no aprovechaba. ¿Pretendían que yo soportara todo el resto de mi vida a una persona celosa, tirana, vaga, absurda? No es mi estilo y cualquiera que me conoce lo sabe. Por tanto, lo siento, pero yo tengo una sola vida y prefiero vivirla a mi modo.

—No lo amas ahora, pero yo recuerdo...

—Sí, sí, Pat —la atajó nuevamente—, me casé tan enamorada que poco le costó a Elena convencerme.

—¿Por qué ese empeño en casarte?

—No creo que fuese por quitarme de delante —meneó la cabeza negando—, no. De eso estoy segura. Se debió todo a la forma de ser de Ramón. Iniciamos la carrera juntos —murmuró como rememorando algo que no había tocado con su amiga jamás, pero que entendía debía tocar de una vez por todas y para siempre en aquel instante—. Teníamos la misma edad. Yo terminé mis estudios y Ramón se estancó. Tal vez ambas familias, las de los dos, consideraron que el amor propio de mi futuro marido, ya casado, despertaría y se decidiría a terminar la carrera. Y ésa fue la razón.

—¿Y tú?

—Yo también lo consideré así, por lo cual no me extraña que los padres de Ramón y mi propia hermana junto con su marido pensaran como yo. Nos casamos, por supuesto. Realmente lo estábamos deseando. Fuimos felices y a los nueve meses justos nació Borja... Ramón dejó de estudiar, nos mantenía su familia. Elena no decía palabra. Yo hacía el MIR en el hospital de la Seguridad Social donde al final saqué plaza. Pero los complejos de Ramón se hacían cada día más patentes. No soportaba sus enfados, sus tiranías... Y menos aún que cada céntimo que entraba en nuestra casa lo trajeran sus padres. O yo...

—Y así se fue apagando el amor.

—A los dos años de matrimonio, con Borja de año y medio, la vida junto a Ramón era insoportable... Visité a Elena, le hablé de mi calvario, de la muerte de todo mi amor, de las incongruencias de Ramón.

—Y Elena te dijo que te habías casado para toda la vida.

—Exactamente así.

—Y te rebelaste.

—Me volví loca. Detesté a Ramón tanto como lo había querido. Parece mentira que se llegue a tal estado de indiferencia. Toda mi vida amándole y a los dos años de casados no nos soportábamos. No fui yo sola. Él odiaba mi trabajo, mi carrera terminada, mi independencia económica. Cerró los libros para siempre y los padres nos mantenían. Me negué a recibir dinero de mis suegros, pero Elena me frenó. No soportaba aquella situación, las heridas se hacían cada día mayores. Insoportables. Profundas al máximo...

Hubo un silencio.

Por encima de la mesa Pat deslizó los dedos y los puso sobre la mano de su amiga.

—No sigas, Sandy, me hago cargo. No es como lo cuentan por ahí. Pero eso importa un rábano.

—¿Qué dicen por ahí?

—¿Te interesa de verdad?

—Nada. Nada en absoluto. He luchado ya lo suficiente y estoy cansada. De momento sólo me interesa mi vida y no permitiré que en ella se inmiscuya nadie. Elena no me ayudó, sino todo lo contrario. Se opusieron al divorcio. También Ramón. Una cosa era lo que sucedía entre los dos, que nos estábamos matando moralmente, y otra lo que sabía la gente. Y la gente, la suya, no la mía, nos consideraba felices... Ya se encargaban los padres de pregonarlo, y Elena y mi cuñado. Todo menos el escándalo que suponía un divorcio. Y te aseguro que yo no podía más. No soportaba ni dormir a su lado. El amor se fue muriendo así.

—Cuando yo volví a encontrarte, ya estabas divorciada.

—Sí, claro. Llevo tres años justos, y hace uno que estoy en sociedad contigo. Me quedé sola con mi hijo, porque el juez me dio su patria potestad. Tuve un buen abogado, pese a la fuerza de mi cuñado para que ningún amigo suyo defendiera mi caso. Gané lo que pude, que fue a mi hijo, y me quedé sin piso, porque era de mis suegros y no dudaron en echarme de él. Alquilé uno y viví como pude. Pero no podía, lógicamente, ocuparme de mi hijo todas las horas del día. De ahí mi trasiego con el servicio. Encima que pagaba un sueldo con gran sacrificio, las chicas que llegaban a casa no me daban buenos resultados.

—Por eso no dudaste en elegir a un hombre.

—De eso hace un mes y aún no me ha pesado. Ciril es educado, diligente, trabajador, delicado. Está sano y de momento me va bien con él. Parece ser que Elena está escandalizada, pues bueno...

Pat rompió a reír.

—No entiendo cómo Elena no te conoce.

—Nunca me ha conocido. Ella vivió siempre para sus prejuicios, para sus esquemas, para sus tradiciones. En ella todo es convencional y yo detesto esas posturas. Cierto que de soltera era un calco de ella, pero después fui aprendiendo aprisa muchas cosas. Me di cuenta de cuántas miserias físicas nos rodean. Desde mi dimensión de médico vi morir a jovencitas, a mujeres de mediana edad. Me fui haciendo a la muerte y a los problemas que conlleva. Comprendí que este mundo está podrido. ¿Cómo entender si no que Ramón, el novio ideal al que yo adoraba, el que me enseñó cuanto sé del amor, de repente se convertía en un títere, en un resentido, en un tirano? Así, poco a poco fue acabando con nuestro matrimonio. Cada ilusión, cada recuerdo... Hoy me es tan indiferente que ni siquiera le guardo rencor por lo ocurrido... por todo lo que viví con él y por él.

—¿Qué hace ahora?

—Por supuesto que ha dejado medicina totalmente. Cursaba el cuarto año, pero jamás lo terminó. Los padres creyeron que el amor propio, una vez casado, lo empujaría a ello. Lo ha empujado, pero a todo lo contrario. Ahora lleva representaciones de farmacia o algo parecido. Por fin, al menos, trabaja. Pero es que las cosas del padre no van como iban. Tenían barcos y los fletes se han puesto por las nubes y las reparaciones cuestan fortunas. Antes dos barcos enriquecían a una familia, ahora, con el nuevo sistema, la empobrecen. Ya no quedan barcos, pero sí se van manteniendo dignamente. Ramón hubo de entender que su fortuna sólida ya no lo era tanto. Supongo que le habrá costado decidirse. Pero después del escándalo del divorcio, lo demás debe de pesar bastante menos.

—Y a ti te costó salir.

—Una barbaridad. Menos mal que saqué la plaza, pero el

piso hube de dejarlo tal cual. Ni siquiera me dieron la habitación. Así que alquilé un apartamento y viví en él con Borja y chicas de servicio que no me duraban demasiado. Hace cosa de dos meses te lo advertí: «El día que me tope a una persona, sea hombre o mujer, que dé la talla, la tomo interna.» Y aparecieron muchas. Puse un anuncio y acudieron más chicos que chicas. Por lo visto el desempleo afecta a todos, sin distinción de sexo. Me gustó Ciril. Un tipo de treinta años, según consta en su carnet de identidad, auxiliar de oficina, sin empleo. ¿Por qué no tomarlo de prueba? El que sea hombre y además joven y bien parecido me tiene sin cuidado. En cuanto al parecer de Elena me tiene aún más sin cuidado. Cuando le hablé del divorcio puso el grito en el cielo; cuando al fin, por encima de todo, lo consumé, se negó a ayudarme. Le pedí un cuarto para mi hijo y para mí. Le sobran, pero no me lo cedió. Paulino me dijo que jamás contara con ellos. Llegas tú y me ofreces la oportunidad de prosperar. ¿A qué fin no aceptar? Tú pensaste que dado mi nombre relevante y la familia a la cual pertenecía, te sería más fácil que la financiera nos pagara los aparatos que necesitábamos...

—Y entonces tú te personas en la financiera y dices que pones de fianza tu profesionalidad y la mía.

—Y nos bastó. ¿Qué debemos, Pat?

—Unas letras de nada. Dentro de poco podremos hacer algún dinero. Estamos siendo conocidas. Tenemos clientes interesantes. Hemos tenido suerte con nuestras amigas... No todo el mundo es tan cerrado como Elena.

—¿Y a qué se achaca el que Ramón y yo nos hayamos divorciado?

—Por ahí se dice que te fue infiel. Que lo pescaste con una amiga.

—Mentira —dijo Sandy divertida—. Ramón no tiene agallas ni para eso. Lo que sucedió fue, sencillamente, que me hacía la vida imposible con sus complejos, su resentimiento, sus celos infundados... La vida se convirtió en una batalla campal y yo me fui enfriando día a día. Llegó un momento en que no pude más y me dije: «O él o yo.» La elección era obvia.

—Por supuesto.

—¿Qué hora es?

—Las dos.

—¡Oh! Si Ciril me oye llegar, pensará que soy un pendón.

—¿Crees que aguantará en tu casa, Sandy?

—No lo sé. Yo no pienso despedirlo a menos que me dé motivos. Te diré una cosa, desde que está en mi casa, observo que todo camina mejor. Es buen cocinero, plancha divinamente, hace la compra. No tengo que decirle esto o aquello. Lo tiene todo al día.

—Y el hecho de que sea un hombre joven y bien parecido...

Sandy se alzó de hombros.

—Mejor para él.

—¿No te habló nada de su vida?

Sandra la miró censora.

—No me interesa nada que lo haga, Pat. El asunto, cualquiera que sea, es tan suyo que a mí no me interesa ni le pienso preguntar. Mientras responda, en mi casa estará bien.

—¿Sabe tu ex marido que tienes a un chico en vez de chica?

Pagaron y salieron del restaurante. Subieron al auto.

—Te dejaré en la clínica de camino a mi casa. Menos mal que mañana no tengo guardia. Son cerca de las tres. Mañana se enterará, porque ha llamado pidiendo que le lleve a Borja.

—¿Qué tal el niño con Ciril?

—Bien. Muy bien. Se nota que a Ciril le gustan los críos, que era lo que a mí me interesaba. Por las mañanas lo lleva al bus y lo recoge por las tardes. Hoy se iban al cine...

—Oye, Sandy, ¿tiene buenos antecedentes?

—Claro, de lo contrario no lo hubiera admitido. He llamado por teléfono a Madrid, que es de donde procede, y me han dicho que es un excelente ayuda de cámara.

—Pero tú no necesitas ayuda de cámara.

Sandra detuvo el auto ante la clínica y cruzó los brazos ante el volante.

—Pat, suéltalo. Estás deseando decir algo.

—Pues sí. Es comprometido que tengas a un hombre en casa.

Yo en tu lugar... Y no frunzas el ceño. Soy tu mejor amiga, y además tu socia. Pienso que, si un día se te ocurre casarte de nuevo, el hecho de que tengas a un muchacho de servicio en vez de una muchacha puede perjudicarte y quizá te interese más que ahora.

—¿Interesarme qué, Pat?

—Que no se diga nada en tu contra.

—Mira —dijo tajante—, he pasado tanto sola, he sufrido tantas vejaciones, he pasado hasta hambre sin que nadie me la quitara, que todo lo que de mí piensen los demás me importa un rábano. Y no pienso despedir a Ciril mientras se comporte digna y responsablemente.

3

Ramón Terán se quedó de pie junto a su auto viendo a su hijo avanzar de la mano de un hombre joven, bien parecido, vestido con un pantalón de pana, fuertes botas y una pelliza, además de una visera a cuadros cubriendo su pelambrera.

—¡Éste es Ciril! —gritó Borja, que con sus seis años parecía ya un buen chicarrón—. Papá, papá.

Ramón miró al hombre antes que a su hijo.

—¿Y usted quién es? —preguntó—. Yo esperaba...

—A la sirvienta del mes pasado. No está, señor —dijo Ciril impertérrito.

—Y...

—Ahora soy yo el servidor de la doctora.

—¿Usted?

—Papá, papá, estoy aquí.

Ramón enredó la nerviosa mano en la cabeza de su hijo, pero no dejaba por ello de mirar al «sirviente» de su ex mujer.

—Quiere decir que usted...

—Estoy al servicio de la doctora, ya se lo he dicho.

—Papá, Ciril vive con nosotros.

Ramón lanzó una breve mirada sobre su hijo y otra más penetrante sobre Ciril.

—Mi nombre es Ciril Cafrans.

—¿Y ese nombre qué significa?

—Pues lo que está oyendo.

—Y dice...

—Sí —lo atajó Ciril, pensando que no le extrañaba nada que la doctora estuviera divorciada de aquel cretino—. Para servirle, señor.

—Será para servir a mi ex mujer. Me llevo a Borja.

—¿A qué hora vengo a buscarlo?

—Mañana lo llevaré yo mismo a casa.

—Como usted guste.

Y se alejó sin apresurarse.

Ramón asía tan fuerte la mano de Borja que éste exclamó:

—Papá, me haces daño.

—Sube al auto.

—¿Adónde vamos?

—A casa de los abuelos. —Y lo empujaba ya dentro del auto, sentándose él de mala manera ante el volante—. Dime, ¿qué es eso de que Ciril es un sirviente?

—Eso, papá. Hace la comida, me lleva al cole, limpia la casa, me baña...

—¿Y tu madre?

—Pues como siempre. Ocupada en sus cosas. Por la mañana en el hospital y por la tarde en la clínica.

—¿Me estás diciendo —se exaltó Ramón Terán— que en vez de una chica de servicio tenéis a ese tipo?

—Es estupendo, papá.

—Tú te callas.

—Pues...

—¿Dónde está tu madre ahora mismo?

—En el piso. No ha tenido guardia y se quedó haciendo no sé qué en su despacho.

—De acuerdo.

Y condujo el auto con el ceño fruncido.

—Ahora saltas, yo llamo a tu abuela y que envíe a buscarte. Yo tengo algo que hacer.

—Pero... ¿no voy a ir contigo? Porque si me has traído para ir con los abuelos...

—Tú te callas, te digo.

—Sí, papá.

—Baja ya...

Y Ramón bajó con él. Habló nerviosamente por el portero automático y enseguida estuvo el ascensor en el portal. Era la sirvienta de siempre.

—Jovita, lleva al niño a casa.

—Es que la señora me ha dicho que suba usted un instante.

—Después. Tú llévate a Borja. Y que me espere arriba. —Miró a su hijo—. Borja, no te vayas con el abuelo aunque quiera llevarte. Yo vengo enseguida.

—Es que con los abuelos ya estuve el jueves, papá.

—Pues estarás hoy otra vez.

Y se fue sin esperar razones.

¡Un hombre de sirviente! ¿Estaba loca?

Era la madre de su hijo y a él ninguna hija de su madre lo ponía en ridículo. Vaya forma de disimular sus asuntillos sexuales, ¿no?

Pues con él no servía. Si era así, que lo dijera y él le quitaría a Borja y después que se enredara con quien le diera la gana.

¿Qué se había creído? Por ser médico no lo tenía todo ganado, claro que no. Ya decía él... Por algo se divorció a toda costa.

Él prometió cambiar. Y, además... ¿qué cosa hacía que no estuviese bien? Quejarse, y cualquier hombre en su lugar lo haría. Una médico todo el día entre hombres y, además ahora, según le había dicho su madre, había montado con el pendón de Patricia Maldonado una clínica privada. Siempre dijo que Patricia no era trigo limpio.

¿De dónde había sacado el dinero para montar una clínica particular?

De Patricia se lo creía todo. Había estudiado en Madrid. A saber lo que hizo en Madrid durante seis años...

Él no creía en las virtudes de las chicas que estudian en un Madrid de hombres generosos... Patricia nunca le gustó.

La misma Sandra, cuando Patricia se fue a estudiar a Madrid, quiso imitarla. Pero Elena y Paulino tenían más juicio y se lo prohibieron.

Frenó el auto ante la casa de su ex mujer. Era un alto edificio y sabía que vivía en la sexta planta. Para mucho daba el negocio. Lo primero que consiguió al divorciarse fue un apartamento alquilado, pero ahora ya tenía piso, en un edificio fuerte y sólido, y sin duda caro. ¿De dónde había sacado el dinero?

Puaf, no se fiaba.

«Las mujeres, de tan libres que quieren ser, terminan siendo libertinas.» Con lo que le gustaba a Sandra hacer el amor, que le vinieran a decir a él que llevaba años viviendo castamente... Vamos, no se lo creía nadie. Y menos él; que empezó a cortejarla cuando no había cumplido los dieciséis. Él tenía algo de experiencia, poca, pero algo. En cambio Sandra estaba ciega ante el sexo. No sabía nada de nada.

Casi seis años de novios, y en menos de dos, ¡zas! Y todo porque ella se cansó de tener un marido que la prendía, que la sujetaba, que le impedía hacer lo que le daba la gana.

Él era un hombre digno, y por muy divorciado que estuviera de Sandra... No iba a permitir que echara por los suelos el nombre de su hijo. Y si las cosas se ponían feas, enviaría un documento legal al juzgado y le quitaría al niño. ¡Por supuesto que sí!

Se perdió en el ascensor. Era un hombre bastante alto, algo gordito, pero bien parecido. De pelo casi rubio y ojos azules. Usaba un recortado bigotito y en aquel instante vestía un traje de lana y una gabardina encima, atada por la cintura.

El ascensor lo dejó en el rellano y vio enseguida el letrero en fondo negro y letras doradas: «Doctor Sanjulián. Ginecólogo.»

Por algo él no siguió estudiando. Había demasiados médicos. Él pudo haber terminado, pero no le dio la gana. Ahora ganaba más como representante de farmacia. Cierto que viajaba, pero tampoco era para tanto, porque tenía la zona de la provincia.

Un fin de semana sí y otro no, reclamaba a Borja, pero aquel mes se lo había pasado en Madrid haciendo un cursillo y hete aquí que al volver era un hombre el «sirviente» interno de su ex mujer. ¡Como para tragarse la bola!

Con él no servía.

Pulsó el timbre y oyó pasos recios.

Enseguida vio la alta figura del sirviente en la puerta.

—Señor Terán —pareció asombrarse Ciril—, y miraba en torno como si buscase a Borja.

—No ha venido conmigo. Necesito ver a mi ex mujer.

—Pues...

—¿Está o no está?

—¿Quién es, Ciril? —oyó la voz de Sandra preguntando desde el interior.

Ramón no se hizo esperar. Cruzó ante un asombrado Ciril, que no lo retuvo, atravesó el salón y después el sirviente oyó la voz alterada de su patrona.

—¿Qué haces en esta casa, Ramón? ¿Y Borja?

—Vengo a hablar contigo.

—Para eso está el teléfono.

Ciril quiso alejarse y empezó a cerrar puertas, pero los gritos eran fuertes y las paredes delgadas. Así se enteró de algunas cosas...

—Veamos —la voz de la doctora era súbitamente mesurada y fría—, que yo sepa no estás autorizado por nadie, y menos legalmente, para visitarme. Yo quiero tener la fiesta en paz. No puedes romper las normas ni las leyes. No nos hemos divorciado para visitarnos. Al menos con respecto a mí. Te envío al niño cuando lo pides y los jueves por la tarde no lo mando al colegio para que visite a sus abuelos.

—¡Con ellos lo he dejado! —gritó Ramón desconcertando a Ciril, que se empeñaba en no oír y no tenía más remedio, pese a que hacía adrede ruido con las cacerolas en la cocina—. Yo vengo aquí porque no pensarás que voy a consentir que tengas un sirviente en vez de una sirvienta.

—¡Oh, no! Tus observaciones huelgan, Ramón. Por el amor de Dios, déjame descansar en paz. De tus prejuicios ya sé lo suficiente, y para no verme involucrada en ellos me divorcié. Por lo tanto tendrás que salir a toda prisa. De ninguna manera entra en mis cálculos discutir contigo mi modo de vida, mi vida privada. Tú sólo tienes relación con tu hijo y el día que te lo niegue recurres, pero cualquier otra cosa que me quieras decir me la dices a través de mi abogado.

—No voy a permitir que la madre de mi hijo viva con un hombre, a menos que me entregue al niño.

—Escucha, Ramón, escucha y deja de decir memeces, que me tienes muy acostumbrada. Mi hijo me lo concedió la ley. Me dio su patria potestad y vivirá conmigo entretanto él no pida lo contrario. Y referente a mi servicio, déjame en paz. He elegido a un hombre porque he querido, y tú no vas a inmiscuirte en mi vida. Bastante la has destrozado ya.

—Ante Dios sigo siendo tu marido.

—La ley es la que cuenta. Dios para cuando nos muramos, y veremos si para entonces tenías tú razón o la tenía yo. De modo que déjame en paz y que sea la última vez que llamas a mi puerta, a menos que te las quieras ver con el juez. Estás bien advertido. Estamos divorciados, ¿entendido? Di-vor-cia-dos...

Lo recalcaba y Ciril, nervioso, hizo aún más ruido, pero no servía de nada.

Él se encontraba bien en aquella casa. El trabajo no lo agobiaba. Podía hacer lo que gustase dentro de unas normas, tenía comida y cama y la dueña era una persona estupenda, discreta y culta.

Si venía aquel botarate a fastidiarlo todo, era capaz de tirarlo por la ventana. Por eso apretó los puños y pudo oír la voz tajante de la doctora.

—Mira, Ramón, lárgate ya. No quiero recurrir a un guardia y, si sigues ahí de pie, sabes muy bien que recurro, ya te advirtieron bien cuando te negabas a admitir el divorcio. Me diste mucha guerra y al fin te has avenido a razones. Pues sigue así. De ese modo podemos tener un trato cordial, civilizado. Pero si empiezas de nuevo a inmiscuirte en mi vida, doy parte de tu conducta. Llamo a Sebastián y ten por seguro que no va a tener consideración contigo, porque le disteis mucha guerra tú y tu abogado.

—Oye...

—No oigo. La cosa quedó clara. Me dejaste sin piso, sin muebles. He tenido que ir reponiéndolo todo, y ahora que tengo una vida relativamente tranquila, vienes a molestarme. Pues se acabó.

—¿Y ese hombre?

—Es mi sirviente y se terminó el asunto. Si no te gusta, lo tomas en seis o siete veces, y si aún no lo puedes asimilar, te buscas un psicólogo. Lo nuestro, Ramón, quedó claro hace tres años. Por mi parte lo tenía tan meditado después de vivir contigo un infierno, que no me fue posible volver atrás como tú pretendías. Entiéndelo de una vez, he quedado libre. Puedo hacer lo que guste.

—Yo te conozco bien. Sé cómo te gustaba hacer el amor... No creo que lleves tres años sin tener relaciones con nadie. No eres tú de las que aguantan.

Ciril esperó un estallido, pero no. Sin duda la doctora era templada.

—Puedes pensar lo que gustes. Yo no voy a meterme en tu vida y puedes hacer el amor cuantas veces quieras. Casarte otras tantas. Tú para mí, Ramón, ya no eres nada. Y no quiero volver a discutir el asunto. Antes, durante y después del divorcio se discutió hasta la saciedad. Tanto tú como tu familia y la mía me habéis hecho la vida imposible y aguanté. Aguanté ante todo y sobre todo porque no te soportaba.

—Pues bien que me querías.

—No cabe duda. Te quise tanto que me casé contigo convencida de que sería para toda la vida, pero no seré la primera ni la última que se equivoca con su pareja. Y eso que yo no soy exigente.

—Has elegido un buen semental.

—Si te refieres al sirviente, puede que lo sea. No lo he probado aún ni tengo intención de hacerlo, pero el problema es tuyo si crees lo contrario.

—Te repito que te quitaré a Borja.

—Tú no me quitas a Borja porque en realidad tu hijo no te

interesa. Si te interesara sólo un poco, estarías satisfecho de que a su lado hubiera una persona que le hace caso, que lo lleva y lo trae del colegio y lo lleva al cine durante la semana. Tiene seis años y está empezando a entender que tú de padre sólo tienes el nombre. Lo llevas a casa de tu madre y tú te largas, y para ir a casa de los abuelos ya tiene los jueves por la tarde.

—Lo que más puede dolerte es que te lo quite, y por Dios que, si ese sirviente sigue aquí, lo haré.

—Pues lo discutiremos legalmente.

—Tú has cambiado mucho desde que nos divorciamos. Lo que indica que un solo hombre no te iba.

—Ramón, eres tan necio, tan estúpido... que no comprenderás nunca que dejé de amarte y desearte porque tú te lo buscaste. No te has resignado nunca a que yo terminara la carrera, fuiste tan vago que ni siquiera pudiste terminarla. Hubiéramos podido ser felices, ya ves, sólo con aceptar la realidad. Pero tú no eres de ésos. Eres un pobre diablo, un chico al que amé cuando no sabía ni lo que era el amor ni lo que suponía la convivencia. Me hartaste...

La voz de la médica era cansada. Ciril se maravilló de que después de todo aquello no saltara por los aires. Pero debía de tener un buen temple y razones contundentes para no ofenderse por nada de lo que él pudiera decirle.

—Me hartaste tanto —repetía— que aun admitiendo, como tú dices, que me gustase hacer el amor, también tengo que admitir que tanto como me gustaba antes, me disgusta ahora. Te lo tomas como gustes, yo no me voy a molestar, pero sí te digo que sea la última vez que vienes a esta casa, que llamas a esta puerta. Eso te lo advirtió el juez cuando te denuncié la segunda o tercera vez.

—Eran otros motivos. Yo te quería y no deseaba el divorcio... Pero ahora te estoy reprochando que tengas a un hombre metido en casa como sirviente, eso es sospechoso.

—Para ti, que tienes una mentalidad de dedal, anquilosada. No has avanzado nada. Los prejuicios te han podido, los de tu familia y la mía te pueden aún. A mí, no, Ramón. Y digas lo que digas, si el sirviente, como tú dices, me sirve bien, se quedará en esta casa por encima de ti, de la opinión de toda la ciudad y de los jueces si recurres a ellos. Y en cuanto a lo que tú pienses sobre él y yo, me tiene sin cuidado.

—Eres una...

—No lo digas. Eso tal vez no te lo perdonaría y sentiría perder los estribos por tu culpa. Los he perdido lo suficiente durante mi convivencia contigo. Ya está bien. Ahora tengo un certificado legal y no tienes derecho alguno a inmiscuirte en mi vida privada. Si quiero tener un amante lo tengo y por tu parte puedes tener dos docenas. No me interesa lo que tengas, ni creo que Borja tenga que vivir el resto de su existencia mirando lo que hace su madre. A su madre la habéis dejado en la calle entre todos. Ahora, ya no está en la calle. Tengo clínica, empleo y clientes. Y te diré, además, que me aprecian, que conozco mi oficio, y por mucho que tú hagas nunca dejarás de ser un mediocre que jamás pudo terminar su carrera y aceptarlo. ¿Qué culpa tengo yo de tus complejos? ¿No estarías esperando que te aceptara así y conviviera con un menguado psíquico...? Porque así te comportabas tú. Ventilado este asunto legalmente, lo que pienses ahora me tiene sin cuidado.

—Ciril oyó ruido, como si la doctora se levantara de algún sitio. Después oyó pasos—. Ya puedes irte.

—Te juro...

—Ramón, que te conozco. Eres un cobarde. Te has ensañado conmigo pensando que mi amor era tan grande que lo iba a soportar todo. Y te has equivocado. Mi amor era mucho, pero tú lo mataste. Ya sabes que los muertos no resucitan. Buenas tardes.

—Oye...

—Nada más. Y si sigues ahí llamo al criado, le pido que te dé una patada en las posaderas y te ponga en el rellano.

—Es tu amante.

—Pues estupendo, ¿no? Si además de limpiar la casa, bañar a Borja y hacerme la comida, me da gusto, no me digas que no es perfecto.

—Eres una deslenguada.

—Nos conocemos muy bien. Espero que no busques más

pretextos para venir a esta casa. Tienes un teléfono, y si no estoy tengo contestador automático.

—Esto no quedará así.

—Pero ahora te marchas.

Y Ciril desde la cocina oyó los pasos de ambos. Los de ella avanzar inexorablemente hacia la puerta y los de él caminar con lentitud, como si la tuviera delante y ella lo obligara.

—Te has comprado piso, tienes clínica privada... ¿Quién ha sido tan generoso?

—Cualquiera menos tu familia o la mía. Andando, Ramón, y que sea la última vez.

—Eres un témpano.

—Me conoces.

—No así de fría.

—¿No pensarás que voy a llorar ahora? Ya lloré bastante en su momento. ¿No pensarás que fue fácil dar el gran paso? En eso confiaste tú para dar siempre y sin tregua en la misma piedra. Pues acabaste haciéndome añicos, Ramón. Buenas tardes. ¡Ah, no te olvides de que mañana a las seis mandaré a recoger a Borja al mismo sitio donde te lo llevaron hoy!

—A ese tipo no quiero ni verlo delante.

—Pues de momento y mientras él cumpla dignamente, no voy a tener otro.

Ciril oyó cómo la puerta de la calle se cerraba sin ruido. Y él pensó que era peor así que cerrar de un violento portazo. Indudablemente aquella médico mujer ya no sentía nada, absolutamente nada, por su ex marido, salvo un frío desprecio.

4

Ciril no era nada curioso, pero, poco a poco y en aquella casa, se iba enterando de muchas cosas sin proponérselo. No tenía interés alguno en perder el empleo y por esa razón nunca se inmiscuía en nada. Aquel día que Ramón visitó a su ex mujer, le sirvió la cena a la hora de todos los días, la dejó tranquila viendo la televisión y la oyó retirarse a su alcoba.

No hizo ningún comentario con él, ni Ciril lo deseaba. Al día siguiente fue a buscar al chico al lugar donde lo había dejado y no era Ramón el portador del niño, sino una sirvienta mayor que apretaba la mano del pequeño como si apretara un palo.

Borja le fue contando que lo había pasado mal, que se había aburrido, que no le dejaron ver los dibujos animados y que lo acostaron a las ocho de la noche.

No mencionó a su padre para nada y Ciril supo que el dichoso padre no había pasado aquel fin de semana con su hijo, lo cual, por lo que colegía, sacaba de quicio al chiquillo, pues no parecía tener mucho cariño a los abuelos.

Todo aquello asombraba bastante a Ciril. Él se hallaba de paso en la ciudad costera cuando leyó el anuncio. Había servido más veces en Madrid, pero como deseaba conocer la ciudad pensó que tendría cama donde dormir y comida. Carecía de dinero, por lo cual se presentó al empleo y lo consiguió. Todo lo demás le tenía sin cuidado. Sin embargo empezaba a sentir un especial afecto por Borja y una profunda admiración por la mujer sola que se ganaba la vida trabajando como médico y que además era guapísima, pero tan lejana como si alguien hubiera arrasado su sistema emocional.

Ahora, ya sabía quién era el causante de su comportamiento.

Ciril pensaba en todo aquello cuando sonó el timbre. Eran las seis de la tarde de un sábado y él había llevado a Borja con su padre el día anterior. Cierto que el tal Ramón lo miraba con encono, pero nada había ocurrido. Habían pasado tres meses desde la violenta discusión que tuvo con Sandra, y las cosas no habían cambiado en aquella casa.

El timbre volvió a sonar y Ciril dejó la lámpara de pie que limpiaba.

Se quitó el delantal blanco y muy correcto asomó por la puerta del salón.

—Doctora... ¿Está?

—Sí —dijo ella sonriendo, elevando los ojos del libro que leía.

Ciril, dentro de su pantalón de pana azul y su camisa amarilla, cruzó el vestíbulo y abrió la puerta, topándose con una dama elegante, fría, de semblante altivo.

—¿Sí? —preguntó.

—¿La señora Terán?

Ciril no la conocía por ese nombre. Para él era Sandra Sanjulián o doctora Sanjulián.

Así que replicó amable y correcto.

—Temo que se haya equivocado.

—Por supuesto que no.

—Pues...

—Anúnciele a Sandra que está aquí Elena Sanjulián.

Ciril pensó que jamás había oído hablar de una Elena Sanjulián. Pero se apartó a un lado y le cedió el paso.

Casi enseguida apareció Sandra en el umbral que compartían el salón y el vestíbulo por medio de una puerta de corredera.

—Soy yo —pudo oír Ciril, que aún no se había movido y tenía el picaporte en la mano—. Supongo que no me vas a dejar en el vestíbulo.

Ciril pudo observar que la visita no agradaba nada a su ama, pero después de una duda vio el ceño fruncido y oyó su voz seca y fría:

—Pasa si gustas, pero no entiendo...

Elena cruzó el umbral del salón, Sandra caminó detrás y ella misma cerró la puerta.

Y de nuevo Ciril tuvo que escuchar sin proponérselo.

El piso se componía de cuatro alcobas, dos baños, una cocina, el vestíbulo y el salón, y era de todo punto imposible no oír lo que se hablaba, si además las voces se alzaban un poco.

—Esperé de tu buen juicio —dijo la recién llegada— que despidieses al sirviente. Pero después de cuatro meses sigue aquí. Lo que es de un mal gusto subido.

Ciril la maldijo porque en aquella casa se encontraba divinamente, y esperaba, además, que con el tiempo se pudiera realizar mejor. Y por lo visto todos se empeñaban en echarlo.

—Elena, no sabes cuánto lo siento, pero Ciril no me ha dado motivos para despedirlo y, por el contrario, me siento muy bien servida por él. En cuanto a lo que piensas sobre el particular, te lo he dicho, todas las veces que has llamado por teléfono, que en estos cuatro meses no han sido pocas. De todos modos, debiste entender cuando al mes me citaste y acudí a la cita. En aquel momento ya te dije que todo lo que tú pensaras de mí me tenía sin cuidado y sigo pensando igual.

—Eres la comidilla de la ciudad y eso debería matarte de vergüenza.

Ciril una vez más admiró la frialdad de su jefa. Era su voz tan fría y tan indiferente que no comprendía cómo los demás intentaban inmiscuirse en su vida, ella que en modo alguno admitía consejos ni ataduras.

—Debería matarme de pena la situación en que me dejasteis cuando me divorcié. Recuerdo perfectamente que cuando mis suegros, apoyados por mi ex marido, me echaron a la calle, recurría a ti y a tu marido, y no se me olvida que me dijisteis ambos que vuestra casa estaba cerrada para mí y para mi hijo. Siendo así, no entiendo por qué te molestas en visitarme.

—Soy tu hermana mayor.

—Eso fue lo que yo pensé cuando te visité para decirte que mi vida con Ramón era un infierno. Y tú me dijiste que, fuera un infierno o no, tenía el deber de soportarla y aguantarme.

—Ése era tu deber. No el divorcio, que provocó un escándalo que dejó en evidencia nuestro nombre y el de una familia respetable como la de Ramón.

—Es decir, que por esa regla de tres, yo tenía que morirme de pena, de indignación y de impotencia, sólo por evitar un escándalo. Elena, tu forma de pensar dista mucho de ser la mía. —Y añadió sin transición, con un acento cansado que maravilló a Ciril—: ¿Quieres tomar algo o te vas?

Ciril oyó la voz furiosa de la llamada Elena:

—No tomo nada, pues he de irme, pero antes te quiero decir lo que opino de ti.

Ciril oyó que algo se movía. Se imaginó a su jefa levantándose del sofá dentro de sus pantalones blancos y su camisa roja, esbelta y gentil, con el rostro pasmosamente sereno.

—No me vas a decir nada, Elena. Estoy en mi casa y hago lo que gusto de mi persona y mi entorno. Tú sabes, además, que nuestro amor fraternal ha muerto. Ni tú me has demostrado consideración alguna, ni yo, visto lo ocurrido, te tengo afecto de ningún tipo. Por mi parte puedes contratar a media docena de hombres para sirvientes, que no me voy a molestar. Pero eso sí, tú te quedas en tu palacete, sirves a tus amigos, toleras las memeces de tu marido y se acabó. Lo mío me lo aguanto yo, como aguanté el hambre cuando me divorcié y todos me negasteis ayuda. ¿Sabes por casualidad dónde dormí la noche en que dejé la casa de mi marido? No. Ni cené, y no fue por falta de apetito. Fue porque no tenía dinero para comprar nada para mi hijo y para mí, y si te digo la verdad, dormí en una iglesia.

—Todo muy bien empleado por divorciarte. ¿Qué te habías creído? ¿Que un escándalo así podías tú darlo sin más?

—Elena, me pareces tan necia... Tan falta de sentido humanitario...

—Hace más de cuatro meses que te sirve un hombre. Ahora toda la ciudad lo sabe. ¿Y sabes lo que se dice?

—No. Ni me interesa.

—Pues se dice que es tu amante.

—¿Sí? ¡Mucho saben de mí!

—No tomes a broma algo tan serio.

—Escucha, yo me tomo en serio mi vida y además desde el principio. Empezaron a cortejarme siendo una adolescente. Como el novio era un Terán, tú estabas muy de acuerdo. Una familia opulenta, quizá no tanto hoy en día, pero que sigue mirando con altivez a sus congéneres. Eso es problema suyo. Yo terminé la carrera y vosotros considerasteis que Ramón la terminaría ya casados, porque su amor propio lo empujaría a terminarla. Os equivocasteis. Me hizo la vida imposible. Acabó con todo el precioso amor que le tenía. Me extorsionó en todos los sentidos y tú pretendías que yo siguiera mi cruz. Pues no, Elena, sigue tú con la tuya, si gustas, que yo no pienso imitarte. Tengo una sola vida y no la quiero desperdiciar.

—¿No me dirás que tu vida es digna?

—Todo lo digna que yo quiero, y yo soy digna, aunque con una dignidad y una humanidad muy diferentes a las tuyas. ¿Me quieres dejar ya?

—He venido...

—Sé a lo que has venido y te digo, rotunda y categóricamente, ¡no! Me siento bien, es un sirviente diligente, limpio, discreto.

—Además de atractivo y joven.

Ciril enarcó una ceja y, como quien no quiere la cosa, lanzó una aviesa mirada al espejo de la consola, mientras sus labios se distendían en una sarcástica sonrisa.

—Si te digo la verdad, no me he fijado en ese extremo, pero tampoco merece la pena.

—¿No te da vergüenza estar en boca de todos?

—¿Y no será que lo estoy porque tú me pones? En boca de todos estuve cuando me divorcié contra viento y marea y contra todas vuestras opiniones. ¿Y sabes? Nadie me echó una mano salvo el abogado que defendió mi causa, que, además, era amigo de tu marido y, presionado por éste, intentó dejar el caso, pero yo le dije que era injusto y cobarde y siguió con él hasta divorciarme. Sé que no habéis vuelto a dirigirle la palabra, y no sé por qué será, pero Sebastián tiene más clientes que nunca, lo cual indica que no todos pensaban como tú y la familia de mi ex marido.

—Nunca te darás cuenta del daño que te estás haciendo.

—Pues déjame tranquila y con mi daño. Yo tendré que ventilármelo sola porque ya aprendí de otras ocasiones cruciales. Ésta, a mi juicio, no lo es. Buenas tardes, Elena.

—No he dicho que me iba.

—Pero yo te pido que lo hagas ya, ahora mismo, y recuerda que esta situación no la he buscado yo. Cuando me divorcié desoyendo primero tus consejos y después tus órdenes, tú y Paulino me dijisteis muy claramente que vuestra casa estaba cerrada para mí. Lo acepté así. Ahora soy yo la que te digo a ti que la mía está cerrada para vosotros. Y que sea la última vez que te inmiscuyes en mi vida. Si mi criado es mi amante, problema mío es. Tuyo nunca.

—Oye...

—No, Elena. No más. Estoy leyendo un libro que me interesa mucho y me estás haciendo perder el tiempo. Está llegando el verano, los días son más largos y me siento feliz... No vengas nunca más a amargarme la vida.

—Te tengo que decir...

Ciril una vez más admiró su voz peculiar, pastosa, educada y sin ninguna alteración.

—No me vas a decir absolutamente nada. Yo opino muchas cosas de los demás, pero nunca hago juicios temerarios, porque puedo equivocarme. Ten eso presente para tu función en la vida.

—Eres dura como un peñasco.

—Tampoco es eso. No fui nunca dura y tú lo sabes mejor que nadie. Fui, por el contrario, dócil y amable y me llevaste siempre por donde has querido aduciendo tener una docena de años más que yo.

—No me irás a decir que te casé a la fuerza.

—Claro que no. Me casé yo porque tú estuviste de acuerdo. Y me casé enamorada. Muy enamorada. En mi vida no había más hombres que Ramón. Pero yo no soy responsable de que él haya matado todo aquel amor. Día a día, minuto a minuto lo fue destruyendo. —Su voz se hacía muy cansada, como si estuviera a punto de guardar silencio y que su hermana dijese lo que quisiera o se marchara, que era sin duda lo que ella deseaba—. La pena es ésa. Nunca creí que llegara a sentirme tan poca cosa, tan gusanito, tan pecadora sin haber cometido más pecado que ser médico, cosa que Ramón no pudo alcanzar. Fui a verte y te lo conté todo sollozando. Lo recuerdo bien. ¿Y cuál fue tu respuesta? Me dijiste, sencillamente, que alguna cruz debía tener y que era la más pequeña y la que pesaba menos. Que me había casado para soportar el resto de mi vida lo que llegara y que tenía el deber de soportar a Ramón. Pues no. Ya ves qué fácil me fue deshacerme de él. Tú puedes aguantar a Paulino cuanto gustes. Yo no soy tan generosa. Entre mi tranquilidad y una guerra campal abierta, es obvio que yo debo elegir la tranquilidad. Y fue lo que hice. Lo que seguramente no esperabas tú es que yo sacara la plaza en el hospital y, encima, me asociara con una antigua amiga y montara una clínica privada. Por lo visto tú y la familia Terán esperabais que me muriera de hambre con mi hijo y que retornara suplicante al hogar del cual me habían echado.

—Cuando una se casa, lo hace para toda la vida.

—Según tus esquemas, sí. Los míos son muy diferentes. Buenas tardes, Elena, y daré orden a Ciril para que no te franquee más la puerta. Ya ves qué sencillo.

—¡Algún día te pesará tu actitud! —le gritó la hermana.

Ciril pensó que al fin iba a estallar la doctora, pero una vez más se equivocó. Su voz serena, aunque algo cansada, dijo:

—Cuando eso ocurra, ten por seguro que no recurriré a ti. Mi vida es tan exclusivamente mía que no admito intromisiones de ningún tipo. ¿Que tus amigos piensan que mi criado es además mi amante? Pues bueno. Un amante que me sale muy barato, ya ves.

—Has perdido la dignidad y el honor.

—Te quedas tú con ambas cosas; con que lo lleve una de la familia es suficiente.

—Jamás volveré aquí.

—Eso espero.

—Estás cubriendo de lodo el nombre de nuestros padres.

—No seas dramática ni fatalista. Es una cursilada eso que estás diciendo, pero tampoco me asombra viniendo de ti.

Se oyeron pasos precipitados y enseguida sonó la puerta al cerrarse con brusquedad.

Ciril supo que no la había cerrado la doctora, sino la persona que se había ido.

Limpió la lámpara con un paño, le quitaba el líquido que le había puesto para abrillantarla y, al volverse para colocarla en alguna parte, la vio a ella en el umbral de la cocina.

—¿Me haces un café, Ciril?

—Al instante, doctora. ¿Se lo sirvo en el salón?

—Pues sí. Gracias.

Y se alejaba con paso lento como si contase las pisadas.

Al rato apareció Ciril con la bandeja y el servicio de café.

La depositó ante la doctora, en la mesa de centro, y se dispuso a servirle.

—Traiga una taza para usted, Ciril.

—Doctora...

—Y llámeme Sandra. No soporto tanta doctora.

—Es que...

—Ya. Traiga una tacita y siéntese. Tome el café conmigo. Lo tome o no lo tome, van a decir que lo hace. Pues que lo digan por algo.

5

Ciril, un poco temeroso, fue a buscar la tacita y retornó quedándose con ella en la mano.

—Tome asiento, Ciril. Eso es. Ahora sírvase el café. ¿Tiene cigarrillos? No sé dónde he puesto los míos.

Ciril se apresuró a meter la mano en el bolsillo superior de su camisa amarilla y le mostró el tabaco.

Sandra tomó un cigarrillo y Ciril le dio lumbre con su mechero.

—Gracias, Ciril. Tómese el café, y no me mire con ese asombro. Lleva usted cerca de cinco meses en esta casa, y la casa tiene débiles tabiques. Está usted tan al tanto de mi vida casi como yo misma.

—Pues...

—Pero no se preocupe. Hace tiempo todo me violentaba, me sentía susceptible ante cualquier situación. Ahora ya me he curado de espanto. Nunca pensé que pudiera soportar tantas cosas sin inmutarme.

—¿Piensa despedirme?

—¿Por qué? No entra en mis cálculos hacer lo que los demás desean, sino aquello que deseo yo. Eso por una parte, y por otra —fumaba sin apresuramiento, con vaguedad—, mientras no me dé motivos personales, se quedará en esta casa.

—Gracias.

—Pero usted no es de esta ciudad y creo que tampoco de la provincia.

—Soy madrileño.

—Ya.

—Si quiere saber algo de mi vida...

—No. ¿Para qué? Cada cual es dueño de sus actos. Usted se porta bien, es correcto y discreto, y Borja le aprecia mucho.

—Es un chico estupendo.

—Que se aburre mucho los fines de semana cuando su padre se lo lleva. Se me antoja que lo hace para hacerme daño a mí —dijo como si se diera razones a sí misma—. No porque su hijo le interese. Es una lástima que los humanos seamos tan tiranos, tan absurdos. Con lo fácil que es vivir en paz. ¿No tiene usted familia? —preguntó de repente fijando sus azules y hermosos ojos en la negra mirada varonil.

—No. He vivido siempre con una tía que nunca supe si era tía o era una persona caritativa. De todos modos la quise mucho hasta que falleció.

—¿Ha servido en muchas casas?

—Dos. Y ésta. Vine a conocer la ciudad y con el afán de conseguir un empleo. Madrid está difícil. Mi empresa quebró y se me terminó el paro. Quiero decir que no encontré otro empleo desde que perdí el primero.

—¿Y de qué vivió desde entonces? Pero olvídelo. No merece la pena. No deseo saber más cosas.

Y agitó la mano.

Ciril admiró sus dedos finos y cuidados y el brillo azul de sus ojos. Era una muchacha guapísima, pero más que eso, atractiva, sexy, emocional.

Equilibrada al máximo.

—Tómese el café, Ciril. Yo voy a salir un rato. Me espera mi socia para ir al teatro. Me cambiaré en un segundo. Puede salir usted también.

—Prefiero quedarme.

—¿Y qué hace tanto tiempo solo?

—Leo, veo la tele...

Sandra se fijó en él de verdad. Puede que hasta aquel momento no lo hubiera visto como persona, sólo como sirviente.

Era alto y muy firme, de cuerpo esbelto y erguido, muy varonil. El pelo de un castaño oscuro y los ojos asombrosamente negros. Tenía una boca fresca, de sensual dibujo, y unos dientes muy limpios y casi perfectos. Un tipo interesante y atractivo, tenía razón Elena. ¡Curioso en verdad que ella no lo viera hasta aquel instante!

Había tomado el café y se levantaba con su habitual vaguedad.

—Es posible que regrese tarde, Ciril. Buenas noches.

Ciril recogió la bandeja con el servicio y se retiró a la cocina.

Al rato sintió de nuevo los pasos y enseguida la vio asomando por la puerta de la salita.

Vestía un traje estampado y su aspecto era precioso. Llevaba el bolso bajo la axila y sonreía.

—No vendré a comer, Ciril. Si llamara Borja se lo dice usted y le pregunta dónde hemos de recogerlo mañana. Lo más tremendo de mi divorcio es esta situación, que, quiera o no, perjudica al niño. Pero yo no podía destruir mi vida por salvar el equilibrio de mi hijo.

—Los niños se habitúan a todo —dijo Ciril amable—. Y después lo superan. Por lo que conozco a Borja, le diré que no le afecta demasiado, es un chico inteligente y ha asumido muy bien que sus padres vivan separados.

—¿Es usted casado?

—¡No, por Dios!

—¿Por qué se espanta así?

Él se menguó un poco. Se notaba que le profesaba un gran respeto a la doctora.

—No soy partidario del matrimonio. No tengo en mente casarme —dijo abiertamente—. Nunca me he enamorado y soy bastante egoísta. Prefiero vivir solo que llevar sobre mí una carga. Y como hasta ahora lo he conseguido...

—¿Qué edad tiene?

—Treinta años.

—Ya.

Se fue un tanto pensativa.

Más tarde comentó con Patricia:

—¿Sabes lo que te digo? No había reparado en él, pero la imbécil de mi hermana me obligó a ello.

—Yo te lo he dicho en distintas ocasiones. Ciril es un hombre viril, muy atractivo. Desde luego hay que tener agallas, como las tienes tú, para tenerlo en casa y no inmutarse.

—¿En qué sentido?

—En el que estás pensando.

—¡Puaf! Si hace años me hubiesen dicho que estaría en esta situación, por supuesto no me lo habría creído, pero cuando una sufre tanto, hay cosas ante las cuales pasas sin inmutarte. El que mi sirviente sea un hombre y viva en casa me tiene sin cuidado. Lo peor sería que me enamorara de él, y sobre el particular no hay cuidado. Ni él se entrega ni yo tengo deseos de complicarme la vida. Pero eso no impide que reconozca su virilidad, su atractivo. ¿Qué supones tú que haría en sus treinta años de vida?

—Pregúntaselo.

—No, ¡qué dislate!

Al día siguiente, domingo, cuando se levantó, se encontró a Ciril limpiando los ventanales del salón.

El piso quedaba justamente enfrente de la playa. Una playa que un mes y medio después estaría atestada de sombrillas y colchonetas, pero que en aquel momento estaba solitaria y el mar llegaba a los muros.

—Ha llamado la señora Terán —dijo Ciril nada más verla y descolgándose un poco del ventanal—. Dijo que fuese a buscar al niño a las siete al lugar de siempre.

—Muy bien.

—¿Le pongo el desayuno?

—Sí, gracias...

Y se acercó al ventanal quedando de pie ante él. Vestía una

falda blanca con los bolsillos ladeados y abotonada de arriba a abajo y un polo de color morado. Calzaba mocasines planos y, sin embargo, parecía esbelta y gentil.

Ciril no pudo evitar mirarla de lado y ver sus senos túrgidos, muy pronunciados. Desvió la mirada con rapidez y se fue a la cocina a buscar la bandeja con el desayuno.

Sandra miró su reloj de pulsera. Junio empezaba bien. Cuando Borja estuviese de vacaciones, saldría con Ciril todos los días. Ella y Patricia se repartían las vacaciones de agosto, por lo tanto disfrutaban quince días cada una. Los suyos pensaba pasarlos en cualquier parte con buen sol y tranquilamente.

En aquel instante tenía una visita pendiente, de una parturienta que había dado a luz la tarde anterior. Era domingo y le gustaba hacer sus visitas pendientes, para después tomar el aperitivo con Patricia en cualquier cafetería. Por supuesto, Elena podía decir y pensar lo que gustase, pero lo cierto es que en la ciudad a ella se la miraba con simpatía.

—Su desayuno, doctora.

—Ciril, ya le tengo dicho que me llame Sandra a secas. El respeto que se tienen las personas no se pierde por que se llamen por su nombre de pila.

—Es que...

—Se lo pido yo. Dígame, ¿no teme caerse del ventanal al limpiar los cristales? Además están relucientes. Tengo que decirle que es usted un sirviente muy estimable.

—Gracias.

De repente ella comentó:

—He visto el libro que sin duda dejó por descuido en el salón ayer noche. —Lo veía aún sobre una pequeña mesa—. Es un libro de sociología —parecía muy extrañada—, ¿por qué lee usted eso?

—Me gusta.

Y se fue hacia el ventanal.

Sandra tomaba el café y lo siguió con la mirada. De repente preguntó:

—¿Por qué le gusta un libro semejante? Trata sobre sociología y tiene importantes temas de filosofía ambiental.

—Ya. Es mío, Sandra, sé lo que dice.

—¿Por qué lee eso?

—Me gusta.

—Pero si es pesadísimo...

Y fue cuando sintió una tremenda curiosidad.

—¿Qué entiende usted de sociología o de filosofía ambiental?

—Es lo mío.

—¿Lo suyo?

—Claro.

—No lo entiendo...

Él sonrió apenas.

Tal se diría que pedía disculpas, hasta el punto de que Sandra temió cometer una equivocación si seguía hurgando en todo aquello que, lógicamente, no tenía por qué importarle.

Terminó de tomar el café y miraba distraída cómo él limpiaba los cristales. Vestía un pantalón vaquero descolorido y un polo rojo. «Realmente —pensaba Sandra—, ¿qué sé yo de este hombre? Me sirve bien, es discreto, sabe muchas cosas de mi vida y no hace jamás mención a ellas, le doy una cierta confianza y no se la toma. Cerca de cinco meses lleva en mi casa, y jamás ha dado un paso más allá de lo que su discreción le permite.» Y sin darse cuenta se encontró preguntando, al tiempo de ponerse en pie y acercarse al ventanal:

—¿Por qué le interesa a usted la sociología, Ciril?

Apreció el nerviosismo masculino y decidió no repetir la pregunta si es que él no la respondía. Y Ciril se limitó a alzarse de hombros.

—Tenga cuidado de no caerse del ventanal —dijo ella de una forma un tanto confusa y salió del salón.

Al rato y desde donde estaba, Ciril la vio cruzar la calle y subir al auto que tenía en el estacionamiento.

La siguió con su mirada enigmática, y no es que Ciril ocultara nada importante. Sólo que prefería no hablar de sí mismo, de su vida anterior. Nada tenía que ocultar, pero tampoco se podía exponer a perder el empleo.

Sandra, por su parte, atravesó la ciudad al volante de su auto, se fue a la periferia y visitó a su paciente. Todo marchaba bien. Conversó con ella un rato, vio al niño que le llevaban del nido y después se reunió con Patricia en la cafetería, ya pasada la una de la tarde.

—¿Y por qué tiene que extrañarte? —preguntó Pat después de oír a su socia y amiga.

—Es un libro muy difícil. No me cabe en la cabeza qué puede decirle a él esa lectura.

—Le interesará por algún motivo.

—¿Tanta capacidad de asimilación tiene?

—No te entiendo, Sandy.

—Tampoco yo me entiendo a mí misma. ¿Sabes? Desde que Elena estuvo a visitarme, me fijo más en Ciril. No cometeré la estupidez de enamorarme de él, ¿verdad?

—Pues no lo sé. Todo es posible. Que se sepa eres humana y, como tal, vulnerable.

—Pero no entra en mis planes tener una relación amorosa con mi criado.

—Eso supongo. Pero si llegaras a tenerla, la tendrías a nivel de pareja y te importaría un rábano que fuera criado o príncipe.

—Es posible.

Y las dos rieron.

De súbito Sandy preguntó:

—¿Y tú, Pat?

—¿Yo, qué?

—¿Qué ocurre con el cardiólogo? Ricardo y tú os veis muy a menudo.

—Ricardo y yo hemos estudiado juntos en Madrid. Tuvimos un romance... Lo corté yo. Él tenía novia en esta ciudad y me pareció una marranada por mi parte hacerle la pascua a la novia de toda la vida. Pero resulta que, él como cardiólogo y yo como ginecóloga, nos hemos encontrado aquí y Ricardo sigue soltero.

—¿Y la novia de toda la vida?

—Por lo visto se ha casado.

—Lo cual quiere decir que tú renunciaste a algo por nada.

—No exactamente. Yo renuncié a Ricardo porque no lo quería lo suficiente. No perdía yo mi libertad por un amor. No me sentía con fuerzas. Y Ricardo era de los que se casaban. Pensaba hacerlo con su novia de toda la vida, aunque no la quisiera tanto.

—Pero no se casó.

—No.

—¿Sabes las razones?

—No se las pregunté. Me imagino que la cosa se enfriaría. Pero no me mires así, Ricardo y yo seguimos siendo amigos, pero amigos a secas. Nuestra relación romántica se frustró en Madrid, antes incluso de terminar ambos la carrera.

—¿Y no tienes relación con ningún otro?

—No. Acudo a las citas de Ricardo cuando me llama. No sé qué le pasa. Está muy solo... Tal vez el hecho de que la novia lo dejase, que se casase con otro, o tal vez que todos sus amigos estén casados, pero la amistad nunca muere cuando es firme. La mía lo es. Ricardo es a la vez tradicional y desea casarse.

—¿Contigo?

—No me lo ha dicho, pero presiento que sí. Sin duda aquella relación amorosa que tuvimos durante dos años hizo mella en él.

—¿Y en ti?

—Menos. Soy independiente por naturaleza. Ya ves, tengo a mi hermano, su mujer y los sobrinos a veinte kilómetros de aquí y, si ellos no vienen a visitarme, me olvido de que existen. Cuando uno se habitúa a la soledad, a hacer de su capa un sayo, muchas cosas sobran, incluso la familia. Ricardo no llenaría ningún hueco, salvo una parte material amorosa que sería la que yo llenaría con él. Pero eso no le basta.

—Por el hospital lo veo siempre muy solo. Y salvo que tome el café conmigo en la cafetería, no lo veo en grupos como a los otros. Me cae muy bien.

—Pero no te casarías con él.

—¿Sabes que estamos diciendo tonterías? Tú, porque no quieres ataduras y yo, porque estuve atada y me desaté... Somos muy egoístas, Pat.

—Nadie deja de ser egoísta. También Ricardo lo es deseando lo que no dice.

—¿Y qué supones tú que es lo que no dice y hubiera querido decir?

—Por ejemplo que la novia se enteró de nuestro lío, lo plantó y se casó con otro. Eso seguramente le dolió o no le dolió. No lo sé porque nunca se lo he preguntado. Cuando nos vemos, tenemos descartada la palabra amor, y lo curioso es que no la hemos descartado ninguno de los dos, simplemente que no la mencionamos.

—Y tú que eres psicóloga... ¿Qué supones que siente Ricardo?

—Soledad espiritual.

—¿Y material?

—Unidas, supongo. Pero yo soy optimista. Veo la vida de colores muy dispares, pero todos alegres. Ricardo es un pesimista y ve la vida con expresiones grisáceas. Eso me atosiga y me aburre. Antes, cuando éramos estudiantes y vivíamos la aventura, nos gustaba vivirla.

—¿Te pidió Ricardo alguna vez que te casaras con él?

—Claro. Cuando vivimos nuestro romance. Me decía que dejaría a su novia.

—Y resulta que lo dejaste tú y también lo dejó la novia.

—Algo así.

Llegó tarde a casa. Serían las diez. Había disfrutado de la compañía de Pat. Era la única persona que la entendía y que sabía cómo sentía y pensaba. Tanto como ella de Pat. Sin duda sabía menos Ricardo de su amiga sentimental. No consideraba a Ricardo un cobarde y menos aún un silencioso que no se atreviera a pedir lo que deseaba. Sin duda atravesaba un momento de vacilación.

Un día, cuando se lo encontrara en el café del hospital, tal vez se atreviera a preguntarle. Era un buen compañero, muy silencioso y eficiente. Un buen cardiólogo y además jefe de equipo, pero nunca se sabía lo que pensaba en realidad.

El caso de Sandra

Se encontró con Ciril en el salón. Tenía aquel grueso libro entre las manos y nada más verla, por lo visto no la había oído entrar, lo cerró con brusquedad y lo colocó entre un grupo de libros que había en el recodo de una mesa.

—Buenas noches, Ciril. ¿Qué tal Borja?

—Venía cansado. Lo bañé, le di de comer y lo acosté.

—¿Quién se lo entregó?

—La sirvienta de siempre.

—Jovita.

—No sé cómo se llama.

—Se llama así... Iré a verlo.

—¿No come?

Se volvió desde la puerta.

—Ya he comido con mi amiga Pat.

—Entonces...

—Si no ha comido, coma usted, Ciril.

Y se fue a ver a su hijo. Borja dormía plácidamente en su camita, con su pijama de popelín a rayas.

Sonrió con ternura. Mereció la pena todo lo que había sufrido por tener a su hijo. Por supuesto que Ramón no movió un dedo para quitárselo. Además no podía. La patria potestad la tenían los dos, pero ella conservaba la custodia y, mientras su hijo no decidiera por su cuenta, con ella viviría. La ley había cambiado mucho a favor de la mujer. Pero aún tenía que cambiar bastante más, y eso que ella, por su profesión e independencia, no tenía de qué quejarse.

6

La conversación que estaba sosteniendo con Ciril aquella mañana, resultaba para ella un tanto extraña. Evidentemente Ciril sabía muy bien por dónde andaba y su lenguaje era tan escogido y gramatical que no entendía cómo lo había pasado por alto.

Cierto también que hablaba poco con él. Llevaba siete meses en su casa y no lo conocía casi nada, salvo que sabía la clase de libros que leía. Y no eran libros vulgares, sino todo lo contrario.

—La existencia está llena de altibajos —comentaba Ciril ante algo que ella había dicho—. Lo más esencial es tomar el lado mejor. Y no todos los lados son del gusto de todos. Cada ser humano es un mundo diferente.

—Pero casi todos los seres humanos coincidimos —replicó Sandra desde el salón—. El partidismo es sólo ocasional.

—Según se mire.

—De cualquier lado que lo mire, Ciril. Fíjese en una obra de teatro. Si gusta, se llena, es seguro que gusta a todos, si no gusta, sólo dos o tres aceptan lo contrario. Eso indica que acerca más la igualdad que la diferencia. —Apareció en la cocina, donde Ciril disponía la bolsa de deportes con todos los elementos suyos y de Borja—. El ser humano, como usted dice, puede ser un mundo, pero fíjese bien que casi todos reaccionamos igual ante situaciones parecidas.

Ciril elevó su morena cara.

Le daba el sol. Se pasaba mañanas y tardes con Borja en la playa. Sin duda las vacaciones de Borja las aprovechaba él, pero jamás dejaba nada por hacer. La casa brillaba, la comida siempre a punto, la hiciera antes o la hiciera después. Todo en aquel hogar funcionaba bien.

—¿Qué estudios tiene usted, Ciril? —preguntó Sandy de repente.

Y se dio cuenta una vez más de que cada día las intimidades de su criado le interesaban de modo particular.

Él sonrió apenas.

Cuando sonreía su rostro parecía más juvenil. Además el moreno le sentaba bien. Se notaba que no tomaba el sol vestido, porque se divisaba el moreno por todas partes.

—Soy sociólogo —dijo.

De pronto Sandra no supo qué decir. Después avanzó sin dejar de mirarlo.

—¿Sociólogo?

—No podría interesarme un libro de ese tipo si no lo fuera.

—¿Me está diciendo usted que es universitario?

—Sí, creo que sí.

—Pero... ¿por qué?

—¿Por qué soy sociólogo o por qué estoy en su casa siéndolo?

—Ambas cosas.

Él cerró la cremallera de la bolsa deportiva. Borja lo estaba llamando desde el vestíbulo.

—Ciril, Ciril, ¿vamos o qué? Te estoy esperando.

Y se asomó impaciente.

Ciril hizo un gesto a su jefa como diciendo: «En otro momento le explicaré.»

Ella dijo únicamente:

—¿Tan difíciles están las cosas para un sociólogo en Madrid?

—Para un sociólogo y para un arquitecto. Las cosas están mal en todas partes. Estoy apuntado al paro desde que terminé. Nunca pude desempeñar mi función.

Y como Borja continuaba insistiendo, se fue con él.

Más tarde Sandy lo comentaba con su socia mientras tomaban un café antes de abrir la consulta.

—Yo que tú no me asombraba nada. No sé a qué años habrá terminado la carrera, pero si fue a los veintisiete, ten por seguro que ya le pilló el paro. No exagero si te digo que veo en cada esquina seis parados por uno que trabaja.

—En su carnet de identidad no pone profesión. De ponerla seguro que me habría fijado.

—Ahora no se pone —rio Pat—. Olvídate del asunto.

—No es tan fácil. No me entusiasma dar órdenes de fregona a un licenciado. —Meneó la cabeza—. Si a eso añadimos que me inquieta...

Pat casi dio un salto.

—¿Te inquieta?

—Pues sí. Lleva casi ocho meses en mi casa. No tengo queja de él. Pero... tal vez sea yo la que se fija demasiado en su persona.

—No me digas...

—No te digo, pero sí te señalo sinceramente que esto me desconcierta mucho. No es lo mismo un licenciado que un analfabeto.

—Tampoco es así —rio Pat casi divertida—. Uno puede no ser licenciado, pero tampoco analfabeto. No creo que tú tases a la gente por sus estudios.

—Ciertamente los taso por su humanidad.

—Y Ciril te parece muy humano.

—Muy natural, sí, muy responsable. Una persona increíble, pese a su oficio. Imagínate ahora que sé todo lo demás.

—¿Quieres un consejo?

—Te lo estoy pidiendo.

—De acuerdo. Tenemos agosto a un paso. Seis días y te corresponden las dos semanas de asueto. Márchate lejos. Sola con tu hijo. O deja al niño con sus abuelos y lárgate tú.

—Lo paso mal.

Pat la miró inquisidora.

—¿Qué dices?

—Lo paso mal sin una relación masculina. Lo estoy pasando muy mal, te lo aseguro.

—Hum... —gruñó Pat—. No creo que te sirva cualquiera.

—Por esa misma razón.

—¿Qué estás pensando?

—Mejor que no te lo diga.

Y no se lo dijo. Claro que con Pat no había necesidad de profundizar las cosas. Sabía muy bien por dónde andaba Sandra con sus cavilaciones y sabía, asimismo, lo que anhelaba. Lo que no tomaría jamás y lo que sin duda tomaría sin prejuicio alguno.

Esa tarde Sandra trabajó bastante inquieta y al despedirse dijo inesperadamente:

—No me disgusta tomarme las vacaciones en la primera quincena. ¿Te importa a ti?

—En absoluto.

—Pero me llevaré a Borja.

—¿Y qué harás con él?

—No lo sé aún. Tal vez lo despida.

—¡Sandra!

—Es algo que me está lastimando desde hace días. Cada vez es mayor la comunicación que tengo con él. Le voy conociendo mejor, comprendo que me asombran las cosas que tenemos en común. Todo eso es muy peligroso.

Sí que lo era. Esa noche condujo el auto a muy poca velocidad. En cambio su mente iba bastante más aprisa.

Pero no se lo dijo ese día.

Fue una semana después. Justo cuando ya lo tenía todo acordado con Pat y las reservas hechas en un hotel de La Toja.

Notó su sobresalto cuando ella le dijo:

—Tengo que hablarle, Ciril. ¿Quiere pasar conmigo al salón?

La siguió en silencio.

Borja ya estaba durmiendo. En verano, y por la razón que fuera, Ramón no lo reclamaba todas las semanas. Por lo visto también a ella la dejaba en paz. Incluso Elena dejó de molestarla, el problema era suyo tan sólo.

Y de momento era un problema fácil de saldar. Más tarde podría ser más complicado. Que no le era indiferente a Ciril lo sabía ella. Una mujer siempre sabe lo que un hombre siente por ella.

Tal vez no fuera un amor encendido, pero sí en cambio era una comprensión, una analogía de ideas, de pensamientos, de actitudes...

Tenían demasiadas cosas en común y si además era licenciado casi no quedaba nada que les pudiera separar.

—Será mejor que se siente —invitó con brevedad.

Ciril vestía un pantalón de dril color beige y una camisola a cuadros por fuera del pantalón, holgada y de tonos chillones, pero lejos de lucir vulgar, lo hacía incluso diferente, hasta distinguido. Aquel chico tenía algo y ella lo captaba...

—Me voy quince días de vacaciones —dijo Sandra con cierta precipitación—. Estaré ausente, con Borja... dos semanas o tal vez algo más.

—Ya.

—He pensado que quizá le interese a usted pasar unos días de vacaciones.

—Perdone, pero no me interesa.

—¿No?

—No.

—Ciril... lleva usted aquí ocho meses... Estoy muy contenta con sus servicios... Pero pienso que con su licenciatura yo misma podría conseguirle un empleo.

Notó su crispación.

—¿La he molestado en algo?

—Claro que no. Es usted la discreción personificada.

—Tampoco intento parecer sin defectos. Tengo los míos y no son muy recomendables.

—Mientras no me afecten, puede usted tener los que guste. Dígame, ¿nunca ha ejercido de sociólogo?

—No. Terminé la carrera hace dos años. Las cosas no son tan fáciles como parece y muchos no lo saben apreciar. Yo decidí estudiar y trabajar, y lo hice con todas mis fuerzas. No soy ningún héroe. Lo que hacía lo hacía con el fin de prosperar. Me gusta la humanidad y todo lo que con ella se relacione. Elegí el estudio que quería trabajando de auxiliar en una oficina de cementos. La empresa se vino abajo y yo seguía erre que erre. Agoté el paro y aún lo dupliqué. Hice chapuzas, cosas para poder comer. Pero seguía estudiando. Al terminar, dejé Madrid. No era posible abrirse camino sin amigos ni conocidos. Yo confieso que no los tengo. Muerta mi tía —parecía tener mucha prisa en explicarse—, me quedé solo. La universidad me sirvió para hacer alguna amistad, amistades que se sujetan con alfileres y que se desprenden muy fácilmente. Por eso decidí dejar la capital y pensé que en provincias tal vez... En eso andaba cuando leí el anuncio. Otros chicos licenciados hacían lo que yo. Hay dos conocidos sociólogos que cuidan a un señor mayor. Un hombre puede perfectamente ser un buen empleado de hogar. Yo creo haber cumplido con lo que usted me pedía.

—No hable tanto, Ciril. Yo no tengo quejas de usted. Al contrario. Pero me voy de vacaciones y me gustaría que usted también las tomara.

—¿No podría quedarme en su casa? Me mantendría con lo mío.

—No se trata de eso.

—Pues no sé de qué se trata.

—No va a pasarse el resto de su vida como empleado de hogar.

—Yo no me quejo.

—Óigame, Ciril...

—Por favor, no me despida.

—Pero... es absurdo.

Él se sentó. Era la primera vez que se sentaba sin que ella se lo pidiera.

—Me siento muy bien en esta casa —dijo a media voz como si reflexionara para sí solo, pero ella lo oía perfectamente—. Congenio con usted. Adoro a Borja. Él me comprende. Lo pasamos muy bien juntos. Nunca he discrepado con usted.

—Ciril, tampoco hemos tenido ocasión de saber si tenemos tantas afinidades.

—Yo sé que las tengo con usted.

Ahora se levantó Sandra.

También él, por supuesto.

Se quedaron los dos un rato silenciosos.

—O sea, que no se quiere marchar.

—No. Sinceramente, no.

—Pero yo no lo puedo llevar conmigo.

—No aspiro a tanto.

—¿Entonces?

—Me quedo aquí, en su casa... La cuido y de paso busco un trabajo.

—¿Lo ha buscado desde que está en esta casa?

Él se coloreó, pero meneó la cabeza.

—No puede usted conformarse con lo que tiene. Ha dicho que fue ambicioso.

—Y lo sigo siendo. Pero ahora..., estoy bien aquí. Me siento realizado. Nunca tuve un hogar mejor y no es mío, pero tengo la sensación de que lo es.

Sandra se sintió como copada, como anquilosada, como muy aturdida.

Por eso se dirigió a la puerta.

—¿Quiere despedirme usted, Sandra?

La aludida se quedó erguida en la puerta, de espaldas a él.

—Me gustaría que se fuera usted sin necesidad de despedirlo.

—Pero... ¿para siempre?

—¿Cómo que para siempre?

—Quiero decir si al marchar mi amistad con usted, la suya conmigo...

—Eso no tiene por qué tocarse. Es otra cuestión.

—Si yo le digo que... —Se mordió los labios y levantó la cabeza con un gesto que ella ya le conocía, como violento o altivo—. Tal vez teme lo que puedan decir.

—¿Decir de qué?

—Su hermana aquella tarde...

—¡Ah, no! —lo cortó—. Lo que se diga me tiene sin cuidado. Yo me cuido de mí misma. Todo lo demás me resbala.

—Entonces váyase de vacaciones y déjeme aquí... Me siento muy bien en este hogar... No soy ofensivo ni impertinente.

—Eso ya queda claro, Ciril —dijo ella con voz alterada a su pesar—. Eso lo sé perfectamente. Pero no entiendo por qué no se toma esos quince días y se marcha por ahí.

—Para mí, sin ustedes en casa, es como si estuviera de vacaciones. Lo mejor sería que me permitiera ir con ustedes.

—¿Está usted loco?

—¿Por qué?

Eso, ¿por qué? ¿No estaba ella desafiando a toda la ciudad y sus comentarios teniendo un empleado de hogar hombre y además joven y atractivo?

Sonrió apenas.

—¿Sabe usted conducir?

—Sí.

—Pero ¿tiene carnet?

—Hice de chófer una temporada. Lo tengo y de primera.

Sandra reflexionó unos segundos. Después dijo tajante:

—Sea. Que me critiquen por algo. Iremos a La Toja en auto. Llamaré para que me reserven otra habitación.

—Gracias, Sandra.

—Hum...

Cuando se lo dijo a Pat, ésta se empezó a reír hasta tener que sujetarse el vientre.

—Pero ¿por qué tanta risa?

—Te ha comido el coco. Ten cuidado. Ya estoy viendo a Elena cuando se entere de que te has ido con el empleado de hogar. ¿Y tu ex marido? Levantarás un gran revuelo.

—Y eso te divierte.

—Me pregunto cómo vas a salir de él, porque a fin de cuentas el asunto para ti es más serio de lo que nadie puede suponer. No creo que te equivoques con el sociólogo, pero ten cuidado. Tropezar en una piedra es mucho, pero darse de narices en dos es ya el colmo.

Era valiente y la opinión ajena le importaba un bledo. Pero sí se importaba ella, y la reflexión se imponía.

Durmió mal y se levantó a las cinco de la mañana a beber agua. Pasó por el salón oscuro, en el cual entraba la luz procedente de los faroles de la calle, dado que las persianas se hallaban levantadas. Dentro de su pijama azul celeste y la bata que ataba a la cintura, cruzó el salón para desembocar en el pasillo y dirigirse a la cocina, pero se quedó envarada.

—Ciril, ¿qué hace usted ahí?

El criado volvió la cara y después todo el cuerpo con desusada precipitación. Vestía pijama, una bata de seda corta y calzaba chinelas. Fumaba. El cigarrillo entre sus dedos despedía una chispa luminosa, quizá de haberlo aspirado aprisa.

—¿Es que no duerme? —preguntó Sandra desconcertada.

—Me sentía desvelado —replicó él mansamente—. En realidad, me gusta asomarme al ventanal en los amaneceres. La luz de los faroles se mezcla con la aurora. Está amaneciendo y es precioso. El mar brilla y se ve hasta el infinito. La playa está muda y los autos, pocos, pasan raudos por la autovía...

Sandra se acercó con lentitud. También ella se sentía incómoda. No sabía si por el insomnio, por las puntualizaciones de su amiga, por la presencia en su casa de un hombre joven, fuerte y sensible o porque empezaba a tener miedo de su propia soledad espiritual y física.

Tampoco era de las que se lanzaba a una relación sexual así por las buenas. No había habido en su vida más hombre que Ramón. Mientras fue adolescente, Ramón fue maravilloso. Le enseñó cuanto sabía del amor. Después las cosas fueron muy diferentes, y no por el acto sexual en sí, que con Ramón fue siempre pleno y satisfactorio, aunque reconocía que tampoco tuvo ella experiencia para juzgarlo positivamente. No tuvo opción. Juzgó lo que tenía y se conformó con ello, hasta que se casaron y empezó la guerra, primero fría y después echando humo.

Se acercó al ventanal y pegó la frente al cristal. Así se quedó un rato sin que Ciril dijera palabra. Pero ella sabía que en la oscuridad buscaba su silueta y la miraba largamente.

Sin duda los dos se hallaban en un callejón sin salida. O la salida era tan fácil que precisamente por serlo no la veían o no querían verla.

—He pensado que debe irse, Ciril —dijo de súbito sin moverse ni apartar la frente del cristal.

Un silencio. Después...

—¿Por eso?

Ella le miró rápidamente.

—¿Por qué?

—Por todo lo que tenemos ambos dentro.

—No lo sé.

—Lo tenemos, Sandra. Sea para bien, sea para mal. Pienso que estamos asustados. Usted porque ha fracasado una vez. Eso lastima demasiado y más cuando se confía en la persona amada, cuando se espera de ella todo lo bueno de ese mundo. Pienso también que es usted demasiado emocional, demasiado sensible.

Sandra prefirió no responder. Pero Ciril añadió quedamente, sin dar un paso hacia ella y con un acento denso y firme:

—Creo que, si nos hubiéramos conocido en cualquier otro lugar, de igual modo habríamos tenido esa sensación de necesidad, de comunicación... Pero no tema. Me iré yo. No soy cobarde. Ni temo a nadie. Por nada del mundo aceptaría ser un segundo fracaso para usted.

—¿Me está diciendo que estoy enamorada de usted, Ciril?

—No sé si es amor. Pero que nos sentimos muy bien juntos es muy cierto. Que yo nunca me he preocupado por una mujer... y ahora me preocupa usted. He venido a esta ciudad por casualidad. Acudí a varios anuncios y no me aceptaron. La sociedad parece anquilosarse. No se dan cuenta de que las funciones de una mujer pueden ser las mismas que las funciones de un hombre y viceversa. Para mí, en estos casos, sólo debería existir una diferencia. El sexo. Todo lo demás forma parte de una igualdad humana.

—Usted no es machista.

—Nada. Tampoco me considero vejado por haberla servido. Di gracias al cielo cuando me aceptó. Me fui enterando de su vida sin querer. No ha sido usted afortunada, y lo curioso es que tiene todos los ingredientes para que alguien la haga feliz, y usted sabe hacer felices a los demás.

—Mucho me valora.

—Cuando de verdad se admira a una persona, se le valoran hasta los defectos.

—¿A todos los niveles?

—A todos.

—Ya. ¿Qué debemos hacer, Ciril? Si lo que usted dice es cierto. Si nos ha ocurrido algo inesperado sin darnos cuenta. Si, como usted dice y yo pienso, tenemos tantas afinidades, ¿qué es lo más acertado?

—La separación por un tiempo.

—Es decir, que debo irme sola a La Toja.

—Con Borja. Reflexione. Yo me quedo. No podría irme de su casa. Eso no me lo pida... He logrado unas clases de inglés. Por anuncios me enteré de que solicitan profesores para un colegio privado. He ido esta misma tarde. Durante el verano daré clases dos horas... Sólo necesito que usted esté de acuerdo.

Sandra se volvió muy despacio.

—¿Me quiere decir que sabe inglés...?

—Por supuesto. Y francés. Cuando no se tiene familia es fácil vivir en distintos lugares. Yo hice la carrera aprisa, pero he servido en casas particulares en los veranos y no siempre en España.

—Usted es un saco de sorpresas.

—No pretendo serlo. Tampoco espero que me valore por lo que haya aprendido. Creo que lo esencial es lo que soy, pero sin licenciatura y sin idiomas. Lo que yo soy, como ser humano.

—Tengo que irme a la cama —dijo ella nerviosa cruzando ante él.

Pero inesperadamente Ciril la asió por un codo. Sólo la sujetó. Era más alto. Ella alzó la cara. Ciril la seguía sujetando. Se miraron de una forma especial. Él supo que Sandra aceptaría el beso y Sandra supo que Ciril iba a besarla.

Y lo hizo. Densamente, en la boca, de una forma asfixiante, especial, delicada y física, pero también con una ternura que ella jamás, en ningún otro momento, había sentido.

Después la soltó y Sandra salió disparada sin volver la cabeza.

Apareció en el living a las nueve en punto. Entraba en el hospital a las diez. Tenía el tiempo justo de desayunar, besar a Borja si es que ya se había levantado y salir disparada.

Por supuesto que se había dormido a las seis de la mañana y el despertador estaba sonando a las ocho. Le dolía la cabeza. Una ducha templada y se sentía como nueva. Sin embargo, se sentía muy alterada.

Se había complicado la vida. Fuera como fuera, la tenía complicada. Los sentimientos no son chaquetas que se quitan y se ponen. Ella sin duda era sensitiva, vulnerable... Y aquel beso había despertado sus instintos y sus deseos muertos.

—Buenos días —saludó él entrando con la bandeja del desayuno.

Sandra elevó los azules ojos. Tenían un celaje, pero no era interrogante. No tenía nada que interrogar. Sabía lo que sentía y por qué.

—Buenos, Ciril.

—Borja sigue durmiendo —dijo como si no la hubiera visto al amanecer, y se lo agradeció.

—¿A qué hora tiene las clases...?

—No empezaré hasta que se marchen.

—¿Y después?

—Son sólo para el verano. Las busqué para la tarde. No creo que a Borja le venga mal aprender.

—No lo entiendo.

—Las tardes son muy largas y me llevaré a Borja a clase. Una hora será para francés y otra para inglés. Me pagan muy bien. Es posible que, dada la categoría del colegio, me den una plaza fija para el resto del año.

—Me alegraré.

—Pero yo sólo la aceptaré si me permite seguir trabajando para usted.

—¡Está loco! Si se enteran de que es usted empleado de hogar...

—Lo saben. El director del colegio la conoce a usted y le aseguro que le hace mucha gracia su postura liberal, su indiferencia ante un mundo tan menguado.

—¡Vaya! ¿Y quién es esa persona?

—Resultó ser Fabián Sebastián.

—Sebastián... mi abogado.

—El hermano. Tiene un colegio privado de élite... Me aceptan tal cual.

—Pero si conozco mucho a Fabián. Es más, le tengo pedida plaza para Borja cuando mi hijo deje el colegio de párvulos.

—Lo sé.

—Ciril —lo miraba por encima del borde del vaso de zumo que tomaba—, ¿a qué jugamos?

—Ojalá estuviéramos jugando. Pero se me antoja que no jugamos a nada, que tenemos demasiadas cosas en común. Que pensamos de la misma manera. Que el mundo, con todas sus componendas, nos importa un rábano porque, realmente, nada o poco nos ha dado.

Sandra se levantó después de tomar el café aprisa.

—No ha comido nada.

—Buenos días, Ciril. Pasado mañana me voy... Ya hablaremos en otro momento. Cada día me sorprende usted un poco más.

—No lo pretendo —dijo él acompañándola hasta la puerta.

Ella lo miró aún. Era alto y fuerte, vigoroso, y su mirada oscura, acariciadora. Sandy nunca fue de hierro y menos en aquel momento. Sintió como si un raro hormigueo le cruzara por todas las arterias.

Pero salió a toda prisa sin pronunciar una nueva palabra.

Cuando dejó el hospital a las dos de la tarde, llamó desde una cabina.

Se puso él.

—Almuercen ustedes, Ciril. Yo no iré.

—Entonces prepararé unos bocadillos y me voy a la playa con Borja. Hace un día espléndido.

—Muy bien.

Y colgó antes de que Ciril pudiera decir nada.

Sandra hizo una nueva llamada y se citó con una persona para almorzar.

—En la cafetería de la periferia. ¿Te parece bien? Estaré en Gaviota dentro de un cuarto de hora.

—No faltaré. ¿Por qué quieres que lleve a mi hermano?

—Os invito a ambos.

—¿Qué clase de problema tienes?

—Ya te lo diré.

Y colgó.

Un cuarto de hora después tomaba un vermut de color en la terraza de la cafetería Gaviota, en la periferia, mirando al mar.

Fumaba un cigarrillo. Vestía un pantalón blanco de pinzas que caía como un guante sobre el mocasín. Una camisa negra de manga larga. Llevaba un cinturón de flecos negros. Su cabello negrísimo lo peinaba lacio en una melena corta, como siempre, contrastando con el azul vivo de sus ojos. Una mujer hermosa, pero sobre todo muy femenina. Una mujer que detenía la mirada de los que cruzaban, sin que ella se enterara en absoluto. Ni cuando se hallaba decidiendo su divorcio se sintió ella tan inquieta. Esto era diferente.

Un dilema difícil de solventar dado el pasado que cruzaba su mente y lastimaba aún como un estilete.

—Hola —saludó Ernesto Sebastián.

Sandra volvió la cara. Allí tenía a los gemelos idénticos. Tuvo ocasión de conocer a Fabián cuando todo el trasiego de su divorcio. Cuando la lucha era más encarnizada y más cruel con su familia y la de su marido. Realmente fue Fabián quien influyó lo suyo para que ella pudiera ganar la plaza en el hospital. ¿El destino? ¿Por qué era tan juguetón el destino?

No entendía por qué Ciril había ido a dar precisamente al colegio más caro y elitista de la ciudad y por qué Fabián había aceptado como profesor a un hombre que se confesaba empleado de hogar, pero que, de eso no cabía duda, era a la vez licenciado en Sociología y, por lo visto, profesor titulado en francés e inglés.

—Sentaos —dijo.

—¿Qué tal?

—Eso os pregunto yo a vosotros.

—Ya sabemos de tu movida —rio Sebastián—. Tienes a Paulino y a Elena fuera de sí. En realidad tienes a toda la ciudad maravillada por tu... ¿atrevimiento?

—¿Lo consideras así, Ernesto?

El abogado, que tanto afecto le tomó durante la lucha divorcista, elevó la mano por encima de la mesa y palmeó sus dedos.

—Eres una mujer valiente, Sandra. Una formidable mujer. Ya sé que te van bien las cosas, que es lo que yo esperaba, te lo aseguro. Eso es lo que les tiene las tripas retorcidas a tu familia y a la de tu ex.

Sandra sonrió, pero su mirada fue a fijarse en Fabián, que si bien sonreía complacido, no decía nada.

—Veamos, Fabián, ¿por qué?

—¿Te refieres a tu criado?

—Eso es.

—Estás enamorada de él, ¿eh? Me alegro.

—Dime tú por qué lo has aceptado.

—Porque es muy bueno y me lo demostró. Porque domina el inglés como un nativo y el francés como si se hubiese criado al lado del Sena, y porque es sociólogo y tiene un magnífico expediente. ¿Y, para qué negarlo? Porque es tu empleado de hogar.

—Te lo ha dicho así.

—Así, sin más. Dijo que te servía a ti y que no pensaba dejar ese trabajo. Me di cuenta enseguida de las razones. Por eso lo acepté, y por eso se quedará fijo como profesor de ética y de idiomas en invierno. Cuando tú te hayas casado con él.

—¡Fabián!

—Mira, querida, casi más que tú, sabemos los dos de tus problemas. Lo has soportado todo estoicamente. Te has equivocado una vez, pero no creo que te equivoques dos. Y te puedo asegurar que Ciril, aunque nada te haya dicho, lleva tratando conmigo de este asunto de la colocación más de un mes. Desde que dimos vacaciones y puse un anuncio en el periódico para los cursos de verano. Nos hicimos amigos, él desde su edad y yo desde mis cincuenta años... —Le palmeó el dorso de la mano—. Si estás realmente enamorada de él, no lo dudes. Para el mundo de esta ciudad, para el entorno de tu familia y de la de tu ex marido, tienes al amante en casa. ¿Te imaginas lo estúpido que es no tenerlo y que te lo adjudiquen?

—Estoy siendo un escándalo continuo para esta ciudad.

—Para los involucionistas. Para la gente normal eres una espléndida mujer...

Fue una comida alentadora, animada, y se sintió más persona que nunca junto a dos cincuentones gemelos que pensaban de idéntica manera, igual que idénticos eran en su físico.

8

No era de las que pedía la opinión de nadie para reaccionar. Pero sí era muy amiga de Pat, y Pat para ella era una persona responsable, auténtica y firme, de gran psicología y conocimientos, y sobre todo honesta en la amistad que las unía.

—Lo que digan tu abogado y su gemelo no tiene por qué convencerte de nada. Pero lo que tú sientas, sí. ¿Sabes lo que yo haría en tu lugar?

—Dímelo.

—Conocer a Ciril en toda su profundidad. Tal vez el mismo Ciril no tenga en mente una relación matrimonial. A su edad no se casan los hombres de un día para otro. Todo ser humano tiene pleno derecho a conocerse y para ello hay que intimar. Es la única forma de evitar equivocaciones. Tú eres una persona valiente, te has enfrentado a un mundo hostil. Los has mandado al diablo con todas sus opiniones. Pero no has tenido más que una experiencia. ¿Te das cuenta de lo poco que es eso? ¿De lo poco que significa?

—Nunca pensé en ello. Empiezo a pensar ahora.

—Para eso, y ya sabes a lo que me refiero, eres casi una virtuosa. Y también, por raro que parezca y pese a toda tu cultura y tus conocimientos como médico, eres una ingenua.

—Me estás aconsejando igual que Fabián, lo que pasa es que Fabián usó otra retórica.

—Es que Fabián es un profesor delicado. Yo soy tu amiga y puedo decirte lo que sea crudamente, con una sinceridad absoluta. Y nunca me ha gustado irme por las ramas.

Se hallaban cenando. Era una noche francamente bonita, espléndida, estrellada, y ellas comían, mano a mano, en una terraza frente a la playa, que aún se hallaba concurrida. El verano era de una belleza casi plástica. La playa se iba llenado de casetas y colchonetas. De veraneantes que gustaban del mar y el buen clima. Sin calores agobiantes y con noches frescas y apacibles.

—Dime, Pat, ¿te consideras tú una mujer experimentada en esos temas tan peliagudos?

—Desde luego.

—Has tenido amigos...

—Varios. El único al que quise mucho fue a Ricardo, pero me estimaba más a mí misma. ¿Egoísta? Querida Sandra, detesto los problemas, las luchas cotidianas... Profesionalmente me realizo, tengo cuanto ambiciono. Ricardo es acaparador. Lo quiere todo. Es tradicional y esquemático. Tendría que amarlo mucho, y no creo que lo quiera tanto como para ceder parte de mi independencia. Si puedo, evitaré amarlo.

—¿Y si un día te falta tu amigo del alma?

—Sabré calibrar con sencillez la mucha o total necesidad que tenga de él, o tal vez ninguna. Celebraré que ocurra lo último. Pero tú eres muy diferente a mí. Eres sensitiva, has amado muchísimo, has fracasado, no te has realizado como mujer, y lo eres. Emotiva y emocional. Necesitas amor, pero... por favor, no vuelvas a equivocarte. ¿De qué manera lo puedes evitar? Una relación sin compromisos ni «después». ¿Entiendes? El momento es lo que importa. ¿Que ese momento requiere todos los momentos? Pues cuando realmente te llegue el momento crucial para decidir, decides.

—Todo tan tajante.

—O así o quédate como estás. No debes casarte precipitadamente.

—No sé siquiera si Ciril lo desea.

—Tal vez no. Pregúntaselo. Mira, Sandra, ya sé que estás muy indecisa. Pero bastante menos que hace dos semanas. Hace dos semanas, realmente, para ti, Ciril era sólo un empleado de hogar. La educación, la cultura y los principios son barreras difíciles de saltar, pero una vez has sabido que el hombre intelectualmente estaba equiparado a ti, lo que vivía en el subsconsciente salió lógicamente a la luz. El resultado es éste.

Sandra meneó la cabeza.

—Yo empecé a fijarme en Ciril, a valorar simplemente lo que creía que era, desde el momento en que Elena me dijo lo que se pensaba de los dos en la ciudad; teniendo en cuenta, además, que mi empleado era un hombre atractivo y viril. Fue en ese momento cuando, aun sin saber que era un universitario, valoré su aplastante aunque silenciosa personalidad. Su humanidad, su gallardía. Empecé, además, a darme cuenta de que, si a mí me inquietaba él, yo lo inquietaba también. Eso me produjo un gran desconcierto.

—Lo dicho —rio Pat—. Analízate a fondo, vete de vacaciones y a tu regreso decides.

Era un buen consejo. Pero no siempre los buenos consejos se siguen.

Esa noche Sandra llegó tarde a casa. Suponía que Borja se hallaría en la cama, y así era en realidad. Todo parecía oscuro y supuso que, a las doce pasadas, Ciril también estaría descansando. Por eso entró en el salón y ni siquiera encendió la luz. Se quedó tensa. Delante del ventanal, en mangas de camisa y pantalón claro, estaba Ciril. Miraba al frente y tenía la cara pegada al cristal. Estuvo por echar a correr, pero sabía que no serviría de nada. O se enfrentaba al problema o lo dejaría pasar todo sin encontrar una salida que consideraba justa, humana y necesaria.

No era una niña, no estaba ciega. Era una adulta y sus conocimientos humanos e intelectuales le daban derecho a ser sincera. Aunque tal vez pareciera brutalmente sincera.

A oscuras se acercó al ventanal y, como él, pegó la frente al cristal.

—¿Qué hacemos, Sandra? —preguntó Ciril quedamente.

—No lo sé.

—Me gustaría... —Se volvió apenas, su mano se levantó y

cayó suavemente sobre el hombro femenino—. Sin compromisos, sin ataduras, sin promesas.

—¿Lo prefieres así?

—Es la única forma de que todo resulte desinteresado y bien.

—Tal vez yo esté atada a convencionalismos.

—No es así y lo sabes como yo.

—Nos estamos tuteando.

—No te molesta, ¿verdad?

Ya la tenía ceñida contra sí.

—No.

—Estás temblando, Sandra.

—Tú no estás muy sereno.

—¿Resulta todo muy frío y material?

—No lo sé.

La cerró en su costado y giró con ella. En aquel instante una rara emoción los invadía. No podía decirse que no fuese una emoción solidaria. Lo era totalmente y ambos lo sabían. También sabían que no se trataba de un capricho, pero sí, en cambio, se trataba de una necesidad, tanto espiritual como física.

—Nunca estuve enamorado —dijo Ciril quedamente.

Fue en el sofá. Se quedaron allí inmóviles uno en brazos del otro.

Se diría que todo estaba decidido y programado, y nada era así, además, los dos lo sabían.

—Tal vez esto sea muy pasajero.

—¿Estás segura, Sandra?

No. No podía estarlo. Ciril era un hombre denso, cuidadoso, hábil y sobre todo dulce y tierno, que sabía conducir, que era apasionado y no ofendía, que era erótico y no se le notaba. Que era vehemente y firme a extremos absolutos. Para él no existían barreras y una vez roto el dique de contención todo se desbordaba.

Fue mucho tiempo después.

La miró a los ojos.

—¿Enciendo la luz, Sandra?

—No, por favor.

—¿Te he decepcionado?

—Nada.

—Estás llorando.

—Pues sí.

—¿Sabes? Es la primera vez que hago el amor con infinitos deseos de hacerlo. No ha sido nada mecánico. Siento que mi vida tiene una razón de ser, un porqué, y me siento realizado por ello. Tan áspero y tan a la defensiva que me sentí... No me ha servido de nada. Sin duda estaba escrito que mi destino era éste, y lo hallaría, de un modo peculiar, en esta casa y en ti.

Sandra miraba al frente. Una absoluta oscuridad la invadía, pero sabía, además, que no se trataba de una oscuridad material tan sólo. Había una interrogante, como una especie de nube en su cerebro.

De momento sólo sabía que había conocido a dos hombres íntimamente y que Ciril era el elegido entre los dos. Pero... ¿era eso suficiente?

Se lo dijo cuando se vieron horas después.

Ciril, nada más aparecer en el vestíbulo, vio las maletas.

Era de suponer. Un lapsus no significaba una vida entera. Su deber era esperar. Había esperado siempre. ¿Por qué no una vez más? Por otra parte, tampoco era un amor encendido el que sentía. Se defendía de una pasión y, mientras pudiera defenderse, mejor sería clarificar los sentimientos.

Además, en modo alguno podía forzar a Sandra en nada. Eran lo bastante adultos para entender todo lo que pudiera surgir de una relación esporádica. Tanto podía ser cotidiana como no volver a suceder.

Borja andaba dando saltos. Lo de marcharse de vacaciones le parecía una maravilla y él mismo, sin ayuda de nadie, colocaba las bolsas de deporte encima de las maletas. Cuando apareció Ciril le gritó feliz:

—¿Sabes? Nos marchamos ahora mismo.

—Lo sé, Borja.

—¿No vienes tú?

Apareció Sandra en el umbral. Una Sandra un tanto rígida, pero en el fondo de sus ojos se atisbaba una tímida ilusión. Se miraron fijamente, tan fijamente que ambos quedaron como hipnotizados, si bien los labios se mantuvieron herméticamente cerrados. Tal vez los ojos lo dijeron todo, porque Ciril lo único que hizo fue recoger las maletas y sacarlas al rellano.

—Mandaré al portero —dijo ella quedamente.

—De ninguna manera.

—¿Estarás —no apenaba el tuteo— cuando regrese?

—Sí, desde luego.

—Tómate el tiempo que quieras para las clases.

—Lo haré.

—Siento...

—No digas nada. Todo está bien como está.

—Es que...

—Lo sé.

No, todo no podía saberlo. Sabría de ella muchas cosas, pero no todas y mucho menos la emotividad que llevaba en sí, la que se ocultaba en cada palpitación de su ser. Quizá para Ciril hubiera sido una noche más; para ella, después de tanto tiempo, había sido una noche reveladora.

¿Dónde quedaba su adolescencia? ¿Realmente qué había sabido ella con Ramón de la vida sexual?

—Idos en el ascensor —dijo él suavemente, al tiempo de meter las maletas en el montacargas—. Yo bajaré todo esto. Lo colocaré bien en el auto.

Él mismo apretó el botón del bajo y se perdió en el montacargas con todos los bultos.

Eran dos maletas, dos bolsas de viaje y la bolsa de deportes de Borja.

—Mamá —decía Borja en el ascensor—, ¿por qué no viene Ciril?

—Se queda en la ciudad. Empezará a trabajar en un colegio privado.

—¿Al que yo iré el año próximo?

—El mismo.

—¿Y tendré de profe a Ciril?

—No lo creo. Lo tendrás para algunas asignaturas. Será conveniente que empieces a hablar con él en francés e inglés.

—¿Lo sabe Ciril?

—Por supuesto, Borja.

—¿Y por qué, si sabe eso, está limpiando en casa?

—Las personas han de saber hacer muchas cosas diferentes.

—La abuela dice que es un...

—Dilo.

—Es que Ciril me ha dicho que es una palabra fea.

—No lo entiendo. Se lo has contado a Ciril y me lo has callado a mí.

Borja se puso un poquitín nervioso.

—Ciril me dijo que no te dijera nada.

—¿Y qué cosa es? Porque si has empezado, ahora tendrás que terminar.

—No quieren a Ciril. Hablan muy mal de él en casa de los abuelos. Le llaman... una cosa que no son nunca los hombres de verdad.

—Mariquita.

—Eso, eso. Ciril dice que es una expresión fea.

—Y tanto que lo es. —Y entre dientes añadió—: Y más tratándose de él.

El ascensor se detenía y salían ambos. Borja corría a la acera, donde Ciril iba colocando los bultos en el portamaletas.

—Tendrás que ir con sumo cuidado —dijo cerrando el maletero y entregándole la llave del auto.

Borja ya se había colgado del cuello de Ciril, le había dado dos besos y se sentaba en el interior del vehículo, colocándose el cinturón.

—Mejor que fuese atrás —indicó Ciril.

—Déjalo. Se duerme y se escurre. Oye... No me has dicho que en casa de mis ex suegros no se recatan para...

—Olvídalo.

—¿Te lo cuenta todo?

—Sí. Supongo que no se calla nada.

—¿Y qué dicen de ti?

—Considero que no deberían hablar así en presencia de un niño de siete años escasos. Los chicos han de crecer sanos de cuerpo, pero también de alma... Tu ex marido, ni aparece. Hay semanas que no lo ve. No lo quiere, Sandra, nada.

—Eso ya lo sé.

—Te besaría —dijo él de una forma rara.

Sandra miró en torno. En los bajos del edificio, allí mismo donde ellos estaban hablando había una cafetería. Nadie de todos aquellos ignoraba su situación. Su empleado de hogar masculino. Sonrió entre divertida y sarcástica.

—Buen viaje, Sandra —dijo él quedamente apretando la mano que ella le tendía.

—Gracias, Ciril...

—A ti.

Subió al auto deprisa. Si hubiese esperado un poco más no habría podido, se habría quedado.

9

A la semana no soportó más el silencio, la soledad. Porque la evidencia era ésa. En el hotel estaba rodeada de gente, pero jamás se sintió más sola. La única ventaja que tenía era la falta de obligaciones, el sol que tomaba tirada junto a la piscina, las diversiones de Borja.

No había hablado con Pat ni siquiera después de aquella noche. Pudo haberla llamado, pudo decirle... Pero prefirió reflexionar. Saber por sí misma si echaba algo de menos. Lo cierto es que lo echaba todo. Entraba aquello demasiado fuerte. Quizá Ciril la admiraba y la respetaba mucho, pero amarla de verdad... ¿Qué hombre se niega ante una invitación tan clara como la que ella le hizo?

Era una buena hora para hablar con Pat.

La llamó sin más. Necesitaba oír una voz amiga, y nadie más amiga que Pat.

La oyó enseguida y hasta se tiró hacia atrás en su lecho del hotel. De ese modo se concentraba más. Había dejado a Borja con unos amiguetes que se había echado allí.

—Pat.

—¡Vaya! —gritó Pat al otro lado—. ¿Estás viva?

—Y sola.

—Con tanta gente, ¿cómo vas a estar sola? No seas mística.

—Y cursi, ¿por qué te lo callas?

—No te imagino cursi jamás.

—Pues me siento un poco.

—¿Qué pasó? Estuve esperando tu llamada. Pero respeté tu silencio.

—Gracias.

—¿No puedo saber?

—Claro. Lo conocí perfectamente. Me siento... ¿Cómo decirte? Un tanto apagada, confusa... Tal vez, más que nada, inquieta.

—No ha ido contigo —dijo sin preguntar—. Lo veo cada día en su bicicleta...

—¿Bicicleta?

—Sí. Un día de éstos me invitó a tomar un café en una terraza del muelle. Hablamos.

—¿De qué?

—No te alteres. Ni te nombró.

—¿No te preguntó por mí?

—La verdad es que pensé que sabía de ti, que solías llamarlo.

—Claro que no.

—Pues discreto como siempre, ni te mencionó. Hablamos de mil temas. Estuvimos juntos más de una hora. Hablamos de su carrera, de su empleo eventual y de Fabián. Me dijo que se sentía a gusto, que le encantaba la docencia. Es más, está haciendo la tesis.

—¿Ahora?

—Pues sí, porque me lo dijo con mucha firmeza. Tiene esperanzas de quedarse como profesor fijo en ese colegio. Sería una suerte para él. Fabián es fabuloso, y el colegio es uno de los mejores o el mejor de la ciudad. Ganaría mucho dinero. Pero no me parece que Ciril esté muy interesado en el dinero. Es un idealista.

—¿Me dices todo eso para que me sienta mejor?

—Sabes muy bien que no es así, o no me conoces nada, creo que Ciril tiene muchas cosas a su favor. Pienso que se defiende de sí mismo, de sus inclinaciones. Es un hombre comedido, pero se le nota apasionado, temperamental. Un tipo denso y vital.

Además, con su tipo, está como para parar un tren. Pero sobre el particular, tú sabrás mejor que nadie cómo es.

—Estoy confusa.

—¿Por haber vivido tu momento?

—Por haberlo provocado sin pudor.

—No digas tonterías.

—Tal vez Ciril no lo esperaba. Tal vez me valore menos ahora. Tal vez...

—¿Te quieres callar? ¿No te lo he dicho siempre? De nada te ha valido tener un título de médico, ser la preferida de los pacientes, consolidar tu fama como ginecólogo, nada; a la hora de la verdad, como mujer, sigues estando en pañales.

—No digas tonterías.

—Que sí, Sandra, que sí. No has tenido juventud. Tu juventud, tu adolescencia fue una relación prematura con un hombre inmaduro. Tu edad adulta sigue estancada, porque tu hombre no maduró, y encima te hizo a ti aún más infantil. Ningún psicólogo te diría las cosas más claras. Seguro que Ciril te tiene catalogada así.

Fue una conversación gratificante. Cuando le preguntó por Ricardo, Pat contestó que prefería dejar las cosas como estaban.

Su comentario más vivo fue escueto: «Quiero una relación continuada, pero no deseo volver a enamorarme de él. Es demasiado denso. Lo pasé mal al dejarlo. No puedo exponerme otra vez, y Ricardo desea el matrimonio, lo clásico, lo tradicional. Yo no me amarro.»

No reflexionó sobre el problema de Pat. Ya lo solventaría, Pat no era una inmadura como ella. Cuando ella, adolescente, se enamoró, Pat sólo hacía el amor. La diferencia era notoria y los resultados más positivos para Pat. Podía elegir. Sabría elegir. No tendría fracasos.

Bajó a la piscina y se dio un largo baño. Jugó con Borja y al anochecer cenó con él. Había gente joven, hombres que la miraban. Chicas que como ella estaban solas y la invitaban. Siempre hallaba una disculpa. No soportaba las compañías que no le fueran muy gratas. Y aquéllas no se lo parecían.

Además, había ido a descansar. Llevaba una semana fuera y, pese a todo, se le estaba haciendo demasiado larga.

Por la noche acostó a Borja. Se quedó con él un rato.

—Mamá —le dijo Borja de repente—, tú no vas a volver a vivir con papá, ¿verdad?

—No, Borja.

—¿Es malo?

—Claro que no. No congeniamos. Cuando una pareja no tiene afinidades y piensan de modo diferente, discute, y la vida no es precisamente plácida. Tal vez tu padre encuentre una mujer que le acomode más que yo.

—¿Y tú?

—Yo seguramente encontraré un hombre que me haga feliz. Me pregunto si tú lo aceptarías como segundo padre.

—Papá se ve mucho con Marita.

—¿Marita?

—Marita Igualada. Es vecina de los abuelos. ¿No la conoces?

—¿Y quién te dijo eso a ti?

—Lo oigo, lo veo.

—Tú ves poco a tu padre, Borja. ¿O me equivoco?

—Sí, sí lo veo. Pero no sale mucho conmigo. Me da un beso, me revuelve el pelo y se marcha. Yo con los abuelos me aburro mucho.

—Y además hablan mal de tu amigo Ciril.

—Eso es muy molesto, ¿verdad? Cuando quieres a una persona y sabes que no es como dicen...

—¿Cómo te parece a ti que es Ciril?

Borja se quedaba casi dormido, pero Sandra volvió a hacer la pregunta.

Y el niño replicó sencillamente abatiendo los párpados:

—Me gustaría tener un padre así. Me habla de muchas cosas. Me cuenta historias, y cuando le cuento lo que dicen los abuelos de él, no le da importancia. Dice que todo el mundo tiene derecho a opinar. Pero que la gente normal no suele opinar sin conocer.

—Una buena filosofía.

—¿Una buena qué, mamá?

—Nada. Duerme y descansa. Tomas las vacaciones con tanto empeño que te cansas demasiado.

Borja se durmió, ella apagó la luz y se fue a la alcoba contigua. Por lo regular no cerraba la puerta de comunicación. Aquella noche lo hizo.

Se deslizó hacia su lecho y se sentó en el borde.

Nerviosamente encendió un cigarrillo.

Todo lo dicho por Borja era natural. Incluso que hubiera preferido tener un padre como Ciril. Era un niño después de todo y los niños como bien dice el refrán: «Van a donde les dan cariño.»

Por otra parte, ojalá fuera cierto lo que decía Borja referente a Marita Igualada. Habían sido amigas en su tiempo, aunque Marita le llevaba dos años o más, lo cual indicaba que era mayor que Ramón, pero era una chica dócil, tradicional, de sus «labores». Podría ser la esposa perfecta para Ramón. ¿Por qué no?

No es que ella se sintiera mejor porque Ramón se acomodara, pero al menos le daría menos la lata y tal vez se olvidara de que un día estuvo casado con ella y hasta de que de aquel enlace desafortunado nació un hijo.

Realmente Ramón no era el clásico padrazo. Él luchó por no divorciarse, pero en ningún momento reclamó a su hijo, lo cual le dio más fuerzas a ella para la lucha y el triunfo.

Sacudió la cabeza. En realidad no estaba allí para pensar en Ramón, ni en el pasado, ni en lo que Ramón pudiera hacer en el futuro. Marita le iba, eso lo tenía ella claro. Sería la dócil esposa laboriosa que se conformaría con todo, y se callaría cuando Ramón soltara la sarta de estupideces que solía soltar.

Pero eso era lo de menos. Lo demás era muy diferente.

Necesitaba saber de Ciril, era una hora en que no se hallaba en el colegio. Y lo natural sería que estuviera en el piso. Pensaba que si no era así le dolería, porque lo imaginaría en cualquier sitio con cualquier mujer.

Pero no. No se imaginaba una personalidad como la de Ciril buscando el placer vulgar en la calle ni en la prostitución. Desde un principio, y desde su dimensión de empleado de hogar a secas, demostró ser exquisito, peculiar, escogido, nada vulgar. Un tipo que desde su vulgaridad de criado fue siempre un señor. Un hombre al que ella catalogó desde el principio como «diferente».

Por dos veces inició el número y otras tantas levantó el dedo. ¿Qué diría Ciril? Seguro que ni por asomo esperaba su llamada. Y, en cambio, era natural que lo hiciera. Estaba en su casa, ella hacía una semana que se había marchado. Sus razonamientos eran convincentes. En otra situación, seguro que hubiera llamado a su empleada de hogar todos los días. Pero esto era muy diferente.

¿Y qué ocurriría en el futuro?

¿Podría ella tener en su casa una relación amorosa, sexual, sentimental, con Ciril sin casarse con él? En el fondo ella era, como tantas otras, una liberada, pero con los recortes lógicos de una educación recibida, que no se tira por la ventana sólo porque sí.

Y por otra parte, no quería ni pensar en casarse, en ligarse para el resto de su vida, y no por estar en contra del matrimonio. Uno había salido mal, no tenían por qué salir todos... Pero... ¿y si se equivocaba una vez más? El refrán era bien cierto: «El gato escaldado del agua hirviendo huye.» ¿No sería así? Era lo mismo. De cualquier forma, ella sentía un lógico temor a equivocarse, por mucho que intentase convencerse de que esta vez era distinto. Confiaba en su buen juicio.

Eso por la parte que le tocaba, pero, ¿qué pensaría Ciril? Aquella noche pudo esquivarlo. ¡Era tan fácil! Pero, lejos de eso, lo provocó. No podía llamarse a engaño.

Su dedo en el redondel del disco telefónico vacilaba, pero al fin venció la vacilación y marcó el número, ajustando el auricular al oído.

Enseguida oyó la voz tan conocida.

Era una voz firme, pastosa, viril, algo ronca. La voz de un hombre fuerte y vigoroso.

—¿Sí? Dígame.

—Hola, Ciril.

Notó la fuerte respiración.

—¡Sandra!

—¿No esperabas mi llamada?

—La consideraba demasiado preciosa para que sucediera.

—Pues ya lo ves.

—¿Qué tal?

—Bien, bien.

—Lo dices con reparos.

—No, no.

—Sí, sí. Nos conocemos.

—¿Crees conocerme tanto, Ciril?

—Sí, Sandra, más de lo que supones. Te conozco a ti y conozco tu entorno. No me asombra nada que seas tan sensible.

—Ya.

—¿No te consideras sensible?

—Sí, eso creo que sí.

—Ingenua también.

—¿Sí?

—¿No?

—Sí, por supuesto. La falta de madurez.

—No intelectual.

—Eso no, claro. Pero dime, ¿qué tal las clases?

—Muy bien. Dime tú, ¿qué tal Borja?

—Formidable. Increíble. Lo pasa divinamente. Para él sí son vacaciones.

—¿Por qué no para ti?

—También lo son, a otro nivel.

Un silencio.

Después la voz densa de Ciril:

—Estoy deseando verte.

—No hablemos de eso —respondió vacilante.

—¿No quieres?

—Creo que no.

—Pues silencio. En el colegio bien. Fabián me necesita. Cada día soy más amigo suyo. Sabrás que he conocido a tu cuñado.

Sandra no dio un brinco, pero sí que asió el auricular con las dos manos.

—¿Y cómo fue?

—En el club. Fui con Fabián. Me lo presentó. Me di cuenta de que era él por lo que hablaron. Estuvo muy amable.

—Supo que eras mi...

—¿Empleado de hogar? No, claro que no. Fabián no lo dijo. Lo dejará para un golpe de gracia posterior. Te admira mucho Fabián.

—Lo sé.

—Y no soporta a ese tal Paulino. Además me contó algunas cosas de tu cuñado que no sospecha tu hermana, la puritana Elena.

—Ya.

—¿Es que lo sabes? —preguntó sorprendido.

—Claro.

—¿Y no le dijiste nada a Elena cuando se negó a ayudarte, cuando no quiso recibirte en su casa, cuando consintió que durmieras en una iglesia...?

—Lo sabes todo de mí.

—Sandra, tú lo has dicho, en los pisos modernos, los tabiques son muy delgados, y cuando se levanta la voz...

—Lo sé.

—Me quedé asombrado y ahora lo estoy más pensando que desaprovechaste la oportunidad de propinarle a tu hermana un golpe bajo.

—Yo no doy golpes bajos nunca, Ciril.

—Es lo que más me maravilla de ti. Lo que más me maravilló oyendo las memeces de tu ex marido y de tu hermana. Pero dejemos ese asunto. ¿Cuándo terminan tus vacaciones?

—Dentro de una semana. Saldremos el domingo por la mañana, dormiremos en camino. No me gusta correr. Llegaremos el lunes entre las dos y las tres de la tarde.

—¿Debo tener el almuerzo preparado?

—Oye, me gustaría hablar eso ahora. No puedes seguir siendo empleado de hogar.

—Lo discutiremos aquí.

—No prepares el almuerzo.

—Eso ya lo veremos, cuídate.

—Hasta otro día, Ciril. Oye —añadió sin transición—, ¿sabías que mi ex marido tiene una... digamos novia, llamada...?

Él rio atajando:

—Marita Igualada... Sí, claro. Lo sabe todo el mundo, hasta tu hijo.

—Pero...

—Por eso no te reclamó a Borja. De repente pensó que podía entretenerse en algo más agradable.

—Tal vez te llame otro día —cortó el tema.

Colgaron casi a la vez, sin despedirse.

No lo volvió a llamar.

Empezaba a sentirse demasiado inquieta, demasiado excitada. ¿Podía ella estar tan enamorada de su empleado de hogar?

Fue una semana larga. Sólo tuvo los días naturales que tiene una semana, pero a ella se le hicieron interminables tirada al sol. Eso sí, lo tomó en abundancia. Su piel tersa y fina se puso dorada. Sus ojos azules relucían más. Su pelo negro caía con suavidad, fuerte y lacio, en torno a su rostro.

Era una mujer bella. La miraban los hombres. En cualquier otro momento tal vez se hubiera sentido halagada, pero ya no. No se sentía con deseo alguno de coquetear con desconocidos. Su vida la tenía más que decidida.

¿Casada? ¿Soltera?

De cualquier forma, sabía que ningún otro hombre despertaba sus instintos, su sensibilidad, como Ciril.

Curioso, es verdad, pero era así. Y que nadie se lo discutiera.

Por fin el domingo al mediodía salió.

No pensaba hacer el recorrido en el mismo día. Deseos no le faltaban, pero le sobraban razonamiento y juicio.

Las dos primeras horas, Borja le fue hablando de mil cosas diferentes. Tenía cerca de siete años. Le faltaban dos meses para cumplirlos y era casi como un hombrecito. Pero después se durmió.

Ella fumó algunos cigarrillos. A las dos se detuvo a comer en un parador, a las siete frenó el auto en un hotel de Luarca, preciosa villa asturiana. Al día siguiente, a las doce y media, salió para la ciudad a la cual llegaría a las tres, o quizás antes, según el tráfico que hubiera en las autovías. De todos modos, en pleno agosto, el tráfico no era tan angustioso como a últimos de julio.

A las tres de la tarde entraba en su ciudad natal y respiraba la fresca brisa del mar...

Sólo un mes antes, si alguien le hubiese dicho que iba a sufrir aquel tipo de inquietudes, se habría reído a carcajadas. Pero ya no se reía.

Al contrario, se sentía y se veía a sí misma muy preocupada.

10

Lo dejó todo en el auto, salvo el maletín chiquito donde llevaba sus cosas personales. No permitió que Borja subiera corriendo las escaleras. Lo solía hacer para ejercitarse y desafiar a quien fuera o quisiera ir en el ascensor.

—Haces el favor de subir conmigo —le dijo enérgicamente.

—Pero, mamá...

—Ya sé tus costumbres, Borja. Son seis plantas y, por mucho que te guste el deporte, no es normal que las subas corriendo. Entra y déjate de hacer monerías. Además, te tengo que decir algo que tal vez te parezca importante.

El niño obedeció de mala gana. Venía moreno, el cabello más rubio que nunca, con los azules ojos tan parecidos a los suyos. Sin embargo, tenía más de su padre que de ella. Aunque ella se prometiera a sí misma que psíquicamente procuraría que tuviera lo menos posible de Ramón. La educación hace mucho y ella sería severa en cuanto a eso, y también lo sería con los estudios de su hijo.

Apretó el botón de la sexta planta y miró a Borja con firmeza.

—Dime, Borja, ¿qué dirías si nos dejara Ciril?

Borja dio un salto.

—Irse, ¿quieres decir?

—Sí, sí. Que no viviera con nosotros. Va a dar clases. Es un hombre preparado. Se puede ganar la vida de modo diferente.

—Yo no soporto que se marche Ciril —dijo enérgicamente y angustiado—. ¿Qué hago yo sin él? Has de saber tú, mamá, que me está enseñando a hablar en inglés y francés.

—¿Sí? ¿Desde cuándo?

—Casi desde que llegó. Cuando salimos se empeña en no hablarme en español. Primero me hacía un lío. ¿Cuánto tiempo lleva Ciril trabajando en nuestra casa? Luego un año. Pues tenía yo seis escasos cuando ya Ciril empezó a hablarme de esa manera. Al principio me enfadé mucho, pensé contártelo, pero Ciril me dijo que si lo hacía no seríamos amigos. Y me callé, porque para mí la amistad de Ciril es antes que nada. Y además comprendí lo que dijo. Ahora ya lo hablo casi todo y lo entiendo a él perfectamente.

Sandra se maravilló de la situación. Es decir, que ella, hasta hacía bien poco, no había descubierto nada insólito en Ciril y, según parecía, éste no sólo se había ganado la voluntad de su hijo, sino que además le enseñaba idiomas.

—¿Y el francés?

—Eso sí que fue un verdadero lío, porque por las mañanas, esté en casa, en la calle o llevándome hasta el bus del cole, me habla en francés, y por las tardes, en inglés. Al principio me hacía un lío tremendo, pero ya no. Ya comprendo muy bien uno y otro idioma. ¿Y dices que se va a marchar?

—Creo que sí.

—No puedes consentirlo, mamá —dijo muy angustiado—. Es mi mejor amigo. Se lo cuento todo, me da consejos, juega conmigo, aunque me cante en inglés y me riña en francés.

Sandra le revolvió el pelo con sus nerviosos dedos y dijo quedamente:

—Ya veremos, Borja.

—¿Por qué no se puede quedar en casa? Es muy bueno. No se mete en nada. No riñe... como papá...

—Es mejor que te calles, ¿quieres? Te estoy diciendo que ya veremos.

El ascensor se detuvo y Borja se precipitó a la puerta intentando llegar al timbre.

—Por favor, Borja —lo retuvo Sandra—. Por favor, tengo llavín.

—Pero...

—No llames, te digo.

Sin embargo la puerta se abrió mientras ella buscaba el llavín en el bolso.

Allí estaba Ciril con su sonrisa amable, su mirada sincera, su mano que asía a Borja y con la otra lo levantaba en vilo.

El niño ciñó con sus brazos el cuello del hombre. Daba no sé qué verlos, tan unidos, tan afectuosos.

Ciril la miraba a ella serenamente, sin siquiera interrogantes, ni ansiedad. Se diría que era su criado a secas, que no tenía intención de atosigarla, de recordarle... Discreto, como siempre. Y mientras se retiraba para que ella pasara, golpeaba suavemente la espalda de Borja, que, colgado de su cuello, se pegaba a él, e incluso le rodeaba el tórax con sus dos piernas.

Sandra pasó y ella misma cerró la puerta. Ciril, sin soltar a Borja, que iba gritando que no se fuese de aquella casa, la seguía en silencio.

Después depositó al niño en el suelo y éste seguía diciendo:

—Por favor, no te vayas. Dice mamá que igual te vas...

—No pienso hacerlo. Cállate ya, entra en el living. Está la mesa puesta para que comáis. Yo iré al auto a recoger el equipaje. —La miraba a ella serenamente. Sandra no fue capaz de soportar su serenidad, la de Ciril, por supuesto, porque ella estaba nerviosísima—. Sandra, me he tomado la libertad de haceros el almuerzo. Un gazpacho sabroso y una carne estofada. Os vi llegar —añadió con suma cautela, como si fuera su criado a secas, aunque un criado de confianza—. Estaba asomado al ventanal, esperando. El gazpacho está en la mesa, con hielo. Espero que os guste.

Se fue muy aprisa.

Sandra, sofocada, sin apear su nerviosismo, desoyendo las exclamaciones de Borja, que seguía gritando que Ciril no se iba, se fue al cuarto, se lavó las manos y aun se mojó la cara con una toalla. Vestía pantalón vaquero y camisa amarilla tipo camisero de manga larga.

Parecía una cría y pronto cumpliría veintinueve años. Delgada, esbelta, de formas armoniosas muy femeninas. Morena relucía más su atractivo y el azul de sus bellos ojos.

Retornó al living, donde ya Borja esperaba.

—¿No te lo decía yo, mami? Ciril no se va.

No respondió. ¿Para qué? No sabría cómo explicarle al niño las cosas que ella sentía. Y sentía demasiadas.

Oyó a Ciril entrar por el montacargas y meter las maletas y las bolsas.

Desde el vestíbulo preguntó:

—¿A tu cuarto, Sandra?

—La roja a mi cuarto, la marrón al de Borja —dijo automáticamente sin dejar de tomar el gazpacho, que además reconocía que estaba en su punto—. La bolsa verde es de Borja, la otra, mía...

Lo oía ir de un lado a otro.

No apareció después por el living.

Nunca había comido con ellos. Siempre lo hizo solo. ¿Podrían continuar así las cosas? Era absurdo, pero...

No fue posible hablar en todo el resto del día. Además, ella procuró evitarlo. Ya hablarían. Ya se darían todo tipo de explicaciones o tal vez ninguna. Todo dependía de muchas cosas, de muchos matices.

Ella dejó la casa después de almorzar. Necesitaba hablar con Pat. Por teléfono le había dicho que acudiría a la consulta aquel día. Era lunes, por tanto resultaba siempre muy apretado el trabajo, más abundante que cualquier otro día. No podían quejarse ella y Pat. Ya no debían nada a la financiera. Todo era de ellas y empezaban a ganar dinero. Ella tenía pendientes doce letras del piso que había comprado lanzándose a la aventura. Pero había salido bien. No le costaba esfuerzo pagarlo. Era un piso caro, pero el promotor, amigo de Pat, se lo vendió con muchas facilidades. Aun así, las letras eran cada tres meses, pero de trescientas mil pesetas. No costaba demasiado esfuerzo pagarlas.

No se despidió de él. Se escurrió, pero se dio cuenta de que él sabía que lo esquivaba. Era lo lógico.

Lo dejó con Borja, y ya no se recataba delante de ella para hablar con su hijo en francés o inglés. Se maravilló de la forma en que su hijo le respondía.

Llegó a la clínica cuando ya Pat se disponía a ponerse la bata blanca.

—Pero... estás loca. ¿Por qué has venido? Estarás cansada...

No obstante la besaba y la separaba de sí para verla bien.

—Estás de un guapo subido. ¡Qué morena! Lo has pillado con ganas.

—He salido todos los días y lo único que hacía era eso, tomar el sol y bañarme en la piscina.

—Empezamos dentro de veinte minutos. Te espero en el despacho. Ponte la bata y ven. Haré un café en la cafetera eléctrica.

Sandra se puso la bata a toda prisa ayudada por la enfermera. Luego corrió al despacho de su socia. El suyo estaba situado al otro lado, pero apenas si lo usaba, ya que al trabajar en equipo ambas usaban uno solo, el de Pat, porque era más cómodo.

—Cuéntame, ¿qué tal Ciril?

—Con Borja. —Le contó lo del niño—. Se puso histérico. Pero yo así no puedo seguir.

—¿Y cómo lo harás?

—No lo sé. Ignoraba lo de los idiomas. Y resulta que Borja habla inglés y francés como Ciril. Todo es sorprendente. Ciril desde un principio se preocupó de mis cosas, y muy al margen de todo lo demás.

—De vuestro amor.

—De eso, sí.

—Toma el café. Ahí tienes el azúcar.

—¿Cuándo te marchas tú?

—Pasado mañana.

—¿Sola?

—¡Qué va! Ricardo se ha pegado. Está pesado. Muy, ¿cómo te diría?, insinuante. Pero yo sé lo que quiere. Lo conozco muy bien. Ricardo es sinuoso, parece que no cala y lo curioso es que está calando. Se ha pegado de tal modo...

—Oye, Pat, una pregunta. ¿Has vuelto a hacer el amor con él después de cortar hace ya tanto tiempo?

—Claro que no. De todos los hombres que he conocido fue el único por el que sentí amor. El temor de caer como una tonta. El único al que quise realmente. Me costó tanto dejarlo, sufrí de tal modo, que me juré no descuidarme jamás. Y mira tú que Ricardo se pega a mí, no me habla de amor, somos tan amigos que... En fin. Mañana nos vamos en avión a Ibiza a desmadrarnos.

—Has dicho pasado mañana.

—Mañana por la noche nos vamos en auto a Madrid, y pasado tomamos el avión para Ibiza, solos. No hemos comentado nunca nada sobre el matrimonio de su novia de toda la vida. Lo nuestro fue denso y cuando le expuse mi modo de pensar no volvió a verme. No intentó ni un acercamiento. De repente me lo encuentro en esta ciudad. Fue como si me pegaran un mazazo. No obstante procuré poner un paraguas para el chaparrón... Lo conseguí a medias. —Suspiró. Era una mujer mayor que ella, humana, sensible y susceptible, aunque ella se empeñara en cerrar con fuerte cremallera su emotividad—. Ricardo es un sinuoso. No te das cuenta de que anda por tu vida, pero él no se apea. Nunca dice que está, pero está constantemente. No sé cómo se las arregla.

—Estará muy enamorado de ti.

—Oye, que no somos niños. Tengo treinta años y Ricardo me lleva siete... Tú me dirás si se puede ir por la vida haciendo el tonto, el ingenuo y el despistado. De todos modos, te digo la verdad, Sandra, una se va haciendo a la idea de que tiene un solo amigo, y cuando se da cuenta, no puede prescindir de esa amistad. Nunca habla de amor, pero el único hombre que me besa desde que me lo encontré, es él. No se me ocurre salir por ahí y encontrarme con un desconocido o con un antiguo amigo para irme a bailar. Ha de ser él o nadie. Y eso me saca de quicio, y él tan suave, tan afectuoso, pero no pasa de eso.

—Pero dices que te besa...

—Desde que nos encontramos de nuevo nunca pasamos de eso. Tal vez sea yo la que pone la barrera, o sea él. No puedo asegurar quién de los dos es el responsable, pero el freno está puesto. Quizá soy yo, por temor a engancharme de nuevo, o él, que en el fondo no se quiere enganchar para no llegar a nada. Yo lo conozco bien. Ricardo desea las cosas al estilo tradicional... Un casamiento, familia, hijos y todo eso.

—No me irás a decir que Ricardo desea que dejes tu clínica.

Pat rompió a reír.

—No va por ahí la cosa. Para él la mujer profesional es admirable. Pero, según opina, no por ello deja de ser mujer y está obligada a formar una familia, a saberla mantener firme e incólume.

—Y tiene razón.

—Dejemos lo mío. Ya veremos cómo termina todo. Dime de ti. Se te enfría el café.

Sandra se apresuró a tomarlo. Oyendo a Pat se había olvidado de que sostenía la tacita en la mano.

—Hablaré esta noche con Ciril.

—¿Y tus relaciones?

—No las quiero tener mientras siga en la casa de criado.

—Hum... Vi a Fabián hace un par de días. Es casi seguro que terminado el curso de verano le haga un contrato por tiempo indefinido como profesor de idiomas y de ética.

—Pero ¿cómo se come eso? Se tendrá que ir de casa.

—O casarse.

—No puedo casarme tan deprisa. No creo que él lo tenga en mente. Tampoco deseo de ninguna manera que lo ocurrido le haga considerarse obligado.

—No digas tanta tontería. Tenemos que empezar a trabajar, pero antes te diré que Ciril es el hombre sensible, firme, temperamental y culto que tú necesitas... Ramón era un payaso comparado con Ciril... Si te pide que te cases con él, hazlo. No lo dudes.

—No me decías eso hace dos semanas.

—Tú no tienes prejuicios, Sandra. O, mejor dicho, te has empeñado en escapar de ellos, pero te persiguen. Están en cada movimiento que se hace en tu entorno. No querrás una relación de pareja. No te va. Sé que la llevas como un dardo en tu conciencia. Una estupidez, pero es así. Tendrás que liberarte de muchas cosas. Te has puesto el mundo por montera cuando te divorciaste. Has desoído las amenazas de tu hermana, las de tu cuñado, que dicho de paso es un sinvergüenza, y supongo que Elena lo sabe y dirá lo que decían las mujeres antaño: «Cosas de hombres.» Pues que se lo coman ambos. Te decía que te pusiste el mundo por montera, porque no soportabas la injusticia, la amargura de tu vida. Luego has vuelto a desafiar a tu mundo admitiendo en tu casa como empleado de hogar a un hombre. Ahora, en cambio, las cosas ya no son como antes, y eso lo sabes: has vivido con tu marido el espejismo de un amor. Y esto, por Ciril, es la pasión de una mujer adulta...

—Será mejor empezar. —Miró su reloj de pulsera—. Me iré a mi consultorio. Le diré a la enfermera que haga pasar al primer cliente.

11

No pudieron hablar después. Pat hubo de salir disparada a media tarde para un parto prematuro de una clienta. Ella hubo de atender todo lo demás. Cuando dejó la clínica eran las ocho de la noche. Lucía un sol espléndido.

Pero estaba muy cansada y, además, un sinfín de problemas se amontonaban en su cabeza. Tal vez la llamaran por la noche. Dependía de sus clientes. Un ginecólogo sabe cuándo se acuesta, pero nunca las veces que tiene que acudir a un sanatorio o a un hogar... Ella nunca tenía pereza.

Además, el cansancio personal no servía de nada. Los clientes pagaban, y no precisamente el cansancio de sus médicos.

No esperaba hallar a Ciril en casa y, por ende, tampoco a Borja. Era la hora de la clase de verano que Ciril impartía en el colegio de élite. Un colegio carísimo. El mejor de toda la provincia, al cual se accedía sólo por recomendación y, además, era necesario tener una sólida cuenta corriente. Cierto que la preparación era impecable, y el acceso a la universidad, habiendo estudiado en el colegio de Fabián, era seguro. Sólo los muy ricos podían pagarlo.

Además, se hallaba ubicado en la periferia, en una zona privilegiada, y disponía de todo tipo de instalaciones para el deporte. Piscinas, canchas de tenis, baloncesto...

Fue un colegio que los Sebastián siempre tuvieron a gala poseer; Fabián se quedó con él al fallecer los padres. El colegio había sido ya regentado por los bisabuelos, varias generaciones de los Sebastián habían desfilado por aquellas aulas.

Se desvistió con rapidez y dejó de pensar, necesitaba una ducha. Se dio una ducha fría y se frotó con vigorosos ademanes hasta casi enrojecer la piel.

Se sintió mejor. Después se puso un chándal ligero, de color amarillo, con unas franjas verdes a los lados. Se calzó unas zapatillas de gimnasia de fina lona y suela de la misma tela.

Luego se tendió en el diván del salón y cerró los ojos, si bien fumaba un cigarrillo con lentitud.

Tenía una idea exacta del colegio porque siempre oyó hablar de él en términos elogiosos, pero nunca supo a quién pertenecía hasta no iniciar los trámites de divorcio e ir a dar al despacho de Ernesto Sebastián. Amigo de Paulino, aunque ella en aquel momento no supiera de dicha amistad. Se enteró luego, cuando Paulino intentó por todos los medios que Ernesto dejara el caso de su cuñada. Para Ernesto fue un acicate. Ni su compañero y colega fue capaz de convencerlo de que su clienta estaba equivocada.

Ella fue sincera con Ernesto. Se lo contó todo. No ocultó nada. Ernesto, un tipo lleno de humanidad, la comprendió y defendió su causa con todas sus fuerzas, por encima de amistades y presiones. Ella supo que en un momento vaciló, pero sólo fue cuando lo presionó su colega. Después se envalentonó y la defendió si cabe con mayor fiereza.

Así conoció a Fabián. Fabián era un hombre inteligente, humano, no soportaba las injusticias, y desde un principio apoyó a su gemelo.

Gracias a la influencia de Fabián ella consiguió la plaza fija en el hospital del estado. No fue nada fácil. Pero para Fabián todo era fácil. Su colegio era codiciado por todos los que tenían hijos en edad escolar, y los médicos y los poderosos, la mayoría, estaban casados, tenían hijos que un día serían personas respetables, y uno de los requisitos para ello era ser alumno del colegio de Sebastián.

Lo inaudito fue que su criado consiguiera una plaza en aquel centro de élite, carísimo y muy poco asequible a las débiles economías.

Oyó el llavín.

Dio un salto.

¿Qué hora sería?

El sol se había retirado. Una tibia oscuridad rodeaba el salón. Borja gritó llamándola.

Ella se serenó y se estiró los pantalones del chandal.

—Estoy aquí, Borja.

Apareció su hijo solo.

Oyó ruidos en la cocina, lo cual quería decir que Ciril andaba por allí.

—Mamá —y Borja se tiró en sus brazos—, ¿sabes, mamá? Estuve jugando y me bañé en la piscina. Me encontré allí con amigos del parvulario. Empezarán ya este año. ¿No puedo ir yo ya? Es precioso...

—Ya me lo has dicho otros días, Borja.

—Pero es que hoy conocí al amigo de Ciril. Se llama Fabián y me dijo que te advirtiera que yo debería matricularme este año, que ha puesto un aula para los chicos de mi edad.

—Entonces habrá que pensarlo, Borja. Iré a ver a Fabián un día de éstos.

—¿Lo conoces?

—Claro. Es amigo mío.

—También lo es de Ciril...

Ciril entraba en aquel instante. Vestía un pantalón blanco y una camisa tipo polo de manga corta del mismo color. Tan moreno, con el cabello seco y algo ondulado, parecía un artista, con la única diferencia de que no lo era y que, además, se notaba que no presumía de eso.

—Borja tiene razón —dijo amable y cortés, y nadie diría que tenía con aquella joven médico otra relación que no fuera la amistosa. Por eso ella lo admiraba más. No la hacía enrojecer ni sentirse inferior—. Fabián estuvo todo este tiempo disponiendo el aula nueva. Dice, y yo estoy de acuerdo con él, que cuanto más pequeños sean los alumnos, más provecho se puede sacar de ellos. Ha contratado a varios profesores jóvenes... Deberías pedir plaza. Si quieres yo mismo lo hago en tu nombre.

—La plaza la tengo pedida, pero para dentro de dos años.

—Se ha decidido que a los siete es la mejor edad para hacer de un alumno un perfecto estudiante. Además la educación es totalmente abierta, sin ñoñerías. Muy apropiada para las duras universidades extranjeras.

—Dile a Fabián que iré a verle un día de éstos. Que vaya disponiendo los documentos que se precisen. —Y añadió sin transición—: Borja está cansado. Debe bañarse, comer y acostarse. Yo lo bañaré.

—De ninguna manera —dijo Borja a lo hombre—. Ciril dice que debo bañarme solo. Que no necesito a nadie.

Y se fue a toda prisa.

Ella miró a Ciril interrogante.

—Supongo que quieres hablar.

—Sí... sí, claro.

—¿Ahora?

—No. Después.

—Entonces dispondré la cena. —La miró con una rápida ojeada, con una expresión inmóvil que no decía nada—. Deja que Borja se bañe solo. Se siente más seguro.

Ella asintió sin replicar.

Se quedó en el salón.

Se sentía incómoda.

¿Es que iba a vivir aquella tensión el resto de su existencia?

¿Es que podía ella renunciar a Ciril?

¿Y si Ciril...?

—Mamá, ya estoy aquí.

Borja apareció algo mojado, pero con el pijama puesto y en zapatillas.

—Lo hice yo solo.

—Así es mejor, Borja —dijo ella tibiamente—. Eres un chico muy listo.

—Ahora comeré y me iré a dormir. Mañana pienso irme a la playa con Ciril. ¿Tú irás al hospital?

—Sí, claro.

—¿Almorzarás en casa? Porque si no almuerzas ayudaré a Ciril a hacer la casa y nos vamos temprano con bocadillos.

—Ya te lo diré mañana.

Se quedó aún en el salón. Se acercó al ventanal y pegó la frente al cristal.

Eran las fiestas patronales. Y aquella zona la más festejada. Todo era movimiento y alegría. Las luces abundaban. Todo parecía una luminaria.

La playa al fondo con sus casetas de colores. Había aún personas caminando por ella. Las terrazas con toldos de colorines repletas de gente...

No entendía por qué la gente de aquella ciudad salía a veranear fuera. Ningún verano era mejor que allí, en la ciudad costera. Pero había que cambiar de ambiente alguna vez.

—Sandra, la comida está servida en el living.

Giró la cara.

—Esta noche —añadió Ciril con naturalidad, como si su cometido fuera sólo servir e informar— habrá fuegos artificiales. Son las fiestas. La semana grande en la ciudad.

¡Qué iba a decirle Ciril de su ciudad!

Dio la vuelta sobre sí misma.

Cruzó ante él y se deslizó hacia el living.

Había dos cubiertos en la mesa como siempre, el suyo y el de Borja, y Ciril tenía en torno a la cintura el consabido delantal blanco. ¡Todo le parecía tan absurdo!

No obstante se sentó automáticamente y, distraída, oyó la verborrea de su hijo, y hasta cuando lo vio levantarse e ir hacia ella para darle un beso de buenas noches, continuaba abstraída.

Acompañó a Borja a la cama y se quedó sentada junto a él.

—Mamá, ¿Ciril se queda con nosotros?

—No lo sé, Borja.

—Él dijo que sí, que se quedaba. Que no deseaba irse.

—Duerme, cariño.

—Mamá, ¿por qué me has dicho que se va?

—No lo sé... —Le pasaba los dedos por el pelo—. Te aseguro que no sé aún por qué lo he dicho.

—Ciril dice que si tiene que dejar las clases las deja. Pero que de esta casa no se va. Que no tiene otra adonde ir.

La comunicación entre ambos era absoluta. No hacía falta que Borja se esforzara. Sin darse cuenta lo estaba demostrando, y aquella comunicación no nació en un día ni en dos semanas. Sin duda Ciril se ganó el afecto del niño desde el primer día, como soterradamente se había ganado el suyo. Pero sabía que no era ninguna encerrona, que nada más lejos del afán de Ciril. Pero... ¿tanto lo conocía ella? De sus delicadezas sabía mucho. Sabía demasiado, realmente. Pero, ¿por qué considerar que por una situación concreta todo el resto de Ciril era impecable? ¿No podía ser ambicioso? Pero ¿qué ambicionaba de ella salvo su posesión? Y ella a fin de cuentas no dejaba de ser una mujer como las demás, más o menos mona más o menos joven... Pero una mujer sin recursos. Con un buen sueldo y un dinero que generaba su trabajo privado, pero jamás, en situaciones normales, serviría todo ello para que un marido, suponiendo que Ciril lo quisiera ser, viviera como un rey de aquel trabajo.

Por otra parte, ¿podía un hombre con demasiadas ambiciones, en posesión de tres licenciaturas, si contaba los títulos de lengua extranjera, soportar pacientemente un empleo de criado?

No comprendía nada y cuantas más preguntas se hacía mientras Borja se dormía y ella lo miraba sin verlo, más confusa se sentía.

Terminó por levantarse y apagar la luz. Evidentemente el afecto de Ciril hacia Borja era sincero. No se podía fingir todos los días. Cuando alguien es hipócrita y está intentando hacer ver que no lo es, nunca deja de tener un fallo, una laguna.

Ciril no tenía trastienda o al menos ella no se la veía. Su misma discreción era un factor más que añadir a su personalidad, a su esmerada educación, a su exquisitez masculina... Otro, en su lugar, aunque sólo fuera con la mirada, hubiera indicado lo que había sucedido entre ambos aquella noche, quince días antes.

Pero no. Ciril era muy especial, y si deseaba ganar su voluntad y su admiración, sólo con aquella postura apacible y afectuosa, sin excesos ni halagos, ya la ganaba.

Apagó la luz.

Cerró la puerta y con paso lento se dirigió al salón. La casa era bonita y cómoda. Le había costado lo suyo, y aún pendían las hipotecas, pero al menos vivía confortablemente, carecía de necesidades y todas las carencias estaban cubiertas.

Al cruzar hacia el salón, vio a Ciril en la cocina aún con el delantal puesto.

—Ciril —llamó con voz cuyo arpegio denotaba una cierta tensión—, me gustaría hablar.

—Enseguida —dijo él sin volverse—. En cinco minutos estoy contigo.

Y lo estuvo. En mangas de camisa, sin el delantal, aún con el pantalón blanco y las playeras. Parecía más joven. Su mirada luminosa, su aire desenvuelto... No es que Ciril hubiera cambiado después de aquello. Es que ella, realmente, nunca se fijó en él, nunca lo «vio».

—Será mejor que te sientes, Ciril —dijo.

—Se ha dormido Borja, ¿no? Estaba rendido.

—Nunca me has dicho que enseñabas francés e inglés al niño. ¿Por qué lo has hecho?

—Por ti no —dijo tajante—. Ni por ser más necesario. De ser así, te lo habría preguntado o podría habértelo dicho. —Se alzó de hombros acomodándose frente a ella en un sillón—. Lo hice sin duda pensando en mí mismo. Tal vez he vivido demasiado solo con mi tía. Una tía que nunca supe si lo era realmente o sólo era una persona caritativa. Lo que sí sé es que le tuve mucho afecto. Me ayudó, me educó, me enseñó a valorar las cosas, a despreciar los cinismos y las falsedades. Me enseñó también a sufrir y a demostrarme a mí mismo que el sufrimiento endurece, pero también proporciona mayor humanidad...

—¿Dónde aprendiste todo lo que sabes sobre la casa?

—Con ella. Realmente no gozaba de buena salud. O al menos empezó a perderla cuando yo era adolescente, cuando podía salir con amigos, cuando hubiera tenido una novia como todos los jóvenes de mi edad. Hice el bachillerato en un instituto a la vez que la cuidé. Eso me hizo madurar antes de tiempo. Nunca noté que hiciera tales cosas con represión, con encono, con rabia. —Volvió a alzarse de hombros—. Lo hice feliz... Ni siquiera

me consideraba un tipo resignado. Tal vez en el fondo consideraba que mi vida era aquello y así lo asumía y lo realizaba. El
acceso a la universidad lo hice porque ella me lo rogó. Pero me
quedé así. Estaba tan enferma que hubo de ser recluida en un
hospital. Ya no me necesitaba en la casa, pero había que pagar el
alquiler... Y la pensión de mi tía era exigua. Fue así como me
inicié de auxiliar en una oficina de cementos.

Hablaba con lentitud, como si añorara aquellos momentos.

No había en él atisbo de fatalismo, muy al contrario, se diría
que valoraba su vida con una cierta nostalgia.

—Falleció mi tía y eché mucho de menos sus charlas, sus
consejos, su compañía.

—¿Por qué dices que no sabes si era realmente tu tía?

—Mi apellido es el suyo.

—¿El suyo?

—Sí.

—Entonces, ¿por qué dudas de que fuese tu tía?

Ciril sonrió apenas.

—Si te digo la verdad, nunca pensé en ello hasta que falleció
y me di cuenta de que llevaba sus dos apellidos. Sin duda era su
hijo ilegítimo o adoptado.

—Pero ¿ella era soltera?

—Nunca le conocí marido. Nunca me habló de eso. Nunca
le pregunté.

—La amaste y te bastó.

—Ella me enseñó a hacerlo.

Sandra se levantó.

12

Se dirigió directamente al bar y sacó dos vasos y una botella.

—Sigue, Ciril —dijo a espaldas de su criado.

—Pues no sé qué más quieres saber.

—Sospechaste que eras su hijo de soltera.

—Sí, pero nunca quise confirmarlo y no pienso hacerlo. Como quiera que haya sido, me hizo un hombre de bien. La he querido y respetado como a nadie. Tal vez desde que ella murió, hace ya mucho tiempo, seas tú la única persona a la que respeto como en su día la respeté a ella. —Y sin transición añadió, entretanto Sandra se había girado y le entregaba el whisky—: Gracias. A partir de entonces estudié todo lo que pude, incluso trabajando. Acudía a clases por la noche. Las cosas han cambiado mucho para los estudiantes españoles. Cuando quebró la empresa de cementos, no fui capaz de conseguir otro trabajo. Viví de lo poco que el paro me daba y estuve en dos casas como empleado de hogar. Así de sencillo, y no me mires con asombro. Si hoy puedo sostener contigo una conversación coherente se lo debo todo a ese esfuerzo. No tropecé con gente comprensiva. Supongo que muchos me considerarían homosexual. Nunca me importó, porque el día que de verdad me importase, sabría demostrar mi virilidad. Hui del amor, de los afectos profundos. No quería ataduras. Terminé la carrera y seguía sin empleo. Entonces trabajé en la casa cuyo certificado de buena conducta te entregué a ti. Siempre fui un buen ayuda de cámara mientras serví en aquella casa. Aprecié demasiadas cosas. El cinismo de sus habitantes. La hipocresía que generaba su cotidianeidad... Un día decidí marcharme. Aduje un pretexto cualquiera. Deseaba a todo trance buscar algo nuevo, distinto a todos los niveles. No pensé, por supuesto, que volvería a ejercer de empleado de hogar. Pero resultó que en esta ciudad tampoco era fácil conseguir un empleo. Así que me pasé semanas leyendo el periódico. Un día vi tu anuncio. Pedías demasiado a una sola persona. «Seriedad, honestidad, certificado de conducta intachable...» y más cosas que ya no recuerdo. Entonces pensé que se pedía demasiado para ser vulgar. Y me topé con vosotros dos. Eso me hizo pensar en muchas cosas.

Guardó silencio.

Nadie al oírlo y verlo diría que amaba a aquella mujer. Que un día desearía casarse con ella.

Y menos se diría aún que entre ellos había habido una profunda intimidad.

Eso se lo agradecía Sandra, que, a través de lo que decía y cómo lo decía, se iba enterando del verdadero fondo de Ciril.

—No fue necesario preguntar a nadie. En el mercado y en la plaza todo se comenta. Antes de que apareciera tu ex marido y yo tuviera oportunidad de enterarme de tu vida más oculta, ya la conocía. Y también lo que se decía de ti por tener un criado hombre. Lo que me maravillaba a mí es que tú me aceptaras tan sencillamente. No paraba aquí ninguna sirvienta. Mucho trabajo, decían otras chicas que me comentaban en el súper toda tu vida y milagros. Te criticaban. Yo sabía que no había motivos. Así empecé a valoraros a ti y a Borja. Y llegué a pensar que este hogar era un poco mío. Dirás que soy un sensiblero.

Por toda respuesta Sandra meneó la cabeza y se llevó el vaso a los labios.

—¿Qué hora es?

Él replicó enseguida mirando su reloj de pulsera.

—Las once.

—Ciril..., tendrás que dejar la casa.

—¿Por qué? Es lo que no entiendo. Si piensas que alejándome van a dejar de hablar...

—No me conoces lo suficiente. No es por eso. De ser así, nunca te habría admitido. Pero es muy distinto tener un hombre en casa al que utilizas como empleado de hogar, a tener un hombre al que de alguna forma deseas.

Lo dijo con firmeza.

—Yo te deseo a ti de igual modo.

—¿Y me amas, Ciril?

—Sí. No creo que el deseo sea un sentimiento aislado del amor. No puede serlo. Cuando se desea algo para un día o dos... puede ser un deseo a secas. Cuando la cosa no se ciñe a dos ni a tres días, hay algo más que se oculta bajo ese deseo.

—Yo no quiero casarme aún, Ciril. No sé si lo haré algún día.

—Tampoco yo te lo he pedido.

—¿Y qué podemos hacer? Borja te ama más que a su padre. Yo creo que te quiero como una mujer quiere a un hombre, con todos los ingredientes añadidos al sexo. Pero eso no es una solución.

—¿Y por qué no? Hasta ahora has sido una mujer decidida. Has sufrido golpes y vejaciones. ¿No será más fácil que te critiquen por algo que estás viviendo y te hace feliz?

—No quiero sufrir.

—¿Sufrir por los demás?

—Por todo lo que puede suceder después.

—Sandra, no te entiendo. ¿Cuándo? Porque yo no veo más después entre ambos que la felicidad y la comprensión.

—Una convivencia, ¿cómo? Porque yo no me refiero al sufrimiento que generan los comentarios. Ésos hace tiempo que me los he echado a la espalda. No se trata de eso. Se trata de mí. ¿Un nuevo fracaso? No estamos seguros ninguno de los dos. Nos gustamos. Nos sentimos bien juntos... Nos gusta estar juntos, eso está muy claro. ¿Y después? Un día todo esto se puede convertir en una pesadilla. Yo temo enamorarme demasiado de ti. Realmente nunca estuve enamorada de mi ex marido. Ramón fue para mí la iniciación de mi femineidad, de mi razón de ser mujer.

—Te diré una cosa que tal vez ignoras y en la cual no has pen-

sado aún. De haber sido Ramón un hombre adaptable, considerado, humilde, noble... tú habrías estado enamorada de él toda la
vida. El amor no lo has matado tú, lo ha matado él.

—Es posible que haya sido así, pero no quiero volver a sufrir, repito, lo que sufrí.

—¿Porque yo te deje?

—Porque no acierte contigo o tú conmigo.

—Tienes algo en mente, ¿verdad?

—Pienso que sí.

—Dilo.

—Entre ambos no ha ocurrido nada —dijo titubeante—.
¡Nada! ¿Entiendes?

—Está entendido.

—Pues no volverá a repetirse por ahora.

—¿En el futuro tal vez?

—Eso es. Un tiempo, ¿cuánto? No lo sé. Las dos cosas,
amante y criado, no. Mi sensibilidad no me lo permite.

Ciril terminó el contenido del vaso y lo depositó en la mesa
próxima. Luego se puso en pie. La miró fijamente desde su altura.

—Sea, Sandra. Si puedes...

—¿Tú podrás?

—Yo te admiro tanto y empiezo a necesitarte tanto que, por
alcanzarte de verdad un día, creo que podré. Me parece un sacrificio tonto, pero eres tú quien manda, quien impone.

—Yo nunca impuse nada irrazonable.

—Eso me imagino y eso quiero creer. Pero de cualquier forma que sea, tú deseas que las cosas sigan como están y seguirán.
Yo podré. Tengo una gran fuerza de voluntad. Cuando tú no
puedas... me lo dices.

—Sí.

—Algo más, ¿verdad, Sandra?

—Me gustaría que siguieras con las clases y si Fabián te propone un empleo fijo...

—Me lo propondrá para el curso que se inicia en septiembre.

—Te lo ha dicho ya.

—Me lo insinuó y sabe que me va a necesitar. Soy persona con ideas, con imaginación y amo esta profesión, pese a no haberla ejercido nunca. Fabián es, además de humano, un tipo con mucha vista... Tiene buenos elementos como colaboradores, pero le falta alguno más. Su colegio tiene un alto prestigio, es muy caro. Hasta la fecha los profesores de idiomas no eran nativos. Yo es como si lo fuera. El profesor de ética es muy mayor. Sus métodos son antiguos y Fabián sabe que debe mantener el listón del colegio lo más alto posible. No puede bajar nada.

—Esperas, pues, que te ofrezca un contrato indefinido.

—Sí. Realmente lo espero.

—¿Y después?

—¿Cuándo?

—Tu dedicación ha de ser completa.

—Falta mes y medio.

—Ciril, eso está a dos pasos.

—Ya.

—¿Qué harás después? No creo que Fabián te aconseje ser profesor de su acreditado centro y que se sepa a la vez que eres empleado de hogar de la que se supone tu amante.

—¿Y por qué no mi esposa?

—Ciril, hemos quedado...

—De acuerdo —atajó sin permitirle continuar—. De acuerdo. Lo hablaremos en otro momento. Por ahora todo seguirá como está. Necesito que siga.

—Sin...

—Ya.

—Lo hago por dignidad personal. Por demostrarme algo a mí misma, aunque sólo sea por no hacer algo que todos están pensando que hago.

—Eres increíble. Tal vez por eso no te puedo perder.

—¡Ciril!

—Voy a seguir al pie de la letra tu absurda decisión.

Y salió con una tibia sonrisa de desencanto.

—Ya sabía yo que vendrías.

—¿Por qué?

—No sé, pero se me antoja que siendo tan inteligente no dejarías la ocasión de pillar un marido entero, no como el medio marido que tomaste cuando te permitieron casarte con el botarate de Ramón. ¿Sabes? Ramón fue alumno de este colegio. Fue el más burro de todos. Cuando me enteré de que ingresaba en la facultad de Medicina, me dije: «Ése se atasca.» Y se atascó. Ni contigo ni sin ti hubiera cortado jamás un apéndice o diagnosticado unas anginas.

—Llegó al cuarto año.

—Sandra, no nos engañemos. Cuando Ramón llegó a cuarto aún se sacaban las asignaturas con jamones, aunque no fueran de Jabugo... De repente llegó la democracia y se dijo: «Igualdad de oportunidades.» Y al que conseguía las asignaturas a base de jamones se le acabó el chollo. Si sabré yo lo que pasaba. Tengo cincuenta años... Y vivo lo mío dentro de este centro. Estudié filosofía pura sin dejar de ayudar a mi padre.

—No vengo a hablar de Ramón y su ignorancia.

—Me hago cargo. ¡Es muy bueno!

—Fabián...

—Me estoy refiriendo al futuro director de este centro.

—¿Director?

—Con el tiempo, lo tengo ya pronosticado. Sabe todos los trucos. Es inteligente, pero sobre todo es honrado y humano. Lo suficiente para que yo no cometa la ingenuidad de dejarlo escapar. ¡Ah, y otra cosa! Saca ya la matrícula de Borja, para este curso. Me habló algo Ciril, pero yo te digo que no lo dejes. Si quieres vas ahora mismo a secretaría y...

—Para un poco.

—¿El paso, o mi perorata?

—El paso —hubo de reír Sandra.

Fabián se detuvo. La miró sonriente. Tenía unos ojillos pequeños, de expresión maliciosa. Era igualito a su gemelo. Cuando aquel día le fue a decir que dejaba el caso ella le hubiera arrancado los ojos. Pero sólo habló, y al cabo de media hora Ernesto la detuvo: «Sigo con tu caso.»

Con ello se jugó la amistad de su colega.

En aquel instante no pudo menos de sonreír agradecida. Fabián le había tomado afecto y se lo estaba demostrando una vez más. Paseaban ambos por los amplios jardines del centro docente, que era una maravilla de confort, lujo y comodidad.

No faltaba nada. Ni en Madrid existían colegios privados tan completos. Allí no había subvenciones de nada, costaba una fortuna mensual.

—Quería decirte que Borja vendrá este curso, por supuesto. Después paso por secretaría.

—Te lo puede arreglar Ciril esta tarde, si tú tienes poco tiempo.

—Realmente no dispongo de mucho, Fabián.

—Me lo imagino. ¿Qué tal te van las cosas? Ernesto me dijo que muy bien.

—No me quejo. De no ser por Ernesto, que respondió por mí, seguiría en aquel antro de piso que alquilé cuando me quedé en la calle.

—No han sido nada generosos tus suegros.

—Dejémoslo.

—Dicen que el cretino integral de Ramón se casa con Marita Igualada. No tendrán problemas. Al menos Ramón. Marita, aunque los tenga, no lo sabrá.

—No seas tan ruin.

—¡Pobre Marita! No pasó por mi colegio... Pero tengo muchos amigos y soy un poco chismoso. Siempre me entero del coeficiente de los chicos de otros colegios. El de Marita era bastante enano. Así como el tuyo fue siempre de diez con diez.

—Fabián, aún no me has permitido preguntarte algo.

—¿Has venido a eso?

—Sí.

—Pues pregunta.

—¿Qué hago?

—¿Con referencia...?

—A mi vida. ¿No temes que al enterarse tus alumnos, o mejor sus padres, de que uno de tus profesores hace las funciones de empleado de hogar...?

—¡Oh, cállate! Es tan divertido y tan atrevido... Me hizo muchísima gracia cuando me lo contaron la primera vez, pero lo curioso es que desconocía la personalidad del criado.

—Y ahora...

—Humm...

—Fabián, ¿sabes lo que quiero decir?

—Y tanto.

—¿Y bueno?

—¿No te quieres casar?

—No.

—¿Y Ciril?

—Tampoco.

—Pues bueno.

—Bueno, no... Yo quiero que se quede en casa, y a la vez me da miedo que lo haga.

—Te diré desde mi cincuentena lo que yo haría en tu lugar. Seguir como estoy. Los padres de mis alumnos se rifan y buscan influencias en todas partes para introducir aquí a sus hijos. En el internado tenemos lo mejor de lo mejor de España... Son gente abierta, muy comprensiva. Saben que en las interioridades de las vidas privadas no se pueden meter y menos si son las de los profesores... Es coto cerrado. Yo tengo aquí profesores homosexuales y nadie se rasga las vestiduras. Aquí no vienen a ejercer la homosexualidad, sino a enseñar lo que sabe su intelecto. Y yo no admito a cualquiera. Tengo dos profesoras de historia que son lesbianas y además amigas. Nadie las ha tocado jamás. No lo pregonan pero tampoco lo ocultan. Son dos lumbreras... Llevan en este centro la friolera de diez años. Con esto ya entenderás lo que pienso de tu situación y tu sistema de vida. Que no te intranquilice Ciril como profesor. Haz lo que gustes. De todos modos, sea como sea, dirán que te acuestas con él. Si no te acuestas peor para ti, porque la gente se lo va a creer igual. Y si se lo cree, tu sacrificio es tonto.

—Hablaste con Ciril. ¿Él te habló?

—Me preguntó como tú me estás preguntando. Porque si lo echas de tu casa, renuncia al profesorado y eso sí que sería una lástima. Sigo su tesina. Es como para ponerle marco. Un tipo listo. Oye, ¿sabes que has tenido una suerte loca?

—Todo lo tomas a broma, Fabián.

—Y tú me estás mirando con los ojos húmedos. —Le palmeó el hombro—. No seas ingenua. No me seas inmadura, que tú no lo puedes ser. Afronta la realidad y vívela. ¿Te cuento un secreto?

—Sí.

—No tengo hijos, como sabes, pero tengo esposa, Kit; es la profesora de lengua más importante. Trabaja conmigo desde que terminó la carrera. La traje de su tierra en un viaje que hice a Viena... Nunca se fue. Pero yo no me casé con ella aquel año, ni seis después. Nos casamos cuando nos dio la gana y sabiendo además que nuestra relación no generaría hijos, pero generaba tanta necesidad de estar juntos que un día nos dijimos de repente «ahora». Y nos casamos. Pero te puedo asegurar que convivíamos desde el día que nos conocimos en Viena...

—Gracias, Fabián.

—¿Por qué me las das?

—Estoy segura de que ese secreto sólo lo sé yo.

—Y Kit y yo, naturalmente.

Y con ademán paternal la atraía hacia sí y la besaba en el pelo.

—Sandra..., sé realista. De fantasías no se vive. Las realidades mejores o peores son las que se palpan, pero tampoco te olvides de vivir esas realidades con una miaja de fantasía, porque en ella va implícita la llama que nunca se apaga.

—Eres un hombre formidable, Fabián.

—¿Permitirás que Ciril sea mi profesor y tu empleado de hogar o lo despedirás...?

—Me quedaré con él. No podría habituarme a comer las lentejas cocinadas por otra asistenta.

—Iré a tu boda cuando lo decidáis.

—Serás el padrino...

—El testigo. Nunca te podrás casar por la iglesia.

—Pues seréis tú y Kit los testigos.

—Te tomo la palabra. ¡Ah, y no te olvides de Borja! Adora a

su profesor de idiomas... Un chico listo tu hijo. ¿De verdad no has cometido adulterio?

—¡Fabián!

—Pues todos los genes son tuyos, hijita. No sacó ni uno del cretino de su padre.

Sandy aún sonreía complacida cuando entraba en su consulta privada.

13

Cerraba la consulta cuando sonó el teléfono. Atravesó el pasillo y se dirigió al despacho de Pat. La enfermera, que realmente era la asistenta de Pat y servía para todo, se había ido ya. Sandra se sentó a medias en el brazo de un sillón y acercó el auricular al oído. Podían suceder varias cosas, pensaba. Que Ciril tomara un apartamento cuando ella insistiera en la neutralidad, que se negara a marcharse y que la persiguiera. Esto último, dada la delicadeza de Ciril, no lo concebía, pero había algo entre ambos con lo que no se podía jugar, porque no se trataba de ninguna broma. Los dos sentían una fuerte atracción física el uno por el otro, y todo eso al margen de los puros y cotidianos sentimientos que pudiera generar el deseo material.

Sacudió la cabeza, un leve perfume a flores invadió el despacho. Era su olor. Su olor característico. Tal vez la llamada se tratase de algún cliente.

—Diga.

—¿Qué tal?

Casi dio un salto. Era Pat.

—Pero ¿dónde estás?

—En Canarias.

—¿No te habías ido a Ibiza?

—Demasiado jolgorio, demasiado desmadre. Demasiadas mujeres jóvenes indicando «tómame». Por eso preferí un lugar neutral donde no se vive una época concreta, sino que el sol luce todo el año y casi siempre ves las mismas caras, te lo aseguro.

—¿Estás sola?

—¿Sola? No he venido sola y tú lo sabes. Además Ricardo es un zorro. Ya te lo dije. Tengo a mi lado a un hombre que parece el más inofensivo del mundo, y es, en cambio, el más peligroso. ¿No te has fijado en que los hombres que parecen pasivos y tontuelos son los que más perjudican la tranquilidad femenina?

—Nunca se me había ocurrido.

—Pues sucede. Esos hombres existen.

—Has caído, ¿no?

—Hum.

—¿Sí o no?

—Verás, soy un espíritu de contradicción, compleja, poco comprensiva para mí misma. Tal vez me considere prepotente, autosuficiente, y todo eso. El caso es que me sentía muy segura. Ricardo me conoce. Me conoce tanto... Yo pensé que me conocía menos...

—¿Quieres ir al grano? Me iba a casa. Estoy rendida. Llevas una semana fuera y estoy cargada de trabajo, aparte de mis propios problemas internos. Parece que en tu ausencia a todas las clientes que teníamos por cumplir se les ha adelantado el parto. Dos cesáreas ayer. Una operación peliaguda anteayer y sin resultados satisfactorios, porque el asunto estaba demasiado avanzado. He vaciado, pero el endometrio... está tomado. Metástasis por todas partes. Un año, seis meses. Nada. Hay cosas que te destrozan.

—Eso es lo malo que tiene confundir pérdidas con la edad. Después vienen los duros resultados. Pero de eso no somos responsables. Las responsables son las mujeres que se descuidan.

—Ese tipo de casos, por supuesto. Pero tenemos otro bastante más triste. Asunto de ovarios irreversible. Y eso no se detecta con tanta facilidad ni se trata de descuidos, sino de mala suerte.

—Por favor, no me hables de enfermedades. Estoy al margen de todo en esta playa. Te contaba lo de Ricardo. Se ha pasado la semana, mejor diré, parte de ella, ignorando que yo era mujer. Por eso indico lo mucho que me conoce. Si demostrara los motivos por los cuales se unió a mis vacaciones, jamás le permitiría acompañarme. Pero también su indiferencia me sacaba de quicio.

—¿Y ocurrió?

—¿Quién podía evitarlo? Así que de nuevo se despertó todo. Fue como ver un clavo ardiente y pasar sin tocarlo. Pero un día se te ocurre ponerle un dedo encima y lo sacas abrasado, sin recordar, hasta entonces, que ya te habías quemado en el mismo clavo en otras ocasiones.

—Déjate de metáforas... Al grano.

—Ricardo y yo empezamos otra vez.

—¡Vaya!

—Me pescó sin darme cuenta. Y además quiere todo, matrimonio, hijos, hogar compartido... Lo tradicional.

—Y tú no lo deseas así.

—Eso es.

—¿Y qué harás en el futuro?

—No lo sé. Pero tengo en mente abierta la lucha. Ya te lo contaré a mi regreso. Pero ahora que ya sabes que yo he caído en el lazo hábilmente tendido por Ricardo, cuéntame de ti.

—¿Has sabido al fin por qué se casó la novia de Ricardo? ¿Esa novia de toda la vida por la cual tú lo plantaste?

—Claro. Por supuesto. Ricardo, cuando lo dejé, le escribió una carta contándoselo todo. Ella no respondió jamás, pero se casó a los seis meses, lo que hace suponer que, si Ricardo la estaba engañando a ella conmigo, ella estaba engañando a su novio con el que terminó por convertirse en su marido.

—¡Qué bien!

—Hum... Cuéntame de ti. ¿Qué has hecho con el pobre Ciril? Y digo lo de pobre porque estará sometido a unos prejuicios que tú no tienes, pero que te fuerzas a tener en tu entorno y tu situación.

—De momento seguimos como estábamos. Llegamos a un acuerdo. No sé si estúpido o lógico. Ni sé el tiempo que se sostendrá. Dentro de una semana empiezan las clases. Se abre el curso y Ciril tiene ya contrato indefinido. Pero no quiere dejar mi casa.

—¿Huésped de honor?

—No te rías. Borja inicia el curso en el colegio Sebastián. Pero Ciril, en calidad de profesor relevante, no debe seguir, de ninguna manera, en mi casa.

—A menos que sigas con el mundo por montera.

Rápidamente y como una necesidad, le contó la conversación sostenida con Fabián una semana antes.

—¿Lo sabe Ciril?

—Yo no lo comenté, pero no dejaría de decírselo Fabián, como me dijo a mí que Ciril le había hablado de nuestra situación.

—¿Sabes lo que estoy pensando, Sandy?

—Dime.

—Ricardo y Ciril, Ciril y Ricardo, están enamorados y saben que nosotras somos dos independientes. Esperarán a que la debilidad nos consuma. Ricardo al menos lo ha hecho así.

—Y has caído.

—No soy de hierro.

—Ya.

—¿Y tú?

—Olvídalo.

—¿Cómo que lo olvide? Somos amigas y nos lo contamos todo. ¿Sabes qué haría yo en tu lugar?

—Pues claro que lo sé. Vivirías tu vida y mandarías al diablo ese tonto freno que se llama dignidad.

—Ni más ni menos. —Y añadió sin transición—: Me veo casándome, pero lo que no logrará Ricardo será llevarme al altar. Con mucho conseguirá que sea ante un juez. Esa baza me la reservo.

—¿Y si te dice que no?

—Pues que se marche. Sería un síntoma de que su amor no es lo suficientemente sólido.

Cuando entró en su casa Sandra aún sonreía sarcásticamente. Estaba viendo a Ricardo situarse ante el juez diciendo a su futura mujer que sí, que bueno, que les diera el libro de familia...

Llegó tarde. Entre que Pat la entretuvo al teléfono y que después recibió otra llamada, y ésta de la mujer operada recientemente, con una enfermedad irreversible por puro descuido, eran cerca de las once cuando entró en su confortable hogar.

Empezaban los fríos. Al menos en la playa ya no quedaban más que unas pocas casetas rezagadas, en la autovía no había la cantidad de tráfico de un mes antes. Cada cual volvía a lo suyo. Los colegios se abrirían dos días después, las gentes veraneantes retornaban a sus casas y la ciudad conseguía la paz invernal que suele suceder a un verano movido.

No oyó un solo ruido, lo cual indicaba que Borja, después del trasiego de todo el día, dormía plácidamente, y se imaginaba a Ciril leyendo en el salón o en su cuarto.

Entró enfundada en su traje de chaqueta de hilo color avellana, su camisa sencilla de seda natural color beige y sus zapatos marrones de medio tacón. El moreno persistía en su piel y era debido a que los fines de semana se iba al club y se tumbaba al sol. Tenía simpatías. Las atisbaba. Tal vez impresionaba a sus vecinos el hecho de que le importasen un pepino los comentarios. Sobre todo la gente joven la miraba con admiración. Habían unas cuantas personas mayores que ni siquiera la saludaban, pero eso a Sandy le tenía sin cuidado. No dejaba por eso de tener clientes y, además, cada día aumentaban.

Pero en aquel momento en que entraba en casa, se sentía cansada. Se iba quitando el blazer y entraba en el salón. Encendió la luz. Ciril no andaba por allí. Pero ya oía sus pasos. Enseguida lo vio en el umbral.

Con pantalones azules de dril, de fina tela y un polo de algodón blanco con un letrero en el pecho, de manga larga y cuello bajo redondo, sin camisa debajo.

Los cabellos secos algo ondulados y sus ojos cansados, como de haber pasado horas leyendo bajo un foco de luz. Las gafas que usaba para tales menesteres las alzaba hacia la cabeza y las dejaba presas entre sus cabellos.

—Buenas noches, Ciril —saludó ella con su inexpresividad habitual, que sin duda ocultaba su esfuerzo—. ¿Y Borja?

—Hace una hora más o menos que está en brazos de Morfeo. Hemos estado en el club social después de regresar del colegio. Ya se han terminado las clases de verano y mañana se empieza a preparar el nuevo curso. —Y añadió sin transición, con naturalidad—: ¿Te sirvo la comida? Lo tienes todo en el living.

—Me iré a cambiar.

Y se fue a toda prisa. La intimidad y soledad con Ciril se hacían cada día menos tolerables. No tenía quejas de Ciril, pero ella...

¿Tan fácil le era a Ciril vivir así, pasivamente?

Se quitó el traje de chaqueta y se puso rápidamente un chándal, prenda con la que se sentía cómoda para andar por casa.

Además entendía que aquella noche había que decidir el futuro de ambos, no el material, que ése ya estaba decidido, pero sí el sentimental, lo que harían a partir de entonces.

Regresó al living, no sin antes pasar por la alcoba de su hijo a quien contempló en silencio.

Sabía que para Borja su padre era Ciril. Además ya se conocía la noticia oficial de que Ramón se casaba con Marita un día cualquiera. Estarían contentos sus anteriores suegros. Marita, además de pavita y tradicional, era la rica heredera de una importante empresa de conservas; el padre se encargó de reformar y ampliar un negocio familiar, y en aquel momento estaba a la cabeza de las empresas conserveras del país.

Un negocio redondo para Ramón y sus decaídos padres, los cuales, sin duda, no fueron tan listos como los Igualada, porque la transición prácticamente terminó con su patrimonio y sus empresas fueron a parar a manos expertas, mientras que ellos se tenían que conformar con regentar lo que en su día les perteneció.

Fuera como fuera, Ramón dejaría de viajar con sus representaciones y pronto estaría encaramado en la vida industrial, aunque no se imaginaba a Igualada dándole poder a su yerno para maniobrar por su cuenta en la empresa que tanto le costó levantar. Marita sería la esposa dócil, como Elena, mientras sus maridos, a la usanza antigua, harían lo que quisiesen. Porque Paulino era el vejestorio más asqueroso de cuantos existían, y encima, como todos los sucios, alardeaba de ser un hombre recto y cabal. El mundo estaba lleno de cínicos semejantes. En vez de seres corrientes, la mayoría parecían políticos, porque pregonaban una cosa para ganar votos y cuando estaban en el poder hacían otra muy diferente.

Pero allá cada cual.

Ella o vivía con la cara descubierta y con la verdad por delante o se sellaba los labios.

Por eso dudaba tanto. Una cosa era lo que la ciudad con todas sus componendas pensara de ella, y otra, muy distinta, lo que ella hiciera en realidad. Pero en eso tenía razón Fabián: «Hagas lo que hagas, nunca será a gusto de todos y, además, la única que se sacrifica eres tú.»

Una razón aplastante.

—¿Has comido tú? —preguntó a Ciril al verlo esperándola en el living.

—No.

—¿Y eso?

—Pues no lo sé.

—No mientas.

—Está bien. Pretendía hacerlo contigo. Nunca me he sentado a tu mesa. Tampoco tiene nada de raro que esta noche me siente. Tienes cóctel de mariscos y solomillo asado. —Lo iba sirviendo entretanto, automáticamente, Sandy tomaba asiento—. ¿No debo compartir tu cena, Sandy?

Ella afirmó con la cabeza.

—Gracias.

Y sentado enfrente, le iba sirviendo.

—Supongo que habrás decidido algo, ¿verdad, Sandra?

—¿Con referencia...?

—A los dos.

—Quisiera no hacerlo.

—Ya. Pero se impone la necesidad. Yo no deseaba abrir la brecha, romper el silencio. Pero tú sabes que dentro de una semana empiezan las clases. Me propongo no dejar esta casa. Tú dirás si debo hacerlo. Hablaste con Fabián, yo también lo hice.

—Y supones que su consejo es el acertado...

—No, no. —Meneó la cabeza de un lado a otro. Había dejado las gafas colgando de una patilla en la abertura del polo—. No se trata de eso. No somos inmaduros. Por el contrario, somos dos adultos y hemos de hacer aquello que nos convenga a los dos, con lo que ambos estemos de acuerdo. Los consejos, las orientaciones no sirven de nada en este caso. Pero hay algo que te quiero decir. Y además, te lo diré con las palabras más viejas y más bellas del mundo: yo te quiero.

14

Dicho así, resultaba estremecedor. No había que dar vueltas al asunto. Todo estaba claro. Que se casaran o no ya era harina de otro costal. Lo que sí sentían era la necesidad que uno tenía del otro. La necesidad física y psíquica, y la vida, los obligaba, como la situación, a buscar una salida, airosa para los demás o sólo realista para ambos. Y ambos consideraban que la realidad se imponía sin demagogias ni sofismas.

—No quiero que me contestes —se apresuró a añadir—. Primero permíteme que hable un poco. No soy muy elocuente, pero hay cosas que no necesitan esfuerzo, que las empuja la sinceridad.

—Comamos, y una vez en el salón, seguiremos con el tema.

—No se puede rehuir constantemente.

—Lo sé.

—Y llevamos más de una semana rehuyéndolo.

—No lo ignoro.

—¿Sabes a quién he visto hoy? Asómbrate. La vida es una sencilla porquería. Ayer era un auténtico desconocido y sólo se me conocía en los supermercados donde compraba los alimentos o los útiles de limpieza. Pero resulta que Fabián es una fuerza pública, un personaje poderoso.

—Y se empeñó —atajó un tanto sarcástica— en llevarte a todos los lugares donde se reúne lo que se llama la élite de esta ciudad.

—Esta ciudad no deja de ser, en ese sentido, como las demás. Cínica e hipócrita. Sí, con Fabián estoy conociendo a personas muy curiosas. No soy tu empleado de hogar o, si lo soy, también por lo visto soy algo íntimo tuyo.

—Eso no me hace ninguna gracia.

—Ni a mí, por eso te pido que lo evites.

Terminaron de comer.

Sandra se levantó.

—Si te parece, pasemos al salón, Ciril. Ya veo que estás dispuesto a poner las cartas sobre la mesa.

—Creo que es mi deber.

—De acuerdo.

Y cruzaron el ancho pasillo, una parte del vestíbulo y se deslizaron hacia el salón, cuyos ventanales daban a la autovía que separaba la casa de la playa.

—¿Un brandy, Sandy?

—Bueno.

—Estás tan apática...

No era eso. Estaba temerosa. Por primera vez en su vida dudaba si estaría dando o no los pasos adecuados. Creyó darlos una vez y había ido a parar justamente al abismo. Caerse de nuevo sería catastrófico, y es que, además, esto le iba a doler el doble. Había otra cosa que estaba descubriendo... No se veía sin Ciril. Físicamente suponía para ella una necesidad. Pero casarse...

—Toma —dijo Ciril ajeno a sus pensamientos, o tal vez dentro de ellos—. Este brandy nos sentará bien.

Y él se quedó con la ancha y redonda copa que se había servido, entretanto dejaba en la mano de Sandra otra igual.

Los dos las removieron automáticamente y se las llevaron a los labios. Se sentaron en el mismo sofá, con las caras vueltas uno hacia el otro, mirándose fijamente.

—He visto a tu hermana. Eso quería decirte. Fabián me presentó con la mayor sorna del mundo, pero presiento que tu hermana es tan simple, que se olvidó de tu criado y sólo vio en mí al relevante futuro director del centro más prestigioso de esta provincia y de muchas otras.

—¿Director?

—Fabián dijo eso al presentarme.

—¿No te reconoció?

—Seguramente que no quiso reconocerme. La vida y sus gentes son así de estúpidas. Fabián es el presidente y Ernesto, pese a su calidad de abogado, era el director, pero ahora con su sociedad de abogados, con sus dos hijos también gemelos, renuncia a la dirección. Fabián se ha empeñado en nombrarme a mí.

—¿Por qué confía así en tu sabiduría, en tu capacidad?

—¿Es que tú no confías, Sandy?

—Yo no podría ser imparcial y tú lo sabes.

Ciril dejó la copa en la mesa próxima y le quitó la suya de los dedos y la colocó en la misma mesa.

Después, de lado, se le quedó mirando.

—Veamos, cuando tú me aceptaste como empleado de hogar, no te fijaste en mí. Era un buen empleado. En ese mismo momento estabas desafiando a toda una ciudad, a todo un enjambre de curiosos, malintencionados, maledicientes... Te serví y lo hice honestamente. Yo no me enamoré de ti de buenas a primeras. Te empecé a admirar. Supe de tu vida, de tu hipotética vida en los supermercados, y supe la verdad aquí dentro, oyendo a tu marido, a tu hermana, supe cómo sientes y piensas tú, lo que has sufrido, y sé que, de ser más débil, te habrían destrozado; no lo sabe nadie. Yo sí... Así fui empezando a conocerte en profundidad, marginando el sentimiento generado por el amor. Tengo que decirte algo muy serio. Yo he estado siempre parapetado en contra de un sentimiento fuerte. Prefería pasar inadvertido y las mujeres para mí fueron instrumentos de placer, como yo, hombre, lo fui para ellas. Nada serio. Nada que arraigara. De ese modo me fui defendiendo de algo muy serio.

—Ciril... ¿se necesita tanta retórica?

—No, pero tú y yo sólo nos podemos entender conversando.

—¿Estás seguro?

Ciril crispó un poco la boca. Una boca fresca de labios sensuales que besaban como nadie. Y eso lo sabía ella perfectamente.

—Claro que no. Tú y yo, sin darnos cuenta, nos entendimos

nada más vernos. Y lo curioso es que, si bien yo me percaté, tú no te diste cuenta hasta que un día vino tu hermana y te dijo que no podías tener en casa un hombre como empleado de hogar, que además era joven y atractivo. Entonces posaste tu mirada analítica en mí. Me fijé. Apreciaste que tu hermana tenía toda la razón y eso me encorajinó.

—¿Por qué?

—Porque si por atractivo ibas a fijarte en mí, tu buen juicio iba a derribar todo lo que de mi físico te atrajese.

—Y entonces has querido y has logrado que entendiese que, además de joven y atractivo, eras un hombre educado, culto y...

—No soportaba que tu análisis fuese negativo sólo por suponer que era un vulgar criado. Eso por una parte, porque por otra, sé muy bien que toda persona culta es incapaz de vivir junto a otro que no tiene el mismo nivel cultural. No nos vamos a engañar. Puede separar el dinero, puede separar la belleza, puede separar la ruindad, pero lo que no admite dudas de ningún tipo, lo que realmente separa a una pareja donde impere el buen juicio, es la desigualdad de principios, la desigualdad cultural. La belleza puede encender y mantener la llama un tiempo. El dinero puede convencer mucho más, pero lo que jamás convence y pronto se rompe es la falta de nivel cultural.

Era tan firme y tan contundente y decía tal verdad, que Sandy asintió dando cabezaditas.

Su mano de finos dedos fue a buscar la de Ciril y sintió que él la apretaba entre las dos suyas.

—Todo lo antedicho te indica que yo fui cayendo en ese sentimiento sin darme cuenta. Ahora mismo necesito seguir aquí, en esta casa. Me necesita Borja. Me necesitas tú y yo os necesito a los dos. El hecho de que nos casemos o no es asunto tuyo. Yo me caso el día que tú quieras. Pero... si tienes dudas a este respecto, ¿por qué has de casarte mientras no estés bien segura de que para ti soy el hombre, el compañero que buscas? Aquel que, sin saberlo tú misma, está en tu subconsciente.

La atrajo hacia sí.

—Sandy... piénsalo. De cualquier forma, van a decir... Van a pensar... Ahora mismo, dentro de una semana, yo tendré muchas horas ocupadas. No quiero que en esta casa entre de momento una sirvienta. Nos arreglaremos los dos. Tenemos horas libres. Borja estará todo el día conmigo en el colegio. Tú, en tus cosas. Pero a las seis de la tarde yo estaré en casa y lo que haga aquí no le importa a nadie.

—Ciril, ¿qué me estás proponiendo?

—Tú lo sabes. Pensé que era más fácil pasar sin ti. No lo es. No puedo.

No, tampoco ella podía.

Sentía en su rostro el aliento de Ciril y sus labios, que se pegaban a las comisuras de su boca e iban resbalando hasta besarla ahogadamente. Intensamente.

—Ci...

—¿Te das cuenta? Estamos temblando los dos.

Era verdad.

Como si fuera la primera vez.

Sandy no se desprendió de él, pero dijo quedamente, con tenue acento:

—Vamos a mi alcoba.

—Sandy...

—Sí, sí. Tienes toda la razón. ¿A qué fin sacrificar tanto cuando nadie, en momentos de necesidad, me dio nada?

Ciril la oprimía contra sí llevándola a su lado.

No supo en qué instante se vio con ella en la mayor intimidad. Fuera como fuera, los dos se conocían. Y se conocían ya tanto que por esa razón sabían cuánto y cuánto se necesitaban...

La sorprendió tanto la visita, que la misma enfermera al notificárselo la miraba desconcertada.

—Dice que no viene a consulta.

—Ya.

—¿Qué hago?

—¿Queda alguien esperando?

—Nadie. Me iba ya cuando sonó el timbre.

—Hazla pasar y márchate.

—Sí.

Y allí tenía a su hermana Elena.

Sandra se preguntó tantas cosas en un segundo, que ni tiempo tuvo de responderse a ninguna. Además consideraba que no merecía la pena. Elena llegaba en son de paz. Apacible y conciliadora. ¿Con qué fin y a deshora?

Y no lo decía porque terminase su consulta, sino porque dijera lo que dijera Elena, para cualquier cosa que llegase, era ya demasiado tarde.

—Tú dirás... —dijo y aún no se había quitado la bata blanca ni separado el fondo de su cuello, del cual le colgaba.

—¿No me invitas a sentarme?

—Lo siento. Estoy recogiendo. He terminado la consulta. He pasado una tarde agotadora y estoy sola. Pat no llega hasta mañana.

—Yo no vengo a hablar de Pat.

—Me lo imagino.

—Bueno, no me sentaré. Ya veo que sigues tan tuya como siempre. Pero tengo el deber de hacerte saber que estamos de acuerdo.

Sandra elevó una ceja.

—¿De acuerdo en qué?

—En que te cases con el profesor.

—¿Casarme? ¿Quién te dijo que iba a hacerlo?

—Encaja perfectamente en la situación. Empezaron las clases. Es el director del centro de más prestigio de esta ciudad y de toda la provincia y algunas otras. No creo que en Madrid haya un colegio que genere más lumbreras y buenos hábitos. Cuando Fabián lo tomó a su servicio y lo elevó tanto, es que se lo merece. Nosotros no sabíamos que era licenciado, pero —aquí muy indulgente— ya se sabe que muchos universitarios sin empleo hacen lo que pueden, viven de lo que encuentran. Has tenido mucha suerte.

—Elena —la atajó—, ¿quieres ser más objetiva?

—¡Oh, sí! La sociedad reconoce los fallos que has tenido,

pero también lo estúpido que ha sido Ramón Terán... Es más, él será feliz con Marita Igualada; se casa, según dicen, la semana próxima. Así que ahora mismo te casas tú y aquí no ha pasado nada.

—¡Vaya, qué indulgentes sois! ¿Y por qué tengo yo que casarme?

—Porque el director del centro vive en tu casa.

—Es mi empleado de hogar.

—No empecemos otra vez, Sandy.

—Elena —la voz de Sandra era metálica, fría al máximo—, harás muy bien en olvidarte del camino de este consultorio y también del de mi casa. Las cosas no son tan fáciles como tú supones ni van a ser como tú digas o tu sociedad indique. Tu sociedad a mí me tiene totalmente sin cuidado y no entra en mis planes, de momento, casarme ni creo que entre en los de Ciril. Él sigue en mi casa porque yo quiero, y si bien cuando tú me dijiste lo que se decía de mí no tenías ninguna razón, porque no tenía nada que ver con mi empleado de hogar, salvo para pagarle el sueldo a fin de mes. Hoy que tú estás tan de acuerdo, sí tengo. Es mi pareja sentimental.

—¡Sandra, me estás faltando al respeto!

—¿Por qué? ¿Porque estoy siendo sincera? ¿Porque te estoy diciendo algo que cuando tú lo dijiste ni por la mente se me pasaba a mí?

—Es un escándalo.

—Para ti ya lo fue mi divorcio, y yo no he muerto. Pero no he muerto de hambre porque tuve otros amigos, o yo fui muy valerosa. —Con cierto cansancio añadió—: Lo que tú opines, lo que tú desees, lo que tú tengas en mente, me es tan indiferente que te puedes ir a paseo ahora mismo.

—Por tu hijo...

—Deja a mi hijo en paz. Por ti se hubiera muerto de hambre y frío. Hay cosas que no se olvidan jamás y una de ellas es ésa. Tú no lo puedes saber porque no has tenido hijos. Lo cual no deja de ser frustrante. Buenas tardes.

—Oye...

—No —dijo secamente, yendo hacia la puerta que abrió de par en par—. Buenas tardes, Elena.

—Soy tu hermana mayor.

—Eso es verdad. Y cuando recurrí a ti, porque me sentía morir de pena ante un matrimonio que no funcionaba porque era un infierno, tú me dijiste tajante que mi deber era aguantar, tanto si tenía delante una cruz como si tenía un paraíso.

Su propia mano empujó blandamente a Elena.

—Espero que te olvides de mí. Casada, en pareja, muerta de hambre o con una docena de cientos de millones encima, tú no serías nunca jamás mi hermana. Te di la oportunidad, no de eso, sino de ser mi madre, y me diste con la puerta en las narices. Cuando lo recuerdo aún creo sentir el frío del banco de aquella iglesia donde dormí con mi hijo el día que tus amigos me echaron de casa y el mismo día que tú me cerraste la puerta de la tuya.

—No olvidas jamás.

—Nunca. Eso no se olvida aunque una se lo proponga. De modo que te tenga muy sin cuidado que me case o viva con él. De momento, ahora, sí, ahora toda la ciudad tiene razón. Mi empleado de hogar se ha convertido en mi pareja sentimental.

Y cerró la puerta.

Se quedó muy satisfecha. Cuando se lo contó a Ciril él la miraba fija y quietamente.

—¿De verdad que te quedaste tan tranquila?

—Sí.

—Pero, no por Elena, ni por nadie, vamos a vivir de este modo toda la vida, ¿verdad?

Lo único que hizo Sandra fue pegarse a él, rodearle el cuello con el dogal de sus brazos y decirle algo al oído.

15

Fue fulminante.

Ciril, que iba a besarla, la separó de sí. Era más alto, de modo que si bien la mantenía ceñida contra sí, separó el busto para verla mejor.

—¿Estás segura?

—Sí, sí.

—Pero...

—Lo venía sospechando. Soy médico de eso, no te olvides. Me hice el análisis después de marcharse Elena. Y me lo hice porque de repente tuve miedo de que Elena se saliera con la suya.

—Pero Sandra...

—Es verdad. No me caso contigo porque los demás lo digan... Si lo hago es porque tú y yo estamos de acuerdo, y de momento estamos muy bien como estamos. Pero...

—Un hijo rompería todos los esquemas, ¿no es eso?

—Por muy independiente y contestataria que yo sea. Sí, sí los rompe. Lo que no entiendo es mi descuido. No digo el tuyo, pero el mío...

Ciril reía a su pesar. Y reía emocionado.

—No me digas que nos comportamos como dos inmaduros.

—Pues algo parecido.

—¿Te disgusta?

—No.

—¿Entonces...?

—Me siento de una hipersensibilidad subida. Un poco cursi, incluso. ¡Si seré tonta! Pero después de la intempestiva visita de Elena, una boda será darle la razón.

Ciril, con su delicadeza habitual, la fue cerrando más contra sí y le pasaba la yema de los dedos por la cara. Una y otra vez. La besaba cuidadoso en los párpados, en los ojos, y sus labios resbalaban en aquel hacer suyo cautivador y apasionante hasta la boca que los esperaba.

—Cariño... será una ceremonia silenciosa. Ni siquiera lo sabrá nadie. Que digan lo que gusten. Iremos al juez, que es nuestro amigo y primo de Fabián. Kit, Fabián, Borja, Ernesto y nosotros...

—¿Y dónde dejas a Pat y a Ricardo?

—¿Han vuelto?

—No, pero vienen esta noche o mañana.

—Añadamos a la pareja, pero se impone legalizar una situación que, si bien para nosotros está muy bien así, para un hijo no es lo mismo. Ha de nacer con nombre y apellidos y con dos padres, como es natural.

—Mañana pensaremos en ello.

Cierto. Era muy tarde. Se refugiaron en el precioso cuarto de Sandra y casi amanecía cuando los dos conversaban aún sobre su futuro.

—Mis clases van muy bien. Soy director adjunto, pero según Fabián pronto seré director en solitario. Me gusta el alumnado, me gusta mi oficio y ya lo tengo todo claro. He venido desorientado a esta ciudad y me siento realizado totalmente. Tú y yo somos dos perfeccionistas en cuanto al amor. Cada día es más pleno y más perfecto. ¿Qué podemos esperar? Tampoco por llevarle la contraria a Elena, que es tan estúpida como su marido, hemos de sacrificar nosotros nuestras vidas.

—El embarazo es de la primera vez.

—¿Tres meses luego?

—Pues sí, ya ves. Suponte que hubiéramos jugado al amor, pero que no hubiéramos sentido amor y no se nos ocurriera llevar una vida de pareja sentimental... Ahora mismo yo tendría un serio problema.

—Dime... ¿Abortarías?

—Nunca.

Ciril la tenía sujeta contra sí en la mayor intimidad. La bata de Sandra estaba colgaba de una silla y el pijama de Ciril tirado al suelo.

—Estás pensando algo, Ciril...

—Es verdad. ¿Cómo fui engendrado yo? ¿Sería mi tía Flora mi madre auténtica y la pobre en aquella época se veía obligada a ocultar eternamente su vergüenza, o fui un niño recogido por caridad? Fuese como fuese, tía Flora fue para mí lo más hermoso de este mundo. A su lado crecí feliz, sin complejos de ningún tipo, aprendiendo de su gran humanidad todo cuanto ella me enseñó y demostró con su inmensa sabiduría. Te diré más, cuando pisé esta casa, pensé que me encontraría con una señora caprichosa, con la cual aguantaría un mes y con el importe de lo ganado ese mes, dispondría de un tiempo para buscar algo más firme. Sin embargo, nada más verte, se me vino a la imaginación tía Flora.

—No digas mentiras.

—No las digo. Tengo por norma callarme, o decir la verdad auténtica. Lo mío en esta casa fue reanudar una vida que había dejado mucho tiempo antes. Tal vez por eso empecé a demostrarte que de inculto no tenía nada, y cuando me preguntaste qué estudios tenía pude ocultarlos, pero lo dije sencillamente. Porque quise que me valoraras de igual a igual...

Terminaron por dormirse al amanecer. Y cuando Ciril despertó, ya el hueco de Sandra se hallaba vacío. Saltó al suelo, se puso el pijama y el batín y salió disparado.

Pero quedó envarado en el umbral del salón sin decir palabra.

Allí sentados, uno junto al otro, se hallaban Borja y Sandra, y esta última decía a su hijo:

—De modo que ya sabes. Ciril y yo nos vamos a casar.

—¿Cuándo, mami? ¿Ya no se irá Ciril nunca más?

—Jamás.

—¡Qué gusto...!

—Y tendrás más hermanos.

Borja daba saltos en el sofá.

—¿Pronto?

—Dentro de unos meses, sí.

—¡Qué bien, qué bien! ¿Qué dirá la abuela? No quieren a Ciril.

—Ciril no se casa con los abuelos. Se casa conmigo y contigo y con otro hermanito que llegará pronto.

—¿Se lo puedo decir a los abuelos cuando tenga que ir a verlos?

—¿Te han dicho ellos que tu padre se casa uno de estos días con Marita?

—No.

—Pues entonces tú no tienes que dar explicaciones.

—Es que...

—Di, di, no te quedes callado.

—Dicen que si esto, que si aquello.

—¿Y qué es esto y aquello?

—No lo entiendo, mami. No sé lo que dicen, pero por la forma de decirlo no es nada bueno, ni para ti ni para Ciril.

—No te preocupes por eso —entró diciendo Ciril—. De cualquier forma lo van a decir...

En aquel momento sonó el teléfono y lo levantó Sandra, no sin antes lanzar una feliz mirada sobre su hijo y Ciril, que se acercaba a Borja y lo apretaba amorosamente contra sí.

—Diga.

—Buenos días, socia.

—¡Pat! ¿Cuándo llegasteis?

—Ayer de madrugada. Nos hemos casado.

—¿Qué?

—Lo que oyes. Pero ante un juez, ¿eh? En eso no consiguió Ricardo convencerme. De todos modos, aquí nos tienes en casa y viviendo juntos. No me pesa al fin y al cabo. De todos los hombres que he conocido es el más soportable... —Y riendo añadió—: De verdad, Sandy, lo adoro, pero no se lo digas...

—Veniros a casa a comer. Es domingo y no pensamos salir. Ciril y yo también nos vamos a casar, pero aún no sé qué día. Tengo cosas que contarte.

—A las dos estaremos ahí.

—Ciril nos hará una de sus sabrosas paellas.

—Hecho.

Y colgó. Sandra, de repente, sólo sabía mirar a Ciril, que a su vez la interrogaba con la mirada. De súbito la joven lanzó una sonora carcajada.

—Ha caído la arisca.

—¿Pat?

Borja ya había salido corriendo porque Ciril le había prometido que saldría con él a dar una carrerita por el club social, que se hallaba no muy lejos de la casa. Ciril se sentó junto a Sandra.

—Claro que con Ricardo.

—Es lógico —sentenció Ciril—. Pat presume de seca, de árida, pero está llena de ternura y su amor de siempre, por encima de todo, fue Ricardo. Y para Ricardo no hubo más mujer seria que Pat. Para divertirse, cualquiera, pero para casarse, Pat.

—Los he invitado.

—Ya te he oído.

—¿Qué haces?

—¿No me ves? Abrazarte y decirte que te quiero y que casada Pat tú no haces nada libre. Apuesto a que Pat te dijo lo de su matrimonio a ti y dejará que los demás piensen lo que gusten. No se puede vivir con el mundo porque la mitad está podrido y la otra mitad a punto de corromperse. Y sólo se salvan unos pocos, pero esos pocos no se acercan a los demás para no contagiarse.

—Nos casamos el día que tú digas, pero también en silencio, y cuando vean a nuestro nuevo hijo en el mundo se darán cuenta de que estamos casados.

—El chico se queda en el colegio —decía Fabián afanoso—. Os marcháis una semana. No pienses —añadió mirando a los comensales que compartían su mesa en el mismo colegio, aquel sábado por la mañana— que se queda interno. No, señor, Kit y yo nos quedamos con él hasta vuestro regreso.

La mesa redonda la compartían Pat y Ricardo, Fabián y Kit, Ernesto y su esposa, Pilar, y Borja, además de los recién casados. No se había dado publicidad. Todo había quedado entre ellos. El juez, primo de los gemelos Sebastián, los había casado allí mismo, en el colegio, y se había ido porque tenía un juicio pendiente. Pero le habían pedido que no pregonara la breve ceremonia.

—¿Cuándo nacerá vuestro primer hijo?

La respuesta la dio rápidamente Pat.

—La he auscultado e incluso le hice ayer mismo una ecografía. Dentro de seis meses y medio. Lo raro es que Sandra se haya descuidado y no asociara ciertas anomalías fisiológicas y biológicas a un embarazo.

—Pues porque no soy regular.

—Ya lo sé.

—¿Tampoco se lo piensas decir a Elena? —preguntó Ernesto, que era, de todos, el más divertido, por la revancha de su colega Paulino—. Porque os diré la verdad, Paulino cada vez que me ve me pregunta. Recuerdo cuando me visitó y yo apenas si conocía a mi cliente. Me presionó cuanto pudo y yo acepté la presión hasta el punto de visitarla, para decirle que no seguía con su asunto.

—Y yo te conté la verdad...

—Y yo te creí, Sandra. Eso es lo curioso. Te creí más que a mi colega. A él lo conocía de toda la vida y a ti sólo de verte en mi despacho para pedirme que llevara tu divorcio. Pero tuviste tanta persuasión o tal sentido de la ética, que no dudé en exponer la amistad de mi colega.

—Es que —reía Fabián con su risita guasona y su mirada ratonil— viniste a mí y me mencionaste el caso. Cuando me nombraste a Ramón Terán yo me dije: «Pero si ese botarate es un burro.» Y acerté siempre. En cambio sabía que la dulce chiquita de los Sanjulián era un médico que llegaría lejos. Y nunca me equivoco al hacer un juicio.

La comida fue animada.

Pero sólo al despedirse para dejar a Borja en el colegio, Sandra le dijo a su abogado:

—No sabes nada. Que piensen lo que gusten. Lo esencial es lo que pensemos nosotros.

—Te doy mi palabra de que no diré nada.

Después la despedida de Borja fue dulce y muy sosegada, porque el niño sabía muy bien que sus padres retornarían enseguida.

Tanto Ciril como Sandra lo apretaron contra sí y lo besaron muchas veces. Ciril casi no podía soltarlo.

Cuando se vieron solos en el auto de Sandra, conducido por Ciril, éste dijo quedamente:

—No estaremos una semana. ¿Qué opinas? No necesitamos un ambiente distinto para querernos más.

—Si te pidiera una cosa...

—Pídemela.

—¿Volvemos?

—¿A casa?

—¿Por qué no?

Él soltó una mano del volante y apretó sus dedos.

—Iba a proponerte pasar la noche en un hotel y regresar.

—Nada mejor que nuestro cuarto. Lo conocemos muy bien, él nos conoce a nosotros...

Los dos rompieron a reír.

—¿Cuándo recogemos a Borja?

—Pasado mañana.

—Hecho.

Y el auto giró en la misma carretera aprovechando que no era una autopista y tenía espacio.

Entraron en la casa pegados uno al otro.

—Yo no sé lo que tú piensas, Ciril, pero para mí es un día más. Nos hemos casado, sí, pero entre nosotros estamos casados desde el día que engendramos a nuestro hijo.

—¿Dudas de que yo piense igual?

—Claro que no.

No encendieron luces. Conocían el camino a ciegas, y a ciegas entraron en la alcoba. Incluso aún sin encender la luz, con cierto recreamiento, Ciril se ocupó en desvestir a Sandra y lo que es curioso, Sandra lo desvestía a él al mismo tiempo. Era algo que sabían hacer perfectamente. Lo hicieron un día y lo seguirían haciendo ya toda la vida. Había entre ellos demasiados puntos de afinidad. La comprensión era absoluta, la comunicación plena.

Fue una noche más, si bien en el fondo ambos sabían que en cierto modo era diferente por haber legalizado algo que los ligaba para toda la vida, cimentado en un amor mutuo.

Borja no interfería en su cariño ni en la forma de demostrárselo el uno al otro, por tanto y para sarcasmo de Fabián, aparecieron al día siguiente a recoger al crío.

—Yo —le dijo Ciril— mañana inicio mis clases, es decir, las reanudo. ¿A qué fin una clásica luna de miel cuando nosotros no somos clásicos, sino seres humanos que viven la vida con la mayor realidad?

Fue así como iniciaron su vida y como cada día fueron entendiendo lo que suponía la convivencia cotidiana y lo mucho que se fueron necesitando física y espiritualmente.

Borja crecía entre ambos con mayor ternura, y eso sí, cuando iban los jueves por la tarde a casa de sus abuelos, siempre retornaba de mal humor.

La boda de Marita y Ramón no pasó inadvertida. Toda la prensa se hizo eco de ella, pero también toda la prensa, in mente, quizá se preguntaba si habría un divorcio a la vista.

—No —solía decir Sandra cuando se comentaba delante de ella—. No habrá divorcio. Marita aguantará lo que Ramón quiera, y Ramón será un marido a la antigua usanza, como Paulino. Lo que no pueda hacer con su mujer lo hará fuera de casa con otra.

Pero lo que menos importaba era eso. Porque lo realmente importante era la comprensión, la pasión y la ternura que cada día, y cuanto más se conocían, era mayor entre ambos.

Cuando nació la niña, porque fue una niña, a quien pusieron el nombre de Ana, en recuerdo de la madre muerta de Sandra, Borja les dijo:

—El día que sea mayor y pueda decir lo que quiero o no quiero, no podréis obligarme a visitar a los abuelos. A mi padre lo veo y es para mí como otro hombre cualquiera.

De la boda del empleado de hogar, profesor y director de un colegio de élite, se supo cuando nació la niña. Y cuando nació la segunda, a quien pusieron de nombre Flora, en recuerdo de la tía de Ciril, ya nadie recordaba la forma en que el director del colegio de élite entró a servir a la doctora Sanjulián.

Había otras cosas, otros sucesos y el divorcio estaba implantado de tal modo que ya no era ninguna novedad.

El día que Pat le dijo a Sandra que iba a ser madre, Sandra no pudo por menos de reír.

—¿No decías...?

—Es que Ricardo me hizo una buena jugarreta.

Pero también reía feliz porque en el fondo Pat nunca fue tan áspera como parecía. Y si no lo creían, que se lo preguntaran a su poco hablador marido.

Cuando Borja cumplió catorce años y era ya un mozalbete de un metro ochenta, impuso su criterio y además lo dijo francamente a sus padres:

—No pienso ir a ver a la abuela.

—Pensará que muerto tu abuelo —adujo Ciril—, no te interesa ella.

—Nunca le han perdonado a mamá que se divorciara de papá. Ahora entiendo muchas cosas que antes no comprendía y, si os digo la verdad, ninguna me gusta. A la única que en aquella casa profeso algún afecto, es a Marita, porque es tan víctima de ellos, como en su día quisieron hacer a mamá. Tú, para ellos, tío Ciril, siempre fuiste un aprovechado marica. Me preguntó qué ocurriría si yo fuese crédulo, si no tuviera una mentalidad capaz de juzgar por sí misma. Mamá era una mala mujer. Yo entonces no sabía lo que eso significaba, lo fui sabiendo poco a poco y sentí un odio mortal hacia las personas que decían eso de mi madre. No me miréis de ese modo. Me estoy preguntando si me vais a obligar.

—No —dijo Ciril enérgico—. Haz lo que gustes.

—Cariño, el chico tiene razón. ¡Qué caramba! Nunca se han merecido tener un nieto así, ni tampoco un hijo.

Y Borja empezó a espaciar sus visitas. Cuando quisieron saber las causas, ni Ciril ni Sandra supieron lo que adujo, pero sí supieron que sólo de vez en cuando, muy de vez en cuando, pasaba por casa de los Terán...

Ciril Cafrans llegó a ser una autoridad en la ciudad y Sandra llegó, lógicamente, a ser una buena ginecóloga, en equipo con su socia. Pero más que nada fue una mujer feliz y plenamente realizada como ser humano y como esposa y madre. Pero ante todo y sobre todo como mujer.

Eso sólo lo sabían ella y Ciril...

Decide el destino

Pronuncia tus sentencias,
pero no des tus razones;
porque tus fallos pueden
ser justos, mas tus razones
seguramente serán equívocas.

W. MURRAY

1

Natalia retrocedió unos pasos para inclinar la cabeza y entornar los párpados. Era la mejor manera de apreciar el colorido de un cuadro. En una mano sostenía la paleta y, en la otra, entre los dedos, un pincel.

—No está mal, Nat —se dijo a sí misma.

Tenía un acento de voz pastoso, muy personal. Tal vez, lo que más llamaba la atención de Nat Noriega fuera el mirar de sus grises ojos, el acento peculiar de su voz y el cabello negro, lacio y bastante largo, que en aquel instante ataba de cualquier modo en una ancha coleta tras la nuca.

El contraste de los ojos grises con el cabello negro y la tez levemente morena producían un resultado casi provocador. Evidentemente Nat no era provocadora. Pero su belleza daba esa sensación, que poco tenía que ver con la verdadera personalidad de la chica pintora.

El cuadro mostraba un bello paisaje agreste. Las colinas alzándose amenazadoras y ondulantes; al fondo, los riscos donde el mar chocaba espumoso. No lejos, las praderas de un valle que, a través del lienzo, daba la sensación de ser casi infinito.

Nat Noriega estaba oyendo a Remy llamarla desde el vestíbulo. Pero Nat, embebida en su labor, parecía empeñada en no oírla.

—Nat, ¿no me oyes?

Claro que sí.

—¡Ya voy! —gritó.

Pero seguía contemplando el lienzo y daba pinceladitas aquí y allí. El ático abarcaba todo el alto del chalecito. Se accedía a él por una escalera de caracol, pero Nat movía los pies sin acercarse a la escalera. Era enorme, rodeado de ventanales; era su refugio. Allí se podía ver, a lo largo de toda una pared, una estantería llena de libros. Al fondo, en otra de las paredes, un canapé con una colcha de colores y muchos cojines. El suelo era de parquet y, en alguna de sus partes, estaba cubierto con esteras. Había también varios sillones y una mesa bajita. Todo lo demás eran lienzos, y la luz que penetraba por los ventanales acristalados bañaba todo el ancho y largo recinto.

Nat vestía unos pantalones pardos, algo manchados de acuarela, y una especie de ancho mandilón, que en su día debió de ser blanco pero que, a la sazón, tenía acuarelas de todos los colores. Se notaba que, bajo aquel mandilón, su busto se hallaba desnudo, porque los senos se demarcaban túrgidos y menudos.

—Nat, ¿no me oyes?

—¡Ya voy, caramba!

—Te están llamando de casa de los Santana.

Nat Noriega, sin soltar paleta ni pinceles, se acercó a un ventanal y lanzó una mirada al fondo. Se veían su jardín y la valla que separaba las dos fincas, además de la puerta de comunicación, que siempre se hallaba abierta y que configuraba las dos viviendas. Desde allí veía perfectamente el porche, la entrada y las terrazas de la casa vecina, y podía ver, naturalmente, el auto de Daniel estacionado en la puerta principal, lo cual le indicaba que habían regresado del aeropuerto.

De repente le entró la prisa. Y dejando paleta y pinceles en una mesa, se despojó apresuradamente del mandilón, quedando, efectivamente, desnuda de medio cuerpo para arriba.

Corrió hacia el perchero y se puso una blusa de colorines, atando las dos puntas a la altura del vientre. Después se dirigió a la escalera de caracol y descendió apresurada.

Calzaba mocasines negros y los pantalones churretosos indicaban que los óleos y las acuarelas iban a dar a ellos con suma facilidad.

—Remy...

La sirvienta apareció un tanto sofocada.

—Pero, Nat, ¿adónde vas de esa manera? Mira tus pantalones...

—¡Oh, sí! Pero todos están habituados a verme así. ¿Me han llamado?

—No, pero tú me habías advertido que, cuando viese el auto del señorito Daniel, te llamara. Pues ha llegado ya.

—¿Solo?

—¡Claro que no! ¿No iba al aeropuerto a buscar a su hermano? Yo vi entrar en la casa a Dan con otro hombre. No reconocí a Felipe, pero teniendo en cuenta que hace tantos años que no lo veo... Supongo que si ha ido a buscarlo, sería él.

Sonó el teléfono en aquel instante y Nat dio un salto casi felino.

—Si son ellos, di que voy para allá. Me cambio los pantalones en un segundo.

Y salió disparada para regresar minutos después.

—¿Qué tal ahora?

Y dio dos vueltas ante su sirvienta de toda la vida.

Remy meneó la cabeza gris.

—Esa coleta...

—¿Qué tiene mi coleta? —La sacudió con bríos—. No me digas que está mal hecha.

—Pero no deja de ser una coleta. ¿Qué dirá el forastero cuando te vea?

—Que diga misa, Remy. A fin de cuentas, yo no tengo por qué parecerle bien ni mal.

—Ha llamado la señora Santana. Dice que te están esperando.

Nat no se hizo esperar.

—No vendré a almorzar —dijo yendo hacia la puerta del jardín—. Miriam me ha dicho que tengo que comer con ellos. Si llama Rita, dile que la espero a las seis. Debo terminar su retrato este mes, porque para el aniversario de su boda, se lo piensa regalar a Javier.

Ya se iba. Remy veía cómo Nat atravesaba el pequeño jardín
y se dirigía a la puerta que comunicaba las dos fincas, incrustada
aquélla en medio de la valla que demarcaba las dos viviendas.

Felipe Santana miraba todo con cierta ilusión. Él no era un
tipo sentimental, pero no todos los días veía a su familia. Palpar
las cosas, los objetos que doce años antes formaban el entorno de
su vida, resultaba casi consolador. Recordaba a sus padres tal
como los veía en aquel instante. Parecían algo más viejos quizás.
A Dan, muy crecido. Cuando él dejó España con el fin de estudiar en Estados Unidos, su hermano Dan era un adolescente. Y, a
la sazón, era todo un hombre de veintiséis años. Muy bien apro-
vechados, por supuesto. Él no entendía mucho de bellezas masculinas, pero si se dejaba guiar por lo que opinaban las mujeres, su
hermano Dan era un buen mozo, muy elegante y muy atractivo.
Y además le habían contado que ya tenía novia. Era lo que
menos entendía Felipe. Que Dan fuera novio de la chica de los
Noriega. Él recordaba a una Nat de diez años, larguirucha, fea,
de rostro macilento y, además, flaca... Claro que era muy rica. Y,
por lo visto, lo seguía siendo, porque Dan le había contado en el
auto, del aeropuerto a casa, que todo seguía, poco más o menos,
como cuando él lo dejó. Es decir, que la fábrica de productos
químicos de los Noriega la seguía dirigiendo Ignacio Santana y
Daniel también trabajaba en la empresa; todos trabajaban en la
empresa, como Javier, el amigo de toda la vida, que se había casado con Rita, otra amiga de siempre.
　　—Las cosas —dijo dando vueltas por el elegante salón lleno
de sol— no han variado mucho, salvo que ahora todos estáis
aglutinados en torno a la empresa de los Noriega. ¿Sigues teniendo en ella acciones, papá?
　　—Claro. Lo he llevado todo con la mayor honestidad.
　　—Supongo que la heredera, tu pupila, será químico también.
　　—Pues no —respondió Dan al tiempo de lanzar una mirada
por el ventanal—. Estará al llegar. Nat no quiso saber nada de
potingues ni laboratorios, y menos de fábricas de productos tóxi-

cos. Dijo que deseaba ser socióloga, porque papá le impuso una carrera universitaria, pero lo que realmente le gusta es la pintura.

—No me digas...

—Te digo.

—¿Una copa, Felipe?

—¡Oh, sí, papá! Dame un vermut rojo.

Ignacio Santana, muy satisfecho, se acercó al mueble bar y empezó a buscar botellas y vasos tras la barra. Su esposa Miriam contemplaba a sus hijos con arrobo. Pensaba que nunca debieron enviar a Felipe a estudiar a Estados Unidos. Fue como perder a un hijo, porque Felipe terminó su carrera empresarial y se quedó a trabajar en Nueva York y, a la sazón, tenía su propia empresa de exportación. Por esa razón, viendo lo que sucedía con su hijo mayor, se negó categóricamente a que su hijo menor, Dan, siguiera el mismo camino que el primero.

No le pesaba nada haber convencido a su marido para que evitara que Dan se desterrara como Felipe.

—¿Has llamado a Nat, Miriam?

—Estará al llegar —replicó la esposa.

Dan miraba por el ventanal.

—Por lo que veo, todo sigue igual —comentó Felipe, a la vez que tomaba entre sus finos dedos el vaso que su padre le ofrecía—. La chica de los Noriega sólo necesita atravesar la puerta de la valla para encontrarse aquí.

—Nada ha cambiado demasiado —dijo Ignacio Santana mirando satisfecho a su hijo mayor—. Cuando fallecieron los padres de Natalia, tú estabas disponiendo el viaje para marcharte. Fue un accidente estúpido, pero les costó la vida a los dos. Afortunadamente, antes de morir mi amigo y socio Samuel, había redactado un testamento en regla por el que me convertía en tutor y administrador de los bienes de su hija. Para nosotros fue una hija más, con la diferencia de que no vivía aquí, sino en el palacete de al lado. Nunca quise obligar a Nat a dejar su casa. Para nosotros era como una hija, pero jamás la he presionado, y ahora no me pesa.

—Lo que acabo de saber me parece muy ventajoso —co-

mentó Felipe con naturalidad—. Todo quedará en casa, si es que
Dan confirma sus relaciones con Nat.

—Son novios desde hace un año —dijo Miriam—. Eso nos
produjo, si cabe, mayor satisfacción. Para nosotros Nat es una
hija, la que nunca tuvimos.

Eso Felipe ya lo sabía, como sabía que sus padres jamás se
apropiaron de nada que perteneciese a la huérfana. Le constaba
que su padre hizo por la empresa lo que, sin duda, habría hecho
Samuel de seguir vivo. Su mentalidad distaba mucho de parecerse a la de su padre, pero en el fondo admiraba la honradez del
autor de sus días. Él seguramente que hubiera velado por los
intereses de su pupila, pero en doce años que llevaba huérfana,
el negocio, al menos en su mayoría, sería suyo.

Sonrió enigmáticamente, porque de decirle a su padre lo que
pensaba, aquél se habría alterado.

—¿Y tu negocio, Felipe? ¿De verdad que no piensas volver a
España?

—Mi empresa exportadora tiene la natural conexión con España, padre —dijo sentándose a medias sobre el brazo de un sillón, contemplando a su familia—. Cuando me enviaste a Estados Unidos pensaba terminar allí la carrera y volver. Pero el
campo que existe en Nueva York no puede nunca existir aquí.
Además, doce años conviviendo con ellos, mi mentalidad es más
americana que española. De todos modos, ahora mismo me he
detenido en Madrid y estoy montando una sucursal en la capital.
Espero que todo marche bien. Será la forma de vernos más a
menudo. Estos ocho últimos años me los pasé trabajando muy
duro, y ahora creo que ya tengo la empresa de exportación bien
consolidada. De modo que puedes hacer buenos negocios conmigo, sobre todo con cosméticos. La cosmética española tiene allí
una gran acogida. Mis negocios más rentables son los que realizo
con Japón, es la forma de hacer dinero rápido y seguro.

—Pero eso indica que tú, en provincias, nunca trabajarás.

—Con filiales aquí, no, mamá. Pero es muy fácil conectar a
través de Madrid. Pienso que en adelante os visitaré con frecuencia, porque viviré cabalgando entre Estados Unidos y Es-

paña. Empecé con poca cosa. Primero fui empleado auxiliar, después ejecutivo de altos vuelos y, más tarde, me convencí de que como la empresa propia no hay nada. Tuve un socio americano los primeros años, pero desde hace seis trabajo solo, con gente de confianza contratada para mi servicio exclusivo de exportación. El negocio es seguro... No tiene pérdidas. Pero dejemos de hablar de mi negocio. Cuando decidí dar una vuelta por mi ciudad natal, pensé que esta empresa de productos químicos se habría hundido con la inflación, pero ya veo que sigue funcionando.

—Bien —puntualizó Dan—, no hemos tenido pérdidas nunca.

—¿Y cómo está formada ahora la sociedad? —quiso saber Felipe maravillado de que todo siguiera igual.

—La sociedad no ha variado sustancialmente. Nat, como heredera universal de su padre muerto, tiene la mayoría. Nosotros, como siempre, una parte, pero en minoría.

—Es decir, que si Nat fuera química y se casara con una persona ajena a vosotros, os podría dejar en la calle.

—Felipe, estamos entre gente honesta.

Felipe ya lo sabía, pero no le cabía en la cabeza que su padre siguiera en minoría en una sociedad que manejó él desde la muerte de su amigo y socio.

No lo dijo así, pero lo pensaba evidentemente.

—Hay que ser muy íntegro para que las cosas sigan como estaban —comentó—. Pero yo ya sé cómo eres tú, papá.

—Y tu hermano y tu madre. Para nosotros, la ventaja de ser el director y el presidente respectivamente no supuso nunca que despojásemos a una criatura de lo que era suyo.

—Parece mentira, Felipe, que lo menciones siquiera.

—Son cosas que digo yo, mamá, pero ya sé cómo es mi padre. Y veo cómo es mi hermano, que por lo visto se mantiene en el camino trazado por su progenitor.

—¿Serías tú capaz de hacer mal uso de la confianza de un muerto? No, claro que no. Hablas así porque, en el fondo, quieres provocarnos.

—No seas tan suspicaz, papá.

—Ahí llega Nat —dijo Dan saliendo hacia la puerta.

Felipe se enderezó. Era un tipo alto y fuerte. Muy interesante de aspecto. Sus ojos distaban mucho de reflejar claridad. Se diría que bajo ellos, en un movimiento indolente de los párpados, ocultaba una firme personalidad un tanto enigmática. De cabellos castaños, levemente ondulados, tez morena y ojos verdes, resultaba un hombre de un atractivo poco común. Con sus treinta años, se diría que contaba diez más, tal vez por la dureza de sus facciones o por la mirada un tanto cansada de sus claros ojos, a veces con un matiz entre verde y grisáceo.

—Se casarán pronto —le dijo la madre en voz baja—. Ya verás qué linda está Nat.

Felipe sonrió apenas. No imaginaba a la chica de los Noriega atractiva y, mucho menos, «linda». La creía ver aún larguirucha, morena, con una mirada desvaída y un cuerpo esquelético...

2

Daniel había salido del salón y se oía su voz afluyendo del porche junto con otra que dejó un tanto suspenso a Felipe. Era una voz pastosa, peculiar, muy especial. De las voces femeninas que suelen denotar una personalidad muy definida. Alzó una ceja un tanto perplejo.

Su padre hablaba aún de la empresa y su madre ponderaba la belleza de su futura nuera, sin que Felipe les hiciera demasiado caso. Había llegado a Madrid una semana antes y se comunicó con su familia, y allí estaba, en su ciudad natal, con un mes aproximadamente de vacaciones. Deseaba encontrarse con su mundo, con sus orígenes, que, dicho en verdad, sentía muy lejanos. Los doce años pasados en Estados Unidos habían hecho de él un hombre diferente. Con una mentalidad abierta, libérrima y, por supuesto, sin ninguna afinidad con la que tenía cuando su padre le dio a elegir. Recordaba que le había dicho: «Estudios en Nueva York o donde tú digas. Como si prefieres terminar la carrera empresarial en España.» Él prefirió marcharse. Primero, como estudiante; después, como residente en la ciudad de los rascacielos. Nunca le pesó y a la vista estaba que, una vez en España, no entendía ni los convencionalismos ni las tradiciones que seguían imperando en su familia.

—Ya estamos aquí —entró Dan diciendo.

Felipe entornó los párpados. De momento se quedó en sus-

CORÍN TELLADO

penso. Después se rehízo y sonrió apenas. ¿La chica larguirucha era aquella espléndida mujer que tenía delante, que aún se asía a la mano de su hermano?

¡Caramba con Natalia Noriega! Ni que le dieran un vuelco de los pies a la cabeza...

—Hola, Lipe. ¿Cómo estás?

El aludido recordó que la niña de los Noriega siempre lo llamó Lipe.

Natalia avanzó hacia él con toda naturalidad, se empinó sobre la punta de los pies y estampó un beso en cada mejilla masculina.

—Hola, Nat. Mucho... has crecido.

—El tiempo no pasa en balde, ¿verdad? Para nadie. También tú estás más grueso, más hecho. Se nota que han pasado los años.

Lipe asentía con cabezaditas, pero no dejaba de mirarla. ¡Impresionante, sí, señor! Su cabello negro abundante, trenzado en aquella gruesa coleta que se le escurría por un hombro hacia un seno. Los ojos grises, orlados de negras pestañas. Su boca de dibujo sensual y unos dientes nítidos e iguales que mostraba al sonreír. Y su voz. Su voz era diferente a todas las voces que él había oído.

No era impresionable, pero la verdad es que la chica causó en él un impacto tremendo.

—¿Vienes por mucho tiempo, Lipe?

—No lo sé. Quince días, un mes... En adelante estaré mucho en España. He montado sucursal en Madrid y vendré cada mes. De todos modos, no siempre podré llegarme aquí. Yo pensaba —añadió tomando asiento— que papá y Dan pasarían a formar parte de mi sociedad, pero ya veo que todo eso huelga.

La conversación se generalizó y recordaron muchos temas pasados. De cuando Felipe pensaba en irse, después en quedarse y cuando por fin emprendió el viaje. De las veces que sus padres estuvieron a visitarlo en Nueva York y los veranos que Felipe prometió pasar en la ciudad y luego nunca apareció.

—En realidad —explicó ya sentados a la mesa—, siempre me lo propuse, pero a la hora de la verdad se presentaba un viaje más interesante para mi futuro empresarial. A la familia la tenía segura aquí. Podía venir a verla en cualquier momento. En cambio los negocios no esperan y en vacaciones me dediqué, más que nada, a abrir mercados. Sólo ahora dispongo de tiempo porque me rodeo de un excelente equipo. Además no fui autónomo hasta hace apenas tres años. Hasta entonces estuve siempre luchando.

—¿Sabes lo que te digo, Felipe? Lo peor que pueden hacer unos padres es enviar a sus hijos a estudiar al extranjero.

—No tanto, papá. A fin de cuentas no se tienen hijos para bien propio, sino para bien de ellos. Y yo creo que no te equivocaste.

—Sí, sí, —decía la madre—. En cierto modo al enviarte fuera te desterraste. No es el primer caso. Los hijos se desvían, se integran en otras mentalidades. Ven la vida desde un prisma diferente.

Por encima de la mesa Felipe asió los finos dedos de su madre.

—No digas eso, mamá. Yo te quiero, y te quiero tanto desde Estados Unidos como desde aquí. Además, hasta ahora he trabajado sin parar. En este momento mi empresa de exportación está montada y muy pronto dispondré de jet privado, entonces me será fácil visitaros los fines de semana cuando me encuentre en Madrid. Y pienso vivir más en Madrid que en Nueva York. Mis conexiones están muy bien consolidadas. Soy un hombre de empresa con un equipo que funciona como yo.

Más tarde, a los postres, y ya de nuevo en el salón donde tomaban café, Ignacio Santana comentaba lamentándose:

—Te diré la verdad, Lipe. En realidad yo pensaba que una vez terminada la carrera te vendrías a España y te integrarías en el negocio familiar.

—Pues yo te diré a ti, papá —rio Felipe un tanto enigmático, o eso pensaba Nat, que los escuchaba— que los comentarios procedentes de España allá por Nueva York más bien indicaban que las empresas nacionales se iban todas al traste. Si no fuera por tus cartas, donde nunca te quejabas, yo habría pensado que vuestra fábrica de productos químicos se la había tragado la inflación.

—Hemos resistido en los momentos de la transición y después nos fue bastante más fácil. Es decir, que durante la reconversión hemos conseguido más rendimiento que antes.

Felipe lanzó una mirada sobre la preciosidad que era su vecina, pupila de su padre y además novia de su hermano Dan.

—Pensé que tú harías la carrera de Química, Nat.

—Claro que no. Nunca me gustó. Tu padre me obligó a estudiar una carrera universitaria. Podía estudiar Química o cualquier otra carrera, si es que deseaba continuar con mi pintura. Yo hubiera preferido dedicarme por completo a la pintura, pero tu padre dijo rotundamente que no. ¿Verdad, padrino?

—No podía llevar sobre mi conciencia tu ignorancia. Acepto que pintes. Sé que es tu vocación, pero, además, una carrera universitaria se imponía.

—Y la hice. No te quejarás.

—¿Qué pintas, Nat?

—Lo que sea. Incluso retratos. Si quieres uno para tu despacho de presidente de empresa, cuando gustes, posas.

—¿De verdad?

—Pues claro.

—Entonces te tomo la palabra. Tienes un mes escaso, ¿te basta?

—Hecho.

Más tarde Nat se fue, reclamada por Remy. Los padres se retiraron a descansar un rato y Felipe se quedó con su hermano Daniel.

—¿De modo que habrá boda pronto, Dan?

—No, no tan pronto. Nat no quiere casarse enseguida. Llevamos un año escaso de relaciones.

Dan asintió con dos cabezaditas. En voz alta comentó con lentitud:

—Todo empezó a lo tonto, sin darnos cuenta. Nat tiene veintidós años y poca experiencia. Siempre la he tenido a mi lado y fui admirando en silencio su transformación. Es muy amiga de Rita Sampelayo. ¿La recuerdas?

—Sí, claro. ¿Qué es de ella?

—Estudió Medicina. Ahora ya está integrada en la Seguridad Social. Se casó con Javier Mendoza, y tú sabes que Javier y yo fuimos amigos de toda la vida.

—También lo era mío.

—Pues terminó Química y se integró en la empresa Noriega, S.A. La amistad continuó, y salíamos los cuatro juntos; cuando Nat y yo nos quisimos dar cuenta, el afecto fraternal se había convertido en un afecto sentimental. Hace cosa de un año decidimos que un día nos casaríamos y así estamos.

—¿Hace mucho que se casó Rita?

—El pasado año, pero ya de novios ellos, salíamos los cuatro.

—Oye, Dan, una pregunta un tanto atrevida y perdóname. Pero yo veo las cosas de una forma muy cerebral. ¿Cómo es que seguís siendo accionistas minoritarios en la empresa? Eso siempre es peligroso.

—¿Por qué?

—Supón que Natalia se hubiera enamorado de cualquier otro. Otro listillo, que los hay, y os diera la parte proporcional... Papá quedó de albacea. Tenía un reducido número de acciones, pero bien pudo, al quedar dueño y señor de la situación, adquirir tantas como tenía Nat. La sociedad sería al cincuenta por ciento y no correríais peligro.

Paseaban por el jardín y Dan se detuvo.

Era un chico alto, de buena presencia. Pelo castaño claro, casi rubio y los ojos azules. Una persona, pensaba Felipe, de buena catadura, tan estúpidamente honesto como su padre. Por supuesto, él no medía las cosas por los sentimientos, sino por el bolsillo o las cuentas corrientes...

—Parece que olvidas lo honesto que fue siempre papá.

—Pero tú...

Dan se irguió.

—Yo he tenido un buen maestro, Lipe. Piensa que papá jamás me hubiera dado libertad para hacerme con lo que no me correspondía. Eso, por un lado, y por otro, estoy yo mismo. El padre de Nat antes de morir dejó las cosas muy claras. Y papá no ha cambiado ni una sola, porque para él, igual que para mí, los sentimientos tienen más importancia que el dinero. Tiene

razón mamá —sonreía un tanto desconcertado—, Nueva York
te ha endurecido.

Felipe no se lo quiso discutir.

—¡Eh, Felipe! —le gritó Nat desde su terraza.

El aludido, que regresaba en el auto de su padre, elevó la cabeza y sus ojos se fijaron en la fina silueta femenina que parecía
colgarse de la balaustrada. Felipe saltó del auto, lo dejó ante el
garaje y, en mangas de camisa y con pantalón blanco, atravesó el
jardín y cruzó la puerta de comunicación incrustada en la valla
que separaba las dos viviendas.

Recordaba cuando tenía de diez a quince años. Su padre era
muy amigo y además socio de Samuel Noriega, eran amigos de
toda la vida. Aquella puerta entre las dos vallas ya existía.

También recordaba a Noemí Noriega, la difunta madre de
Nat. Era una mujer joven y guapísima. Con doce años, él solía
esconderse entre los arbustos para verla bañarse en la piscina.
Una piscina que ya entonces compartían ambas familias. Su madre era muy amiga de Noemí; era unos años mayor que ella,
pero, de todos modos, eran íntimas amigas.

Nunca confesó aquella admiración sentimental. Pero lo cierto es que se pasó noches enteras pensando en la madre de Nat.
Para entonces, con doce años ya sabía lo suficiente de mujeres
para entender que Noemí lo excitaba. Jamás confesó a nadie su
callada admiración. Pero lo curioso es que Nat era el vivo retrato de la difunta Noemí. Claro que entonces, si bien había hecho
el amor alguna vez, era aún inocente y creía en los grandes amores y en las fieles ternuras. Las cosas habían cambiado, ahora era
bastante escéptico y, lo que era peor, no tenía muchos escrúpulos, porque entendía la vida de otra manera.

Comenzaba el verano, hacía calor y Bernardo, el marido de
Remy y criado de los Noriega de toda la vida, estaba disponiendo
la piscina comunitaria. Es decir, que aquélla se hallaba en la parte
posterior de las casas, en terreno común a las dos fincas. La com-
partieron siempre; y Felipe todavía recordaba cómo, en una de

aquellas esquinas, lloró como un desesperado la súbita muerte del matrimonio: había perdido a Noemí, su amor platónico.

En el fondo, no soportaba a Samuel por ser marido y dueño de la preciosidad que era Noemí. ¿Por qué un estúpido accidente tenía que acabar con la vida de una mujer angelical?

Nunca quiso que lo vieran llorar, pero lo cierto es que se pasó una semana o más oculto tras aquellos macizos, llorando como una criatura, o tal vez como un hombre al que por primera vez le cortan las ilusiones. ¡Cuánto tiempo transcurrido desde entonces! ¿Cómo podía una persona cambiar tanto? Él pensaba en aquellos tiempos idos con un sarcasmo descarnado, se burlaba de todo, incluso de su infantil amor platónico.

—Estoy aquí, Lipe...

Claro que siempre lo llamaron Lipe, hasta que se fue a estudiar fuera. No entendía por qué Nat lo seguía llamando así. Maldito si le hacía gracia.

Apareció en la terraza cuando Nat echaba medio cuerpo fuera para buscarlo con la mirada.

—Ya pensé que no recordabas por dónde entrar.

—Claro que lo recuerdo, Natalia.

—¿De dónde vienes en el auto de tu padre?

Felipe ya se hallaba en la terraza y se dejaba caer en un sillón de mimbre suspirando.

—Lo que no soy es deportista —dijo—. Me canso cuando trepo. Desde luego, antes no me ocurría. Recuerdo que subía a ese árbol como si tuviera escalera. —Y, recordando la pregunta, añadió—: Vengo de la fábrica. Aquello está desconocido. Mucho ha prosperado en doce años.

—En menos. Seis o siete. La reestructuración era necesaria y gastamos una barbaridad, pero las ganancias, según tu padre y Dan, merecieron la inversión. Es la mejor de toda la provincia y casi diría de España.

Felipe la miraba entornando los párpados. Ni que fuera un calco de Noemí. Exacta. Tan delgadita como era, tan sosa... Ahora no tenía nada de eso.

—No has visto aún a Rita y a Javier. ¿Te acuerdas de ellos?

—Claro.

—Rita se hizo médico y trabaja en la Seguridad Social. Javier, en la fábrica. Seguimos siendo tan amigos. Tú eras mayor y no salías con nosotros.

—No se puede decir que tú en aquel entonces salieras con Javier y Dan. Con Rita sí porque debe de ser de tu edad.

—Me lleva tres años. Pero siempre fuimos íntimas amigas.

Nat se apoyaba en la balaustrada y Felipe a través de las rendijas de sus ojos podía muy bien apreciar la morbidez de sus muslos. Una chica estupenda. Femenina además, y con unos ojos... que indicaban un fuerte temperamento.

¿Qué relación íntima o menos íntima habría entre ella y Dan? Se lo preguntaría a su hermano. A Nat no se atrevía a preguntarle. En realidad, le cortaba un poquitín por lo mucho que... Bueno, ¿para qué engañarse? Le gustaba y de buena gana le hubiera pedido que viviera con él una pequeña aventura.

Claro que...

—Has quedado en pintarme. ¿Cuándo poso?

—No sé aún qué tiempo te queda en la ciudad.

—No mucho. Vendré con frecuencia, pero nunca estaré más de dos semanas.

—No te has casado, ¿no? —dijo Nat con naturalidad.

Felipe casi dio un salto.

—¿Casarme? Ni se me ha ocurrido. Tengo mucho que hacer aún, Nat. Además, no soy nada sentimental. Habitué mi cerebro a reflexionar y a mantenerme en un terreno neutral. No creo que el amor me domine jamás.

—¿De veras? —preguntó muy asombrada—. Yo recuerdo que antes de irte siempre andabas rodeado de chicas. Rita, Dan y yo te vigilábamos y siempre aparecías por la piscina con muchachas de tu edad o mayores que tú.

—Bueno —rio Felipe divertido—, piensa que entonces tenía diecisiete o dieciocho años. A esa edad te enamoras cada semana y cada semana te vuelves a desenamorar. Las cosas no se ven del mismo modo. —Y añadió sin transición—: ¿Estás muy enamorada de Dan?

—Pienso que sí.

—¿Sólo lo piensas?

—Bueno, lo creo. Es mi primer novio y, cuando te pones en relaciones con una persona que conoces de toda la vida y es casi como familia, sabes ya cuál será el final.

—Una boda.

—Pues sí.

—¿Pronto?

—Sin prisas. —Se apartó de la balaustrada—. ¿Subes a mi ático? No lo conoces, porque cuando yo empecé a pintar, tú ya estabas en Estados Unidos. —Caminaba hacia el interior seguida perezosamente por un Felipe lejano y distante—. El ático lo monté a mi gusto. Allí me paso las horas sin sentir. Porque, por tener, tengo hasta cocina, si me apetece hacer la comida. Claro que Remy se puso furiosa, y su marido Bernardo, no te digo. ¿Te acuerdas de ellos?

—Por supuesto. Fueron sirvientes de tus padres toda la vida.

—Pues cuando ellos fallecieron en aquel accidente estúpido, se quedaron conmigo. Tu padre era mi tutor, pero me permitió elegir. Así que me quedé en mi casa y me alegro de haberlo hecho. —Subía delante de él por las escaleras de caracol—. De esto no te puedes acordar porque no había tales escaleras.

—Ciertamente.

—El desván estaba lleno de trastos y tenía tabiques que separaban unas dependencias de otras. Cuando le dije a tu padre que deseaba tirar los tabiques, se asustó. Pero, pese a todo, no me quitó ese gusto. E hizo venir a un arquitecto.

—Y tú formaste tu reducto.

—Pues sí. Sube, sube. —Ella ya estaba en lo alto—. Mira qué preciosidad. Además el sol da de pleno. Entra por todos los ventanales. Estos ventanales también son nuevos. El arquitecto siguió mi idea al pie de la letra.

—¿Cuándo descubriste tu vocación de pintora?

Ya estaban los dos arriba y Felipe contemplaba la habitación. Era un estudio en toda regla y, si bien por alguna esquina no se podía andar de pie, todo estaba rodeado de muebles claros y lienzos, unos pintados y otros sin pintar. Sobre un caballete había un lienzo en blanco.

—Ése es para tu retrato, Lipe.

—¿No crees que soy ya mayorcito para que me sigas llamando Lipe?

—¿Te molesta?

Y se volvió asombrada hacia él.

—No, no. —Se aturdió un poco el americano de adopción—. Por supuesto que no, pero se me hace extraño, porque llevaba un montón de años sin oírme llamar así.

—Pues te llamaré Felipe con todas las letras. En realidad, tienes razón. Pero a mí me llaman Nat y me parece muy natural. —Y continuó sin transición—: ¿Te sientas? Si quieres empiezo el cuadro. Te esbozo en un cuarto de hora.

—¿Así como estoy vestido?

—¿Y qué? De momento hago tu cara y mañana te traes una americana y la dejas aquí. Te la pones para posar.

3

—Cuánto mejor estabas casado, Felipe —dijo la madre observando cómo su hijo seguía con la mirada el auto de Dan, que se llevaba a Nat sentada a su lado—. Pronto se casará Dan, y me da mucha pena que tú sigas solo. Ya tienes treinta y un años, hijo.

Felipe fumaba sentado cómodamente en una hamaca. No lejos, su madre hacía punto hundida en un sillón de mimbre. Por el jardín andaba su padre regando las plantas con una manguera. El sol se había puesto, y Felipe pensaba demasiadas cosas que de ninguna manera podía pronunciar en voz alta, dado que su madre era una dama moralísima, con un montón de tradiciones sobre su espalda y no digamos convencionalismos. Tal vez todos los que le faltaban a él.

Una cosa tenía clara de todo cuanto sucedía en su entorno. Natalia Noriega producía en su ser una extraña mezcla de admiración y deseo. Amarla... ¿sería posible? Claro que no. Él amó a mil mujeres entre los doce y los veintidós años. En los nueve siguientes, hizo el amor, pero jamás puso en todo ello una migaja de sentimentalismo, y la culpa no la tenía él, obviamente. La tenía el entorno, la materialidad de los sentimientos que compró, vendió y adquirió a bajo precio, porque nunca quiso dar un alto precio por nada, y menos aún por el amor, sentimiento en el cual no creía como método espiritual o psíquico. Había que ser consecuentes, coherentes y ecuánimes. Y él tenía de todo en abundancia, de todo menos de sentimental o sentimentaloide.

—Ya ves a Dan —añadió su madre sin penetrar, ni por asomo, en la mente de su hijo mayor—. Es un chico feliz. Espero que dentro de uno o dos años se case con Nat. No me gustaría ver a mis hijos casados con mujeres que no los apreciaran, con mujeres que no los respetaran. Y hoy en día hay demasiada falsedad, una libertad inapropiada. Los hombres se suelen equivocar.

—Y las mujeres, mamá.

—Menos, bastante menos.

La llegada del padre cortó la verborrea de la madre. Él pensaba que su madre, a fin de cuentas, era una dama con bastantes años encima y unos prejuicios que no se le quitarían ni con la muerte. Prejuicios con los que nació, con los que había crecido y con los que llegaría a vieja sin remedio.

—Daniel me dijo algo de lo que hablasteis el otro día, Felipe —dijo Ignacio Santana sentándose cómodamente en un sillón de mimbre, no lejos de su esposa—. Parece ser que si tú hubieras estado en mi lugar, tendrías tantas acciones como Nat.

—Bueno, es que yo para los negocios —adujo Felipe sin inmutarse— me despojo de sentimentalismos.

—Nunca se puede despojar uno de la honestidad. Yo era un accionista minoritario en tiempos de Samuel Noriega. El dinero era suyo y yo fui su socio industrial. Si a su muerte me convertí en tutor de su hija, albacea y administrador, fue porque Noriega sabía que mantendría las cosas como él las dejó. De dudar de mi honestidad, jamás me habría nombrado tutor y albacea de su hija. Ni yo sería una persona decente si me hiciera con una sociedad que nunca me perteneció.

—Tampoco hay que extremar las cosas, papá. Hombres como tú, que trabajaron el negocio de otros sin nada a cambio, no existen.

—Yo recibí a cambio, justamente, lo que me correspondía.

—¿Y te imaginas qué habría sido de la empresa Noriega sin ti?

—Eso no me obliga, de ninguna manera, a ser sinvergüenza.

—Un hombre de negocios a secas, papá. Pero dejemos las cosas como están. Yo, por supuesto, no sería tan escrupuloso. En asuntos de dinero, la conciencia no sirve de nada, salvo para arruinarte.

—Yo hice crecer la empresa sin tocar aquello que no era mío.

—Ya digo que, como tú, no queda ni media docena de hombres en el mundo. Y Dan es digno hijo tuyo.

—Me molesta —dijo la madre interviniendo— que censures la honestidad de tu padre y de tu hermano. Han hecho lo que debían hacer.

—La suerte que tenéis es que Dan se casa con Nat. De lo contrario ya me diríais cuando te liquidaran.

Se levantó con pereza. En pantalón azul y camisa de manga corta blanca, parecía algo más joven, pero el que se fijara en su semblante, y sobre todo en sus ojos insondables, se percataba de que se hallaba ante un ser difícil y complejo.

—Voy a dar un paseo. ¿Me puedo llevar tu auto, papá?

—Claro que sí. Pero si vas a venir con frecuencia, bien harías en comprar uno o, si no tienes dinero, yo te lo regalo.

—Es una buena idea. Mañana mismo me lo compro. Además, mientras no tenga el jet privado, me será más cómodo hacer el viaje de Madrid a aquí en automóvil, aunque no me gusta mucho la carretera y menos las españolas, que dejan mucho que desear.

—Dan y Natalia suelen regresar hacia las diez. ¿Vendrás a comer esta noche? La otra noche te estuvimos esperando.

—¡Ah, sí! Me entretuve con unos amiguetes. Uno anda por la ciudad y no la reconoce. En doce años ha cambiado mucho todo esto. Y los mismos amigos que tenía a los diecisiete años, ahora, me son desconocidos; físicamente me cuesta reconocerlos, tanto es así que son siempre ellos los que me saludan. Es muy posible que ya nada tengamos que compartir.

Al momento el auto salía del recinto acotado, y el portón que subía con el dispositivo automático bajaba de nuevo.

—Dilo, Marisa.

Claro que tenía algo que decir. Miró a su marido pensativamente.

—¿No tienes tú nada que mencionar?

—Menos que tú, Marisa, menos que tú. La mentalidad de Felipe es diferente. Ha vivido demasiado tiempo en una sociedad abierta. Para nosotros unas cosas tienen suma importancia y para Felipe la tienen otras en las que nosotros ni nos fijamos.

—No sé si hicimos bien.

—Lo hicimos —adujo Ignacio Santana—. Lo hicimos porque cada ser humano tiene pleno derecho a expansionarse, a buscar aquello que mejor se acomode a su personalidad. Tal vez Felipe esté un tanto deshumanizado, pero es normal. En doce años nos ha visto algún verano que otro y siempre de visita. Él se hizo en otro ambiente, en otra sociedad, en otro sistema.

—No me agrada lo que dice de tu sociedad. Él, por lo visto, se hubiera hecho con el control, muerto el padre de Nat, y a eso yo lo llamo fraude, robo.

—Tampoco es así —suspiró el padre—. En América las cosas tienen un color y nunca se le busca el tornasolado. Se mide lo que conviene y se va por ello. Nosotros estamos formados en otro sistema, tenemos otra forma de entender la vida y no podemos salir de él porque nos educaron para ser así. Es posible que la mentalidad de Felipe sea un tanto mecánica, un tanto mercenaria, pero quizá, de haberse encontrado en mi pellejo, habría dejado las cosas como yo las dejé. No me pesa nada. Tal vez, de haber vivido Samuel Noriega, es posible que, hoy, la mitad de la sociedad fuese mía, pero, faltando él, no cabe en mi moral cambiar nada. Esperemos que Felipe, con el trato personal con nosotros y con el tiempo, vuelva a sus orígenes y dé más importancia a los sentimientos que a las conveniencias. En cierto modo somos un poco responsables, dado que lo enviamos a que se educara fuera, por personas y ambientes opuestos a los que nosotros frecuentamos y vivimos.

La ciudad no era ninguna capital imponente. Allí se conocía todo el mundo y máxime si pertenecía a una clase social concreta. Felipe se sentía un tanto desplazado. No conocía a nadie, y la mayoría de los amigos que dejó estaban casados o se habían ido a vivir lejos.

Javier Mendoza fue un buen amigo, pero no entrañable. Era más amigo de Dan que de él. A los dieciocho años, cuando cursaba el segundo año de carrera en la ciudad, decidió aceptar la oportunidad que le daba su padre de finalizar los estudios en Estados Unidos. Desde ese mismo instante la vida para él fue diferente y lo seguía siendo. Las mismas salas de fiestas eran diferentes. Había varias mientras que, doce años atrás, con dos, la ciudad estaba saturada. Había cambiado todo.

Recostado en una columna, en mangas de camisa y con las manos hundidas en los bolsillos del pantalón azul, contemplaba distraído las evoluciones de los lugareños en la pista de baile. La sala de fiesta estaba a rebosar. Era verano y, además, sábado. Por lo visto, los jóvenes solían reunirse en aquel lugar, cosa que Felipe no entendía bien, pero que observaba en silencio.

También miraba la pista, donde bailaban algunas parejas. Reconoció a Javier Mendoza y, por supuesto, a Rita, su esposa. Le hacía gracia que Rita y Javier se hubieran casado. Parecían dos críos. Pero el caso es que ya estaban casados.

También pudo ver a Natalia y a Daniel. Formaban una buena pareja. Sin dejar de bailar conversaban animadamente. Felipe pensaba que cada día le gustaba más Nat. Lo estaba obsesionando.

Sin duda le había causado impacto aquella chica. Y, entretanto la miraba sin ser visto, pensó en cómo era antes de marcharse él a América. Era flaca y sin gracia alguna. Su pelo lacio, desvaído, parecía encuadrarle la cara. Ahora era todo lo contrario. Sus movimientos gráciles hablaban de su delicadeza; era gentil y femenina. ¡Muy femenina! Movimientos elegantes, personales. Su voz... Lo impresionó mucho su voz desde un principio. Era sugerente. ¿Incitante? Pues sí, sí. Muy incitante.

Se preguntó qué tipo de relación, además de la aparente, tendría Daniel con su chica. ¿Íntima? Pues sí, lo lógico. Íntima, sexual.

No podía ser de otro modo. Él, al menos, de ser novio de aquella criatura, no podría quedarse indiferente. Claro que él no entendía de relaciones amorosas espirituales. No le cabían en la cabeza.

Lo que veía lo dejaba un tanto perplejo. Daniel bailaba con Nat, pero maldito si la apretaba en sus brazos. Tal se diría que llevaba en ellos una reliquia. No lo entendía. Ojalá pudiera entenderlo.

Giró sobre sí y se lanzó a la calle. Se sentía un poco sofocado, como si algo terrible le golpeara las sienes. Prefería el aire libre.

Por supuesto que la noche anterior no había ido a dormir a casa, pero no pensó que su madre lo notara. Se había encontrado con unas amigas y se fue con ellas a su apartamento.

Se divirtió mucho. Al menos alguien había que, como él, buscaba el goce físico sin más ligaduras que las normales, atadas media hora para desatarse después sin dejar huella de ninguna clase. Aquella noche debía, pues, evitar encuentros, porque tampoco deseaba dar la campanada y que su madre tuviera que reprocharle que no dormía en su cama.

Dando un paseo, regresó al lugar donde había dejado el auto. Al día siguiente se compraría uno y lo dejaría en el garaje de casa de sus padres para cuando pasara por la ciudad. Claro que no tenía muy claro que fuese a visitar muchas veces la ciudad. Su centro de operaciones se hallaba en Madrid y Nueva York. Se veía cabalgando entre una capital y otra, una o dos veces al mes. Su negocio de exportación se hallaba bien afianzado. Realmente no decidió visitar a sus padres entretanto no ató todos los cabos y levantó la empresa en solitario. Primero tuvo a Jack Taylor de socio, pero el viejo Jack poseía mucho dinero y también muchos años. Fue una suerte que le vendiera su parte. En aquel momento sus colaboradores estaban elegidos a dedo, de modo que ninguno podía fallarle.

Eso y muchas cosas más había aprendido en Estados Unidos, además de terminar la carrera. No entendía la política de España ni todo el barullo que tenían montado los socialistas, que, más que un partido democrático, parecían una dictadura al uso. Pero él no era político y la política maldito si lo tentaba. Tenía su propio poder y no iba a cederlo por nada ni por nadie.

Sentado ante el volante veía cómo los autos se cruzaban y se maravillaba de que, en una ciudad más bien veraniega, hubiera tan poco tráfico y, sin embargo, su padre se quejaba de que no se podía rodar por las calles del centro. No sabía qué concepto tendría su padre del tráfico. Tendría que rodar un día por Nueva York o por Madrid y se daría cuenta de que su ciudad era un auténtico paraíso.

Sus padres vivían en la periferia, una zona residencial. Toda su vida vivió en aquel lugar y toda su vida, que él recordara, tuvo de vecinos inmediatos a los Noriega.

Salió del aparcamiento y rodó serenamente al volante de su vehículo hacia casa. Apenas si encontraba tráfico y eso le hacía una gracia enorme, claro que más cosas le hacían gracia. Que Dan, por ejemplo, estuviera en casa a las diez, y que no saliera por las noches; que Nat volviese con él... y no disfrutaran de independencia. Llevaba cuatro días en la ciudad y el esbozo que hacía Nat estaba ya concluido. Tenía que posar todos los días una hora, de seis a siete. A las siete regresaba Dan del trabajo. Entonces Felipe veía a Nat despojarse de su delantal pardo e ir a toda prisa a vestirse para salir con Dan, como si fuera un ritual.

No debería asombrarse, porque, a fin de cuentas, doce años antes él vivía de aquella manera. Pero había llovido mucho desde entonces y había tenido mil amores y mil desamores. Había vivido con una sueca y con una griega en Nueva York, pero sus padres de tal detalle no sabían nada. Y mejor que no lo supieran. Con las dos pensó en casarse y con ninguna se casó, como tampoco con otras con las que mantuvo una relación regular. No le atraía el matrimonio ni consideraba que para poseer a una mujer hubiera que casarse con ella. Las mujeres por lo regular manipulaban a los hombres, como algunos hombres las manipulaban a ellas. Él no solía manipular a nadie; simplemente, no se enamoraba. Una cosa era vivir el goce sexual y otra muy distinta tener que casarse para gozarlo. Esto último no le entraba en la cabeza o tal vez se debía a que ninguna mujer se propuso cazarlo, como él tampoco se propuso cazar a mujer alguna.

Usó el dispositivo para entrar en la finca vallada y el portón cayó de nuevo al cruzar su auto. Vio el de Dan ya dentro del garaje, y dejó el suyo junto a la glorieta, por si se le ocurría salir más tarde. No soportaba la casa de sus padres mucho tiempo. En realidad hablaban un lenguaje diferente y sabía ya que él jamás podría hablar el mismo que se usaba cotidianamente en su hogar.

Cenó con su familia y después salió un rato a tomar el aire a la terraza. Dan lo siguió.

—Te aburres mucho, Felipe.

—Bueno, no demasiado. Un poco, sí. No encuentro rostros conocidos, y los que encuentro están casados y cargados de hijos.

—¿Qué tal el cuadro? Nat me dijo que si le das una semana lo terminará.

—¡Ah, muy bien! ¿No lo has visto?

—No he tenido tiempo de subir al ático de Nat.

Felipe cruzó los brazos en el pecho y se sentó a medias en la balaustrada de la terraza.

—¿No temes que te la quiten?

—¿Quién?

—Es muy bella, Dan. Supongo que vuestra relación será muy intensa, íntima. Ya sabes.

Dan lo miró un tanto desconcertado.

—No. No sé. No sé a qué te refieres.

—Si os vais a casar...

—Nuestra relación es limpia, si te refieres a intimidades sexuales.

—Y no tiene por qué ser sucia, aun con esas intimidades que mencionas.

—No, no. Tratándose de Nat... no sería honesto por mi parte llevarla a un terreno impropio.

—¿Impropio?

—Felipe, supongo que para ti esto es muy estúpido.

—No sé. Explícate mejor si quieres que te responda.

—Me refiero a mis relaciones. El solo hecho de que sea la pupila de papá... contiene mis impetuosidades. La amo mucho, pero no podría conducirla por el camino que yo quisiera.

—Puede venir otro más avispado... —dijo Felipe riendo de buena gana.

—Sería un pretendiente negativo si condujera a Nat por otro camino que no sea el del matrimonio.

—¿Y por qué no? Puede ser más audaz que tú. Las mujeres que son tan delicadamente tratadas no lo agradecen. El amor es fuego y el hombre...

—No sigas.

—¿Por qué no?

—Porque yo jamás tendré relaciones sexuales con Nat mientras no me case.

—Ya, ya entiendo. —Y sin transición añadió—: ¿Tienes un cigarrillo?

Dan palpó los bolsillos y al final sacó tabaco y fósforos.

Felipe encendió uno y fumó aprisa. Después dijo:

—Me voy a dar un paseo.

—Tú eres más noctámbulo que yo.

—Mi vida es un poco anárquica hoy y siempre. De todos modos lo que tengo muy presente es mi responsabilidad profesional. No faltando a ella, lo demás viene rodado y suelo vivirlo a tope.

—Ayer noche no regresaste...

—No. Vine esta mañana a primera hora. Iré a buscar una chaqueta.

Dan se quedó solo mirando al fondo del jardín. Pensaba que Felipe y él tenían poco en común y toda la culpa la tenían la educación y el ambiente. Pero tampoco lo sorprendía, Felipe era un tipo soltero, rico y autónomo. Su único jefe era él. Pero Dan no lo envidiaba.

4

—Fuma si gustas, Lipe, pero no te muevas tanto. Eso es. Si posas así, en una semana termino el retrato y te lo podrás llevar a Madrid en otra visita que nos hagas. Debe secarse bien.

Felipe se sentaba cómodamente en una ancha butaca. Vestía pantalón vaquero, pero Natalia no pintaba sus piernas. Se limitaba a su busto y por ello vestía camisa, corbata y americana. Prendas las dos últimas que dejaba colgadas en el perchero todas las tardes para ponérselas de nuevo al día siguiente.

—¿Has hecho alguna exposición? —preguntó Felipe sin dejar de fumar y muy erguido el busto—. Porque ya veo que aquí tienes montones de cuadros.

—He hecho dos exposiciones y lo vendí todo. Ahora estoy reuniendo más con el fin de exponer a mediados del invierno. Suelo irme en un todoterreno y a veces me paso la semana fuera. Me gusta pintar paisajes. —Hablaba sin dejar de dar pinceladas, de mirar a Felipe y dar pasos atrás y pasos adelante, dentro de su blusón pardo untado de acuarela y con las piernas desnudas, perdidos los pies en unas chinelas de dos tiritas cruzadas—. Tengo una casita en una playa cercana, a unos diez kilómetros de la ciudad. El entorno tiene paisajes preciosos. Playa, rocas, acantilados, montes... Valles divinos. En esos lienzos puedes ver algunos paisajes tomados de la naturaleza. No me gusta imaginar. Prefiero ver y copiar los paisajes a lo vivo.

—Nunca has ejercido la carrera.

—No, no. La estudié para dar gusto a tu padre, por ilustrarme. Por tener un título. Yo quería, como te dije, dedicarme a la pintura, pero tu padre me dijo que necesitaba algo más, ya pintaba por vocación, y que prefería que tuviera una carrera por si un día necesitaba hacer uso de ella.

—Y tú obedeciste.

—Yo les debo a tus padres lo que soy. No me he sentido sola para nada. Tu madre es para mí como la madre que perdí. Date cuenta de que la perdí a los diez años y, a esa edad, si tienes ternura cerca, te olvidas pronto de lo que has perdido. Tu padre hizo de padre para mí. Nunca podría contrariarlo. Además, me dejó pintar y asistir a clases de pintura. Así que estudié sin olvidar mi vocación. Sé que nunca llegaré a ser una pintora famosa, pero me desahogo pintando, me relajo. Me siento más distendida.

Felipe entornaba los párpados para verla mejor. Pensaba que bajo el blusón llevaba una falda, pero podría apostar a que el busto lo llevaba desnudo, que sólo lo cubría la tela holgada del mandilón. Se apreciaban sus senos erguidos, su cuello alto, esbelto.

Desvió los ojos.

—Oye, Nat, ¿hace mucho que te enamoraste de Dan?

—Ni cuenta me di. Son cosas que ocurren. Ya te lo dije. Salíamos. Los padrinos, me refiero a tus padres, siempre prefirieron que yo saliera con Dan, porque así él cuidaba de mí...

—¿Necesitabas cuidados?

—Yo no. Pero ellos siempre han dicho que los peligros de los hombres están en todas partes.

—Es decir, que el único chico al que has conocido de verdad es Dan.

—Sí. Ningún otro.

—Te aseguro que no está bien. No puedes limitar tu trato a un solo hombre y, además, pensar que lo amas.

—¿«Pensar»?

Nat lo miraba sorprendida.

—Bueno, yo creo que no has tenido oportunidad de saber si otro te gustaba más.

—Tampoco lo deseo. Dan es muy atractivo y, además, muy buena persona. Muy noble. Nunca me contraría, nunca me proporciona un disgusto.

—Todo muy apacible, ¿no?

—Pues sí. ¿Es malo?

—¿Terminas ya?

—Un poco más. Eso es. Relájate. No crispes las facciones. Fuma si quieres. Pero no te muevas tanto.

Felipe pensaba que, de conocer menos a su familia, a sus padres y a su hermano, podría decirse que habían ido a la caza de la heredera; no podía aceptarlo así: sabía que los tres eran incapaces de concebir algo semejante.

De todos modos estimaba que Nat nunca sintió una pasión volcánica, un deseo fuerte, un amor voluptuoso. Y era una pena. Ella era una mujer concebida para ser amada intensamente, para ser amada y poseída con impetuosidad, y, por lo visto, estaba condenada a pasar por la vida como una buena chica, sin más añadiduras que un amor, seguramente, fraternal.

La vio dejar la paleta, los pinceles y cubrir el cuadro con un lienzo.

—Ya está por hoy —dijo volviéndose hacia Felipe—. Si te apetece una copa...

—Pues sí. ¿Me puedo quitar la chaqueta y la corbata? Estando de vacaciones son prendas odiosas, porque en la vida cotidiana no puedo prescindir de ellas, y toda prenda que es obligada, resulta insoportable.

—Puedes hacerlo. Sal a la terraza y siéntate cómodo. Me voy a poner una blusa y volveré con un whisky.

En efecto, se fue y volvió con una camisa a rayas de fondo blanco y azul. La falda era corta y estrecha, de hilo blanco. Había cambiado las sandalias por unos mocasines. Y la coleta le caía al desgaire por el hombro, reposando en uno de sus senos. Traía una botella y dos vasos y se asomó por la puerta acristalada de la terraza que daba al ático.

—Desde aquí se ve toda la playa y parte de la ciudad —dijo tomando asiento—. ¿Qué tal te lo pasas, Felipe? Te sirvo un whisky.

—¿Qué tomas tú?

—Otro. Tu madre no lo sabe, pero Dan, sí. De vez en cuando me gusta sentir por la garganta algo fuerte.

Se rio y Felipe desvió la mirada de los dos hoyuelos que se formaban en sus mejillas.

—¿Tienes novia, Lipe?

—Claro que no.

—No lo digas con tanto énfasis. El día menos pensado te enamoras.

—Es muy posible. Pero si te digo la verdad hasta la fecha no me ha impresionado ninguna mujer. Tú, tal vez.

Nat elevó vivamente la cabeza.

—¿Yo? —preguntó un tanto asombrada.

—Pues sí. Eres muy bonita. Muy femenina. Tienes un ángel especial. Sobre todo en tus ojos grises y tu voz. Tu voz es... ¿cómo diría? Muy sugerente.

—Pero soy la novia de tu hermano.

—Eso es verdad —rio Felipe como divertido—. Pero, en asuntos de amores, el parentesco no cuenta. Y no es deslealtad. Es que el amor implica en sí mismo una fuerza especial. Un franco individualismo. Llevo unos diez días en la ciudad y ocho subiendo a tu ático una hora por día... Te voy conociendo un poco. Y debo confesar que me impresionas.

Nat se removió inquieta.

—No deberías decirme eso, Lipe.

—¿No? ¿Por qué?

—Me voy a casar con Dan... Lo que me dices puede perturbarme.

—¿Y te perturba realmente?

Nat parpadeó. Había notado algo especial en Felipe desde el momento en que llegó. Lo vio tan distinto al mozalbete largo y con granos en la cara que recordaba... Sentía que algo vibraba en su interior cuando lo tenía cerca. Con Dan, todo era pacible. Con Felipe, todo se intuía tempestuoso.

Su forma de mirar, sus manos, cómo entornaba los párpados e incluso cómo posaba. Era un hombre diferente. No sabía si diferente a la generalidad o sólo a los que ella conocía, como Javier, Dan y otros amigos suyos.

—Bueno —titubeó—, será mejor que vaya a vestirme. Enseguida llegará Dan.

—Todos los días hacéis las mismas cosas, ¿verdad? —preguntó Felipe como si minutos antes no hubiese dicho nada especial.

—Pues sí. Aquí las costumbres son hábitos. Antes de ser novios, ya salíamos. Cuando regresaba Dan yo lo veía desde aquí y corría a vestirme. Salíamos en grupo, con otros chicos y chicas; y ahora, que ya somos novios, salimos solos o con Rita y Javier. ¿Has visto a Rita y a Javier?

—De lejos. Nunca fueron tan amigos míos como de Dan. Yo tenía otro grupo de amigos y ahora no encuentro más que a dos o tres, todos casados. El único que queda soltero es Perico y he notado que apenas si tenemos nada que decirnos. Perico vive con una mujer con la que tiene unas relaciones muy particulares. Que se case o no se case ya es otra cosa. De todos modos hemos salido una noche y no hemos tenido grandes cosas que decirnos.

—Es que tú... te has educado en otro ambiente.

—¿Por qué lo dices?

—Se nota que tu vida social no es semejante a la nuestra.

Felipe bebió un sorbo de whisky y chasqueó la lengua.

—Me gustaría ir un día contigo por esos lugares donde buscas paisajes.

Lo dijo con naturalidad. Y Nat se sintió un poco desconcertada.

En realidad, desde que llegó Felipe, se sentía diferente. No sabía si tenía algo que ver con el hecho de estar pintándolo, con las cosas que le decía o con la forma que tenía de mirarla.

Se acercó a la balaustrada de la terraza y miró al fondo.

—Dan no ha llegado aún.

—No me has respondido.

—¡Ah! —Se volvió hacia él—. ¿Referente...?

—A invitarme a la casita que tienes en la playa... Si vas algún día, antes de irme yo a Madrid, me gustaría acompañarte. Realmente me aburro. Estoy haciendo cosas diferentes a las que hago habitualmente, pero no me divierten.

—Un día que vaya, te invitaré.

Y pensó que procuraría no ir mientras él no se marchase.

—Yo vendré con frecuencia —comentó Felipe levantándose y yendo hacia ella, recostándose en la balaustrada a su lado, hombro con hombro—. Una vez cada quince días en fines de semana puedo venir. Los otros dos fines de semana me iré a Nueva York. —La miraba ladeando la cabeza—. Nat..., me gusta estar contigo y oler tu perfume.

—No... es perfume.

—Pues tu colonia o tu olor natural.

Lo decía de una forma intimista que perturbaba a Nat. Ella estaba habituada a tratar a los chicos de frente, sin una sola insinuación. En Felipe no veía más que insinuaciones, y ello le producía una sensación agobiante, pero... grata. Grata, sí.

No quería que fuese grata, pero lo era.

—Estoy muy solo —añadió Felipe con lentitud, como si pretendiera causar lástima a la novia de su hermano—. Muy solo. Mis padres son como dos desconocidos. Los quiero, claro que sí, pero en doce años puedo contar las veces que los he visto. Su lenguaje ya no es el mío. No digamos nada de Dan. Es mi hermano, pero... más veces me parece un extraño que un hermano. Eso me causa pesar.

—Todos te quieren bien.

—Y no digo que me quieran mal, Nat. Pero... me siento solo. Los momentos más preciosos son los que paso contigo posando. Al menos me siento comprendido.

Nat se separó del hombro que la rozaba y quedó erguida. De espaldas al jardín. Desde el ático todo parecía muy lejano.

Sólo Felipe estaba allí y su mirada vuelta hacia ella era cálida y en el fondo como encendida, como si despidiera lucecitas o fogonazos.

—De no ser la novia de Dan, te habría conquistado o, al menos, lo habría intentado.

—No digas tonterías.

—Es que no son tonterías. Si te cuento algo te parecerá un chiste.

—Pues...

—A los doce años estuve enamorado de Noemí.

—¿Noemí?

—Tu madre, por supuesto. —Sonrió tibiamente, causando en Nat un sobresalto—. Enamorado platónicamente, y sólo un chico de doce años sabe lo que se sufre al amar de ese modo. Cuando uno cuenta esas cosas, suele contarlas con un acento jocoso. Pero cuando estás pasando por ellas, suponen una tragedia. Recuerdo que me ocultaba tras esos arbustos. —Los señalaba apenas con un movimiento de su firme mano—. No puedo olvidar cuando me dieron la noticia de aquel absurdo accidente. Una lluvia súbita, el auto de tus padres rodando hacia la fábrica de productos químicos y el muro que se viene encima al patinar el auto. Un accidente de lo más imbécil. Pero que cortó la vida de dos personas queridas por todos. Sobre todo por mí, que en silencio lloré lo que nadie sabe.

—No es posible, Felipe.

—Claro que lo es. Lo fue en aquel instante. Una tragedia terrible. Te lo cuento sin pasión, pero la pasión iba implícita en todo lo que hacía aquellos días. Ya sé que es ridículo, pero fue así, ni más ni menos.

—Mamá no lo sabría, supongo.

—Ni nadie. Tú eres la primera, la única. Fue algo que oculté siempre y que superé pronto. Porque, a los doce años, las cosas de ese tipo son tragedias, pero también se olvidan enseguida.

—Me asombras muchísimo.

—Lo sé. Pero no te lo cuento para que te asombres. No es ésa mi intención.

—¿Y cuál es tu intención?

—No lo sé. Te digo la verdad, no lo sé. —Alzó las manos y asió la coleta femenina—. Realmente, me gustas. Pero no te preocupes...

Nat se separó rápidamente y se quedó algo tensa, apoyada en el quicio de la puerta acristalada.

—Dan estará al llegar. Tengo que ir a cambiarme de ropa.

—Por supuesto. Perdona las cosas que te he dicho.

—No tienen importancia.

Pero la tenían.

Mientras se duchaba, se sentía febril.

Excitada. Dan era estupendo, apacible, noble, la quería mucho, pero... ella nunca sintió a su lado un solo estremecimiento.

Una vibración.

Cuando salió ya vestida, divisó a Felipe en la terraza de su casa, con sus padres.

Saludó de lejos y subió rápidamente al auto que Dan frenaba ante la glorieta.

No se sentía como todos los días.

Iba silenciosa. Dan le hablaba de cosas que ella no escuchaba. Estaba concentrada en sí misma, en lo que sentía.

Cuando detuvo el auto ante la cafetería del club, donde los esperaban Rita y Javier, se sintió un tanto aliviada.

Regularmente Javier y Dan solían enfrascarse en conversaciones referentes a la empresa, y ella y Rita, habitualmente, se iban a dar un paseo por las terrazas comentando sus cosas. Aquella tarde Nat pensaba contarle a Rita lo que le había dicho Felipe y lo que ella sintió al oírlo.

5

—Eso fue todo, pero me perturbó. ¿Qué puedo sentir, Rita? ¿Qué supones tú que quiso indicarme Felipe?

Rita era médico, y no sabía si podría resolver las dudas de su amiga, pero se querían. Tenían plena confianza la una en la otra. Desde niñas y pese a los tres años de diferencia, fueron amigas. Juntas asistieron al parvulario; después, al colegio de monjas y, más tarde, ni las distintas facultades las separaron. Se veían en cualquier momento y la amistad y confianza no menguaron ni con el matrimonio de Rita.

—Felipe es un extraño en tu vida, por muy hermano que sea de Dan e hijo de tus padrinos. De todos modos, yo, en tu lugar, tendría cuidado y no intimaría con él, ni siquiera fraternalmente.

—Me siento como muy enervada. Yo sólo sé decirte que no soy la misma desde que regresó. Me impactó sin duda, pero no le di demasiada importancia, en cambio oyéndole esta tarde... —Parpadeó nerviosa—. Rita, tengo miedo.

—¿Miedo de qué?

—Yo amaba a Dan...

—No me hables en pasado. Es peligroso. Felipe es un auténtico desconocido. Tú vivías tranquila. Tenías en mente un matrimonio con Dan, que es un chico magnífico. No sólo porque lo parezca, sino porque todos sabemos que lo es. Te ama de verdad, puedes ser muy feliz a su lado.

—¿Emocionalmente feliz?

—¿Qué dices?

—Te estoy preguntando. Yo soy apaciblemente feliz con Dan, sí, sí. Eso lo tengo claro. Pero emocionalmente...

—No te hagas preguntas de ese tipo y, si puedes, cásate ya con Dan y olvida todo lo demás.

—Eso es escapar de la tentación, ¿no?

—¿Y bueno?

—Rita, que estamos en la realidad, que yo amaba a Dan o creía amarlo. Pero de súbito la interrogante me acucia, me persigue. ¿Lo amo de verdad? ¿Lo amo con emoción o lo quiero con pasividad?

—¡Por el amor de Dios, Nat! No te hagas ese tipo de preguntas. Felipe no es noble, no es considerado. No debería de ninguna manera perturbarte. Eres la novia de su hermano. ¿Qué clase de escrúpulos tiene? Ninguno. Tranquilízate —añadió—. Que Dan no note que estás perturbada, que me estás contando algo que él ignora. Sentémonos aquí, frente al mar.

Y la tomó del brazo; Nat vestía un pantalón blanco con camisa negra y un blazer encima. El negro cabello le caía como una cascada, no demasiado largo, pero sí lo suficiente para reposar en su hombro y deslizarse hacia el seno. Los grises ojos parecían detenidos en un punto indefinido de luz en la lejanía; sus labios entreabiertos indicaban una profunda agitación, jamás experimentada hasta entonces.

—Nunca he tenido dudas —dijo muy bajo, apretando las manos entre las rodillas que juntaba nerviosamente—. Cuando Dan me habló de amor, de noviazgo, de un futuro en común, no lo dudé. Pero, de repente, empiezo a sentirme incómoda.

—El responsable es Felipe. ¿Por qué posa? ¡Deja el cuadro, maldita sea!

—Siento una rara complacencia cada vez que espero la hora, cada vez que subo al ático, cada vez que oigo sus pasos.

—¡Natalia!

—Te lo tengo que decir. No sabía lo que era. Algo novedoso, sí, algo diferente. Algo que nunca me ocurrió. Pero esta tarde supe de qué se trataba.

—¿Qué tratas de decirme?

—No lo puedo evitar...

—¡Dios santo, Nat! ¿No te estarás enamorando de él?

—No lo sé. Pero sí sé ahora que espero las seis de la tarde con ansiedad. Yo no sabía las razones que me empujaban a sentirme incómoda y anhelante. Ahora sí lo sé. Todo lo tengo perfilado en la mente. Y me duele. Me duele que las cosas se desvíen de ese modo.

—¿Me estás hablando del amor de Felipe? ¿Te habló él de ese amor?

—No, no. No dijo nada claro. Pero... entre líneas, sus miradas, sus medias palabras... Estoy deseando que se marche.

—Pero volverá...

—¡Oh, sí!

—Mira, será mejor que nos reunamos con ellos. Dan está de pie y nos busca con la mirada.

—¿Qué hago, Rita?

—Es todo un espejismo, ya verás. Tal vez tú has querido ver insinuaciones donde no las hay. Reflexiona mucho. Si te parece, reclúyete en la casita de la playa. No digas a nadie que te vas y márchate.

—No es posible. Marisa enviaría a toda la policía a buscarme. No me es tan fácil desaparecer. Estoy ligada a los Santana sin remedio. Además no merecen que yo les haga una faena. Recuerda lo que siempre nos dice Javier.

—¿Referente...?

—Al comportamiento de padrino, de Dan, de Marisa... Todo sigue como papá lo dejó, con la única diferencia de que la empresa ha prosperado gracias a la pericia y el buen hacer de los Santana, padre e hijo, y también la esposa tiene algo que ver en ello, porque Marisa jamás indujo a su esposo a enriquecerse a mi costa, y pudieron hacerlo.

—Todo es —reconvino Rita juiciosamente— material. En ese sentido es verdad que han sido impecables, irreprochables, pero tu vida sentimental está en juego y ésa no debe ceñirse a deberes ni agradecimientos. Piensa en Dan y pregúntate si lo amas o sólo lo aprecias.

—Hace un instante me decías...

—Y te lo sigo diciendo. —Se levantó y Nat la imitó—. Pero una cosa es la felicidad personal, el afecto que tengas a los Santana, incluso, el agradecimiento, y otra que hipoteques tu vida sentimental por todo lo antedicho. No es así. Tú debes reflexionar. Buscar en todos los rincones ocultos y preguntarte sinceramente qué cosa sientes. Si es amor o es el afecto que siempre has sentido por tus vecinos y amigos, o casi padres y hermano. Eso es lo primero que te tienes que preguntar, y al margen, además, de la existencia de Felipe. Hoy ha salido Felipe, pero piensa que mañana, ya casada, puede ser cualquier otro hombre. Sería lamentable que, por un malentendido, te perdieras en un laberinto. Estoy segura, además, y esto te lo digo como si me lo dijera a mí misma, que tanto Dan como sus padres preferirán que ocurra ahora a que un día tengáis que odiaros tú y él.

—Según tú, esas dudas debo aclararlas yo misma.

—Es inevitable. Nadie puede sacarte de ellas no siendo tú. Y sería lamentable que te equivocaras porque no te dañarías sólo tú. Por lógica dañarías también a Dan y a sus padres. Eso tú no lo deseas.

—De ninguna manera.

—No has tenido ninguna experiencia amorosa —añadió Rita pensativa—. Yo antes de salir con Javier tuve relaciones con otros chicos. Estaba muy segura de mi amor por Javi. Pero tú no has tenido tiempo. Primero, tus padrinos te tenían maniatada siempre; es su forma de ser y entender la vida. Nadie puede culparles de ello. Lo hicieron todo por tu bien, desde luego, pero no has tenido libertad. Dan fue tu amigo, tu defensor, tu guía, tu esclavo y, al final, tu amor. Pero yo te pregunto ahora, a juzgar por lo que me cuentas, si el amor entró en ti de verdad o sigue siendo el afecto de toda la vida. Lo de Felipe debes marginarlo. No es un hombre claro. Según Javi no lo fue nunca, y ahora lo será menos, ambientado en otro país donde se piensa de otra manera. Con criterios más amplios, quizá más sinceros, pero diferentes a los nuestros, que estamos llenos de clasicismos y de tradiciones. Hablaremos después —añadió asiéndola por el codo—. Dan y Javi vienen hacia aquí, pero tú sabes que dentro de un rato estarán de nuevo enfrascados en sus asuntos de negocios. Y será el momento de que podamos hablar a solas de nuevo.

No les fue posible porque Javi y Dan aquella tarde no volvieron a separarse de ellas.

Pero nada más llegar a casa, Remy se lo dijo:

—Acaba de llamar tu amiga Rita. Dice que la llames cuando llegues.

Y la llamó.

—Es que Javi ha salido a visitar a su madre —le explicó Rita—, y me he quedado sola un rato. Llegué a casa antes que tú. Te llamé para terminar la conversación que dejamos empezada.

—Lo estoy viendo.

—¿A quién?

—A Felipe. Está solo fumando en la terraza de su casa. Yo estoy a oscuras y veo su silueta bajo el farol. Dan pasó a su lado y cambió unas palabras, pero siguió adelante.

—Nat, olvídate de Felipe. Se irá un día cualquiera. Es un hombre complejo, profundo. No es claro como Dan o como Javi. Vine hablando de ello con Javier. No de tus dudas, pero sí de Felipe. Me contó cosas de cuando era joven. Y según Javi, Felipe nunca fue joven, sino un gran adulto. Ten cuidado. No es el hombre que te conviene. Tú eres inocente y algo ingenua. Es lógico que lo seas porque tu educación fue perfecta por un lado e imperfecta por otro. De todos modos no es Felipe la clase de hombre que sabría hacerte feliz. Javi dice que siempre fue mujeriego, amigo de faldas, pero que siempre quiso dar a entender que era un tipo digno y claro, siendo todo lo contrario. Si a eso añades su educación en el extranjero, el resultado es negativo.

—Sin embargo, su poder de seducción nadie se lo puede negar.

—Eso es otra cosa. Dime, Nat. Nunca te he hecho estas preguntas, pero creo que se impone hacértelas. ¿Has tenido relaciones íntimas con Dan?

—¡Oh, no!

—¿Porque Dan no te lo ha pedido?

—No estaría bien.

—No digas tonterías. Yo me acosté con Javier mucho antes de casarme.

—No, no. Yo con Dan, no. Nunca se insinuó en ese sentido. Nunca pasó de un beso... una caricia... Nada. Casi nada. La diferencia entre cuando éramos amigos y ahora, que somos novios, no existe. Quiero decir...

—Te entiendo. Hace mal, Dan. Pienso que está perdiendo una preciosa ocasión para enamorarte de verdad. El amor es más cálido y más firme cuando la relación es más íntima, y teniendo en cuenta que tú de eso no sabes nada... Dan está equivocando el camino.

—Me estima y me respeta mucho.

—No digas bobadas. Más de lo que me respetaba a mí Javi no te respeta a ti Dan, y te repito que hasta usamos tu casita de la playa... Recuerda cuando te pedía la llave para estudiar a solas... Nunca estuve sola, Nat.

—¡Oh!

—Te asombras mucho, ¿verdad?

—Pues sí.

—Que no te toque Felipe si es que quieres mantener firme tu integridad sentimental... Si te toca estás perdida. Se me antoja que es un tipo que está de vuelta de todo y le sobrará armamento para convencer sin mucho esfuerzo, máxime estando tú tan poco manipulada. Lo siento por Dan, querida Nat, pero estoy por asegurar que esta batalla la tiene perdida si Felipe se empeña.

Nat sintió que la sangre le subía al rostro.

—Felipe no puede intentar nada a menos que carezca de escrúpulos.

—Te diré, Nat, te diré. En cuestiones de amor, los escrúpulos son lo menos aconsejable, y si algo ocurre, el responsable no será Felipe, sino Dan. ¿Es que a ti no te apetecen unas relaciones más... realistas, más humanas, más densas?

—Me estás poniendo colorada.

—Estoy intentando que dejes el pudor a un lado y también tu ingenuidad. A las cosas hay que llamarlas por su nombre y en el amor todo es válido, todo lo que nos ayude a ganar una batalla. Tú y yo somos muy amigas, pero no sé si por pudor o por vergüenza o, tal vez, por la educación equivocada que nos han dado, ambas hemos marginado de nuestra conversación este tema. Yo nunca quise tocar un punto que tú ni vislumbrabas. Pues bien, es hora de que lo toque y te diré que en cierta ocasión, con dieciocho años, tuve un romance. Mi primer romance serio o, al menos, yo lo consideré fácil de cuajar, de convertirse en futuro. Javi ya andaba detrás de mí, pero yo pensaba que estaba enamorada de Rafael. Por supuesto, sabía muy bien que él sí lo estaba de mí, pero resultó tan espiritual, tan etéreo, que cuando quiso asirme el dedo, yo ya le estaba dando la mano a Javier.

—Me estás induciendo...

—No. Te estoy hablando de una realidad contundente. Y si esa realidad se convierte en humo, se me antoja que no serás tú la responsable.

—Dime, Rita, ¿qué tipo de relación pensaste tú que yo tenía con Dan?

—La lógica en una pareja que tiene claro un futuro. Ni más ni menos que eso. He venido reflexionando sobre el comportamiento de Dan y, mientras Javi me hablaba de no sé qué, yo tenía la mente puesta en tu problema, en todo lo que te está ocurriendo. Y sabrás que no te considero responsable de nada.

—Entonces, a tu modo de ver, ¿quién es el responsable?

—Dan y su extremada delicadeza. Ni más ni menos que Dan. Pero también, igual que admito esto, te tengo que advertir que para Felipe es posible que no seas más que un deseo, un capricho. Para esos hombres educados en otro ambiente, hacer el amor no es ningún pecado ni ninguna indecencia. Es lo más lógico del mundo. Así como lo hacen ellos, admiten que la mujer lo haga por su cuenta. Es muy posible que Dan no soporte a una mujer que haya tenido relaciones con otro. A Felipe le importará un rábano.

—Me asustas.

—A mí me tiene asustada Dan con sus delicadezas.

—No se lo cuentes a Javi, Rita.

—Por supuesto que no. Y además estoy sintiendo el motor de su auto. Mañana hablaremos más sobre el asunto.

—Me quedo tan inquieta...

—Es normal. Después de todo lo que te he dicho es normal que estés inquieta. Pero procura marginar a Felipe. Ése no te conviene, porque para él el amor es sólo un deseo, una complacencia. Después se da una ducha y aquí no ha pasado nada, pero a ti puede muy bien traumatizarte. Nosotros somos personas de hoy, pero no dejamos por ello de marginar el ayer. Eso quiere decir, traducido en palabras, que estamos abocadas al matrimonio y que una relación sin vicaría no la entendemos. Todo lo contrario de lo que puede pensar Felipe, y seguro que es, ni más ni menos, lo que piensa.

—Me estás sugiriendo que me preserve...

—Por lo menos que tengas el menor trato posible con él. ¿Cuándo se va?

—No lo ha dicho. Pero no te olvides que yo tengo una hora de sesión de pintura con él...

—Pues pinta y habla lo menos posible. Este tipo de hombres que se marchan cuando uno llega ven mucho más en su interlocutor de lo que demuestran.

—Me estás diciendo que él ya sabe que yo... vacilo. Que mi relación con Dan es blanca, que yo no estoy todo lo enamorada que debiera de mi futuro marido...

—Algo así. Pero no puedo seguir hablando a menos que le cuente tu problema a Javi. Y sabes muy bien que, si yo soy su esposa, Dan es su mejor amigo. Más hermano de Dan que el propio Felipe.

—Por favor, no se lo cuentes. Tal vez todo esto no es más que una inquietud sin trascendencia.

—¡Ojalá! Tú ándate con cuidado.

6

Solía bañarse en la piscina con Marisa. Marisa se daba un corto baño todas las mañanas entretanto su marido y su hijo Dan se iban a la fábrica. Felipe solía levantarse tarde y Marisa se quejaba a Nat. En particular aquella mañana. Ambas se hallaban en traje de baño, sentadas en el borde de la piscina que compartían.

—Estoy disgustada, Nat.

—¿Qué sucede, madrina?

La dama alzó la mirada y Nat se percató de que miraba la ventana de la alcoba de su hijo mayor.

—Sigue descansando. Felipe no hace la vida recatada de su hermano. Nunca debimos enviarlo a estudiar fuera. Yo pienso que lo hemos perdido.

—No pienses eso.

—Pues lo pienso. Sus hábitos son muy libres. Yo sé muy bien que los hombres a los treinta años son independientes, máxime Felipe, que lo es económicamente. Pero cuando se vive el tiempo que sea bajo el techo de los padres, por decoro, se guarda una cierta educación, un respeto. Felipe regresa todos los días cuando su padre y su hermano se van al trabajo. Nunca dice dónde está ni si va a salir. A una hora de la noche desaparece y no se le ve hasta el día siguiente.

—Eso es normal, madrina.

—No tanto. Dan nunca falta.

—Dan es mi novio y no estaría bien que faltase. Pero Felipe es libre y a su edad... es normal que haga su vida.

—Estoy segura de que si no se hubiera ido a los Estados Unidos nunca sería tan independiente, tan indecoroso... Ya sé que yo estoy muy apegada a mis tradiciones. Que soy convencional y todo lo que gustes, pero me siento satisfecha de ser así y siempre lamentaré que uno de mis hijos sea tan diferente.

—Ahí viene —dijo Nat con un hilo de voz—. Ha salido de casa ahora mismo y parece que viene dispuesto a bañarse.

Marisa volvió el rostro y vio a su hijo mayor en taparrabos y un albornoz corto, con unos lentes oscuros puestos y su andar perezoso.

—Buenos días, señora y señorita —saludó riendo, mostrando las dos hileras de perfectos dientes—. ¿Cómo está el agua?

Y sin esperar respuesta se quitó el albornoz y se lanzó al agua. Nadó con bríos de un lado a otro, dando firmes y pesadas brazadas. Después, cuando se cansó, sin que las dos mujeres hicieran otra cosa que mirarlo, se asió a la orilla y se quedó con la cara mojada alzada hacia ellas.

—¿De quién murmuráis? Tenéis expresión de conspiradoras.

—Le estaba diciendo a Nat que no duermes en casa ni una sola noche.

—¡Oh!

—No deberías ser tan parrandero, Felipe.

—Sí, sí, mamá. Me encuentro con amigos. Salgo con intención de regresar después de dar un paseo, pero siempre tropiezo con algún conocido y uno se pone a conversar. Entre copa y copa y recuerdos mutuos, llega el amanecer. Pero no te preocupes, me iré pasado mañana. Ya no puedo quedarme por más tiempo, aunque pienso venir los fines de semana.

Se tiró hacia atrás y Nat pudo admirar su cuerpo atlético, su pecho firme, el vello rizado de color marrón que poblaba su tórax. Era un tipo formidable. Firme y denso. Un hombre de una marcada virilidad.

—Cuánto daría por verlo casado, con hijos y deberes familiares que cumplir. Tal vez así se olvidaría un poco de su vida de crápula.

—Tampoco es para tanto, madrina.

Alguien del servicio reclamaba a la dama y aquélla se puso la bata de playa y se fue a toda prisa. Felipe se apresuró a asirse de nuevo a la orilla y se quedó mirando a Nat.

—¿No te tiras?

—Ya lo hice antes con tu madre.

—Un poco más. Te desafío a una carrera. —Y con un acento denso—: Oye, en bikini estás muy... apetitosa. Perdona, ¿eh? Pero... es que lo estás y te lo tengo que decir.

Del salto se sentó junto a ella, tan cerca que su cuerpo desnudo rozaba el costado también desnudo de Nat.

—Un día tienes que invitarme a tu casita de la playa.

—No estaría bien.

—¿Por qué?

—Pues...

—¿Lo dices por el compromiso que tienes contraído con Dan? Eso es una tontería. Con Dan te vas a casar. Conmigo puedes dar un paseo inocente.

Y la miró ladeando la cabeza sin inocencia alguna. Nat intentó separarse, pero no lo hizo. Felipe, como al descuido, al apoyarse con las manos en la orilla, apresó con sus dedos los de Nat y los apretó de una forma insinuante.

—Si no te asustaras ni me llamaras... lo que no soy, te decía algo.

—Prefiero no tener que llamarte nada.

—De cualquier forma, yo prefiero que me lo llames.

—Felipe...

—Di, di.

—Suelta mi mano.

—¡Oh!, ni cuenta me he dado de que la tenía en la mía. Perdona... Eres muy escrupulosa.

—Pienso que soy como debo ser.

—Te equivocas. Uno no puede ni debe engañarse a sí mismo.

—Yo no... me engaño.

—¿Estás segura?

—Pues sí, sí que lo estoy.

—Si no he dicho en qué te considero engañada, no entiendo por qué lo sabes.

—Nadaré un rato.

Y se escurrió hacia el agua. Nadó fieramente de un lado a otro sin que Felipe se moviera de la orilla donde seguía sentado, moviendo los pies en el agua.

Al rato, en una de sus vueltas, lo vio levantarse, cubrirse con el albornoz y marcharse tranquilamente.

Le dio rabia. Se sintió humillada, pero... después, se dijo que no había motivos, que lo mejor era la retirada discreta de Felipe.

Pasó el resto de la mañana en el ático. De vez en cuando se asomaba y veía a Felipe tirado al sol sobre una hamaca no lejos de la piscina, con el taparrabos y los lentes de sol.

Decididamente lo estaba pasando mal.

Aún creía sentir en sus dedos el contacto de los dedos de Felipe.

Almorzó sola servida por Remy. Sentía a Bernardo limpiando la piscina y el sol entraba por todos los ventanales.

—¿Ocurre algo, Nat?

La joven se sobresaltó.

—¿Y qué puede ocurrir?

—No lo sé. Pero te vi nacer y me conozco todas tus reacciones. Se me antoja que andas rara esta temporada. ¿No van bien las cosas con Dan?

—Claro que sí.

Remy dudaba, pero Nat sabía que iba a decir algo más.

—Oye, Nat... a mí el hermano no me gusta. Es americano o lo parece, ¿no?

—Lo parece —rezongó—, pero es tan español como tú y yo.

—Eso sí que no. Lo veo todas las mañanas regresar y viene en ese auto que se compró. Bernardo me dice que lo ve salir a eso de las doce de la noche. Yo no creo que se pueda estar toda la noche fuera sin hacer cosas indebidas.

—Estás chapada a la antigua, Remy. Me voy al ático.

—Hum —murmuró Remy de mala gana—, y a las seis llega, pasa por delante de mí, me saluda con una cabezadita y sube al ático como si ésta fuera su casa.

—Mi casa —se revolvió Nat— siempre fue la casa de los Santana, como la de ellos es mía.

—Pero no de ese joven que mira como si desnudara. No pienses que soy tonta... Bernardo dice que se pasa el día tirado al sol con lentes, pero con ser tan oscuros, él aseguraría que no deja de mirar hacia esta casa. Eso es malo. Tú eres la novia de su hermano y no tiene por qué mirarte de esa manera.

De ahí su inquietud. Si Remy y Bernardo ya se habían percatado, ¿qué no podía sentir ella?

Se encerró en su estudio y estuvo allí pintando sin saber a ciencia cierta qué pintaba. Hasta su interés por la pintura parecía haber desaparecido. Ella siempre fue una chica tranquila y de repente, poco a poco, todo le vibraba dentro. Esperaba milagros o cosas que no lo eran, pero, sin duda, esperaba algo diferente. Hasta la monotonía de sus relaciones con Dan se le hacía insoportable.

Dan mismo se había quejado el día anterior. «Estás muy callada. Ahora casi nunca me cuentas nada.» Era muy cierto. De repente no sabía qué decir, ni cómo mantener viva una conversación con su novio. Es más, no deseaba ni que la besara. Dan era más atractivo que Felipe, más educado e infinitamente más delicado. Sabía que las amigas y conocidas le envidiaban el novio y ella, hasta entonces, se había sentido muy satisfecha de que se lo envidiasen. Pero ya no sentía nada de nada, ni deseos de que llegaran las siete para vestirse y salir con él.

En cambio... Sí, sí. ¿Para qué engañarse? Esperaba con ansiedad que llegaran las seis y, cuando sentía los pasos de Felipe cruzar el vestíbulo y subir despacio las escaleras, le temblaban las piernas y le palpitaban las sienes...

Todo lo que nunca había sentido... Era como si de súbito despertara en ella una vibración distinta, desconocida, y la dejase temblorosa y trémula.

Lo estaba sintiendo en aquel momento en que los pasos de Felipe resonaban en la planta baja y después subían lentamente las escaleras de caracol. Tenía miedo. Miedo de su inseguridad, y ella... siempre había sido segura. Siempre había sabido adónde iba y por qué iba.

—No me has dejado moverme ni hablar en toda la tarde.

—Has estado aquí una hora, no toda la tarde.

—¿Estás enfadada conmigo?

—Por supuesto que no. ¿Me has dado motivos?

—No, que yo sepa, pero las chicas sois especiales y a veces os enfadáis por minucias...

—No estoy enfadada —dijo Nat algo cortada porque nunca imaginó que él la escrudriñase tanto—. Te vas pasado mañana y yo tengo que dejar el cuadro bien perfilado para poder continuar sin ti.

—Durante un tiempo vendré todos los fines de semana. Para eso me he comprado un auto potente y deportivo, de los fuertes, de los que corren con poco que aprietes el acelerador... De momento pienso viajar a Nueva York la semana próxima, pero dejaré todo bien montado. Las exportaciones me interesan ahora más que las importaciones, y he de vivir en Madrid más tiempo que en Estados Unidos.

Se levantó y se despojó de la chaqueta y la corbata. Se quedó con una camisa azul, de manga corta, desabrochada casi hasta la cintura. Vestía pantalón vaquero algo descolorido. Así parecía más joven, y llevaba su cabello rubio oscuro, casi castaño, peinado con sumo cuidado.

—¿Me dejas ver mi retrato?

—Hemos quedado en que no lo verías hasta que estuviese terminado.

—Un segundo nada más.

Y se acercó al caballete y por lo tanto a ella. Nat nunca supo cómo fue ni en qué tropezó Felipe. El caso es que se enredó en su pie y se asió a ella. Fue todo como un relámpago. Pero lo suficiente para que Nat sintiese cómo la apretó contra su cuerpo y cómo el fuego de su mirada se fijó en la suya.

—Perdona...

Y después, riendo tibiamente, sin que Nat acertara a separarse de él ni a dejar de mirarlo como hipnotizada:

—No puedo dejar de besarte... No soy capaz.

Y, ¡hala!, la estaba besando en plena boca. Un beso que se inició tibio, leve y que terminó en una larga audacia. Nat no dio un salto, pero sí que retrocedió hasta la pared y quedó allí pegada, con los senos palpitantes.

—Nat... fue...

Que no dijera que fue sin querer. Fue queriendo y, además, jamás Dan la había besado de aquel modo... Prefería no decir de qué modo, bien que se sobreentendía.

—Bueno, bueno. —Sonrió como aturdido—. Fue sin querer.

—Es... mejor que te marches.

—Oye, no te enfades.

—Se enfadaría Dan si lo supiera.

—Vamos, no es para tanto. Yo... —Se pasó las dos manos por el pelo—. Tampoco creo que tenga tanta importancia.

—No sé la importancia que tú darás a ciertas libertades... Yo se la doy.

—Pues te pido disculpas.

—Es mejor que no vuelvas.

—Pero, mujer...

—Te lo digo en serio.

Estaba pálida y su rostro parecía súbitamente tallado en piedra. Felipe consideraba que debía aclarar las cosas. Tampoco quería líos familiares. Era mejor que a Nat no se le ocurriera contar a su hermano aquel... ¿atropello? Tampoco era así. Había sido un beso, un beso pasional. Sin más añadiduras. Un beso de los que él daba a las chicas... Y pudo apreciar que a Nat nadie la había besado de aquella manera. No entendía a su hermano, porque tal como él entendía la vida, a las mujeres, los besos, etc., de haber estado Nat enamorada de Dan, o tener otro tipo de relación con Dan, su reacción no habría sido aquella; no estaría tan aturdida, tan asustada, y, además, lo habría abofeteado. Pero el caso es que Nat parecía muy enfadada, pero, a la vez, temblorosa.

Lo que él supuso estaba ocurriendo, y que nadie lo culpara si conseguía emocionar a Nat. Es que hasta la fecha ningún otro hombre se había acercado lo suficiente a ella.

Se asió con las dos manos al respaldo de una butaca y lanzó sobre la joven, que se mantenía firme, pegada a la pared, una larga mirada.

—Lo siento, Nat. Se lo puedes contar a Dan si te place. Yo te advierto que ha sido la primera vez, pero no la última. No soy tan escrupuloso como seguramente lo es Dan. Soy más práctico y más realista. Tú eres una chica magnífica, muy atractiva. Ya te dije el otro día que tenías un ángel, un hado... No sé qué es. Atraes. Yo no soy de piedra. Tampoco soy cavernícola ni carpetovetónico. Soy un tipo que si puede ganar una batalla no deja que el vecino la gane; y aquí entra mi hermano o mi padre...

—No eres honesto —dijo Nat con intensidad.

—Tampoco es eso. Yo no sé si el dar un beso a la novia de tu hermano es ser honesto o deshonesto. Pero hay algo que está por encima de toda consideración. Y soy yo mismo, y tú, por supuesto.

—No me irás a decir que me amas.

—Claro que no. Pero me gustas. Me gustas tanto... —Meneó la cabeza sin dejar de apretar el respaldo de la butaca con las dos manos—. Yo no soy de los que se casan, pero si lo hiciera tendría que ser con una chica como tú. Y eso lo supe el mismo día que te vi. Nunca pasó por mi mente casarme. En realidad soy un tipo libre, que vive el momento y nunca piensa en el después. Desde que te conozco, pienso más en el después que en el ahora. Eso es lo raro.

—Terminaré el cuadro sin que tengas necesidad de posar.

—No seas tonta. Olvida el asunto. Mientras puedas, olvida. Yo no lo voy a olvidar. Me gustó besarte y lo raro es que te hayas sorprendido tanto.

—¿De que me hayas besado? —casi gritaba Natalia Noriega.

—No, no. De que no te haya besado nadie como lo hice yo.

Nat se separó de la pared y se fue hacia la salida de la escalera de caracol.

—Me pregunto qué diría Dan si lo supiera.

—Desatarías un problema familiar de envergadura. Pero tú no te vas a casar con Dan.

—¿Qué dices? —Y se revolvió como si algo la pinchara.

Felipe distendió los bien formados labios sensuales en una mueca.

—Me asombraría. Dan es un tipo flemático, pasivo, sin pasiones desatadas dentro del cuerpo. No digo que tenga sangre de horchata, pero la tiene muy tibia. No llega a ser caliente, y tú, aunque no lo sepas, eres una chica apasionada, temperamental, emocional al máximo. No vas a entender nunca la pasividad...

—No tienes derecho a decir eso de mí; no me conoces.

—Puede que te haya conocido más en tan poco tiempo que Dan en toda su vida. Lo siento por él. Ahora mismo no es mi hermano. Yo para el amor no entiendo de fraternidades. Somos hombres y como tal nos comportamos.

—Te dejo solo.

—Eso es falso. Yo me voy contigo, aunque físicamente me quede aquí. No te olvides de eso.

—¿Y qué buscas en mí? —gritó Nat exasperada.

—Eso es lo raro. No lo sé. La complacencia sexual, seguro.

—¡Nunca!

—No digas tonterías, Natalia. No las digas. No sirven para nada las palabras cuando los hechos son otros. Te lo digo yo que he vivido mucho. Que empecé a conocer mujeres a los doce años.

Natalia no esperó más, bajó aprisa las escaleras y en vez de seguir bajando se quedó en la primera planta y se encerró en su cuarto.

Cuando se encontró con Dan a las siete, porque él fue a buscarla, le dio la noticia.

—Se ha ido Felipe. ¿Se despidió de ti?

Se quedó inmóvil, erguida, un segundo. Después entró en el auto de Dan.

—¿Se despidió?

—Pues... no.

—Mamá dice que se fue a las seis y media.

—¿A... Madrid?

—Eso parece. Es raro, ¿no? Pensaba irse pasado mañana pero, por lo visto, se le ocurrió irse hoy, hace veinte minutos escasos.

¡Ojalá no volviera!

Pero se equivocó una vez más. El fin de semana siguiente apareció Felipe moreno y sonriente. Ella pudo verlo desde el ático y se metió dentro, cerrando el ventanal. Se quedó erguida junto al caballete que sostenía el cuadro de Felipe. No lo había tocado en toda la semana. Ni pensaba volverlo a tocar. Había sido una semana indecisa, dura, sin saber cómo reaccionar. La única que conocía sus inquietudes era Rita, y no se lo había contado ni a Javier, su marido.

El que se quejaba era Dan. Solía decirle cada tarde: «Estás muy pensativa. No hablas casi nada.» No podía. ¿Qué podía decirle?

Hasta cuando al despedirse la besaba, era como si besara una losa.

Pero de eso Dan no se quejaba nunca, como si tuviera miedo de despertar incitaciones.

Rita se llevaba las manos a la cabeza cuando ella se lo contaba.

—No sabes cuánto daría porque Dan se percatara de que tanto respeto te está empujando a ti lejos de él.

—Igual es que Dan no me ama tanto, Rita.

Rita se enojaba. Ella sabía por Javi que Dan estaba loco por ella. Pero no sabía o no quería expresarlo. Y, entretanto, Felipe buscaba lo que su hermano iba descuidando.

No debía volver, pero el caso es que podía ver su auto aparcado delante de la casa e incluso cómo Marisa lo abrazaba.

Si Marisa supiera...

Pero ella no lo podía decir. Sin embargo, tampoco en el estado en que estaba podía continuar con Dan y no sabía cómo hacérselo saber.

Todo se había torcido desde la llegada de Felipe. Y ella sabía, porque lo intuía, que Felipe no pensaba en ella como esposa, aunque seguramente no dejaría de pensar en un posible romance pasajero...

Y eso no. Ella nunca sería el comodín de las apetencias de Felipe.

Había despertado más en aquellos días que en todos aquellos años junto a Dan. Ya sabía, al menos, diferenciar una pasión y un deseo de un sentimiento fraternal.

Sabía también que la belleza no enamora, porque, si a eso iba, Dan era bastante más atractivo que Felipe. Pero Felipe tenía algo... Algo muy especial que la atraía a ella. La atraía como un imán...

Estaba oyendo a Dan gritarle desde la terraza.

—Nat, vente a almorzar. Felipe ha venido a pasar el fin de semana.

¿Cabía más ironía, más sarcasmo?

Y encima estaba viendo a Felipe con todo el cinismo del mundo detrás de su hermano levantar la mano y saludar.

Había que ser cínico...

Pero ella bajó. Era como si algo muy superior tirara de su mano y la condujera por las escaleras de caracol, y luego hacia la puerta que comunicaba con la casa vecina...

7

Lo pensó súbitamente cuando atravesaba la puerta de comunicación de ambas vallas. Fue tan súbita la idea, tan obsesiva que no pudo evitar de mirar a lo alto, detenerse, cerrar los ojos con fiereza y repetirse en alta voz: «¿Por qué no?»

Su boda con Dan dependía de ella. Por Dan, Marisa y su esposo, ya estarían casados. ¿Por qué no, a fin de cuentas?

Ante ella el sendero se extendía cubierto de piedra, y por los bordes asomaba el cuidado césped. Pero Natalia no lo veía. Se detuvo.

Dan era un hombre joven, veintiséis años, químico de profesión, bien enterado del negocio. El hombre noble, sincero y cuidadoso que ofrecía todas las garantías para la felicidad y el equilibrio. A fin de cuentas, Felipe era la incógnita, el hombre que sin duda la apartaría de todos los esquemas, de sus propias vivencias, incluso de su ciudad natal y, encima, no era nada seguro. Dan no la engañaría jamás. Le sería siempre fiel. Creía en su amor como creía en ella misma. No podía suponer, ni suponía, que en el amor de Dan cupiera interés alguno. Los Santana, salvo su hijo mayor, eran gente honrada, gente de peso, gente seria. Gente que ofrecía todas las garantías para una vida muelle y segura, ordenada y equilibrada.

Es posible que junto a Dan todo transcurriera serenamente, sin demasiadas emociones, sin sobresaltos, pero apaciblemente, segura. Con Felipe habría emociones, sobresaltos, pasión, erotismo. Pero ¿habría también seguridad? ¿No la engañaría Felipe a los dos meses de casados? ¿No buscaría emociones extramatrimoniales, suponiendo que al final Felipe se casara, cosa que dudaba mucho?

Caminó con serenidad. Aparentemente al menos, nadie diría que en ella bullían miles de emociones encontradas, con los consabidos sobresaltos. Vestía bermudas hasta un poco más arriba de las rodillas. Estaba morena. Se había cortado la melena hasta la altura de la oreja. No podría llevar coletas en mucho tiempo, ni lo deseaba porque, a fin de cuentas, la coleta le había dado siempre un aspecto infantil, y ella no era nada infantil, ni siquiera físicamente. No llevaba camisa, pero sí una cazadora haciendo juego con las bermudas, de una tela suave de lino color crema. Calzaba sandalias de dos tiritas cruzadas y de un tacón medio. Vista así de lejos parecía una cría, pero realmente tenía todo el aspecto de una mujer. De una mujer de peso, coherente, sin ninguna ambigüedad. Tiempo antes, no demasiado, pero sí el suficiente, había sido una chiquilla que no tenía un solo sobresalto. A la sazón el sobresalto pesaba sobre ella.

Se le metía aquella inquietud en cada vena del cerebro. Y lo peor de todo es que se negaba a admitir que tenía cabida en su mente y en sus sentimientos alguien más que Dan. Deseaba fervientemente asirse a algo y asirse con mucha fuerza.

Por eso en su mente estaba apareciendo la idea obsesiva. ¿Por qué no? Terminaría con todas las vacilaciones; se aferraría a Dan.

Lo vio en la terraza esperándola y al divisarla descendió apresurado y le salió al encuentro.

—Nat, tal vez no deseabas venir a almorzar.

—Claro que sí.

Y con las dos manos se aferró al brazo de su novio. Se diría que en él buscaba protección, hasta el extremo que Dan volvió los ojos. Era más alto que ella. Bastante más. Con una mano asió los dedos que rodeaban su brazo.

—Nat, estás muy sensible.

—Puede ser.

—¿Puedo saber las razones?

—No las sé yo.

—Pues no...

—Felipe viene a pasar el fin de semana. La próxima marcha a Nueva York. Dice que es muy posible que tarde dos meses en volver por aquí.

Nat se detuvo y Dan inclinó su arrogante cabeza.

—Nat, ¿sucede algo?

—Estoy pensando.

—¿En qué?

¿Por qué no decirlo así, de súbito? ¿No se lo había preguntado Dan muchas veces?

—Nat, estás muy rara.

—Oye, Dan, ¿no podemos dar un paseo antes de entrar en casa?

—Es que nos están esperando para sentarnos a la mesa.

—Cinco minutos nada más.

—Sea. —Y giró con ella. Se adentró en el jardín alejándose de la casa—. Dime, Nat. Te veo rara. Como trémula. ¿Sucede algo que yo ignore?

Podía decir que escapaba de una tentación. Pero no sería sincera. No era eso. Era que ella amaba a Dan y quizá deseaba a Felipe. Claro que la culpa no la tenían ni Dan ni ella. Había sido Felipe con su intromisión y, si ponía en medio de todo aquello una realidad que estaba entre ambos, seguro que todo el deseo, o la excitación, o lo que fuera, se desvanecía.

—Dime, cariño.

—¿Tú me amas?

—¿Qué dices?

—Te pregunto...

—¡Por el amor de dios, Nat! ¿Por qué me haces una pregunta cuya respuesta conoces de sobra?

—Es que deseo casarme cuanto antes.

Dan se separó de ella para mirarla de frente.

—Nat, ¿estás segura? Siempre que toco el tema lo evades. ¿Por qué ahora, de súbito?

—Pienso dar la noticia en la mesa, hoy, ahora, dentro de un rato.

Había un banco de madera próximo. Dan le tomó la mano y tiró de ella...

—Sentémonos —dijo—. Aquí... Dime, Nat... ¿Por qué, de repente...?

Pudo contárselo todo. ¿Por qué no? No se inventaba nada. Era todo cierto, auténtico. Pudo gritarle allí mismo: «Tengo miedo. Deseo quererte y, además, seguro que te quiero, pero tu hermano se ha metido entre los dos e intenta separarnos. Intenta introducir en mi mente un sinfín de dudas y yo quiero estar segura. Y lo estaré el día que sea tu mujer, no tu novia blanca. Me quiero aferrar a ti. Él puede tentar a tu novia, pero nunca buscaría a tu mujer.»

Sin embargo apretó los labios. Mudamente Dan elevó un brazo. Olía bien Dan. A hombre sano, limpio, a loción especial. A tabaco especial. A hombre especial.

Se pegó a él instintivamente.

—Nat, estás pasando un mal momento, ¿no es eso?

¿Sabría?

No, no. Ni lo sospechaba.

—Pero no me cuentes qué te ocurre. Sólo sé que deseas casarte. Pues nos casamos. Es lo que más anhelo en el mundo. Todo el resto de mi vida lo dedicaré a hacerte feliz. Ten por seguro que nadie te querrá como yo.

Tampoco era así.

Sin duda a su manera Felipe la quería, del mismo modo que ella sentía hacia Felipe algo muy fuerte, muy denso.

—Daremos la noticia ahora mismo —añadió Dan apretándola contra sí. La cabeza de Nat quedó pegada a su pecho—. Nat, estás hipersensible.

Y separó un poco la cabeza femenina para verla mejor.

Nat entornó los párpados.

Sabía que se exponía a mucho. Sabía que podían suceder varias cosas. Una, la peor, que, ya casada con Dan y siendo su mujer, comprendiese que no lo amaba. Sabía que ella era dócil, pero en el fondo se rebelaba contra su docilidad. Sabía que la cotidianeidad podía muy bien dar al traste con su equilibrio. Sabía que...

—Nat, estás temblando.

Era lo lógico.

Dan la separó un poco de sí para abrazarla luego fuertemente. Su cabeza se escurrió de modo que quedó bajo la de Nat. La miró a los ojos. Nat huía de aquella mirada. Si Dan supo en aquel instante que se estaba jugando el amor de Nat, no lo sabemos. Pero sí que supo Nat que le buscaba la boca. No se la negó. Y, en cambio, además, la abrió para recibir la de Dan.

Fue un beso diferente. Más denso, más humano, más material...

—Nat...

—Dime... Dime...

Dan prefería no decir nada. La miraba únicamente y la besaba con cuidado. Nat pensó que hubiera dado algo por que Dan apretara el beso e hiciera lo que había hecho Felipe.

Pero Dan la estaba ayudando a levantarse.

—Nos están esperando —siseó—. ¿Vamos?

—Dirás que...

—Que nos casamos dentro de dos meses. ¿Te parece bien?

—¿No puede ser antes?

—¿Por qué antes?

—No lo sé. Pero necesito...

Dan lanzó una mirada a lo alto. Pensaba un montón de cosas. ¿Tendrían alguna conexión? No le cabía en la cabeza, pero...

—De acuerdo —dijo—. De acuerdo.

Y caminaron juntos, asidos por la cintura, hacia la casa.

Del salón afluían voces. Las de sus padres y la de Felipe.

No pensaba terminar el cuadro. No pensaba tener más apartes con Felipe. Esperaba que jamás le pesara lo que había decidido. Tal vez Rita la llamara temeraria, cobarde, pusilánime. Pero era igual. Ella deseaba aferrarse físicamente a alguien, y Dan era la persona indicada.

La persona que nunca la defraudaría, y el aislado anhelo despertado por Felipe moriría inmediatamente.

En eso tenía razón Rita. Dan era demasiado considerado. Es más, pensaba incitar a su novio a pasar solos, en la casita de la playa, el fin de semana, y conocer a Dan en profundidad. No pensaba casarse sin saber a ciencia cierta que Dan daba la talla justa, la que necesitaba su vida emocional, su fortísimo temperamento. No soportaría la eterna pasividad de Dan. ¿Qué conocía ella de él realmente?

Su bondad, su delicadeza, su consideración. Pero quería conocer también su fuerza, su pasión y su deseo. ¿Por qué no? Eran un hombre y una mujer, y ella seguía siendo niña porque Dan nunca intentó hacerla mujer.

—¿Qué te ocurre?

—Pues, ¿me ocurre algo?

—Estás temblando. Te siento en mi costado.

—Una cosa, Dan.

Él se detuvo sin soltarla. La miró fijamente.

—Estás alterada, Nat —dijo quedamente.

—Quiero pasar este fin de semana a solas contigo.

—¿Qué?

—En mi casita de la playa.

—Pero...

—Tienes que decirme que sí.

—Oye.

—Dímelo.

—Nat —notó el sobresalto masculino—, estoy evitando eso.

Y la soltó con rapidez.

Estaban de pie al fondo de la terraza. Después de subir unos escalones ya serían vistos por los padres y el hermano. Y Nat deseaba a toda costa la respuesta afirmativa de Dan antes de ascender aquel escalón.

—¿Y por qué lo evitas?

—Eres tan joven, tan ingenua...

—Quiero dejar de serlo.

Así, casi con brutalidad, pero sobre todo con súplica.

Dan se llevó los dedos al cabello y los introdujo en él alborotándolo.

—Yo pensaba que casados...

No lo dejó terminar.

—Antes.

—Nat...

—Antes, te digo.

—Pero ¿qué te pasa?

—Nat, Dan, ¿estáis ahí?

Era la voz de Marisa.

Nat sacudió la cabeza con bríos.

—Dime que iremos después de comer. Es fin de semana.

—Mis padres pensarán...

—¿Que me perviertes? Voy a ser tu mujer. No creo que deban inmiscuirse en lo que hacemos los dos.

—Te doy mi palabra —dijo Dan limpiando las gotas de sudor que le resbalaban de la raíz del cabello—. Te la doy.

—Después de comer pase lo que pase. Aunque después yo me niegue.

—No te entiendo.

—Dan, ¿subís ya?

—Sí, mamá. —Y mirando fijamente a Nat preguntó—: ¿Qué has querido decir?

—Eso, eso. Aunque yo después diga que no, me tienes que convencer.

—Sucede algo, ¿verdad?

—En mí, sí.

—Pero ¿qué cosa sucede?

—Sucede —crispaba los finos dedos en el brazo masculino—, sucede que estoy harta de ser tu novia blanca. ¿Sabías que Rita y Javi iban a la casita? Juntos, ¿oyes? Juntos, antes de casarse.

—No, no sabía eso. Javi y yo somos muy amigos, pero jamás tocó conmigo el tema de su novia, de su esposa.

—Iban. Yo siempre pensé que iba Rita sola a estudiar. Nunca estuvo sola allí.

—No sé por qué estás tan excitada. Yo siempre evité eso. ¿Entiendes? Por ti, no por mí. No fue nada fácil... —Titubeaba—. Nada, pero me aguanté. No tenía ningún derecho.

—¿Y el compromiso? ¿No te da derecho a todo...?

—No en mí. Mi deber era no apresurarme nada. ¡Nada!

—¿Y te costó, Dan?

—Subamos. Nos están esperando.

—Dime primero si te costó.

—Me está costando —dijo él de forma rara, como si de súbito su voz fuera diferente y algo le vibrara dentro—. Me está costando.

—Pues yo quiero ir este fin de semana. Después... después de comer.

—Iremos.

Con suavidad tiró de ella y así aparecieron ambos en el salón.

8

Marisa al oír a Dan se levantó nerviosa. Ignacio los miró ilusionado. El único que parecía una estatua era Felipe. Dan hablaba entusiasmado. Se casaban a finales de mes. Había que disponerlo todo. Al regreso del viaje de novios se irían a vivir a la casa de Nat. Estarían como en una sola casa, dada la proximidad de ambas viviendas.

—Haremos un viaje de un mes —decía Nat huyendo de la mirada impasible de Felipe—. Será por todo el mundo.

—¿Qué dices tú, Felipe? —preguntó alegremente Marisa—. Esperemos que un día nos des una noticia así, y que no sea muy tarde.

Felipe distendió los labios en una sutil sonrisa.

Aquella boda aún no se había celebrado. Estaba sintiendo que deseaba que aquella boda no se llevara a efecto, y pondría en movimiento todos los medios a su alcance para que no se celebrara. Si él estaba allí era debido a que no pudo resistir Madrid. La despedida, sin despedirse de Nat, no le satisfacía.

Sabía también que por primera vez... algo no marchaba debidamente dentro de él. ¿Enamorado de la novia de su hermano? Si confirmaba que era así, no cejaría. No se dejaría vencer con facilidad. Intentó tropezarse con la mirada clara de Nat. Imposible. Ni un solo momento detuvo en él sus ojos.

¿Se casaba con Dan para parapetarse?

Pues no podría. No podría al menos si no era valiente, si no asumía... si no se negaba rotunda y categóricamente.

Pensaría después. Después, cuando pudiera verla a solas. Y podría cuando ella retornara a casa.

—Nos vamos —dijo Dan delicadamente—. Pensamos pasar el fin de semana por ahí.

—¿Solos? —preguntó Marisa alarmada.

Nat replicó enseguida antes de que lo hiciera Dan:

—Con unos amigos.

Y mentalmente pensaba llamar a Rita para advertirla.

—¿Con Rita y Javi?

Dan iba a ser sincero una vez más. Nat había aprendido mucho en aquellos días de lucha interna.

—Sí.

Y no quiso volverse hacia Dan.

El que supo la verdad fue Felipe. Era fácil leer en los ojos algo espantados de su hermano, en los nervios a punto de estallar de Nat.

Lo impediría, ¿cómo? No lo sabía aún.

—¿Y os vais ahora mismo?

Otra vez replicó Nat.

—Pues sí.

—¿Hasta cuándo?

—Hasta el domingo por la noche, padrino.

—Pues ve, porque vas bien segura con tu futuro marido y tus amigos.

Felipe se levantó.

Se acercó al ventanal.

Veía a Dan y a Nat, que se alejaban asidos de la mano.

—Felipe —dijo la madre—, así de feliz tenías que estar tú.

Felipe giró despacio.

Estaba sintiendo el auto de Dan arrancar y veía a Nat aparecer por las escaleras de su casa con la mochila al hombro.

No podía impedirlo, pero al regreso... Pensaba irse el domingo, pero no se iría.

No, se quedaría allí y veríamos cómo se deshacía Nat de él cuando la visitara.

Nat, entretanto, subió al auto de Dan y éste lo puso en marcha.

—He llamado a Rita.

—¿Sí? —preguntó muy sorprendido—. ¿Qué le has dicho?

—Que se esfume con su marido y, si llama tu madre, que digan que se han ido...

—Con nosotros.

—Pues sí.

—¿Y lo hará?

—Sí.

—Nat, ¿por qué?

—Quiero que nos conozcamos de verdad. Para bien o para mal... ¿Por qué no? ¿No nos vamos a casar? Supongo lo que has pensado, Dan. Pues yo, no. No, porque quiero ir sobre seguro. No soy ninguna niña. Tu trato para conmigo es... ¿cómo diría?

—Cállatelo —dijo Dan cohibido—. Cállatelo.

—¿Por qué te comportas de esa forma? —se alteró Nat a su pesar—. Tengo todo el derecho del mundo a saber lo que voy a hacer, por qué lo voy a hacer y cuándo. No soy sólo tu amiga de toda la vida, porque, además de eso, voy a ser tu mujer, tu pareja. Y me quiero conocer como tal. No me mires con esos ojos tan abiertos. Las cosas deben llevar el nombre que tienen, sin disimulos, sin tupidas cortinas. Hace un año que me considero tu novia y cuando me tocas escapas como si temieras o, lo que es peor, como si no sintieras hacia mí deseo alguno, y el que siente amor siente deseo.

—¿Quién te ha dicho todo eso?

—¿Es que me consideras una parvulita?

Dan soltó la mano del volante y fue a posarla sobre los dedos femeninos. Los apretó de una forma rara, insinuante, diferente.

Al salir a la autopista hubo de soltar aquellos dedos que se cerraban en los suyos.

—Yo a tu lado me siento responsable de todo, Nat. Entiéndelo. Los deseos van implícitos en el amor. Es lo lógico. Pero los deseos a secas se sacian en seguida. El amor, el cariño, la comunicación es lo que perdura. Yo he tenido contigo todo tipo de delicadezas. ¿Demasiadas? Todas me parecen pocas. Es diferente cuando uno está casado. Todo muy diferente.

—Yo quiero casarme ahora, hoy, este fin de semana. Casarme contigo a secas, por medio de todo cuanto vamos a compartir. No lo hago fríamente. Lo he reflexionado mucho. Tanto que la conclusión es ésta. ¿Pensabas mantenerme al margen hasta el día de nuestra boda?

—Lo pensaba, sí. No por ti. Eso cuesta llevarlo a la práctica, pero yo me lo había propuesto. ¿De qué forma se consigue? Teniendo una relación afectiva, sin muchas pasiones. Es más difícil contenerlas que darles desahogo.

Dejaba atrás la autopista y tomaba una carretera ancha, pero de una sola vía. Al fondo una playa arenosa, rocas y acantilados, montes y valles y sobre los montículos varias casitas de verano diseminadas aquí y allá. Al fondo un gran hotel y un ancho aparcamiento lleno de automóviles.

Era de suponer, dado que el verano estaba en su apogeo. Las mismas casitas, casi todas iguales, tenían las ventanas abiertas: estaban habitadas todas.

Por la pendiente el auto de Dan rodó hasta llegar al fondo, después tomó por un camino entre prados y se fue a detener ante una casita cerrada, revestida de madera. Nat tomó su mochila, se dirigió a la casita y abrió con su propia llave.

Aún lucía el sol; los veraneantes se perdían sobre la arena o en los prados, bajo toldos. No lejos se alzaba un camping, cosa que años antes no existía.

—Cada día esto está más poblado —dijo Dan acercándose con su bolsa de deportes—. La gente escapa de las ciudades y se pasa aquí los fines de semana.

Nat abría la puerta y un vaho de humedad con olor a salitre le dio en la cara.

—Ayúdame a abrir ventanas, Dan.

—Oye...

—¿Sí?

—¿Ahora hemos de abrir?

—Pues supongo que... sí.

No. Dan entendía que no.

Se acercó a ella por la espalda. La asía contra sí. La forma de hacerlo era distinta. Nat sintió como un vértigo.

—Dan —siseó.

—¿No quieres?

—Es que...

—Hemos venido a conocernos bien...

Era verdad. ¿Iba a retroceder ella en el momento crucial?

No podía. Además, sentía algo diferente, especial. El calor del cuerpo de Dan era turbador, como el suyo era más vivo.

—Después abrimos —dijo en su boca—. ¿Te parece?

—Sí... sí...

—Ven ahora, Nat...

—¿Ya?

—¿No quieres? Di, di, ¿no quieres?

¿A qué había ido?

De súbito giró del todo, pegó su frágil cuerpo al fortísimo de Dan. Sintió su virilidad. Alzó los brazos y con ellos rodeó el cuello de Dan.

Sintió su boca buscando la suya. Lo hacía de otra manera. Un ansia rara los invadía.

—Hemos llegado aquí para conocernos. Y nos tenemos que conocer desprovistos de todo materialismo. Como dos seres humanos. Como hombre y mujer, Nat. Como eso a secas.

Oyeron unos golpes en la puerta; se detuvieron.

Se separaron rápidamente. Se diría que de súbito se sentían dolorosamente interrumpidos.

—¿Esperas a alguien? —preguntó Dan a la vez que se pasaba los dedos por el cabello.

—No.

—Iré yo a abrir.

Y caminó hacia la puerta. Cuando la abrió Nat se asió a un mueble.

—Buenas tardes, venía despistado.

¿Felipe? ¿Por qué? ¿Por qué? ¿Qué buscaba allí? ¿Quién le había dicho dónde tenía ella la casita? ¿Y por qué?

—Hola, Felipe —saludó Dan recuperándose de la sorpresa—. No te esperábamos.

—¿Puedo pasar?

Vestía pantalón blanco, camisa del mismo color, de manga larga, pero arremangada de cualquier modo hasta el codo. Calzaba zapatos negros de cordones, y cubría su cabello una visera a cuadros de fina tela.

Estaba interesante y su mirada verdosa era serena. Nadie diría que estaba allí para impedir lo que Nat buscaba. ¿Que por qué lo hacía? No lo sabía ni él mismo. Pero lo cierto es que, cuando ellos salieron, subió a su auto y los siguió. Sencillamente así. Lo único que hizo fue buscar alojamiento en el hotel o parador.

Ni siquiera tenía ropa para cambiarse, ni maquinilla para afeitarse. No se entendía. Y seguramente tampoco Nat entendía su intromisión. El más ajeno era Dan y se notaba por su expresión desconcertada.

—¿Puedo pasar, pareja?

Nat giró sobre sus talones. Se alejó pasando por delante de él y yendo hacia el exterior.

Se quedó pegada a la pared del refugio contemplando pasivamente todo cuanto sucedía a su alrededor sin detener la mirada en ningún punto preciso.

Escuchaba las voces de los dos hermanos. Apacibles ambos. Tal vez un poco más alterada la de Dan, como si temiera que su hermano Felipe adivinara qué cosa pensaba hacer con su novia en el interior de la casita.

La voz de Felipe era apacible, seria, flemática. ¡Mentira! ¡Todo mentira! Nat pensaba que estaba allí para evitar lo que supuso que ocurriría; para destruirla a ella.

—Emprendí la marcha y no sabía adónde me dirigía. Vine a dar a esta playa. Realmente, recordé que nuestros padres solían venir por aquí. Esto está muy poblado. Antes era una playa solitaria llena de acantilados y montes y no había carreteras. Sólo caminos vecinales. Recuerdo, sí, que veníamos mamá, papá, tú y yo y la pequeña Natalia con Noemí y Samuel. Pero no tenía idea de que poseyeran esta casa los Noriega.

—Y no la poseían.

—¿No?

—No. Felipe, ¿una copa? Traíamos tiendas de campaña. Todo muy incómodo. Con el tiempo Samuel compró esta casita y la revistió de madera, la adecentó un poco. Era la casa de un pescador solitario.

—Ya. Ya entiendo. Pues vine a dar aquí por casualidad.

Nat no lo creía. No creía nada de lo que dijera.

Se sentó en una piedra y siguió escuchando distraída la conversación de los dos hermanos:

—He tomado una habitación en el parador. ¡Cómo ha cambiado esto! Uno cree escapar del mundanal ruido y se encuentra con esto.

—Es lógico. La gente escapa de los humos, de la polución, de los conflictos de la ciudad, pero lastimosamente se tropieza con lugares casi tan poblados como las mismas ciudades. —Y, a continuación, Dan añadió con voz inexpresiva—: Tu copa, Felipe.

—¡Oh, gracias! ¿Dónde anda Nat?

Nat se levantó y, en vez de volver sobre sus pasos, se adentró en el sendero y se dirigió a la playa. El sol se iba metiendo. Las sombras de la noche pronto lo invadirían todo y empezarían a encenderse luces aquí y allá. Su misma casa carecía de luz eléctrica, y nunca sus padres ni los de Dan intentaron cambiar nada. Restauraron la casa, pero dejaron los candiles colgados de las esquinas. Era un encanto vivir así, un poco como en la edad de piedra.

Más tarde se sentó sobre una piedra mirando el mar. Vio cómo el sol se ocultaba en la policromada cinta del horizonte, cómo las voces de los bañistas se iban alejando y cómo las luces de gas se encendían en el entorno.

Ella siguió allí. Estaba distraída, dejándose acariciar por la húmeda brisa del mar.

No supo el tiempo que estuvo allí, tampoco se le ocurrió mirar el reloj. Sabía únicamente que no conocería a Dan, que no tendría con él la relación de pareja que deseaba, que para ella podía ser un baluarte ante el deseo que sentía de Felipe. Deseo, sí. No admitía que fuese un sentimiento honesto, ni siquiera prolongado. Era algo esporádico, pero, sin lugar a dudas, peligroso, y ella pretendía ahogar en su novio aquel deseo, esclarecerlo y aferrarse a Dan.

Ser suya. ¿Por qué no?

El amor físico era importante para asentar en él el amor afectivo, el amor sentimental. Se podría hablar muy desenfadadamente sobre el amor y el sexo: «Hicimos el amor» o «Haremos el amor». Pero ella no soportaba el sexo por el sexo. Y eso era sin duda lo que le ofrecía Felipe, lo que Felipe esperaba de ella. ¿Por qué, si Dan era su hermano se comportaba de aquel modo? Para Felipe no había parentescos ni respeto de ningún tipo, ni honor, ni pudor. Él mismo lo había dicho: «En amor todo es lícito y siempre se va al que más pueda.»

—Natalia.

No dio un salto, pero sí que volvió rápidamente la cabeza.

—Nat, llevo buscándote un rato.

No dijo palabra, pero sí que alargó la mano y asió los dedos que buscaban los suyos. Los apretó íntimamente, nerviosa, ¿asustada? Pues sí, asustada.

—Nat, Felipe no lo hizo adrede.

Eso era lo bueno de Dan. Para Dan, Felipe era su hermano; para Felipe no había pariente ni hermano. Era sólo un ser humano que buscaba lo que le apetecía y, si podía conseguirlo, mejor.

—Vamos, ¿quieres? He invitado a Felipe a quedarse en la casita.

¿Qué decía?

Dan trepaba hacia ella y se sentaba a su lado en la misma roca.

—Tienes que comprender. Había tomado una habitación en un hotel. Yo no me sentí con moral para permitirlo. Así que se ha quedado haciendo la comida. Yo vine a buscarte. Me pasé un rato dando vueltas por todo el entorno. Te sucede algo raro, ¿verdad?

¿Raro? Le sucedía lo que tenía que suceder. Y Dan, en las nubes. No se percataba de que el único afán de Felipe era destruir su intimidad, impedirla a todo trance.

Decidió ser cauta y engañar a Felipe. Del mismo modo que Felipe, con cara de santo, los engañaba a los dos, a su hermano y a ella.

—¿Sabes lo que me apetece, Dan?

—Pues no.

—Irme a un hotel.

—¿Qué?

—¿Por qué no? He decidido que tú y yo tengamos la intimidad que debemos tener... No puedo soportar intromisiones. Tengo ese deseo.

Sabía que no era deseo, que era la coraza que buscaba para evitar caer en la trampa que le tendía Felipe. La intimidad con Dan sería esa coraza: sabía que gracias a ella dejaría de interesarse por Felipe. No sabía todavía si pensaba llevarlo a cabo por amor o por escapar del lazo que le estaba tendiendo su futuro cuñado.

—No me parece correcto dejar a Felipe solo. No está bien. Otro día, Nat. Mañana mismo. Seguro que Felipe se marcha después de esta noche. Tiene que regresar a Madrid y no se va a pasar con nosotros todo el fin de semana.

Se levantó ayudada por la mano de Dan. Sabía que aquello entorpecía su decisión y que Felipe, tarde o temprano, se saldría con la suya. Diferente sería si ella hubiera hecho el amor con Dan. ¿Por qué era Dan tan considerado? Con él, nadie lo era, ni siquiera su hermano.

¿Qué sucedería si ella le dijese la verdad? «Tu hermano me persigue. Tu hermano me convencerá y no necesitará demasiadas palabras, tal vez ninguna. Un beso, una caricia, un susurro...» ¿Es que pensaba que ella era de hierro? ¿Que no sabía, que no tenía debilidades y deseos? ¿Es que todos pensaban que era de hierro y el único que sabía que era de carne y hueso, y fácil de tentar, era Felipe?

—Anda —dijo Dan ajeno a todas las dudas que bullían en la mente de su novia—. Anda. Vamos a comer; Felipe ya habrá terminado.

Odiaba a Felipe... ¿Es que acaso sentía hacia él una loca pasión, un deseo insufrible?

No quiso analizar ni matizar nada, pero sí supo que se encontró diciendo:

—Yo prefiero volver a la ciudad. No tengo apetito ni me apetece compartir el refugio con nadie.

9

—¿Y después qué pasó?

—Subí al auto de Dan y los dejé allí. Solos, con la comida hecha por Felipe. Entré como un relámpago, recogí mi mochila y me fui. Todo visto y no visto. Allí se quedó Dan dando gritos, llamándome. Y Felipe, en el umbral, con un delantal en torno a la cintura y una expresión burlona en sus malditos ojos verdes.

—Nat... te has delatado sola.

—¿Delatado?

—Ven, pasa y siéntate. Tengo guardia dentro de un momento. Me iré. Y Javi cena en casa de su madre. Será mejor que tomes algo y después me acerques en tu auto al hospital.

—Pues vamos. No tomo nada. No tengo apetito. Sólo quería contarte esto, irme a casa y estar sola.

—¿Qué supones que pensará Dan de tu reacción?

—No me importa. No me voy a casar con él.

—¿Qué dices?

—No me soporto ni lo soporto a él. Me siento... ¿cómo te diría? Descentrada. Dan no se percata de la maniobra de su hermano, y su hermano es capaz de cualquier cosa. Él tuvo que darse cuenta de que yo decidí la boda de súbito. Lo dijimos almorzando en casa de los Santana. Yo no había visto aún a Felipe, pero sabía que estaba allí. No soy capaz de olvidar la forma en que me besó.

—Nat, me asustas.

—¿Y qué piensas que siento yo? Un miedo garrafal.

—Seguro que Dan estará ya rodando hacia tu casa y querrá saber por qué te fuiste. Felipe se reirá de los dos.

Ya subían al auto y Nat lo conducía hacia las afueras de la ciudad, donde estaba el hospital.

—Me sentiría feliz, Rita, si pudiese marcharme ahora; estaría ausente todo el verano. Pero no puedo ni debo disgustar a los Santana. A fin de cuentas son como mis padres. Yo no me soporto con este lastre. Todo ha cambiado desde que apareció Felipe.

—Dan no debería ser tan crédulo —adujo Rita pensativa—. Es una gran persona y piensa que todos son como él. No acaba de entender que Felipe vivió doce años alejado de su familia y que, al regresar, es como si se encontrara con unos parientes lejanos. Admiro la forma de ser de Dan, pero no considero que sea correcto su comportamiento contigo. Y, además, es que me consta que está loco por ti, que se aguanta, que se sacrifica, que lo pasa muy mal.

—Yo no estoy segura de que sea así.

—No me digas que ahora te asaltan dudas.

—Ahora lo mido todo al milímetro y me pasan cosas por la cabeza totalmente inadecuadas, locas... desproporcionadas.

—¿Como cuáles?

—¡Qué sé yo! Que mi empresa, que Dan es interesado, que...

—Eso no, ¿oyes? Eso no. Tú mide todo lo que gustes con tu personal rasero, pero nunca pienses en intereses materiales porque no los hay. A fin de cuentas esa empresa ha dado mucho dinero. ¡Mucho! Te hizo a ti rica, pero también a los Santana. Ahora mismo, los Santana, si quieren pueden montar su propia empresa, sin ti y sin tu dinero. Y no lo hacen. No lo harán nunca. Como nunca ganaron más de lo que honestamente debieron ganar.

Natalia se pasó los dedos por el pelo y durante un rato condujo con una sola mano. Unas leves gotas de sudor perlaban su frente, le salían de la raíz del pelo y las limpiaba con el dorso de la mano.

—Nat, lo estás pasando muy mal.

—No sabes hasta qué punto. Nadie lo puede saber. Una cosa es decirlo y otra sentirlo. ¿Qué me sucede a mí? Yo fui siempre una chica equilibrada, nunca tuve prisa por nada, nunca me inquietó el sexo. Tenía unas apacibles relaciones con Dan... Hoy me he sentido, ¿cómo te diría? Audaz, feliz, enamorada. No tuve reparo en incitar a Dan, en llevarlo casi a la fuerza. Sé que Dan me respeta por encima de todo y me ama hasta el extremo de esperar lo que sea preciso. Pero yo tenía prisa. La tenía para arrancar de mí este maldito e inconfesable deseo. ¿Sabes lo que puede suceder si me siento débil como sé que me puedo sentir y caigo en los brazos de Felipe? ¿Lo sabes?

—Sí.

—Pues estoy a punto, y Felipe, que está de vuelta de todo, lo sabe. Sabe todo lo que pasa por mi cabeza, por mis venas, el calor que me invade y el deseo que me destroza.

—Y la pasión que mueve todos esos resortes, Nat.

—Por eso yo, ahogándola en los brazos de Dan, en su experiencia...

—No. No escaparías.

—¿Que no?

—Me temo que no. Tú no tienes experiencia de ningún tipo, Dan sí la tiene, pero la amarra contigo. A Felipe, en cambio, le sobra, y la usará, con todos los ingredientes que requiera el caso, para convencerte, y sin demasiadas palabras.

—Eso es lo que yo quiero evitar.

—Pues me temo que no lo podrás evitar, ni siquiera acostándote con Dan. Eso es lo tremendo.

El auto se detuvo y Rita fue a bajarse, pero Nat la retuvo asiendo su codo.

—Rita...

—Dime. Estás pasando un mal rato.

—Sí...

—Estás metida entre dos fuegos. El humo cegará tus ojos, pero las llamas te quemarán antes. Procura escapar de ellas.

—¿Y cómo?

—Cuéntale al humo lo que te pasa.

—¿A Dan?

—¿Y por qué no? Va a ser tu marido, dispusiste todo para conocerlo bien, en profundidad. Él tampoco te conoce a ti. No sabe que tienes una vida emocional oculta, que un día cualquiera saltará por los aires. Cuéntale la pura verdad y que Dan te ayude. Cásate con él, a ser posible, la semana que viene.

—¿Y si lo odio después?

—¿Lo ves?

—¿Qué he de ver?

—Que el fuego te sigue abrasando y que el humo sólo te pega en los ojos levemente.

Rita saltó al suelo. Se le hacía tarde. Iba ya con un cuarto de hora de retraso y la guardia la tenía que tomar a las diez. No obstante se recostó en la portezuela del auto.

—Espera en casa. Lo lógico es que Dan haya rodado detrás de ti y quiera saber qué ocurre. Sé realista. Dile la pura verdad. No tienes necesidad de culpar a Felipe de nada. Eso duele siempre: es su hermano; aunque Felipe piense menos en ello. Dile que tú te sientes entre dos fuegos. Es humano, ¿no? A Dan no puede extrañarle. Que te gusta su hermano, pero que deseas casarte con él porque a él lo amas. Nadie, y menos un hombre como Dan, puede ignorar que hay dos clases de sentimientos. Él ha de saber que tú te debates entre un deseo pasajero y un amor que deseas mantener vivo. Dan lo entenderá y dispondrá las cosas de forma que su amor ahogue cualquier otro sentimiento o inclinación.

—¿Lo comprenderá?

—Mira, Nat, es que si Dan no te comprende, o hace por comprenderte, no te ama demasiado. Y entonces es mejor que te líes la manta a la cabeza y te largues. Que hagas un largo viaje y te encuentres a ti misma. A solas, por supuesto, o con quien encuentres en tu camino. El destino siempre prepara alguna salida. Pero ahora tengo que irme. Mañana, cuando deje el hospital, pasaré por tu casa.

Remy al verla respiró profundamente.

—¡Vaya, era cierto!

—¿Cierto qué, Remy?

—Qué pálida estás. Marisa acaba de llamar. Dice que Dan ha llegado y que está muy disgustado. Que si sé yo qué os sucedió.

—No lo sabes.

—¿Lo puedo saber?

—No, Remy. Me voy a mi cuarto.

—Pero... es que en el salón te está esperando Felipe.

Nat giró en redondo, como si mil demonios la obligaran, y sus labios repitieron aquel nombre:

—Felipe...

—Hola, Nat —saludó aquél apareciendo en el vestíbulo.

Estaba vestido como dos horas antes: pantalón y camisa blanca y el cabello algo alborotado, la camisa desabrochada hasta la cintura y con todo el pecho al descubierto.

—Tú... —dijo siseando.

Remy, discreta, se perdió por una puerta. Nat caminó como un autómata hasta el salón.

Felipe la seguía sin prisas.

¿Por qué en vez de Felipe no era Dan? ¿Qué tenía que hacer allí Felipe? ¿Y por qué sabía Marisa que Dan estaba disgustado? ¿Y por qué su novio no estaba allí para preguntarle por qué había huido de la casita de la playa en su auto?

Atravesó el umbral y sintió cómo la puerta acristalada se cerraba.

Giró sólo la cabeza y vio a Felipe allí, de pie, delante de la puerta que acababa de cerrar.

—Has enojado mucho a Dan, Nat. No debiste escapar. —La apuntó con el dedo enhiesto—. Lamento haber sido la causa de tu huida. Lo siento, créeme.

—Mientes, mientes siempre, engañas a todos con tu aparente indiferencia, con tu mansedumbre. Yo creo conocerte mejor que nadie, y te conozco poco, pero bastante más que Dan. Te has propuesto destrozar nuestra relación. Y lo estás consiguiendo.

—Es posible que tengas cierta razón, Natalia. Muy posible

—aceptó Felipe mansamente—. Pero... no entiendo por qué Dan no se da cuenta de que tú buscas en la vida algo más que una contemplación espiritual. Te subestima tu novio. Y una mujer no se resigna a ser subestimada de esa manera. Es lamentable, pero es así. Ahora mismo está enfadadísimo y no ha venido a preguntarte por qué huiste. Se fue a la cama y solamente le dijo a mamá que no se soportaba ni soportaba tus reacciones. Mal hecho. Ni nuestra madre tiene por qué entrar en vuestras cosas ni él por qué enfadarse.

—Y has venido tú a consolarme.

—Tampoco es así. ¿Me puedo servir una copa?

—Sírvete lo que gustes y envenénate de una maldita vez. ¿Sabes lo que yo haría en tu lugar?

—No, ¿qué harías tú en mi lugar?

—Me marcharía a Nueva York. Buscaría una mujer que se me pareciese y desaparecería con ella. Olvidaría el hogar que llevas sin frecuentar doce años. ¿A qué fin tanto afecto? No creo en nada de cuanto dices; en cambio, de lo único que se queja tu familia es de tu vida de noctámbulo, no se dan cuenta de nada más. Te dejan hacer lo que quieras y no se inmiscuyen en tu vida.

—Es que yo no lo permitiría. Me serviré una copa. ¿Quieres tú? Te has ido sin comer, lo cual indica que estarás muerta de hambre. Sé que Remy no me soporta, pero sí que me escuchará si salgo y le digo que te prepare algo para comer.

—No necesito nada.

Se iba apaciguando. A fin de cuentas no entendía la postura cómoda de Dan, pero tampoco el sentido común de Felipe.

Lo veía situarse tras la barra del bar y extraer una botella y dos vasos.

—¿Quieres tú, Nat?

—No.

—Como gustes. Hemos comido, ¿sabes? Cuando te fuiste, Dan se enfureció. Dijo que eras una caprichosa. No fuiste nada cortés. Mi intromisión te sentó como un tiro. Yo te puedo asegurar que no estaba allí por casualidad. Había tomado una habitación en el parador, y lo que intenté, lo conseguí. Detuve tu deseo de casarte a tu manera esta misma noche. Es lo que no comprendo. ¡No seré capaz de asimilar la postura de Dan! Y lo curioso es que no dudo de su amor. Y no dudo porque tú eres capaz de despertar amor en las piedras, cuanto más en un ser humano, hombre, bien dotado de todo lo necesario para considerarse masculino. No consigo entender la reverencia que siente hacia ti Dan.

—¿Quieres dejar de crearme dudas con tus comentarios?

—Estoy siendo sincero. Y lo soy hasta el extremo de preguntarme qué me propongo yo interfiriendo en vuestras vidas, en vuestra relación, en vuestros deseos... —Bebía y la miraba por encima del borde del vaso—. No lo sé. Te aseguro que no soy hombre conflictivo ni tengo como meta el matrimonio. No sé si podré serle fiel a una sola mujer. Para engañarla, prefiero no estar ligado a nadie. Pero si un día decidiera dejar el celibato a un lado, ten por seguro que buscaría a una persona temperamental como tú. Y lo raro es que Dan no te conozca. Porque, sin lugar a dudas, no te conoce en absoluto.

Se sentó sin acercarse a ella.

—Te diré lo que yo haría si estuviera en el lugar de mi hermano. Primero, no invitaba a Felipe a quedarse a dormir. Segundo, no llevaba un año de relaciones sin consumarlas debidamente. Tercero, no me enfadaría en el supuesto que tú escaparas, muy al contrario. Ello me haría comprender que deseabas estar conmigo a solas, y el invitado era un soberano estorbo. Cuarto...

—Basta.

—¿Adónde vas?

—No te importa.

Y Nat salió a paso ligero.

Felipe bebió lo que le quedaba en el vaso y salió disparado tras ella. La vio en el porche, dudando, dispuesta a hacer cualquier disparate.

—Natalia —llamó.

Ella ni siquiera volvió la cara, muy al contrario, se lanzó por el jardín y Felipe supo que buscaba el sendero que conducía a la puerta que comunicaba ambas fincas.

Tampoco era así. No tenía interés alguno en que Nat, con su temperamento disparatado, lo metiera en un lío familiar. Corrió a grandes zancadas y la alcanzó cuando ella iba a atravesar la puerta de comunicación.

—No seas insensata. ¿Adónde vas?

—A decirle a tu madre que me persigues. A aclarar la cuestión con Dan.

Felipe la sujetó fuertemente.

—Permíteme que te haga unas cuantas reconsideraciones. Veamos, Nat. Sé razonable y frena tu impetuosidad. No sé lo que me juego aquí. Ni siquiera si me estoy jugando algo. Si lo que hago es por mi bien o sólo por fastidiar. Te aseguro que nunca fui entrometido. Nunca me interesó involucrarme en la vida de los demás. De repente vengo, te conozco, veo actuar a mi hermano y me siento pillado no sé hasta qué extremo. Es cierto que no siento un amor entrañable hacia los míos. Es cierto también que no les deseo ningún mal. Y es más cierto aún que no permitiré que un hijo mío, si algún día lo tengo, se marche a estudiar a otro país.

La había soltado y Nat, en vez de seguir, se pegó a la valla y se quedó allí erguida, con la vista perdida en el confuso rostro de Felipe, que además de expresar o manifestar incertidumbre, se difuminaba entre las sombras.

—Lo siento, Natalia. Ya sé que mi llegada te ha hecho dudar de Dan. No es que yo me lo haya propuesto, pero tal vez, sin objetivo fijo, esté provocando en ti preguntas que antes no te hacías. Yo no comprendo cómo, a estas alturas, y teniendo tú veintidós años, siendo una muchacha culta y adulta, Dan te mantiene en una ignorancia semejante. No sé si eso me produce satisfacción o tanto asombro que no doy crédito a lo que veo y observo. No voy a dudar del amor de Dan. Creo conocerlo. No ha cambiado nada desde que era un crío o un mozalbete, y Dan fue, por sistema y educación, siempre un chico honesto. No sé siquiera si deseo ocupar su lugar. Pienso que nunca he sido tan sincero.

—Todo para evitar que yo le diga a tu madre la verdad.

—No, no es eso. Piensa que vine aquí sin que nadie me llamara. Que, en el fondo, me gusta el contacto con mi familia, que no la comprendo bien, eso es obvio, pero que tampoco yo soy responsable.

Hablaba quedamente. Tanto es así que Nat se fue calmando poco a poco.

Felipe se pegó a la pared junto a ella y siguió hablando con lentitud, como si más que dar razones a Nat, se las estuviera dando a sí mismo.

—¿Que envidio a Dan? Es muy posible. Yo vengo de un sendero que recorrí a mi gusto y manera y nunca hallé en mi camino nada que llamara mi atención. A las mujeres las utilicé como en su momento me utilizaron ellas a mí... Podría decir muchas más palabras y todas diferentes indicando o expresando la misma cosa. Pero, de cualquier forma que sea, el destino me trajo aquí y yo creo que por algo será.

10

Nat se enderezó sintiendo el frío de la pared. Miró al frente con expresión hipnótica y después se fue escurriendo hasta quedar sentada en el césped. El rocío había mojado la yerba y sintió la humedad en sus posaderas, pero no intentó levantarse. Estaba francamente desolada. Sabía que Felipe estaba, una vez más, inventando historias. Que nada de cuanto decía era cierto, ni manifestaba sus verdaderos pensamientos y menos sus intenciones. Pero ella sabía también que no podía enfrentarse a los dos hermanos y que aquel asunto, de la forma que fuera, para bien o para mal, debía ventilarlo sola.

—No puedo ser más sincero —añadió Felipe escurriéndose y sentándose también—. Tampoco soy un avispado. Ni tengo tanta experiencia como tú supones, pero obvio es que, si estuviera en lugar de Dan, habría deseado saber qué te pasaba.

Nat no respondió. Metió la mano en el bolsillo del pantalón y extrajo una cajetilla y una pequeña caja de fósforos. Encendió un cigarrillo sin ofrecerle a Felipe. Ella no era una fumadora empedernida, pero a veces, y aquel momento era el más apropiado, necesitaba hacerlo y sentir la aspereza del humo en su garganta para disipar el nudo de sus nervios.

—¿No me das uno?

Fue como si no lo oyera. Metió de nuevo la cajetilla en el bolsillo, junto con los fósforos, y fumó con fruición.

Felipe, con suavidad, intentó quitarle el cigarrillo de la boca y ella de un brusco movimiento, junto con un manotazo, desvió la mano masculina.

—Qué áspera eres a veces.

—Será mejor que sigas tu camino a menos que te expongas a que grite, salgan tus padres y cuente de una maldita vez qué me pasa y, lógicamente, me pasa que me estás persiguiendo desde que me conociste. ¿Qué te propones? ¿Perturbarme?

—Lo he conseguido —rio Felipe ya dueño de sí y sin intención alguna, al parecer, de suplicar de nuevo ni de decir vaguedades que no sentía—. Estás enloquecida. Darías media vida por mandar al traste tus escrúpulos y de buena gana me invitarías a tu ático...

Ella volvió la cara con presteza.

—Y eso te regocijaría.

—No, me complacería una barbaridad. Yo no te retendría. Seamos consecuentes. Ni impediría que te casaras con mi hermano.

—Entonces ¿qué buscas de mí?

—Nat, por favor, sé menos ingenua. Lo que yo busco en ti está muy claro. Una relación sexual placentera. Tú andas por la vida más ciega que un vendedor de esa ONCE que tenéis. No sabes nada de nada. Siempre es grato para un tipo como yo despertar a una joven. Dan no tendría por qué enterarse. Dan confía tanto en ti que incluso se permite el lujo y la infantilidad de enfadarse por niñerías. Yo no me enfado. Yo voy por la vida con todo el sentido común del que estoy dotado. Yo no avasallo, pero convenzo, vivo, disfruto...

—Y luego te olvidas.

—Bueno, tampoco soy un hombre con madera de marido fiel. No nos engañemos. Yo puedo ser un buen amante ocasional, pero reconozco que carezco de perseverancia en asuntos sentimentales.

Se estaba destapando en toda regla y con toda claridad, diciendo con escuetas palabras lo que esperaba de ella. Una relación esporádica placentera, sexual, pasional, y si te he visto, no me acuerdo.

¿Cómo podía ser tan cínico?

—Verás, Nat, verás y comprenderás. Yo no soy un sentimental. Yo voy por la vida para tomar de ella aquello que me agrada. Lo que no me agrada ni me entero de que existe. Tampoco pido responsabilidades de ningún tipo. Lo raro es que tú sacrifiques tu cuerpo sólo por ese clasicismo equivocado que te enseñaron. Os han educado mal. Yo no comprendo por qué os han enseñado con tanto esmero a sacrificar el cuerpo, cuando ese cuerpo debe ser siempre complacido. Tampoco es como para rasgarse las vestiduras. Uno vive, se da una ducha y no queda ni rastro. A otra cosa después.

—Me estás diciendo —siseó Nat con suma lentitud, a la par que tiraba lejos la punta del cigarrillo y se incorporaba— que si me acuesto contigo no pasa nada. Disfruto y se acabó.

—Eso es lo sensato.

—Y el hecho de que sea la novia de tu hermano...

—¡Oh, no! —dijo él entre dientes levantándose, sacudiéndose el pantalón y elevando la mano en un gesto de indiferencia—. No me digas que debo pensar en los parentescos. Que debido a ello tengo o debo frenar mis impulsos. Sería el colmo. Yo no estoy tan maleducado como vosotros. Yo doy al cuerpo lo que me pide y me olvido inmediatamente de lo que he disfrutado.

—O sea, que me estás proponiendo, abiertamente, una relación sexual.

—¿Y por qué no?, hay que ser consecuentes, sinceros y afrontar las cosas sin demagogias. Yo no tengo prejuicios de nada. No me enseñaron a llevar tal lastre. Yo soy de los que vivo, disfruto como un enano y me olvido, si hay que olvidarse de la persona que me ayudó a disfrutar.

—Y luego —dijo Nat cada vez más indignada, pero disimulándolo—, puedo casarme con tu hermano con la cabeza muy alta.

Felipe hizo un gesto de sarcasmo.

—¿No me digas que aquí eso aún lo consideráis pecado?

—Es una falta total de honestidad aquí y en cualquier parte del mundo.

—¿Te refieres al sexo? ¿A disfrutar de él?

—Me refiero a todo lo que no sea decente.

Y caminó a paso seguro por delante de él dirigiéndose a su casa. Felipe, molesto en verdad, la siguió, pero cuando iba a cruzar la puerta acristalada tras ella, sintió en su cara la dureza del cristal.

Se quedó fuera y vio, desconcertado, que Nat cerraba además la puerta de madera.

Sacudió la cabeza. La chica de su hermano estaba logrando de él lo que no logró ninguna otra mujer. Interesarlo de verdad, y eso le produjo una rabia incontenible.

—¿Dónde te habías metido? —se alarmó Remy al verla llegar.

Nat intentó cruzar a su lado sin responder. Sabía que su voz no reflejaría la serenidad que intentaba aparentar, y Remy para ella era una madre auténtica. Nunca la abandonó. A los diez años, ya Ignacio y Marisa Santana, cuando ella se quedó huérfana, preguntaron a Remy qué cosa preferiría la niña. Y Remy dijo categóricamente que ellos podían decidir como quisieran y consideraran más conveniente, pero que la pequeña, si tuviera edad para opinar, opinaría sin duda alguna que prefería quedarse en su hogar.

Los Santana fueron, como siempre, nobles y considerados y tuvieron muy en cuenta el afecto del matrimonio. Bernardo y Remy fueron, desde que sus padres se casaron y antes de nacer ella, los servidores de confianza. Por eso los Santana debieron de considerar la circunstancia y permitieron que la niña se quedara con ellos, si bien ellos mismos como tutores intervinieron en su educación.

Remy y Bernardo, pues, fueron para ella los padres que perdió demasiado pronto, los seres más queridos y considerados. Nunca dudó del amor de Remy ni del afán afectuoso de su marido. Es más, estaba segura de que si uno de los dos, o los dos juntos, supieran que Felipe seguía, serían ellos mismos los que cerrarían aquella puerta. Remy lo sospechaba y ella lo intuía, pero de verdad, de verdad, no dejaba de ser una sospecha.

—Estuve dando un paseo por el jardín.

—Nat, sucede algo, ¿verdad?

—No, Remy.

—Pues no entiendo por qué Dan ha llamado tres veces.

Eso sí que produjo en ella un sobresalto.

Se volvió y Remy quedó asombrada ante la expresión anhelante de su joven pupila.

—Remy, ¿cuándo ha llamado?

—Pues desde hace media hora, tres veces ya. Te estuve buscando, incluso te llamé en el jardín.

Ella no podía oír si se hallaba al otro lado de la valla. El muro era alto en aquella zona y lógicamente ahogaba las voces que procedían de la casa, tanto de la casa de los Santana como de la suya.

—¿Y qué quería Dan?

—Pues no lo sé. Estaba muy raro.

—¿Raro?

—Lo noté... no sé cómo explicarte, triste. Eso es, como triste. Quería hablar contigo y yo le dije que habías estado en casa, pero que habías salido.

Nat se agitó de pies a cabeza e incluso se asió al marco de la puerta.

—¿Le has dicho que Felipe estaba conmigo?

—No. No me gusta el hermano de tu novio. No me gusta nada. Por eso ni lo nombré. No me gusta su mirada gatuna, sus modales lentos que parecen insinuar no sé qué cosa. Te digo que no debes de seguir pintándolo.

No pensaba hacerlo. Un día de aquéllos empaquetaría lo que tenía del cuadro y le enviaría el lienzo a Madrid.

Debía dejar de verlo para siempre.

Pero...

—¿Y dijo Dan si volvería a llamar?

—No. Pero si llamó tres veces en media hora, volverá a hacerlo. Nat, te ibas todo el fin de semana, has vuelto en el auto de Dan. Él te llama por teléfono. ¿No puedo saber qué cosa ha sucedido para alterarte tanto?

—Cosas de novios —dijo y se dirigió a las escalinatas hacia la segunda planta, donde tenía su dormitorio—. Si llama de nuevo Dan, pásame la comunicación a mi alcoba.

—¿Has comido?

Mintió con aplomo sin volver la cara:

—Sí. Sí, claro. Lo hice con Rita.

—Pero ¿la has visto?

—Estoy en la ciudad desde el anochecer —mintió de nuevo.

Y esta vez sí que subió de dos en dos las escaleras.

Se vio en su alcoba y se acercó a la ventana. Las luces en el palacete vecino estaban encendidas. Las del salón y las del cuarto de Dan. Eso indicaba que Felipe estaría contando a sus padres cualquier mentira y Dan estaría solo preguntándose qué pudo haberle pasado a Nat para que escapara como una loca.

Retrocedió sobre sus pasos a la par que se iba despojando de sus ropas. Cuando entró en el baño adosado a la alcoba ya estaba desnuda y se metía bajo el chorro de la ducha.

Le chorreaba el cabello y todo el cuerpo cuando oyó el timbre del teléfono. Frotándose fieramente con una enorme toalla salió del baño y, descalza, fue a sentarse en el borde del lecho para asir el auricular.

—Sí, dígame...

—Nat...

—Dan.

—¿Por qué?

—Había ido allí para estar contigo —dijo rotunda—. Las intromisiones no me agradan.

—Era mi hermano.

Estuvo a punto de decirle que además de hermano era un monstruo.

Pero sólo dijo:

—No entiendo por qué fue a interrumpirnos.

—¿Y él qué sabía?

¿No? Sabía más que nadie. Intuyó sus blancas relaciones desde el principio, desde que pisó su casa después de doce años de ausencia.

—De todos modos me he venido, ya lo has visto. Lo siento por ti.

—Hay veces que el temperamento ha de frenarse. Me disgusta que no hayas sabido hacerlo. La educación...

—¡Al diablo la educación!

—Nat, estás desconocida. De conocerte menos, diría que estás perturbada por la presencia de Felipe.

Pues sí, lo estaba. ¿Cómo podía Dan ser tan ciego? ¿Cómo no se apresuraba a envolverla en sus brazos y enseñarle a vivir locuras? A fin de cuentas iban a casarse. ¿A qué fin tanto miramiento?

—Nat, ¿me estás oyendo?

—Sí.

—¿Y qué dices?

—¿Decir de qué?

—De lo que no me parece normal.

—Yo no sé lo que a ti te parece normal.

—Me parece anormal que Felipe, dada su indiferencia y educación, te haya hecho dudar...

—¿Y eso no despierta tus celos?

Hubo un silencio. Un largo silencio durante el cual Nat se secaba fieramente la cabeza.

—Cuando se calla, se otorga.

—Pues en este caso no es así —dijo la voz de Dan serena y flácida—. No lo puede ser. Cuando hay celos, hay complejos y desconfianzas. Y yo me niego a caer en esas dos estúpidas debilidades.

—¡Qué bien!

—¿Qué dices?

—No decía nada. ¿Lo dejamos para discutir mañana?

—Mañana voy a la capital con Felipe. Tiene allí unas diligencias que hacer y la única persona que puede ponerle en contacto con la burocracia soy yo.

—Pues buen viaje.

—¡Nat! ¿Quieres decirme de una maldita vez qué te ocurre?

—Me parece que le diré a tu padre que deseo irme de viaje. Un viaje de verano por ahí. Ibiza, Marbella, el extranjero.

—¿Y la boda?

—¡Ah! Pero ¿aún deseas boda?

—Y deseo que vivamos antes una luna de miel anticipada. Estaré de regreso a las cuatro. Tenemos aún tiempo de ir a la casita de la playa.

No. Ya no. El momento había pasado.

La ocasión se había frustrado. Pero no lo dijo.

Se limitó a decir indiferente:

—Hasta mañana a las cuatro, pues.

—No soporto ese tono de lejanía.

—Dan —se impacientó—, ¿y qué es lo que te resulta más soportable?

—No lo sé. Me tienes desconcertado, y prefiero no analizar las razones que has tenido para comportarte como una cría caprichosa. Mañana hablaremos.

No sería con ella. Necesitaba alejarse y lo haría. A solas consigo misma, tenía razón Rita, sería la única forma de encontrarse, si es que aún podía.

Le dijo adiós y colgó.

11

Nunca iba a la fábrica de productos químicos. Se podían contar las veces que había ido en aquellos doce años, desde la muerte de sus padres. Pero aquella mañana, nada más levantarse pasó por el palacete. Había visto salir a los dos hermanos. Era sábado y si abrían las oficinas sería sólo por la mañana. Sabía que su padrino iba sábados y domingos por la mañana a la fábrica. Por eso no entró en el palacete de sus vecinos y se alejó en su Porsche color cereza.

No fue nunca caprichosa, pero aquel auto se le antojó cuando terminó la carrera y, si bien no necesitaba el permiso de su tutor para comprarlo, se lo pidió, y su padrino, Ignacio Santana, no dudó en complacerla. También era su único lujo. El Porsche y unos cuantos modelos exclusivos cada temporada. Podía darse muchos más gustos, pero ella, por mucho que se lo llamara Dan, nunca fue caprichosa.

Aquella mañana vestía un modelo estampado de fondo blanco, con unos lunares diminutos amarillos. Un vestido completo, tipo camisero, mañanero, ligero. Le sentaba a su esbelta figura como un guante. Estaba harta de ser una niña de familia bien, sometida a los criterios de sus tutores. No pensaba exigir nada, pero sí pensaba imponer su decisión.

Y, para oírla, nada mejor que la sensatez de su tutor y segundo padre. Tanto Marisa como su marido, Ignacio, fueron para ella los timones de su vida. Había escuchado con sumo cuidado y atención sus consejos y había hecho lo que le habían dicho que debía hacer toda su vida. Pero ahora se sentía desconcertada; sin duda navegaba en un mundo embravecido cuyas olas podían muy bien ahogarla y prefería escapar de su evidente devastación.

Cruzó toda la ciudad y se adentró en las afueras, en la zona industrial. Su fábrica de productos químicos era enorme. Había sido reestructurada años antes, no muchos, cuando todo hubo de ser reconvertido para enfrentarse al Mercado Común, a un mercado europeo competitivo. Lo que suponía que su fábrica de productos químicos no sería nunca invadida, como ocurría con otras empresas, por el dinero americano, alemán o japonés.

Santana estuvo muy dispuesto en el momento oportuno a la reconversión y la empresa se había convertido en una de las más saneadas, competitivas y rentables del país.

En días laborables, había estacionado un gran número de automóviles en la zona, en los estacionamientos que bordeaban la empresa y para la cual fueron levantados. El sábado había sólo dos o tres autos. Los que correspondían a las personas de mantenimiento y el Mercedes de su padrino, que gustaba de pasar por la oficina. De haber estado Dan en la ciudad estaría también, pues solía llegarse a las oficinas con su padre. Pero ella no buscaba a su novio, buscaba a su tutor.

No frecuentaba mucho la empresa, pero sabía el camino para llegar a las oficinas de dirección. Y no se detuvo.

—¿Puedo pasar, padrino?

Ignacio Santana no dio un salto porque era un tipo muy flemático, como su hijo Dan, pero sí que se apresuró a volver la cabeza.

—Nat, ¿tú aquí? Pasa, pasa. ¿Buscas a Dan? No está. Ha ido con Felipe a no sé qué asunto a la capital.

Nat cruzó el umbral y cerró tras de sí.

Besó a Ignacio Santana con toda la ternura que sentía hacia él y se sentó frente a él.

—Te buscaba a ti a solas.

—¿Sucede algo?

—Verás, nunca he viajado sola por esos mundos.

—¿Sola?

—He viajado contigo, con Marisa, con Dan, con los tres. Pero sola, lo que se dice sola, jamás. Y me gustaría.

—Dejaré mi alto sillón y me iré a sentar a tu lado. ¿Tomas algo? Pues bueno. No tomamos nada. —Y se sentó en un sillón junto a Nat—. Veamos, de modo que deseas hacer un viaje.

—Me gustaría.

—Y me lo vienes a decir. ¿Es que me estás pidiendo permiso? Ya eres mayor de edad, Nat. Posees tu cuenta corriente, no estás supeditada a nada ni a nadie. Pero es raro que me pidas viajar sola. ¿No hay boda pronto?

—No he dicho que no la vaya a haber. Digo únicamente que me gustaría hacer un viaje en solitario antes de casarme.

—¿Y qué dice Daniel? Porque no recuerdo que me hubiese comentado nada al respecto.

—No lo sabe.

Ignacio pensó un montón de cosas, pero no dijo ninguna. En cambio sí comentó plácidamente:

—¿Y adónde quieres ir?

—No lo sé aún. Tengo que pensarlo. Pero primero te lo quería decir a ti.

—A mí no me tienes que decir nada. Es a Dan. Si estáis los dos de acuerdo.

No le dijo que no se lo había preguntado, pero estaba más que sobreentendido. Sin embargo, agradeció la discreción de su futuro suegro y se limitó a levantarse y a añadir:

—Tal vez quince días en Ibiza.

También Ignacio Santana se levantó. Era un hombre aún joven, de alta estatura y muy distinguido. Tenía toda la pinta del gran señor. Respetable y atractivo. Dan se parecía mucho a él. La cabeza de Ignacio Santana estaba salpicada de hebras de plata, pero aún se notaba que su cabello en su día fue de un castaño claro, casi rubio como el de Dan. Tenía los mismos ojos azules de expresión acariciadora. Desde luego, ni Dan ni su padre se parecían nada a Felipe y sobre todo en la mirada. La de Felipe era felina, como esas miradas siempre en guardia que no son precisamente sinceras ni límpidas. El cabello de Felipe era castaño también, tirando a cobre. Si a todo eso se le añadía que había vivido en un país lejano y con costumbres diferentes, se suponía, y ella lo sabía sin necesidad de suponer, que la manga de Felipe era muy ancha...

—Marisa estaba ansiosa por ir de compras contigo. Me dijo que esta semana quería que la acompañases a casa de algún modisto... ¿Es que la boda se atrasa?

—No tiene por qué. Tampoco creo que para casarse se necesiten tantas cosas. Yo no voy a montar casa. Tengo la mía y está llena de todo lo necesario.

—Eso es verdad. De modo —la acompañaba por los pasillos de la oficina hasta la salida— que deseas hacer el viaje sola. ¿Y por qué no con Dan?

—¿Solos? —se asombró del liberalismo de su tutor.

Éste hizo un gesto ambiguo.

—Hoy día es lo habitual.

—¡Ah!

—Yo, desde luego, nunca interferiré en vuestros gustos.

—Gracias, padrino.

—Ve a ver a Marisa y dile lo que tienes en mente. Tal vez ella se entusiasme si la invitas a acompañarte.

Eso no. Sería como estar en casa, en familia.

Claro que Marisa, porque no hiciera el viaje sola, era muy capaz de unirse sin ninguna gana. Pero ella estaba muy harta de ser vigilada y controlada. Seguramente que los Santana no lo pretendían, pero el caso es que lo pretendieran o no, ella se sentía muy controlada.

—Sólo deseaba saber si estabas de acuerdo, padrino. Te veré más tarde.

Dan conducía su auto y, a su lado, un Felipe cansado y negligente fumaba en silencio, contemplando absorto el paisaje.

—Es un papeleo de nada —dijo Dan—. Verás cómo te pongo

en contacto con las personas idóneas y casi seguro que podemos volver a almorzar a casa. ¿Estarás mucho tiempo por aquí?

—Me voy mañana en el avión de la noche. Tardaré en volver. He de acercarme a Nueva York la semana próxima. Ando buscando un jet a mi gusto y después me será más fácil venir volando. Sé pilotar muy bien un avión, y tengo la documentación en regla. Pero el desembolso es fuerte, aunque dispongo de liquidez suficiente. —Hizo una breve pausa para añadir con cierta desgana—: En realidad no entiendo por qué estáis dirigiendo una empresa en la cual tenéis tan pocas acciones. Ya sé que te vas a casar y que una vez consumado el matrimonio todo pasará a ser vuestro. Pero ¿de verdad estás tan enamorado?

Dan no entendía bien. Volvió un poco la cara y sus azules ojos miraron a su hermano mostrando su asombro: no entendía qué quería insinuar Felipe.

—No te entiendo —confesó.

—Digo si estás tan enamorado como para crucificarte. Yo eso del matrimonio lo tengo muy, pero que muy reflexionado. No sé lo que tú pensarás, pero eso de despertar cada mañana y ver el mismo rostro tendrá que producir sin remedio una gran monotonía. Es como un desgaste. Te acuestas con la misma mujer a la que ves todos los días cuando te levantas. Eso tendrá que resultar enormemente desagradable.

—Lo que tú opines sobre el matrimonio me tiene sin cuidado, Felipe. Nosotros, tú y yo, somos hermanos, paridos por la misma madre, pero, obviamente, diferentes. Yo he querido a Natalia toda mi vida. Le llevo cuatro años, casi cinco; pues, cuando ella era larguirucha y flaca, sin ninguna gracia, para mí, ya la tenía. La cuidé siempre y mi amistad con ella es de una seriedad y responsabilidad absolutas. El amor no fue un flechazo. Fue algo que reflexioné en profundidad y estoy absolutamente convencido de que la amo.

—Sin embargo, que yo haya entendido bien, nunca has hecho el amor con ella.

Dan se removió inquieto.

—¿Te lo dije yo?

—Pues no sé. Pero igual me lo dijo la misma Nat.

Dan arrugó el ceño.

—Me extraña mucho que Nat haya comentado algo referente a ese particular. No es comunicativa y tiene mucho pudor para ciertos comentarios o expresiones. De todos modos, es más difícil, te digo yo a ti, no hacerlo que lo contrario. Y lo digo porque yo me someto a una rigidez exhaustiva. Cuesta mucho mantenerse neutral cuando lo que estás deseando es compartir las mayores intimidades. No sería honesto por mi parte llevar a Nat por un terreno que ella tal vez no desea.

—Pero vosotros estabais en la casita de la playa solos... y los padres pensaban, porque así lo habíais dicho, incluso delante de mí, que estabais con unos amigos.

Dan aceleró un poco por la autopista y pasó raudo dos autos.

—La forma de salir Nat disparada en tu coche me dejó perplejo. Supongo que a ti también. Si yo estuviera en tu lugar...

Dan lo cortó, seco:

—Pero no lo estás.

—Bueno, bueno, no quiero levantar la liebre ni que tú te enojes conmigo. Si dos hermanos no pueden tener confianza, no sé quién es el que debe tenerla.

Y en cuanto a Nat, le estaba sentando muy mal, pero que muy mal, que Felipe la tuviera en la boca constantemente.

No eran celos. Él se negaba a sentirlos. Negaba tales debilidades, pero...

—Tienes que decirle a Nat que me permita posar para que termine ese retrato.

Dan volvió de nuevo la cara.

No sabía, por supuesto, que Nat se negaba a terminar el retrato.

Pero no lo dijo, aunque no dejó de sorprenderse. ¿Qué estaba pasando con Nat y Felipe?

—Apelo a ti para que la convenzas. Yo no le hice nada malo y ella se empeña en que no suba a su ático. Si me dejo guiar por los conocimientos que yo tengo de las mujeres, pensaré que no le soy indiferente.

Dan pasó de súbito tres autos seguidos y Felipe comentó, pausadamente, perezoso:

—Oye, que no deseo matarme. No tengo tanta prisa. Es una autopista, pero que pases tres autos de una vez, es excesivo. Como te decía...

Dan lo hizo callar con una voz un tanto bronca:

—Nat terminará tu cuadro. Claro que sí.

—Pues tendrás que convencerla tú.

—Estás equivocado.

—¿En qué?

—Me estás diciendo que le interesas a Nat.

—Mira, no dije eso... pero... te repito que mi andadura, mis vivencias con las mujeres son infinitas. Empecé muy joven y nunca me he detenido. La mejor experiencia la aprendes con las mujeres. En ellas ves los altos y los bajos, tus fallos y tus aciertos. Las mujeres suelen ser muy expresivas, y en sus expresividades te vas conociendo a ti mismo sin querer.

—No sé por qué me dices eso.

—Porque creo que he conocido bien a Nat. No la has espabilado demasiado. Sigue siendo una infeliz ingenua. Eso es grave.

—¿Grave?

—Para la buena marcha de una relación sentimental. Yo no soy de los que me caso. Yo no soy serio. En ese sentido no lo soy nada. Para los negocios soy muy responsable porque en ello me van las ganancias o las pérdidas, y siempre pierde más un distraído que un avispado. Pero en cuanto a mujeres soy voluble y no quiero dañar a Nat.

—No te entiendo en absoluto.

Felipe pensaba que Dan lo entendía muy bien porque no era tonto y, además, estaba enamorado firmemente de la mujer que él estaba mencionando.

—Yo creo que tu novia se inhibe cuando yo aparezco, que no me quiere pintar porque la soledad conmigo la asusta. Yo no soy de hierro. Ni a ti que eres mi hermano respetaría si ella...

—¡Basta, Felipe!

—Oye, tampoco es para ponerse así.

—Estás menospreciando a mi novia.

—Muy al contrario, te estoy diciendo que si se pone delante me la trago y tú debes vigilarla, que ella no es tan fuerte como tú supones, y yo tampoco soy de madera. Los seres humanos cometen errores, pero es lógico que los cometan. No seríamos humanos si pretendiéramos ser perfectos.

—Felipe —dijo Dan roncamente—, prefiero que sigas callado. Tenemos la capital delante. Te llevaré al negociado donde debes arreglar tus papeles y te pondré en contacto con un amigo que trabaja en ese negociado. Pero tú me vas a hacer el favor de detener tu lengua, tus suposiciones y olvidarte de Nat en cualquier sentido.

—Vamos, los celos ya hicieron su aparición.

Dan buscaba dónde dejar el auto y consiguió hacerlo en un hueco. Después enderezó el busto y miró fijamente a su hermano.

—Te libras de una bofetada porque eres mi hermano.

—Pues yo te digo —dijo Felipe descendiendo del auto tranquilamente— que ni con ser mi hermano te libras tú de que yo te birle la novia, si puedo.

Dan hizo un movimiento, pero supo mantenerse firme. Y volvió a su postura cómoda, esperando a que Felipe descendiera. Si se había propuesto encelarlo, lo había conseguido. Pero Felipe sólo había querido ponerlo sobre aviso con el fin de que, si un día ocurría lo peor, que no fuera Dan a reprocharle nada.

Él no había cejado en su empeño y cada día o cada minuto que transcurría se hacía más obsesivo el deseo. Mucho se tenía que equivocar, si con Nat se equivocaba. Y apostaba a que no se equivocaba en absoluto.

12

Se lo dijo su padre a solas. Ignacio no lo había comentado con su mujer y es que prefería que Dan pusiera los puntos por medio y, a ser posible, vallas. Encontraba muy rara a Nat desde que había dicho que se casaban. Y si lo hacía tan súbitamente, algún motivo la empujaría, y Dan, por lógica, tenía que saberlo. Pero Dan no sabía nada. Estaba empezando a atar cabos, cabos que nunca quiso tocar o que se empeñó en no ver, pero Felipe se había encargado de ponérselos delante, y él no era ningún estúpido.

No obstante, siguió a su padre cuando le hizo un ademán disimulado. Se entendía muy bien con su padre. Casi con mirarse ya sabían lo que uno esperaba del otro. También el padre supo que Dan regresaba molesto. Con quién y contra quién lo ignoraba, pero que estaba inquieto y rabioso, saltaba a la vista para él, que tan bien lo conocía.

—¿Ocurre algo, papá?

—Sígueme a mi despacho. Deja que Felipe le cuente a vuestra madre lo que hicisteis en la capital. ¿Lo habéis arreglado todo?

—Casi. Le enviarán la documentación a Madrid. Él no tiene que volver al negociado.

—¿Te pasa algo, Dan?

—¿Y a ti, papá?

—Yo te lo digo en pocas palabras. Algo está ocurriendo con

Nat. Supongo que tú lo sabrás. Ha ido a la fábrica a pedirme permiso para hacer un viaje.

—¿Y no ha dicho las razones?

—Tampoco se las he preguntado. Es independiente, rica y libre. Si a alguien tiene que dar explicaciones, será a ti. Pero yo no me sentí con moral para contrariarla ni para hacerle preguntas. La he notado rara. Hay varias cosas —añadió pensativo Ignacio Santana— que no comprendo: la prisa que os disteis para anunciar vuestro compromiso de boda, la marcha a la casita de la playa donde pensabais disfrutar de un fin de semana, y el regreso súbito de Nat. Sola.

—Felipe llegó inopinadamente.

—¿Felipe?

—A la casita de la playa.

—¡Vaya, qué poco discreto!

—Eso pensé yo.

—Y Nat salió disparada.

—Pues, sí. Así. Ni más ni menos.

—¿Te dijo las causas?

—No merecen la pena.

—Pero sí la merece el que un mes antes de la boda diga que se va de vacaciones.

—Me iré con ella.

—Eso fue lo que yo le dije y me miró con expresión muy rara. Es lógico también que le causara asombro. Pero yo no soy tan arcaico como tu madre y entiendo la situación, y sé que las parejas de hoy se van de vacaciones juntas sin que nadie se rasgue las vestiduras...

—Seguro que mamá no piensa igual.

—Mamá sigue con su misa diaria y su rosario por las tardes. Está en otro mundo, pero si ese mundo le gusta y no hace daño a nadie, sino todo lo contrario, tampoco tengo yo por qué obligarla a que baje de su galaxia personal. —Y sin transición preguntó—: ¿Te ha sucedido algo con tu hermano? Os he visto algo tirantes. A ti en particular.

—Nada que merezca ser mencionado.

Y salió con una tibia sonrisa. Era un hombre apacible, un hombre ecuánime, un hombre que sabía dominar sus apetencias y sus pequeños vicios, y los tenía, como todo el mundo. Alto y firme, tenía una nuca preciosa, arrogante. Era un tipo orgulloso, digno. Un hombre que no admitía debilidades ni buscaba subterfugios para merecer credibilidad. Era así porque era así, y había que tomarlo como era.

O no tomarlo. Y por lo visto, pensaba mientras salía de su casa y paso a paso atravesaba el sendero hacia la puerta de comunicación de las dos vallas, Nat no lo conocía. Nada.

Él no era hombre de aspavientos ni se alteraba por poca cosa, ni imaginaba milagros, que ya sabía que la vida no estaba hecha de ellos.

Era un tipo realista, no buscaba demagogias ni sofismas para delinear las cosas y delimitar situaciones. Él adoraba a Nat y la deseaba como cualquier hombre con todos los aditamentos en su sitio. Pero había por medio una consideración, una delicadeza. Una amistad que era el fundamento de su relación. Nunca se acostó con ella, sencillamente, porque no era de su gusto habituar a Natalia a lo que él no quería habituarla.

Debía reconocer y reconocía que necesitaba amar para hacer el amor. Una cosa diferente era su necesidad fisiológica como hombre, pero también en eso era comedido.

Tal vez se había comportado demasiado dignamente con Nat, y Nat sintiera la necesidad de sentirse mujer. Como si se sintiera más mujer por acostarse con un hombre...

Caminó a paso lento. Nunca tenía prisa o no la aparentaba. Su cabeza era como un caos. Como si, de repente, le estallara todo dentro de ella. Celos y muchas irritaciones, deseos, frustraciones y más que nada miedos. Miedo a perder lo que había modelado para él, para su gusto, para su apetencia, para madre de sus hijos.

Todo había marchado bien, pero empezaba a pensar que desde la llegada de Felipe las cosas se habían torcido. Se habían tensado, y parecía que, en cualquier momento, el resorte que soportaba la tirantez, fuera a romperse.

Tampoco podía pedir a Felipe que fuera diferente. No era su hermano, o si lo era, estuvieron sin verse demasiados años, sin comunicarse. Sus padres habían ido a Estados Unidos alguna vez, pero él jamás. Por tanto, era Nat, sin duda, la que debía explicarle qué sucedía y por qué razón estaba sucediendo. Tampoco entendía bien que Felipe le advirtiera que tuviese cuidado con Nat. ¿Acaso sabía tanto de mujeres como decía, que creía que Nat podía dejarlo?

Tal vez se equivocara Felipe y conociera a un tipo de mujer concreta, en el que no encajaba Nat para nada.

No obstante, las cosas se iban juntando todas y le daban motivos para dudar, para reflexionar, para entender que la madeja se enredaba y que el hilo interior estaba en los dedos de Felipe para tirar de él en cualquier momento, el momento más oportuno o quizás inoportuno.

Tampoco sabía Dan si iba a imponer su voluntad o manifestar su dolor. En modo alguno. Se inclinaba más bien por la neutralidad y que Nat eligiera a uno de los dos sin presiones de ningún tipo. Él no se soportaría a sí mismo casado con Nat sabiendo que ella se inclinaba por su hermano. ¡De ninguna manera! Podía sufrir en principio, pero era lo suficientemente realista para entender lo que el poeta en su momento dijo: «La mancha de la mora otra la quita.» Pues sería así sencillamente. Tardaría más o tardaría menos, le dolería más o le dolería menos, pero al final se imponía siempre la razón. Y casarse sólo por hacer firme un compromiso, de ninguna manera. De haberla querido menos mandaría todo al diablo y se habría acostado con Nat incluso sin ser su novio. Pero había demasiadas cosas por medio. Cosas tiernas, momentos preciosos, amistad que estaba por encima de toda mezquindad.

—Buenas tardes, señorito Dan.

Elevó la cabeza con presteza.

—Hola, Bernardo. ¿Qué tal? ¿Dónde anda Nat?

—En el ático, supongo. La vi entrar, pero no la he visto salir. Remy le dirá.

En mangas de camisa, con pantalón beige y su andar siempre

señorial, muy atractivo, así, un poco desaliñado, Dan echó a andar hacia el palacete.

Hacía un día espléndido; eran las cuatro de la tarde. No había comido. Entretanto Felipe hablaba en el negociado, se había ido a una cafetería y había tomado un vermut y comido unos pinchos, por eso no tenía apetito. Además, el poco que pudiera tener se lo había quitado Felipe.

Subió los cuatro escalones que lo separaban del porche y vio a Remy con una regadera. Regaba las plantas que adornaban el ancho y largo vestíbulo.

—Buenas tardes, Remy.

Ella giró rápidamente.

—¡Ah, es usted, señorito Dan! Nat está arriba. No ha bajado a comer. —Y bajando la voz añadió—: No sé adónde va. Hizo la maleta.

—¿No ha comido?

—Le llevé fruta y un vaso de leche a las tres. Primero la había llamado y me dijo que no bajaba a almorzar. Estoy muy inquieta.

—Subiré un rato —dijo Dan sonriente y apacible.

Y se dirigió a las anchas escaleras para, una vez en el primer piso, deslizarse por las escaleras de caracol.

Antes de ser novios iba todos los días. Después, muy pocas veces. Prefería la compañía de Rita y Javi para encontrarse con Nat. Lo raro es que Nat, de súbito, se destapara y le pidiera ir solos a la casita de la playa. Era la primera vez. También ese hecho debería anotarlo y, por supuesto, que lo estaba anotando en su mente. Ése y muchos otros que indicaban que algo en su vida y en la de Nat había cambiado.

¿De qué tentaciones escapaba Nat?

Pues que no escapase. Él no soportaba las vacilaciones. Nunca las tuvo, ni cuando decidió su vida de pareja. Y no la perfiló antes en consideración a la juventud de Nat. Pero cuando Nat tuvo dieciséis años él ya supo que la quería. Que la quería, no como a una hermana, como mujer, como un hombre quiere y desea a una mujer. Pero, por lo visto, su pudor había sido y estaba siendo una

502   CORÍN TELLADO

muralla de contención para la buena marcha de sus relaciones. ¿Y todo por qué? Por Felipe. Felipe, que no tenía una moral como la suya y al que le importaba un rábano el prójimo. Lo único que contaba para él eran sus apetencias físicas.

Como si los demás fueran santos. Él no era ningún santo y para negarse a sí mismo ciertos goces personales en compañía de Nat, había que ser más fuerte de lo que nadie se imaginaba o que sólo sabían los que pasaban por ello, como él, sencillamente.

Se portó como un señor y, por lo visto, le quitaban la novia como si fuera un tonto.

Nat daba los últimos retoques a un paisaje. Llevaba unos días yendo al ático, pero sin pintar. Tirándose en el canapé a fumar, a pensar, a deshacerse los sesos. Pero Rita le había dicho que un médico amigo suyo deseaba un cuadro y lo estaba pintando; luego, lo pondría a secar y se lo entregaría a su amiga. Solía vender bien los cuadros. No los ofrecía, pero se los solicitaban. De momento, tenía veinte acuarelas y doce óleos con el fin de iniciar, el próximo invierno, una exposición por todo lo alto. Pintaba bien. Eso lo sabían ella y aquellos que pagaban precios muy altos por sus cuadros.

Oyó pasos y por un momento su cuerpo se estremeció de pies a cabeza. Era Felipe, seguro. Había visto llegar a los hermanos desde el ventanal. Tan amigos. Eso es, Dan no se enteraba nunca de nada y ella se veía obligada a enfrentarse sola al peligro. Porque ya sabía que el peligro no era Dan, sino su hermano Felipe.

Un Felipe que tan pronto se ponía agresivo como tierno, decía montones de cosas con voz insinuante y besaba con ardor y audacia. A ella Dan nunca la había besado así... ¡Nunca!

Había leído en los libros que se besaba de ese modo, un tanto erótico, lascivo siempre. Con amor, podía pasar. Pero, sólo con deseo, lo rechazaba y temía ya que terminara por enamorarse.

Vio emerger por la puerta la rubia cabeza de Dan. Respiró profundamente.

—Eres tú, Dan.

—¿Qué esperabas?

—Pues...

—Soy yo, claro. He llegado de la capital hace un rato. —Ya estaba arriba y con las manos en los bolsillos avanzó con suma lentitud hasta situarse a su lado frente al caballete—. De modo que estás pintando.

—Es para Rita. Me lo pidió para un médico. Tiene que secarse. Por eso le doy las últimas pinceladas.

Se apartaba de Dan y del caballete y miraba de lejos su trabajo.

—Queda bien —dijo.

—¿De modo que te vas de viaje?

—¡Ah...! Sí, pienso que sí.

—¿Sola?

—Pues claro.

—No lo digas con tanto énfasis, a fin de cuentas es la primera vez, que yo sepa.

—Algún día tiene que ser la primera vez.

—¿Y la boda?, dijimos que nos casaríamos el mes próximo.

—No tiene por qué detenerse la boda.

—¿Estás segura?

Y se encaminó al mueble bar. Se situaba ante la barra.

—¿Quieres algo, Nat?

—No.

—Dice Remy que no has comido. Y la fruta y la leche que te subió las estoy viendo aquí intactas...

—No tengo apetito.

—¿Por algo especial? Me serviré un whisky.

Y lo hizo. Buscó la soda y unos cubitos de hielo, luego removió el contenido del vaso.

—Por nada especial concreto —dijo Nat algo tensa—. Porque no tengo apetito, sencillamente.

Dan se sentó a medias en el brazo de una butaca y separó las piernas, de modo que con las dos manos sostenía el alto vaso entre aquéllas.

—Veamos, Nat. Me parece que las cosas entre tú y yo están

tomando caminos equivocados o, al menos, diferentes. No estoy de acuerdo en que te marches de viaje, pero eres muy libre de hacerlo. Pero si huyes de algo, piensa que es más valiente hacerle frente, asumir y luchar. Huir no te servirá de nada.

—¿Y de qué iba a escapar?

—Eso es lo raro. Pero sin duda escapas de algo, de algo quizá más concreto de lo que yo supuse hasta este instante. No me mires con esa expresión desconcertada. Sabes por dónde voy. Pues yo te aconsejo que asumas, que luches y no escapes. De nada nos va a servir a ninguno de los dos. Yo creo mucho en mí, tal vez sea un defecto de vanidad mal entendida, pero el caso es que creo, y hasta ahora he creído en los demás, en su hacer honesto, en sus reacciones, porque mientras no se me demuestre lo contrario no tengo por qué no creer en los otros, tanto, al menos, como creo en mí mismo.

Natalia cayó sentada no lejos de él y lo miraba sin parpadear. Puede que fuese aquélla la primera vez que Dan se mostraba abiertamente, sin dejar resquicio alguno de duda. Tal cual era, tal vez.

—Me considero íntegro —añadió Dan casi sin pausa— y, si no lo soy, estoy lamentablemente equivocado, por eso admito que se me diga si me equivoco o no. Pero lo que nunca haré será suplicar algo que no se me da voluntariamente. Tampoco pido demasiado. Hay cosas que no me gusta pedirlas y si se me ofrecen hasta me ruborizan. Seré demasiado espiritual, pero el caso es que me gusto como soy. Nunca haré daño a nadie, pero tampoco voy a permitir que se me haga a mí; y no suelo esperar sentado, pacientemente, que me abofeteen. No soy un santo.

—¿Por qué me dices todo eso?

—No vamos a matizar nada. Los dos sabemos lo que está pasando. A mí me lo tuvo que insinuar mi hermano. Y digo mi hermano porque nos parió la misma madre, pero no porque yo lo considere así. Y máxime cuando a los demás, a mi hermano en este caso, el parentesco les tiene sin cuidado.

Nat no se movió. Al contrario, se sentó mejor, incluso movió las posaderas como para cerciorarse de que estaba bien sentada.

En cambio Dan bebió el contenido en dos sorbos seguidos, luego depositó el vaso en la mesa cercana y se levantó.

Se quedó mirándola, con las piernas separadas.

—Nat, debes sentirte libre. El que a mí me duela o deje de doler que te tenga sin cuidado. Pero haz el viaje si gustas, y encuéntrate con Felipe donde te dé la gana. Yo no quiero interferir en tus sentimientos. No soy un necio y además sé que la realidad impone olvidos. Que uno sufre y se aguanta; pero que no nos den todo el sufrimiento que podemos soportar, que es mucho. Por eso digo que me será leve.

—¿Leve qué? No entiendo nada.

—Lo entiendes todo. Dejo en suspenso el compromiso. Tienes todo el derecho del mundo a casarte con quien quieras.

—Me dejas sola en este laberinto.

—Saldrás fortalecida de él o desengañada, pero de cualquier forma más fortalecida.

—¿Sola?

—Tienes a Felipe.

—Dan, si me dejas sola con él...

—¿Me dices que vas a caer? Por eso pretendías estar conmigo sola en la casita, con el único fin de poner una barrera por medio. Te diré una cosa, Nat. —Y su voz era muy cálida—. Eso no hubiera servido de nada. No es así como una mujer demuestra su fortaleza, ni como un hombre denota su hombría. Hay cosas más importantes. Yo seré un buen marido, y espero que un buen amante, pero el sexo no es tanto mi fuerte como son otras muchas cosas importantes, fundamentales para que el mismo sexo sea más placentero. Para Felipe el sexo es lo primero, y a las mujeres les gusta eso en principio, pero al final de la cuestión es una carga difícil de soportar, máxime, cuando nace la desconfianza ante un hombre al que sólo lo motiva el sexo. Si no lo complaces tú, lo complace cualquier otra mujer. El cariño, el amor, la ternura no entran en ellos. No viven para eso. Eso lo suelen marginar con suma facilidad...

—¿Adónde vas, Dan?

—A casa. Te dejo con tu dilema. Debería decir que es el mío

y que te quiero ayudar. Pero no es así. El amor es siempre libre y ha de elegirse con absoluta autonomía.

—Pero si tú cortas nuestras relaciones...

—Caerás en el lazo que hace tiempo te está tendiendo mi hermano.

—Es lo que temo —dijo con voz desgarrada.

Dan se acercó a ella rápidamente y le puso una mano en el hombro.

—Reflexiona, pero tampoco te obsesiones ni te emperres. Si estás enamorada de mi hermano, que no sea yo quien te detenga. No serviría para eso. No soy, ya te lo dije, capaz de subestimarte. Sé que estás equivocada y que saldrás indemne de todo este engranaje. Felipe es un hombre de mundo, pero tiene menos intuición que otros con menos mundo. Aunque todo eso de tener mundo y experiencias es muy relativo.

Nat, desesperada, le tomó la mano, se la apretó nerviosamente con las dos suyas.

—Si sabes ya lo que me sucede, quédate a mi lado. Vente conmigo de viaje.

—Yo no escapo ni ato a nadie. Yo te quiero mucho —añadió con diáfana sencillez—. Mucho y con amor. Es más difícil renunciar a lo que podemos tener con sólo extender la mano, que asirlo y hacerlo nuestro. Yo no quise envilecerte. Ya sé que amar y demostrarlo no es envilecer. Pero tenía la íntima satisfacción de recibirlo todo el mismo día, el día que fueras mi mujer. Soy un tonto. Pero me siento íntegro. Además de amarte, tengo un alto concepto de la amistad y tú y yo fuimos siempre amigos. Si fuera menos amigo tuyo, me sería más fácil poseerte, manipularte, decírtelo con franqueza.

—Ibas a la playa conmigo para eso —dijo Nat débilmente.

—En efecto. Pero me dolía. En el fondo me dolía y eso que no sabía que huías de algo o de alguien. Ahora te dejo, y sólo así te conocerás, tanto si caes como si te mantienes de pie. Ésa es la pura realidad.

—¿Te vas?

—Sí.

—Dan...

—Siempre te estaré esperando —dijo desde la puerta que conducía a las escaleras de caracol—. Siempre. Tanto si te acuestas con Felipe como si lo dejas pasar. Hay cosas que resultan contradictorias y difíciles de entender. Ésta es una de ellas. No me acosté contigo por escrúpulo y resulta que no soy nada escrupuloso para decirte que, aun habiendo sido de mi hermano, yo te estaré esperando.

—Me estás lanzando en sus brazos.

—Si no me amas caerás en ellos. Tarde o temprano lo harás, esté yo contigo o no lo esté. No es Felipe de los que ceja. Eso no evitará que después yo le rompa la crisma. Sólo así, te repito, sabrás lo que vales, de lo que eres capaz. Saldrás de todo esto más fortalecida de lo que lo estás ahora.

—Y me estás empujando a los brazos de Felipe.

—Te estoy diciendo que no caerás en ellos, y es lo que yo celebraré cuando quieras decírmelo. Cuando sepas que has asumido tu valentía.

13

Rita parecía sofocada. Había hablado tanto y en tan poco tiempo que tal se diría que le quedaba el resuello seco. De pie cerca del canapé donde Nat sollozaba, con la cara tapada con las manos, Rita seguía diciendo ya sin ardor y con una íntima persuasión:

—Estás equivocada, ¿sabes? Totalmente, ¿entiendes? Todo esto se debe a tu falta de experiencia. No sé si culpar a Dan de ello, pero no me atrevo a culparlo de nada. Me han dado tu aviso en el hospital y dejé la guardia a un compañero; todo para acudir rápidamente a tu llamada. Estás en un callejón sin salida, sí, pero ¿quién es responsable? Ni tú ni Dan, desde luego. Es Felipe. No sólo emponzoñó tu vida, no se conformó con saber que te había inquietado y destruido, sino que conversa con su hermano, y lo que Dan no veía o prefería no ver se lo hizo él ver con unas pocas palabras. Lo siento, Nat. Lo siento infinitamente. Pero no puedo hacer nada por ti, salvo decirte que aguantes. Sólo puedo repetir lo que ya te ha dicho Dan. Por supuesto que él debió adiestrarte, enamorarte más. Pero si él te amaba sin acostarse contigo, lógico que creyese que tú le correspondías. Ya sé que no es habitual, y menos en los tiempos que corren. Pero Dan es íntegro y tiene razón. Puso la amistad por encima de todo. Puso su afán de convencerte con su actuación, quiso decirte que tú estás muy por encima de apetencias físicas.

Nat había dejado de hipar. Sabía que ya no haría el viaje y que su relación con Dan de momento quedaba cortada o en suspenso. Sabía, además, que Felipe buscaba de ella una relación sexual y que nunca la había engañado. Pero todo aquello que se interponía era más fuerte, bastante más fuerte de lo que nadie suponía, ni siquiera Rita.

—Mañana, según dicen, se marcha Felipe. Ojalá no vuelva nunca más. Pero no me irás a decir que, si Felipe te pide que te cases con él y lo acompañes, lo harás a ciegas.

No. No pensaba en eso. Pero tampoco esperaba que Felipe fuera tan drástico o tan generoso. Felipe buscaba sólo el momento de satisfacción. Lo demás, la continuidad, el después, para un tipo como él, no existían. Pero ella tampoco podía decir que no deseaba a Felipe o que Dan era sólo, de momento, el novio que existió un tiempo y que se había disipado en su mente. Vivía, sin lugar a dudas, inmersa en una vorágine indebida y, más que nada, tan conflictiva que ignoraba por dónde salir de ella y qué camino tomar.

—El solo hecho —decía Rita ante el silencio hosco de su amiga— de que Felipe haya perturbado tu vida de ese modo, ya indica por sí solo lo que busca en ti y de lo que es capaz. No se ha conformado con que tú creyeses lo que dice, sino que ha alertado a su hermano. ¿Qué esperabas? ¿Que Dan viniera a ti muerto de celos a suplicarte? No me imagino a Dan en ese papel. De todos modos yo te daría un consejo y de hecho te lo estoy dando desde que entré en este estudio. Sal de viaje si gustas, pero no huyas. Serénate, reflexiona en profundidad y haz aquello que te dicten tu conciencia y tu deseo. Tu sincero deseo. Pero no huyas. ¿Oyes? Eso no. Porque tiene razón Dan. Y si es así, que lo es, llevarás tu dilema contigo. Si Felipe lo descubre, que a estas horas ya lo habrá descubierto, terminarás por caer en sus brazos y cuando se canse de ti te dirá adiós sin ninguna consideración, y lo que es peor, le importará un bledo que lo ames o dejes de amarlo, que llores o que grites. Sin duda te ha pillado desprevenida. ¿Culpar a Dan? Puede que en el fondo sea algo responsable, pero si hemos de llamar responsabilidad a las consideraciones humanas, cometemos doble error.

Nat había dejado de llorar y se secaba la cara con el dorso de la mano. Así que echó los pies al suelo.

—Tengo la maleta hecha. Me puedo ocultar en cualquier parte, Rita.

—¿Ocultar?

—He de escapar de todo esto. Es como una tentación maldita.

—¿Te refieres a Felipe?

—Y al abandono de Dan.

—Dan te deja en libertad de elegir. Es lo que hace un hombre de bien, por muy enamorado que esté. No es Dan de los hombres que fuerza las situaciones. Te lo dije. Dan no se porta bien manteniéndote tan... ¿cómo diría? Ignorante de una vida que va implícita en el amor. Pero cada cual piensa lo que gusta y desea pensar. Dan nunca fue un tipo de esos a los que sirve cualquier mujer. Ha de ser una y concreta y cuando él diga. Ya sé que no es habitual, pero algún hombre hay así, y máxime cuando, como Dan, ha sido amigo y protector antes que novio. Siempre fue tu guía, tu amigo y tu vigilante. No has tenido demasiados amigos masculinos. Y Dan fue para ti demasiado amigo, por eso la primera embestida con otro hombre te perturba tanto. No sé si culpar a Dan o culpar al hombre que te perturbó. Por supuesto, siempre es más negativo ese segundo hombre, porque llegó a tu vida sabiendo perfectamente que había otro que te quería de verdad y por eso te respetaba en demasía. Pero lo peor no es eso, Nat. Lo peor y más peligroso para mí es que tú estabas contenta y feliz. Nunca esperaste de Dan otra cosa, y llega su hermano, te dice dos cosas con voz insinuante y se enciende todo tu sistema nervioso, se despierta tu erotismo oculto y el deseo estalla. ¿Crees que eso es normal?

—No.

—Pues levántate y sigue haciendo tu vida de todos los días; pero si piensas viajar, agarra tu maleta, sube al auto y aléjate ya. Pero sola, sin el lastre que supone tu hipotético cuñado.

—¿Te vas?

—Tengo guardia; la puedo dejar por una hora, pero no más.

Me hago cargo de todo lo que estás sufriendo, pero, como bien te ha dicho Dan, saldrás enriquecida de todo esto o más hundida que nunca. De cualquier forma que sea, necesitas saberlo por ti misma. Ni siquiera Dan puede decirte el camino a seguir.

—¿Y... Felipe?

—¿Te casarías con él suponiendo que te lo pidiese, cosa que dudo?

—No lo sé.

—¡Nat!

—¿Qué quieres que haga? No lo sé.

—¡Por el amor de Dios! No cometas la torpeza de acostarte con él. Sería frustrante. Esos hombres no dan ni una migaja de ternura, y dada tu sensibilidad, la necesitas.

Dicho lo cual, Rita miró de nuevo su reloj y salió a toda prisa.

Felipe había pasado la noche en blanco. Había medido el cuarto de lado a lado tantas veces como sus pasos se lo permitieron, y se lo permitieron muchas, porque sólo al amanecer dejó de pasear por la estancia.

Era la primera vez en toda su vida que le ocurría algo semejante. Su obsesión era cada vez mayor. Un estado obsesivo insoportable. ¿Por qué no ser sincero por una maldita vez en su vida? Había jugado a vivir, había ganado sus envites, había conseguido una posición más que desahogada, había vivido con mujeres, sin casarse con ellas. Había disfrutado como un enano, y hete aquí que, de repente, aterrizaba en casa de sus padres, y se enredaba en un lío de amores con su futura cuñada.

¿Qué nombre podía él, lógicamente, darle a tal situación?

El domingo amaneció nublado. Felipe ojeroso, inquieto como jamás lo estuviera, excitado, cosa rara en él, salió del cuarto con el cabello aún mojado, vistiendo un pantalón vaquero y un polo rojo. Calzaba zapatillas de deporte, sencillamente. Parecía más joven y apareció en el comedor cuando su familia ya le esperaba.

¡Su familia! Arribó a su casa en mal momento y, lo que es

peor, pensó que el hecho de ser su familia no significaba nada. Pero el caso es que empezaba a tener todo importancia. Se daba cuenta de que sus raíces suponían mucho, cuando él pensó que no era así.

Besó a su madre, palmeó el hombro de su padre y lanzó una breve mirada sobre el impasible rostro de su hermano Dan.

Sabía que había ido a ver a Nat. Lo había visto entrar y salir y sabía, porque Dan tenía un rostro expresivo, que las cosas no estaban nada bien. Había oído que Nat se iba sola de viaje... Por lo que era de suponer que el matrimonio, de momento, quedaba en suspenso.

—¿Cuándo te marchas, Felipe? —preguntó la madre.

La madre, pensaban el hijo, el esposo y el otro hijo, que vivía en las nubes, que no se enteraba de nada, que se marginaba por razón de inocencia natural de todo el entramado que se estaba urdiendo en torno a ella.

—No lo sé, mamá.

Enseguida notó la cabeza de Dan levantándose.

Pero Felipe añadió de una forma rara:

—Es posible que me quede toda la semana.

Después se sirvió el café y, cuando vio levantarse a Dan, también él lo hizo.

—Dan —llamó.

El hermano menor quedó inmóvil, no giró ni la cabeza, y Felipe avanzó apresuradamente hasta ponerse a su lado.

—¿Vamos al living, Dan?

—¿A qué?

—Podemos hablar.

Dan caminó sin responder, pero se dirigió al living y Felipe lo siguió en silencio, pensativo.

Él mismo cerró la puerta y se quedó pegado a ella.

—Oye, Dan, he reflexionado tanto que tengo los sesos convertidos en agua.

—Ya.

—Pienso que, por primera vez en toda mi vida, me siento serio, responsable y contundente.

—¿Referente?

—A mi futuro, a mi amor. Nunca me había enamorado. Pienso que un tipo tan indiferente como yo no se pasa la noche en blanco si algo no lo inquieta en extremo.

Dan encendió un cigarrillo del que fumó con fruición.

Pero no hizo pregunta alguna. Su atractivo y viril rostro parecía tallado en piedra.

—Ya sé lo que esto supone para ti —añadió Felipe con densidad, pero sin atisbo alguno de mala intención—. Pero hay cosas que no se pueden evitar. Pensé de mí que era una inclinación más, una de las tantas que he vivido... Pero no, es algo muy serio.

Se refería a Nat. Dan no quiso preguntar, se sobreentendía.

Se acercó al ventanal y miró vagamente hacia el jardín. Ni siquiera levantó los párpados para ver la casa de Nat, alzada frente a la suya, separada solamente por una valla que en cierto lugar se rompía en dos para formar una puerta que nunca se cerraba.

—Dan, yo no quise interferir.

—¿Tan seguro estás de Nat y de su amor que sólo tasas tus sentimientos sin tener en cuenta los de ella?

—Por supuesto. Conozco muy bien a las mujeres. Nat me ama.

—Ya.

—Sé que te aprecia mucho, pero su amor de mujer no se limita a un aprecio. Es bastante más fuerte. Lo que intento ahora es hacerte comprender a ti que este amor es la primera vez que lo siento y que por ser, precisamente, la primera vez y tal vez la única, no me siento con valentía para renunciar a él.

—Y me quieres indicar que vas a luchar.

—En buena lid.

—No tan buena, pero tampoco yo voy a matizar. El resultado siempre está en la mujer. En estos casos —continuó con un tono impersonal—, siempre es la mujer la que tiene la última palabra y más cuando el amor deja ya de ser un simple y escueto deseo.

—No me serviría Nat para un día o una semana...

—Es lo lógico. A Nat se la ama para siempre o se la deja pasar.

—Siento que tú tengas que renunciar a ella.

Dan elevó una ceja como diciendo: «¿Estás seguro?» Pero con la boca sólo comentó:

—Estás muy seguro del amor de Natalia.

—Soy hombre de mundo. Sé cómo son las mujeres, cómo reaccionan y lo que desean. Nat para mí es un libro abierto. He llegado a ella con malas artes, pero ahora voy con la cara alzada y no pienso mantener unas largas relaciones. Me quiero casar. Tal vez haya sido el volver a casa, el ver la familia que formáis, en la cual me quiero sentir de nuevo integrado. Tal vez la ternura de mamá, la placidez y bonanza de papá. Tu misma resignación...

No, se equivocaba Felipe. No era resignado en modo alguno, pero había cosas que no dependían de él, y su honestidad le impedía luchar por imposibles. Y según Felipe, Nat estaba muy segura para él.

—Deseo formar una familia. Se nota que, al regresar y volver a vivir con vosotros, mis raíces me indican que la verdad está en la familia, en cómo mantenerla viva y sana... Me siento, como te digo, diferente. No soy ni parecido al hombre que llegó hace cosa de unos meses...

Dan aplastó la punta del cigarrillo en el cenicero que había sobre una mesa y giró sobre sí. Era algo más alto que su hermano. Lo miró inclinando un poco la cabeza.

—Me disculparás si no voy a tu boda, Felipe.

—Te duele mucho, ¿verdad?

—Lo suficiente para romperte la cara si no la haces feliz.

—Gracias por Nat y gracias por mí.

Dan salió sin responder.

Se encontró con su padre en el vestíbulo. Sólo meneó levemente la cabeza y siguió su camino. Ignacio Santana supo que algo grave ocurría y caminó pesadamente hacia su hijo mayor, que aparecía en aquel instante procedente del living, de donde minutos antes había salido Dan.

—Felipe, ¿puedes venir a mi despacho?

—Pensaba visitar a Nat.

—Después...

Y le hacía señas para que lo siguiera, a lo cual Felipe resignadamente obedeció.

—Cierra la puerta, Felipe. Eso es. ¿Qué sucede entre tu hermano y tú?

—Nos estamos disputando a Nat en buena lid, y he ganado yo la batalla.

—Quieres decir que Nat... te ha preferido a ti. ¿Y cómo es que sabiendo que era novia de tu hermano te has metido tú por medio?

—Las cosas del amor, papá.

—Las cosas de la dignidad, diría yo.

—Pues sea como sea, yo me he enamorado de Nat.

—¿Y... Nat de ti?

—Eso es.

—¡Vaya...!

—Papá, que los dos somos tus hijos. ¿Qué importa que se la lleve uno u otro? El caso es que el que sea la haga feliz. Yo no voy a interferir en la empresa. Tengo la mía y, muy al contrario, os venderé, o pediré a Nat que os venda hasta que tengáis el cincuenta por ciento de las acciones.

—En eso no te metas —dijo el padre sin levantar la voz, pero con una mal oculta amargura—. Estás tan seguro del amor de Nat, que me das un poco de miedo.

—Tengo mundo, papá. Conozco muy bien a las mujeres. Dan ha dejado pasar su ocasión. No soy yo responsable. En asuntos de amores que son para toda la vida, ha de llevarlos aquel que más razones y peso tenga. Yo he enamorado a Nat, ¿cómo voy a dejar escapar a una persona así, si la he estado buscando toda mi vida sin darme cuenta?

Ignacio Santana no supo qué decir. Realmente no tenía demasiado que decir, dado que la situación se planteaba entre sus dos hijos.

14

Dan lo pensó unos cuantos minutos. Pero al fin decidió subir al auto y alejarse de su casa sin mirar atrás. Creía saber dónde podía ver a Nat en aquel momento. Había visto salir su Porsche, precisamente cuando Felipe le estaba diciendo que se iba a casar con ella. ¿Sería posible que Nat fuese tan fácil de conquistar que en unos pocos meses lo pudiera hacer un desconocido? ¿Dónde habían quedado su ternura y su delicadeza? ¿De qué habían servido su consideración y su sensibilidad para con ella? Por lo visto, él ya no conocía a las mujeres.

Subió a su Volvo y se lanzó avenida abajo. Mucho se equivocaba si no sabía dónde ver a Nat en aquel momento. Eran cerca de las doce y sabía a qué iglesia acudía Nat todos los domingos para cumplir con el precepto. Solían hacerlo juntos. No es que él fuera un fanático ni un practicante asiduo. Se consideraba católico apostólico, pero pasaba bastante de oficios clericales, si bien solía acompañar a Nat y a su madre.

Desde que sus relaciones con Natalia se consolidaron, Nat no iba a la misa de los domingos con su madre, sino con él, por lo que dedujo que a tales horas estaría escuchando la misa con más o menos devoción, pero sin duda estaría sentada en los bancos de la entrada.

Y no se equivocó. La vio arrodillada y con la cabeza entre las manos, acodada en el reclinatorio. No se acercó a ella. De pie escuchó la misa y vio cómo Nat iba a comulgar y retornaba al asiento con la cabeza baja. Era una joven muy linda y él la quería de verdad. Sin embargo, ignoraba aún si hizo bien o mal dejándola a merced de sus apetencias. Apetencias físicas sin lugar a dudas, pero él era lo bastante realista para entender que unas apetencias físicas podían muy bien llamar a las apetencias psíquicas, y si Nat tenía alguna duda, dado lo que sabía de los sentimientos de Felipe, podía ocurrir y de hecho presentía que ocurriría, que Natalia se dejara convencer por su hermano.

Era una situación absurda, pero realista a fin de cuentas. Una situación de perdedor para él, pero tampoco sabía qué armas esgrimir para convencer. Ni siquiera si las esgrimiría.

Distinto sería si Nat lo amase y sólo desease a Felipe. Ante una situación así siempre gana el amor, destruyéndose el deseo por sí mismo, pero el deseo en aquel caso podía sentirse soterrado, complicado a buen seguro por el amor que sentía Felipe y que iba a manifestarle sin ambages en cualquier momento. Además, si Felipe estaba tan seguro, sus razones tendría. Y las razones de Felipe destruían en él toda esperanza. Además, se conocía y sabía que poco o nada haría para forzar situaciones. No le servía, dado su carácter, aceptar situaciones dudosas. Él era de los que lo tomaba todo o lo dejaba todo. Y pensaba dejar aquello, pero antes se lo pensaba decir claramente a la que fue su novia hasta la noche anterior.

Lo curioso es que no odiaba a su hermano. Sencillamente, lo despreciaba. Él jamás, en el lugar de Felipe, hubiera interferido en sus relaciones. Para los americanos, seguro que era una situación normal. La fuerza y el poder eran lo único que contaba, y Felipe podía ser tan vanidoso que se considerase con esa fuerza y ese poder personal. Pues mira qué fácil le había sido llegar y besar el santo.

¿En qué se equivocó él?

¿En no acostarse con Natalia? Pues no le pesaba en absoluto. Fue algo que hizo siguiendo unas directrices que consideró humanas y razonables. Por ganas... Pero dejaba a un lado las ganas y se imponía el sentido común. Había sido un soberano quijote. Pero ya no podía, en modo alguno, cambiar el destino.

No sería honesto y él, ante todo, era un tipo íntegro y honesto. Se había equivocado, así pues era lógico que sufriera las consecuencias de su equivocación.

La misa terminaba y vio que Nat recogía el bolso y salía sin fijarse en nadie.

Vestía un traje de chaqueta de lino color crema y, como casi siempre, una camisa, tipo blusa, en tonos negros, de seda natural.

Ni adornos ni joyas. Ella por sí sola era una distinguida joya. Calzaba zapatos de medio tacón negros, y al hombro, el bolso, negro también. La falda era recta, sin abertura alguna. El blazer lo llevaba desabrochado, por lo que era fácil notar el vientre liso y ver el cinturón negro con una regular hebilla cerrando su breve cintura. Daniel Santana se fijó más que nunca en el túrgido busto de Natalia. Era menudo, pero duro. Lo había tocado alguna vez. Sólo de pasada. Había cortado sus propias alas y sus deseos por consideraciones absurdas. La culpa de todo la tuvieron la indescriptible amistad y admiración que sintió siempre por la chica huérfana, pupila de sus padres. Él no era tan santo y considerado con otras mujeres. No era, no, ningún santo.

Se preguntaba en aquel momento si había hecho bien, y reconocía que había hecho muy mal; había dejado pasar la ocasión de hacerle sentir a Nat todo el denso peso de su pasión.

—Hola, Natalia —saludó cuando ella cruzaba a su lado.

La joven se detuvo en seco.

—Dan...

—¿Qué tal?

—Pues...

—No esperabas verme.

—No —dijo titubeante—. No. Lo estoy pasando muy mal.

—Ya.

—¿Tú no?

—También... —Y después, caminando a su lado, comentó—: No te has ido de viaje...

—No.

—¿No piensas irte?

—No.

—¿Por qué has cambiado de idea?

—No lo sé. La almohada.

—O Rita...

—¿La has visto? —preguntó muy sorprendida.

—Ayer noche, sí. No hablé con ella. Pero desde la ventana de mi cuarto la vi entrar, y salir una hora después.

Llegaron ante el Porsche de Natalia. Ella sacó las llaves del bolso.

—Nat, vengo a decirte una sola cosa.

—Dila.

—Felipe te ama, según él. Va a pedirte que te cases... con él. Está seguro de tu amor. Quiero que sepas... que me duele su seguridad, que me duele que te cases con él. Pero no puedo hacer nada, nada con lo que tú no estés de acuerdo.

—No entiendo por qué Felipe está tan seguro. —Abrió el vehículo—. De todos modos...

—¿Sí, Nat?

—¿Qué vas a hacer hoy domingo?

—Nada. Es decir, volver a casa. Yo quería verte para decirte que... Felipe me comunicó su decisión... De todos modos, estaré en casa... por si me necesitas para algo. No me siento con fuerzas para desviar tu destino. No quiero ni debo hacerlo. Mejor que ocurra ahora que después. Tal vez no estamos hechos el uno para el otro. Es una lástima, pero tampoco sé reaccionar de otro modo. No podría hacerlo.

Nat subía al auto en silencio. Pensaba muchas cosas, pero no tenía intención de decir ninguna. Si decía algo, sería en su momento. Algo se estaba tergiversando en ella, en su interior. Algo la había madurado de súbito. Algo la irritaba y algo la descomponía.

—Buenos días, Daniel —dijo únicamente.

Y puso el auto en marcha. Daniel, por su parte, a paso lento se dirigió a su vehículo, lo abrió y se colocó al volante. Desganado, lo puso en marcha.

Se lo había advertido a Remy.

—Si viene Felipe Santana, déjalo subir a mi ático.

—Natalia...

—Tú déjalo, ¿quieres?

—Es que desde que llegó ese hombre todo ha cambiado en esta casa y también en la vecina.

—Te digo que no hagas preguntas ni reconsideres nada. Da paso a Felipe.

—Vi salir a Dan y parecía un muerto.

Nat ya lo sabía, como de repente había sabido muchas cosas más y lo bueno de ello es que las había aprendido sola, casi sin reflexionar habían acudido a su cerebro como respuesta a sus mudas interrogantes.

Ante ella todo había caído de repente. Por sí solo, sin empujarlo para nada.

Buscaba en su cerebro el momento, el instante que, súbitamente y sin estrépito, causó la reacción. Y no podía. No podía porque quizá la respuesta se hallaba muy soterrada. Pero veía las cosas, con más claridad. Tal vez era eso lo que la mantenía serena, ecuánime, segura de sí misma. Quizás en cualquier momento supiera qué razón fue válida para despertarla. Qué momento o qué minuto o qué palabra fue la causante de su despertar a la luz, a la razón.

Subió las escaleras de caracol sin despojarse del blazer, pero al llegar al ático se lo quitó y se quedó erguida mirando al frente, encendiendo un cigarrillo.

Sintió enseguida la voz de Felipe y sus pasos firmes. Un hombre seguro de sí mismo y, por lo visto, seguro de que ella era cera moldeable, de que la había convencido y enamorado. ¡Muy curioso!

—Nat —oyó su voz alegre.

—Estoy aquí —replicó serenamente.

Felipe ya emergía de la escalera de caracol. Tan sano, tan firme, tan despechugado y tan deportivo... Un hombre sumamente interesante. Muy masculino.

—Nat, tengo que decirte algo sorprendente. ¿Puedo? —Se acercó a grandes zancadas y sin tocarla se detuvo ante ella—. Nat...

no me voy esta noche. Me quedo una semana más para disponer nuestra boda. Sí, sí me he caído del árbol y no me he estrellado porque estabas tú para parar el golpe. He comprendido. No es posible desearte a ti para una semana, ni para una sesión erótica de una noche, ni para un mes. Tú tienes que ser para toda la vida. No, no digas nada. Déjame a mí decirlo todo. De tu respuesta ya estoy seguro. No puedo ser tan estúpido como para ignorar que estamos locos el uno por el otro. No levante la ceja ni me mires tan seria. Me has impactado nada más conocerte, pero yo siempre estuve habituado a tomar y a poseer y contigo obré de la misma manera. Tuve que pensar mucho y sentirte lejana para darme cuenta de que esto es muy serio. Lo más serio de mi vida. Es cierto que fui a la casita de la playa a interponerme. No soportaba que hicieras con Dan lo que deseaba que hicieras conmigo. No entiendo la postura de Dan. No soy capaz. Debo de ser más impetuoso o más voluptuoso. Lo cierto es que no me siento con fuerzas para ser el novio blanco de una mujer a la que amo y deseo. Por eso vengo a decirte que nos casamos rápidamente. Nada de esperar. Nada de relaciones dilatadas. Pero ten por seguro que en el futuro seré tu paladín. No creo que después de tenerte a ti tenga deseos de serte infiel. Por fin deseo formar una familia, un hogar con hijos de los dos, de nuestros momentos más íntimos y enloquecedores.

Tomó aliento.

Fue a levantar ambas manos, pero vio que Nat retrocedía.

—Nat...

—Un segundo, Felipe. Un solo segundo. Tu seguridad en cuanto a mis sentimientos me deja totalmente asombrada... No comprendo en qué te basas para estar tan firme y convencido de que te amo. No lo entiendo.

—Pero...

—Escucha, ¿por qué no te sientas un rato? Me siento tan aturdida, pero a la vez tengo las ideas tan claras, que no me conozco ni yo misma. Verás... tu falta de agresividad despierta en mí sentimientos aletargados, porque ya noto que ni siquiera estuvieron dormidos. Y no pienses que se trata de una revancha. Has llegado, me has perturbado. Me has entretenido. Debí de desearte. Pero tan superficialmente que me bastó una noche de reflexión para entender que me había equivocado.

—No te comprendo yo a ti ahora...

—También es lógico. —Se sentaba a medias en el brazo de una butaca viendo erguido ante ella a un Felipe desconcertado y desvaído—. He sufrido una perturbación. Me he sentido muy alterada. Mis nervios a flor de piel, mi sensibilidad golpeada... No sé qué cosa ha ocurrido ni en qué momento cambió todo el panorama. Sin duda, el destino haciendo de las suyas; o yo, que no me conformo. O tú, que me has decepcionado. Tal vez todo junto o quizá sólo tu seguridad me hace vacilar a mí. Pero ya no es una vacilación. Es, por el contrario, una seguridad. Una absoluta seguridad.

—Sigo... sin comprender.

—Verás. No comprendes la situación porque no es habitual que una mujer te diga no. Siempre has tenido lo que has querido. Nunca lamenté el trato de Dan para conmigo hasta que llegaste tú. Yo me iba a casar con él y me sentía feliz. Es más, me parecía natural que las cosas entre ambos se desarrollaran así. Casi blancas. ¿Razones? Somos muy amigos. Más amigos que nada, y el amor, que se cimenta en la amistad, te obliga a no olvidar el respeto que le debes a tu compañero... Has llegado tú mandando al diablo todo ese respeto. Has pisado y ultrajado y has avivado en mí algo que estaba aletargado. Busqué a Dan para ahogar mi ansiedad y ahora entiendo por qué Dan no tuvo ninguna prisa. Lo de Dan conmigo es serio. Verdaderamente serio, y algo que es serio y que va a llegar por encima de todo, no tiene prisa. Está ahí, porque está, y un día será nuestro. No sé si me explico.

—Nada.

—Es igual. Yo me entiendo, y no tengo interés alguno en que me entiendas tú. Ya no. Tu afán por mí no tiene eco alguno. Me doy cuenta oyéndote, y antes de oírte, de que nunca estuve segura para ti, porque yo soy de Dan, sin haberme acostado con él. La cosa es bien sencilla.

Felipe, pálido como un muerto, dio un paso al frente.

—Natalia —dijo sin gritar, pero con voz que vibraba por sí sola—, no puedes hacerme eso. La primera vez en mi vida que rompo con todos los esquemas. Que dejo a un lado mi libérrima situación de independencia para casarme con una mujer concreta. Tú me amas. No anduve por la vida en vano. No soy un inexperto. Estás buscando una revancha en tu negativa.

Nat meneó la cabeza y en su aplastante serenidad vio Felipe la verdad escueta. Una verdad que de ninguna manera podía disfrazarse.

—Te equivocas y lamento mucho tu error. Pienso que a través de tus incitaciones he valorado más el sacrificio de Dan. Pero se acabó el miramiento. Pienso casarme hoy mismo, a mi manera, ¿entiendes? A la manera en que se casan las parejas. Has logrado con tu proceder dos cosas tan hermosas como auténticas. Yo amaba a Dan y era su amiga. Ahora, además de amiga quiero ser su amante. Has despertado en mí el deseo y has fortalecido el amor. Todo lo que estaba vacilante, tú has contribuido a hacerlo firme. Dan dijo que me esperaba. Que era libre de hacer lo que quisiera. Yo no voy a escapar. No, ya no. No necesito escapar de nada. Estoy haciendo frente a una realidad y la asumo tal cual. No te amo y tampoco te deseo. Todo se ha esfumado en los vaivenes lógicos de la duda. Sabes mucho de mujeres. Pero seguramente no sabes nada de novias blancas.

—Oye...

Nat se puso en pie. Buscaba el blazer.

—Tengo que irme, Felipe. Tengo una cita pendiente. Si no vuelvo a verte, te deseo suerte.

—Pero...

—Te has equivocado con la novia de tu hermano, Felipe. No lo siento. Pero en el fondo te estoy agradecida. Has empujado algo que estaba volando por ahí. Lo has hecho firme, sólido. ¡Muy sólido! Nunca tuve tan claras las ideas y, en cierto modo, se lo debo a tu estúpida persecución, a tu mentida seguridad, a ese conocimiento del que haces gala.

—Pero... ¿me dejas aquí?

—Bernardo o Remy te darán una taza de café o tila si la necesitas...

Y bajó apresurada las escaleras de caracol.

15

Se lo dijo su madre cuando llegó.

—Dan, Nat ha dejado un recado.

Dan la miró sin entender. Pero leyó en el rostro de su madre la misma extrañeza que sentía él. Es decir, su madre pasaba un recado, pero no lo entendía. Él sí sabía lo que significaba.

—Dijo que te espera donde el otro día. Que está con sus amigos... También me dijo a toda prisa que de mutuo acuerdo adelantabais la boda. Parece ser que ahora se le antoja casarse la semana próxima.

—¿Tengo que saber dónde me espera, mamá?

—Lo ignoro. Ella sólo dijo que te espera donde estabais el otro día cuando os interrumpieron. No entiendo nada de cuanto pasa en esta casa hoy. Parece que todo el mundo se ha vuelto loco. Tu hermano se fue hace cinco minutos.

Dan dio otro brinco.

—¿Se fue...?

—Sí. Dijo que haría noche en el camino y se fue en su auto. No sé cuándo volverá. Yo le dije lo de vuestra boda. El recado me lo dio Nat desde el auto. Lo frenó ahí y me llamó a gritos. Parecía tener mucha prisa. Me dijo que te esperaba donde tú sabías y que lo de la boda se adelantaba. Y Felipe llegó después y subió a hacer su maleta. Por lo visto no piensa venir a tu boda.

—Tengo que irme, mamá. ¿Dónde anda papá?

—Estaba aquí conmigo cuando pasó Nat en su Porsche y se apresuró a decirle que te daría el recado nada más llegaras y que si no te buscaría él. Y se fue en tu busca.

—¿Papá fue en mi busca?

—Y ya te veo —dijo Ignacio saltando de su vehículo—. Nat te está esperando, Dan.

—Papá, yo...

—Me hago cargo —lo cortó el padre.

—Pero...

—Por favor, Nat habrá llegado ya. —Palmeó el hombro de su hijo—. Dice que os casáis la semana próxima. Déjalo todo de mi cuenta. Ah... y si os quedáis unos días con los amigos..., no te preocupes. Tu madre y yo dispondremos el asunto de vuestra boda.

—¡Yo no sé nada! —gritó Marisa desde la terraza—. No entiendo lo que está pasando.

Dan y su padre la miraron. Pero Ignacio empujó a su hijo menor.

—Mamá no lo va a comprender aunque se lo expliques. Procura tú no respetar tanto a tu futura mujer que la conserves niña toda la vida...

—Papá...

—Lo dicho. Sube al auto.

Fue lo que hizo Dan. ¿Comprendía? ¿Sabía dónde lo esperaba Nat? Desde luego... Y sabía también que no había amigos. Y sabía, más que nada, que Felipe se había marchado. ¿Qué significaba todo aquello? Que él no se había equivocado, y su hermano, sí.

En media hora su auto bajó la cuesta que conducía a la casita de la playa. No había almorzado y eran ya las cuatro de la tarde, ni siquiera tenía apetito.

Le bullía la sangre como si de repente se espabilara y le hurgara en las arterias produciendo ruidos muy raros.

Atravesó toda la zona al volante de su automóvil y se fue a detener ante la casita cuya puerta estaba abierta. En aquel instante no era ni el amigo ni el compañero considerado de Natalia Noriega. Era un hombre a secas. Un hombre con todas las vibraciones voluptuosas despiertas.

Saltó del auto con su pantalón beige y su camiseta azul oscuro y se plantó en el umbral.

Se quedó tieso allí, erguido, con la cabeza alzada y los ojos anhelosos buscando la silueta femenina que aparecía por un recodo interior, dentro de su falda de lino estrecha y la camisa negra, de seda natural, abierta hasta el comienzo del seno.

Nunca la vio tan hermosa, tan femenina, tan palpitante.

Estaba allí con su media melena negra y sus ojos claros como el cristal de roca, diáfanos e inmóviles.

—Nat... —Avanzó sin que ella respondiera. Cerró la puerta y se quedó a dos pasos de su novia—. Natalia..., he pasado del mayor dolor de mi vida a la mayor felicidad. —Acortó la distancia con suma lentitud como el que tiene miedo a llegar y no encontrar nada—. Nat, pensé...

—Ya sé lo que has pensado.

—¿Por qué?

—No sé lo que sucedió. Tal vez oyéndote a ti. Tengo algo en mente que no sé lo que es, pero que sí me hizo ver claro y cambiar toda la inquietud por una auténtica serenidad. Tal vez fue la firmeza de tu hermano al considerarme tan segura para él. Tal vez mi reflexión silenciosa de anoche. Tal vez Rita, o yo sola, en silencio, he comprendido que cambiaba algo que me era grato de toda la vida, por algo que me deslumbró sólo unos segundos. No lo sé, Dan. No lo puedo saber. También es cierto que me da un poco de vergüenza estar aquí, sola, contigo. Pero no es menos cierto que si ahora apareciera tu hermano sería igual. Absolutamente igual. Pienso que hiciste bien dejándome a mi libre albedrío. Creo que no soy nada trivial, que no acepto ambigüedades y menos aún seguridades que me son ajenas. Pero una cosa sí tengo muy cierta por encima de todo. A mi manera, a la manera de los dos, me quiero casar hoy, en todo el día de hoy.

Fue ella la que instintivamente se pegó a su cuerpo y Dan creyó de repente perder el sentido. La cerró con los dos brazos contra sí. Le buscó la boca. La besó con íntima ansiedad. El beso que nunca le había dado a Nat. Porque, de haberla besado así, mucho tiempo antes habría roto esquemas y decisiones.

La besó tan largamente; ella elevó los brazos y rodeó con ellos el cuello masculino. Fue todo bellísimo, sencillo y diáfano, pero auténtico. Se dio cuenta de que los besos de Dan eran como fuego desleído en los suyos. Dan lo hacía todo con una suavidad casi rayana en la voluptuosidad, con una dulzura indescriptible.

Dejaba de besarla en la boca y la miraba brevemente a los ojos. Después se los besaba y su boca resbalaba silenciosa por la garganta femenina, para subir inmediatamente por la mejilla y caer de nuevo en sus labios.

Sus manos expresivas se cerraban en su cintura, pero tan pronto subían hasta la nuca como volvían a bajar hasta sus muslos.

Cuando se dieron cuenta las ropas de ambos volaban por los aires y se perdían en aquel rincón anudados uno al otro.

Fue después. ¿Cuántas horas? Tal vez dos o tres.

—Dan... me has robado una dicha enorme.

Él reía.

Estaba casi ruborizado. No es que fuera casto, pero la bella audacia de Nat, su confianza, su apasionamiento... lo intimidaban un poco. ¡Que dijeran después que no había hombres con pudor!

—Dan, ¿por qué?

—No lo sé. Tal vez temía defraudarte.

—¿Defraudarme? ¿Te lo has creído en algún momento? —Se lanzó sobre él y le tomó la cara con las dos manos—. ¡Daniel..., es inefable ser tu mujer! Sentir que eres el hombre que yo siempre deseé. ¿Te das cuenta, además, que por encima de todo somos amigos? ¿Que la amistad para ambos es esencial además de amarnos y desearnos? ¿Por qué me reservabas como si fuera una reliquia y no una mujer de came y hueso? ¿Te das cuenta cuán a punto estuve de...?

—No.

—¿No qué?

—No quiero recordar que estuve a punto de perderte. No me siento con fuerzas para escuchar detalles.

—Pues ten por seguro que, si no hubiese aparecido tu hermano, yo jamás habría tenido prisa en ser tu mujer. Me habías enseñado un modo de vida, una situación totalmente falsa. Te estabas destruyendo tú o, lo que es peor, dando a otra mujer cualquiera lo que era mío. Porque conociéndote ya... como te conozco ahora, no me digas que me has sido fiel. Y no soporto que me seas infiel por mantenerme a mí diáfana. ¿Acaso soy menos diáfana ahora que hace tres horas?

—Estás muy loca.

—¿Y me lo reprochas?

—No te reprocho nada. Eres una apasionada de cuidado. Y ya veo que, a tu lado, mi pasividad no es posible que siga existiendo. ¿Sabes lo que te digo?

—Dilo y lo sabré.

—Si me dejas... porque tu boca está cubriendo la mía...

—Pues me lo dices después.

Marisa se limpiaba los ojos con un pañuelo de encaje. Rita asía los dedos de su marido emocionada, recordando otros momentos de su vida muy similares. Ignacio Santana, al lado de su hijo, hacía de padrino, y Remy, con sus mejores galas al lado de la novia, hacía de madrina.

La ceremonia tenía lugar en la iglesia de la parroquia y había muchos invitados. Más de seiscientos que luego pasarían a comer al club privado.

La iglesia estaba abarrotada y en las cercanías se detenían los curiosos con el fin de ver a los novios. Se casaban los chicos de los Noriega. Nadie sabía muy a ciencia cierta quién era Noriega y quién Santana. A fin de cuentas fueron siempre familias distinguidas de la ciudad que vivieron en palacetes, si no adosados, separados tan sólo por una valla y no se ignoraba que Ignacio Santana fue tutor de la chica huérfana de los Noriega. De todos modos la boda estaba tocando a su fin y el cura daba la bendición.

Todos vestían de etiqueta. Había muchos trajes largos, muchas pecheras almidonadas, muchas joyas y caros perfumes. La boda era, sencillamente, de postín.

La novia vestía un modelo exclusivo, con larga cola que sostenían dos niños vestidos de pajes, sobrinos de Rita. El novio vestía de rigurosa etiqueta. Tan alto y elegante. Ojos tan azules. Ella era preciosa y, vestida de blanco, aún se realzaba más su belleza. Cuando cruzaban entre el cordón de invitados que les tiraba arroz, parecían dos actores de cine.

Besos, apretones de manos, lágrimas en los ojos de Marisa y la emoción en el sesudo rostro de Ignacio Santana.

Faltaba Felipe, el hijo pródigo, pero en aquella ocasión nadie lo echaba de menos. Le había sido notificada la boda y enviada la invitación, y Felipe replicó con un espléndido regalo para ambos, pero con una tarjeta adjunta excusándose, aduciendo reuniones ineludibles referentes a su profesión de industrial.

Los coches se alinearon en torno al campo de la iglesia y todos iban desapareciendo detrás del Mercedes que conducía a los novios.

Durante el banquete Nat aguantó estoicamente en la mesa presidencial, cerca de sus suegros y su segunda madre Remy. Nadie se asombró cuando Nat pidió que su madrina fuese la sirvienta de toda la vida. Muy al contrario. Por allí andaba también Bernardo vestido de etiqueta y lo llevaba con soltura. Había viajado siempre al lado del matrimonio trágicamente desaparecido y después de su hija, de la cual hicieron de padres, asesorados por el buen hacer del matrimonio Santana.

—Desapareceremos en cualquier momento —le siseó Natalia a su suegra.

—No seas descortés.

—Madrina... quiero estar sola con mi marido.

—Te comprendo.

—Pues no seas ingenua y no preguntes por nosotros cuando no nos veas. Padrino ya sabe que abriremos el baile, pero según lo abrimos, nos vamos.

—¿Cuándo volveréis?

—No lo sé. Estaremos fuera un mes o más...

—¿Me vais a decir por fin adónde iréis?

—No, y no preguntes, por favor.

Hablaban muy bajo, pero los que estaban cerca ya conocían el secreto. El secreto que consistía en que abrirían el baile y se deslizarían por la puerta del jardín; allí los esperaba el Porsche de la recién casada.

Cuando terminó el banquete, la orquesta empezó a tocar. La pareja recién casada abrió el baile y, sin dejar de bailar, se fueron deslizando hacia la terraza y, cuando los invitados quisieron darse cuenta, eran Ignacio y su esposa quienes los disculpaban.

El Porsche ya rodaba por la autopista sin que los novios se hubieran cambiado de ropa. De la autopista se deslizaban hacia la izquierda, tomando la carretera que bajaba hacia la playa.

Era muy tarde.

Más de las doce.

—Esta noche nada más —decía Dan—. Pero mañana a mediodía...

—Seguimos viaje, sí. Pero esta noche...

—Me tienes que decir algo, ¿verdad? Lo noto.

—Tendremos un hijo dentro de ocho meses y unos días.

—¡No me digas...!

—Te lo digo...

—Pues para el auto.

—¡Ni hablar!

—Es que tengo que abrazarte.

—Después... Dan. Ahora he tomado yo el volante y con este traje no puedo conducir bien. Pero...

—Dale un volantazo y ponlo en el arcén.

—No puedo, te digo.

Los dos terminaron riendo.

—¿Sabe alguien eso?

—Tú y yo.

—Pensarán...

—¿Y qué más da lo que piensen? Es nuestro hijo y, aunque tenga media docena, voy a recordar siempre cómo lo hicimos.

El auto ya descendía y al fin se detuvo ante la casita.

Todo estaba oscuro, pero Dan, ayudado por los faroles de la zona, saltó al suelo, dio la vuelta y dijo entre emocionado y sarcástico:

—Déjame tomarte en brazos. Ya sé que es algo muy antiguo,

pero a mí me gustan las tradiciones... —La ayudó a bajar—. Me voy a enredar entre tanto tul...

Consiguió alzarla en brazos y Nat se colgó de su cuello.

Dan abrió la puerta de una patada y de la misma forma volvió a cerrarla.

—¿Cuándo lo supiste? —le preguntó después, enredado aún entre tules y encajes.

—Ayer mismo. Esperé para decírtelo hoy. Si lo sabe tu madre... —Los dos volvieron a reír.

Un tenue farol de gas se encendía al fondo.

Y al fondo, también, en la estera, estaban el traje de encaje y tul y el de etiqueta de Dan.

—¿Adónde iremos mañana?

—Di hoy. Está amaneciendo.

—Dan...

—Sí.

—Es que no me oyes.

—Pero te siento y eso en este instante es esencial. ¿Sabes? Tal vez tengamos doce hijos, pero como éste no voy a querer a ninguno.

En eso se equivocó. En cinco años tuvo tres hijos y a todos los quiso por igual. Al sexto año recibieron la noticia: Felipe se casaba con una americana, por lo civil, y establecía su residencia en Manhattan, cosa que ya todos tenían previsto y no asombró a nadie.

A la boda fueron sus padres, pero no Daniel y Nat, y no por nada concreto, sino porque Daniel se quedó al frente de la empresa y Natalia no daba un paso sin él y, además, estaba embarazada de su cuarto hijo.

Lo comentaban los dos después de haber acostado a sus tres hijos y estar de nuevo descansando en el salón.

—No hizo bien —comentó Nat—, debió aceptar las cosas con dignidad y caballerosidad. Jamás se debió inmiscuir en nuestra vida, ni debió ambicionar a la novia de su hermano.

Pero Felipe no pudo ser de otro modo porque para él la familia era algo lejano.

—De todos modos —dijo Dan bostezando—, según mamá, su novia es una auténtica americana, divorciada dos veces.

—Eso sí que no lo sabía.

—Es lo lógico. Y menos mal que no tiene hijos. Pero no creo que mi hermano intente tener los suyos. Sus matrimonios son como las almejas. Las comes y las olvidas. Esperemos que ahora tenga el sentido común suficiente para conservar su almeja.

Con el tiempo Felipe se divorció de su mujer y vivió la vida a su manera.

Por eso, cuando los hijos de Dan y Nat tuvieron edad para estudiar, Dan dijo rotundamente:

—A Estados Unidos, ninguno. Por un año, sí, pero más, nunca.

Andando los años, el mismo Felipe que vagaba solo de un lado a otro con su poder y su dinero, les decía a Dan y a su mujer:

—No se os ocurra enviarlos fuera de vuestro lado para hacer la carrera. Que vayan cuando sean adultos bien formados. No antes. Se pierde a la familia, se pierde el lazo más entrañable que existe, y cuando quieres asirlo por una esquina, notas que ya nada tiene un verdadero interés.

Evidentemente con el tiempo Felipe se convirtió en un solitario, pero con frecuencia retornaba a España carente de bríos y sin deseo alguno de enturbiar la felicidad que en el fondo de su ser envidió siempre a su hermano.

Natalia y Dan nunca volvieron a recordar en alta voz lo cercana que tuvieron la pérdida total de su entendimiento, de su felicidad. Pero supieron compartirla con los demás, aunque la casita de la playa fue ampliada con el tiempo y ellos acudían a ella con sus hijos y a veces solos. Muchos sábados de verano se encontraban allí y era como si en aquel mismo momento se conocieran de verdad y por primera vez.

—Eres tú quien mantiene viva la llama —solía decir Dan.

Y Nat refutaba dulcemente:

—Somos los dos, Daniel. Tenemos hijos, nos entendemos

divinamente y en los dos está viva como el primer día la llama de la amistad y del amor. Es bueno ser amigo de tu amante. Es bueno conocer al amante tanto como al amigo...

La vida seguía su curso y no tenía demasiadas variaciones. Unos morían y otros nacían. No había posibilidad de cambiar nada, porque todo estaba en manos del destino... El destino decidía por sí mismo. Era inútil torcerlo. Nada era tan implacable como el destino.

Índice